Die Verlage Aufbau und Suhrkamp widmen
diese gemeinsame Ausgabe Helene Brecht-Weigel.

Bertolt Brecht
Werke

Große kommentierte
Berliner und Frankfurter Ausgabe
Herausgegeben von
Werner Hecht
Jan Knopf
Werner Mittenzwei
Klaus-Detlef Müller
Band 5

Bertolt Brecht
Stücke 5

Aufbau-Verlag Berlin und Weimar
Suhrkamp Verlag Frankfurt am Main

Bearbeitet von Bärbel Schrader und Günther Klotz

1. Auflage 1988
Aufbau-Verlag Berlin und Weimar
Vertrieb in der DDR und den anderen sozialistischen Ländern

Stücke 5

Leben des Galilei (1938/39)
Galileo (English Adaptation 1947)
Leben des Galilei (1955/56)
Dansen
Was kostet das Eisen?

Leben des Galilei

Schauspiel

[Fassung 1938/39]

Personen

Galileo Galilei · Virginia, seine Tochter · Frau Sarti, seine Haushälterin · Andrea, ihr Sohn · Kurator der Universität Padua · Doppone · Sagredo, Freund Galileis · Doge · Ratsherren · Cosmo de Medici, Großherzog von Florenz · Hofmarschall · Ein Theologe · Ein Philosoph · Ein Mathematiker · Höfling · Lakai · Zwei Nonnen · Bäcker · Frau · Zwei Soldaten · Alte Frau · Mann · Zwei vermummte Männer · Dicker Prälat · Zwei Gelehrte · Zwei Mönche · Drei weitere Mönche · Zwei Astronomen · Zwei Philosophen · Sehr dünner Mönch · Sehr alter Kardinal · Clavius · Kleiner Mönch · Türhüter · Inquisitor · Ludovico, Verlobter Virginias · Zwei Schreiber · Bellarmin · Barberini, später Papst Urban VIII. · Zwei Damen · Älterer Gelehrter · Mucius · Rektor Gaffone · Diener · Straßensänger · Frau des Straßensängers · Jesuit · Individuum · Mann · Junger Mann · Alter · Beamter · Florentinischer Inquisitor · Hoher Beamter · Zwei Beamte der Inquisition · Weiterer hoher Beamter · Alter Diener · Stimme des Ansagers · Weiterer Beamter · Hafner · Arzt Busciate · Bauer · Drei Jungen · Grenzwächter · Schreiber · Kutscher · Professoren · Kinder · Hohe Geistliche · Mönche · Gelehrte · Astronomen · Leute in einer italienischen Stadt

1
Galileo Galilei, Lehrer der Mathematik in Padua, will das neue kopernikanische Weltsystem beweisen

Das ärmliche Studierzimmer des Galilei in Padua. Es ist morgens. Ein Knabe, Andrea, der Sohn der Haushälterin, bringt ein Glas Milch und einen Wecken.

GALILEI *sich den Oberkörper waschend, prustend und fröhlich:* Stell die Milch auf den Tisch, aber klapp kein Buch zu.

ANDREA Mutter sagt, wir müssen den Milchmann bezahlen. Sonst macht er bald einen Kreis um unser Haus, Herr Galilei.

GALILEI *lachend:* Es heißt: er beschreibt einen Kreis, Andrea.

ANDREA Wie Sie wollen. Wenn wir nicht bezahlen, dann beschreibt er einen Kreis um uns, Herr Galilei.

GALILEI Während der Gerichtsvollzieher, Herr Cambione, gerade auf uns zukommt, indem er was für eine Strecke zwischen zwei Punkten wählt?

ANDREA *grinsend:* Die kürzeste.

GALILEI Gut. Ich habe was für dich. Sieh hinter den Sterntafeln nach!

Andrea fischt hinter den Sterntafeln ein großes hölzernes Modell des ptolemäischen Systems hervor.

ANDREA Ist das wie alle meinen, daß die Welt ist?

GALILEI Ja. Beschreib es!

ANDREA In der Mitte ist ein kleiner Stein.

GALILEI Das ist die Erde.

ANDREA Darum herum sind, immer übereinander, Schalen. Acht.

GALILEI Das sind die kristallenen Sphären.

ANDREA Auf den Schalen sind Kugeln angemacht ...

GALILEI Die Gestirne.

ANDREA Die unterste Kugel ist der Mond, das steht drauf. Und darüber ist die Sonne.

GALILEI Und jetzt laß die Sonne laufen.

ANDREA *bewegt die Schalen:* Das ist schön. Aber wir sind so eingekapselt.

GALILEI *sich abtrocknend:* Ja, das fühlte ich auch, als ich das Ding zum ersten Mal sah. Einige fühlen das. Mauern und

Schalen und Unbeweglichkeit! Durch zweitausend Jahre glaubte die Menschheit, daß die Sonne und alle Gestirne des Himmels sich um sie drehten. Der Papst, die Kardinäle, die Fürsten, Gelehrten, Kapitäne, Kaufleute, Fischweiber und Schulkinder glaubten, unbeweglich in dieser kristallenen Kugel zu sitzen. Aber jetzt fahren wir heraus, Andrea.
Denn die alte Zeit ist herum und es ist eine neue Zeit. Seit hundert Jahren ist es, als erwartete die Menschheit etwas.
Die Städte sind eng und so sind es die Köpfe. Aberglauben und Pest. Aber jetzt heißt es: da es so ist, bleibt es nicht so. Denn alles bewegt sich, mein Freund.
Auf unserm alten Kontinent ist ein Gerücht entstanden: es gibt neue Kontinente. Und seit unsere Schiffe zu ihnen fahren, spricht es sich auf den lachenden Kontinenten herum: das große gefürchtete Meer ist ein kleines Wasser.
Und es ist eine große Lust aufgekommen, die Ursachen aller Dinge zu erforschen: warum der Stein fällt, den man losläßt, und wie er steigt, wenn man ihn hochwirft.
Jeden Tag wird etwas gefunden. Selbst die Hundertjährigen lassen sich noch von den Jungen ins Ohr schreien, was Neues entdeckt wurde.
Da ist schon viel gefunden, aber da ist mehr, was noch gefunden werden kann. Und so gibt es wieder zu tun für neue Geschlechter. Die alten Lehren, die tausend Jahre geglaubt wurden, sind ganz baufällig. An diesen Gebäuden ist weniger Holz als an den Stützen, die halten sollen. Das neue Wissen aber ist ein Neubau, von dem nur das Gerüst steht. Selbst die Lehre des großen Kopernikus ist noch nicht bewiesen. Aber die Menschheit wird bald Bescheid wissen über ihre Wohnstätte, den Himmelskörper, auf dem sie haust. Was in den alten Büchern steht, das genügt ihr nicht mehr.
Denn wo der Glaube tausend Jahre gesessen hat, ebenda sitzt jetzt der Zweifel. Alle Welt sagt: ja, das steht in den Büchern, aber laßt uns jetzt selbst sehn.
Den gefeiertsten Wahrheiten wird auf die Schulter geklopft, was nie bezweifelt wurde, das wird jetzt bezweifelt.
Dadurch ist eine Zugluft entstanden, welche sogar den Fürsten und Prälaten die goldgestickten Röcke lüftet, so daß fette und dürre Beine darunter sichtbar werden, Beine wie unsere Beine.

Die Himmel, hat es sich herausgestellt, sind leer. Darüber ist ein fröhliches Gelächter entstanden.

Aber das Wasser der Erde treibt die neuen Spinnrocken, und auf den Schiffswerften, in den Seil- und Segelhäusern regen sich fünfhundert Hände in einer neuen Ordnung.

Selbst die Söhne der Fischweiber laufen in die Schulen. Auf den Märkten wird von den Gestirnen gesprochen.

Es hat immer geheißen, die Gestirne sind an einem kristallenen Gewölbe angeheftet, daß sie nicht herunterfallen können. Jetzt haben wir Mut gefaßt und lassen sie im Freien schweben, ohne Halt, und sie sind in großer Fahrt, gleich uns, ohne Halt und in großer Fahrt.

Das Weltall aber hat über Nacht seinen Mittelpunkt verloren und am Morgen hatte es deren unzählige. So daß jetzt jeder als Mittelpunkt angesehen wird und keiner. Denn da ist viel Platz plötzlich.

Unsere Schiffe fahren weit hinaus, unsere Gestirne bewegen sich weit im Raum herum, selbst im Schachspiel die Türme gehen neuerdings weit über alle Felder.

So daß der Dichter sagt: O früher Morgen des Beginnens! O Hauch des Windes, der von neuen Küsten kommt!

ANDREA Sie müssen Ihre Milch trinken, denn dann kommen sofort wieder Leute.

GALILEI Hast du, was ich dir gestern sagte, inzwischen begriffen?

ANDREA Was? Das mit dem Drehen?

GALILEI Ja?

ANDREA Nein. Warum wollen Sie denn, daß ich es begreife? Es ist so schwer und ich bin im Oktober erst dreizehn.

GALILEI Ich will gerade, daß auch du es begreifst. Dazu arbeite ich und kaufe die Bücher, statt den Milchmann zu bezahlen.

ANDREA Aber ich sehe doch, daß die Sonne abends woanders hält als morgens. Da kann sie doch nicht stillstehn! Nie und nimmer.

GALILEI Du siehst! Was siehst du? Du siehst gar nichts. Du glotzt nur. Glotzen ist nicht sehen. *Er stellt den eisernen Waschschüsselständer in die Mitte des Zimmers.* Also das ist die Sonne. Setz dich. *Andrea setzt sich auf einen Stuhl. Galilei steht hinter ihm.* Wo ist die Sonne, rechts oder links?

ANDREA Links.

GALILEI Und wie kommt sie nach rechts?

ANDREA Wenn Sie sie nach rechts tragen natürlich.

GALILEI Nur so? *Er nimmt ihn mitsamt dem Stuhl auf und trägt ihn in die andere Zimmerecke.* Wo ist jetzt die Sonne?

ANDREA Rechts.

GALILEI Und hat sie sich bewegt?

ANDREA Das nicht.

GALILEI Was hat sich bewegt?

ANDREA Ich.

GALILEI Falsch! Dummkopf! Der Stuhl!

ANDREA Aber ich mit ihm!

GALILEI Natürlich. Der Stuhl ist die Erde. Du sitzt drauf.

FRAU SARTI *ist eingetreten, das Bett zu machen. Sie hat zugeschaut:* Was machen Sie eigentlich mit meinem Jungen, Herr Galilei?

GALILEI Ich lehre ihn sehen, Frau Sarti.

FRAU SARTI Indem Sie ihn im Zimmer herumschleppen?

ANDREA Laß doch, Mutter. Das verstehst du nicht.

FRAU SARTI So? Aber du verstehst es, wie? Sie bringen ihn noch so weit, daß er behauptet, zwei mal zwei ist fünf. Er verwechselt schon alles, was Sie ihm sagen. Gestern abend bewies er mir schon, daß die Erde sich um die Sonne dreht. Er ist fest überzeugt, daß ein Herr namens Kippernikus das ausgerechnet hat.

ANDREA Hat es der Kippernikus nicht ausgerechnet, Herr Galilei? Sagen Sie es ihr selber!

FRAU SARTI Was, Sie sagen ihm wirklich einen solchen Unsinn? Daß er es in der Schule herumplappert und die geistlichen Herren zu mir kommen, weil er lauter unheiliges Zeug vorbringt. Sie sollten sich schämen, Herr Galilei.

GALILEI *frühstückend:* Auf Grund unserer Forschungen, Frau Sarti, haben, nach heftigem Disput, Andrea und ich Entdekkungen gemacht, die wir nicht länger der Welt gegenüber geheimhalten können. Eine neue Zeit ist angebrochen, Frau Sarti, ein großes Zeitalter, in dem zu leben eine Lust ist.

FRAU SARTI So. Hoffentlich können wir auch den Milchmann bezahlen in dieser neuen Zeit, Herr Galilei. *Ab.*

GALILEI *lacht. Dann beiläufig zu Andrea:* Einiges haben wir gestern also doch verstanden?

ANDREA Ich habe es ihr nur gesagt, damit sie sich wundert. Aber es stimmt nicht. Sie haben gesagt, daß die Erde sich auch um sich selber dreht, nicht nur um die Sonne. Aber den Stuhl mit mir haben Sie nur um den Waschständer gedreht und nicht um sich selber. Sonst wäre ich nämlich heruntergefallen und das ist ein Fakt. Warum haben Sie den Stuhl nicht umgedreht? Weil dann bewiesen ist, daß ich von der Erde ebenfalls herabfallen würde, wenn sie sich drehen würde. Da haben Sie's.

GALILEI Ich habe dir doch bewiesen ...

ANDREA Aber heute nacht habe ich gefunden, daß ich da ja, wenn die Erde sich wirklich drehen würde, mit dem Kopf die ganze Nacht nach unten hängen würde. Und das ist ein Fakt.

GALILEI *nimmt einen Apfel vom Ofenrand:* Also das ist die Erde.

ANDREA Nehmen Sie nicht lauter solche Beispiele, Herr Galilei. Damit schaffen Sie's immer.

GALILEI *den Apfel zurücklegend:* Schön.

ANDREA Mit Beispielen kann man es immer schaffen, wenn man schlau ist. Nur, ich kann meine Mutter nicht in einem Stuhl herumschleppen, wie Sie mich. Da sehen Sie, was das für ein schlechtes Beispiel ist. Und was ist, wenn der Apfel also die Erde ist? Dann ist gar nichts.

GALILEI *lacht:* Du willst es ja nicht wissen.

ANDREA Nehmen Sie ihn wieder. Wieso hänge ich nicht mit dem Kopf nach unten nachts?

GALILEI Also hier ist die Erde und hier stehst du. *Er steckt einen Holzsplitter von einem Ofenscheit in den Apfel.* Und jetzt dreht sich die Erde.

ANDREA Und jetzt hänge ich mit dem Kopf nach unten.

GALILEI Wieso? Schau genau hin! Wo ist der Kopf?

ANDREA *zeigt am Apfel:* Da. Unten.

GALILEI Was? *Er dreht zurück.* Ist er etwa nicht an der gleichen Stelle? Sind die Füße nicht mehr unten? Stehst du etwa, wenn ich drehe, so? *Er nimmt den Splitter heraus und dreht ihn um.*

ANDREA Nein. Und warum merke ich nichts von der Bewegung?

GALILEI Weil du sie mitmachst! Du und die Luft über dir und alles, was auf der Kugel ist.

ANDREA Und warum sieht es so aus, als ob die Sonne läuft?

GALILEI *dreht wieder den Apfel mit dem Splitter:* Also unter dir siehst du die Erde, die bleibt gleich, sie ist immer unten und bewegt sich für dich nicht. Aber jetzt schau über dich. Nun ist die Lampe über deinem Kopf, aber jetzt, was ist jetzt, wenn ich gedreht habe, über deinem Kopf, also oben?

ANDREA *macht die Drehung mit:* Der Ofen.

GALILEI Und wo ist die Lampe?

ANDREA Unten.

GALILEI Also!

ANDREA Das ist fein. Das wird sie wundern! *Pause.* Aber da ist noch was: woher weiß der Kippernikus, daß wir uns drehen und nicht der Himmel sich dreht, wenn man es nicht direkt bemerkt?

GALILEI Ich muß dir ein Geständnis machen, Andrea: er weiß es nicht. Es ist nur eine Hypothese.

ANDREA Was ist das, eine Hypothese?

GALILEI Das ist, wenn man etwas als wahrscheinlich annimmt, aber keine Fakten hat. Daß die Felizia dort unten, vor dem Korbmacherladen, die ihr Kind an der Brust hat, dem Kind Milch gibt und nicht etwa Milch von ihm empfängt, das ist so lange eine Hypothese, als man nicht hin und es sehen und beweisen kann. Und den Gestirnen gegenüber sind wir wie Würmer mit trüben Augen, die nur ganz wenig sehen. Die Hypothese des Kopernikus ist die größte Hypothese, die es je gegeben hat, aber nicht mehr.

ANDREA Und das, was die Kirche sagt, was ist das?

GALILEI Oh, das ist auch eine Hypothese. Sie ist aber schlechter. Es sind viele Gesetze, die weniges erklären, aber die neue Hypothese hat wenige Gesetze, die viel erklären. Aber es ist der riesige Fehler des neuen Systems, daß nur die Mathematiker verstehen können, warum es wahrscheinlich so ist. Was ich dir zeigen konnte, ist nur: daß es so sein kann. Du verstehst: es spricht nichts dagegen.

ANDREA Kann ich nicht Mathematiker werden? Damit ich sehe, was dafür spricht?

GALILEI Wie soll ich den Milchmann und den Fleischer und den Buchhändler bezahlen, wenn ich auch noch dir Stunden gebe, für die ich nichts bekomme? Verschwind, ich muß an die Arbeit!

FRAU SARTI *herein:* Der Kurator der Universität ist draußen!

GALILEI Halt, der ist wichtig. Das sind vielleicht 500 Skudi.

Frau Sarti ab.

ANDREA Kann ich den Apfel mithaben?

Galilei nickt. Andrea ab.

DER KURATOR DER UNIVERSITÄT *tritt ein:* Ich komme, um Ihnen Ihr Ansuchen um Erhöhung des Gehalts auf 1000 Goldskudi zurückzubringen. Ich kann es bei der Universität leider nicht befürworten. Sie wissen, mathematische Kollegien bringen der Universität nun einmal keinen Zustrom. Mathematik ist eine brotlose Kunst, sozusagen. Nicht als ob die Republik sie nicht über alles schätzte. Sie ist nicht so nötig wie die Philosophie und vor allem die Theologie, aber sie verschafft den Kennern doch so unendliche Genüsse!

GALILEI *über seinen Papieren:* Ich kann nicht auskommen mit 500 Skudi, Herr. Meine Tochter ist jetzt fünfzehn Jahre alt und braucht eine Aussteuer.

DER KURATOR Aber, Herr Galilei, Sie lesen zwei mal zwei Stunden in der Woche. Ihr außerordentlicher Ruf verschafft Ihnen sicher Schüler in beliebiger Menge, die zahlen können für Privatstunden. Haben Sie keine Privatschüler?

GALILEI Herr, ich habe zu viele! Ich lehre und lehre, und wann soll ich lernen? Mann Gottes, ich bin nicht so siebengescheit wie die Herren von der philosophischen Fakultät. Ich bin dumm. Ich verstehe rein gar nichts. Ich bin also gezwungen, die Löcher in meinem Wissen auszustopfen. Und wann soll ich das tun? Wann soll ich forschen? Herr, meine Wissenschaft ist noch wißbegierig! Über die größten Probleme haben wir heute noch nichts als Hypothesen. Aber wir verlangen Beweise von uns. Und wie soll ich da weiterkommen, wenn ich, um meinen Haushalt in Gang zu halten, gezwungen bin, jedem Wasserkopf, der es bezahlen kann, einzutrichtern, daß die Parallelen sich im Unendlichen schneiden.

DER KURATOR Vergessen Sie nicht ganz, daß die Republik vielleicht nicht so viel bezahlt als gewisse Fürsten bezahlen, daß sie aber die Freiheit der Forschung garantiert. Wir in Padua lassen sogar Protestanten als Hörer zu! Und wir verleihen ihnen den Doktorgrad! Herrn Cremonini haben wir nicht nur nicht an die Inquisition ausgeliefert, als man uns bewies, bewies, Herr Galilei, daß er irreligiöse Äußerungen tut, sondern wir haben ihm sogar eine Gehaltserhöhung bewilligt. Bis nach Holland weiß man, daß Venedig die Republik ist, in der die Inquisition nichts zu sagen hat. Und das ist einiges wert für Sie, der Sie Astronom sind, also in einem Fach tätig, wo seit geraumer Zeit die Lehre der Kirche nicht mehr mit dem schuldigen Respekt geachtet wird!

GALILEI Herrn Giordano Bruno haben Sie von hier nach Rom ausgeliefert. Weil er die Lehre des Kopernikus verbreitete.

DER KURATOR Nicht, weil er die Lehre des Herrn Kopernikus verbreitete, die übrigens falsch ist, sondern weil er kein Venezianer war und auch keine Anstellung hier hatte. Sie können den Verbrannten also aus dem Spiel lassen. Nebenbei, bei aller Freiheit ist es doch rätlich, einen solchen Namen, auf dem der ausdrückliche Fluch der Kirche ruht, nicht so sehr laut in alle Winde zu rufen, auch hier nicht, ja, nicht einmal hier.

GALILEI Euer Schutz der Gedankenfreiheit ist ein ganz gutes Geschäft, wie? Indem ihr darauf verweist, daß woanders die Inquisition herrscht und brennt, kriegt ihr hier billig gute Lehrkräfte. Den Schutz vor der Inquisition laßt ihr euch damit vergüten, daß ihr die schlechtesten Gehälter zahlt.

DER KURATOR Ungerecht! Ungerecht! Was würde es Ihnen schon nützen, beliebig viel freie Zeit zur Forschung zu haben, wenn jeder beliebige, womöglich ganz ungebildete Mönch der Inquisition Ihre Gedanken einfach verbieten könnte? Keine Rose ohne Dornen, keine Fürsten ohne Mönche, Herr Galilei!

GALILEI Und was nützt freie Forschung ohne freie Zeit, zu forschen?

DER KURATOR Sie sind ein unzufriedener Mensch, Herr Galilei. Ein großer, aber unzufriedener Mann.

GALILEI Ja, ich bin unzufrieden, und das ist es, was ihr mir hoch bezahlen würdet, wenn ihr Verstand hättet! Denn ich bin mit mir unzufrieden. Aber statt dessen sorgt ihr, daß ich es mit euch sein muß. Ich gebe es zu, es macht mir Spaß, ihr meine Herren Venezianer, in eurem berühmten Arsenal, den Werften und Artilleriezeughäusern meinen Mann zu stellen. Aber ihr laßt mir keine Zeit, den weiterführenden Spekulationen nachzugehen, welche sich mir dort für mein Wissensgebiet aufdrängen. Ihr verbindet dem Ochsen, der da drischet, das Maul! Ich bin 46 Jahre alt und habe nichts geleistet, was mich befriedigt.

DER KURATOR Wollen Sie sich etwa auch in diesen gefährlichen Streit mischen, der um diese modernen Hypothesen des Herrn Kopernikus tobt?

GALILEI *zornig:* Nein. Aber nicht euch zu Gefallen, sondern weil euer Gerichtsvollzieher mich an einem Strick davon zurückhält, endlich der Welt die paar Fakten auf den Tisch zu legen, die sie braucht. Und ich wäre daran, Herr! Ich wäre daran! Vielleicht zeigen Sie den Herren Stadträten einmal diese Untersuchungen über die Fallgesetze *er weist auf ein Bündel Manuskripte* und fragen sie, ob das nicht ein paar Skudi mehr wert ist!

DER KURATOR Es ist unendlich viel mehr wert, Herr Galilei.

GALILEI Nicht unendlich viel mehr wert, sondern 500 Skudi mehr wert, Herr!

DER KURATOR Skudi wert ist nur, was Skudi bringt. Wenn Sie Geld haben wollen, müssen Sie etwas anderes vorzeigen. Sie können für das Wissen, das Sie verkaufen, nur so viel verlangen, als es dem, der es Ihnen abkauft, einbringt. Die Philosophie zum Beispiel, die Herr Colombe in Florenz verkauft, bringt dem Fürsten mindestens 10000 Skudi im Jahr ein. Ihre Fallgesetze haben Staub aufgewirbelt, gewiß. Man klatscht Ihnen Beifall in Paris und Prag. Aber die Herren, die da klatschen, bezahlen der Universität Padua nicht, was Sie sie kosten. Ihr Unglück ist Ihr Fach, Herr Galilei.

GALILEI Ich verstehe: freier Handel, freie Forschung. Freier Handel mit der Forschung, wie?

DER KURATOR Aber Herr Galilei! Welch eine Auffassung! Erlauben Sie mir zu sagen, daß ich Ihre spaßhaften Bemerkungen nicht ganz verstehe. Ich sage nichts davon, daß der blühende Handel der Republik mir kaum als etwas Verächtliches erscheint. Noch viel weniger aber vermöchte ich als langjähriger Kurator der Universität in diesem, darf ich es sagen, frivolen Ton von der Forschung zu sprechen. *Während Galilei sehnsüchtige Blicke nach seinem Arbeitstisch schickt.* Bedenken Sie die Zustände ringsum! Die Sklaverei, unter deren Peitsche die Wissenschaften an gewissen Orten seufzen! Aus alten

Lederfolianten hat man dort Peitschen geschnitten. Man muß dort nicht wissen, wie der Stein fällt, sondern was der Aristoteles darüber schreibt. Die Augen hat man nur zum Lesen. Wozu neue Fallgesetze, wenn nur die Gesetze des Fußfalls wichtig sind? Und dagegen die unendliche Freude, mit der unsere Republik Ihre Gedanken, sie mögen so kühn sein wie sie wollen, aufnimmt! Hier können Sie forschen! Hier können Sie arbeiten! Niemand überwacht Sie, niemand unterdrückt Sie! Unsere Kaufleute, die wissen, was besseres Leinen im Kampf mit der venezianischen Konkurrenz bedeutet, hören mit Interesse Ihren Ruf »Bessere Physik«, und wieviel verdankt die Physik dem Schrei nach besseren Webstühlen! Unsere hervorragendsten Bürger interessieren sich für Ihre Forschungen, besuchen Sie, lassen sich Ihre Entdekkungen vorführen, Leute, deren Zeit kostbar ist, verachten Sie nicht den Handel, Herr Galilei! Niemand würde hier dulden, daß Ihre Arbeit auch nur im geringsten gestört wird, daß Unberufene Ihnen Schwierigkeiten bereiten. Geben Sie zu, Herr Galilei, daß Sie hier arbeiten können!

GALILEI *verzweifelt:* Ja.

DER KURATOR Und was das Materielle angeht: machen Sie doch mal wieder was so Hübsches wie Ihren famosen Militärzirkel, mit dem man *er zählt es an den Fingern ab* ohne alle mathematischen Kenntnisse Linien in beliebiger Weise teilen, Quadrat- und Kubikwurzeln ausziehen, die Zinseszinsen eines Kapitals berechnen, Grundrisse von Liegenschaften in verkleinertem oder vergrößertem Maßstab reproduzieren und die Schwere von Kanonenkugeln bestimmen kann.

GALILEI Leider brauche ich zu der Bestimmung der Zinsen und Zinseszinsen des Gewinns aus dem Militärzirkel keinen Militärzirkel, so klein sind sie. Außerdem ist das Schnickschnack.

DER KURATOR Etwas, was die höchsten Herren entzückt und in Erstaunen gesetzt hat und was Bargeld getragen hat, nennen Sie Schnickschnack. Ich höre, daß sogar der General Stefano Gritti mit diesem Instrument Wurzeln ausziehen kann!

GALILEI Wahrhaftig ein Wunderwerk!

DER KURATOR Wie ich sagte: ein großer, aber unzufriedener Mensch!

FRAU SARTI *herein:* Herr Galilei! Ein junger Herr, der Unterricht wünscht. Sehr gut angezogen und bringt einen Empfehlungsbrief. *Übergibt diesen.* Tun Sie mir den einzigen Gefallen und schicken Sie den nicht auch wieder weg. Ich denke an die Milchrechnung. *Ab.*

DER KURATOR Ich eile, ich verabschiede mich. Ich bin der letzte, der Sie von einem Verdienst abhalten möchte.

GALILEI Vielen Dank.

Der Kurator geht. Galilei klappt verzweifelt seine Bücher zu.

DOPPONE *tritt ein, ein reicher junger Mensch:* Doppone.

GALILEI Hier geht es zu wie in einem Taubenschlag.

DOPPONE Wie beliebt?

GALILEI *den Empfehlungsbrief lesend:* Sie kommen aus Holland?

DOPPONE Wo ich von Ihnen hörte.

GALILEI Ach so, Sie sind Italiener!

DOPPONE Mein alter Herr wünschte, daß ich mich ein bißchen umsähe. Was es so in der Welt gibt und so weiter.

GALILEI Und da hörten Sie in Holland, daß es zum Beispiel mich gibt.

DOPPONE Und da ich mich jetzt also nolens volens zum Examen ausbilden möchte …

GALILEI Privatunterricht: 30 Skudi pro Monat.

DOPPONE Sehr wohl. Nicht als ob ich das Examen brauchte, aber Sie wissen, die Wissenschaften geben einem etwas Air, und wissen Sie, mein alter Herr sagt, ich bin ein Streitvogel. Wie beliebt? Ich soll Theologe werden. Ich streite gern.

GALILEI Vorschuß 30 Skudi.

DOPPONE Zum Beispiel so eine Frage: was fällt schneller, fünf Kilo Eisen oder zehn Kilo Eisen? Da kann ich tagelang streiten. Was meinen Sie zum Beispiel? Nicht als ob es darauf ankäme, nur wer recht hat, nicht?

GALILEI Mhm.

DOPPONE Ich sehe zum Beispiel in Amsterdam, ulkige Stadt, sauber, dieses neue Ding, durch das man alles fünfmal so groß sieht, Teleskop. Ich sage sofort: zwei Linsen, fünfmal größer alles, vier Linsen, zehnmal größer alles. Untersuche. Sehe, die guten Leute benützen zwei völlig falsche Linsen, die nicht zusammenpassen, eine hohle, eine volle. Nimmt natürlich die eine wieder weg, was die andere leistet, klar. Sage mir: muß man anders anfassen. Richtig?

GALILEI Von was reden Sie eigentlich?

DOPPONE Von dem neuen Ding in Holland, durch das man alles vergrößert sieht.

GALILEI Was sieht man vergrößert?

DOPPONE Kirchturmspitzen, in Gärten badende Damen, Tauben ...

GALILEI *mürrisch:* Haben Sie selbst etwas vergrößert gesehen?

DOPPONE Sicher. Alles.

GALILEI Und aus was bestand das Ding?

DOPPONE Sagte Ihnen ja, zwei Linsen. Man muß aber gleiche nehmen.

GALILEI Es waren also ungleiche?

DOPPONE Das war doch die Dummheit! Hebt sich ja auf! Wetten?

GALILEI *ruft zum Fenster hinaus:* Andrea! Andrea! Rotschädel!

ANDREA *herein:* Sagen Sie nicht immer Rotschädel zu mir und besonders nicht so, daß man es bis zur Straße hinunter hören kann! Ich weiß, daß ich rothaarig bin.

GALILEI So, das bringt dich also in Harnisch, wenn man dir sagt, was ist? Darüber müssen wir noch reden, Rotschädel. Lauf einmal zum Brillenmacher und hol zwei Linsen, eine hohl, eine voll.

Andrea geht wütend.

DOPPONE Mein alter Herr sagt immer: andere Länder, andere Sitten. Ich sage: andere Gläser, andere Vergrößerung! Gut, wie? Ist aber falsch. Verlassen Sie sich auf Doppone.

GALILEI Ich werde es untersuchen. Wie alt ist die Sache?

DOPPONE Die Erfindung? War zwei Tage alt, als ich abfuhr. Lag in den Windeln. Und schon so verderbt, wie? Mein alter Herr...

GALILEI Was ist Ihr Vater?

DOPPONE Wolle.

GALILEI Sagen wir Vorschuß: 45 Skudi.

Doppone bezahlt. Andrea keuchend herein.

GALILEI *winkt Doppone hinaus:* Kommen Sie Freitag, neun Uhr.

DOPPONE Hast du die Linsen? Zwei gleiche? Nein? Ich sage Ihnen, Herr Galilei, Doppone schlägt zwei gleiche vor, eventuell viere! *Ab.*

GALILEI Der Kerl ist so dumm, daß er päpstlicher Kammerherr werden könnte.

ANDREA Ich mußte meine Mütze dort lassen. Pfand.

GALILEI *lacht:* Was wirst du ohne Mütze im Winter machen? Gib her! Warum hast du denn den Apfel nicht gegessen? *Er hält die Linsen hintereinander vor das Auge.*

ANDREA Damit zeige ich ihr doch, daß sie sich dreht!

GALILEI *mäßig interessiert:* Schau einmal da durch, Andrea!

ANDREA *schaut durch:* Das ist ja alles ganz nah. Die Glocke auf dem Campanile, ganz nah, ich sehe sogar die kupfernen Lettern drauf! Und dahinter die Wäscherinnen am Fluß! Ich sehe ihre Waschhölzer!

GALILEI *sieht wieder durch:* Daß du den Apfel nicht aufgegessen hast, beweist, daß in dir ein Mathematiker steckt. Sinn für brotlose Kunst. Ich werde dich ausbilden. Ich kann mir das vielleicht doch leisten. Dieser Schnickschnack ist 500 Skudi wert.

ANDREA *den er noch einmal durchschauen läßt:* Man sieht ganz deutlich. Jetzt kommt der Gerichtsvollzieher Herr Cambione auf das Haus zu.

GALILEI Schnell, Rotschädel, steck du die 45 Skudi ein.

2

Galilei überreicht der Republik Venedig eine neue Erfindung

Signoria von Venedig. 24. August 1609. In zwei Gruppen stehen sich gegenüber die Ratsherren und der Kurator der Universität mit Professoren, darunter Galileo und sein Freund Sagredo. Die Herren warten plaudernd auf den Dogen. Abseits Andrea mit einem Samtkissen, auf dem das Fernrohr liegt, etwa 60 Zentimeter lang, mit karmesinrotem Überzug.

GALILEI *zu Sagredo:* Ich kann dir nicht versprechen, daß ich den Karneval hier durchstehen werde. Mir fliegen alle Glieder. Die meinen hier wieder, sie kriegen einen lukrativen Schnickschnack. Aber es ist viel mehr. Ich habe es heute nacht auf den

Mond gerichtet. Der Rand zwischen der hellen Sichel und dem runden dunklen Teil ist n i c h t scharf, sondern ganz unregelmäßig, zackig und rauh. Und von eigenem Licht keine Spur, du. Verstehst du, was das bedeuten kann?

DER KURATOR Der Doge!

Der Doge kommt raschen Schrittes. Der Kurator stellt ihm Galilei vor. Der Doge stellt sich an die Spitze der Ratsherren, und die Zeremonie beginnt.

DER KURATOR Eure Exzellenz, Hohe Signoria! Bevor Herr Galileo Galilei, Professor der Mathematik an Ihrer ruhmvollen Universität Padua der Signoria von Venedig das von ihm erfundene neue Fernrohr als Geschenk überreicht, erlauben Sie mir, im Namen der Universität ein Schreiben zu verlesen, das genannter Herr Galilei an den Dogen gerichtet hat. *Er liest.* »Als Lehrer der Mathematik an der Universität in Padua habe ich es stets als meine Aufgabe betrachtet, nicht nur meinem hohen Lehrauftrag zu genügen, sondern auch durch eine nützliche und außerordentliche Erfindung der Regierung der Republik einen außergewöhnlichen Vorteil zu verschaffen. Dieser Anforderung glaube ich nun durch die Konstruktion meines Augenglases zu entsprechen, die ich den tiefsten theoretischen Erwägungen der Optik entnommen habe und demgemäß als Frucht der Wissenschaft darbringe, die ich seit vollen siebzehn Jahren in Padua lehre.« *Er blättert um. Leises Händeklatschen der Ratsherren.*

GALILEI *zu Sagredo:* Wenn der Mond, ein gewöhnlicher Himmelskörper, eine Erde wäre, und er sieht aus wie eine Erde, durch das Instrument kann man es sehen, deutlich, was ist dann die Erde, frage ich.

SAGREDO Nimm dich zusammen. Übrigens, wer ist der Mensch dort, er scheint dir zu winken.

Seitwärts ist der junge Doppone erschienen. Von der Palastwache aufgehalten, sucht er Galileis Aufmerksamkeit auf sich zu lenken.

GALILEI *unangenehm berührt:* Das ist ein Schüler von mir, ein kolossaler Dummkopf. Ich habe keine Ahnung, was er wollen kann.

DER KURATOR *liest weiter, während Doppone immerfort winkt:* »Unschätzbaren Vorteil kann die durch dieses Instrument bewerkstelligte Annäherung der Gegenstände für jedes Unternehmen zu Lande und zur See gewähren. Auf dem Meere werden wir die Fahrzeuge und Segel des Feindes zwei Stunden früher entdecken, als er unser ansichtig wird.« *Klatschen.* »Indem wir auf diese Weise die Zahl und Art seiner Schiffe unterscheiden, können wir seine Stärke beurteilen, um uns zur Verfolgung, zum Kampf oder zur Flucht zu entschließen.« *Stärkeres Klatschen.*

GALILEI Wenn der Kerl nicht Ruhe gibt, gehe ich einfach weg.

SAGREDO Unmöglich.

DER KURATOR »Ebenso lassen sich auf dem Lande die Lager und Verschanzungen des Feindes innerhalb ihrer festen Plätze von entfernten, hochgelegenen Stellen aus beobachten und auch auf offenem Felde zum eigenen Vorteil jede seiner Bewegungen und Vorbereitungen sehen und im einzelnen unterscheiden.« *Klatschen.*

GALILEI Er erregt schon Aufsehen bei den Herren.

SAGREDO Laß ihn doch! Man ist schon seiner Herr geworden. Was schließt du daraus, daß der Sichelrand nicht scharf und glatt ist?

GALILEI Der Mond hat Gebirge.

DER KURATOR Indem so, Eure Exzellenz und Hohe Signoria, Herr Galilei Ihnen sein Instrument überreicht *er winkt Andrea, der das Fernrohr dem Dogen darreicht,* dieses Instrument seiner Erfindung, dieses Zeugnis seiner Intuition, das dies alles und noch viele andere nützliche Anwendungen gestattet, stellt er dem Ermessen Eurer Exzellenz und einer Hohen Signoria anheim, zu befehlen, was zu geschehen habe, ob Instrumente gleicher Art gefertigt werden sollen oder nicht. Er hofft, in Zukunft noch Größeres leisten zu können, wenn es Gott und Eurer Exzellenz gefallen sollte, daß er seinem Wunsch gemäß den Rest seines Lebens im Dienste der Venezianischen Republik verbringt. *Beifall.*

Der Rat hat sich um das Fernrohr geschart.

DIE HERREN Der Kanal liegt wie ein Buch vor einem. – Man sieht bis zum Hafen. – Auf dem Boot dort essen sie zu Mittag. Bratfisch. Ich habe Appetit. – Mit dem Ding sieht man zu gut. Ich werde meinen Frauenzimmern sagen müssen, daß sie sich nicht mehr auf dem Dach waschen dürfen. – Wann kann man solch ein Ding bekommen? *Lachen.*

GALILEI Ich frage mich sogar, ob ich mit dem Ding nicht eine gewisse Lehre nachweisen kann.

DER KURATOR Das bedeutet die jährlichen 500 Skudi mehr für Sie.

GALILEI *ohne ihn zu beachten, zu Sagredo:* Bedenke: Lichtpunkte auf dem dunklen Teil der Scheibe, dunkle Stellen auf der hellen Sichel! Es stimmt fast zu genau! Ich bin natürlich sehr mißtrauisch, äußerst mißtrauisch.

Der Doge, ein dicker, bescheidener Mann, hat sich Galilei genähert und versucht unbeholfen, ihn anzusprechen.

DER KURATOR Herr Galilei, Seine Exzellenz!

GALILEI Richtig! Die 500! Sind Sie zufrieden, Exzellenz?

DER DOGE *ihm die Hand schüttelnd:* Sie wissen, wir brauchen immer einen Vorwand für unsere Stadtväter, um unseren Gelehrten etwas zukommen zu lassen.

DER KURATOR Dieses Instrument sichert der Republik eine immense Überlegenheit in militärischer Beziehung.

DER DOGE *lächelnd:* Gewiß. Wir brauchen den Vorwand. *Er verabschiedet sich unbeholfen.*

DER KURATOR Diese Leute haben keine Ahnung, was sie kriegen. Unbildung.

DOPPONE *ist endlich durchgebrochen. Er sagt atemlos zu Galilei:* Herr Galilei, warum haben Sie mich nicht angehört vor der Überreichung? Das Ding ist ganz falsch. Der Überzug muß grün sein. Er war grün, verlassen Sie sich auf Doppone!

3

9. JANUAR 1610: VERMITTELS DES FERNROHRS ENTDECKT GALILEI AM HIMMEL ERSCHEINUNGEN, WELCHE DAS KOPERNIKANISCHE SYSTEM BEWEISEN. VON SEINEM FREUND VOR DEN MÖGLICHEN FOLGEN SEINER FORSCHUNGEN GEWARNT, BEZEUGT GALILEI SEINEN GLAUBEN AN DIE MENSCHLICHE VERNUNFT.

Studierzimmer des Galilei in Padua. Galilei und Sagredo am Fernrohr.

SAGREDO *durch das Fernrohr schauend, halblaut:* Der Sichelrand ist rauh. Auf der dunklen Hälfte, in der Nähe des leuchtenden Rands, sind leuchtende Punkte. Sie treten einer nach dem andern hervor. Von ihnen aus ergießt sich das Licht wachsend über immer weitere Flächen, wo es zusammenfließt mit dem größeren leuchtenden Teil.

GALILEI Wie erklärst du dir diese Punkte?

SAGREDO Es kann nicht sein.

GALILEI Doch. Es sind Riesenberge.

SAGREDO Auf einem Stern?

GALILEI Berge. Deren Spitzen die aufgehende Sonne vergoldet, während rings Nacht auf den Abhängen liegt. Du siehst das Licht von den höchsten Gipfeln in die Täler niedersteigen.

SAGREDO Aber das widerspricht aller Astronomie von zwei Jahrtausenden.

GALILEI So ist es. Was du siehst, hat noch kein Mensch gesehen, außer mir. Du bist der zweite.

SAGREDO Aber der Mond kann keine Erde sein mit Bergen und Tälern, sowenig die Erde ein Stern sein kann.

GALILEI Der Mond kann eine Erde sein mit Bergen und Tälern und die Erde kann ein Stern sein. Ein gewöhnlicher Himmelskörper: einer unter Tausenden. Sieh noch einmal hinein. Siehst du den verdunkelten Teil des Mondes ganz dunkel?

SAGREDO Nein. Jetzt, wo ich darauf achtgebe, sehe ich ein schwaches, aschfarbenes Licht darauf ruhen.

GALILEI Was kann das für ein Licht sein?

SAGREDO ?

GALILEI Das ist von der Erde.

SAGREDO Das ist Unsinn. Wie soll die Erde leuchten mit ihren Gebirgen und Wäldern und Gewässern, ein kalter Körper?

GALILEI So wie der Mond leuchtet. Weil die beiden Sterne angeleuchtet sind von der Sonne, darum leuchten sie. Was der Mond uns ist, das sind wir dem Mond. Und er sieht uns einmal als Sichel, einmal als Halbkreis, einmal voll und einmal nicht.

SAGREDO So wäre kein Unterschied zwischen Himmel und Erde?

GALILEI Nein.

SAGREDO Vor noch nicht zehn Jahren ist ein Mensch in Rom verbrannt worden. Er hatte eben das behauptet.

GALILEI Gewiß. Und wir sehen es. Laß dein Auge am Rohr,

Sagredo. Was du siehst, ist, daß es keinen Himmel gibt. Der Mond ist uns nicht mehr Himmelskörper, als wir es ihm sind. Heute ist der 6. Januar 1610. Der Mensch trägt in sein Journal ein: es gibt keinen Himmel mehr.

SAGREDO Das ist ein wunderbares Ding, dieses Rohr.

Es klopft.

GALILEI Ich habe noch eine Sache entdeckt. Sie ist vielleicht noch erstaunlicher.

Es klopft wieder. Galilei öffnet. Es ist der Kurator der Universität.

DER KURATOR Entschuldigen Sie die späte Stunde, aber es ist etwas ganz Außerordentliches vorgefallen. Ich wäre Ihnen verpflichtet, wenn ich mit Ihnen allein sprechen könnte.

GALILEI Herr Sagredo kann alles hören, was ich hören kann, Herr Priuli.

DER KURATOR Aber es wird Ihnen vielleicht doch nicht angenehm sein, wenn der Herr hört, was vorgefallen ist. Es ist leider etwas ganz und gar Unglaubliches.

GALILEI Herr Sagredo ist es gewohnt, in meiner Gegenwart Unglaublichem zu begegnen, wissen Sie.

DER KURATOR Ich fürchte, ich fürchte. *Auf das Fernrohr zeigend.* Da ist ja das famose Ding. Das Ding können Sie gradesogut wegwerfen. Es ist nichts damit, absolut nichts.

SAGREDO *der unruhig herumgegangen war:* Wieso?

DER KURATOR Wissen Sie, daß man diese Ihre Erfindung, die Sie als Frucht einer siebzehnjährigen Forschertätigkeit bezeichnet haben, an jeder Straßenecke Italiens für ein paar Skudi kaufen kann? Und zwar hergestellt in Holland?

GALILEI Tatsächlich?

DER KURATOR Ich verstehe nicht Ihre Ruhe, Herr.

SAGREDO Was bekümmert Sie eigentlich? Lassen Sie sich erzählen, daß Herr Galilei vermittels dieses Instruments in eben diesen Tagen umwälzende Entdeckungen die Gestirnwelt betreffend gemacht hat.

GALILEI *lachend:* Sie können durchsehen, Priuli.

DER KURATOR So lassen Sie sich erzählen, daß mir die Entdeckung genügt, die ich als der Mann, der für diesen Schund Herrn Galilei eine Gehaltsverdoppelung verschafft hat, gemacht habe. Es ist ein reiner Zufall, daß die Herren von der

Signoria, die im Glauben, in diesem Instrument der Republik etwas zu sichern, was nur hier hergestellt werden kann, nicht beim ersten Durchblicken an der nächsten Straßenecke siebenmal vergrößert einen gewöhnlichen Straßenhändler erblickt haben, der eben dieses Rohr für ein Butterbrot verkauft.

Galilei lacht schallend.

SAGREDO Lieber Herr Priuli, ich kann den Wert dieses Instruments für den Handel vielleicht nicht beurteilen, aber sein Wert für die Philosophie ist so unermeßlich, daß ...

DER KURATOR Für die Philosophie! Was hat Herr Galilei, der Mathematiker ist, mit der Philosophie zu schaffen? *Zu Galilei:* Sie haben seinerzeit der Stadt eine sehr anständige Wasserpumpe erfunden, und Ihre Berieselungsanlage funktioniert. Die Tuchweber loben Ihre Maschine ebenfalls, und die Studenten sind mit Ihren Vorlesungen zufrieden. Aber lassen Sie um Gottes willen die Philosophie den Philosophen!

GALILEI Goldene Worte, Sagredo!

DER KURATOR *stöhnt:* Zum Dank für meine Freundlichkeit haben Sie mich zum Gelächter der Stadt gemacht. Ich werde im Gedächtnis fortleben als der Kurator, der sich mit einem wertlosen Fernrohr hereinlegen ließ. Sie haben allen Grund zu lachen. Sie haben Ihre 1000 Goldskudi. Ich aber kann Ihnen sagen, und es ist ein ehrlicher Mann, der Ihnen das sagt: mich ekelt diese Welt an! *Er geht, die Tür hinter sich zuschlagend.*

GALILEI In seinem Zorn wird er geradezu sympathisch. Hast du gehört: eine Welt, in der man nicht Geschäfte machen kann, ekelt ihn an!

SAGREDO Hast du gewußt von diesen holländischen Instrumenten?

GALILEI Natürlich, vom Hörensagen. Aber ich habe diesen Filzen ein doppelt so gutes konstruiert. Wie soll ich arbeiten, mit dem Gerichtsvollzieher in der Stube? Und Virginia braucht wirklich bald eine Aussteuer, sie ist nicht intelligent. Und dann, ich kaufe gern Bücher, nicht nur über Physik, und ich esse gern anständig. Bei gutem Essen fällt mir am meisten ein. Ein verrottetes Zeitalter! Sie haben mir nicht so viel bezahlt wie einem Kutscher, der ihnen die Weinfässer fährt. Dabei ist das System gesund. Vier Klafter Brennholz für zwei Vorlesungen über Mathematik. Fortschrittlichere Leute, als in den Fürstentümern sitzen, aber kleinzügig. Ich habe ihnen jetzt 1000 Skudi herausgerissen, aber ich habe auch jetzt noch Schulden, einige sind zwanzig Jahre alt. Und der Unterricht geht weiter und verschlingt alle Zeit. Fünf Jahre freie Arbeit, und ich habe alles bewiesen! Ich werde dir noch etwas anderes zeigen.

SAGREDO *zögert, an das Fernrohr zu gehen:* Ich verspüre beinahe etwas wie Furcht, Galilei.

GALILEI Ich werde dir jetzt einen der milchweiß glänzenden Nebel der Milchstraße vorführen. Sage mir, aus was er besteht!

SAGREDO Das sind Sterne. Unzählige.

GALILEI Allein im Sternbild des Orion sind es 500 Fixsterne. Das sind die vielen Welten, die zahllosen andern, die entfernteren Gestirne, von denen der Verbrannte gesprochen hat. Er hat sie nicht gesehen, er hat sie erwartet!

SAGREDO Aber selbst wenn diese Erde ein Stern ist, so ist es noch ein weiter Weg zu den Behauptungen des großen Kopernikus, daß sie sich um die Sonne dreht. Da ist kein Gestirn am ganzen Himmel, um das ein anderes sich dreht; aber um die Erde dreht sich immer noch der Mond!

GALILEI Ich frage mich. Seit vorgestern frage ich mich. Seit einigen Tagen beobachte ich den Jupiter. Ich stelle ihn dir ein. *Er stellt das Fernrohr ein.* Da sind nämlich vier Sterne nahe bei ihm, die man nur durch das Rohr sieht. Sie waren am Dienstag ... Was ist das? *In großer Erregung.* Das ist anders heute. Sieh durch und sag mir, wie es mit ihrer Größe ist!

SAGREDO Ich sehe nur drei. Zwei sind ziemlich gleich groß, aber der dritte steht dem Jupiter näher und er ist viel kleiner. Meinst du das?

GALILEI Und Dienstag waren sie gleich groß! Und ihre Entfernungen waren dieselben! Jetzt ist es bewiesen, du!

SAGREDO Was ist bewiesen?

GALILEI Es sind Planeten. Um den Jupiter drehen sich Monde. Hier ist das Gestirn außer der Erde, um das sich andere Sterne drehen! Und in der Höhe der Fixsterne! Wo ist jetzt die Kristallschale, an der der Jupiter festgeheftet ist? Um ihn drehen sich andere Sterne. Sie sind nicht festgeheftet und auch er kann es nicht sein. Da ist keine Stütze im Himmel, da ist kein Halt im Weltall. Da ist eine andere Sonne!

SAGREDO Beruhige dich. Du denkst zu schnell.

GALILEI Was, schnell! Mensch, reg dich auf! Was du siehst, hat noch keiner gesehen. Sie hatten recht!

SAGREDO Wer? Kopernikus?

GALILEI Und der andere! Die ganze Welt war gegen sie und sie hatten recht! Das ist was für Andrea! *Er läuft außer sich zur Tür und ruft hinaus.* Frau Sarti! Frau Sarti!

SAGREDO Galilei, du sollst dich beruhigen!

GALILEI Sagredo, du sollst dich aufregen!

SAGREDO *dreht das Fernrohr weg:* Willst du aufhören, wie ein Narr herumzubrüllen?

GALILEI Willst du aufhören, wie ein Stockfisch dazustehen, wenn die Wahrheit entdeckt ist?

SAGREDO Ich stehe nicht wie ein Stockfisch, sondern ich zittere, es könnte die Wahrheit sein.

GALILEI Was?

SAGREDO Hast du allen Verstand verloren? Weißt du wirklich nicht mehr, in was für eine Sache du kommst, wenn das wahr ist, was du da siehst? Und du es auf allen Märkten herumschreist? Daß da ein Stern ist, um den etwas sich dreht, und er ist nicht die Erde! Also auch die Erde sich wohl um die Sonne drehen kann, nicht?

GALILEI Ja, und daß nicht das ganze riesige Weltall mit allen Gestirnen sich um diese winzige Erde dreht, sondern es umgekehrt ist, wie jeder sich denken konnte.

SAGREDO Daß da also nur Gestirne sind und kein Unterschied ist zwischen Erde und Himmel! Und überhaupt kein Himmel! Und wo ist dann Gott?

GALILEI Was meinst du damit?

SAGREDO Gott! Wo ist Gott?

GALILEI *zornig:* Dort nicht! Sowenig wie er hier auf der Erde zu finden ist, wenn dort Wesen sind und ihn hier suchen sollten!

SAGREDO Und wo ist also Gott?

GALILEI Bin ich Theologe? Ich bin Mathematiker.

SAGREDO Vor allem bist du ein Mensch. Und ich frage dich, wo ist Gott in deinem Weltsystem?

GALILEI In uns oder nirgends!

SAGREDO *schreiend:* Wie der Verbrannte gesagt hat?

GALILEI Wie der Verbrannte gesagt hat!

SAGREDO Darum ist er verbrannt worden! Vor noch nicht zehn Jahren!

GALILEI Weil er es nicht beweisen konnte! Weil er es nur behauptet hat!

SAGREDO Galilei, ich habe dich immer als einen schlauen Mann gekannt. Siebzehn Jahre in Padua und drei Jahre in Pisa hast du Hunderten von Schülern geduldig das ptolemäische System gelehrt, das die Kirche verkündet und die Schrift bestätigt, auf der die Kirche beruht. Du hast es für falsch gehalten mit dem Kopernikus, aber du hast es gelehrt.

GALILEI Weil ich nichts beweisen konnte.

SAGREDO *ungläubig:* Und du glaubst, das macht einen Unterschied?

GALILEI Allen Unterschied! Sieh her, Sagredo! Ich glaube an den Menschen und das heißt, ich glaube an seine Vernunft. Ohne diesen Glauben würde ich nicht die Kraft haben, am Morgen aus meinem Bett aufzustehen.

SAGREDO Dann will ich dir etwas sagen: ich glaube nicht an sie. Vierzig Jahre unter den Menschen haben mich ständig gelehrt, daß sie der Vernunft nicht zugänglich sind. Zeige ihnen einen roten Kometenschweif, jage ihnen eine dumpfe Angst ein, und sie werden aus ihren Häusern laufen und sich die Beine brechen. Aber sage ihnen einen vernünftigen Satz und beweise ihn mit sieben Gründen und sie werden dich einfach auslachen.

GALILEI Das ist ganz falsch und eine Verleumdung. Ich begreife nicht, wie du, so etwas glaubend, die Wissenschaft lieben kannst! Nur die Toten lassen sich nicht mehr von Gründen bewegen!

SAGREDO Wie kannst du ihre erbärmliche Schlauheit mit Vernunft verwechseln!

GALILEI Ich rede nicht von ihrer Schlauheit. Ich weiß, sie nennen den Esel ein Pferd, wenn sie ihn verkaufen und das Pferd einen Esel, wenn sie es einkaufen wollen. Das ist ihre Schlauheit. Aber ich glaube auch an ihre Vernunft. Die Alte, die am Abend vor der Reise dem Maulesel mit der harten Hand ein

Extrabüschel Heu vorlegt, der Schiffer, der beim Einkauf der Vorräte des Sturms und der Windstille gedenkt, das Kind, das die Mütze aufstülpt, wenn ihm bewiesen wurde, daß es regnen kann, sie alle sind meine Hoffnung, sie alle lassen Gründe gelten. Ja, ich glaube an die sanfte Gewalt der Vernunft über die Menschen. Sie können ihr auf die Dauer nicht widerstehen. Kein Mensch kann lange zusehen, wie ich *er läßt aus der Hand einen Stein auf den Boden fallen* einen Stein fallen lasse und dazu sage: er fällt nicht. Dazu ist kein Mensch imstande. Die Verführung, die von einem Beweis ausgeht, ist so groß. Ihr erliegen die meisten, auf die Dauer alle.

FRAU SARTI *in Nachtkleidung, tritt ein:* Brauchen Sie etwas, Herr Galilei?

GALILEI *der wieder an seinem Fernrohr ist und Notizen macht, sehr freundlich:* Ja, ich brauche den Andrea.

FRAU SARTI Andrea? Er liegt im Bett und schläft.

GALILEI Können Sie ihn nicht wecken?

FRAU SARTI Wozu brauchen Sie ihn denn?

GALILEI Ich will ihm etwas zeigen, was ihn freuen wird. Er soll etwas sehen, was noch wenige Menschen gesehen haben, seit die Erde besteht.

FRAU SARTI Etwa wieder etwas durch Ihr Rohr?

GALILEI Etwas durch mein Rohr, Frau Sarti.

FRAU SARTI Und darum soll ich ihn mitten in der Nacht aufwekken? Sind Sie denn bei Trost? Er braucht seinen Nachtschlaf. Ich denke nicht daran, ihn aufzuwecken.

GALILEI Bestimmt nicht?

FRAU SARTI Bestimmt nicht.

GALILEI Frau Sarti, vielleicht können dann Sie mir helfen. Sehen Sie, es ist eine Frage entstanden, über die wir uns nicht einig werden können, wahrscheinlich weil wir zu viele Bücher gelesen haben. Es ist eine Frage über den Himmel, eine Frage, die Gestirne betreffend. Sie lautet: ist es anzunehmen, daß das Große sich um das Kleine dreht, oder dreht wohl das Kleine sich um das Große?

FRAU SARTI *mißtrauisch:* Mit Ihnen kennt man sich nicht leicht aus, Herr Galilei. Ist das eine ernsthafte Frage, oder wollen Sie mich wieder einmal zum besten haben?

GALILEI Eine ernste Frage.

FRAU SARTI Dann können Sie schnell Auskunft haben. Stelle ich Ihnen das Essen hin oder stellen Sie es mir hin?

GALILEI Sie stellen es mir hin. Gestern war es angebrannt.

FRAU SARTI Und warum war es angebrannt? Weil ich Ihnen die Schuhe bringen mußte, mitten im Kochen. Habe ich Ihnen nicht die Schuhe gebracht?

GALILEI Vermutlich.

FRAU SARTI Und warum bringe ich Ihnen Ihre Schuhe und bringen nicht Sie mir die meinen?

GALILEI *aufmerksam:* Warum, meinen Sie?

FRAU SARTI Weil sich das Kleine um das Große dreht, wenn Sie mich fragen, Herr Galilei. Sie sind es nämlich, der studiert hat und der bezahlen kann.

GALILEI Ich sehe. Ich sehe, da ist keine Schwierigkeit. Gute Nacht, Frau Sarti.

Frau Sarti belustigt ab.

GALILEI Und solche Leute sollen nicht die Wahrheit begreifen können? Sie schnappen danach! Und darum werde ich meinen Brief an den florentinischen Hof abschicken, Sagredo, in dem ich mich um das Amt als Hofmathematiker bewerbe. Ich werde die neuen Sterne nach dem Großherzog die Mediceischen Sterne nennen. Und in diesem Amt werde ich keinen Studenten das ptolemäische System einpauken müssen, sondern die Zeit haben, Zeit, Zeit, Zeit, Zeit! meine Beweise auszuarbeiten, denn es genügt nicht, was ich jetzt habe. Das ist nichts, kümmerliches Stückwerk! Damit kann ich mich nicht vor die ganze Welt stellen. Da ist noch kein einziger Beweis, daß sich irgendein Himmelskörper um die Sonne dreht. Aber ich werde Beweise dafür bringen, Beweise für jedermann, von Frau Sarti bis hinauf zum Papst.

SAGREDO Und das willst du in Florenz machen?

GALILEI Ja, dort werde ich die Zeit zum Arbeiten haben. Zeit ist alles!

SAGREDO Geh nicht nach Florenz, Galileo!

GALILEI Warum nicht?

SAGREDO Weil die Mönche dort herrschen!

GALILEI Auch die Mönche sind Menschen, Sagredo. Auch sie erliegen der Verführung der Beweise. Der Kopernikus, vergiß das nicht, hat verlangt, daß sie seinen Zahlen glauben, aber ich verlange nur, daß sie ihren Augen glauben. Wenn die Wahrheit zu schwach ist, sich zu verteidigen, muß sie zum Angriff übergehen. Ich werde sie bei den Köpfen nehmen und sie zwingen, durch dieses Rohr zu schauen!

SAGREDO Galilei, ich sehe dich auf einer furchtbaren Straße. Das ist eine Nacht des Unglücks, wo der Mensch die Wahrheit sieht. Und eine Stunde der Verblendung, wo er an die Vernunft des Menschengeschlechts glaubt. Von wem sagt man, daß er sehenden Auges geht? Von dem, der ins Verderben geht. Wie könnten die Mächtigen einen frei herumlaufen lassen, der die Wahrheit weiß, und sei es eine über die entferntesten Gestirne! Wie soll nicht beseitigt werden, wer die Irrtümer beseitigen will? Meinst du, der Papst hört deine Wahrheit, wenn du sagst, er irrt, und hört nicht, daß er irrt? Und wie kannst du aus der Republik gehen wollen, die Wahrheit in der Tasche, in die Fallen der Fürsten und Mönche mit deinem Rohr in der Hand? So mißtrauisch in deiner Wissenschaft, bist du leichtgläubig wie ein Kind in allem, was dir ihr Betreiben zu erleichtern scheint. Du glaubst nicht an den Aristoteles, aber an den Großherzog von Florenz. Niemals, Galileo, würdest du zugeben, daß irgendein Körper, abhängig von einem stärkeren, sich von einem schwachen aus der Bahn bringen ließe! Als ich dich vorhin am Rohr sah und du sahst diese neuen Planeten, da war es mir, als sähe ich dich auf brennenden Scheitern stehen, und als du sagtest, du glaubst an die Beweise, roch ich verbranntes Fleisch. Ich liebe die Wissenschaft, aber mehr dich, meinen Freund. Geh nicht nach Florenz, Galileo!

GALILEI Hilf mir lieber den Brief schreiben an die Florentiner.

SAGREDO Du willst also nach Florenz?

GALILEI Sicher. Und mit dem Rohr. Und mit der Wahrheit. Und mit dem Glauben an die menschliche Vernunft.

SAGREDO Dann ist nichts mehr zu sagen. *Er geht schweigend und in Hast.*

Galilei setzt sich lachend an sein Fernrohr und beginnt, Notizen zu machen.

Es wird dunkel.

Wenn es wieder hell wird, ist es Morgen geworden. Galilei sitzt noch immer schreibend am Tisch bei zwei Kerzen. Er hat einen Mantel an, da das Feuer im Kamin ausgegangen zu sein scheint. Eine Frühmettenglocke bimmelt.

Herein Virginia, Galileis sehr junge Tochter, warm angezogen.

VIRGINIA Ich dachte doch, ich sah Licht von unten. Es ist fünf Uhr, Vater.

GALILEI Warum bist du schon auf?

VIRGINIA Ich gehe mit Frau Sarti zur Frühmette. Du hast doch versprochen, daß du heute nacht zu Bett gehen willst.

GALILEI *steht auf:* Ich habe nur sehr wenige Notierungen gemacht. Die meiste Zeit hat es mich gekostet, einen Brief zu schreiben.

VIRGINIA Frau Sarti sagt, du wolltest Andrea mitten in der Nacht geweckt haben. Hast du etwas Neues entdeckt?

GALILEI Nur ein paar kleine, trübe Fleckchen an der linken Seite eines großen Sterns, die niemand wird sehen können. Aber, das wird dich interessieren, ich habe einen Brief an den Großherzog von Florenz geschrieben, in dem ich ihm die neuen Sterne widme. Vielleicht nimmt er mich dann als Mathematiker.

VIRGINIA Die trüben Fleckchen?

GALILEI Ja. Man sieht sie so schlecht. Aber, weißt du, wenn sie überall die Mediceischen Sterne heißen, dann gibt man sich weit mehr Mühe, sie zu sehen.

VIRGINIA Warum läßt du mich nie durchs Rohr schauen? Alle sagen, es ist so wunderbar.

GALILEI Oh, das Rohr ist eine Enttäuschung, hat es dir niemand gesagt? Es wird für drei Skudi auf der Gasse verkauft und ist in Holland schon erfunden gewesen. Aber dafür sollst du den Brief an den Großherzog von Florenz lesen, in dem ich anfrage, ob er mich nehmen würde, da ich hier nicht weiterkomme.

VIRGINIA Sicher nimmt er dich.

GALILEI Nicht so sicher. Ich bin kein so sehr leicht zu habender Mann, ein wenig unbeliebt. Ich muß sehr buckeln, wenn ich genommen werden will. Vielleicht liest du nach, ob der Brief demütig genug ist, wie es sich für deinen Vater gehört, da er nicht sehr leicht zu haben ist und Schwierigkeiten verursachen kann.

VIRGINIA *liest, während Galilei sich auf das Bett legt:* »Wenn ich den neuen Sternen, die ich entdeckt habe, den erhabenen Namen des Mediceischen Geschlechts zuteile, so bin ich mir bewußt, daß den Göttern und den Heroen die Erhebung in den Sternenhimmel zur Verherrlichung gedient hat, daß aber in diesem Fall umgekehrt der erhabene Name der Medici den Sternen unsterbliches Gedächtnis sichern wird. Ich aber bringe mich Euch in Erinnerung als einen aus der Zahl der treuesten und ergebensten Diener.«

GALILEI Halt! Das klingt zu kalt, wie? So könnte ein Mann schreiben, der sich das Verdienst erworben hat, den Ptolemäus zu beweisen. Für einen Menschen aber, der nur Schwierigkeiten und Ärger bringen muß, klingt das doch allzu selbstbewußt. Ich werde noch hinzufügen: der sich zur höchsten Ehre anrechnet, als Euer Untertan geboren zu sein.

VIRGINIA Dann ist es aber höflich genug. *Sie liest weiter.* »Sehne ich mich doch nach nichts so sehr, als Euch näher zu sein, der aufgehenden Sonne, welche dieses Zeitalter erhellen wird.«

GALILEI *schläfrig:* Ich habe vier Stunden daran gehängt, aber ich habe die größte Besorgnis, der Brief klingt zu frostig. Heute abend erst hat mein Freund Sagredo mich ermahnt, klug zu sein. Ist der Brief klug? Nur auf dem Bauch kriechend kann ein unbeliebter und Schwierigkeiten bereitender Mann in eine Stellung kommen, wo er freie Zeit genug hat.

VIRGINIA *umarmt ihn:* Werden wir dort ein großes Haus haben?

GALILEI Vor allem Zeit, meine Liebe, Zeit!

4

GALILEI HAT DIE REPUBLIK VENEDIG MIT DEM FLORENTINER HOF VERTAUSCHT. SEINE ENTDECKUNGEN DURCH DAS FERNROHR STOSSEN IN DER DORTIGEN GELEHRTENWELT AUF UNGLAUBEN.

Haus des Galilei in Florenz. Frau Sarti trifft in Galileis Studierzimmer Vorbereitungen zum Empfang von Gästen. Ihr Sohn Andrea sitzt und räumt Karten auf.

FRAU SARTI Seit wir glücklich in diesem gepriesenen Florenz sind, hört das Buckeln und Speichellecken nicht mehr auf.

Die ganze Stadt zieht an diesem Rohr vorbei und ich kann dann den Fußboden aufwischen! Und nichts wird es helfen! Wenn was dran wäre an diesen Entdeckungen, würden das doch die geistlichen Herren am ehesten wissen. Ich war vier Jahre bei Monsignore Philippo im Dienst und habe seine Bibliothek nie ganz abstauben können. Lederbände bis zur Decke und keine Gedichtchen! Und der gute Monsignore hatte zwei Pfund Geschwüre im Hintern vom vielen Sitzen über all der Wissenschaft, und ein solcher Mann soll nicht Bescheid wissen? Und die große Besichtigung heute wird eine Blamage, daß ich morgen wieder nicht dem Milchmann ins Gesicht schauen kann. Ich wußte, was ich sagte, als ich ihm riet, den Herren zuerst ein gutes Abendessen vorzusetzen, ein ordentliches Stück Lammfleisch, bevor sie über sein Rohr gehen. Aber nein! *Sie macht Galilei nach.* »Ich habe etwas anderes für sie.«

Es klopft unten.

FRAU SARTI *schaut in den Spion am Fenster:* Um Gottes willen, da ist schon der Großherzog. Und er ist noch in der Universität! *Sie läuft die Treppe hinunter und läßt den Großherzog von Toscana, den fünfzehnjährigen Cosmo de Medici, mit dem Hofmarschall ein.*

COSMO Ich will das Rohr sehen.

DER HOFMARSCHALL Vielleicht gedulden sich Eure Hoheit, bis Herr Galilei und die anderen Herren von der Universität gekommen sind. *Zu Frau Sarti:* Herr Galilei wollte die von ihm neu entdeckten und die Mediceischen genannten Sterne von den Herren Astronomen prüfen lassen.

COSMO Sie glauben nicht an das Rohr, gar nicht. Wo ist es denn?

FRAU SARTI Oben, im Arbeitszimmer.

Der Knabe nickt, zeigt die Treppe hinauf, und auf ein Nicken Frau Sartis läuft er hoch.

DER HOFMARSCHALL *ein sehr alter Mann:* Eure Hoheit! *Zu Frau Sarti:* Muß man da hinauf? Ich bin nur mitgekommen, weil der Erzieher erkrankt ist.

FRAU SARTI Dem jungen Herrn kann nichts passieren. Mein Junge ist droben.

COSMO *oben eintretend:* Guten Abend.

Die Knaben verbeugen sich zeremoniell voreinander. Pause. Dann wendet sich Andrea wieder seiner Arbeit zu.

ANDREA *sehr ähnlich seinem Lehrer:* Hier geht es zu wie in einem Taubenschlag.

COSMO Viele Besucher?

ANDREA Stolpern hier herum, gaffen und verstehen nicht die Bohne.

COSMO Verstehe. Ist das ...? *Zeigt auf das Rohr.*

ANDREA Ja, das ist es. Aber da heißt es Finger weg.

COSMO Und was ist das? *Er deutet auf das Holzmodell des ptolemäischen Systems.*

ANDREA Das ist das ptolemäische.

COSMO Das zeigt, wie die Sonne sich dreht, nicht?

ANDREA Ja, das sagt man.

COSMO *sich auf einen Stuhl setzend, nimmt es auf den Schoß:* Mein Lehrer ist erkältet. Da konnte ich früher weg. Angenehm hier.

ANDREA *unruhig, geht schlendernd und unschlüssig, den fremden Jungen mißtrauisch anschauend, herum und fischt endlich, unfähig, der Versuchung länger zu widerstehen, ein zweites Holzmodell hinter Karten vor, eine Darstellung des kopernikanischen Systems:* Aber in Wirklichkeit ist es natürlich so.

COSMO Was ist so?

ANDREA *auf Cosmos Modell deutend:* So meint man, daß es ist, und so *auf seines deutend* ist es. Die Erde dreht sich um die Sonne, verstehen Sie?

COSMO Meinst du wirklich?

ANDREA Allerdings. Das ist bewiesen.

COSMO Tatsächlich? Ich möchte wissen, warum sie mich zum Alten überhaupt nicht mehr hineinließen. Gestern war er noch bei der Abendtafel.

ANDREA Sie scheinen es nicht zu glauben, was?

COSMO Doch, natürlich.

ANDREA *plötzlich, auf das Modell in Cosmos Schoß zeigend:* Gib das her, du verstehst ja nicht einmal das!

COSMO Du brauchst doch nicht zwei.

ANDREA Du sollst es hergeben. Das ist kein Spielzeug für Jungens.

COSMO Ich habe nichts dagegen, es dir zu geben, aber du müßtest ein wenig höflicher sein, weißt du.

ANDREA Du bist ein Dummkopf und höflich hin oder her. Raus damit, sonst setzt's was.

COSMO Laß die Finger weg, hörst du.

Sie beginnen zu raufen und kugeln sich bald auf dem Boden.

ANDREA Ich werde dir schon zeigen, wie man ein Modell behandelt! Ergib dich!

COSMO Jetzt ist es entzweigegangen. Du drehst mir die Hand um.

ANDREA Wir werden schon sehen, wer recht hat und wer nicht. Sag, sie dreht sich, sonst gibt's Kopfnüsse.

COSMO Niemals. Au! Du Rohling. Ich werde dir Höflichkeit beibringen.

ANDREA Rotkopf? Bin ich ein Rotkopf?

Sie raufen schweigend weiter.

Unten treten Galilei und einige Professoren der Universität ein.

DER HOFMARSCHALL Meine Herren, eine leichte Erkrankung hält den Erzieher Seiner Hoheit, Herrn Suri, ab, Seine Hoheit hierher zu begleiten.

DER THEOLOGE Hoffentlich nichts Schlimmes.

DER HOFMARSCHALL Ganz und gar nicht.

GALILEI Seine Hoheit nicht hier? Das ist eine Katastrophe.

DER HOFMARSCHALL Seine Hoheit ist oben. Bitte die Herren, sich nicht aufhalten zu wollen. Der Hof ist so überaus begierig, die Meinung der erlauchten Universität über das außerordentliche Instrument Herrn Galileis und die wunderbaren neuen Gestirne kennenzulernen.

Sie gehen nach oben.

Die Knaben liegen jetzt still. Sie haben unten Lärm gehört.

COSMO Sie sind da. Laß mich auf.

Sie stehen schnell auf.

DIE HERREN *im Hinaufgehen:* Nein, nein, es ist alles in schönster Ordnung. – Die medizinische Fakultät erklärt es für ausgeschlossen, daß es sich bei den Erkrankungen in der Altstadt um Pestfälle handeln könnte. Die Miasmen müßten bei der jetzt herrschenden Temperatur erfrieren. – Das schlimmste in solchen Fällen ist immer Panik. – Nichts als die in dieser Jahreszeit üblichen Erkältungswellen. – Jeder Verdacht ist ausgeschlossen. – Alles in schönster Ordnung.

Begrüßung oben.

GALILEI Eure Hoheit, ich bin glücklich, in Ihrer Gegenwart die Herren mit den Neuerungen bekannt machen zu dürfen.

Cosmo verbeugt sich sehr formell nach allen Seiten, auch vor Andrea.

DER THEOLOGE *das zerbrochene ptolemäische Modell am Boden sehend:* Hier scheint etwas entzweigegangen.

Cosmo bückt sich rasch und übergibt Andrea höflich das Modell. Inzwischen räumt Galilei verstohlen das andere Modell beiseite.

GALILEI *faßt Andrea um die Schulter und führt ihn hinaus, ihn dabei unauffällig bei den Ohren nehmend:* Geh zu deiner Mutter, mein Junge. *Zu Cosmo, während Andrea lauschend an der Tür stehenbleibt:* Eure Hoheit wissen, daß wir Astronomen seit einiger Zeit mit unseren Berechnungen in große Schwierigkeiten gekommen sind. Wir benützen dafür ein sehr altes System, das sich in Übereinstimmung mit der Philosophie, aber leider nicht mit den Fakten zu befinden scheint. Nach diesem alten System, dem ptolemäischen, werden die Bewegungen der Gestirne als äußerst verwickelt angenommen. Der Planet Venus zum Beispiel soll eine Bewegung von dieser Art vollführen. *Er zeichnet auf eine Tafel die epizyklische Bahn der Venus nach der ptolemäischen Annahme.* Aber solche schwierigen Bewegungen annehmend, sind wir doch nicht in der Lage, die Stellung der Gestirne richtig vorauszuberechnen. Wir finden sie nicht an den Orten, wo sie eigentlich sein müßten. Dazu kommen solche Gestirnbewegungen, für welche das ptolemäische System überhaupt keine Erklärung hat. Bewegungen dieser Art scheinen mir einige von mir neu entdeckte kleine Sterne um den Planeten Jupiter zu vollführen. Ist es den Herren angenehm, mit einer Besichtigung des Jupiter zu beginnen?

DER PHILOSOPH Aha, da ist ja das berühmte Rohr. Nun, Herr Galilei, vielleicht nennen Sie uns vor allem andern die Gründe, die Sie bewegen, Gestirnbewegungen für möglich zu halten, die nach der Meinung des großen Aristoteles und aller Mathematiker und Philosophen seit ihm nicht gut möglich sind.

GALILEI Meine Beobachtungen – die Notizen darüber stehen zu Ihrer Verfügung – zeigen, daß sie möglich sind. Sie werden vier Sterne in unmittelbarer Nähe des Jupiter sehen, und da ich die Stellungen dieser Himmelskörper Nacht für Nacht kontrolliert und hier notiert habe, werden Sie die Kreisbewegung, die sie um den Stern Jupiter beschreiben, feststellen können.

DER MATHEMATIKER Aber solche Bewegungen sind doch nicht möglich, Herr Galilei.

Galilei weist lächelnd stumm auf sein Rohr.

DER THEOLOGE Abgesehen davon, daß sie nach Ansicht der Mathematiker *er verbeugt sich gegen den Mathematiker* nicht möglich zu sein scheinen, bliebe noch die Frage, ob sie nötig sind. Warum sollten Sterne um andere Mittelpunkte als die Erde Kreise beschreiben? Gott läßt die Sonne um die Erde kreisen, damit der Mensch, sein geliebtes Geschöpf, Licht empfange. So ist diese Kreisbewegung höchst sinnvoll, wie alles, was Gott geschaffen hat. Wie das Wachsen der Pflanzen sinnvoll ist, die uns zur Nahrung dienen. Können Sie wirklich etwas Sinnloses entdecken in dieser Welt, Herr Galilei? Aber die Kreise der Sterne, von denen Sie reden, scheinen ein wenig sinnlos zu sein, wie?

DER PHILOSOPH Wenn es solche Sterne überhaupt geben sollte, von denen niemand außer Herrn Galilei redet!

COSMO *enttäuscht:* Meinen Sie, es gibt sie gar nicht?

Die Herren zögern mit der Antwort.

COSMO *mit Würde:* Vergessen Sie nicht, daß es meine Sterne sind.

Die Herren verbeugen sich tief.

DER THEOLOGE Sie verstehen, Herr Galilei, rein menschlich sind wir überzeugt, daß weder Sie noch sonst jemand es wagen würde, Sterne mit dem erlauchten Namen des Herrscherhauses zu schmücken, deren Existenz nicht über allen Zweifel erhaben ist. Aber als Männer der Wissenschaft fühlen wir, daß es Ihnen ein Bedürfnis sein wird, die Existenz dieser bisher niemals und nirgends gesehenen Sterne zu beweisen.

GALILEI *erstaunt:* Ich dachte mir, Sie sehen einfach durch das Teleskop und überzeugen sich?

Die Herren lachen.

DER MATHEMATIKER Da der Jupiter, Herr Kollege, an die

Sphäre der Fixsterne geheftet ist, wie jedermann weiß, der je ein Handbuch der Astronomie aufgeschlagen hat, kann Ihr Rohr, so tüchtig es sein mag, kaum zeigen, daß um diesen Fixstern herum frei Planeten laufen. Sie würden zweifellos die Sphärenschale durchstoßen, nicht?

GALILEI Wie aber, wenn Sie, hier durchblickend, vier Planeten solche Bewegungen um den Fixstern Jupiter ausführen sehen würden? Vielleicht sehen Sie doch hindurch?

DER THEOLOGE Man könnte versucht sein, zu antworten, daß Ihr Rohr, etwas zeigend, was nicht sein kann, ein nicht sehr verläßliches Rohr sein müßte, nicht?

DER PHILOSOPH Das ist nicht höflicher auszudrücken.

GALILEI *mühsam:* Meine Herren, seit drei Monaten zeichne ich Nacht für Nacht die Stellungen der vier Planeten auf. Hier sind die Aufzeichnungen. Sie sind nicht vollständig, ich brauche noch ein paar Messungen, jedoch geben sie ein Bild der Bewegungen dieser Himmelskörper. Ich denke, daß eine Beobachtung von fünf Minuten und ein kurzer Blick auf meine Aufzeichnungen von den Herren nicht zuviel verlangt ist.

DER PHILOSOPH Es wäre doch so viel förderlicher, wenn Sie uns zuerst sagten, wie denn in der höchsten Sphäre des unveränderlichen Himmels Körper überhaupt sich freihängend bewegen können.

DER MATHEMATIKER Die Gründe, Herr Galilei! Wo sind die Gründe?

GALILEI *deutet auf die Gestirne:* Hier! Das ist ja abgeschmackt. Wozu erst fragen, ob etwas sein kann, wenn ein Blick genügt, zu sehen, daß es ist?

DER MATHEMATIKER Wenn man sicher wäre, daß Sie sich nicht erregten, könnte man sagen, daß, was in Ihrem Rohr ist und was am Himmel ist, zweierlei sein kann.

GALILEI *grob:* Wollen Sie mir Betrug vorwerfen?

DER THEOLOGE *lächelnd:* Aber wie könnten wir das? Und in Anwesenheit Seiner Hoheit!

DER MATHEMATIKER Niemals. Wer sagt etwas gegen Ihr berühmtes Instrument? Ihr Instrument, mag man es nun Ihr Kind, mag man es Ihren Zögling nennen, ist sicher sehr geschickt gemacht, kein Zweifel.

GALILEI Wollen Sie also durchschauen oder nicht?

DER PHILOSOPH Sicher, sicher. *Zu Cosmo:* Nach dem Aristoteles ist es, wie Eure Hoheit wissen, ganz ausgeschlossen, daß es Himmelskörper geben könnte, die einen andern Himmelskörper umkreisen und gleichzeitig, mit ihm fortschreitend, eine größere Bahn um einen zweiten durchmessen.

GALILEI Ja, nach dem Aristoteles.

DER THEOLOGE Oh!

Betretene Pause.

Andrea wendet sich plötzlich um und geht die Treppe hinunter.

FRAU SARTI *an der er, sie nicht anschauend, vorbeigeht:* Was ist los?

ANDREA Sie sind so dumm.

Frau Sarti sieht ihn hinter einem Schrank stehenbleiben und geht ihm nach.

ANDREA *als sie ihn umarmt, weil er Tränen in den Augen hat:* Sie wollen nicht einmal durchsehen.

GALILEI *fast unterwürfig:* Meine Herren, der Glaube an die Autorität des Aristoteles ist e i n e Sache, Fakten, die mit Händen zu greifen sind, eine a n d e r e. Sie sagen, nach dem Aristoteles gibt es dort oben Kristallschalen, und so können gewisse Bewegungen von Gestirnen nicht stattfinden, weil die Gestirne diese Schalen durchstoßen müßten. Aber wie, wenn Sie diese Bewegungen konstatieren könnten? Vielleicht sagte Ihnen das, daß es diese Kristallschalen gar nicht gibt? Meine Herren, ich ersuche Sie in aller Demut, Ihren Augen zu trauen.

DER MATHEMATIKER Lieber Herr Galilei, ich pflege mitunter, so altmodisch es Ihnen erscheinen mag, den Aristoteles zu lesen und kann Sie dessen versichern, daß ich da meinen Augen traue.

GALILEI Ich bin es gewohnt, die Herren aller Fakultäten sämtlichen Fakten und Entdeckungen gegenüber die Augen schließen zu sehen und so tun, als sei nichts geschehen. Ich zeige meine Notierungen und man lächelt; ich stelle ein Fernrohr zur Verfügung, daß man sich überzeugen kann, und man zitiert den Aristoteles. Der Mann hatte kein Fernrohr!

DER THEOLOGE Allerdings nicht ...

DER PHILOSOPH *grob:* Wenn hier Aristoteles in den Kot gezogen werden soll, eine Autorität, welche nicht nur die gesamte

Wissenschaft der Antike, sondern auch die Hohen Kirchenväter selber anerkannten, so scheint jedenfalls mir eine Fortsetzung der Diskussion überflüssig. Unsachliche Diskussion lehne ich ab. Basta.

GALILEI Die Autorität! Die Wahrheit ist das Kind der Zeit, nicht der Autorität. Ich schlage euch vor: schaut hindurch! Was sind alle Spekulationen über Himmel und Erde, laßt sie fahren, wenn ihr ein Zipfelchen der Welt wirklich sehen könnt! Unsere Unwissenheit ist unendlich, die Unendlichkeit unseres Systems beweist das, tragen wir einen Kubikmillimeter ab! Wozu jetzt noch so klug sein wollen, wenn wir endlich ein klein wenig weniger dumm sein können! Laßt alles Fragen, wo euch die Wahrheit hinführt, stellt die Schlüsse zurück, setzt nichts fest, fragt euch, glaubt nichts, schaut hindurch! Wie kann verstanden werden, was nicht vorher nicht verstanden wurde!

DER PHILOSOPH Da Sie sich beharrlich weigern, in eine Diskussion einzutreten, wie sie in wissenschaftlichen Kreisen üblich ist ...

GALILEI Bedenkt, daß es an euch liegt, ein Beispiel zu geben und eurer Vernunft zu trauen. Daß der letzte Roßknecht darauf wartet, aufgefordert und ermuntert zu werden, er solle seiner Vernunft trauen! Es sind nicht die Bewegungen einiger entfernter Gestirne, welche jetzt ganz Italien aufhorchen machen, sondern die Kunde, daß für unumstößlich gehaltene Meinungen ins Wanken gekommen sind, denn alle wissen, daß es zu viele davon gibt! Die Monde des Jupiter verbilligen nicht die Milch, aber sie wurden nie je gesehen, und es gibt sie doch. Daraus zieht der Mann auf der Straße den Schluß, daß es noch vieles geben könnte, wenn er nur seine Augen aufmachte! Ihr seid ihm eine Bestätigung schuldig!

Unten im Flur hat auf ein Klopfen Frau Sarti einen Höfling hereingelassen, der von ihr geführt in das Studierzimmer geht und dem Hofmarschall etwas ins Ohr flüstert.

DER HOFMARSCHALL *erregt aufstehend:* Herr Galilei, meine Herren, eine dringende Meldung zwingt Seine Hoheit, die so sehr interessante Diskussion zu verlassen. Seine Hoheit dankt Ihnen und bittet Sie, sich nicht stören zu lassen.

Der Großherzog, der Hofmarschall und der Höfling gehen, von Galilei bis zur Haustür begleitet.

COSMO *auf der Treppe:* Geht es Herrn Suri schlechter?

DER HOFMARSCHALL Nein, nein.

COSMO *an der Tür, vertraulich zu Galilei:* Ich möchte sehr gern einmal durch Ihr Rohr schauen.

GALILEI Dazu habe ich es gebaut, Eure Hoheit.

FRAU SARTI *die Tür hinter ihnen schließend:* Es ist eine große Reisekalesche.

DER THEOLOGE Mitten in der Sitzung weggegangen, was sagen Sie?

DER PHILOSOPH Schämt sich seines großen Astronomen.

DER MATHEMATIKER Ich würde es für mein Leben gern einmal untersuchen. *Er geht hastig zu dem Fernrohr.*

DER THEOLOGE Wollen Sie wissen, wie es gemacht wird? Ich werde es Ihnen sagen.

GALILEI *ist zurückgekehrt. Der Mathematiker ist schnell vom Rohr zurückgetreten:* Wollen Sie also die Sterne sehen oder nicht?

DER THEOLOGE *zum Mathematiker:* Sind Sie bereit, durchzuschauen?

DER MATHEMATIKER *schüttelt den Kopf:* Sie?

DER THEOLOGE Kaum.

DER PHILOSOPH Humbug. Gehen wir.

GALILEI Geht zum Teufel!

Die Herren gehen empört hinaus. Der Theologe bleibt jedoch etwas zurück.

DER THEOLOGE An den glauben Sie und Herr Kopernikus doch nicht. *Am Fernrohr.* Ein hübsches Ding. Hoffentlich ist es gut geputzt, sonst sieht man ja nicht durch, nicht?

Lächelnd zieht er ein Taschentuch heraus und wischt, mit bedeutsamem Blick auf Galilei, die obere Linse ab. Dann folgt er seinen Kollegen hinab. Galilei, erst verblüfft, beginnt zu lachen.

DIE HERREN *im Hinabsteigen:* Völlig ausgeschlossen, vier Monde um den Jupiter! – Wie viele Sonnen die noch entdekken werden? – Ebenso ausgeschlossen, wie alles, was er über den Mond faselt! – Ich möchte wissen, was Seine Hoheit für eine Meldung bekommen hat? Diese Krankheitsfälle in der Altstadt gefallen mir nicht. – Ausgeschlossen, daß die Meldung damit zusammenhängt! Die medizinische Fakultät sagt mit absoluter Sicherheit ...

Es wird unten ans Tor geklopft. Frau Sarti öffnet. Virginia mit einer Reisetasche herein.

FRAU SARTI Virginia! Ist etwas passiert?

VIRGINIA In der Altstadt ist die Pest. In der Marktgasse sollen zwei Tote sein und drei liegen sterbend im Spital. Die Marktgasse wird schon abgeriegelt. Das Stift ist geschlossen, wir mußten alle heimgehen.

DIE HERREN Was? – Ausgeschloss ... *Sie stürzen weg.*

Ein großherzoglicher Lakai erscheint.

DER LAKAI Seine Hoheit hat der grassierenden Krankheit wegen die Stadt in Richtung auf Bologna verlassen. Er bestand jedoch darauf, daß Herrn Galilei und dem jungen Herrn die Möglichkeit geboten wird, sich ebenfalls in Sicherheit zu bringen. Der Wagen ist in zwei Minuten vor der Tür. Seine Hoheit läßt dem jungen Herrn seine besten Grüße übermitteln. *Ab.*

GALILEI *erscheint oben an der Treppe, immer noch lachend:* Andrea! *Zu Frau Sarti:* Wissen Sie, was diese Esel glauben? Sie glauben, daß ich die sämtlichen Mediceischen Sterne auf die Linse meines Rohrs geklebt habe! – Was ist denn los? *Zu Virginia:* Was machst du hier?

FRAU SARTI Die Pest! Sie haben wieder alles bis zum letzten Augenblick verheimlicht! Wir müssen gleich weg. Der Großherzog schickt einen Wagen, Andrea! Ich muß packen. *Setzt sich.*

GALILEI Packen Sie nichts. Nehmen Sie Virginia und Andrea, und wir gehen. Ich hole nur noch meine Aufzeichnungen. *Er läuft eilig zurück in sein Studierzimmer und klaubt in größter Hast Papiere zusammen.*

Frau Sarti zieht Andrea, der gelaufen kommt, einen Mantel an und holt etwas Bettzeug und Essen herbei.

FRAU SARTI Geht ihr sogleich hinaus und setzt euch in den Wagen.

ANDREA Aber warum? Wenn du mir nicht sagst, warum, gehe ich nicht.

FRAU SARTI Es ist die Pest, Kind.

ANDREA Dann tragen Virginia und ich die Sachen hinaus.

VIRGINIA Nein. Wir warten, bis Vater herunten ist! Sicher will er wieder alle seine Papiere mitnehmen.

FRAU SARTI *schreit:* Herr Galilei! Sind Sie fertig?

GALILEI *in der Tür:* Setzen Sie erst Virginia und Andrea in den Wagen. Ich komme.

VIRGINIA Nein, wir gehen nicht ohne dich! Du wirst nie fertig werden, wenn du erst deine Bücher einpackst.

GALILEI Sei vernünftig, Virginia! Wenn ihr euch nicht hineinsetzt, fährt der Kutscher weg. Die Pest, das ist keine Kleinigkeit. *Zurück in sein Studierzimmer.*

VIRGINIA *protestierend, während Frau Sarti sie und Andrea hinausführt:* Helfen Sie ihm mit den Büchern, sonst kommt er nicht!

Galilei wickelt sein Fernrohr in ein Tischtuch. Mit dem Fuß schleudert er die beiden Modelle beiseite. Plötzlich bleibt er stehen. Dann geht er zögernd zur Treppe.

GALILEI Meinen Sie, daß es einen Zweck hat? *Er merkt, daß niemand mehr da ist. Geht langsam zurück. Setzt sich auf den Stuhl, vor dem das Rohr gestanden hat. Schiebt den Vorhang von dem Fenster zurück, wirft einen Blick hinaus. Steht auf.*

FRAU SARTI *unten:* Herr Galilei! Der Wagen fährt! Der Kutscher weigert sich, zu warten!

GALILEI *auf der Treppe:* Frau Sarti, ich glaube nicht, daß ich wegsollte. Da ist alles in Unordnung, wissen Sie, Aufzeichnungen von drei Monaten, die ich wegschmeißen kann, wenn ich sie nicht noch ein paar Nächte fortführe. Und diese Seuche ist ja überall.

FRAU SARTI Herr Galilei! Kommen Sie sofort herunter! Sie sind wahnsinnig!

GALILEI Gehen Sie nur mit Virginia und Andrea! Ich kann mich wirklich nicht entschließen. Aber ich komme nach.

FRAU SARTI Aber in einer Stunde kommt niemand mehr weg von hier! Sie müssen! *Horcht.* Er fährt! Ich muß ihn aufhalten! *Ab.*

Galilei geht mit schwerem Schritt zurück.

GALILEI Die Pest, das war auch so was, was ausgeschlossen war.

Frau Sarti kehrt zurück, sehr bleich, ohne ihr Bündel.

GALILEI Was stehen Sie immer noch herum? Der Wagen mit den Kindern fährt Ihnen noch weg.

FRAU SARTI Sie sind weg. Virginia mußten sie festhalten. Man wird für die Kinder sorgen in Bologna. Aber wer soll Ihnen Ihr Essen hinstellen?

GALILEI Sie sind wahnsinnig! Wegen dem Kochen in der Stadt zu bleiben!

FRAU SARTI Wenn sie nur noch wegkommen!

GALILEI *seine Aufzeichnungen in der Hand:* Glauben Sie von mir nicht, Frau Sarti, daß ich ein Narr bin. Ich kann diese Beobachtungen nicht im Stich lassen. Ich habe mächtige Feinde und muß Beweise für gewisse Behauptungen sammeln.

FRAU SARTI Sie brauchen sich nicht zu entschuldigen. Aber vernünftig ist es nicht.

GALILEI Und da ist noch ein Grund: keiner weiß, wie lange er in dieser Zeit am Leben ist. *Er lächelt.* Fahren wir also fort, auf die Linsen Sterne zu zeichnen! *Geht in sein Studierzimmer.*

5
Uneingeschüchtert durch die Pest setzt Galilei seine Forschungen fort

Vor Galileis Haus in Florenz. Heraus tritt Galilei und blickt die Straße hinunter. Zwei Nonnen kommen vorüber.

GALILEI *spricht sie an:* Können Sie mir sagen, Schwestern, wo ich Milch zu kaufen bekomme? Heute früh ist die Milchfrau nicht gekommen, und meine Haushälterin ist weg.

DIE EINE NONNE Die Läden sind nur noch in der unteren Stadt offen.

DIE ANDERE NONNE Sind Sie hier herausgekommen? *Galilei nickt.* Das ist diese Gasse!

Die beiden Nonnen bekreuzigen sich, murmeln den Englischen Gruß und laufen weg. Ein Mann kommt vorbei.

GALILEI *spricht ihn an:* Sind Sie nicht der Bäcker, der uns das Weißbrot bringt? *Der Mann nickt.* Haben Sie meine Haushälterin gesehen? Sie muß gestern abend weggegangen sein. Seit heute früh ist sie nicht mehr im Haus.

DER MANN Da wird sie wohl wiederkommen, Herr Galilei.

Ein Fenster gegenüber geht auf und eine Frau schaut heraus.

DIE FRAU *schreiend:* Laufen Sie! Bei denen da drüben ist die Pest!

Der Mann läuft erschrocken weg.

GALILEI Wissen Sie etwas über meine Haushälterin?

DIE FRAU Ihre Haushälterin ist oben an der Straße niedergebrochen. Sie muß es gewußt haben. Darum ist sie weg. Solche Rücksichtslosigkeit! *Sie schlägt das Fenster zu.*

Kinder kommen die Straße herunter. Sie sehen Galilei und rennen schreiend weg. Galilei wendet sich, da kommen zwei Soldaten gelaufen, ganz in Eisen.

DIE SOLDATEN Geh sofort ins Haus zurück! *Mit ihren langen Spießen schieben sie Galilei in sein Haus zurück. Hinter ihm verrammeln sie das Tor.*

GALILEI *am Fenster:* Könnt ihr mir sagen, was mit der Frau geschehen ist?

DIE SOLDATEN Sie werden auf den Anger geschafft.

DIE FRAU *erscheint wieder im Fenster:* Die ganze Gasse da hinten ist ja verseucht. Warum sperrt ihr nicht ab?

Die Soldaten ziehen einen Strick über die Straße.

DIE FRAU Aber so kann ja auch in unser Haus keiner mehr! Hier braucht ihr doch nicht abzusperren. Hier ist doch alles gesund. Halt, halt! So hört doch! Mein Mann ist doch in der Stadt, er kann ja nicht mehr zu uns! Ihr Tiere, ihr Tiere!

Man hört von innen her ihr Schluchzen und Schreien. Die Soldaten gehen ab. An einem andern Fenster erscheint eine alte Frau.

GALILEI Dort hinten muß es brennen.

DIE ALTE FRAU Sie löschen nicht mehr, wenn Pestverdacht ist. Jeder denkt nur noch an die Pest.

GALILEI Wie ihnen das gleichsieht! Das ist ihr ganzes Regierungssystem. Sie hauen uns ab wie den kranken Ast eines Feigenbaumes, der keine Frucht mehr bringen kann.

DIE ALTE FRAU Das dürfen Sie nicht sagen. Sie sind nur hilflos.

GALILEI Sind Sie allein im Haus?

DIE ALTE FRAU Ja. Mein Sohn hat mir einen Zettel geschickt. Er hat Gott sei Dank gestern abend schon erfahren, daß dort hinten wer gestorben ist, und ist nicht mehr heimgekommen. Es sind elf Fälle gewesen in der Nacht hier im Viertel.

GALILEI Ich mache mir Vorwürfe, daß ich meine Haushälterin nicht rechtzeitig weggeschickt habe. Ich hatte eine dringende Arbeit, aber sie hatte keinen Grund zu bleiben.

DIE ALTE FRAU Wir können ja auch nicht weg. Wer soll uns aufnehmen? Sie müssen sich keine Vorwürfe machen. Ich habe sie gesehen. Sie ging heute früh weg, gegen sieben Uhr. Sie war krank, denn als sie mich aus der Tür treten und die Brote hereinholen sah, machte sie einen Bogen um mich. Sie wollte wohl nicht, daß man Ihnen das Haus zuschließt. Aber sie bringen alles heraus.

Ein klapperndes Geräusch wird hörbar.

GALILEI Was ist das?

DIE ALTE FRAU Sie versuchen mit Geräuschen die Wolken zu vertreiben, in denen die Pestkeime sind.

Galilei lacht schallend.

DIE ALTE FRAU Daß Sie noch lachen können!

Ein Mann kommt die Straße herunter und findet sie versperrt durch den Strick.

GALILEI Heda, Sie! Hier ist abgeriegelt, und im Haus ist nichts zu essen.

Der Mann ist schon weggelaufen.

GALILEI Aber ihr könnt einen doch nicht hier verhungern lassen! Heda! Heda!

DIE ALTE FRAU Vielleicht bringen sie was. Sonst kann ich Ihnen, aber erst nachts, einen Krug Milch vor die Tür stellen, wenn Sie sich nicht fürchten.

GALILEI Heda! Heda! Man muß uns doch hören!

Am Strick steht plötzlich Andrea. Er hat ein verweintes Gesicht.

GALILEI Andrea! Wie kommst du her?

ANDREA Ich war schon früh hier. Ich habe geklopft, aber Sie haben nicht aufgemacht. Die Leute haben mir gesagt, daß ...

GALILEI Bist du denn nicht weggefahren?

ANDREA Doch. Aber unterwegs konnte ich abspringen. Virginia ist weitergefahren. Kann ich nicht hinein?

DIE ALTE FRAU Nein, das kannst du nicht. Du mußt zu den Ursulinerinnen. Deine Mutter ist vielleicht auch dort.

ANDREA Ich war da. Aber man hat mich nicht zu ihr hineingelassen. Sie ist so krank.

GALILEI Bist du so weit hergelaufen? Das sind doch drei Tage, daß du wegfuhrst.

ANDREA So lang brauchte ich, seien Sie nicht böse. Sie haben mich einmal eingefangen.

GALILEI *hilflos:* Weine jetzt nicht mehr. Siehst du, ich habe allerhand gefunden in der Zwischenzeit. Soll ich dir erzählen? *Andrea nickt schluchzend.* Gib genau acht, sonst verstehst du nicht. Erinnerst du dich, daß ich dir den Planeten Venus gezeigt habe? Horch nicht auf das Geräusch, das ist nichts. Kannst du dich erinnern? Weißt du, was ich gesehen habe? Er ist wie der Mond! Ich habe ihn als halbe Kugel und ich habe ihn als Sichel gesehen. Was sagst du dazu? Ich kann dir alles zeigen mit einer kleinen Kugel und einem Licht. Es beweist, daß auch dieser Planet kein eigenes Licht hat. Und er dreht sich um die Sonne, in einem einfachen Kreis, ist das nicht wunderbar?

ANDREA *schluchzend:* Sicher, und das ist ein Fakt.

GALILEI *leise:* Ich habe sie nicht zurückgehalten.

Andrea schweigt.

GALILEI Aber natürlich, wenn ich nicht geblieben wäre, wäre das nicht geschehen.

ANDREA Müssen sie es Ihnen jetzt glauben?

GALILEI Ich habe jetzt alle Beweise zusammen. Weißt du, wenn das hier vorüber ist, gehe ich nach Rom und zeige es ihnen.

Die Straße herunter kommen zwei vermummte Männer mit langen Stangen und Kübeln. An den Stangen reichen sie Galilei und dann der alten Frau Brote in die Fenster.

DIE ALTE FRAU Und dort drüben ist eine Frau mit drei Kindern. Legt da auch was hin.

GALILEI Aber ich habe nichts zu trinken. Im Haus ist kein Wasser. *Die beiden zucken die Achseln.* Kommt ihr auch morgen?

DER EINE MANN *mit erstickter Stimme, da er ein Tuch vor dem Mund hat:* Wer weiß heut, was morgen ist?

GALILEI Könntet ihr, wenn ihr kommt, auch ein Büchlein heraufreichen, das ich für meine Arbeit brauche?

DER MANN *lacht dumpf:* Sei froh, wenn du Brot bekommst.

GALILEI Aber der Junge dort, mein Schüler, wird da sein und es euch geben für mich. Es ist die Karte mit der Umlaufszeit des Merkur, Andrea, ich habe sie verlegt. Willst du sie beschaffen in der Schule?

Die Männer sind schon weitergegangen.

ANDREA Bestimmt. Ich hol sie, Herr Galilei. *Ab.*

Auch Galilei zieht sich zurück. Gegenüber aus dem Haus tritt die alte Frau und stellt einen Krug vor Galileis Tür.

6

1616: DAS COLLEGIUM ROMANUM, FORSCHUNGSINSTITUT DES VATIKANS, BESTÄTIGT GALILEIS ENTDECKUNGEN.

Saal des Collegium Romanum in Rom. Es ist Nacht. Hohe Geistliche, Mönche, Gelehrte in Gruppen. An der Seite allein Galilei.
Es herrscht große Ausgelassenheit. Bevor die Szene beginnt, hört man gewaltiges Gelächter.

EIN DICKER PRÄLAT *hält sich den Bauch vor Lachen:* O Dummheit! O Dummheit! Ich möchte, daß mir einer einen Satz nennt, der n i c h t geglaubt wurde!

EIN GELEHRTER Zum Beispiel, daß Sie unüberwindliche Abneigung gegen Mahlzeiten verspüren, Monsignore!

DER DICKE PRÄLAT Wird geglaubt, wird geglaubt. Nur das Vernünftige wird nicht geglaubt. Daß es einen Teufel gibt, das wird bezweifelt. Aber daß die Erde sich dreht wie ein Schusser in der Gosse, das wird geglaubt. O Dummheit!

EIN MÖNCH *spielt Komödie:* Mir schwindelt. Sie dreht sich zu schnell. Gestatten Sie, daß ich mich an Ihnen einhalte, Professor. *Er tut, als schwanke er und hält sich an einem Gelehrten ein.*

DER GELEHRTE *mitmachend:* Ja, sie ist heute wieder ganz besoffen, die Alte. *Er hält sich an einem anderen ein.*

DER MÖNCH Halt, halt! Wir rutschen ab! Halt, sag ich!

EIN ZWEITER GELEHRTER Die Venus steht schon ganz schief. Ich sehe nur noch ihren halben Hintern, Hilfe!
Es bildet sich ein Klumpen von Menschen, die vor Gelächter tun, als wehrten sie sich, von einem Schiff im Sturm abgeschüttelt zu werden.

EIN ZWEITER MÖNCH Wenn wir nur nicht auf den Mond geschmissen werden! Brüder, der hat scheußlich scharfe Bergspitzen!

DER ERSTE GELEHRTE Stemm dich mit dem Fuß dagegen.

DER ERSTE MÖNCH Und schaut nicht hinab. Ich leide unter Schwindel.

DER DICKE PRÄLAT *absichtlich laut in Galileis Richtung:* Unmöglich, Schwindel im Collegium Romanum!
Großes Gelächter.

Aus einer Tür hinten kommen zwei Astronomen des Collegiums. Stille tritt ein.

EIN MÖNCH Untersucht ihr immer noch? Das ist ein Skandal!

DER EINE ASTRONOM *zornig:* Wir nicht!

DER ZWEITE ASTRONOM Wohin soll das führen? Ich verstehe den Clavius nicht. Wenn man alles für bare Münze nimmt, was in den letzten fünfzig Jahren behauptet wurde! Im Jahre 1572 leuchtet in der höchsten Sphäre, der achten, der Sphäre der Fixsterne, ein neuer Stern auf, eher strahlender und größer als alle seine Nachbarsterne, und noch bevor anderthalb Jahre um waren, verschwindet er wieder und fällt der Vernichtung anheim. Soll man fragen: was ist also mit der ewigen Dauer und der Unveränderlichkeit des Himmels?

DER PHILOSOPH Wenn man es ihnen erlaubt, zertrümmern sie uns noch den ganzen Sternenhimmel.

DER ERSTE ASTRONOM Ja, wohin kommt man! Fünf Jahre später bestimmt der Däne Tycho Brahe die Bahn eines Kometen. Sie begann oberhalb des Mondes und durchbrach eine nach der andern alle Kugelschalen der Sphären, der materiellen Träger der bewegten Himmelskörper! Er trifft keinen Widerstand, er erfährt keine Ablenkung seines Lichts. Soll man also fragen: wo sind die Sphären?

EIN PHILOSOPH Das ist doch ausgeschlossen! Wie kann Christoph Clavius, der größte Astronom Italiens und der Kirche, so etwas überhaupt untersuchen!

DER DICKE PRÄLAT Skandal!

DER ERSTE ASTRONOM Er untersucht aber! Er sitzt drinnen und glotzt durch dieses Teufelsrohr!

DER ZWEITE ASTRONOM Alles fing damit an, daß wir so vieles, die Länge des Sonnenjahres, die Daten der Sonn- und Mondfinsternis, die Stellungen der Himmelskörper seit Jahr und Tag nach den Tafeln dieses Kopernikus berechnen, der ein Ketzer ist.

EIN MÖNCH Ich frage: was ist besser, eine Mondfinsternis drei Tage später als im Kalender steht zu erleben, oder die ewige Seligkeit niemals?

EIN SEHR DÜNNER MÖNCH *mit einer aufgeschlagenen Bibel nach vorn, fanatisch den Finger auf eine Stelle stoßend:* Was steht hier in der Schrift? »Sonne, stehe still zu Gibeon und Mond im

Tale Ajalon!« Wie kann die Sonne stillstehen, wenn sie sich überhaupt nicht dreht, wie diese Ketzer behaupten? Lügt die Schrift?

DER ERSTE ASTRONOM Nein, und darum gehen wir.

DER ZWEITE ASTRONOM Es gibt Erscheinungen, die uns Astronomen Schwierigkeiten bereiten, aber muß der Mensch alles verstehen? *Beide ab.*

DER MÖNCH Die Heimat des Menschengeschlechts setzen sie einem Wandelstern gleich. Mensch, Tier, Pflanze und Erdreich verpacken sie auf einen Karren und treiben ihn im Kreis durch einen leeren Himmel. Erde und Himmel gibt es nicht mehr nach diesen. Die Erde nicht, weil sie ein Gestirn des Himmels ist, und den Himmel nicht, weil er aus Erden besteht. Da ist kein Unterschied mehr zwischen Oben und Unten, zwischen dem Ewigen und dem Vergänglichen. Daß wir vergehen, das wissen wir. Daß auch der Himmel vergeht, das sagen sie uns jetzt. Sonne, Mond und Sterne und wir leben auf der Erde, hat es geheißen und steht es geschrieben; aber jetzt ist auch die Erde ein Stern nach diesen da. Es gibt nur Sterne! Wir werden den Tag erleben, wo sie sagen: es gibt auch nicht Mensch und Tier, der Mensch selber ist ein Tier, es gibt nur Tiere!

DER ERSTE GELEHRTE *zu Galilei:* Herr Galilei, Ihnen ist etwas hinabgefallen.

GALILEI *der seinen Stein während des Vorigen aus der Tasche gezogen, damit gespielt und ihn am Ende auf den Boden hat fallen lassen, indem er sich bückt, ihn aufzuheben:* Hinauf, Monsignore, er ist mir hinaufgefallen.

DER DICKE PRÄLAT *kehrt sich um:* Unverschämter Mensch.

Eintritt ein sehr alter Kardinal, von einem Mönch gestützt. Man macht ihm ehrerbietig Platz.

DER SEHR ALTE KARDINAL Sind sie immer noch drinnen? Können sie mit dieser Kleinigkeit wirklich nicht schneller fertig werden? Dieser Clavius sollte doch seine Astronomie verstehen! Ich höre, dieser Herr Galilei versetzt den Menschen aus dem Mittelpunkt des Weltalls irgendwohin an den Rand. Er ist folglich deutlich ein Feind des Menschengeschlechts! Als solcher muß er behandelt werden. Der Mensch ist die Krone der Schöpfung, das weiß jedes Kind. Gottes höchstes und geliebtestes Geschöpf. Wie könnte er es, ein solches Wunderwerk, eine solche Anstrengung, auf ein kleines, abseitiges und immerfort weglaufendes Gestirnlein setzen? Würde er sowohin seinen Sohn schicken? Wie kann es Leute geben, so pervers, daß sie diesen Sklaven ihrer Rechentafeln Glauben schenken! Welches Geschöpf Gottes wird sich so etwas gefallen lassen?

DER DICKE PRÄLAT *halblaut:* Der Herr ist anwesend.

DER SEHR ALTE KARDINAL *zu Galilei:* So, sind Sie das? Wissen Sie, ich sehe nicht mehr allzu gut, aber das sehe ich doch, daß Sie diesem Menschen, den wir seinerzeit hier verbrannt haben, wie hieß er doch? auffallend ähnlich sehen.

DER MÖNCH Eure Eminenz sollten sich nicht aufregen. Der Arzt …

DER SEHR ALTE KARDINAL *schüttelt ihn ab, zu Galilei:* Sie wollten die Erde erniedrigen, obwohl Sie auf ihr leben und alles von ihr empfangen. Sie beschmutzen Ihr eigenes Nest! Aber ich jedenfalls lasse es mir nicht gefallen. *Er stößt den Mönch zurück und beginnt stolz auf und ab zu schreiten.* Ich bin nicht irgendein Wesen auf irgendeinem Gestirnchen, das für kurze Zeit irgendwo kreist. Ich gehe auf einer festen Erde, in sicherem Schritt, sie ruht, sie ist der Mittelpunkt des Alls, ich bin im Mittelpunkt und das Auge des Schöpfers ruht auf mir und auf mir allein. Um mich kreisen, fixiert an acht kristallene Schalen, die Fixsterne und die gewaltige Sonne, die geschaffen ist, meine Umgebung zu beleuchten. Und auch mich, damit Gott mich sieht. So kommt sichtbar und unwiderleglich alles an auf mich, den Menschen, die Anstrengung Gottes, das Geschöpf in der Mitte, das Ebenbild Gottes, unvergänglich und … *Er sinkt zusammen.*

DER MÖNCH Eure Eminenz haben sich zu viel zugemutet!

In diesem Augenblick öffnet sich die Tür hinten, und an der Spitze seiner Astronomen kommt der große Clavius herein. Er durchschreitet schweigend und schnell, ohne zur Seite zu blikken, den Saal und spricht, schon am Ausgang, zu einem Mönch hin.

CLAVIUS Es stimmt. *Er geht ab, gefolgt von den Astronomen. Die Tür hinten bleibt offen stehen. Totenstille. Der sehr alte Kardinal kommt zu sich.*

DER KARDINAL Was ist? Die Entscheidung gefallen?

Niemand wagt, es ihm zu sagen.

DER MÖNCH Eure Eminenz müssen nach Hause gebracht werden.

Man hilft dem alten Mann hinaus. Alle verlassen verstört den Saal.

Ein kleiner Mönch aus der Untersuchungskommission des Clavius bleibt bei Galilei stehen.

DER KLEINE MÖNCH *verstohlen:* Sie haben gesiegt. Herr Clavius sagte, bevor er wegging: jetzt können die Theologen sehen, wie sie die Himmelskreise wieder einrenken! *Ab.*

GALILEI *sucht ihn zurückzuhalten:* Sie! Sie! Nicht ich habe gesiegt, sondern die Vernunft!

Der kleine Mönch ist schon weg.

Auch Galilei geht. Unter der Tür begegnet er einem hochgewachsenen Geistlichen, dem Kardinal Inquisitor. Ein Astronom begleitet ihn. Galilei verbeugt sich. Bevor er hinausgeht, stellt er einem Türhüter flüsternd eine Frage.

DER TÜRHÜTER *zurückflüsternd:* Seine Eminenz, der Kardinal Inquisitor.

DER ASTRONOM Das war er, Eure Eminenz.

DER INQUISITOR *sehr höflich:* Ich bin sehr interessiert an diesem Rohr.

Der Astronom geleitet ihn hinein.

7

ABER DIE INQUISITION SETZT DIE KOPERNIKANISCHE LEHRE AUF DEN INDEX (19. FEBRUAR 1616)

Im Haus des Kardinals Bellarmin in Rom. Das Gemach hat hinten einen Durchblick auf den anscheinend tiefer gelegenen Festsaal. Musik von dort.

Zwei geistliche Schreiber sitzen und spielen Schach. Galilei, seine Tochter und ihr Verlobter Ludovico Sitti sind eben angekommen. Sie nehmen Getränke.

VIRGINIA *stürmisch:* O Vater, daß alles so gut gegangen ist! Wenn ich nur immer das Richtige sage! Ich tanze nur mit dir, Ludovico.

GALILEI *zu den Schreibern:* Ich sollte den Herrn Kardinal hier erwarten.

VIRGINIA Sehe ich so gut aus?

LUDOVICO Das Stirnband noch ein wenig höher.

VIRGINIA Ich habe Herzklopfen. Ich möchte schön aussehen.

GALILEI Ja, sieh schön aus! Sonst zweifeln sie sofort wieder, daß sie sich dreht.

LUDOVICO Sie dreht sich ja gar nicht!

Galilei lacht.

LUDOVICO *hitzig:* Ganz Rom spricht nur noch von Ihnen. Es soll jetzt von Ihrer Tochter sprechen. Gib das Band noch ein bißchen höher, Virginia, Liebe.

GALILEI Er hat recht. Die Frauen, die nicht schöner aussehen, wenn man die Schläfen sieht, sind nicht schön. Diesem römischen Frühling kommt nichts gleich: in ihm ist alles schön. Aber geht jetzt, geht jetzt! *Er schiebt sie hinaus. In strahlender Laune zu den Schachspielern:* Wie könnt ihr noch immer das alte Schach spielen? Eng, eng. Jetzt spielt man doch überall so, daß die großen Figuren über alle Felder gehen. Der Turm so und der Läufer so und die Dame so und so! Da hat man Platz und kann Pläne machen.

DER EINE SCHREIBER *seinen kleinen Zug machend:* Schach ist doch nicht Gymnastik, Herr Galilei.

DER ZWEITE SCHREIBER Das entspricht nicht unsern kleinen Gehältern, wissen Sie. Wir können nur solche Sprünge machen. *Er zieht einen kleinen Zug.*

GALILEI Umgekehrt, mein Guter, umgekehrt! Wer auf großem Fuß lebt, dem zahlen sie auch den großen Stiefel! Man muß mit der Zeit gehen. Man muß nicht nur an den Küsten entlang, man muß einmal hinausfahren. – Ein großes Fest!

DER ERSTE SCHREIBER Zweihundertfünfzig Gäste. Der erste Karneval nach den Pestjahren!

Herein Doppone, im Maskenkostüm.

DOPPONE Hier sind Sie ja, Herr Galilei. Glückwunsch, Glückwunsch! Haben die guten Leute jetzt so, wie? *Er macht eine Faust, mit dem Daumen nach unten.*

GALILEI Was sind Sie hier?

DOPPONE Päpstlicher Kammerherr.

Galilei lacht.

DOPPONE Wundert Sie, was? Ich bin übrigens scheußlich beschäftigt. Gestern nacht eine Sitzung der Heiligen Kongregation. Habe die Präsenzliste vereselt. Kann jetzt jeden einzelnen Teilnehmer hier herausfischen. Sind aber jetzt Fischersleute, Esel, Bramarbasse, weiß der Himmel, was. Bleiben noch länger in Rom?

GALILEI Nein. Meine Geschäfte hier sind abgeschlossen.

DOPPONE Ja, weiß. Wissen alle. Glänzender Triumph. Habe ja auch zu Ihren Füßen gesessen. Epizirkel et cetera.

DER ERSTE SCHREIBER Der Herr Kardinal.

Kardinal Bellarmin in einer Fuchsmaske und Kardinal Barberini als Esel kommen herein. Doppone entfernt sich.

BELLARMIN Herr Galilei, Herr Kardinal Barberini.

BARBERINI Ach, das ist der Vater?

BELLARMIN Ihre Tochter ist entzückend, Herr Galilei. Ich muß aber dennoch aufrecht erhalten, daß sie die Tochter ist.

Die Herren lachen.

BARBERINI *Galilei mit ausgestrecktem Zeigefinger ins Gesicht zeigend:* Sie geht auf und unter und kehrt an ihren Ort zurück. Das sagt Salomo und was sagt Galilei?

GALILEI Als Knirps, Eure Eminenz, stand ich auf einem Schiff. Als es sich vom Ufer entfernte, sagte ich: das Ufer bewegt sich fort. Aber das Ufer stand fest und das Schiff bewegte sich fort.

BELLARMIN *lachend:* Und als Sie erwachsen waren, Herr Galilei, da wußten Sie, daß das Schiff sich bewegte, nicht? Sie meinen, in ihrer Kindheit sah die Menschheit den Gestirnhimmel sich nur über sich wegbewegen, aber jetzt, wo sie erwachsen ist, weiß sie, daß es die Erde ist, die sich bewegt. Aber mein Freund, woher wissen wir, daß sie sich bewegt? Wir fühlen vielmehr, daß sie stillsteht, meine ich.

GALILEI Sechs Jahre lang habe ich wie ein Holzknecht geschuftet und Beweise herbeigeschleppt dafür, daß sie sich bewegt.

BELLARMIN Aber würden wir es nicht von selber, ohne Beweise, merken, wenn sie sich bewegte?

GALILEI Nein. Eine Bewegung der Erde, wenn sie in Wahrheit stattfände, könnte ja nicht an ihr selber wahrgenommen werden, sondern nur an dem, was an ihrer Bewegung keinen Anteil hat, wie ich leicht beweisen kann.

BARBERINI *der an die Brüstung getreten war und hinunterwinkte, ist zurückgekehrt:* Er ist schlau. Was man sieht, nämlich daß der Gestirnhimmel sich dreht, braucht nicht zu stimmen, siehe Schiff und Ufer. Aber was stimmt, nämlich daß die Erde sich dreht, kann man nicht wahrnehmen, wie? Schlau.

BELLARMIN Unsere Astronomen weisen darauf hin, daß die Annahme des Kopernikus eine ungeheure Entfernung der Fixsterne von der Erde voraussetzt.

GALILEI Sie erschreckt mich nicht. Weniger als die ganz ungeheure Schnelligkeit, mit der sich nach der Annahme des Ptolemäus der Fixsternhimmel drehen müßte.

BARBERINI *abwesend:* Das ist richtig. Die Annahme einer solchen Schnelligkeit ist schlimmer. Und seine Jupitermonde sind harte Brocken für unsere Astronomen. *Entschuldigend.* Ich habe leider auch einmal etwas Astronomie gelesen, Bellarmin. Das hängt einem an wie Krätze.

BELLARMIN Leider wird unsere gute Erde, die uns der Allmächtige zum Wohnsitz angewiesen hat, durch die neuen Theorien nicht nur aus dem Mittelpunkt des Weltalls beinahe verächtlich entfernt, sondern sie wird auch, indem nun plötzlich ganz unvorstellbare Dimensionen des Weltalls angenommen werden, so winzig, daß man das Interesse, das der Allmächtige dem Menschengeschlecht so deutlich bezeigt hat, kaum mehr verstehen kann.

GALILEI Wie das Collegium Romanum ja nun endlich anerkannt hat ...

BELLARMIN *schnell:* Wir meinen, wenn man sagt, daß unter der Voraussetzung einer Erdbewegung und eines Stillstands der Sonne alle Erscheinungen sich besser erklären lassen, als wenn man die ptolemäischen Kreise und Epizykeln annimmt, so ist das vortrefflich gesagt, hat keine Gefahr und genügt für den Mathematiker. Wenn man aber behaupten wollte, daß die Sonne wirklich im Mittelpunkt der Welt steht und sich nur um sich selbst dreht, ohne von Osten nach Westen zu laufen und daß die Erde mit größter Geschwindigkeit um die Sonne kreist, so wäre das eine gefährliche Sache, nicht, denn da reizte man die Philosophen und die Theologen, schwierige Leute, und was mehr wäre, eine solche Behauptung machte die Schrift falsch.

BARBERINI Aber versteh doch, Bellarmin, die Schrift befriedigt nicht seine Vernunft. Während der Kopernikus sie befriedigt. Allerdings, es gibt Befriedigungen, die unsittlich sind, meist die allertiefsten, leider. Sieh dir diese Chrysantheme an! *Er führt Bellarmin für einen Augenblick an die Brüstung. Zu Galilei:* Kommen Sie, kommen Sie. Seien Sie kein Heuchler. Aber er besteht auf einer ernsten Unterhaltung. Ihr Astronomen denkt in Kreisen oder Ellipsen und in gleichmäßigen Schnelligkeiten, haltet diese Erscheinungen für die einfachsten und seht darin Gesetze. Aber wie, wenn Gott es anders konstruiert hätte? Warum soll er nicht seine Gestirne so laufen lassen? *Er zeichnet mit dem Finger in der Luft eine sehr verworrene Bahn mit verschiedener Geschwindigkeit.* Was wäre dann mit eurem Rechnen?

GALILEI *aus der Rolle fallend:* Lieber Mann, hätte Gott die Welt so konstruiert, so wäre sie doch auch gesetzmäßig. Er hätte dann wohl auch unsere Gehirne so konstruiert, daß sie eben diese Bahnen als die einfachen erkennen würden.

BARBERINI Ich halte die Vernunft für unzulänglich. Er schweigt. Er ist zu höflich, jetzt zu sagen, er hält die meine ebenfalls für unzulänglich. *Lacht und geht zur Brüstung zurück.*

BELLARMIN Die Vernunft, mein Freund, reicht nicht sehr weit. Ringsum sehen wir nichts als Schiefheit, Verbrechen und Schwäche. Wo ist die Wahrheit?

GALILEI *zornig:* Ich glaube an die Vernunft.

BELLARMIN Bedenken Sie einen Augenblick, was es die Kirchenväter und so viele nach ihnen Mühe und Nachdenken gekostet hat, in eine solche Welt (ist sie etwa nicht abscheulich?) etwas Sinn zu bringen. Bedenken Sie die Roheit derer, die ihre Bauern in der Campagna halbnackt über ihre Güter peitschen lassen, und die Dummheit dieser Leute, die ihnen dafür die Füße küssen.

GALILEI Schandbar! Auf meiner Fahrt hierher sah ich …

BELLARMIN Wir haben die Verantwortung für den Sinn solcher Vorgänge (das Leben besteht daraus), die wir nicht begreifen können, einem höheren Wesen zugeschoben, davon gesprochen, daß mit derlei gewisse Absichten verfolgt werden, daß dies alles einem großen Plan zufolge geschieht. Nicht als ob dadurch absolute Beruhigung eingetreten wäre, aber jetzt beschuldigen Sie dieses höchste Wesen, es sei sich im unklaren darüber, wie die Welt der Gestirne sich bewegt, worüber Sie sich im klaren sind. Ist das weise?

GALILEI *zu einer Erklärung ausholend:* Ich bin ein gläubiger Sohn der Kirche …

BARBERINI Es ist entsetzlich mit ihm. Er will in aller Unschuld Gott die dicksten Schnitzer in der Astronomie nachweisen! Wie, Gott hat nicht sorgfältig genug Astronomie studiert, bevor er die Heilige Schrift verfaßte? Lieber Freund! *Zu den Schreibern:* Ihr sollt nicht mitschreiben, das ist eine wissenschaftliche Unterhaltung unter Freunden.

BELLARMIN Ist es nicht auch für Sie wahrscheinlicher, daß der Schöpfer über das von ihm Geschaffene besser Bescheid weiß, als das Geschaffene selber?

GALILEI Aber, meine Herren, schließlich kann der Mensch nicht nur die Bewegungen der Gestirne falsch auffassen, sondern auch die Bibel!

BELLARMIN Aber wie die Bibel aufzufassen ist, darüber haben schließlich die Theologen der Heiligen Kirche zu befinden, nicht?

Galilei schweigt.

BELLARMIN Sehen Sie, jetzt schweigen Sie. Herr Galilei, das Heilige Offizium hat heute nacht beschlossen, daß die Lehre des Kopernikus, nach der die Sonne Zentrum der Welt und unbeweglich, die Erde aber nicht Zentrum der Welt und beweglich ist, töricht, absurd und ketzerisch im Glauben ist. Ich habe den Auftrag, Sie zu ermahnen, diese Meinung aufzugeben.

GALILEI Aber das kann doch nicht sein. Die Gründe und Beweise …

BELLARMIN Überlassen Sie den Theologen des Heiligen Offiziums.

GALILEI Aber ich verstand, daß die Astronomen des Collegium Romanum meine Fakten und Notierungen anerkannt haben.

BELLARMIN Mit den Ausdrücken der tiefsten Genugtuung, in der für Sie ehrendsten Weise.

GALILEI Aber …

BELLARMIN Die Heilige Kongregation hat ihren Beschluß gefaßt, ohne diese Einzelheiten zur Kenntnis zu nehmen.

GALILEI Ich verstehe. Damit ist jede weitere wissenschaftliche Forschung …

BELLARMIN Durchaus gesichert, Herr Galilei. Es steht Ihnen

frei, in Form der mathematischen Hypothese auch diese Lehre zu behandeln. Die Wissenschaft ist die legitime und höchst geliebte Tochter der Kirche, Herr Galilei. Niemand von uns nimmt im Ernst an, daß Sie das Vertrauen der Kirche untergraben wollen.

GALILEI Vertrauen wird dadurch erschöpft, daß es in Anspruch genommen wird.

BARBERINI Ja? *Er klopft ihm, schallend lachend, auf die Schulter. Dann sieht er ihn scharf an und sagt nicht unfreundlich:* Schütten Sie nicht das Kind mit dem Bade aus, Freund Galilei. Wir tun es auch nicht. Wir brauchen Sie. Mehr als Sie uns.

BELLARMIN Ich brenne darauf, den größten Mathematiker Roms dem Kommissar des Heiligen Offiziums vorzustellen, der Ihnen die allergrößte Wertschätzung entgegenbringt. *Er drängt ihn zum Ausgang. Zu den Schreibern:* Protokolliert, daß ich mit dem heutigen Herrn Galilei vom Dekret des Heiligen Offiziums, die kopernikanische Lehre betreffend, unterrichtet habe.

BARBERINI *den andern Arm Galileis fassend:* Worauf er sich wieder in einen Fuchs verwandelt. Auch Sie wären besser als braver Doktor der Schulmeinung kostümiert hier erschienen, lieber Freund. Es ist mein Kostüm, das mir heute ein wenig Freiheit gestattet. In einem solchen Aufzug können Sie mich murmeln hören: wenn es keinen Gott gäbe, müßte man ihn erfinden. Sie wissen, wir Distelfresser sind genügsam.

Sie gehen mit Galilei ab.

DER ERSTE SCHREIBER Hast du den letzten Satz?

DER ZWEITE SCHREIBER Bin dabei. *Sie schreiben eifrig.* Hast du das, wo er sagt, daß er an die Vernunft glaubt?

Herein der Kardinal Inquisitor mit zwei Damen. Die Schreiber springen auf.

DER INQUISITOR Oh, ich weiß in Wirklichkeit nicht halb so viel als Sie. Sie sind ja so viel grausamer, als ich es sein könnte. Ist der Herr Kardinal nicht hier?

DER ERSTE SCHREIBER Er ist mit Herrn Kardinal Barberini und Herrn Galilei weggegangen.

Der Inquisitor macht den Damen eine bedauernde Bewegung. Sie ziehen sich zurück.

DIE EINE DAME Wir werden ihn schon finden, diesen Fuchs. Wir brauchen nur zu sehen, wo die Gänse sich aufhalten. *Beide ab.*

DER INQUISITOR Die Unterredung hat stattgefunden?

DER ERSTE SCHREIBER *mechanisch:* Zuerst kam Herr Galilei mit seiner Tochter. Sie hat sich heute verlobt mit Herrn ... *Der Inquisitor winkt ab.* Herr Galilei unterrichtete uns sodann von der neuen Art des Schachspielens, bei der die Figuren entgegen allen Spielregeln über alle Felder hinweg bewegt werden.

DER INQUISITOR *winkt wieder ab:* Hast du das Protokoll?

Der erste Schreiber übergibt es ihm. Auf einen Wink des Inquisitors gehen die beiden Schreiber ab. Der Inquisitor setzt sich in eine Nische und studiert durch eine Brille das Protokoll. Virginia herein, erhitzt vom Tanzen.

DER INQUISITOR *aus seiner Ecke:* Nun, meine Tochter?

VIRGINIA *erschrickt ein wenig, da sie ihn nicht gesehen hat:* Oh, Eure Eminenz!

Der Inquisitor streckt ihr, ohne aufzustehen, die Rechte hin. Sie nähert sich und küßt seinen Ring.

DER INQUISITOR Eine superbe Nacht! Gestatten Sie mir, Sie zu Ihrer Verlobung zu beglückwünschen. Sie bleiben uns in Rom?

VIRGINIA Zunächst nicht, Eure Eminenz. Es gibt so viel vorzubereiten für eine Heirat.

DER INQUISITOR So, Sie folgen Ihrem Vater nach Florenz. Ich freue mich darüber. Ich kann mir denken, daß Ihr Vater Sie braucht. Mathematik ist eine kalte Hausgefährtin, nicht? Ein Geschöpf aus Fleisch und Blut in solcher Umgebung macht da allen Unterschied. Man verliert sich so leicht in den Gestirnwelten, welche so sehr ausgedehnt sind, wenn man ein großer Mann ist.

VIRGINIA *atemlos:* Sie sind sehr gütig, Eminenz. Ich verstehe wirklich fast gar nichts von diesen Dingen.

DER INQUISITOR Nein? *Er lacht.* Im Haus des Fischers ißt man ja nicht Fisch, wie? Es wird Ihren Herrn Vater amüsieren, wenn er hört, daß Sie schließlich von mir gehört haben, was Sie über die Gestirnwelten wissen, mein Kind. *Im Protokoll blätternd.* Ich lese hier, daß unsere Neuerer, deren in der ganzen Welt anerkannter Führer Ihr Herr Vater ist, ein großer Mann, einer der größten, unsere gegenwärtigen Vorstellungen von der Bedeutung unserer lieben Erde für etwas übertrieben ansehen.

Nun, von den Zeiten des Ptolemäus, einem Weisen des Altertums, bis zum heutigen Tag maß man für die ganze Schöpfung, also für die gesamte Kristallkugel, in deren Mitte die Erde ruht, etwa zwanzigtausend Erddurchmesser. Eine schöne Geräumigkeit, aber zu klein, weit zu klein für die Neuerer. Nach diesen ist sie, wie wir hören, ganz unvorstellbar weit ausgedehnt, ist der Abstand der Erde von der Sonne, ein durchaus bedeutender Abstand, wie es uns immer geschienen hat, so verschwindend klein gegen den Abstand unserer armen Erde von den Fixsternen, die auf der alleräußersten Schale befestigt sind, daß man ihn bei den Berechnungen überhaupt nicht einzukalkulieren braucht! Da soll man noch sagen, daß die Neuerer nicht auf großem Fuße leben!

Virginia lacht. Auch der Inquisitor lacht.

DER INQUISITOR In der Tat, einige Herren des Heiligen Offiziums haben kürzlich an einem solchen Weltbild, gegen das unser bisheriges nur ein Bildchen ist, das man um einen so entzückenden Hals wie den gewisser junger Mädchen legen könnte, beinahe Anstoß genommen. Sie sagen besorgt, auf so ungeheuren Strecken könnte ein Prälat und sogar ein Kardinal leicht verlorengehen. Selbst ein Papst könnte vom Allmächtigen da aus den Augen verloren werden. Ja, das ist lustig, aber ich bin doch froh, Sie auch weiterhin in der Nähe Ihres großen Vaters zu wissen, den wir alle so schätzen, liebes Kind. Ich frage mich, ob ich nicht Ihren Beichtvater kenne …

VIRGINIA Pater Christophorus von Sankt Ursula.

DER INQUISITOR Ja, ich freue mich, daß Sie Ihren Herrn Vater also begleiten. Er wird Sie brauchen. Sie mögen es sich nicht vorstellen können, aber es wird so kommen. Sie sind so jung und wirklich, so sehr Fleisch und Blut, und Größe ist nicht immer leicht zu tragen für diejenigen, denen Gott sie verliehen hat, nicht immer. Niemand unter den Sterblichen ist ja so groß, daß er nicht in ein Gebet eingeschlossen werden könnte. Aber nun halte ich Sie auf, liebes Kind, und mache Ihren Verlobten eifersüchtig und vielleicht auch Ihren lieben Vater, weil ich Ihnen etwas über die Gestirne erzählt habe, was möglicherweise sogar veraltet ist. Gehen Sie schnell zum Tanzen, nur vergessen Sie nicht, Pater Christophorus von mir zu grüßen.

Virginia nach einer tiefen Verbeugung schnell ab.

VERWANDLUNG

Im Palast des florentinischen Gesandten in Rom. Galilei unterhält sich mit dem kleinen Mönch, der ihm nach der Sitzung des Collegium Romanum den Ausspruch des päpstlichen Astronomen zugeflüstert hat.

DER KLEINE MÖNCH Sie haben recht.

GALILEI Haben Sie das Dekret der Indexkongregation nicht gelesen?

DER KLEINE MÖNCH Ich habe es gelesen.

GALILEI Das Gewand tragend, das Sie tragen, können Sie danach nicht mehr sagen, ich habe recht.

DER KLEINE MÖNCH Seit vier Nächten kann ich keinen Schlaf mehr finden. Ich wußte nicht, wie ich das Dekret, das ich gelesen habe, und die Phasen der Venus, die ich gesehen habe, in Einklang bringen sollte. Ich beschloß, heute früh die Messe zu lesen und zu Ihnen zu gehen.

GALILEI Um mir mitzuteilen, daß die Venus keine Phasen hat?

DER KLEINE MÖNCH Nein. Mir selbst ist es gelungen, in die Weisheit des Dekrets einzudringen. Es hat mir die Gefahren aufgedeckt, die ein allzu hemmungsloses Forschen für die Menschheit in sich birgt, und ich habe beschlossen, der Astronomie zu entsagen. Jedoch ist es mir noch daran gelegen, Ihnen die Beweggründe zu unterbreiten, die auch einen Astronomen dazu bringen können, von einem weiteren Ausbau der gewissen Lehre abzustehen.

GALILEI Ich darf sagen, daß mir solche Beweggründe bekannt sind.

DER KLEINE MÖNCH Ich verstehe Ihre Bitterkeit. Sie denken an die außerordentlichen Machtmittel der Kirche. Aber ich möchte andere nennen. Erlauben Sie, daß ich von mir rede. Ich bin als Sohn von Bauern in der Campagna aufgewachsen. Es sind einfache Leute. Sie wissen alles über den Ölbaum, aber sonst recht wenig. Die Phasen der Venus beobachtend, kann ich nun meine Eltern vor mir sehen, wie sie mit meiner Schwester am Herd sitzen und ihre Käsespeise essen. Ich sehe die Balken über ihnen, die der Rauch von Jahrhunderten geschwärzt hat, und ich sehe genau ihre alten abgearbeiteten

Hände und den kleinen Löffel darin. Es geht ihnen nicht gut, aber selbst in ihrem Unglück liegt eine gewisse Ordnung verborgen. Da sind diese verschiedenen Kreisläufe, von dem des Staubwischens über den der Jahreszeiten im Ölfeld zu dem der Steuerzahlung. Es ist regelmäßig, was auf sie herabstößt an Unfällen. Der Rücken meines Vaters wird zusammengedrückt nicht auf einmal, sondern mit jedem Frühjahr im Ölfeld mehr, so wie auch die Geburten, die meine Mutter immer geschlechtsloser gemacht haben, in ganz bestimmten Abständen erfolgten. Sie schöpfen die Kraft, ihre Körbe schweißtriefend den steinigen Pfad hinaufzuschleppen, Kinder zu gebären, ja zu essen, aus dem Gefühl der Stetigkeit und Notwendigkeit, das der Anblick des Bodens, der jedes Jahr von neuem grünenden Bäume, der kleinen Kirche und das Anhören der sonntäglichen Bibeltexte ihnen verleihen können. Es ist ihnen versichert worden, daß das Auge der Gottheit auf ihnen liegt, forschend, ja beinahe angstvoll, daß das ganze Welttheater um sie aufgebaut ist, damit sie, die Agierenden, in ihren großen oder kleinen Rollen sich bewähren können. Was würden sie sagen, wenn sie von mir erführen, daß sie sich auf einem kleinen Steinklumpen befinden, der sich unaufhörlich drehend im leeren Raum um ein anderes Gestirn bewegt, einer unter sehr vielen, ein ziemlich unbedeutender. Wozu ist jetzt noch solche Geduld, solches Einverständnis in ihr Elend nötig oder gut? Wozu sind die heiligen Schriften noch gut, die alles erklärt und als notwendig begründet haben, den Schweiß, die Geduld, den Hunger, die Unterwerfung, und die jetzt voll von Irrtümern befunden wurden? Nein, ich sehe ihre Blicke scheu werden, ich sehe sie die Löffel auf die Herdplatte senken, ich sehe, wie sie sich verraten und betrogen fühlen. Es liegt also kein Auge auf uns, sagen sie. Wir müssen nach uns selber sehen, ungelehrt, alt und verbraucht wie wir sind? Niemand hat uns eine Rolle zugedacht außer dieser irdischen, jämmerlichen auf einem winzigen Gestirn, das ganz unselbständig ist, um das sich nichts dreht. Kein Sinn liegt in unserm Elend, Hunger ist eben Nichtgegessenhaben, keine Kraftprobe; Anstrengung ist eben Sichbücken und Schleppen, kein Verdienst. Verstehen Sie da, daß ich aus dem Dekret der Heiligen Kongregation ein edles mütterliches Mitleid, eine große Seelengüte herauslese?

GALILEI Seelengüte! Wahrscheinlich meinen Sie nur, es ist nichts da, der Wein ist weggetrunken, ihre Lippen vertrocknen, mögen sie die Soutane küssen! Warum ist denn nichts da? Warum ist die Ordnung in diesem Land nur die Ordnung einer leeren Lade und die Notwendigkeit nur die, sich zu Tod zu arbeiten? Zwischen strotzenden Weinbergen, am Rand der Weizenfelder! Ihre Campagnabauern bezahlen die Kriege, die der Stellvertreter des milden Jesus in Spanien und Deutschland führt. Warum stellt er die Erde in den Mittelpunkt des Universums? Damit der Stuhl Petri im Mittelpunkt der Erde stehen kann! Um das letztere handelt es sich. Sie haben recht, es handelt sich nicht um die Planeten, sondern um die Campagnabauern.

DER KLEINE MÖNCH Herr Galilei, ich bin Priester.

GALILEI Aber Sie sind auch Mathematiker, Astronom und Sie sehen, die Venus hat Phasen. Welche furchtbare Wahrheit schließt Ihre Schilderung der überwältigenden Mehrheit der Menschen ein! *Laut.* Mensch, soll ich lügen? Soll ich deine Leute anlügen? Da sieh hinaus! *Er zeigt durch das Fenster.* Siehst du dort den kleinen Priap an der Quelle neben dem Lorbeer? Der Gott der Gärten, der Vögel und der Diebe, der bäurische obszöne Zweitausendjährige! Er hat weniger gelogen. Nichts davon, schön, ich bin ebenfalls ein Sohn der Kirche. Aber kennen Sie die achte Satire des Horaz? Ich lese ihn eben wieder in diesen Tagen, er verleiht einiges Gleichgewicht. *Er greift nach einem kleinen Buch.* Er läßt eben diesen Priap sprechen, eine kleine Statue, die in den Esquilinischen Gärten aufgestellt war. Folgendermaßen beginnt es:

»Ein Feigenklotz, ein wenig nützes Holz
War ich, als einst der Zimmermann, unschlüssig
Ob einen Priap machen oder einen Schemel
Sich für den Gott entschied ...«

Meinen Sie, Horaz hätte sich etwa den Schemel verbieten und einen Tisch in das Gedicht setzen lassen? Herr, mein Schönheitssinn wird verletzt, wenn die Phasen der Venus nicht an der Stelle im Bild unserer Welt stehen, wo sie hingehören!

DER KLEINE MÖNCH Das verstehe ich. Aber ...

GALILEI Ich kann nicht Maschinen für das Hochpumpen von

Flußwasser erfinden, wenn ich die größte Maschinerie, die mir vor Augen liegt, die der Himmelskörper, nicht studieren soll! Die Winkelsumme im Dreieck kann nicht nach den Bedürfnissen der Kurie abgeändert werden. Die Bahnen fliegender Körper kann ich nicht so berechnen, daß auch die Ritte der Hexen auf Besenstielen erklärt werden!

DER KLEINE MÖNCH Und Sie meinen nicht, daß die Wahrheit – wenn es Wahrheit ist – sich durchsetzt, auch ohne uns?

GALILEI Nein, nein, nein. Es setzt sich nur so viel Wahrheit durch, als wir durchsetzen. Der Sieg der Vernunft kann nur der Sieg der Vernünftigen sein. Eure Campagnabauern schildert ihr ja schon wie das Moos auf ihren Hütten. Wie können Sie annehmen, daß die Winkelsumme im Dreieck je ihren Bedürfnissen widersprechen könnte! Aber wenn sie nicht in Bewegung kommen, werden ihnen auch die schönsten Bewässerungsanlagen nichts nützen. Der Mensch hält Bewegung aus und Trägheit, aber nicht zugleich: weiter als bis hierher! und: bis hierher und nicht weiter! *Er wirft ihm einen Pakken Manuskripte hin.* Bist du ein Mathematiker, mein Sohn? Nun, hier stehen die Gründe, warum das Weltmeer sich in Ebbe und Flut bewegt. Aber du sollst es nicht lesen, hörst du? Ach, du liest schon? Du bist also ein Mathematiker?

Der kleine Mönch hat sich in die Papiere vertieft.

GALILEI Ein Apfel vom Baum der Erkenntnis! Er stopft ihn schon hinein. Er ist ewig verdammt, aber er muß ihn hineinstopfen, ein unglücklicher Fresser! Ich denke manchmal, ich ließe mich zehn Klafter unter der Erde in einem Kerker einsperren, zu dem kein Licht mehr dringt, wenn ich dafür erführe, was das ist: Licht. Und das Schlimmste: was ich weiß, muß ich weitersagen. Wie ein Liebender, wie ein Betrunkener, wie ein Verräter. Es ist ganz und gar ein Laster und führt ins Unglück. Wie lang kann ich es in den Ofen hineinschreien, das ist die einzige Frage.

DER KLEINE MÖNCH *zeigt auf eine Stelle in den Papieren:* Diesen Satz verstehe ich nicht.

GALILEI Ich erkläre ihn dir. Ich erkläre ihn dir.

8

Die Inthronisation eines neuen Papstes, der selber Mathematiker ist, ermuntert Galilei zu neuen Forschungen. Die Sonnenflecken.

Haus des Galilei in Florenz. Im Studierzimmer ist das Fernrohr, ein größeres nunmehr, mit einem Tuch bedeckt. Galilei spricht zu seinen Schülern, dem kleinen Mönch, einem älteren Gelehrten und Andrea, der jetzt ein junger Mann geworden ist, über das Schwimmen von Körpern. Auf einem Tisch steht ein Gefäß mit Wasser. Daneben liegen ein Eisklotz und eine Eisennadel. Unten nähen Virginia und Frau Sarti Brautwäsche.

GALILEI Es ist nicht das Ziel der Wissenschaft, der unendlichen Weisheit eine Tür zu öffnen, sondern eine Grenze zu setzen dem unendlichen Irrtum. Eine Hauptursache der Armut in den Wissenschaften ist eingebildeter Reichtum. Die Philosophie ist meist grenzenlos, wüst und unbestimmt, aber die Wahrheit ist beschränkt und im Kleinen enthalten. Die Natur besiegen wir nur, indem wir ihr gehorchen. Was bei der Betrachtung als Ursache gilt, das gilt bei der Ausführung als Regel. Bei einer Betrachtung der kleinen Irrtümer, auf die sich die großen Philosophien aufbauen, kamen wir diesen Sommer auf allerlei Begriffe, die seit den Zeiten des Aristoteles den Fortgang der Wissenschaften hemmen. Da ist das Kalte und das Dünne, das Feuchte und das Längliche, von dem gewisse Leute meinen, wenn sie die Wörter zusammengestellt haben, haben sie eine Welt gebaut. Unser Freund Andrea wird uns eine Unterhaltung wiedergeben, die wir durch eine einfache Demonstration ergänzen werden.

ANDREA Die Unterredung fand statt zwischen Herrn Papazzoni und Herrn Galilei. Herr Papazzoni sagte: das Kalte verdichtet, und verwies auf das Eis, das verdichtetes Wasser sei. Warum nennst du es nicht verdünntes Wasser? fragte Herr Galilei. Verdichtung macht doch schwerer. Aber das Eis ist leichter als das Wasser, denn es schwimmt auf dem Wasser. Herr Papazzoni sagte …

GALILEI Nachdem er einen Augenblick darüber nachgedacht hatte, was der Aristoteles darüber gesagt hatte …

ANDREA Nein, das Eis ist schwerer. Es schwimmt, das ist richtig, aber es schwimmt nicht, weil es leichter als Wasser ist, sondern weil es breit und flach ist, so daß es das Wasser nicht zu zerteilen vermag. Aber das stimmt nicht, sagte Herr Galilei, daß eine breite und flache Eisscheibe das Wasser nicht zu zerteilen vermag. Drücke eine solche Scheibe gewaltsam auf den Boden des Gefäßes, und sie steigt sofort wieder in die Höhe, also überwindet sie beim Emporsteigen den Widerstand, den das Wasser der Zerteilung entgegensetzt.

GALILEI *der einiges davon mit dem Eisstück demonstriert hat:* Und ich entwickelte ihm, daß es auf die Form eines Körpers nicht ankommt, sondern darauf, ob er leichter oder schwerer ist als das Wasser. So weit waren wir, als er im Triumph ausrief: woher kommt es dann, daß ein breites und flaches Eisenstück auf dem Wasser zu schwimmen vermag, eine Nadel aber untersinkt? Ihr wißt, das ist das Argument des Aristoteles. Was sagt ihr dazu?

DER KLEINE MÖNCH Vielleicht sinkt sie, weil an ihr weniger Luft Platz hat, als an einer breiten Scheibe?

GALILEI Warum soll an ihr weniger Luft Platz haben?

DER ÄLTERE GELEHRTE Die Schicht Wasser unter ihr ist sehr dünn, sie kann sie weniger leicht tragen.

GALILEI Aber sie selber ist ebenso dünn, da hat sie weniger Gewicht.

ANDREA Haben Sie denn gefunden, warum sie sinkt?

Galilei schüttelt den Kopf.

DER KLEINE MÖNCH *enttäuscht:* So hat der Aristoteles recht?

GALILEI Ich denke nicht. Ich will jetzt etwas machen, was seit langer Zeit nicht gemacht worden zu sein scheint. Ich will die Nadel auf das Wasser legen. *Er tut es.*

ANDREA Aber sie sinkt ja nicht?

GALILEI Nein, sie sinkt nicht.

Gelächter.

ANDREA Sie sinkt nicht und das ist ein Fakt.

VIRGINIA *unten:* Brautwäschenähen ist lustiges Nähen. Das ist für einen langen Gästetisch. Ludovico liebt Gäste. Aber es muß gut sein. Seine Mutter sieht jeden Faden. Sie ist mit Vaters Büchern nicht einverstanden, sowenig wie Pater Christophorus.

FRAU SARTI Immer wenn sie oben lachen, kriege ich einen kleinen Schreck. Worüber lachen sie, denke ich dann.

VIRGINIA Vater sagt: die Theologen haben ihr Glockenläuten und die Physiker haben ihr Lachen.

FRAU SARTI Aber ich bin froh, daß er wenigstens nicht mehr so oft durch sein Rohr schaut. Das war noch schlimmer.

VIRGINIA Jetzt legt er doch nur Eisstücke aufs Wasser, da kann nicht viel Schlimmes dabei herauskommen.

FRAU SARTI Ich weiß nicht.

Eintritt Philippo Mucius, ein Gelehrter in mittleren Jahren. Er zeigt ein etwas verstörtes Wesen.

MUCIUS Könnten Sie Herrn Galilei sagen, daß er mich empfangen muß? Er verdammt mich, ohne mich zu hören.

FRAU SARTI Aber er will Sie doch nicht empfangen.

MUCIUS Gott wird es Ihnen lohnen, wenn Sie ihn darum bitten. Ich muß ihn sprechen.

VIRGINIA *geht zur Treppe:* Vater!

GALILEI Was gibt es?

VIRGINIA Herr Mucius!

GALILEI *brüsk aufstehend, geht zur Treppe, seine Schüler hinter sich:* Was wünschen Sie?

MUCIUS Herr Galilei, ich bitte Sie um die Erlaubnis, Ihnen die Stellen in meinem Buch zu erklären, wo eine Verdammung der kopernikanischen Lehre von der Drehung der Erde vorzuliegen scheint. Ich habe ...

GALILEI Was wollen Sie da erklären? Sie befinden sich in Übereinstimmung mit dem Dekret der Kongregation. Sie sind vollständig in Ihrem Recht. Sie haben zwar hier Mathematik studiert, aber das gibt uns kein Recht, von Ihnen zu hören, daß zwei mal zwei vier ist. Sie haben das volle Recht, zu sagen, daß dieser Stein *er zieht einen kleinen Stein aus der Tasche und wirft ihn in den Flur hinab* soeben nach oben geflogen ist, ins Dach. Sagen Sie nichts von Schwierigkeiten! Ich habe mich von der Pest nicht abhalten lassen, meine Notierungen fortzusetzen. Und ich sage Ihnen: wer die Wahrheit nicht weiß, der ist bloß ein Dummkopf. Aber wer sie weiß und sie eine Lüge nennt, der ist ein Verbrecher! Gehen Sie hinaus aus meinem Haus!

MUCIUS *tonlos:* Sie haben recht. *Er geht hinaus.*

Galilei geht wieder in sein Studierzimmer.

DER ÄLTERE GELEHRTE Das ist leider so. Er ist kein großer Mann und gälte wohl gar nichts, wenn er nicht Ihr Schüler wäre. Aber jetzt sagen sie natürlich: er hat alles gehört, was Galilei zu lehren hatte, und er muß zugeben, es ist alles falsch.

FRAU SARTI Der Herr tut mir leid.

VIRGINIA Vater mochte ihn zu gern.

FRAU SARTI Ich wollte dir gern etwas sagen vor deiner Heirat, Virginia. Du bist noch ein so junges Ding, und eine Mutter hast du nicht, und dein Vater legt diese Eisstückchen aufs Wasser. Jedenfalls würde ich dir nicht raten, ihn irgend etwas in bezug auf deine Ehe zu fragen. Er würde eine Woche lang, und zwar beim Essen und wenn die jungen Leute dabei sind, die schrecklichsten Sachen sagen, da er nicht für einen halben Skudo Schamgefühl hat, nie hatte. Ich meine auch nicht solche Sachen, sondern einfach, wie die Zukunft sein wird. Ich kann auch nichts wissen, ich bin eine ungebildete Person. In eine so ernste Angelegenheit geht man aber nicht blind hinein. Ich meine wirklich, du solltest zu einem richtigen Astronomen an der Universität gehen, damit er dir das Horoskop stellt, dann weißt du, woran du bist. Warum lachst du?

VIRGINIA Weil ich doch dort war.

FRAU SARTI *sehr begierig:* Was sagte er?

VIRGINIA Drei Monate lang muß ich achtgeben, weil da die Sonne im Steinbock steht, aber dann bekomme ich einen äußerst günstigen Aszendenten, und die Wolken zerteilen sich. Wenn ich den Uranus nicht aus den Augen lasse, kann ich jede Reise unternehmen, da ich ein Skorpion bin.

FRAU SARTI Und Ludovico?

VIRGINIA Er ist ein Löwe. *Nach einer kleinen Pause.* Er soll sinnlich sein.

Oben haben die Gelehrten begonnen, Gegenstände abzuwiegen.

ANDREA Ich habe das Buch dieses Fabrizius aus Osteel über die Sonnenflecken gelesen.

GALILEI *mißtrauisch:* So, hast du?

ANDREA Ich glaube nicht, daß es Scharen von Sternen sind, die zwischen der Erde und der Sonne vorüberziehen.

GALILEI Nein?

DER ÄLTERE GELEHRTE In den Briefen des Apelles an Welser in Augsburg steht, sie erscheinen alle fünfzehn Tage. Er hält sie ebenfalls für Sterne.

ANDREA Nein, das sind sie nicht. Ich bin seit zwei Wochen an jedem sonnigen Tag auf den Hausboden geklettert, unter das Schindeldach. Durch die feinen Risse der Schindeln fällt nur ein dünner Strahl. Da kann man das umgekehrte Sonnenbild auf einem Blatt Papier auffangen. Ich habe einen Flecken gesehen, groß wie eine Fliege, verwischt wie ein Wölkchen. Er wanderte. Warum untersuchen Sie die Sache nicht?

GALILEI Weil ich über das Schwimmen von Körpern arbeite. Habt ihr eure Messungen?

ANDREA Wer sich da jetzt draußen hält, dem werden andere zuvorkommen. Denn wenn es Flecken sind, dann kann man damit beweisen, daß auch die Sonne rotiert.

GALILEI Und sein Augenlicht kann man auch verlieren.

ANDREA *böse:* Ja, vielleicht ist es zu gefährlich.

Pause.

DER ÄLTERE GELEHRTE Der Schaden des päpstlichen Dekrets, das den Kopernikus auf den Index gesetzt hat, ist riesig. Die Wissenschaften in den katholischen Ländern gehen zurück. Soll man wirklich schweigen?

GALILEI *mit der Waage arbeitend:* Ich erinnere mich einer kleinen Geschichte. In die Wohnung des kretischen Philosophen Keunos, der wegen seiner freiheitlichen Gesinnung bei den Kretern sehr beliebt war, kam eines Tages während der Gewaltherrschaft ein gewisser Agent, der einen Schein vorzeigte, der von denen ausgestellt war, welche die Stadt beherrschten. Darauf stand, ihm sollte jede Wohnung gehören, in die er seinen Fuß setze; ebenso sollte ihm auch jedes Essen gehören, das er verlange; ebenso sollte ihm auch jeder Mann dienen, den er sähe. Der Agent setzte sich auf einen Stuhl, verlangte Essen, wusch sich, legte sich nieder und fragte, mit dem Gesicht zur Wand, vor dem Einschlafen: wirst du mir dienen? Keunos deckte ihn mit einer Decke zu, vertrieb die Fliegen, bewachte seinen Schlaf und wie an diesem Tage gehorchte er ihm sieben Jahre lang. Aber was immer er für ihn tat: vor einem hütete er sich wohl, das war: auch nur ein Wort zu sagen. Als nun die sieben Jahre um waren und der Agent dick geworden war vom vielen Essen, Schlafen und Befehlen, starb der Agent. Da wickelte ihn Keunos in die verdorbene Decke, schleppte ihn aus dem Haus, wusch das Lager, tünchte die Wände, atmete auf und antwortete: nein.

Die Schüler lachen. Nur Andrea schüttelt den Kopf.

ANDREA Mir gefällt die Geschichte nicht, Herr Galilei.

GALILEI Ich habe es nicht verstanden in Rom, wißt ihr. Ich habe in allen Fingerspitzen diesen Wupp, mit dem man sich überall einschlängeln kann. Aber macht das einmal mit meinen zwei Zentnern!

Lachen.

VIRGINIA Diesen Schritt kenne ich. Das ist der Rektor, Herr Gaffone.

Eintritt Herr Gaffone, der Rektor der Universität.

GAFFONE Ich bringe nur ein Buch zurück. Bitte um des Himmels willen, Herrn Galilei nicht zu stören. Ich kann mir nicht helfen, ich habe immer den Eindruck, daß man jede Minute, die man diesem großen Mann stiehlt, Italien stiehlt. Ich lege das Buch fein säuberlich hierher und gehe weg, auf Fußspitzen. *Ohne den Protest Virginias zu beachten, geht er schnell weg.*

VIRGINIA Sie nehmen alle so sehr Rücksicht auf ihn. In Padua hatte er keine freie Stunde und konnte nicht arbeiten. Wenn er nur nicht wieder mit diesen gefährlichen Entdeckungen anfängt, geht alles gut.

FRAU SARTI Gott sei Lob und Dank, daß unsereins von diesen Sternengeschichten nichts versteht.

VIRGINIA Im Haus des Fischers ißt man nicht Fisch. In Rom hat mir ein sehr hoher geistlicher Herr aber vieles aus der Astronomie erklärt. Die Entfernungen sind zu weit. Vater meint immer, sie wissen dort nichts. Aber sie wissen natürlich alles. *Da Andrea vorbeigeht, eine Kanne Wasser zu holen:* Wie geht es Jessica? Streitet ihr noch immer?

ANDREA *lachend:* Nein, ich habe jetzt herausgebracht, warum sie mich nicht heiraten wollte. Gewissensbisse. Weil die Astronomen unheilige Leute sind, weißt du. Nun, das war natürlich kein schlimmer Abhaltungsgrund. Wir haben wieder zusammengefunden. *Ab nach oben.*

FRAU SARTI Sie weiß, daß sie eine gute Partie macht. Als einfache

Handwerkertochter. Die Briefe waren gestern wieder geöffnet. Einer aus Prag war darunter. Ich habe es Andrea gesagt, aber er ist so leichtsinnig und lacht nur. Wenn es nur nicht ist, daß wir von der Behörde beobachtet werden!

VIRGINIA Dazu ist Vater zu berühmt jetzt, denke ich. Sogar Kardinäle schreiben ihm. Da ist die Haustür gegangen.

Herein tritt, im Reisekostüm, Ludovico. Ein Diener trägt ihm Koffer nach.

VIRGINIA *läuft ihm entgegen und fällt ihm um den Hals:* Ludovico! Warum hast du mir nicht geschrieben, daß du kommen willst?

LUDOVICO Ich habe mich ganz schnell entschlossen. Ich muß mit deinem Vater reden!

VIRGINIA Aber es ist nichts Schlimmes?

LUDOVICO Sicher nicht. Ich muß nur mit ihm reden.

FRAU SARTI Ich will ihn gleich holen. Das ist eine große Freude. *Sie läuft hinauf.* Herr Galilei!

GALILEI *herauskommend:* Was ist los? Sind die Hosen wieder zu kurz geraten? *Er sieht unten Virginia in den Armen eines Mannes.* Wer ist das? *Die Hand über den Augen, sieht er scharf hin.*

ANDREA *hinter ihm:* Ludovico. Sehen Sie denn nicht?

GALILEI O ja, Ludovico. Richtig. *Er geht die Treppe hinunter.* Was treibt dich her? Wie ich höre, ist noch nichts fertig.

LUDOVICO Ich wollte mit Ihnen reden. Nein, Virginia, du sollst hierbleiben.

ANDREA *oben zu den andern:* Er sieht jämmerlich schlecht. Seinen Schwiegersohn hat er oben von der Stiege aus nicht erkannt.

GALILEI Was ist also los?

LUDOVICO *unsicher:* Ich bin ganz schnell weggefahren, und unterwegs erschien es mir eigentlich ziemlich dumm. Es war nur ein Gerücht. Sicher ist nicht das Geringste daran.

GALILEI Was für ein Gerücht?

LUDOVICO Schreiben Sie ein Buch über die Sonnenflecken?

GALILEI Ich? Unsinn. Heißt es das? *Ludovico nickt.* Und deshalb hast du die weite Reise gemacht? Das verstehe ich nicht. Und wenn ich ein Buch darüber schriebe?

LUDOVICO Sie schreiben es also nicht? Du, ich bin so froh.

Er küßt Virginia.

ANDREA *plötzlich an der Treppe erscheinend, strahlend:* Sie sollen wissen, daß ich Sie ausgefunden habe, Herr Galilei. Raten Sie, woran.

GALILEI Halt den Mund! *Ärgerlich zu Ludovico:* Warum bist du da froh? Das ist ja hirnverbrannter Unsinn.

LUDOVICO Das müssen Sie doch verstehen. Man redet doch wieder fortgesetzt von Kopernikus wegen dieser Sonnenflecken. Und ich dachte, Sie werden hoffentlich nicht da hineinverwickelt. Man hat mir gegenüber schon Andeutungen auf der Universität gemacht.

GALILEI Ach so. Du hast Angst?

LUDOVICO Das müssen Sie doch verstehen.

GALILEI Ja, vielleicht. *Grob.* Also, ich schreibe gar nichts. Siehst du den Tisch mit den Briefen? *Er zeigt auf einen großen Tisch voll von Papieren.* Sie schicken mir aus allen Himmelsgegenden Waschkörbe von Briefen mit Anfragen, diese Sonnenflekken betreffend. Es ist eine schöne Schande, daß ich sie nicht beantworte. Aber ich arbeite an etwas anderem. Du kannst also ruhig sein.

LUDOVICO Entschuldigen Sie, wenn ich Sie geärgert habe. *Zu Virginia:* Können wir nicht die Hochzeit schon etwas früher ansetzen?

GALILEI Wann ihr wollt. *Will wieder hinauf.*

LUDOVICO *erleichtert, fängt an, Klatsch zu berichten:* Wißt ihr, daß der Heilige Vater im Sterben liegt? Ich habe es erfahren, kurz bevor ich in die Kutsche stieg. Die größten Aussichten, Papst zu werden, hat der Kardinal Barberini.

GALILEI *ist mitten auf der Treppe stehengeblieben:* Was ist das? Und das sagst du erst jetzt? Weißt du, daß ich den Barberini kenne und er mein Freund ist? Andrea! Rotschädel!

Andrea erscheint oben.

GALILEI Der Barberini wird Papst!

DER KLEINE MÖNCH Ist Seine Heiligkeit gestorben?

GALILEI Beinahe! Beinahe! Und der Barberini zieht in den Vatikan! Die Zeit des Schweigens ist vorbei! Nehmt das Tuch vom Rohr und richtet es auf die Sonne!

FRAU SARTI Und dabei ist der alte Papst noch nicht tot! *Sie macht Galilei nach.* »Alles Unheil kommt von der Ungenauigkeit,

Frau Sarti.« Fünfzigmal wiegt er seine Eisstückchen ab! Aber was in seinen Kram paßt, das glaubt er blind! Ist Seine Heiligkeit gestorben? Beinahe! Wenn das nicht ein Narr ist!

ANDREA Wollen Sie wirklich mit der Sonnenbeobachtung beginnen?

GALILEI Sofort! Sofort! *Ruhiger.* Und das Bild werfen wir auf einen Schirm, der Augen wegen; das ist deine Methode, Rotschädel.

Sie beginnen die Vorbereitungen dazu.

ANDREA Diesem Fabrizius werden wir es zeigen.

VIRGINIA Vater!

GALILEI Was ist denn?

LUDOVICO Sie sagten doch, Sie wollten in diesen Streit nicht eingreifen!

GALILEI Ach das? Aber das ist doch kein Grund mehr jetzt, sich zurückzuhalten. Barberini ist mein Freund, sei ganz ruhig.

LUDOVICO Wenn er gewählt wird!

GALILEI *ohne darauf einzugehen:* Er hat mir damals recht gegeben in der Jupitersache. Er hat recht, sagte er, seine Jupitermonde sind ein harter Brocken für die Theologen. Wir brauchen Sie, sagte er. Er hat etwas Mathematik gelesen. Jetzt beginnt eine echte Wiedergeburt der Künste und der Wissenschaften, nicht weniger. Es wird keine Furcht mehr geben. Das Wissen wird eine Leidenschaft sein und die Forschung eine Wollust. Was ist das für eine Zeit, wo zu sagen was ist als eine Untat erachtet wird! Ja, das wird man jetzt sagen: was war das für eine Zeit! Wer fürchtet noch die Entdeckungen? wird man fragen. Wer hat Entdeckungen zu fürchten? *Halblaut, schon bei der Arbeit.* Wir werden ein Netz von Meridianen und Parallelkreisen über das Sonnenbild legen und methodisch vorgehen. Und dann werden wir ihnen ihre Briefe beantworten können, wie Andrea?

ANDREA *glücklich:* Ich wußte vorhin, daß Sie mit der Beobachtung schon angefangen haben. Als Sie Ludovico nicht sahen. Das kommt, weil Sie direkt in die Sonne geschaut haben.

GALILEI Ja, ich bin zu ungeduldig. *Er ruft hinunter:* Steh nicht so herum wie ein Grabstein, Ludovico, Mensch, bist du nicht auch jung?

LUDOVICO Herr Galilei, ich teile Ihre Zuversicht nicht. Ich bitte

Sie, mir mitzuteilen, ob Sie die Absicht haben, sich an der Diskussion über die neuen Erscheinungen öffentlich zu beteiligen.

GALILEI Aber wie sollte ich denn schweigen können? Sieh dir die Briefe an. Sie wollen in Holland wissen, was ich denke.

ANDREA Auch ich will es wissen, auch ich!

GALILEI Da wird wieder von Sonnendünsten geschwatzt und von Planeten, die die Flecken machen sollen, lauter Unsinn, und ich soll schweigen? Sollen sie sagen, Galilei wagt nicht, den Mund aufzutun? Nach mir sieht man hin, Mensch. Die Erde dreht sich, das bin ich, der das sagt, verstanden? Wenn ich schweige, bleibt sie wieder stehen!

LUDOVICO Virginia, ich liebe dich, ich weiß es. Aber ich kann dich nicht heiraten, wenn es so kommt. Ich besitze kein Vermögen.

ANDREA Vielleicht sollten Sie den jungen Leuten ein wenig helfen, Herr Galilei. Meine Jessica hat ihre Gewissensbisse gut überwunden, aber sie nimmt schließlich nur die Hölle auf sich. Ich weiß nicht, was sie täte, wenn zum Beispiel die Stadtpfarrei bei ihrem Vater, der Silberschmied ist, die Meßgeräte abbestellen würde, solange sie mit mir verkehrt. Solch eine Drohung ist doch weit schlimmer.

GALILEI *geht zu den beiden hinunter, ruhig:* Ludovico, ich weiß nicht, was du von mir willst.

LUDOVICO Sie wissen es. Warum sehen Sie Virginia nicht in die Augen?

GALILEI *lacht ein wenig verlegen, kehrt dann unschlüssig wieder um:* Habt ihr den Schirm?

ANDREA Ja! Kommen Sie?

LUDOVICO Virginia, ich liebe dich und ich liebe deinen Vater, so wie er ist. Aber seine Sache ist nicht die meine, ich verstehe nichts davon und ich habe nicht seinen Mut.

VIRGINIA Du kannst ihm wohl nichts sagen, Vater?

GALILEI *nach oben rufend:* Aber der Spiegel steht ja falsch! *Er rennt hinauf.*

Virginia zieht den Ring von ihrem Finger und gibt ihn Ludovico.

ANDREA Wenn wir eine Rotation der Sonne …

GALILEI Wenn! Wenn! Wenn! Du sprichst wie ein Dummkopf,

Andrea. Ich habe Ochsen zu Schülern. Ochsen, die voller Gier statt der Gräser ihre eigenen Hufe anfressen! Sie haben noch nichts gesehen und schon ziehen sie Folgerungen! *Zornig.* Ich habe nicht vor, zu beweisen, daß ich bisher recht gehabt habe, sondern herauszufinden, ob. Ich sage: laßt alle Hoffnung fahren, ihr, die ihr in die Beobachtung eintretet! Vielleicht sind es Flecken, vielleicht sind es Sterne, aber bevor wir Flecken annehmen, welche uns am meisten gelegen kämen, wollen wir lieber annehmen, daß es Fischschwänze sind! Ja, wir werden alles, ja, alles noch einmal in Frage stellen. Und wir werden nicht mit Siebenmeilenstiefeln vorwärtsgehen, sondern millimeterweise. Und was wir heute finden, werden wir morgen von der Tafel streichen und erst wieder anschreiben, wenn wir es noch einmal gefunden haben. Und was wir zu finden wünschen, das werden wir, gefunden, mit besonderem Mißtrauen ansehen. Also werden wir an die Beobachtung der Sonne herangehen mit dem unerbittlichen Entschluß, den Stillstand der Erde nachzuweisen! Und erst wenn wir gescheitert sind, vollständig und hoffnungslos geschlagen und unsere Wunden leckend, in traurigster Verfassung, werden wir zu fragen anfangen, ob wir nicht doch recht gehabt haben und die Erde sich dreht! *Mit einem Zwinkern.* Sollte uns aber dann jede andere Annahme als diese unter den Händen zerronnen sein, dann keine Gnade mehr mit denen, die nicht geforscht haben und doch reden. *Und während Ludovico Virginia umarmt und schnell weggeht, legt Galilei Andrea den Arm um die Schulter.* Dann werden wir die Dummheit niedertrampeln, wie, mein Junge? Wir werden ihr die Haut abziehen und sie vor uns hertragen. Wir werden mit Blut darauf schreiben: Hütet euch! Das heißt, mit Tinte! Mit Tinte! Welche gefährlicher ist! Endlich wird man diese engstirnigen Köpfe zusammenstoßen, daß sie zerknallen wie Eierschalen. Ja, wir werden grausam sein mit unseren Argumenten. Das wird vielleicht das erste Mal in der Geschichte sein, daß Grausamkeit gegen die Unwissenheit gerichtet wird. Ein historisches Datum!

ANDREA Und werden Sie das Buch über die Weltsysteme schreiben?

GALILEI Ja, und nicht in lateinisch für die wenigen, sondern in florentinisch für die vielen. Denn dieses Buch sollen alle verstehen. Dafür brauche ich Leute, die mit den Händen arbeiten. Denn wer sollte sonst wissen wollen, was die Ursachen der Dinge sind? Die das Brot nur auf dem Tisch sehen, wollen nicht wissen, wie es gebacken wurde. Das Pack dankt Gott, statt dem Bäcker. Aber sie, die das Brot machen, werden verstehen, daß sich nichts bewegt, was nicht bewegt wird. Deine Schwester an der Olivenpresse, Fulganzio, wird sich nicht groß wundern und wahrscheinlich lachen. Und die Bauern, die den Pflug in die Erde drücken und die Weber am Webstuhl, das Volk, das sich jetzt in allen Gassen rührt, alles wird auf die Sonne zeigen und sagen: das ist kein goldenes Adelsschild, sondern ein Hebel. Die Erde bewegt sich, weil die Sonne sie bewegt.

Virginia packt langsam die Wäsche vom Tisch in die Truhe.

ANDREA Ich habe ein Gedicht gemacht, Herr Galilei. Es heißt so:

Die Schrift sagt, sie steht still, und die Doktoren
Beweisen, daß sie stillsteht, noch und noch.
Der Heilige Vater nimmt sie bei den Ohren
Und hält sie fest. Und sie bewegt sich doch.

9
Die kopernikanische Lehre findet Verbreitung im Volk

Gasse in einer italienischen Stadt. Ein Straßensänger und seine Frau singen ein Lied zur Drehorgel. In den Fenstern hören Leute zu und lachen.

DER STRASSENSÄNGER Meine Damen und Herren, wir bringen Ihnen jetzt das neueste Florentiner Lied, das man allenthalben in ganz Oberitalien hört und das wir mit großen Kosten hier importiert haben. Es betitelt sich: »Das Lied von der erschröcklichen Lehre und Meinung des Herrn Hofphysikers Galileo Galilei.«

Sie singen:

Zur Sonne sagte der Herr Galileh
Der große Physikus
Daß sie sich jetzt nicht mehr um die Erd
Als Lampe drehen muß.
Oh je, oh je
Die Sonne fing an, sich um sich selber zu drehn
Statt um Herrn Galileh.

Und von der Stund an, wo die Sonne nicht mehr
Mußt unsere Lampe sein
Ging der Mesner nicht hinterm Pfarrer mehr her
Noch der Lehrling hinterm Meister drein.
Je nun, je nun
Jetzt will sich eben jeder um sich selber drehn
Und sich selber gütlich tun.

Der Maurer, der da ein Haus gebaut
Der zieht nun selber ein.
Und der Holzhacker, der die Bäume haut
Schiebt das Holz in seinen eigenen Ofen rein.
Oh je, oh je
Der Holzhacker hat seiner Frau gesagt
Es friert auch ihn an der Zeh.

Zwei Hausfrauen sah ich am Fischmarkt stehn
Konnt denn das wirklich sein:
Das Fischweib zog einen Brotkipf heraus
Und fraß seinen Fisch allein.
Oh je, oh je
Das Fischweib wollte einmal selber Fisch haben
Das tut ihr gar nicht weh.

Die Mägde bleiben bei den Knechten sitzen
Wenn der Herr vorübergeht.
Der Herr, er sieht mit bassem Erstaunen
Daß sich nichts mehr um ihn dreht.
Je nun, je nun
Die Mägde und die Knechte sind mit sich beschäftigt
Sie haben viel zu tun.

Die Frau: Auch ich bin neulich aus der Reihe getanzt
Ich sagte zu meinem Mann:
Vielleicht, lieber Mann, daß was du kannst
Auch ein anderer Fixstern kann.
Der Mann: Oh je, oh je
Und ich wollte doch immer, daß meine Frau
Sich ausschließlich um mich dreh!

Die Fürsten müssen sich die Stiefel schmieren
Der Kaiser backt sich selber sein Brot.
Die Soldaten gehen auf der Straße spazieren
Und horchen auf kein Gebot.
Je nun, je nun
Viele Hände waren zu viel beschäftigt
Jetzt wollen sie einmal ruhn.

Vertraulich leise.
Die Herren Kardinäle vor der Peterskirche standen
Als der Papst am Fenster erschien
Für die Herren Kardinäle war er nicht vorhanden
Sie hatten keinen Gruß für ihn.
Oh je, oh je
Die Herren küssen sich jetzt die eigenen Füße
Schuld ist Herr Galileh.

Drei Erzengel kamen zu der Erde mit Beschwerden
Sie soll lauter Hosiannah schrein.
Die Erde aber sprach: es gibt ja viele Erden
Warum soll es da ich grad sein?
Je nun, je nun
Wenn es mehr als nur eine Erde gibt
Dann muß eine nicht alles tun.

Während der letzten Strophe ist ein Jesuit über den Platz gekommen. Das Lied hörend, hat er sich geduckt und ist wie ein begossener Pudel weggegangen. Die Leute haben gelacht und jetzt werfen sie Münzen herunter.

Diese Szene kann in eine Ballettszene aufgelöst werden. Im Stil von Brueghels STREIT DES KARNEVALS MIT DEN FASTEN *kann ein Volksfastnachtstreiben gezeigt werden. Nach der ersten Strophe der Moritat kann sich ein Fastnachtszug auf den Platz bewegen, in dem eine* BIBEL *schreitet, die ein Loch bekommen hat, ein Wagen mit einem Globus gezogen wird, auf dem ein Mönch ausgestreckt mit beiden Armen einen abrutschenden* STUHL PETRI *zu halten sucht usw. Dann, vor der letzten Strophe, können der* MOND, *die* SONNE, *die* ERDE *und die Planeten auftreten, die das alte und neue Bewegungssystem im Tanz, zu einer strengen Musik, vorführen.*

10

1633: DIE INQUISITION BEORDERT DEN WELTBEKANNTEN FORSCHER NACH ROM.

Vorzimmer und Treppe im Palast der Medici in Florenz. Galilei und seine Tochter warten, vom Großherzog vorgelassen zu werden. Galilei trägt ein Buch unter dem Arm.

VIRGINIA Es dauert lang.

GALILEI Ja.

VIRGINIA Da ist dieser Mensch wieder, der uns hierher folgte. *Sie weist auf ein Individuum, das vorbeigeht, ohne sie zu beachten, und sich niedersetzt.*

GALILEI Ich kenne ihn nicht.

VIRGINIA Aber ich habe ihn öfter gesehen in den letzten Tagen. Er ist mir unheimlich.

GALILEI Ich fürchte mehr diesen Dummkopf Gaffone, der da kommt. Er wird mich wieder in ein stundenlanges Gespräch verwickeln.

Die Treppe herab kommt Herr Gaffone, der Rektor der Universität. Er erschrickt deutlich, als er Galilei sieht, und geht, den Kopf krampfhaft weggedreht, steif an den beiden vorüber, kaum nickend.

GALILEI Was ist in den gefahren? Meine Augen sind heute wieder schlecht. Hat er überhaupt gegrüßt?

VIRGINIA Kaum. Es ist unverständlich.

GALILEI Er ist sonst einer der schlimmsten Speichellecker.

VIRGINIA Ich weiß nicht, was in deinem Buch steht. Ist es möglich, daß man es für ketzerisch hält?

GALILEI Unsinn. Du hängst zu viel in den Kirchen herum. Das Frühaufstehen und Indiemesselaufen verdirbt deinen Teint. Du betest für mich, wie? *Zu einem Mann, der vorübergeht:* Sie! Galliordo! Galliordo! *Da der Mann hastig weitergeht.* Das ist der Artilleriefeldzeugmeister. Er muß mich gesehen haben. Sonst löchert er mich mit seinen Schmeicheleien. Heut läuft er, als habe er Furcht vor Ansteckung.

VIRGINIA Hat dich der Großherzog überhaupt für heute bestellt?

GALILEI Nein, aber ich habe mich ansagen lassen. Er war außerordentlich eifrig, das Buch zu bekommen. Gib mir deine Schulter! Dieser Galliordo hat mich mit seinem komischen Zirkel, den er um uns machte, zum Teufel, warum eigentlich? auf einen nützlichen Gedanken gebracht. *Er schreibt auf ihrer Schulter etwas auf.* Ich muß einfach eine Hyperbel annehmen, wenn ich ... Da arbeitet man und arbeitet man. Für die Katz. In der letzten Zeit frage ich mich, wie die Gründe sein müssen, mit denen man ihnen beikommen könnte. Vielleicht könnte ich ebensogut Strauchdieben, Wucherern und Meuchelmördern zehn Gründe aufzählen, die ihre Sünden schlechtmachen, und dann hoffen, sie ließen ihr Handwerk. Als ob sie ihr Handwerk nur betrieben, weil sie es für ehrenvoll halten!

EIN JUNGER MANN *der hinter einem Alten die Treppe hoch will:* Oh, Herr Galilei! *Er verbeugt sich tief.*

GALILEI *ihn eifrig ins Gespräch ziehend:* Was machen die Studien, Geronimo? Wie ging es mit den Osterprüfungen?

DER JUNGE MANN In der Geometrie war ich ein wenig schwach, aber in Philosophie ging es. Ich würde Sie so gern einmal wieder ...

Der Alte ist halb oben stehengeblieben, hat sich nach ihm umgedreht und mit dem Stock auf den Stein gestoßen.

DER ALTE Komm sofort her, auf der Stelle!

Der junge Mann geht, sich verwirrt verbeugend, die Treppe hinauf.

GALILEI Verdammte Unhöflichkeit. Es dauert auch zu lang. Wir sind vor all diesen gekommen. Fang einen Beamten ab und beschwer dich.

VIRGINIA *von dem Individuum gefolgt, geht, einen Beamten an-*

zusprechen: Herr Mincio, ist Seine Hoheit verständigt, daß mein Vater ihn zu sprechen wünscht?

DER BEAMTE Wie soll ich das wissen?

VIRGINIA Das ist keine Antwort.

DER BEAMTE Nein?

VIRGINIA Sie haben höflich zu sein!

Der Beamte wendet ihr halb die Schulter zu und gähnt, das Individuum ansehend.

VIRGINIA *zurück:* Er sagt, der Großherzog ist noch beschäftigt.

GALILEI Ich hörte dich etwas von »höflich« sagen. Was war das?

VIRGINIA Ich dankte ihm für seine höfliche Auskunft, nichts sonst. Kannst du das Buch nicht hier zurücklassen? Du verlierst soviel Zeit.

GALILEI Ich fange an, mich zu fragen, was diese Zeit wert ist.

Der florentinische Inquisitor kommt die Treppe herab. Er erwidert die Verbeugung Galileis tief.

GALILEI Der Inquisitor scheint der einzige Mensch zu sein, der seine Höflichkeit bewahrt hat. Aber schließlich sind wir nicht hier, um Höflichkeit in Empfang zu nehmen. Ich bin hier, in diese Stellung, vor Jahren auf allen Vieren hereingekrochen, da man sowo nur durch das niedrigste Einlaßloch, das für die Hunde, hereinkommt, wenn man die Wahrheit oder auch nur einen Brocken davon einschleppen will. Aber es war wohlüberlegt von mir, denn jetzt müssen sie mir Schutz leihen. Irgend etwas ist in der Luft. Wenn ich nicht das Imprimatur der päpstlichen Zensur für mein Buch hätte, würde ich tatsächlich glauben, es ist das Buch. Aber ganz Florenz weiß, daß das Buch von der Zensur genehmigt ist. Der Papst würde jedem Versuch, mir daraus einen Strick zu drehen, ein geharnischtes Nein entgegensetzen. Und der Großherzog ist schließlich mein Schüler. Er würde mich niemals ausliefern.

DER BEAMTE *ruft aus:* Seine Hoheit, der Großherzog!

Cosmo Medici kommt die Treppe herab. Galilei geht auf ihn zu. Cosmo hält ein wenig verlegen an.

GALILEI Ich wollte Eurer Hoheit meine Dialoge über die beiden größten Weltsysteme ...

COSMO Aha. Wie steht es mit Ihren Augen?

GALILEI Nicht zum besten, Eure Hoheit. Wenn Eure Hoheit gestatten, ich habe das Buch ...

COSMO Der Zustand Ihrer Augen beunruhigt mich, wirklich. Er beunruhigt mich. Er zeigt mir, daß Sie Ihr vortreffliches Rohr vielleicht ein wenig zu eifrig benützen, nicht? *Er geht weiter, ohne das Buch entgegenzunehmen.*

VIRGINIA *in großer Aufregung:* Vater, ich fürchte mich. Sie tun dir was!

GALILEI Er hat das Buch nicht genommen. Sie behandeln mich hier schlimmer, als wenn ich die Pest hätte.

EIN HOHER BEAMTER *kommt die Treppe herab:* Herr Galilei, ich habe den Auftrag, Ihnen mitzuteilen, daß der florentinische Hof nicht länger imstande ist, dem Wunsch der Heiligen Inquisition, Sie in Rom zu verhören, Widerstand entgegenzusetzen.

11

Galilei will den Papst bitten, vor einer Entscheidung seine Gründe und Beweise vorbringen zu dürfen

Gemach des Vatikans. Der Papst (Urban VIII.) hat den Kardinal Inquisitor empfangen. Von außen das Trampeln und Schlürfen vieler Füße.

DER PAPST *sehr laut:* Nein! Nein! Nein!

DER INQUISITOR So wollen Eure Heiligkeit Ihren sich nun versammelnden Doktoren aller Fakultäten, Vertreter aller Heiligen Orden und der gesamten Geistlichkeit, welche alle in kindlichem Glauben an das Wort Gottes, niedergelegt in der Schrift, gekommen sind, Eurer Heiligkeit Bestätigung ihres Glaubens zu vernehmen, mitteilen, daß die Schrift nicht länger für wahr gelten könne?

DER PAPST Ich lasse nicht die Rechentafel zerbrechen. Nein!

DER INQUISITOR Daß es die Rechentafel ist und nicht der Geist der Auflehnung und des Zweifels, das sagen diese Leute. Aber es ist nicht die Rechentafel. Sondern eine entsetzliche Unruhe ist in die Welt gekommen. Es ist die Unruhe ihres eigenen Gehirns, die diese auf die unbewegte Erde übertragen. Sie schreien: die Zahlen zwingen uns! Aber woher kommen ihre Zahlen? Jedermann weiß, daß sie vom Zweifel kommen. Diese Menschen zweifeln an allem. Sollen wir die menschliche

Gesellschaft auf den Zweifel begründen und nicht mehr auf den Glauben? »Du bist mein Herr, aber ich zweifle, ob das gut ist. Das ist dein Haus und deine Frau, aber ich zweifle, ob es nicht mein sein soll.« Es hat Gott gefallen, den Heiligen Stuhl schweren Prüfungen zu unterwerfen. Eurer Heiligkeit spanische Politik wird von Menschen, denen die Einsicht mangelt, nicht verstanden, das Zerwürfnis mit dem Kaiser bedauert. Seit eineinhalb Jahrzehnten ist Deutschland eine Fleischbank und man zerfleischt sich mit Bibelzitaten auf den Lippen. Und jetzt, wo unter der Pest, dem Krieg und der Reformation die Christenheit zu einigen Häuflein zusammenschmilzt, geht das Gerücht über Europa, daß Sie mit den lutherischen Schweden in geheimem Bündnis stehen, um die katholische Kirche zu schwächen. Und da richten diese Würmer von Mathematikern ihre Rohre auf den Himmel und teilen der Welt mit, daß Sie auch hier, in dem einzigen Raum, den man Ihnen noch nicht bestreitet, schlecht beschlagen sind. Man könnte sich fragen: welch ein Interesse plötzlich an einer so abliegenden Wissenschaft wie der Astronomie! Ist es nicht gleichgültig, wie diese Kugeln sich drehen? Aber niemand in ganz Italien, das bis auf die Pferdeknechte hinab durch das böse Beispiel dieses Florentiners von den Phasen der Venus schwatzt, denkt nicht zugleich an so vieles, was in den Schulen und an anderen Orten für unumstößlich erklärt wird und so sehr lästig ist. Was käme heraus, wenn diese alle, schwach im Fleisch und zu jedem Exzeß geneigt, nur noch an die eigene Vernunft glaubten, die dieser Wahnsinnige für die einzige Instanz erklärt! Sie möchten, erst einmal zweifelnd, ob die Sonne still stand zu Gibeon, ihren schmutzigen Zweifel an den Kollekten üben! Seit sie über das Meer fahren – ich habe nichts dagegen –, setzen sie ihr Vertrauen auf eine Messingkugel, die sie den Kompaß nennen, nicht mehr auf Gott. Dieser Galilei hat schon als junger Mensch über die Maschinen geschrieben. Mit den Maschinen wollen sie Wunder tun. Was für welche? Gott brauchen sie jedenfalls nicht mehr, aber was sollen es für Wunder sein? Zum Beispiel soll es nicht mehr Oben und Unten geben. Sie brauchen es nicht mehr. Der Aristoteles, der für sie sonst ein toter Hund ist, hat gesagt (und das zitieren sie mitunter): Wenn das Weberschifflein von selber webte und der Zitherschläger von selber spielte, dann brauchten allerdings die Meister keine Gesellen und die Herren keine Knechte. Und so weit sind sie jetzt, denken sie. Dieser Mensch weiß, was er tut, wenn er seine astronomischen Arbeiten statt in Latein in der Sprache des Volkes, im Idiom der Fischweiber und Wollhändler verfaßt.

DER PAPST Dieses Geschlurfe macht mich nervös. Entschuldigen Sie, wenn ich immer horche.

DER INQUISITOR Es wird Ihnen vielleicht mehr sagen, als ich es kann, Eure Heiligkeit. Sollen diese alle von hier weggehen, den Zweifel im Herzen?

DER PAPST Schließlich ist der Mann der größte Physiker dieser Zeit, das Licht Italiens. Und nicht irgendein Wirrkopf.

DER INQUISITOR Das ist das einzige Schlimme, Eure Heiligkeit. Wie sollten wir ihm sonst solche Beachtung schenken? Jedermann in Italien muß zugeben, daß wir der Wissenschaft die allergrößte Beachtung schenken.

DER PAPST Aber ich will keine Verurteilung physikalischer Fakten, ich will nicht solche Schlachtrufe wie »Hie Kirche!« und »Hie Vernunft!« Ich habe dem Mann sein Buch erlaubt, wenn er am Schluß die Meinung wiedergibt, daß das letzte Wort nicht die Wissenschaft, sondern der Glaube spricht. Das hat er getan.

DER INQUISITOR Aber wie? In seinem Buch streiten ein dummer Mensch, der natürlich die Ansichten des Aristoteles vertritt, und ein kluger Mensch, der ebenso natürlich die des Kopernikus und Galilei selber vertritt, und die von Ihnen geforderte Schlußbemerkung spricht wer?

DER PAPST Was ist das jetzt wieder? Wer spricht sie also?

DER INQUISITOR Nicht der Kluge.

DER PAPST Das wäre eine Unverschämtheit. Das werde ich ihm sagen. Dieses Getrampel ist unerträglich. Kommt denn die ganze Welt?

DER INQUISITOR Nicht die ganze, aber ihr bester Teil.

Verwandlung

Ein anderes Gemach. Am Fenster Galilei, wartend. Auch hier hört man das Trampeln und Schlürfen unzähliger Füße, der sich versammelnden Kongregation. Im Vordergrund zwei Beamte der Inquisition.

DER ERSTE BEAMTE *halblaut zum zweiten:* Er hat gute Nerven. Er schaut sich alle seine Feinde an.

GALILEI Ich hoffe, daß die Unterredung mit Seiner Heiligkeit noch vor der Sitzung zustande kommt. Sie ist mir deshalb wichtig, weil ich bitten möchte, daß meine Gründe und Beweise untersucht werden, bevor eine Entscheidung getroffen wird. Es ist mir natürlich ganz unmöglich, in einer Frage von solcher Bedeutung für die wissenschaftliche Welt irgendeine Erklärung abzugeben, bevor meine Gründe und Beweise aufs allersorgfältigste gehört und geprüft worden sind. Ich möchte gern einen Schluck Wasser haben.

Der erste Beamte schenkt ihm aus einer Karaffe vom Tisch Wasser ein. Galilei verschüttet es, unsicher danach greifend.

DER ZWEITE BEAMTE *als der erste wieder zurück ist:* Schaut sich seine Feinde an! Sonst nichts! Hast du vergessen, daß er halb blind ist?

GALILEI Es ist doch richtig, daß Seine Heiligkeit mich zu sehen wünscht?

DER ERSTE BEAMTE Sicher.

GALILEI Es ist keine Prüfung?

DER ERSTE BEAMTE Nein.

GALILEI Dann würde ich gern in einem anderen Zimmer warten, wenn es möglich ist.

DER ZWEITE BEAMTE Das ist nicht möglich. Sie werden nicht wollen, daß Seine Heiligkeit kommt, und Sie sind nicht da, weil Sie das Getrampel nicht aushalten können.

Galilei schaut ihn stumpf an.

DER ZWEITE BEAMTE Ja, jetzt dämmert es Ihnen wohl. Was sich da versammelt und was sich da gegen Sie ausspricht, das sind nicht ein paar Leute. Das sind die erleuchtetsten Geister Italiens, die gelehrtesten Gelehrten, die Leuchten aller Universitäten, kurz das sind ALLE.

GALILEI Ja. *Er wendet sich wieder zu seinem Fenster.*

DER ERSTE BEAMTE Es muß für ihn sein, wie es für einen Mann war, der vor der Sintflut einen Frühjahrsschauer erwartete, und dann kam ein Schnürlregen und dann kam ein unendlicher Guß und daraus wurde die Sintflut, nicht?

Ein hoher Beamter erscheint. Galilei dreht sich nach ihm um und verbeugt sich tief. Er denkt, es ist der Papst.

DER HOHE BEAMTE Hat der Mensch gespeist?

DER ERSTE BEAMTE Es ist ihm eine reichliche Mahlzeit vorgelegt worden.

DER HOHE BEAMTE Die Sitzung nachher kann lange dauern. *Ab. Galilei hat sich verwirrt aufgerichtet.*

GALILEI Meine Herren, ich kenne Seine Heiligkeit persönlich, da ich ihm einmal beim Kardinal Bellarmin begegnet bin. Aber da mein Augenlicht zu wünschen übrigläßt, muß ich Sie bitten, wenn er kommen sollte, mich zu unterrichten.

DER ERSTE BEAMTE Soll geschehen, obgleich Sie uns auch keinen Gefallen erweisen und nicht anständig essen.

GALILEI Da der Herr, der eben da war, das Wort »nachher« gebrauchte, als er von der heutigen Sitzung der Inquisition sprach, scheint es ja gewiß zu sein, daß Seine Heiligkeit mich vorher zu sprechen wünscht?

Der erste Beamte zuckt die Achseln.

GALILEI Sagten Sie etwas?

DER ERSTE BEAMTE Ich zuckte die Achseln.

12

Galileo Galilei widerruft vor der Inquisition am 22. Juni 1633 seine Lehre von der Bewegung der Erde

Im Palast des florentinischen Gesandten in Rom. Galileis Schüler warten auf Nachrichten. Der kleine Mönch und der ältere Gelehrte spielen mit weiten Bewegungen das neue Schach. In einer Ecke kniet Virginia und betet den Englischen Gruß.

DER KLEINE MÖNCH Der Papst hat ihn nicht empfangen. Es ist alles aus.

DER ÄLTERE GELEHRTE Er war seine letzte Hoffnung. Es war wahr, was er ihm damals vor Jahren in Rom sagte, als er noch der Kardinal Barberini war: wir brauchen ihn.

ANDREA Sie werden ihn töten.

DER ÄLTERE GELEHRTE *sieht ihn verstohlen an:* Meinst du?

ANDREA Da er niemals widerruft.

Pause.

DER KLEINE MÖNCH Man verbeißt sich immer in einen ganz nebensächlichen Gedanken, wenn man nachts wach liegt. Heute nacht zum Beispiel dachte ich immerfort: er hätte nie aus der Republik Venedig weggehen dürfen.

ANDREA Da konnte er sein Buch nicht schreiben.

DER ÄLTERE GELEHRTE Und in Florenz konnte er es nicht veröffentlichen.

Pause.

DER KLEINE MÖNCH Ich dachte auch, ob sie ihm wohl seinen kleinen Stein ließen, den er immer in der Tasche mit sich herumträgt. Seinen Beweisstein.

DER ÄLTERE GELEHRTE Dahin, wo sie ihn hinführen werden, geht man ohne Taschen.

ANDREA *aufschreiend:* Das werden sie nicht wagen. Und selbst wenn sie es ihm antun, wird er nicht widerrufen. »Wer die Wahrheit nicht weiß, ist bloß ein Dummkopf. Aber der sie weiß und sie eine Lüge nennt, ist ein Verbrecher.«

DER ÄLTERE GELEHRTE Ich glaube es auch nicht, und ich möchte nicht mehr leben, wenn er es täte. Aber sie haben die Gewalt.

ANDREA Man kann nicht alles mit Gewalt.

DER ÄLTERE GELEHRTE *leise:* Er ist gestern zum großen Verhör gewesen. Und heute ist die Sitzung.

DER KLEINE MÖNCH *da Andrea herhört, laut:* Als ich ihn zwei Tage nach dem Dekret hier besuchte, saßen wir dort drüben, und er zeigte mir den kleinen Priapgott draußen im Garten, ihr könnt ihn sehen von hier, und er verglich sein Werk mit einem Gedicht des Horaz, in dem man auch nichts ändern kann. Er sprach von seinem Schönheitssinn, der ihn zwinge, die Wahrheit zu suchen. Und er erwähnte das Motto: hieme et aestate, et prope et procul, usque dum vivam et ultra. Und er meinte die Wahrheit.

DER ÄLTERE GELEHRTE Wieviel Uhr ist es?

DER KLEINE MÖNCH *geht zum Fenster, um auf die Uhr im Garten zu schauen:* Es ist gleich fünf Uhr.

ANDREA *bei dem älteren Gelehrten stehenbleibend:* Er ist ja wie

ein Berg, unverrückbar. *Zu dem kleinen Mönch:* Hast du ihm erzählt, wie er im Collegium Romanum stand, während sie sein Rohr prüften? Erzähl es! *Der kleine Mönch schüttelt den Kopf.* Er benahm sich ganz wie gewöhnlich. Er hatte beide Hände auf seinen Schinken, streckte den Bauch heraus und sagte: ich bitte um Vernunft, meine Herren! *Er macht lachend Galilei nach.*
Pause.

ANDREA *über Virginia:* Sie betet, daß er widerrufen möge.

DER ÄLTERE GELEHRTE Laß sie. Sie ist ganz verwirrt, seit sie mit ihr gesprochen haben. Sie haben ihren Beichtvater von Florenz hierherkommen lassen.
Pause.

ANDREA *plötzlich laut:* Was er mit seinen Augen gesehen hat, können sie ihm nicht ausreden. Der Mond ist eine Erde und hat kein eigenes Licht. Und so hat die Venus kein eigenes Licht und ist wie die Erde und läuft um die Sonne. Und es drehen sich vier Monde um das Gestirn Jupiter, das sich in der Höhe der Fixsterne befindet und an keiner Schale befestigt ist. Und die Sonne ist das Zentrum der Welt und unbeweglich an ihrem Ort und die Erde ist nicht Zentrum und nicht unbeweglich. Und er ist es, der es uns gezeigt hat.
Pause.

ANDREA Denn die alte Zeit ist herum und es ist eine neue Zeit. Die Dichter sagen: O Frühe des Beginnens! O Hauch des Windes, der von neuen Küsten kommt! Und mit Gewalt kann man nicht ungesehen machen, was gesehen wurde.
Ein Diener der Gesandtschaft, ein alter Mann, ist eingetreten.

DER ÄLTERE GELEHRTE Weiß man etwas Neues?

DER DIENER *leise und aufgeregt:* Es heißt oben, man erwartet, daß Herr Galilei um fünf Uhr in einer Sitzung der Inquisition widerrufen wird. Es wird die große Glocke von Sankt Markus geläutet und der Wortlaut dann öffentlich verkündet werden.
Ab.

ANDREA *wild:* Ich glaube es nicht!

DER ÄLTERE GELEHRTE *geht zum Fenster:* Fünf Uhr, das ist in zwei Minuten.
Virginia betet lauter.

ANDREA Ich kann nicht mehr warten, ihr! Sie enthaupten die Wahrheit! *Er hält sich die Ohren zu.*

Auch die beiden andern verstopfen sich die Ohren. Der ältere Gelehrte tritt zu dem kleinen Mönch. Dann stehen alle vollkommen still, in verkrampften Haltungen.

Aber es geschieht nichts. Keine Glocke ertönt. Nach einer Pause, ausgefüllt durch das murmelnde Beten Virginias, läuft der ältere Gelehrte zum Fenster, nach der Uhr zu sehen. Er wendet sich mit merkwürdig verändertem Gesicht um. Er schüttelt den Kopf verneinend. Die andern lassen die Hände sinken.

DER ÄLTERE GELEHRTE *heiser:* Nein. Keine Glocke. Es ist drei Minuten über fünf.

DER KLEINE MÖNCH Er hat nicht ...?

ANDREA Er widersteht! O wir Glücklichen!

DER KLEINE MÖNCH Er widerruft nicht!

DER ÄLTERE GELEHRTE Nein.

Sie umarmen sich. Sie sind überglücklich.

ANDREA Also: es geht nicht mit Gewalt! Sie kann nicht alles! Also: was gesehen ist, kann man nicht ungesehen machen! Also: die Torheit wird besiegt, sie ist nicht unverletzlich! Also: der Mensch fürchtet den Tod nicht!

DER ÄLTERE GELEHRTE Jetzt beginnt wirklich die Zeit des Wissens. Dies ist ihre Geburtsstunde. Bedenkt, wenn er widerrufen hätte!

DER KLEINE MÖNCH Ich sagte es nicht, aber ich war voll Sorge. Ich Kleingläubiger!

ANDREA Ich aber wußte es.

DER ÄLTERE GELEHRTE Als ob es am Morgen wieder Nacht würde, wäre es gewesen.

ANDREA Als ob der Berg gesagt hätte: ich bin ein Wasser.

DER KLEINE MÖNCH *kniet nieder, weinend:* Herr, ich danke dir!

ANDREA Aber es ist alles verändert heute! Der Mensch hebt den Kopf, der gepeinigte, und sagt: ich kann leben. So viel ist gewonnen, wenn einer ein Nein sagt!

In diesem Augenblick beginnt die Glocke von Sankt Markus zu dröhnen. Alle stehen erstarrt.

VIRGINIA *steht auf:* Die Glocke von Sankt Markus! Er ist nicht verdammt!

Von der Straße herauf hört man den Ansager den Widerruf Galileis verlesen.

STIMME DES ANSAGERS »Ich, Galileo Galilei, Lehrer der Mathematik und der Physik in Florenz, schwöre ab, was ich gelehrt habe, daß die Sonne das Zentrum der Welt ist und an ihrem Ort unbeweglich, und die Erde ist nicht Zentrum und nicht unbeweglich. Ich schwöre ab, verwünsche und verfluche mit redlichem Herzen und nicht erheucheltem Glauben alle diese Irrtümer und Ketzereien, sowie überhaupt jeden anderen Irrtum und jede andere Meinung, welche der Heiligen Kirche entgegen ist.«

Es wird dunkel.

Wenn es wieder hell wird, dröhnt die Glocke noch, hört dann aber auf. Virginia ist hinausgegangen. Galileis Schüler sind noch da.

ANDREA *laut:* Unglücklich das Land, das keine Helden hat!

Eingetreten ist Galilei, völlig, beinahe bis zur Unkenntlichkeit, verändert durch den Prozeß. Er hat den Satz Andreas gehört. Einige Augenblicke wartet er an der Tür auf eine Begrüßung. Da keine erfolgt, denn die Schüler weichen vor ihm zurück, geht er, langsam und seines schlechten Augenlichts wegen unsicher, nach vorn, wo er einen Stuhl findet und sich niedersetzt.

ANDREA Ich kann ihn nicht ansehen. Er soll weg.

DER ÄLTERE GELEHRTE Beruhige dich.

GALILEI *ruhig:* So gebt ihm doch ein Glas Wasser!

Der kleine Mönch holt Andrea von draußen ein Glas Wasser. Niemand beschäftigt sich mit Galilei, der stumm und horchend auf seinem Stuhl sitzt. Von weitem hört man wieder die Stimme des Ansagers.

ANDREA Ich kann schon wieder gehen, wenn ihr mir ein wenig helft.

Sie führen ihn zur Tür. In diesem Augenblick beginnt Galilei zu sprechen.

GALILEI Nein. Unglücklich das Land, das Helden nötig hat.

13

1633-1642: ALS GEFANGENER DER INQUISITION SETZT GALILEI BIS ZU SEINEM TODE SEINE WISSENSCHAFTLICHEN ARBEITEN FORT. ES GELINGT IHM, SEINE HAUPTWERKE AUS ITALIEN HERAUSZUSCHMUGGELN.

Landhaus in der Nähe von Florenz, wo Galilei als Gefangener der Inquisition lebt. Ein riesiger Tisch, ein Lederstuhl, ein kleines Bett.
Galilei ist nun alt und krank und bewegt sich wie ein Blinder.

VIRGINIA *kommt mit einem Teller, bindet Galilei eine Serviette um und füttert ihn:* So, jetzt essen wir unsere gute Suppe und verschütten nicht den kleinsten Löffel. Denn wir sollen ja ärztliche Visite haben, den guten Doktor Busciate aus Florenz. Und dann dürfen wir nicht vergessen, den Brief zu schreiben und uns beim Pater Inquisitor zu bedanken, daß er uns, ist die Suppe auch nicht zu heiß? den lieben Doktor haben läßt.
Galilei ißt schweigend und folgsam. Virginia nimmt den Teller und geht zur Tür. Sie öffnet die Tür, aber dann macht sie sie in einem Laut zu und wieder auf, ohne hinauszugehen. Vielmehr bleibt sie stehen und beobachtet ihren Vater.
Galilei ist aufgestanden und zum Schreibtisch gegangen. Er hat sich gesetzt und will zu kritzeln beginnen, als er plötzlich unruhig den Kopf hebt und mißtrauisch nach der Tür blickt. Er hat die Zugluft gemerkt.

GALILEI Hast du den Hafner bestellt, Virginia? Der Kamin ist immer noch nicht in Ordnung.
Virginia antwortet nicht. Lautlos schlüpft sie hinaus und schließt lautlos hinter sich die Tür. Galilei kritzelt weiter.

DER BEAMTE *im Vorraum:* Nun?

VIRGINIA Es ist, wie ich Ihnen sagte und wie ich auch Pater Anselmo sagte. Er kritzelt, aber das bekomme ich alles zu Gesicht. *Sie reicht ihm ein Blatt, das sie im Vorbeigehen vom Tisch genommen hat.*

DER BEAMTE *studiert es:* Was soll das? Es ist ja übereinandergekritzelt.

VIRGINIA Weil ich ihm ein schon beschriebenes hingelegt habe. Er sieht doch nichts mehr. Seine UNTERREDUNGEN ÜBER ZWEI

WISSENSCHAFTEN diktiert er mir. Wir sind auf Seite 134, Sie haben Seite 131 und 132 bekommen.

DER BEAMTE Aber es ist nahezu sicher, daß von hier Manuskripte herausgeschmuggelt werden. Schon die DIALOGE ÜBER DIE ZWEI GRÖSSTEN WELTSYSTEME sind von hier nach Holland geschmuggelt worden, vergessen Sie das nicht. Und jetzt ist wieder ein Brief nach Straßburg abgefangen worden, in dem ein Manuskript angemeldet wird. Es muß schon draußen sein. Wer hat es hinausgebracht?

Herein ein großer, breiter Mann, der Hafner. Er trägt Werkzeug.

DER HAFNER Hier ist der Passierschein. Wenn ich zum Abendessen in Florenz sein will, muß ich Druck hintersetzen.

VIRGINIA *läßt ihn hinein:* Der Hafner, Vater. *Wieder hinaus.*

DER HAFNER Besser mit den Augen, Herr Galilei? *Leise.* Sie sind hinter uns her. Villagio ist verhaftet.

GALILEI Nicht sehr viel besser. *Leise.* Hatte er das Buch bei sich?

DER HAFNER *leise:* Nein. Ich habe es zurückgebracht. *Laut.* Es wird langsam Winter. Da sollte der Kamin in Ordnung sein.

GALILEI Ja, es zieht sehr. *Leise.* Warum zurück?

DER HAFNER *leise:* Sie wissen, es ist draußen, suchen es also hier nicht. *Laut.* Wir hätten doch, wie ich sagte, nicht nur die paar eingesunkenen Steine, sondern den ganzen oberen Schacht neu mauern sollen, Herr Galilei. *Leise.* Wohin soll ich es legen?

GALILEI Machen Sie, was Sie für nötig halten. Ich kann keine Zugluft aushalten. *Leise.* Geben Sie es mir.

DER HAFNER *gibt ihm ein Buch in blauem Umschlag. Leise:* Das ist das dritte Mal, daß ich es Ihnen zurückbringen muß. Ist es sehr schlimm?

Es klopft draußen.

GALILEI *steht, gehetzt, mit den Blättern:* Wohin lege ich es jetzt?

DER HAFNER *leise:* Wo hatten Sie es früher?

Galilei legt es in einen großen Globus, der auf einem Holzfuß steht und halbiert ist.

Draußen wird der Arzt, Herr Busciate, eingelassen.

DER BEAMTE Wir m ü s s e n feststellen, ob er nicht doch noch sieht. Er muß wieder geschrieben haben.

DER ARZT Unmöglich. *Er geht hinein mit Virginia.*

VIRGINIA Der Doktor Busciate, Vater. *Zum Hafner:* Was fehlt dem Kamin noch?

DER HAFNER Es ist alles faul oben, wie ich gleich sagte. Ich kann gar nichts machen ohne neue Ziegel. Ich komme Donnerstag wieder, wenn ich einen Einlaßschein bekomme. Guten Abend, Herr Galilei, wie gesagt, es liegt nicht an mir.

GALILEI Sicher nicht. Sicher nicht.

DER ARZT Da wollen wir also wieder einmal nach den Augen sehen, Herr Galilei.

GALILEI Sie sind sehr schlecht.

DER ARZT *untersucht, während der Beamte den Hafner hinausläßt:* Haben Sie in der letzten Zeit viel geschrieben?

GALILEI Ich schreibe ab und zu ein paar Notizen auf, die mir meine Tochter vorliest. Meine wissenschaftlichen Arbeiten diktiere ich ihr.

DER ARZT *nimmt ein Blatt vom Tisch und hält es ihm vor:* Können Sie das sehen?

GALILEI Nein. Ich sehe nichts.

DER ARZT Dann sind Ihre Augen noch schlechter geworden.

VIRGINIA Den Umriß hast du doch das letzte Mal noch gesehen.

GALILEI Vielleicht war es heller im Zimmer. Es wird Winter.

DER ARZT Haben Sie nicht doch geschrieben?

GALILEI Nein. Dazu sind sie zu schlecht. Werde ich ganz blind?

VIRGINIA Gott ist barmherzig, Vater.

DER ARZT *das Blatt zurücklegend:* Sie dürfen nicht mehr schreiben. Guten Abend. *Er geht mit Virginia hinaus.*

Galilei geht schnell an den Globus. Man sieht, daß er nicht gut sehen kann, aber besser als er vorgibt. Er prüft mit einem Ausdruck der Furcht die Blätter und untersucht, ob der Globus gut schließt.

DER BEAMTE Sieht er oder sieht er nicht?

DER ARZT *zuckt die Achseln:* Ich weiß nicht, ich denke: sehr wenig, aber er ist sehr klug. Ich schicke meinen Rapport ein.

VIRGINIA Man tut ihm unrecht. Ich weiß, daß seine Reue echt ist. Und daß er nichts tut gegen die Vorschriften. Ich beobachte ihn.

Der Arzt geht. In der Tür trifft er auf einen Bauern, der zwei gerupfte Gänse bringt.

DER BAUER Ich soll die abgeben.

VIRGINIA Von wem? Ich habe keine Gänse bestellt.

DER BAUER Ich soll sagen: von einem Durchreisenden. *Ab.*

Virginia betrachtet sie erstaunt. Der Beamte nimmt sie ihr aus der Hand und untersucht sie mißtrauisch, gibt sie dann beruhigt zurück, worauf Virginia sie Galilei hineinbringt, sie an den Hälsen fassend.

VIRGINIA Was ist?

GALILEI *der hastig vom Globus weggetreten ist:* Nichts.

VIRGINIA Ein Durchreisender hat ein Geschenk abgeben lassen.

GALILEI Was ist es?

VIRGINIA Zwei Gänse.

GALILEI Ist der Name dabei?

VIRGINIA Nein.

GALILEI Verstehe ich nicht.

VIRGINIA Warum sollte dir niemand mehr Geschenke schicken? Es kommen doch auch Bücher.

GALILEI *nimmt ihr eine aus der Hand:* Schwer. Wir werden morgen eine essen. Gib Thymian zu und Äpfel.

Sie nimmt sie wieder und trägt sie hinaus, worauf sie zurückkehrt.

VIRGINIA Was denkst du?

GALILEI Nichts Besonderes. Wer mir die Gänse geschickt haben kann.

VIRGINIA Irgend jemand, der dich schätzt. Willst du noch an den Korrekturen arbeiten?

GALILEI Ja. Ich will die Stelle aus der Einleitung hören. Die kleine Erörterung, die der Untersuchung der Frage vorausgeht, warum zu große Maschinen leicht zerbrechen.

VIRGINIA Diese Stelle hast du schon mehrmals gehört.

GALILEI Ich frage mich, ob sie verstehbar ist.

VIRGINIA Sie ist sehr leicht. *Sie liest.* »Nach einiger Überlegung fällt der die Wahrheit verhüllende Schleier, und einfach und nackt erblicken wir ihre schöne Gestalt. Ist es nicht klar, daß ein Pferd, welches drei oder vier Ellen hoch herabfällt, sich die Beine brechen kann, während ein Hund keinen Schaden erlitte, desgleichen eine Katze selbst von acht oder zehn Ellen Höhe, ja eine Grille von einer Turmspitze und eine Ameise, wenn sie vom Monde herabfiele? Und wie kleinere Tiere verhältnismäßig kräftiger und stärker sind als die großen, so halten sich die kleinen Pflanzen besser: und nun glaube ich, verstehen Sie, meine Herren, daß eine zweihundert Ellen hohe Eiche ihre Äste in voller Proportion mit einer kleinen Eiche nicht halten könnte und daß die Natur ein Pferd nicht so groß wie zwanzig Pferde werden lassen kann, noch einen Riesen von zehnfacher Größe, außer durch Veränderungen der Proportionen aller Glieder, besonders der Knochen, die weit über das Maß einer proportionellen Größe verstärkt werden müssen. – Die gemeine Annahme, daß große und kleine Maschinen gleich ausdauernd seien, ist offenbar irrig.«

Pause.

GALILEI Ich frage mich, ob diese Stelle wirklich verstanden wird.

VIRGINIA *wieder wie zu einem Kind:* Sicher, man versteht es. Alles ist ganz klar, auch der Pater Ludovico sagt, es ist alles ganz klar.

Pause. Dann klopft es und der Beamte läßt Andrea in den Vorraum ein. Er ist jetzt ein Mann in mittleren Jahren.

VIRGINIA Die Tür ist gegangen.

Sie geht hinaus und gibt Andrea fremd die Hand.

ANDREA Ich verlasse Florenz, um in Holland wissenschaftlich zu arbeiten, und bin gebeten worden, ihn aufzusuchen, damit ich von ihm berichten kann.

VIRGINIA Ich weiß nicht, ob er dich sehen will. Du bist nie gekommen.

ANDREA Frag ihn.

GALILEI *hat Andreas Stimme gehört und ist herausgelaufen:* Bist du das, Andrea?

ANDREA Ja.

GALILEI Du bist willkommen! Du bist willkommen! Laßt mich allein mit ihm!

VIRGINIA *geht mit hinein:* Ich will auch hören, was er erzählt.

ANDREA *kühl:* Wie geht es Ihnen?

GALILEI Setz dich. Was machst du? Erzähle von deiner Arbeit!

ANDREA *setzt sich:* Ich gehe nach Holland. Aber Bernegger in Straßburg hat mir aufgetragen, mich nach Ihrem Befinden zu erkundigen.

Pause.

GALILEI Ich befinde mich gut. Man schenkt mir große Aufmerksamkeit. Und das nicht nur von seiten der Behörden. *Er klopft auf den Busch.* Durchreisende geben Gänse ab.

ANDREA *steif:* Es freut mich, berichten zu können, daß Sie sich wohl befinden.

GALILEI Ja, man schenkt mir große Aufmerksamkeit. – Durch die Tiefe meiner Reue habe ich mir die Gunst meiner Oberen so weit erhalten können, daß mir in bescheidenem Umfang wissenschaftliche Arbeiten unter geistlicher Kontrolle gestattet werden konnten.

ANDREA *verbissen:* Auch wir hörten, daß die heilige Kirche mit Ihnen zufrieden ist. Ihre völlige Unterwerfung hat die allzu eifrigen und ohne Rücksicht auf die kirchlichen Dogmen der Wissenschaft dienenden Geister darüber belehrt, daß man nicht forschen soll, wenn es von den Oberen nicht gewünscht wird. Es wird versichert, daß die Oberen mit Genugtuung festgestellt haben, daß kein Werk mit neuen Behauptungen mehr veröffentlicht wurde, seit Sie sich unterwarfen.

GALILEI *mühsam:* Leider gibt es Länder, die sich der Obhut der Kirche entziehen. Ich fürchte, daß die irrtümlichen und verurteilten Lehren dort wenigstens weiter gefördert werden.

ANDREA Auch dort trat infolge Ihres Widerrufs ein für die Kirche erfreulicher Rückschlag ein. Ihr Name ist auf den Lippen aller derer, die in dem ungehemmten Fortschritt der Naturwissenschaften eine Bedrohung der allgemeinen Ordnung sehen.

GALILEI Ich verstehe. *Pause.* Ich bin in Sorge einiger wissenschaftlicher Freunde wegen, die ich auf die Bahn des Irrtums geleitet habe. Sind sie durch meinen Widerruf belehrt worden?

ANDREA Ihre Person betreffend wurde eine Zeitlang viel disputiert. Einige Ihrer früheren Freunde bestanden darauf, Sie hätten widerrufen der Dienste wegen, die Sie der Physik, am Leben bleibend, noch erweisen zu können hofften. Solcher Werke wegen, die nur Sie schreiben konnten.

GALILEI *barsch:* Solche Werke gibt es nicht.

ANDREA So war dies nicht Ihr Beweggrund?

GALILEI Kurz nach meinem Prozeß haben mich einige Leute, die mich von früher kannten, mit einer gewissen Nachsicht behandelt, indem sie mir allerlei hochgesinnte Absichten unterschoben. Ich habe das abgelehnt. Ich sah darin lediglich vermindertes Urteilsvermögen, hervorgerufen dadurch, daß sie mich physisch stark verändert fanden. Nach sorgfältiger Erwägung aller Umstände, der entschuldigenden wie der andern, kann man nicht der Meinung sein, daß jemand aus irgendeinem andern Grunde zu einem solchen – Gehorsam finden könnte, als aus einer zu großen Furcht vor dem Tode. *Pause.* Damit leugne ich nicht *zu Virginia hin* die tiefe Reue, die ich als Sohn der Kirche verspürte, als die Oberen mich durch die gewichtigsten aller Argumente von meinem Irrweg überzeugten. Nicht weniger als die Bedrohung mit dem Tode ist für gewöhnlich nötig, einen Menschen von dem abzubringen, zu was ihn sein Verstand gebracht hat, diese gefährlichste aller Gaben des Allmächtigen. Ich begriff übrigens durchaus, daß nur noch die Hölle auf mich wartete, die ja, wie der Dichter berichtet, von jenem Volk bewohnt wird, das die Gabe des Intellekts verspielt hat und das also ohne Hoffnung ist.

ANDREA Viele erinnern sich auch jetzt noch, daß Sie damals, einiger Notierungen wegen, zur Pestzeit in der Stadt geblieben sind.

GALILEI Oh, die Pest ist nicht so tödlich. Die Lebewesen, die sie verursachen, begehen Fehlgriffe. Aber sprechen wir von anderem. Sicher, die Physik und die Astronomie vermögen über meinen Fall zur Tagesordnung überzugehen.

ANDREA Bestimmt, nach einer Weile.

GALILEI Freilich, bis dahin, wer sollte noch für diese kühnen neuen Lehren sprechen, nachdem ich, eine ihrer Autoritäten, sie der Lüge geziehen habe? Sie scheinen ganz aus der Welt. Nichts mehr spricht für sie, ausgenommen einige Fakten. *Er hat angefangen, mit einem kleinen, aus der Tasche gezogenen Stein zu spielen.* Ich kann ihn nicht mehr sehen. *Er läßt ihn auf den Boden fallen und bückt sich danach.* Jedoch höre ich ihn noch beim Niederfallen. Das Phänomen der Autorität ist ein schwieriges. Ich frage mich, wann die Wissenschaft ohne Autorität auskommen wird können. In der Frage der schwimmenden Körper dauerte die Autorität des Archimedes zum Beispiel sehr kurz, obwohl er die Wahrheit gelehrt hat. Aber die des Aristoteles, der die Unwahrheit lehrte, dauerte zweitausend Jahre. Autorität und keine Wahrheit gehören wohl zusammen und ebenso gehören zusammen: Wahrheit und keine Autorität.

ANDREA Wie Sie andeuteten, mag die Physik sich weiter behelfen. Aber viele sahen auf Ihre astronomischen Bemühungen, die ihren täglichen Geschäften so fern lagen, mit Eifer, weil man glaubte, Sie kämpften dafür, daß die Autorität von Menschen auf Meinungen und von Meinungen auf Fakten übertragen würde. Sie sagten, daß es Ihnen lange, während Sie dies und das lehrten, weniger darauf angekommen sei, wie nun gerade diese Weltkugeln und welche von ihnen sich drehten …

VIRGINIA Davon darf nicht gesprochen werden.

ANDREA … sondern darauf, daß davon gesprochen werden durfte. Auch, ob nicht Zweifel gut sei und ob nicht verfochten werden sollte, was Gründe und Beweise für sich hat. So daß viele Ihnen allenthalben mit Auge und Ohr folgten, in dieser Meinung, Sie ständen nicht nur für eine bestimmte Lehre von der Bewegung der Gestirne, sondern, und mehr noch, für die Freiheit des Lehrens und für diese auf allen Gebieten. Nicht also nur für irgendwelche Gedanken, sondern für das Recht zu denken überhaupt. Welches bestritten wird. Als diese Sie nun widerrufen hörten, was Sie gesagt hatten, schienen ihnen nicht nur bestimmte Gedanken über Gestirnbewegungen in Verruf gebracht, sondern das Denken selber, welches für unheilig angesehen wird, da es mit Gründen und Beweisen operiert.

VIRGINIA Aber es ist nicht wahr, daß die Oberen die Wissenschaften verboten haben, wie man jetzt sagt. Pater Philippo sagt, daß die Kirche die großen Erfindungen und Entdeckungen meines Vaters sogar in die Lehrbücher aufnehmen wird. Nur die Theologie, welche eine ganz andere Wissenschaft ist, soll er nicht in ihren Meinungen angreifen.

GALILEI Ich habe mir in freien Stunden, deren ich viele habe, überlegt, wie in den Augen der wissenschaftlichen Welt, der ich ja nicht mehr angehöre, wenn ich auch noch einige ihrer Gedankengänge kenne, mein Verhalten erscheinen muß. *Akademisch sprechend, die Hände über dem Bauch gefaltet.* Sie wird zu erwägen haben, ob sie sich damit begnügen kann, daß ihre Mitglieder an sie eine bestimmte Anzahl von Sätzen abliefern, sagen wir über die Tendenzen fallender Körper oder die Bewegungen gewisser Gestirne. Ich habe mich, wie erwähnt, von der Denkweise der Wissenschaft ausgeschlossen, jedoch nehme ich an, daß sie bei Gefahr der Vernichtung nicht imstande sein wird, ihren Mitgliedern alle weitergehenden Verpflichtungen zu erlassen. Zum Beispiel die Verpflichtung, an der Aufrechterhaltung ihrer selbst als Wissenschaft mitzuarbeiten. Selbst ein Wollhändler muß, außer billig einzukaufen und solide Wolle zu liefern, auch noch darum besorgt sein, daß der Handel mit Wolle überhaupt erlaubt ist und vor sich gehen kann. Demzufolge kann ein Mitglied der wissenschaftlichen Welt logischerweise nicht auf seine etwaigen Verdienste als Forscher verweisen, wenn er versäumt hat, seinen Beruf als solchen zu ehren und zu verteidigen gegen alle Gewalt. Dies ist aber ein umfangreiches Geschäft. Denn die Wissenschaft beruht darauf, daß man die Fakten nicht den Meinungen unterwerfen darf, sondern die Meinungen den Fakten unterwerfen muß. Sie ist nicht in der Lage, diese Sätze einschränken zu lassen und sie nur für »einige Meinungen« und »die und die Fakten« aufzustellen. Um sicher zu sein, daß diese Sätze allzeit uneingeschränkt von ihr vollzogen werden können, muß die Wissenschaft dafür kämpfen, daß sie auf allen Gebieten geachtet werden. Die Wissenschaft befindet sich nämlich mit der gesamten Menschheit in einem Boot. So kann sie nicht etwa sagen: was geht es mich an, wenn am andern Ende des Bootes ein Leck ist! Die Wissenschaft kann Menschen, die es versäumen, für die Vernunft einzutreten, nicht brauchen. Sie muß sie mit Schande davonjagen. Denn sie mag so viele Wahrheiten wie immer wissen, in einer Welt der Lüge hätte sie keinen Bestand. Wenn die Hand, die sie füttert, ihr gelegentlich und ohne Warnung an die Gurgel greift, wird die Menschheit sie abhauen müssen. Das ist der Grund, warum die Wissenschaft einen Menschen wie mich nicht in ihren Reihen dulden kann.

VIRGINIA *leidenschaftlich:* Aber in die Reihen der Gläubigen bist du aufgenommen!

GALILEI So ist es. Ich bin der Meinung, daß ich alles zerstört habe – was es an Versuchen gab, die dem blinden Glauben schädlich sind. Nur meine eingefleischte Gewohnheit, auch das Unwahrscheinliche einzukalkulieren, könnte mich veranlassen, zu sagen: fast alles. Es ist klar, daß nur die unwiderstehlichsten Argumente der Inquisition mich von der Verderblichkeit meines Forschens überzeugen konnten.

ANDREA *mit erstickter Stimme:* Ja.

Virginia geht hinaus.

VIRGINIA *zu dem Beamten:* Er war sein Schüler und ist jetzt sein Feind geworden.

GALILEI *der gewartet hat, bis er die Tür hinter ihr hat zufallen hören:* Leider muß ich gestehen, daß ich Rückfälle erlitten habe.

ANDREA Was meinen Sie damit?

GALILEI Als ich die erwähnten gewichtigen Argumente der Inquisition kennenlernte, war ich in der Mathematik und Astronomie eine alte Hand, und es war schwer für mich, alle Irrtümer auf einmal aus mir auszureißen. Ich geriet bei dem Versuch, die absolute Richtigkeit der kirchlichen Meinungen mit unumstößlichen Beweisen und Gründen zu versehen, wieder ins Forschen, denn mein Fleisch ist schwach. Ich gestehe, daß ich noch ein Buch geschrieben habe.

ANDREA *immer aufmerksamer:* Die Welt weiß aber nichts davon.

GALILEI Nein. Aber ich habe es also geschrieben.

ANDREA *mit ungeheurer Aufregung:* Nicht die DISKUSSIONEN ÜBER ZWEI NEUE WISSENSCHAFTEN, die Sie vor Jahren begonnen haben?

GALILEI *nickt:* Es wird allerdings niemals in einem Buchladen liegen. Ich schreibe es für mich. Auch was ich darüber dachte, daß es nötig sei, nicht nur in seinem eigenen Kopf, sondern auch in den Köpfen anderer zu denken, war ja, wie ich höre, ein völliger Irrtum, ungefähr diesem kopernikanischen Irrtum vergleichbar, den die Kirche widerlegt hat. Ein gefährlicher Irrtum! Gott sei Dank kann ich sicher sein, daß meine Schreibübungen, an sich vielleicht verzeihliche Abirrungen eines Menschen, der zu alt ist, noch anderes zu tun, als sein Gewerbe weiterzutreiben, von meinen Oberen, deren Interesse für mich ich nicht genug hervorheben kann, den Augen der Menschen verborgen werden. Jedes

Blatt geht an die Behörde; es geht an mich zurück, aber nur, solange ich es zum Arbeiten brauche. Danach, wenn alles fertig ist, wird es bestimmt an einem sicheren Ort verwahrt werden, als ein Beispiel für die Torheit der Menschen. Leider habe ich aber da auch noch die vollständigen Notizen zu diesem Werk, die ich während der Arbeit, um das Diktat vorzubereiten, niedergekritzelt habe. Sie liegen in meinem Globus, niemand beachtet ihn.

ANDREA *unsicher:* Es muß schwierig sein, unter solchen Umständen zu arbeiten.

GALILEI Ich erliege immerfort der Versuchung. Ich sollte es nicht, aber ich tue es. Ich bin ein Sklave meiner Gewohnheiten und meine Strafe wird einmal hart sein.

Andrea weint.

GALILEI Sagtest du etwas?

Pause.

GALILEI Ich lebe nun in ständiger Furcht, in ständiger Furcht, daß diese Schrift irgendwie in unrechte Hände kommen und im Ausland gelesen werden könnte, wo man die außerordentlich gewichtigen Argumente der Inquisition nicht so kennt wie ich und also aus meinen Ausführungen völlig irrige Schlußfolgerungen ziehen könnte.

ANDREA Aber sicher wäre so etwas nicht möglich ohne Sie.

GALILEI Gegen meinen Willen, mein Lieber, gegen meinen Willen. Ich bin ein alter Mann, und es ist leicht, mir alles wegzunehmen, in der Tat, ich sehe kaum dich, der mir doch nahe genug gegenübersitzt.

ANDREA Aber man bewacht Sie doch wohl genügend, so daß Sie sich nicht solche Sorgen machen müßten? *Er ist aufgestanden und zum Globus getreten. Er hat versucht, seiner Stimme Festigkeit zu verleihen. Aber die Art, wie er nach dem Manuskript greift, zeigt die Begierde nach der neuen Arbeit seines Lehrers, des größten Physikers der Zeit.*

GALILEI Das ist leider nicht der Fall. Man weiß an höherer Stelle, daß hier nichts mehr ist. Man ist sicher. Nur noch einige Außenstehende wie du könnten auf den Gedanken kommen, in einem solchen Schutthaufen nachzugraben, ob sie nicht doch etwas Brauchbares herausfischen könnten. Warum sollte übrigens sonst noch hier und da einer zu mir kommen? Denn an mir selber ist nichts mehr, da ich mich selber zerstört habe. Tatsächlich würde mich solch ein Mann enteignen. Diese Anfänge einer neuen Physik, würde er sagen, aus trüber Quelle stammend, habe ich irgendwo gefunden. Der Name des Verfassers hatte einmal einige Bedeutung in der wissenschaftlichen Welt. Aber er hat sich als Lügner entpuppt. So müssen diese Blätter mit äußerster Vorsicht geprüft werden, denn sie stehen auf nichts als sich selber. *Andrea steht in das Manuskript vertieft.*

GALILEI Ich muß allerdings etwas sagen: solch ein Mann möchte eine große Gefahr laufen.

ANDREA Er möchte sie nicht allzusehr fürchten.

GALILEI Nein. Er möchte sich nicht mich zum Vorbild nehmen. *Pause.* Aber vielleicht willst du nun gehen? *Er steht auf.*

ANDREA *der das Manuskript eingesteckt hat:* Ja, nun gehe ich. Ich sehe, es ist, als ob ein Turm einstürzte, von ungeheurer Höhe und für unerschütterlich gehalten. Der Lärm des Einsturzes war weit lauter als das Lärmen der Bauleute und der Maschinen während der ganzen Zeit seines Aufbaus und die Staubsäule, die sein Einsturz erzeugte, höher als er selber gewesen war. Aber möglicherweise zeigt es sich, wenn sich der Staub verzieht, daß die zwölf oberen Stockwerke gefallen sind, aber die dreißig unteren noch stehen. Der Bau könnte dann weitergeführt werden. Ist es das, was Sie meinen? Dafür spräche, daß ja die Unstimmigkeiten in unserer Wissenschaft alle noch vorhanden sind, und sie wurden gesichtet. Die Schwierigkeit scheint gewachsen, aber die Notwendigkeit ist ebenfalls größer geworden. Ich bin froh, daß ich hergekommen bin. *Er streckt Galilei die Hand hin.*

GALILEI *nimmt sie nicht, unsicher:* Mein Augenlicht ist schlecht, Andrea. Ich sehe nicht mehr, ich glotze nur noch. Geh jetzt. *Er geht langsam zum Globus und untersucht ihn, ob er geschlossen ist.*

GALILEI Ich bin nicht unempfindlich gegen die Freundlichkeiten, die mir immer noch erwiesen werden. Durchreisende erinnern sich meiner und so weiter. Ich mißverstehe solche Dinge nicht. Ich bin froh, daß ich dich so gefunden habe, wie du bist. Einige Erlebnisse hätten dich zu einer ganz falschen Ansicht bringen können über das, was wir immer die Zukunft der Ver-

nunft genannt haben. Aber natürlich, ein einzelner Mann kann sie weder zur Geltung noch in Verruf bringen. Sie ist eine zu große Sache. Die Vernunft ist eine Sache, in welche die Menschen sich teilen. Sie ist nämlich die Selbstsucht der gesamten Menschheit. Diese Selbstsucht ist zu schwach, aber selbst ein Mensch wie ich kann ja noch sehen, daß die Vernunft nicht am Ende ist, sondern am Anfang. Ich bleibe auch dabei, daß dies eine neue Zeit ist. Sollte sie aussehen wie eine blutbeschmierte alte Vettel, dann sähe eben eine neue Zeit so aus! Der Einbruch des Lichts erfolgt in die allertiefste Dunkelheit. Während an einigen Orten die größten Entdeckungen gemacht werden, welche die Glücksgüter der Menschen unermeßlich vermehren müssen, liegen sehr große Teile dieser Welt ganz im Dunkel. Die Finsternis hat dort sogar noch zugenommen! Nimm dich in acht, wenn du durch Deutschland fährst und die Wahrheit unter dem Rock trägst!
Andrea geht hinaus.

VIRGINIA Ich sehe nicht gern Besuche von früher. Sie regen ihn auf. *Sie läßt ihn hinaus. Dann geht sie mit dem Beamten ins Zimmer.*

DER BEAMTE Es wird schon sehr kalt. Sie müssen ja frieren, Herr Galilei. *Er geht nach kurzer Inspektion hinaus.*

VIRGINIA *das Bett bereitend:* Ich hoffe, du fühlst dich nicht allzusehr geschwächt. Diese Gespräche sind nichts für dich und sie führen zu nichts.

GALILEI Vielleicht nicht.

VIRGINIA So, und jetzt legen wir uns nieder und schlafen recht tief.

GALILEI *fängt an, sich zu entkleiden:* Ich frage mich, wer die Gänse geschickt hat.

VIRGINIA Andrea nicht.

GALILEI Ja, vielleicht nicht. Übrigens, ich fühle mich heute sogar etwas besser. Den Rotschädel sehe ich immer noch als Jungen. Seinen ersten Unterricht bekam er an einem Apfel. Als er mir die Hand reichte, dachte ich daran, daß er jetzt ja selber lehrt. Wie ist die Nacht?

VIRGINIA Hell.

GALILEI Das ist gut. Da kann er seinen Weg sehen.

14
1637. Galileis Buch »Discorsi« überschreitet die italienische Grenze.

Kleine italienische Grenzstadt früh am Morgen. Am Schlagbaum der Grenzwache spielen Kinder. Andrea wartet neben einem Kutscher die Prüfung seiner Papiere durch die Grenzwächter ab. Er sitzt auf einer kleinen Kiste und liest in Galileis Manuskript. Jenseits des Schlagbaums steht die Reisekutsche.

DIE KINDER *singen:*
Maria saß auf einem Stein
Sie hatt' ein rosa Hemdelein
Das Hemdelein war verschissen.
Doch als der kalte Winter kam
Das Hemdelein sie über nahm
Verschissen ist nicht zerrissen.

DER GRENZWÄCHTER Warum verlassen Sie Italien?

ANDREA Ich bin Gelehrter.

DER GRENZWÄCHTER *zum Schreiber:* Schreib unter »Ausreisegrund«: Gelehrter. Ich muß Ihr Gepäck durchsuchen. *Er tut es.*

ERSTER JUNGE *zu Andrea:* Hier sollten Sie nicht sitzen. *Er zeigt auf die Hütte, vor der Andrea sitzt.* Da wohnt eine Hexe drin.

ZWEITER JUNGE Die alte Marina ist gar keine Hexe.

DER ERSTE JUNGE Soll ich dir die Hand ausrenken?

DER DRITTE JUNGE Sie ist doch eine. Sie fliegt nachts durch die Luft.

DER ERSTE JUNGE Und warum kriegt sie nirgends in der Stadt auch nur einen Topf Milch, wenn sie keine Hexe ist?

DER ZWEITE JUNGE Wie soll sie denn durch die Luft fliegen? Das kann niemand. *Zu Andrea:* Kann man es?

DER ERSTE JUNGE *über den zweiten:* Das ist Giuseppe. Er weiß rein gar nichts, weil er nicht in die Schule geht, weil er keine ganze Hose hat.

DER GRENZWÄCHTER Was ist das für ein Buch?

ANDREA *ohne aufzusehen:* Das ist von dem großen Philosophen Aristoteles.

DER GRENZWÄCHTER *mißtrauisch:* Was ist das für einer?

ANDREA Er ist schon tot.

Die Jungens gehen, um den lesenden Andrea zu verspotten, so herum, als läsen auch sie in Büchern beim Gehen.

DER GRENZWÄCHTER *zum Schreiber:* Sieh nach, ob etwas über die Religion drinsteht.

DER SCHREIBER *blättert:* Ich kann nichts finden.

DER GRENZWÄCHTER Die ganze Sucherei hat ja auch wenig Zweck. So offen würde uns ja keiner hinlegen, was er zu verbergen hätte. *Zu Andrea:* Sie müssen unterschreiben, daß wir alles untersucht haben.

Andrea steht zögernd auf und geht, immerfort lesend, mit dem Grenzwächter ins Haus.

DER DRITTE JUNGE *zum Schreiber, auf die Kiste zeigend:* Da ist noch was, sehen Sie!

DER SCHREIBER War das vorhin noch nicht da?

DER DRITTE JUNGE Das hat der Teufel ihr hingestellt. Es ist eine Kiste.

DER ZWEITE JUNGE Nein, die gehört dem Fremden.

DER DRITTE JUNGE Ich ginge nicht hin. Sie hat dem Kutscher Passi die Gäule verhext. Ich habe selber durch das Loch im Dach, das der Schneesturm gerissen hat, hineingeschaut und gehört, wie sie gehustet haben.

DER SCHREIBER *der schon beinahe an der Kiste war, zögert und kehrt zurück:* Teufelszeug, wie? Nun, wir können nicht alles kontrollieren. Wo kämen wir da hin?

Zurück kommt Andrea mit einem Krug Milch. Er setzt sich wieder auf die Kiste und liest weiter.

DER GRENZWÄCHTER *hinter ihm drein mit Papieren:* Pack die Koffer wieder zu. Haben wir alles?

DER SCHREIBER Alles.

DER ZWEITE JUNGE *zu Andrea:* Sie sind ja Gelehrter. Sagen Sie selber: kann man durch die Luft fliegen?

ANDREA Wart einen Augenblick.

DER GRENZWÄCHTER Sie können passieren.

Das Gepäck ist vom Kutscher aufgenommen worden. Andrea nimmt die Kiste und will gehen.

DER GRENZWÄCHTER Halt! Was ist das für eine Kiste?

ANDREA *wieder sein Buch vornehmend:* Es sind Bücher.

DER ERSTE JUNGE Das ist von der Hexe.

DER GRENZWÄCHTER Unsinn. Wie soll die eine Kiste herzaubern können?

DER DRITTE JUNGE Wenn ihr doch der Teufel hilft!

DER GRENZWÄCHTER *lacht:* Das gilt hier nicht. *Zum Schreiber:* Mach auf.

Die Kiste wird geöffnet.

DER GRENZWÄCHTER *unlustig:* Wie viele sind das?

ANDREA Vierunddreißig.

DER GRENZWÄCHTER *zum Schreiber:* Wie lang brauchst du damit?

DER SCHREIBER *der angefangen hat, oberflächlich in der Kiste zu wühlen:* Alles schon gedruckt. Aus Ihrem Frühstück wird dann jedenfalls nichts, und wann soll ich zum Kutscher Passi hinüberlaufen, um den rückständigen Wegzoll einzukassieren bei der Verauktionierung seines Hauses, wenn ich all die Bücher durchblättern soll?

DER GRENZWÄCHTER Ja, das Geld müssen wir haben. *Er stößt mit dem Fuß nach den Büchern.* Na, was kann schon viel drinstehen! *Zum Kutscher:* Ab!

Andrea geht mit dem Kutscher, der die Kiste trägt, über die Grenze.

DER DRITTE JUNGE *deutet auf den Krug, den Andrea hat stehenlassen:* Da!

DER ERSTE JUNGE Und die Kiste ist weg! Seht ihr, daß es der Teufel war?

ANDREA *sich umwendend:* Nein, ich war es. Die Milch ist bezahlt und der Krug. Die Alte soll ihn haben. Ja, und ich habe dir noch nicht auf deine Frage geantwortet, Giuseppe. Auf einem Stock kann man nicht durch die Luft fliegen. Er müßte zumindest eine Maschine dran haben. Aber eine solche Maschine gibt es nicht. Vielleicht wird es sie nie geben, da der Mensch zu schwer ist. Aber natürlich, man kann es nicht wissen. Wir wissen bei weitem nicht genug, Giuseppe. Wir stehen wirklich erst am Beginn.

[ANHANG]

[Frühes Szenenfragment]

3

Das Arsenal von Venedig. Ein grosser Werftbetrieb. Galilei, umgeben von Ingenieuren und Schülern, betrachtet, wie eine grosse Kanone auf ein Schiff verfrachtet wird. Die Kanone wird eben an einem Holzkran befestigt.

GALILEI Die unerschöpfliche Tätigkeit eures berühmten Arsenals, Ihr meine Herren Venezianer, scheint mir den Denkern ein weites Feld der Spekulation zu eröffnen, besonders im Gebiet der Mechanik. Könntet Ihr eure Doktoren der Philosophie und der Theologie hierher bringen, so würden sie mancherlei wunderbare Erscheinungen beobachten können, die zuvor für unerklärbar und unglaublich gehalten wurden, bis die Erfahrung selber sie für möglich erfand. Viele Sätze aber, die durchaus sicher erschienen, sind hier elend zusammengefallen. Das könnte manchem eine Lehre sein.

DER MEISTER DES ARSENALS Gerade heute erproben wir etwas Neues. Sehen Sie diesen Hebekran, meine Herren, mit dem wir die Kanone auf das Schiff heben wollen. Es ist der größte Kran, den wir je gebaut haben. Wir benutzten dazu die Regeln der Geometrie. Der neue Kran ist genau in den Proportionen der kleineren, tausendfach erprobten gebaut worden. Ich hatte einen Streit darüber mit den Werkmeistern, welche den wissenschaftlichen Sätzen nicht trauen, ungebildet wie sie sind. Sie bestanden darauf, daß der Kran sehr viel stärker als nach der Proportion gebaut würde, und sagen noch jetzt, er werde brechen.

GALILEI Wo sind die Zeichnungen?

Er bekommt sie.

DER MEISTER DES ARSENALS He, Paolo! Komm her und laß dir von Herrn Galilei, welcher die Wissenschaft der Physik im kleinen Finger hat, erzählen, daß Maschinen gut sein müssen, wenn sie genau nach den Berechnungen ausgeführt sind!

DER WERKMEISTER *kommt heran:* Und warum haben wir immer

die Gerüste für die großen Schiffe so viel stärker gebaut als die für die kleinen, und nicht in der Proportion?

DER MEISTER DES ARSENALS Aus Aberglauben, mein Lieber!

GALILEI Können Sie die Arbeit unterbrechen lassen, bis wir das Gespräch zu Ende geführt haben?

DER MEISTER DES ARSENALS Ich verstehe Sie nicht? Halten Sie die Zeichnungen für irrig?

[Szene zum Stückplan »Leben des Galilei (Fassung für Arbeiter)«]

5

BÜRO DES HEILIGEN OFFIZIUMS IN ROM. DER KARDINAL INQUISITOR HAT DEN ASTRONOMEN PATER CLAVIUS KOMMEN LASSEN. EIN KLEINER MÖNCH IM HINTERGRUND HÄLT EIN FERNROHR.

DER KARDINAL Betreffend die erstaunlichen Behauptungen des Florentiner Mathematikers Galileo Galilei, der am Himmel vermittels eines Fernrohrs Beobachtungen gemacht zu haben vorgibt, die den Tatsachen widersprechen, welche in der Schöpfungsgeschichte der heiligen Bibel gelehrt werden. Was weiß man hier darüber?

PATER CLAVIUS Der Herr Galilei gilt als vortrefflicher Astronom und Physiker, aber ....

DER KARDINAL Ich kann mir denken, daß seine Angaben von den Ihrer Leitung unterstellten Astronomen des päpstlichen Collegs ihres anrüchigen Charakters wegen nicht untersucht wurden. Nun, ich habe Ihnen die Eröffnung zu machen, daß man höheren Ortes wünscht, daß diese gefährlichen Dinge keineswegs ohne strenge wissenschaftliche Untersuchung verworfen werden. Der Mensch könnte sonst behaupten, wir scheuten hier vor einer wissenschaftlichen Diskussion zurück.

CLAVIUS In Anbetracht meines Alters, Eminenz, bitte ich, mich von diesem Auftrag gnädigst zu entbinden.

DER KARDINAL Ich fürchte, das wird nicht möglich sein. Es ist vielleicht in Zeiten wie den unsrigen, wo ein möglicherweise allzu geschäftiger Handel bis in die fernsten Gegenden der

Welt, eine Forschung, die mehr Talent als Sinn für Verantwortung zeigt, der Kampf der Städte miteinander und der Kampf in ihrem Innern um Machtpositionen, die Autorität der Behörden immer mehr bedroht, doch nötig, daß ein Gelehrter allerersten Ranges hier ein HALT! ausruft. Das können nur Sie sein.

CLAVIUS Dem Colleg fehlen aber selbst die neuen Instrumente ...

DER KARDINAL Nicht länger, mein Lieber. *Er winkt dem Mönch.* Wir stellen Ihnen hiemit dieses so viel besprochene Instrument zur Verfügung, Pater Clavius. Natürlich nicht, ohne zu versichern, daß wir von seiner Güte keineswegs überzeugt sind.

CLAVIUS *betrachtet es flüchtig, ohne es anzurühren:* Sie könnten nicht eine jüngere Kraft mit diesem so ehrenden Auftrag betrauen, zum Beispiel ...

DER KARDINAL Kein Wort mehr. Wir kennen niemand, wem wir größeres Vertrauen entgegenbrächten, als Ihnen. *Er erhebt sich und reicht ihm die Hand.* Lassen Sie uns bald das Ergebnis Ihrer Untersuchung wissen, Herr Clavius. *Zum Sekretär, der auf ein Klingelzeichen erschienen ist:* Betreffend die Anzeige gegen den Frater Commodius wegen unheiliger Äußerungen in betrunkenem Zustand ...

IN V (NEUE FASSUNG) muß Clavius Bedenken äußern.

CLAVIUS Ich möchte zu bedenken geben, daß die Arbeiten des Herrn Galilei in Kreisen des Handels und der Schiffahrt mit dem größten Interesse verfolgt werden. Sollten seine Beobachtungen stimmen, dann hätte man tatsächlich eine Aussicht, jene geographischen Längenbestimmungen vorzunehmen, ohne welche die Schiffahrt unsicher und teuer ist. Nach diesen Längenbestimmungen herrscht in den Seestädten eine solche Gier, daß niemand mehr an die Bibel denkt. Ich meine, die Heilige Kirche muß sich darüber Rechenschaft ablegen, daß sie, gegen Herrn Galilei vorgehend, zugleich gegen die Interessen sehr einflußreicher Kreise vorgeht.

DER KARDINAL Ist das so? Um so dringender scheint eine ernsthafte Behandlung dieser anstößigen Angelegenheit. *Pause.* Sie sind Gelehrter und Sie sind Geistlicher, Pater Clavius. Es sind nicht die Geschäfte der Seestädte, die Sie im Auge haben müssen.

[Variante zur 5. Szene »Leben des Galilei«]

Ein Gespräch in Venedig. Die oberitalienischen Seestädte interessieren sich für Galileis Forschungen.

Der Hafen von Venedig. Der Doge im Gespräch mit dem Kardinal Bellarmin und einigen Klerikern.

DER KARDINAL Ich werde dem Heiligen Vater mit Entzücken die Eindrücke vermitteln, welche diese Besichtigung des weltberühmten Arsenals der Stadt Venedig in mir hinterließ. Was für prächtige Fregatten!

DER DOGE Die da geht nach Ostindien! Ein langer Weg.

DER KARDINAL Gott geleite sie.

DER DOGE Darf ich mir eine Bemerkung erlauben, Eure Eminenz? Das Schiff benötigt Gottes Segen. Die Handels- und Reederkreise dieser Stadt und anderer Städte verfolgen im Augenblick mit Begierde die Forschungen des Mathematikers und Astronomen Galilei in Florenz, die Bewegungen gewisser Gestirne vermittels eines Fernrohrs betreffend.

DER KARDINAL Was erwartet man sich davon?

DER DOGE Sehr viel. Alle diese Untersuchungen der zu neuem Leben erwachten Astronomie gehen ja darauf aus, unserer aufblühenden Schiffahrt Mittel der Orientierung auf hoher See in die Hand zu geben. Die Seewege sind unsicher, lang und teuer, solange wir die geographischen Längen nicht bestimmen können. Dazu fehlt uns eine Art zuverlässiger Uhr am Himmel. Herr Galilei nun scheint eine solche gefunden zu haben. Er behauptet, wie mir Fachleute mitteilen, gewisse Gestirne entdeckt zu haben, die sehr regelmäßige, überall wahrnehmbare Bewegungen vollführen.

DER KARDINAL Interessant. Ich muß gestehen, ich habe bisher nur von anderer Seite von diesen Forschungen gehört. Unter uns: weniger Günstiges.

DER DOGE Das ist aber bedauerlich! Ich versichere Ihnen, die Forschungen sind von der größten Bedeutung für die Schiffahrt! Natürlich sind das nur sehr niedrige, rein materielle Interessen, ich verstehe nichts von den Einwänden der Herren Philosophen.

DER KARDINAL *höflich:* Oh, materielle Interessen müssen nicht niedrige sein. *Die Herren gehen weiter.* Ich denke, wir alle sehen dem Frühstück mit Freude entgegen und das ist wohl auch eine materielle Sache.

Allgemeines Gelächter.

[Episode aus der 13. Szene der ersten Niederschrift]

VIRGINIA *wieder herein:* Soll ich dir vorlesen?

GALILEI *der die Blätter wieder schnell auf den Tisch gelegt hat:* Ja, von dem Franzosen, der nicht an das Denken glaubt. Aber nur, was ich aussuchte.

VIRGINIA *holt ein Buch und liest vor:* 54. Inschrift an der Decke der Bibliothek des Herrn Montaigne: Ohne Schwanken.

GALILEI Nichts sonst?

VIRGINIA Nein.

GALILEI Aber das hängt zumindest von drei Dingen ab: der Kraft des Stoßes, den man empfangen hat, der Sichtbarkeit des Zieles und der Solidität der Unterlage. Schöner Rat! Weiter!

VIRGINIA 52. Inschrift: Ich begreife nicht.

GALILEI Das ist gut. Das ist ein Anfang.

VIRGINIA 13. Das kann sein und nicht sein.

GALILEI Gut, wenn Gründe gegeben werden.

VIRGINIA 5. Es ist nicht so und nicht so; vielmehr auf keine Weise von beiden.

GALILEI Wenn weiter gesucht wird.

VIRGINIA 21. Wer da weiß, daß er weiß, weiß noch nicht, wie man weiß.

GALILEI Das ist sehr gut, wieder. Aber es schmeckt alles nach Kapitulation.

VIRGINIA 10. Was ist Himmel und Erde und Meer, mit all ihrem Umfang, gegen die Summe der Summen des nie zu ermessenden Ganzen?

GALILEI Man muß aber anfangen. Schreib's dazu.

VIRGINIA 2. Die Neugierde hat er ihnen verliehen, damit er sie quäle.

GALILEI Unsinn.

VIRGINIA 15. Der Mensch ist zu brüchig.

GALILEI Nicht brüchig genug.

VIRGINIA 20. Sei weise mit Maß, daß du nicht verderbest.

GALILEI Weiter.

VIRGINIA 42. Nicht die Dinge verwirren die Menschen, sondern die Meinungen über die Dinge.

GALILEI Das ist vielleicht auch falsch. Wer verwirrt die Meinungen?

VIRGINIA Soll ich das aufschreiben?

GALILEI Nein.

VIRGINIA 19. Ich bin ein Mensch: mir ist nichts Menschliches fremd.

GALILEI Gut.

VIRGINIA 37. Wie einen Schatten hat Gott den Menschen erschaffen. Wer kann ihn richten, wenn die Sonne untergegangen ist?

Galilei schweigt.

VIRGINIA 17. Den letzten Tag sollst du nicht fürchten und nicht ersehnen.

GALILEI Erst war das erste schwer, jetzt ist es das zweite.

VIRGINIA 14. Bewundernswert ist das Gute.

GALILEI Lauter!

VIRGINIA *lauter:* Bewundernswert ist das Gute!

Galileo

“It is my opinion that the
earth is very noble and
admirable by reason of so
many and so different
alterations and generations
which are incessantly made
therein.”

Galilei

English Adaptation by Charles Laughton

Persons

Singers · Curtain Boy · Galileo · Andrea · Mrs. Sarti · Ludovico Marsili · Priuli · Sagredo · Four Senators · Virginia · Duke Cosmo de Medici · Philosopher · Mathematician · Federzoni · Elderly Lady · Young Lady · Fat Prelate · Scholar · Monk · Second Monk · Infuriated Monk · Old Cardinal · Supporting Monk · Father Clavius · Little Monk · Two Secretaries · Cardinal Bellarmin · Cardinal Barberini · Cardinal Inquisitor · Two Girls · Rector · Servant · Ballad-Singer · Ballad-Singer's Wife · Ballad-Singer's Child · Two Wretched Extras · Dwarf · Four Masked Men · Informer · Matti · Four Sacristans · Town-Crier · Peasant · Official of the Inquisition · Guests · Carnival Spectators

1

1609, Galileo Galilei, a Teacher of Physics at the University of Padua, Hears of a New Invention

SINGERS

In the year sixteen hundred and nine
Science's light began to shine.
At Padua City, in a modest house
Galileo Galilei set out to prove
The sun is still, the earth is on the move.
Exeunt R2. Curtain opens L to R. Curtain Boy exits R2.

Galileo's scantily furnished study. It is morning and Galileo is washing himself upstage R. Andrea, son of his housekeeper, Angelica Sarti, enters L carrying a big astronomical model. Comes to bottom of steps, puts model down on floor and stands looking at it.

GALILEO Where did you get that thing?
ANDREA A coachman brought it.
GALILEO Who sent it?
ANDREA It said "From the Court of Naples" on the box.
GALILEO I don't want their stupid presents. Illuminated manuscripts, a statue of Hercules, the size of an elephant – they never send money.

1. THE BOY, ANDREA SARTI, WHEEDLES A FREE LESSON FROM THE GREAT GALILEO BY BEING INTERESTED.

ANDREA But isn't this an astronomical instrument, Mr. Galilei?
GALILEO That is an antique too. An expensive toy.
ANDREA What's it for?
GALILEO It is a map of the sky, according to the wise men of ancient Greece. We will try and sell it to the university. They still teach it there.
ANDREA How does it work, Mr. Galilei?
GALILEO It's complicated.
ANDREA *walks around the astrolabe before speaking:* I think I could understand it.
GALILEO *interested:* Maybe. Let's begin at the beginning. Description!

ANDREA *inspecting it:* There are metal rings a lot of them.

GALILEO How many?

ANDREA Eight.

GALILEO Correct. And?

ANDREA There are words painted on the bands.

GALILEO What words?

ANDREA The names of the stars.

GALILEO Such as?

ANDREA Here is a band with the sun on it and the inside band is the moon.

GALILEO Those metal bands represent crystal balls, eight of them. *Demonstrating with his hands.* Like huge glass globes one inside the other and the stars are supposed to be tacked on to them. Spin the band with the sun on it. *Going to table as Andrea spins the band.* You see the fixed ball in the middle?

ANDREA Yes.

GALILEO That's the earth. For two thousand years man has chosen to believe that the sun and all the host of stars revolve about him. The Pope, the cardinals, the princes, the scholars, merchants, housewives, have pictured themselves as squatting in the middle of an affair like that.

ANDREA Locked up inside?

GALILEO *triumphant:* Ah!

ANDREA It is like a cage.

GALILEO So you sense that. *Coming downstage C he throws towel to Andrea.* But, we are pulling out of the contraption now.

ANDREA *going to Galileo and rubbing his back with the towel:* How?

2. WHILE HAVING HIS BACK RUBBED, GALILEO ANNOUNCES A NEW AGE.

GALILEO I choose to think the ships began it. The ships used to creep round the coasts and all of a sudden they left the coasts and tried the seven seas. They brought back new kinds of merchandise and word that great Neptune's fearful ocean was just more water. So all sorts of things were set in motion, even the minds of men. Some were jubilant, many afraid; a new age was coming. In Siena, once, when I was a young man, I saw a group of masons round the block of granite they had to raise, junk a thousand year old method for a new and easier arrangement of ropes, after just talking it over for a few minutes, and I remember thinking then: a millennium of faith is ending, this will be a millennium of doubt. Everything is doubted today, everybody, at last, is getting nosey. Why is this? How is that? The sayings of the wise men won't wash any more. I cannot find their crystal walls in the sky, there are rolling rocks. For the stars must now positively be regarded as large bodies which are unattached; they move through darkness and at remarkable speeds. This star we live on, evidently moves at an inconceivable speed. Are we frightened? We are for it. What does the poet say?

ANDREA
"Oh early morning of beginnings
Oh breath of winds which cometh from new shores."

GALILEO Correct. I predict that in our time astronomy will become the gossip of the market-places and the sons of fishwives will go to school.

ANDREA You are off again, Mr. Galilei.

GALILEO By that time, with any luck, they will be learning that the earth rolls around the sun, and that their mothers, the captains, the scholars, the princes and the Pope are rolling with it.

ANDREA That turning-around business is no good. I can see with my own eyes that the sun comes up in one place in the morning and goes down in a different place in the evening. It doesn't stand still, I can see it.

GALILEO You see nothing, all you do is gawk. Gawking is not seeing. *Goes upstage, picks up a washstand, brings it downstage R.* That's the sun. *Brings chair from table C and places it L of washstand facing upstage.* Sit down. *Andrea sits on chair facing upstage, Galileo goes upstage R to finish dressing.* Where is the sun? On your right or on your left?

ANDREA Left.

GALILEO And how will it get to the right?

ANDREA By your putting it there, of course.

GALILEO Of course? *He picks up Andrea, chair and all and turns him round, then goes back upstage, and puts his coat and belt on.* Now where is the sun?

ANDREA On the right.

GALILEO And did it move?

ANDREA I did.

GALILEO Wrong. Stupid! The chair moved.

ANDREA I was on it.

GALILEO Of course. The chair is the earth, you are sitting on it. *Mrs. Sarti, who has entered L2 carrying a glass of milk, crosses to table. Galileo joins her.*

MRS. SARTI What are you doing with my son, Mr. Galilei?

ANDREA Now, mother, you don't understand.

MRS. SARTI You understand, don't you? Last night he tried to tell me a feather falls as fast as a cannon ball.

GALILEO Apparently we are on the threshold of a new era, Sarti.

MRS. SARTI *crossing to exit L2:* Well, I hope we can pay the milkman in this new era. A young gentleman is here to take private lessons and he is well dressed and don't you frighten him away like you did the others. Wasting your time with Andrea. *To Andrea:* How many times have I told you not to wheedle free lessons out of Mr. Galilei? He can't afford it.

GALILEO Could I finish my milk even if it is not paid for? *Mrs. Sarti exits L2.* Andrea, I would not talk about our ideas outside.

ANDREA Why not?

GALILEO Certain of the authorities won't like it.

ANDREA Why not if it's the truth?

GALILEO Because as to the stars we are like the worms who are little and have dim eyes and can hardly see at all. The universe of the new astronomers is a framework of guesses or very little more yet.

ANDREA I want to be an astronomer.

3. IN STRAITENED CIRCUMSTANCES THE GREAT PHYSICIST HAS TO TAKE A WEALTHY PUPIL INSTEAD OF AN INTELLIGENT ONE.

Ludovico Marsili, a presentable young man, enters L2 and comes to the bottom of the steps. He bows to Galileo. Andrea takes washstand upstage R and stands by it.

GALILEO This house is like a market-place.

LUDOVICO Good morning, Sir. My name is Ludovico Marsili.

Galileo goes to Ludovico who hands him a letter of recommendation. Galileo moves down C reading letter.

GALILEO You came by way of Holland and your family lives in the Campagna? Private lessons ten scudi a month.

LUDOVICO That's all right, of course, Sir.

GALILEO What is your subject?

LUDOVICO Horses.

GALILEO Aha! – out-of-door men fifteen scudi a month.

LUDOVICO That's all right.

GALILEO Andrea!

Andrea exits L2.

LUDOVICO You will have to be patient with me, Sir. Nothing in science makes sense to me. There was a tube affair I saw in Holland. I inspected it. It was covered with green leather and had two lenses, one at each end; one lense bulged and the other was like that. *He indicates with his hands.* Any normal person would think that different lenses cancel each other out. They did not. You saw things five times as large as life. So much for science!

GALILEO What does one see enlarged?

LUDOVICO Church steeples, pigeons, boats. Anything at a distance.

GALILEO Did you yourself see things enlarged?

LUDOVICO Yes, Sir.

GALILEO *crosses to table and starts sketching:* And the tube had two lenses, was it like this? *Showing sketch to Ludovico.*

LUDOVICO Yes, but – *He illustrates with his hands what he means.*

Galileo changes his sketch. Ludovico nods.

GALILEO A recent invention?

LUDOVICO It must be. They only started peddling it on the streets a few days before I left Holland.

GALILEO *continuing to sketch:* Why do you bother your head with science? Why don't you just breed horses?

LUDOVICO My mother is determined that science is necessary nowadays for conversation.

Mrs. Sarti enters L2 and stands listening.

GALILEO You will find Latin or philosophy easier. *Noticing Mrs. Sarti.* I'll see you on Tuesday afternoon.

LUDOVICO I shall look forward to it, Sir.

GALILEO Good morning. *Ludovico bows and exits L2.* Don't look at me like that. I took him, didn't I?

MRS. SARTI I came in in time. The treasurer of the University is here to see you.

Priuli, the treasurer, enters L2 and comes to bottom of steps.

PRIULI Good morning, Mr. Galilei.

GALILEO Good morning. Lend me a scudo. *He holds out his hand. Priuli takes a scudo from his purse and gives it to him.* Sarti! Give this to Andrea, tell him to run to the spectacle-maker and bring me two lenses, one thick and one thin; here are the measurements. *He gives the piece of paper and the scudo to Mrs. Sarti, who exits L2.*

4. GALILEO PLEADS FOR LEISURE TO PROVE HIS HYPOTHESES; THE UNIVERSITY AUTHORITIES DEMAND COMMERCIAL INVENTIONS.

PRIULI Mr. Galilei, I have come to return your petition for an honorarium. Unfortunately, I am unable to recommend your request.

GALILEO My good man, how can I make ends meet on five hundred scudi?

PRIULI What about your private students?

GALILEO If I spend all my time with students, when am I to study? *Going downstage side of table.* My particular science is on the threshold of important discoveries. *Handing manuscript to Priuli.* Here are my findings on the paths of falling bodies. That should be worth two hundred scudi.

PRIULI I am sure that any paper of yours is of infinite worth, Mr. Galilei …

GALILEO *taking manuscript back from Priuli and putting it on table:* I was limiting it to two hundred scudi.

PRIULI *going downstage L:* Mr. Galilei, if you want money and leisure, go to Florence. I have no doubt that the Duke de Medici will be glad to subsidise you, but eventually you will be forbidden to think in the name of the Inquisition. *Galileo says nothing. Priuli goes back to table.* Now let's not make a mountain out of a molehill. You are happy here in the Republic of Venice but you need money. Well that's human. Mr. Galilei, may I suggest a simple solution. Our city elders are business men. Why don't you invent something useful that will bring them in a little profit? You remember that chart you made for the army? Even General Stefano Grovio could extract cube roots with it. Now that was a practical thing.

GALILEO It was nothing.

PRIULI It astounded the Military Council.

GALILEO *playing with sketch:* I see. Priuli, I may have something for you.

PRIULI You don't say so.

GALILEO It's not quite there yet ...

PRIULI You have not disappointed us yet, Galilei.

GALILEO You are always an inspiration to me, Priuli.

PRIULI You are a great man, a discontented man, but I've always said you were a great man.

GALILEO *tartly:* My discontent, Priuli, is for the most part with myself. I am forty-six years of age and have achieved nothing which satisfies me.

PRIULI I won't disturb you any further.

GALILEO Thank you. Good morning.

PRIULI *crossing to steps L:* Good morning. And thank you. *He exits L2.*

Galileo picks up book and starts to read. After a minute Andrea runs on stage L2, stands at bottom of steps waiting for Galileo to notice him. As Galileo looks up Andrea moves to table.

5. HAVING HEARD OF A NEW DUTCH INSTRUMENT, GALILEO TO GET MONEY BUILDS A TELESCOPE.

ANDREA One scudo was not enough. I had to leave my cap with him before he'd let me take them away.

GALILEO We'll get it back some day. Give them to me. *He takes lenses and sketch downstage R.*

ANDREA What are those glasses for?

GALILEO Something for the city elders. With any luck they will rake in two hundred scudi. Come here, you take a look.

Andrea goes to Galileo and looks through the lenses as Galileo holds them for him.

ANDREA *looking through the lenses:* My! Things come close! I can read the copper letters on the bell in the Campanile.

GALILEO You hold that. *Andrea holds lenses as Galileo changes places with him.* Aha! This should rake in two hundred scudi. *Blackout.*

2

THE TELESCOPE. AUGUST 24, 1609. GALILEO PRESENTS A NEW INVENTION TO THE REPUBLIC OF VENICE.

Enter Singers R 2.

SINGERS

No one's virtue is complete:
Great Galileo liked to eat.
You will not resent, we hope,
The truth about his telescope.

Exeunt R 2. Curtain opens L to R. Curtain Boy sits on platform by curtain.

The Great Arsenal of Venice overlooking the harbour full of ships. Four Senators downstage R. Galileo on platform C. Sagredo downstage L. Virginia, Galileo's daughter, L, she is fifteen. She is holding a brand new telescope. Ludovico stands on platform R. Federzoni by telescope stands on platform C. Priuli L of Galileo on platform. They are all dressed in formal festive clothes.

1. GALILEO FRAUDULENTLY PRESENTS THE TELESCOPE AS HIS OWN INVENTION.

GALILEO Gentlemen of the Arsenal of Venice: I have great pleasure, as director of this institute, in presenting for your approval and acceptance an entirely new instrument originating from this our Great Arsenal of the Republic of Venice. As professor of mathematics at your University of Padua, your obedient servant has always counted it his privilege to offer you such discoveries and inventions as might prove lucrative to the manufacturers and merchants of our Venetian Republic. Thus, in all humility, I tender you this my optical tube, or telescope, constructed I assure you, on the most scientific and Christian principles, the product of seventeen years patient research at your University of Padua. *There is applause from the Senators as Galileo crosses to Sagredo. Aside to Sagredo:* A waste of time.

SAGREDO *aside to Galileo:* You will be able to pay your bills.

GALILEO Yes. It will make money for them.

The Senators are still applauding. Galileo bows to them.

PRIULI Gentlemen: Our Republic is to be congratulated not only because this new acquisition will be one more feather in the cap of Venetian culture *polite applause* not only because our own Mr. Galilei has so generously handed this fresh product of his teeming brain entirely over to you, allowing you to manufacture as many of this highly saleable article as you please. *Solid applause.* But Gentlemen of the Arsenal, has it occurred to you that with the help of this remarkable new instrument the battle-fleet of the enemy will be visible to us a full two hours before we are visible to him? *Real applause which Priuli stops.* And now, Gentlemen, Mr. Galilei entreats you to accept the instrument from the hands of his charming daughter, Virginia.

Polite applause and music. Priuli beckons to Virginia, who comes forward carrying telescope. She curtsies and gives the telescope to Priuli. He shows it to the Senators, then gives it to Federzoni who focuses it. Priuli beckons to the Senators.

2. DURING A CEREMONY IN WHICH THE VENETIAN SENATE WELCOMES THE TELESCOPE FOR ITS COMMERCIAL AND MILITARY ASPECTS, GALILEO CONFIDES TO A FRIEND THAT HE HAS PUT THE INVENTION TO ANOTHER USE; HE ANNOUNCES ASTRONOMICAL DISCOVERIES.

GALILEO *aside to Sagredo as the Senators gather around the telescope, examining and looking through it, Virginia crosses to Ludovico:* You realise that it is more than a money-making gadget? I turned it on the moon last night ... Astronomy has been stopped for three generations for lack of a thing like this.

SAGREDO What about the moon?

FIRST SENATOR *interrupting:* Mr. Galilei! *Galileo turns toward him.* It's extraordinary. One can see the fortress at Santa Rosita.

GALILEO *turning back to Sagredo:* Well, for one thing, it doesn't give off its own light.

SECOND SENATOR *interrupting:* Good Heavens, look at her! I must tell my wife to stop bathing on the roof. *Turning to Galileo:* These will sell at ten scudi apiece.

VIRGINIA *pulling Ludovico toward Galileo:* Here's Ludovico to congratulate you, father.

LUDOVICO *embarrassed:* Congratulations, Sir.

GALILEO I improved it.

LUDOVICO Yes, Sir. I see you had it covered in red.

GALILEO *turns to Sagredo:* Do you know what the Milky Way is made up of?

SAGREDO No.

GALILEO I do.

PRIULI *coming down to Galileo and drawing him aside:* Congratulations, Mr. Galilei. Your extra five hundred scudi a year are safe.

GALILEO Pardon? Of course, the five hundred scudi!

SAGREDO It is a pity that a great republic always seems to have to find an excuse to pay its great men their right and proper dues.

PRIULI On the other hand what incentive would they have? *He turns toward Senators, who have moved forward.* Mr. Galilei.

Galileo turns and is surrounded by the Senators as the curtain draws L to R. Virginia and Ludovico, left alone, cross to platform R.

VIRGINIA Didn't I do it nicely?

LUDOVICO I thought so.

VIRGINIA What was red?

LUDOVICO Nothing. Where I saw it first, it was covered in green.

VIRGINIA What was?

LUDOVICO Never mind. I am beginning to understand science.

They exeunt R3.

Blackout.

3
JANUARY 10, 1610

Enter Singers.

SINGERS

January ten, sixteen ten:
Galileo Galilei abolishes heaven.

Exeunt R2. Curtain opens L to R. Curtain Boy exits R2.

Galileo's study at Padua. It is night. Galileo is seated in chair L of telescope. Sagredo on stool in front of telescope.

SAGREDO The edge of the crescent is jagged. All along the dark part near the shiny crescent bright particles of light keep emerging one after the other and growing larger, and merging with the bright crescent.

GALILEO How do you explain those spots of light?

SAGREDO It can't be true …

GALILEO It is true. Those are high mountains.

SAGREDO On a star?

GALILEO Yes. The shining particles are mountain peaks catching the first rays of the rising sun while the slopes of the mountains are still dark, and what you see is the sunlight moving down from the peaks into the valleys.

SAGREDO *turning to Galileo:* But this gives the lie to all astronomy that's been taught for the last two thousand years.

GALILEO Yes. What you are seeing now has been seen by no other man beside myself.

SAGREDO *turning back to telescope:* But the moon can't be an earth with mountains and valleys like our own, anymore than the earth can be a moon.

1. GALILEO DEMONSTRATES THE MOON IS A BODY SIMILAR TO THE EARTH.

GALILEO The moon Is an earth with mountains and valleys – and the earth Is a moon. As the moon appears to us, so we appear to the moon. From the moon, the earth looks something like a crescent, sometimes like a half-globe, sometimes a full-globe, and sometimes it is not visible at all.

SAGREDO *rising and turning to Galileo:* Galileo, this is frightening.

GALILEO I've discovered something else, something even more astonishing.

Priuli enters L2 and goes toward Galileo. Galileo goes quickly to telescope, kneels and looks through it. Sagredo moves R.

2. THE BURSAR OF THE UNIVERSITY INTERRUPTS AN IMPORTANT OBSERVATION TO TELL THE SCIENTIST THAT THE AUTHORITIES ARE DISAPPOINTED IN HIS MORAL CHARACTER.

PRIULI There it is – your "miraculous optical tube". Do you know that this invention he so picturesquely termed "the fruit of seventeen years research" will be on sale tomorrow for two scudi apiece, at every street corner in Venice? Down at the harbour at this moment, a Dutch ship is unloading a full cargo of telescopes. What have you to say? *Galileo remains silent.* When I think of the poor gentlemen of Venice who believed they were getting an invention they could keep secret for defence ... Why, when they took their first look through the glass, it was only by the merest chance that they didn't see a peddler, seven times enlarged, selling tubes exactly like it at the corner of the street.

SAGREDO Mr. Priuli, with the help of this instrument, Mr. Galilei has made discoveries that will revolutionise our concept of the universe.

PRIULI Mr. Galilei provided the city with a first-rate water pump. *Turning to Galileo:* And the irrigation works you designed functioned splendidly. How was I to expect this?

GALILEO *sits on stool facing Priuli:* Not so fast, Priuli. I may be on the track of a very large gadget. Certain of the stars appear to have regular movements. If there were a "clock" in the sky, it could be seen from anywhere. That might be useful to your ship-owners.

PRIULI No, I won't listen to you. I listened to you before and as a reward for my friendship you have made me the laughing stock of the town. You can laugh – you've got your money. But let me tell you this, you've destroyed my faith in a lot of things, Mr. Galilei. *He exits R2.*

GALILEO *turning to Sagredo:* He is almost human when he is angry. Did you see the frightened look in his eyes when he caught sight of a world not created solely for the purpose of doing business?

SAGREDO Did you know the telescopes had been made in Holland?

GALILEO I'd heard about it. But the one I made for the Arsenal was twice as good as any Dutchman's. Besides I needed the money. How can I work with the tax collector on the doorstep and my poor daughter, who's not too bright, will never acquire a husband unless she has a dowry. And I like to buy books – all kinds of books. And you know my appetite? I don't think well unless I eat well. I get my best ideas over a good meal and a bottle of wine. They don't pay me as much as they pay the butcher's boy. If I could have five years to do nothing but research.

SAGREDO What about the theory that the earth revolves around the sun? Have you run across anything about that?

3. GALILEO IS LED TO BOLD CONCLUSIONS BY THE STRANGE BEHAVIOUR OF FOUR MOONS OF JUPITER. A FRIENDLY COLLEAGUE BEWAILS THIS DISCOVERY, AS HERALDS OF NEW TRUTHS ARE OFTEN PERSECUTED.

GALILEO *turning back to telescope:* No. But I noticed something on Tuesday that might prove a step toward even that. Where's Jupiter? There are four lesser stars near Jupiter. I happened on them on Monday, but did not take any particular note of their position. On Tuesday I looked again. I could have sworn they had moved. They have changed again. *Rises and moves L of telescope.* Tell me what you see.

SAGREDO *looking through telescope:* I only see three.

GALILEO Where's the fourth? Let's get the charts and settle down to work. *He pulls his chair over to the table as the lights fade. He and Sagredo move table downstage.*

As lights fade in Galileo is seated L of table, Sagredo standing at end R. It is near dawn and they are both working.

4. GALILEO ATTESTS HIS BELIEF IN THE EFFICACY OF PROOF, AND HIS DAUGHTER ON HER WAY TO MORNING MASS LEARNS THAT THE FAMILY MAY BETTER ITSELF.

GALILEO The only place the fourth can be is round at the back of the larger star where we cannot see it. This means there are small stars revolving round a big star. Where are the crystal shells now, to which the stars are supposed to be fixed?

SAGREDO Jupiter can't be attached because of the other stars revolving around it.

GALILEO There is no support in the heavens. *Sagredo laughs awkwardly.* Don't stand there looking at me as if it weren't true.

SAGREDO I suppose it is true and I'm afraid.

GALILEO Why?

SAGREDO *sitting down:* What do you think is going to happen to you for saying that there is another sun around which other earths revolve, and there are only stars and no difference between earth and heaven? No heaven at all? Where is God then?

GALILEO What do you mean?

SAGREDO God? Where is God?

GALILEO *pointing upwards:* Not there! Any more than he'd be here – if creatures from the moon came down to look for him.

SAGREDO Then where is God?

GALILEO I'm not a theologian. I'm a mathematician.

SAGREDO You are a human being. *Rising he leans over the table almost shouting:* Where is God in your system of the universe?

GALILEO Within ourselves – or nowhere.

SAGREDO *still fighting:* Oh! Ten years ago a man was burned at the stake for saying just that.

GALILEO Giordano Bruno, he was an idiot. He published too soon. He would never have been condemned if he could have backed up what he said with proof.

SAGREDO Do you really believe proof will make any difference?

GALILEO Yes, I do. Proof is a great temptation. *Taking a pebble from his pocket, he drops it from hand to hand.* If I drop a stone who will say it did not fall? I believe in the human race. I know they call a donkey a horse when they want to sell it, and a horse a donkey when they want to buy it, but watch the crowd in the alley. When one steps out and demonstrates that the donkey is a donkey. All the women want to sleep with him. *Virginia enters L2, stands at top of steps.* Why are you up at this hour?

VIRGINIA I am going to mass with Mrs. Sarti. Ludovico is going too. How is the night, father?

GALILEO Bright.

VIRGINIA *crossing to telescope:* May I look, father?

GALILEO Why? It is not a toy.

VIRGINIA No, father. What did you find through the tube?

GALILEO Some specks by the side of a star. I must draw attention to them somehow. I think I'll name them after the Duke of Florence. Why not call them the Medicean planets? By the way, we may move to Florence. I've written to His Highness, asking if he can use me as Court Mathematician.

VIRGINIA Oh, father, we'll be at court!

SAGREDO *looking up from his work:* Galileo!

GALILEO My dear Sagredo, I must have time for research. And at my time of life I want the fleshpots. My worry is the Duke after all may not take me.

VIRGINIA He will take you, father. With your new stars and everything!

GALILEO I am not accustomed to writing letters to great personages. *He takes letter out of a box and hands it to Sagredo.* Do you think this is suitable?

SAGREDO *reading:* "I recommend myself to you as one of your most faithful and devoted servants, whose sole desire is to bask in Your Highness' presence, the rising sun of our great age!" The Duke of Florence is a boy of nine.

GALILEO He is. You seem to think my letter is over-obsequious. I wonder if it is obsequious enough! Is it too formal? Has it enough heart? I have learnt the only way a difficult man can land a job of any dignity is by crawling on his belly. *To Virginia:* Run along to mass now.

Mass bell starts to ring as Virginia exits L2.

5. FRIENDS, HEARING THAT GALILEO HAS APPLIED TO BE MATHEMATICIAN AT THE COURT OF FLORENCE, WARN HIM OF LEAVING A REPUBLIC FOR A PRINCIPALITY UNDER THE INFLUENCE OF THE MONKS.

SAGREDO Galileo, do not go to Florence.

GALILEO Why not?

SAGREDO The monks are in power there.

GALILEO There are scholars at the Court of Florence, too.

SAGREDO Lackeys!

GALILEO I will take them by the scruff of the neck and make them look through the telescope.

SAGREDO *crossing to L of telescope:* Galileo, you are travelling the road to disaster. You are suspicious and sceptical in science, but in politics you are as naive as your daughter! How can people in power allow a man to be on the loose who tells the truth, even if it be the truth about the distant stars? Can you see the Pope scribbling a note in his diary, "10th of January, 1610, Heaven abolished"? A moment ago, when you were at the telescope, I saw you tied to the stake, and when you said you believed in proof, I smelled burning flesh!

GALILEO I'm going to Florence.

Blackout.

4
Galileo Has Moved from the Republic of Venice to the Florentine Court

Curtain opens L to R. Curtain Boy exits R2.
Galileo's well appointed house at Florence. Galileo, Federzoni, Andrea, by telescope, stage R. Galileo is demonstrating telescope to Duke Cosmo de Medici, a boy of nine, who is sitting on a stool downstage L, accompanied by his Lord Chamberlain and two Ladies of the Court. Philosopher and Mathematician stage C. Mrs. Sarti stands upstage of Galileo holding a plate of cookies.

GALILEO *bows to the Prince:* Your Highness, shall we begin with an observation of the moons of Jupiter?

ANDREA *placing stool in front of telescope as Federzoni re-checks its direction:* Sit down here please.

I. THE COURT SCHOLARS OF FLORENCE ARE PASSING UP THE TELESCOPE BECAUSE IT IS CONTRARY TO CLASSICAL TRADITION.

PHILOSOPHER Thank you, my boy. I am afraid it is not as simple as that. Before we use your celebrated instrument, Mr. Galilei, we beg the favour of a discussion – subject: can these moons exist?

MATHEMATICIAN Of a formal discussion.

GALILEO I strongly suggest you take a look first. You will find that a discussion would have wasted your time.

ANDREA *indicating stool:* Here please.

MATHEMATICIAN Surely! You know your proposition that there is no support in the heavens is in contradiction to the wisdom of the ages?

GALILEO Yes.

PHILOSOPHER Apart from my mathematical friend's reservations, I as a philosopher ask you are these moons necessary? Quaedam miracula universi. Orbes mystice canorae ...

GALILEO *interrupting:* Shall we speak in everyday language? My colleague Mr. Federzoni does not understand Latin.

PHILOSOPHER Is it important that he should?

GALILEO Yes.

PHILOSOPHER Forgive me. I thought he was your mechanic.

ANDREA Mr. Federzoni is a mechanic and a scholar.

PHILOSOPHER Thank you, my boy. If Mr. Federzoni insists ...

GALILEO *interrupting:* I insist.

PHILOSOPHER The quotation will lose its flavour, but it is your house. "Oh mystically musical spheres, oh crystal arches, oh enraptured architecture of the celestial globes." May I pose the question: why should we go out of our way to look for things that can only strike a discord in the ineffable harmony of the divine classics?

GALILEO Your Highness, one can see the unnecessary and impossible stars as large as life, you know.

MATHEMATICIAN Nobody doubts that your brain child – or shall we say your adopted brain child – is brilliantly contrived. But it might occur to Your Highness that an eyeglass through which one sees improbabilities might not be a too reliable eyeglass?

GALILEO How is that?

MATHEMATICIAN With the utmost deference, Mr. Galilei, I suggest that what one sees in the eyeglass and what is in the heavens are two entirely different things.

PHILOSOPHER Admirably put. Great restraint.

FEDERZONI *to Galileo:* They think you painted the Medician stars on the lens.

GALILEO *to Professors:* You are suggesting fraud?

MATHEMATICIAN No! How could I, in the presence of His Highness.

Everybody bows to the Prince.

ELDERLY LADY Thank you Professor. *To Prince:* There is nothing the matter with Your Highness' stars. The gentlemen are just wondering if they are really there.

A pause.

YOUNG LADY *trying to be helpful:* Can one see the claws on the Great Bear?

GALILEO Yes. And everything on Taurus the Bull.

FEDERZONI Are you going to look or not?

PHILOSOPHER Surely, surely.

MATHEMATICIAN Surely.

A pause. Nobody goes near the telescope. All of a sudden Andrea turns and marches upstage. He is stopped by Mrs. Sarti.

MRS. SARTI What is the matter with you?

2. THE BOY, ANDREA SARTI, LEAVES THE DISCUSSION OF THE COURT IN PROTEST.

ANDREA They are wicked. *He exits R 4 running.*

PHILOSOPHER Poor child.

LORD CHAMBERLAIN May I remind Your Highness, that the State Ball begins in three quarters of an hour.

MATHEMATICIAN Why beat about the bush? Mr. Galilei has to face facts sooner or later. His moons of Jupiter would perforate the outer crystal walls. It is as simple as that.

FEDERZONI There are no crystal walls; you'd be surprised.

PHILOSOPHER Any school book will tell you that there are.

FEDERZONI Let's have new school books.

PHILOSOPHER My good man, my colleague and myself speak on the authority of Aristotle.

FEDERZONI Aristotle had no telescope.

MATHEMATICIAN Quite.

GALILEO "Truth is the daughter of Time, not of Authority." Gentlemen, the sum of our knowledge is pitiful. It has been my singular good fortune to get hold of a new instrument which brings a small patch of the universe a little bit closer. It is at your disposal.

PHILOSOPHER *He and Mathematician step in between the Prince and Galileo:* Your Highness, Ladies and Gentlemen, where is all this leading?

GALILEO Are we as scholars concerned with where the truth might lead us?

PHILOSOPHER *half turning to Galileo:* Mr. Galilei, the truth might lead us anywhere!

GALILEO These nights, all over Italy, cheap telescopes are turned upon the sky, ordinary people have heard of new uses for old heavens. Our ships sail by the stars. The advance in astronomy has already meant profits from fabrics, metals and spices. This will in the end explode Aristotle.

FEDERZONI That is right.

GALILEO Let us not defend shaky teachings.

FEDERZONI You as teachers should be helping with the shaking.

PHILOSOPHER I wish your man would not offer contribution to a discussion on high matters.

3. GALILEO IMPRUDENTLY USING CRAFTSMEN OF THE DOCKYARDS AS AN ILLUSTRATION OF OPEN-MINDEDNESS, THE COURT LEAVES ABRUPTLY.

GALILEO Your Highness! My work in the Great Arsenal of Venice brought me in daily contact with draughtsmen, mechanics and so on. Much less talented men than Mr. Federzoni here, have taught me many new ways of doing things. I have no difficulty with such men. They are unread, they go by the evidence of their senses regardless of where this evidence might lead them.

PHILOSOPHER Oh!

GALILEO Much as our sailors, a hundred years ago, left our coasts not knowing what coasts they would reach, if any. It seems, to find that high curiosity which was the true glory of Ancient Greece, one has today to go to the dockyards.

PHILOSOPHER I am sure Mr. Galilei has admirers down at the dockyard.

LORD CHAMBERLAIN *bowing to Prince:* Your Highness, I find that this highly informative discussion has exceeded the time we had allowed for it.

MRS. SARTI *crossing to Prince, curtsies and offers him cookies:* A piece of home-made candy, Your Highness?

Ignoring her, Prince and Court go toward exit L3.

GALILEO *hurries toward them:* All anyone has to do is look through the telescope, Your Highness.

The Court taking no notice exeunt L3. Lord Chamberlain turns to Galileo.

LORD CHAMBERLAIN His Highness will of course seek the opinion of the greatest living mathematician, Christopher Clavius, Chief Astronomer to the Papal College in Rome.

He exits L3 as Galileo comes downstage and sits on the Prince's stool.

Blackout.

5
The Papal Astronomer Upholds Galileo's Discoveries

Enter Singers R2.

SINGERS

Things take indeed a wondrous turn
When learned men do stoop to learn.
Clavius, we are pleased to say,
Upheld Galileo Galilei.

Exeunt R2. Curtain opens L to R. Curtain Boy exits R2.

A hall in the Collegium Romanum. Monks and scholars are standing downstage R talking and laughing. Galileo is by himself downstage L.

FAT PRELATE *shaking with laughter:* Hopeless! Hopeless! Hopeless! Will you tell me anything people will not believe?

A SCHOLAR Yes, that you don't love your belly, Professor.

FAT PRELATE They'd believe that. They only do not believe what's good for them. They doubt the devil but fill them up with some fiddle-de-dee about the earth rolling like a marble in the gutter and they swallow it hook, line and sinker. Sancta Simplicitas! *He laughs until the tears run down his cheeks. The others laugh with him.*

I. OUTRAGED CLERICS SHOW GALILEO THE STUPIDITY OF HIS THEORIES BY DEMONSTRATING THE DIFFICULTIES OF STANDING ON A ROLLING BALL.

A MONK *indicates an imaginary rolling globe and jumps on it:* It's rolling very fast, I'm dizzy. May I hold on to you, Professor. *He falls off and clings to the Scholar for support.*

FAT PRELATE Old Mother Earth's been at the bottle again.

MONK *as he and the Scholar both jump on the globe:* Don't, don't hurl me off on to the moon. There are nasty sharp mountain peaks on the moon.

SCHOLAR *pointing up:* Look! There's Venus!

SECOND MONK *jumping on the First Monk's back:* Hold me lads!

VARIOUSLY Hold tight! – Don't look down! – Hold tight! – It'll make you giddy!

FAT PRELATE And we cannot have giddy people in Holy Rome. *Both Monks and the Scholar laugh so hard they fall down on the ground. An Infuriated Monk enters L 4 holding a Bible in his hand. He comes down C pointing out a page with his finger.*

INFURIATED MONK What does the Bible say – "Sun, stand thou still on Gibeon and thou, moon, in the valley of Ajalon." Can the sun come to a standstill if it doesn't ever move? Does the Bible lie?

They have all risen and are no longer laughing.

SCHOLAR How did Christopher Clavius, the greatest astronomer we have, get mixed up in an investigation of this kind?

INFURIATED MONK He's in there with his eye glued to that diabolical instrument.

A very Old Cardinal leaning on a monk for support enters R 4. The Monks and Scholars move aside and bow as the Old Cardinal comes down C.

2. A PRINCE OF THE CHURCH DENOUNCES THE GREAT PHYSICIST AS AN ENEMY OF MANKIND.

OLD CARDINAL Aren't they out yet? Can't they reach a decision on that paltry matter. Christopher Clavius ought to know his astronomy after all these years. I am informed that Mr. Galilei transfers mankind from the centre of the universe to somewhere on the outskirts. Mr. Galilei is therefore an enemy of mankind and must be dealt with as such. Is it conceivable that God would trust the most precious fruit of his labour to a minor frolicking star? Would he have sent his Son to such a place? How can there be a people with such twisted minds that they believe what they're told by the slave of a multiplication table?

FAT PRELATE *quietly to Old Cardinal:* The gentleman is over there.

OLD CARDINAL *going toward Galileo:* So you are the man. You know my eyes are not what they were, but I can see you bear a striking resemblance to the man we burned in his time. What was his name?

SUPPORTING MONK *to whom he has turned:* Your Eminence must avoid excitement the physician ordered ...

OLD CARDINAL *disregarding him:* So you have degraded the earth in spite of the fact that you live by her and receive everything from her. I won't have it. *He stamps his foot on the ground.* I won't be a nobody on an inconsequential star briefly twirling hither and thither. I tread the earth and the earth is firm beneath my feet and there is no motion to the earth and the earth is the centre of all things and I am the centre of the earth and the eye of the Creator is upon me. About me revolve, affixed to their crystal shells, the lesser lights of the stars and the great light of the sun, created to give light upon me that God might see me – Man, God's greatest effort, the central figure, "in the image of God created He Him," immortal ... *His strength fails him and he catches to the Monk for support.*

SUPPORTING MONK You mustn't overtax your strength, Your Eminence.

Enter L4 a Little Monk followed by Father Clavius.

SCHOLAR Father Clavius, your Eminence.

3. GALILEO'S TORMENTORS ARE CONFOUNDED AND ONE MONK CONGRATULATES HIM.

FATHER CLAVIUS *crosses down R and then turns and bows to the Old Cardinal:* He is right.

There is dead silence as Father Clavius exits R2.

OLD CARDINAL What is it? Have they reached a decision?

SUPPORTING MONK It is time Your Eminence went home.

They exeunt R4 followed by the Monks and Scholars. Curtain Boy enters R2 and closes curtain R to L as Little Monk goes down to Galileo.

LITTLE MONK Mr. Galilei, I just heard Father Clavius say it is now up to the theologians to set the heavens right again. You have won. *He crosses R and exits R3.*

Blackout.

6
The Authorities – February 19, 1616 – Cardinal Bellarmin Entertains

Enter Singer R2.

SINGER

When Galileo was in Rome
A Cardinal asked him to his home
And dined and wined him as his guest
And only made one small request.

Singer exits R2.

Galileo, Virginia and Ludovico enter L2 and cross to centre. Virginia is now twenty-one and engaged to Ludovico.

VIRGINIA I won't dance with anyone but you, Ludovico. Do I look proper?

LUDOVICO You are showing some lace.

I. A SUCCESSFUL GALILEO BRINGS OUT HIS DAUGHTER AT A HIGH SOCIAL FUNCTION.

GALILEO *putting his arms round their shoulders:*
"Fret not, Chloe, if perchance
You attract a wanton glance
Whose eyes do catch a trembling lace
Will guess the heartbeats quickened pace,
Lovely woman still may be
Careless with felicity."

VIRGINIA *to Galileo:* Feel my heart.

GALILEO *to Ludovico:* It's thumping.

VIRGINIA I hope I always say the right thing.

LUDOVICO She's frightened she is going to disgrace the family.

VIRGINIA Oh, I want to look beautiful.

GALILEO You'd better. If you don't they'll start saying all over again that the earth doesn't turn.

LUDOVICO It DOESN'T turn, Sir.

Curtain opens L to R as they all three laugh and turn upstage. Curtain Boy exits R2.

Cardinal Bellarmin's house in Rome. Music is heard and the chatter of many guests. Two Secretaries downstage L, upstage R several Guests wearing masks.

SONG *offstage, continuing through scene:*
As I beheld the roses dawn and die
And as I watched the languid petals lie
Colourless on cold earth, the knowledge came to me:
How vain a thing is youthful bravery.

GALILEO *going to Secretaries:* I was to wait here for His Eminence.

FIRST SECRETARY His Eminence will be with you in a few minutes.

Guests applaud Galileo, he bows to them and turns back to Virginia and Ludovico.

GALILEO Run along and enjoy yourselves.

Guests exeunt R 4. Ludovico and Virginia start to follow them, then Virginia turns and crosses toward her father.

VIRGINIA Father, I didn't tell you, you're very famous. The hairdresser in the Via del Vittorio kept four other ladies waiting and took me first.

Virginia goes back to Ludovico, they both bow to the Old Cardinal as he enters R 2 with his supporting Monk, then exit R 4. The Old Cardinal continues across stage, bows to Galileo and exits L 2. Galileo goes up to bench C and sits. The Song ends.

GALILEO Rome! *To the Secretaries:* Large fête?

FIRST SECRETARY Two hundred and fifty guests, Mr. Galilei. We have represented here this evening most of the great families of Italy, the Orsinis, the Villanis, the Nuccolis, the Soldaneris, the Canes, the Lecchis, the Estensis, the Colombinis, the ...

The other Secretary nudges him as Cardinal Bellarmin and Cardinal Barberini enter R 4, they both carry masks, Barberini a dove and Bellarmin a lamb.

2. IN THE COURSE OF A SPIRITED EXCHANGE OF IDEAS WITH TWO CARDINALS GALILEO IS INFORMED OF AN EDICT AGAINST HIS TEACHINGS.

FIRST SECRETARY Their Eminences, Cardinals Bellarmin and Barberini.

Both Secretaries bow and back downstage.

GALILEO *rising. To Bellarmin:* Your Eminence.

BELLARMIN *He and Barberini have come downstage:* Mr. Galilei, Cardinal Barberini.

GALILEO Your Eminence.

BARBERINI *pointing his finger at Galileo:* "The sun riseth and it sets and returneth to its old place," saith the Bible. What saith Galilei?

GALILEO Your Eminence, when I was "so high" I remember standing on a ship and when the ship pulled away from the shore I shouted, "The shore is moving away," but I know now that it was the ship which was moving away from the shore.

BARBERINI *laughs:* You can't catch that man. Unfortunately for me I happened to glance at a few papers on astronomy once and it is harder to get rid of than the itch.

BELLARMIN Let's move with the times. If it makes navigation easier for the sailors on our ships to use new charts based on a new hypothesis let them have them. We only have to scotch doctrines that contradict Holy Writ. *He goes upstage C bowing to guests off R.*

GALILEO Holy Writ! "He that withholdeth corn, the people shall curse him." Book of Proverbs.

BARBERINI "A prudent man concealeth knowledge." Book of Proverbs.

GALILEO "Where no oxen are, the stable is clean, but much increase is by the strength of the ox."

BARBERINI "He that rules his spirit is better than he that taketh a city."

GALILEO "But a broken spirit dryeth up the bones." *Pause.* "Does not wisdom cry?"

BARBERINI "Can one walk on hot coals, and his feet not be scorched?" *He crosses to Galileo.* Welcome to Rome, friend Galilei. You will recall the legend of our city's origin. Two small boys found sustenance and refuge with a she-wolf, and from that day we have paid the price for the she-wolf's milk. But the place is not bad. We have everything for your pleasure, from a scholarly dispute with my friend Bellarmin to ladies of high degree. *He leads Galileo up R and points offstage.* Look at that woman flaunting herself. *Galileo turns away.* No? He wants a weighty discussion. All right. *They both go down R. Bellarmin goes to Secretaries and motions them to make notes.* You scientists speak in terms of circles and ellipses and regular speeds – simple movements that the human mind can grasp – very convenient – suppose Almighty God had taken it into his head to make the stars move like that *he illustrates an irregular motion* then where would you be?

GALILEO My good man – the Almighty would have endowed us with brains like that *copies Barberini's motion* so we could understand the movements *copies motion again* like that. I believe in the brain.

BARBERINI I consider the brain inadequate. – He does not answer. He is too polite to tell me he considers my brain inadequate. What is one to do with him? Butter would not melt in his mouth. All he wants is to prove that God made a few mistakes in astronomy. God did not study His astronomy hard enough before He composed Holy Writ! My friend! *To Secretaries:* Do not put anything down. This is a scientific discussion among friends.

BELLARMIN *coming downstage:* Does it not appear probable – even to you – that the Creator knows more about his work than the created?

GALILEO In his blindness man is not only liable to misread the sky but also the Bible.

BELLARMIN The interpretation of the Bible is a matter for the Ministers of God. *Galileo doesn't answer and turns upstage.* At last you are quiet. *He motions to Secretaries who start taking notes.* Tonight the Holy Office has decided that the theory according to which the earth goes around the sun, is foolish, absurd and a heresy. I am charged, Mr. Galilei, with cautioning you to abandon these teachings. *To Secretaries:* Would you repeat that.

SONG *offstage continuing through scene:*

Spoke I then: the glad season will not stay,
Pluck the rose, therefore, while 'tis May.

FIRST SECRETARY *stepping forward. Reading:* "His Eminence, Cardinal Bellarmin, to the aforesaid Galilei: 'The Holy Office has resolved that the theory according to which the earth goes around the sun, is foolish, absurd and a heresy. I am charged, Mr. Galilei, with cautioning you to abandon these teachings.'"

GALILEO What does this mean? *Barberini motions him to wait for end of Song. Song ends.* But the facts …

BELLARMIN *interrupting:* The Holy Office formulated the decree without going into details.

GALILEO *to Barberini:* Do you realise, the future of all scientific research is completely …

BELLARMIN *interrupting:* Completely assured, Mr. Galilei. You may conduct research to your heart's content but be careful of your conclusions! It is not given man to know the truth but it is granted him to seek after the truth. Science is the legitimate and beloved daughter of the Church and she must have confidence in the Church.

GALILEO I would not try confidence by whistling her too often.

BARBERINI Be realistic, friend Galilei. We need you more than you need us.

BELLARMIN *coming to them:* Barberini, it is time we introduced Italy's most discussed scientist to our guests.

BARBERINI Let us replace our masks, Bellarmin. *As they start upstage:* Poor Galilei hasn't got one.

Exeunt R4. Cardinal Inquisitor enters L3 and comes downstage.

FIRST SECRETARY Did you get his last sentence?

SECOND SECRETARY Yes. Do you have what he said about believing in the brain?

INQUISITOR Did the conversation take place?

The Secretaries bow. Inquisitor sits on bench. Secretary hands him papers. He starts to read transcription. Two Girls enter R4, curtsy to Inquisitor as they cross to top of steps L.

YOUNG GIRL Who was that?

HER FRIEND The Cardinal Inquisitor. *Exeunt L2.*

Virginia enters R4, comes downstage, curtsies to Inquisitor.

INQUISITOR Good evening, Miss Galilei. Beautiful night. May I congratulate you on your betrothal. Your young man comes from a fine family. Are you remaining with us here in Rome?

VIRGINIA Not now, Your Eminence. I must go home to prepare for the wedding.

INQUISITOR Ah. You are accompanying your father back to Florence. That should please your father. Science must be cold comfort in a household. Your youth and warmth will keep him down to earth. It is easy to get lost up there.

VIRGINIA He doesn't talk to me about the stars, Your Eminence.

INQUISITOR No. They don't eat fish in the fisherman's house. I can tell you something about astronomy. *Virginia kneels beside him.* My child, it seems that God has blessed our modern astronomers with imagination. It is getting quite alarming! The new universe has grown so vast that prelates and even cardinals look like ants. Why, God Almighty might even lose sight of a Pope, and the greater the astronomer the greater his universe. I wonder if I know your Father Confessor.

VIRGINIA Father Christopherus, from Saint Ursula's at Florence, Your Eminence.

INQUISITOR *motions to Secretaries to take it down:* My dear child, your father will need you. Not so much now, perhaps, but one of these days. *Motions to Secretaries, they exeunt L2.* You are pure, and there is strength in purity. Greatness is sometimes, indeed often, too heavy a burden for those to whom God has granted it. What man is so great that he has no place in a prayer. But I am keeping you, my dear. Your fiancé is going to be jealous of me and I am afraid your father will never forgive me for holding forth on astronomy. Go to your dancing. *Virginia rises, kisses his ring, crosses upstage.* And remember me to Father Christopherus.

Virginia exits R4. Inquisitor resumes his reading.

Blackout.

7
The People

Enter Singers R2.

SINGERS

Galileo, feeling grim,
A young monk came to visit him.
One born of simple, common folk.
It was of science that they spoke.
Exeunt R2.

Garden of the Florentine Ambassador in Rome. Galileo, Little Monk enter L2, cross centre, Galileo sits chair, Little Monk bench.

GALILEO Let's hear it. That robe you're wearing gives you the right to say whatever you want to say. But let's hear it.

LITTLE MONK I have studied physics, Mr. Galilei.

GALILEO That might help us if it enabled you to admit that two and two are sometimes four.

1. A SCHOLARLY MONK TELLS GALILEO THAT HE WILL ABANDON SCIENCE FOR THE SAKE OF HIS SIMPLE PARENTS' PEACE OF MIND – BUT HE SUCCUMBS TO THE THIRST FOR KNOWLEDGE.

LITTLE MONK Mr. Galilei, I have spent four sleepless nights trying to reconcile the decree that I have read with the moons of Jupiter that I have seen. This morning I decided to say my mass and then see you.

GALILEO To tell me Jupiter has no moons?

LITTLE MONK No, I have found out I think the decree is a wise decree. It has shocked me into realising that free research has its dangers. I have had to decide to give up astronomy. However, I felt the impulse to confide in you some of the motives which have impelled even a passionate physicist to abandon his work.

GALILEO Your motives are familiar to me.

LITTLE MONK You mean, of course, the special power invested in a certain commission of the Holy Office, but there is something else. I would like to talk to you about my family. I do not come from the great city. My parents are peasants in the Fucino, who know about the cultivation of the olive tree, and not much about anything else. Too often these days when I am trying to concentrate on tracking down the moons of Jupiter, I see my parents. They live almost like animals, but underlying their poverty, there is a sort of order, there are routines. The routine of scrubbing the floor, the routine of the seasons in the olive orchard, the routine of paying taxes. The troubles that come to them are recurrent troubles. My father did not get his bent back all at once, but little by little each year in the olive orchard; just as year after year, with unfailing regularity, childbirth has made my mother more and more sexless. They draw the strength necessary to labour sweating with their loaded baskets up the stony paths, to bear children, even to eat, from the sight of the trees greening each year anew, from the reproachful face of the soil, which is never satisfied, and from the little church and the hearing of the Sunday Bible texts. They have been told that God relies upon them and that the pageant of the world has been written around them that they may be tested. How could they take it, were I to tell them that they are on a lump of stone spinning in empty space, circling around a second-rate star? What, then, would be the use of such patience with their misery? What comfort, then, the Holy Scriptures, which have mercifully explained their crucifixion, for the Holy Scriptures would then be proved full of mistakes. No, they would feel they had been cheated. "Hunger is just not having eaten instead of a test of strength," they would say: "Effort is just stooping and carrying, instead of a virtue." Can you understand that I read into the decree of the Holy Office a noble motherly pity and a great goodness of soul.

GALILEO Hm, well at least you have found out that it is not a question of the satellites of Jupiter, but of the peasants of the Fucino, and don't try to break me down by the halo of beauty that radiates from all old age. Do you know how a pearl develops in an oyster? A jagged grain of sand makes its way into the oyster's shell and makes its life unbearable. The oyster exudes slime to cover the grain of sand and that eventually hardens into a pearl. The oyster nearly dies in the process. To hell with the pearl, give me the healthy oyster; and virtues are not exclusive to misery. If your parents were prosperous and happy, they might develop the virtues of happiness and prosperity. And today these virtues of exhaustion are caused by the exhausted land, and for that my new water pumps could work more wonders than their ridiculous super-human efforts. Be fruitful and multiply for the wars depopulate, and our fields are barren. Shall I lie to your people?

LITTLE MONK You must be silent from the highest of motives, the inward peace of less fortunate souls.

GALILEO Would you like to see a Cellini watch, Cardinal Bellarmin's coachman delivered here, this morning? My dear man, as a bonus for not meddling with your parents' peace the authorities are offering me, on a silver platter, persecution-free, my share of the fat sweated from your parents, who, as you know, were made in God's image. If I should condone this decree, my motives might not be altogether disinterested: easy life, no persecution and so on.

LITTLE MONK Mr. Galilei, I am a priest.

GALILEO You are also a physicist. How can new machinery be evolved to domesticate the river water if we physicists are forbidden to study, discuss and pool our findings about the greatest machinery before us, the machinery of the stars! Can I reconcile my findings on the path of falling bodies with the tracks of witches riding on broomsticks?

LITTLE MONK You don't think that truth, if it is truth, would make its way without us?

GALILEO No! As much of the truth gets through as we push through. You talk about the Fucino peasants as if they were moss on their huts. Naturally, if they do not get a move on and learn to think for themselves, the most efficient of irrigation systems cannot help them. I can see their divine patience, but where is their divine fury?

LITTLE MONK They are tired!

2. GALILEO DOUBTS HIS OWN PATIENCE WITH THE EDICT.

GALILEO *throws his manuscript to the ground:* Here is writ, what draws the ocean when it ebbs and flows. Let it lie there. Thou shalt not read. *Little Monk cannot resist picking it up. He starts to read.* Already! An apple of the tree of knowledge, he can't wait, he wolfs it down. He will rot in hell for all eternity. Look at him, where are his manners? You know, sometimes I think I would let them imprison me in a place a thousand feet beneath the earth where no light could reach me, if in exchange I could find out what that stuff is – "light", and the bad thing is that when I find something I have to boast about it like a lover or a drunkard or a traitor, and that is a hopeless vice and leads to the abyss. I wonder how long I shall be content to discuss it with my dog.

LITTLE MONK *immersed in manuscript:* I don't understand this sentence.

GALILEO *sitting beside him:* I'll explain it to you, I'll explain it to you.

Blackout.

Act curtain.

8
1623. The Long Silence.

Enter Singers C in front of act curtain.

SINGERS

For eight long years with tongue in cheek
Of what he knew he did not speak.
Then temptation grew too great
And Galileo challenged fate.

Exeunt C as curtain opens.

Galileo's house in Florence again. Galileo down L reading. Andrea, Federzoni, Little Monk preparing experiment on platform. Mrs. Sarti, Virginia down R at table, sewing. Upstage telescope covered with cloth.

GALILEO Andrea!

ANDREA Yes?

GALILEO Are we ready?

ANDREA *looking at chart:* Thursday, afternoon. Floating bodies again. Ice, bowl of water, scales, and iron needle. Aristotle.

Andrea, Little Monk continue reading books. Federzoni checks equipment.

I. IT IS EIGHT YEARS THAT GALILEO HAS BEEN ENGAGED IN ROUTINE EXPERIMENTS. HIS NOW AFFLUENT HOUSEHOLD MAKES PREPARATIONS FOR THE MARRIAGE OF HIS DAUGHTER INTO A GREAT FAMILY.

VIRGINIA Ludovico likes to entertain. We must be careful to be neat. His mother notices every stitch. She doesn't approve of father's books.

MRS. SARTI He has not published a book for years.

VIRGINIA That's true. Oh Sarti, it's fun sewing a trousseau.

MRS. SARTI Virginia, I want to talk to you. You are very young, and your father is putting those pieces of ice on water, and marriage is too serious a business to go into blind. Now you should go to see a real astronomer from the University and have him cast your horoscope so you know where you stand. *Virginia giggles.* What's the matter with you?

VIRGINIA I've been already.

MRS. SARTI Tell!

VIRGINIA I have to be careful for three months now because the sun is in Capricorn, but after that I get a favourable ascendant, and I can undertake a journey if I am careful of Uranus, as I'm a Scorpion.

MRS. SARTI A journey?

VIRGINIA A journey.

MRS. SARTI What about Ludovico?

VIRGINIA He's a Leo the Astronomer said. Leos are sensual. *Enter Rector of University, the Philosopher of scene 4, carrying book.*

RECTOR Miss Galilei – *Virginia goes to him* this is about the burning issue of the moment. He may want to glance over it. My faculty would appreciate his comments. *Virginia starts toward Galileo.* No, don't disturb him, now, my dear. Every minute one takes of your father's time is stolen from Italy. *He exits R4.*

2. THE NEW INTEREST OF THE SCIENTIFIC WORLD IN THE SUN-SPOTS MAKES IT MORE DIFFICULT FOR GALILEO TO HOLD HIS PUPILS TO THE EDICT.

Virginia hands book to Federzoni and goes back to table.

GALILEO What's that about?

FEDERZONI I don't know. "De maculis in sole."

ANDREA Oh, it's on the sun-spots! *He takes book. Little Monk looks at it with him. Federzoni gets scales from platform L.* A new one! Listen to this dedication. "To the greatest living authority on physics, Galileo Galilei." I read Fabrizius' paper the other day. He thinks the spots are clusters of planets between us and the sun.

LITTLE MONK Isn't it doubtful Mr. Galilei.

Galileo doesn't answer.

ANDREA Paris and Prague think they are vapours from the sun.

FEDERZONI Hm.

ANDREA Federzoni doubts that.

3. GALILEO NOTES THE DISTRESS OF ONE OF HIS ASSISTANTS WHO IS UNABLE TO READ LATIN PAPERS ABOUT THE SUN-SPOTS.

FEDERZONI You leave me out. I said "hm" that was all. I cannot doubt anything. I am the lens-grinder. I grind lenses, you use them. You observe the heavens and what you see is evidently not sun-spots but maculis. Do not discuss these new things in front of me ... How many times have I to say: I cannot read the books, they are in Latin. *He drops scales.*

Galileo crosses to him, picks them up and then goes on to platform.

LITTLE MONK There is happiness in doubting, I wonder why.

ANDREA Aren't we going to take this up?

GALILEO At the moment we are investigating floating bodies.

ANDREA Mother has baskets full of letters from all over Europe asking his opinion. *To Galileo:* Your reputation has grown.

GALILEO My reputation has been permitted to grow because I kept quiet.

FEDERZONI I do not see how you can afford to keep quiet for long.

GALILEO I cannot afford to be smoked on a wood fire like a ham.

ANDREA Ah. You think the sun-spots may have something to do with that again?

Galileo does not answer. Andrea goes to platform L, throws book down and returns with ice.

ANDREA Well, we stick to fiddling about with bits of ice on water. That can't hurt you.

GALILEO Correct. Our thesis!

ANDREA All things that are lighter than water float, and all things that are heavier sink.

GALILEO Aristotle says –

LITTLE MONK "Discus latus platusque ..."

GALILEO *interrupting:* Translate.

LITTLE MONK "A broad and flat disc of ice, although heavier than water, still floats, because it is unable to divide the water."

GALILEO *demonstrating:* Well. Now I push the ice below the surface. I take away the pressure of my hands. What happens?

LITTLE MONK It rises to the surface.

GALILEO Correct. It seems to be able to divide the water as it's coming up, doesn't it? Fulganzio?

LITTLE MONK Could it be lighter than water after all?

GALILEO Aha!

ANDREA Then all things that are lighter than water float, and all things that are heavier sink. *Writing.* Q. e. d.

GALILEO *puts his pencil through Andrea's note:* No Andrea. *Takes ice from bowl.* Hand me that iron needle. *Federzoni hands it to him.* Is this iron needle heavier than water?

ANDREA Yes.

GALILEO Andrea, you must stop being hasty with your conclusions. *Floats needle on top of water.* What happens?

FEDERZONI *laughs:* The needle is floating. Holy Aristotle they never checked up on him.

GALILEO Make notes.

They do so. Federzoni takes scale to platform L.

VIRGINIA What's the matter?

MRS. SARTI Every time I hear them laugh it sends shivers up and down my spine.

4. LEARNING FROM HIS FUTURE SON-IN-LAW THAT HIS FRIEND, CARDINAL BARBERINI, MAY BECOME POPE, GALILEO RESUMES HIS WORK IN THE FORBIDDEN FIELD.

Ludovico, Servant enter R4. Ludovico comes downstage C. Servant goes platform R.

MRS. SARTI Well!

Virginia goes to Ludovico, embraces him.

VIRGINIA Why didn't you write that you were coming?

LUDOVICO I was nearby inspecting our vineyards at Bucciole. I could not keep away.

GALILEO Who's that?

ANDREA Ludovico!

LITTLE MONK What's the matter with your eyes?

GALILEO *crossing to Ludovico:* How are the horses?

LUDOVICO The horses are fine.

GALILEO Fine. We celebrate. Sarti, get a jug of that Sicilian wine, the old one.

Andrea, Sarti exeunt R2. Galileo sits L of table downstage. Ludovico upstage C. Federzoni, Little Monk above table.

LUDOVICO *to Virginia:* You look pale. Country life is going to suit you. Mother's planning on September.

VIRGINIA I suppose I ought not, but stay here, I have something to show you.

LUDOVICO What?

VIRGINIA *going upstage:* Never mind. I shall not be long. *Exit L4.*

GALILEO Sit down Ludovico.

LUDOVICO *sits R of table upstage:* I hear you have as many as a thousand students come to hear you lecture at the university, Sir. What are you working on these days?

GALILEO Dull. How was the journey?

LUDOVICO Dull. Before I forget mother sends her congratulations on your admirable tact about the latest rumblings from science.

Mrs. Sarti, Andrea enter R2 with wine and glasses. Mrs. Sarti pours wine. Andrea upstage of table.

GALILEO Thank her from me.

LUDOVICO Christopher Clavius had all Rome on its ears. He said he was afraid the turning-around business might crop up again on account of these spots on the sun.

ANDREA Clavius is on the same track!

GALILEO *glass in hand:* What news from the Holy City apart from the prospect of my sins?

LUDOVICO The Pope is on his death bed. Hadn't you heard?

LITTLE MONK My goodness! What about the succession?

LUDOVICO All the talk is of Barberini.

GALILEO Barberini.

ANDREA Mr. Galilei knows Barberini.

LITTLE MONK Cardinal Barberini is a mathematician.

FEDERZONI A scientist in the chair of Peter!

Pause.

GALILEO So they need men like Barberini now. Things are on the move. We might live to see the day, Federzoni, when we don't have to whisper that two and two are four. *Drinks.* I like this wine. You, Ludovico?

LUDOVICO *drinking:* I like it.

GALILEO I know the hill where it is grown. The slope is steep and stoney, the grape almost blue. I am fond of this wine.

LUDOVICO Yes, Sir.

GALILEO There are shadows in this wine. It is almost actually sweet but just stops there. *Rises, crosses L.* Andrea, clear that stuff away, ice, bowl and needle. I cherish the consolations of the flesh, I have no patience with cowards who call them weaknesses. I say there is a certain achievement in enjoying things.

LITTLE MONK What are we to do?

FEDERZONI He is starting on the sun.

Andrea puts his arms round Little Monk's and Federzoni's shoulders, all three go to platform.

ANDREA

"The Bible proves the earth stands still,
The monk, he swears with tears,
The earth stands still. To prove it so
He grabs it by the ears."

We might find out that the sun turns too. How would you like that, Marsili? *Exeunt L4 with some of the equipment.*

LUDOVICO What's the excitement?

MRS. SARTI You're not going to start those hellish goings-on again, Mr. Galilei?

GALILEO *sits next to Ludovico:* Barberini in the ascendant, your mother is uneasy and you've been sent to investigate. Correct me if I'm wrong, Ludovico. Clavius is right: these spots on the sun interest me. Do you like my wine, Ludovico?

LUDOVICO I told you, I did, Sir.

GALILEO Do you really like it?

LUDOVICO I like it.

GALILEO Would you consider going so far as to accept a man's wine or his daughter without insisting that he may drop his profession? I have no wish to intrude, but have the moons of Jupiter affected Virginia's bottom?

MRS. SARTI That isn't funny, it's just vulgar. I'm going for Virginia. *She starts to go but is stopped by Ludovico.*

LUDOVICO Mrs. Sarti. *Stops her.* Marriages in families such as mine are not arranged on a basis of sexual attraction alone.

GALILEO Did they keep you back from marrying my daughter for eight years while I was on probation?

LUDOVICO My future wife will have to take her place in the family pew in church.

GALILEO You mean, if the daughter of a bad man sat in your family pew, your peasants might discontinue paying the rent.

Andrea enters L4 goes to platform L.

LUDOVICO In a sort of way.

GALILEO Andrea, get out the reflector and our screen. We will throw the image of the sun on our screen to save our eyes.

Andrea exits L4.

LUDOVICO My mother was assured positively that you had undertaken in Rome not to get mixed up in this turning-around business again, Sir.

GALILEO We had a conservative Pope then.

MRS. SARTI Had! His Holiness is not dead yet!

GALILEO Pretty nearly.

MRS. SARTI "Pretty nearly."

Enter Little Monk, Federzoni with screen, stand upstage C.

MRS. SARTI That man will weigh a chip of ice fifty times, but when it comes to something that's convenient, he believes it blindly. Is His Holiness dead? Pretty nearly!

LUDOVICO *rising:* If His Holiness dies the new Pope, whoever he turns out to be, will respect the convictions held by the solid families of the country.

LITTLE MONK God made the physical world, God made the human brain. God will allow physics.

MRS. SARTI Galileo, you listen to me. I have watched your experiments and observations and conclusions swallow up my Andrea and I could do nothing. *Ludovico goes upstage.* You have set yourself up against the authorities, and they have already warned you once. The very highest cardinals have taken the trouble to try with you as though you were a horse lying down in the public road. You behaved for a time but then, two months ago, shortly after Epiphany, I caught you making observations on the sly. I did not say anything, I lit a candle to Saint Joseph. Galileo, it is getting too much. When you are alone with me you swear it is only because you want to be sure there is nothing to it. And now today here you all are at it again. If I have to go to hell for sticking to a heretic, that is my affair, but you have no right to trample on your daughter's happiness with your big feet.

GALILEO Get the telescope.

Little Monk, Federzoni put telescope on platform.

LUDOVICO *to his Servant:* Giuseppe, take my baggage back to the coach, will you?

Servant exits R4.

MRS. SARTI This will kill her. You can break it to her. *She exits R2 carrying jug.*

Andrea enters L4 carrying reflector and board, goes to platform.

LUDOVICO Mr. Galilei, if we Marsilis were to countenance teachings that are frowned upon by the church, it could unsettle our peasants. Bear in mind, these poor people in their brute state get everything upside down. They are nothing but animals, you know. It is almost unbelievable. They will never get the fine points of astronomy. Why, two months ago a rumour went around, an apple had been found growing on a pear tree and they left their work in the fields to discuss it.

GALILEO Did they?

LUDOVICO Do you know, I have seen the day when my poor mother has had to have a dog whipped in front of them to remind them to keep their place. You may have occasionally seen the waving corn from the window of your comfortable coach. You have, no doubt, nibbled our olives, or absentmindedly eaten our cheese, but you can have no idea how much responsibility that sort of thing is.

GALILEO What has led you to believe I eat my cheese absentmindedly? *Rises and goes upstage to screen.* Are we ready?

ANDREA *joining Galileo:* Yes, Sir.

GALILEO *to Ludovico:* You do not confine your whippings to dogs to remind your peasants to keep their places, do you, Marsili?

LUDOVICO Mr. Galilei, you have a wonderful brain, it is a pity.

LITTLE MONK He threatened you.

GALILEO Yes. I might unsettle his peasants. And his housekeeper and his agent.

FEDERZONI None of them speak Latin.

5. GALILEO DEFIES THE INTIMIDATIONS OF LUDOVICO MARSILI, SCION OF A GREAT FAMILY, AND DECIDES TO WRITE HIS NEXT PAPER IN EVERYDAY LANGUAGE THAT IT MAY BE MORE WIDELY UNDERSTOOD.

GALILEO I might write in plain language. For the love of God the work we do is exacting. Who would go through the strain for less than the population at large!

Andrea, Federzoni place screen on platform R. Little Monk goes down L with reflector. Andrea crosses to telescope. Federzoni moves back C.

LUDOVICO You have made your decision. You will always be the slave of your passions. Excuse me to Virginia, I think it's as well I don't see her now.

GALILEO The dowry is at your disposal at any time.

LUDOVICO Good afternoon. *Bows and exits R4.*

FEDERZONI *shouting:* And our regards to the Marsilis, who order the earth to stand still because their castles might be shaken loose if it turns.

ANDREA *also shouting:* And to all the Cenzis, and the Villanis!

FEDERZONI And the Cervellis!

ANDREA And the Lecchis!

FEDERZONI And the Pierleonis!

ANDREA And the Capoccios who press the Pope to trample on the people.

Galileo goes to telescope, adjusts it, then goes to reflector.

LITTLE MONK The new Pope will be an enlightened man.

GALILEO *going to platform:* Thus we start the observation of these spots on the sun in which we are interested, at our own risk, not counting too much on protection from a problematical new Pope.

ANDREA But with every likelihood of dispelling Fabrizius' shadows and the vapours of Paris and Prague, and of establishing the rotation of the sun.

GALILEO And with s o m e likelihood of establishing the rotation of the sun. My intention is not to prove that I was right but to find out w h e t h e r I was right. "Abandon hope all ye who enter an observation." Before assuming these phenomena are spots, which would suit us, let us first set about proving that

they are not fried fish. We crawl by inches. What we find today we wipe from the blackboard tomorrow and not keep it – unless it shows up again the day after tomorrow. And if we find anything which would suit us, that thing we will eye with particular distrust. In fact, we will approach this observation of the sun with the implacable determination to prove that the earth stands still and only if hopelessly defeated in this pious undertaking, can we allow ourselves to wonder if we may not have been right all the time; that the earth turns. Take the cloth off the telescope and turn it on the sun.
Andrea removes cloth, throws it to Federzoni who goes to screen. Galileo goes to reflector.

LITTLE MONK I thought you'd been working at it. *Virginia enters L4.* Do you know when I guessed it? When you didn't recognise Mr. Marsili.

6. GALILEO'S YOUNG DAUGHTER IS THE FIRST VICTIM OF HIS DECISION.

VIRGINIA *looks for Ludovico, then comes on the platform. To Galileo:* Did you send him away?
No one answers. Virginia faints. Andrea and Little Monk rush to her. Galileo, Federzoni continue to work.

GALILEO I have to know.
Blackout.

9
Ten Years Later, the Street

Enter Ludovico R2.

LUDOVICO In the next ten years Galileo's teaching had spread. Pamphleteers and ballad-singers, all over the country, pick up the new ideas. On All Fools' Day, 1632, many towns in Italy choose astronomy as the theme for their carnival processions.
Ludovico exits R2.

The market-place of a small town in Italy. All Fools' Day, 1632. The characters in this scene were borrowed from Peter Brueghel, the Elder. Ballad-Singer, Wife and Child enter L3, come down steps downstage L, cross to R of stage and back. Ballad-Singer is carrying a drum, his Wife a baby and other bundles.

BALLAD-SINGER *puts down drum and comes to C downstage. Singing:*
When the Almighty made the universe
He made the earth and next he made the sun
Then round the earth he bade the sun to turn.
His Wife puts down bundles and sits on them.
That's in the Bible, – Genesis Book One.
And since that time all beings here below
Were in obedient circles meant to go.
His Wife rises and starts beating the drum.
Around the Pope the cardinals,
Around the cardinals the bishops,
Around the bishops the secretaries,
Around the secretaries the aldermen,
Around the aldermen the craftsmen,
Around the craftsmen the servants,
Around the servants the dogs, the chickens and the beggars.
His Wife stops drumming, sits and feeds the baby.
Up stood the learned Galileo,
Glanced briefly at the sun
And said, Almighty God was wrong in Genesis Book One.
And that is bold, my friends, this is no matter small
For heresies could spread at once like bad diseases
Change Holy Writ, forsooth, what will be left at all?
His Wife rises and beats drum. Child dances back and forth.
Why each of us would say and do just as he pleases,
as he pleases,
as he pleases.
His Wife stops drumming. Child stands still.

I. PAMPHLETEERS AND BALLAD-SINGERS IN ITALY SEIZE UPON THE SOCIAL CONCLUSIONS TO BE DRAWN FROM THE NEW TEACHINGS.

Good people what will come to pass
If Galileo's teaching spreads?
No altar boy will serve the mass
No servant girl will make the beds.
Now that is grave, my friends, this is no matter small
An independent spirit spreads like bad diseases.
For life is sweet, and man is weak and after all –
His Wife beats drum. Child dances back and forth.
How good is it, just for a change, to do just as one pleases,
as one pleases,
as one pleases.
His Wife stops drumming. Child stands still.

The carpenters take wood and build
Their houses not the church's pews.
The members of the cobblers' guild,
Now boldly walk the streets in shoes.
The tenant kicks the noble lord
Right off his land – like that!
He demonstrates the kick.
The milk, the wife once fed the priest
Now makes, at last, her children fat.
Now that is grave, my friends, this is no matter small
An independent spirit spreads like bad diseases
For life is sweet, and man is weak and after all –
His Wife beats drum. Child dances back and forth.
How good it is, just for a change, to do just as one pleases,
as one pleases,
as one pleases.
His wife stops drumming. Child stands still.

The duchess washes her chemise,
The emperor has to fetch his beer,
His troops make love behind the trees,
Commands they do not hear.
His Wife gives baby to Child and comes forward.
BALLAD-SINGER'S WIFE
Now that I think of it, I feel
That I could also use a change;

You know, for me you have appeal …
Maybe tonight we could arrange …

BALLAD-SINGER

No, no, no, no, no, no, stop, Galileo, stop!
An independent spirit spreads as do diseases!
People must keep their place, some down and some on top!
Still it feels good, just for a change to do just as one pleases!

Wife and Child join him and all stand stage C facing front.

BALLAD-SINGER AND WIFE

Good creatures who have trouble here below
In serving cruel lords and gentle Jesus –
Who bids you turn the other cheek – just so!
While they get set to strike the second blow!
Obedience will never cure your woe:
Let each of us get wise and do for once just as he pleases!

Curtain opens L to R. Standing and sitting on the stairs stage R are several carnival spectators, they turn to watch as the Ballad-Singer, Wife and Child come up stage L.

BALLAD-SINGER *shouting and beating a drum:* Hurry, hurry, hurry. Presenting Galileo's great phenomena, the earth turning around the sun.

He picks up the Child shows her to the audience and places her beside his Wife who is holding a cardboard sun, the Child starts slowly walking around her in time to the drum beat, holding a cardboard pumpkin.

BALLAD-SINGER *interrupting the demonstration:* The procession.

The procession enters from R4. Two wretched extras, employed by the chamber of commerce, pull in a throne on which is "The King of Hungary." Next comes a dwarf followed by four masked men carrying a blanket in which is an effigy of a cardinal. They come downstage C and start tossing the effigy up and catching it.

2. AT CARNIVALS AND FAIRS, THE COUNTRY WIDE, FIGURES IN EFFIGY REPRESENT GALILEO AS "THE BIBLE KILLER".

A LOUD VOICE *interrupting the tossers:* Galileo, the Bible killer!

A large figure of Galileo, holding a Bible with the pages crossed out, enters and comes downstage. The laughter from the crowd becomes uproarious.
Blackout.

10
PATRONAGE OR POPULAR SUPPORT

Enter Singers R2.

SINGERS
The depths are hot, the heights are chill.
The streets are loud, the court is still.
Exeunt R2 as curtain opens L to R. Curtain Boy exits R2.

Antechamber and staircase in the Medicean Palace in Florence. Galileo, Virginia seated L of stage await to be admitted to the presence of the Grand Duke. Virginia is holding a book. Informer stands on platform L.

VIRGINIA They are a long time.

GALILEO Yes.

VIRGINIA *indicating Informer:* Who is that funny looking man, father?

GALILEO I don't know.

VIRGINIA It's not the first time I have seen him around. He gives me the creeps.

GALILEO Nonsense. We're in Florence, not among robbers in the mountains of Corsica.
Enter Rector R3.

VIRGINIA Here comes the Rector.

GALILEO Gaffone is a bore. He attaches himself to you.
Rector has come down the steps. He passes Galileo and Virginia scarcely acknowledging them, and exits L3.

GALILEO *who has been bending down tying his shoe:* My eyes are bad today. Did he acknowledge us?

VIRGINIA Barely. *Pause.* What is in your book? Will they say it is heretical.

GALILEO You hang around church too much. And getting up at dawn and scurrying to mass is ruining your complexion. *He touches her cheek.* You pray for me, don't you?

I. GALILEO REFUSES THE SUPPORT OF THE RISING BOURGEOISIE, HE RELIES ON THE FRIENDSHIP OF THE PRINCE AND THE POPE.

A Man enters R3 and comes down the stairs.

VIRGINIA Here's Mr. Matti, the iron-founder. Don't forget to thank him for the squabs he sent us.

MATTI *crossing to Galileo:* How were the squabs, Mr. Galilei?

GALILEO The squabs, Matti, were wonderful.

MATTI They were talking about you back there. They hold your teachings responsible for the new crop of pamphlets against the Bible.

GALILEO *rises and he and Matti move downstage:* Pamphlets I know nothing about, the Bible and Homer are my favourite reading.

MATTI That is as may be. I am glad to have the opportunity to tell you that the manufacturers are on your side. Now I am not a man who knows about the motions of the stars, but you have championed the freedom to teach new things. Take that mechanical cultivator they have in Germany, which you described. I can tell you, it will never be used in this country. The same circles that are hampering you won't allow the physicians at Bologna to cut up corpses for research.

GALILEO Your voice carries.

MATTI I hope so. Do you know they have such things as money markets in Amsterdam and London? Schools for business, too. Regular papers with news. Here we are not even free to make money. I have a stake in your career. They are against iron-foundries because they say the gathering of so many workers in one place fosters immorality! If they ever try anything, Mr. Galilei, remember you have friends in all walks of life.

GALILEO As far as I know there is nothing against me.

MATTI No?

GALILEO No.

MATTI In my opinion you would be better off in Venice. You could put up a fight from there. I have a coach and horses.

GALILEO I do not see myself as a fugitive, I like my comfort.

MATTI Yes, but from what I hear there is an element of time

involved. I imagine they would be relieved if you were out of Florence just now.

GALILEO That is plain nonsense, the Duke is my pupil and if there is any monkey business in Rome, the new Pope will meet them with an iron No.

MATTI You don't seem to know your friends from your enemies, Mr. Galilei.

GALILEO I know who is in power. *He brusquely leaves Matti, crosses to bench L and sits.*

MATTI Well – good luck to you. *Exits L3.*

GALILEO Anyone with a grievance nominates me as his spiritual leader, particularly in places where it doesn't help me. I have written a book about the mechanics of the firmament, that is all. What they do or don't do with it is not my concern.

VIRGINIA *loudly:* If people only knew how you disagreed with those goings-on all over the country last All Fools' Day.

GALILEO Yes, yes, yes. Offer honey to a bear, and lose your arm if the bear is hungry.

VIRGINIA *low:* Did the Prince ask you to come here today?

GALILEO I sent word I was coming. He will want the book, he has paid for it.

The Cardinal Inquisitor enters R3. Crosses stage bowing deeply to Galileo, Virginia, and exits L3. Galileo, Virginia both rise and acknowledge him.

VIRGINIA *as both sit:* What is he doing in Florence?

GALILEO I don't know. He was not disrespectful.

VIRGINIA Psst. The Lord Chamberlain.

Lord Chamberlain enters R3 and comes down the stairs. Virginia, Galileo both rise. She hands him book, he crosses to Chamberlain.

LORD CHAMBERLAIN His Highness has hoped to find time for you, Mr. Galilei. Unfortunately he has to leave immediately to judge the parade at the Riding Academy. On what business did you wish to see His Highness?

GALILEO I wanted to present my book to His Highness.

LORD CHAMBERLAIN *ignoring the book Galileo offers to him:* How are your eyes today?

GALILEO So, so. With His Highness' permission I am dedicating the book ...

LORD CHAMBERLAIN *interrupting:* Your eyes are a matter of great concern to His Highness. Could it be that you have been looking too long and too often through your marvellous tube? *Lord Chamberlain exits R3 without accepting the book. Virginia crosses to Galileo and takes his arm.*

VIRGINIA *greatly agitated:* Father, I'm afraid.

GALILEO He didn't take the book, did he? *Low and resolute.* Keep a straight face. We are not going home, but to the house of the iron-founder. There is a coach and horses in his backyard. Keep your eyes to the front, don't look back at that man.

They go up steps L and along platform past the Informer as Lord Chamberlain re-entering stops them.

2. THE PRINCE HANDS GALILEO OVER TO THE INQUISITION.

LORD CHAMBERLAIN Oh, Mr. Galilei, His Highness has just charged me to inform you that the Florentine Court is no longer in a position to oppose the request of the Holy Inquisition to interrogate you in Rome.

The Informer moves up behind Galileo.

Blackout.

11

1633. THE POPE.

Chamber in the Vatican. The Pope Urban VIII – formerly Cardinal Barberini – is giving audience to Cardinal Inquisitor. The trampling and shuffling of many feet is heard throughout the scene from the adjoining corridors. During the scene the Pope is being robed for the conclave he is about to attend. At the beginning of the scene he is plainly Barberini, but as the scene proceeds he gets more and more obscured by grandiose vestments. Pope is seated downstage LC. Inquisitor stands on his left. Four Sacristans stand stage R by straw clothes-horse.

I. POPE URBAN VIII, HAVING REFUSED AT FIRST TO SET HIMSELF UP AGAINST THE NEW SCIENCE, YIELDS TO THE CLERICAL MACHINE.

THE POPE No! No! No! *Sacristan goes to Pope puts his shoes on and goes back.* These shuffling feet.

INQUISITOR *referring to the owners of the shuffling feet:* Doctors of all chairs from universities, representatives of the special orders of the Church, representatives of the whole clergy who have come believing with childlike faith in the word of God as set forth in the Scriptures, who have come to hear Your Holiness, confirm their faith, and Your Holiness is really going to tell them that the Bible can no longer be regarded as the alphabet of truth?

Two Sacristans go to Pope, wash and dry his hands and go back.

THE POPE I will not set myself up against the multiplication table. No!

INQUISITOR Ah, that is what these people say, that it is the multiplication table. Their cry is: "The figures compel us", but where do these figures come from? Plainly they come from doubt. These men question everything. *Two Sacristans carrying surplice come toward the Pope. They are stopped by the Inquisitor.* Can society stand on doubt and not on faith? "Thou art my master, but I doubt whether it is for the best." "This is my neighbour's house and my neighbour's wife, but why shouldn't they belong to me?" After the plague, after the new war, and after the unparalleled disaster of the Reformation, your dwindling flock is looking to its shepherd, and now these worms of mathematicians turn their tubes upon the sky and announce that Your Holiness has not the best advice about the heavens either, up to now your only uncontested sphere of influence. Now that men in ships are venturing on the great oceans, I'm not against that of course, they are putting their faith in a brass bowl they call a compass and not in Almighty God.

Pope rises as two Sacristans put on his surplice and retire.

THE POPE This man is the greatest physicist of our time, he is the life of Italy, and not just any muddle-head.

INQUISITOR Would we otherwise have had to arrest him? *Two*

Sacristans put on Pope's cassock and retire. This bad man knows what he is doing, not writing his books in Latin, but in the jargon of the market-place.

THE POPE That was not in the best of taste. *The shuffling feet worry him.* These shuffling feet are making me nervous.

INQUISITOR May they be more telling than my words, Your Holiness. Shall all these go from you with doubt in their hearts?

Two Sacristans put on the Pope's stole and retire.

2. CONSIDERING THE SCIENTIST'S EUROPEAN ADMIRERS, THE POPE WARNS THE CARDINAL INQUISITOR NOT TO TORTURE GALILEO SHOULD HE RESIST.

THE POPE This man has friends. *Sits.* What about Versailles? What about the Viennese court? They will call Holy Church a cesspool for defunct matters. Keep your hands off him.

INQUISITOR In practice it will never get far. He is a man of the flesh. He would soften at once.

THE POPE He has more enjoyment in himself than any man I ever saw. Loves eating and drinking and thinking to excess. He indulges in thinking-bouts. He cannot say no to an old wine or a new thought. I do not want a condemnation of physical facts. I do not want to hear battle cries, "Church, CHURCH, CHURCH – Reason, REASON, REASON." *Sacristan places ring on Pope's finger and retires.* These shuffling feet are intolerable. Has the whole world come to me?

INQUISITOR Not the whole world, Your Holiness. A gathering of the faithful.

Pope rises as two Sacristans put on his cope and retire.

THE POPE It is clearly understood, he is not to be tortured. *Pause.* At the very most, he may be shown the instruments.

INQUISITOR That will be adequate, Your Holiness. Mr. Galilei understands about machinery.

Two Sacristans put on Pope's mitre and retire.

The eyes of Barberini look helplessly at the Cardinal Inquisitor from under the completely assembled panoply of Pope Urban VIII.

Blackout.

12
JUNE 22, 1633

Enter Singers R2.

SINGERS
June, twenty-second, sixteen thirty-three,
A date momentous for you and me.
Of all the days that was the one
The age of reason could have begun.
Exeunt R2. Curtain opens L to R. Curtain Boy exits R2.

Again the gardens of the Florentine Ambassador at Rome, where Galileo's assistants await the news of the trial. The Little Monk, Federzoni, at bench down L, are attempting to concentrate on a game of chess. Andrea is watching them upstage of bench. Virginia upstage R, kneels praying. Throughout the scene Virginia's voice is heard reciting the Ave Maria.

LITTLE MONK *moving a chess-man:* The Pope didn't even grant him an audience.

FEDERZONI No more scientific discussions.

ANDREA The "Discorsi", the sum of his findings will never be finished. They will kill him.

FEDERZONI *stealing a glance at him:* Do you really think so?

I. ANDREA SARTÌ REJECTS THE RUMOUR THAT GALILEO WILL RECANT.

ANDREA He will never recant.

There is a silence, except for prayer.

LITTLE MONK You know when you lie awake at night how your mind fastens on something. Last night I kept thinking: if only they would let him take his little stone in with him, the appeal-to-reason pebble, that he always carries in his pocket.

FEDERZONI In the room they'll take him to, he won't wear pockets.

ANDREA But he will not recant.

LITTLE MONK How can they beat the truth out of a man who gave his sight to see?

FEDERZONI Maybe they can't.

There is a silence, except for the prayer.

ANDREA *makes a movement as though to go to Virginia. Federzoni stops him.* She is praying that he will recant.

FEDERZONI Leave her alone. She does not know whether she is on her head or her heels since they brought her Father Confessor from Florence.

The Informer of Scene 10 enters R4. Federzoni, Little Monk rise. Little Monk goes to Andrea, Federzoni stays downstage of bench.

INFORMER *coming C:* Mr. Galilei will be here soon. *Virginia stops praying.* He may need a bed.

FEDERZONI Have they let him out?

INFORMER *looking at Federzoni:* Mr. Galilei is expected to recant at five o'clock. As soon as he recants the big bell of St. Marcus will be rung and the complete text of his recantation publicly announced.

ANDREA I do not believe it.

Virginia starts to pray silently.

INFORMER Mr. Galilei will be brought to the garden gate at the back of the house, to avoid the crowds collecting in the street. *Exit R4.*

There is a silence. Virginia's prayer again becomes audible.

ANDREA *shouting above the prayer:* The moon is an earth, because the light of the moon is not her own. Four moons turn around Jupiter, therefore, we are not shut in by crystal shells, the sun is the pivot of our world, therefore, the earth is not the centre. The earth moves, spinning about the sun.

FEDERZONI And he showed us.

LITTLE MONK You cannot make a man unsee what he has seen.

There is a silence except for the prayer. Federzoni goes upstage C, looks off L, then comes back.

FEDERZONI It's five o'clock.

Virginia's praying becomes louder.

ANDREA They are executing the truth.

Andrea, Little Monk put their hands over their ears. A pause, then Federzoni goes upstage C to look at clock again.

FEDERZONI No bell! No bell! And it's after the hour!

Virginia prostrates herself. Little Monk pulls Andrea's hands from his ears.

2. THROUGH A MISTAKE GALILEO'S PUPILS THINK HE HAS RESISTED THE INQUISITION. THEY REJOICE – ENVISIONING A NEW AGE.

LITTLE MONK He hasn't.

Andrea, Little Monk rush to Federzoni.

ANDREA He held true. It is all right. It is all right.

LITTLE MONK He did not recant.

FEDERZONI No.

ANDREA *grabbing Federzoni:* So force cannot accomplish everything. *He turns and grabs hold of the Little Monk.* So stupidity is not invincible. So man is constant in the face of death.

In his relief he pushes the Little Monk into Federzoni's arms, who catches him and returns him to Andrea. Andrea pushes him back once more, this time the Little Monk is pushed into a kneeling position by Federzoni.

FEDERZONI June 22, 1633, the dawn of the age of reason. I wouldn't have wanted to go on living if he had recanted.

LITTLE MONK I didn't say anything, but I confess that I was in agony. *Beating his breast.* Oh, ye of little faith.

ANDREA I was sure. I was sure.

FEDERZONI It would have been as if the dawn had turned into thick night again.

ANDREA As if the mountain said, "I am water."

LITTLE MONK *praying:* "Gloria in excelsis Deo" etc.

ANDREA *through the prayer:* Beaten humanity can lift its head for one man has stood up and said "No".

At this moment the bell of St. Marcus begins to toll. They stand like statues. Virginia rises to her feet.

3. THE PUPILS AWE-STRUCK, HEAR THEIR MASTER'S RECANTATION. THE RELIGIOUS DAUGHTER PRAISES GOD.

VIRGINIA The bell of St. Marcus. He is not damned.

From the street the Town-Crier is heard reading Galileo's recantation.

TOWN-CRIER I, Galileo Galilei, Teacher of Mathematics and Physics, do hereby publicly renounce my teaching that the earth moves. I forswear this teaching with a sincere heart and unfeigned faith, and detest and curse this and all other errors and heresies repugnant to the Holy Scriptures.

The lights dim. The Town-Crier repeats above. When the lights come up again the bell of St. Marcus is petering out. Virginia has gone. Andrea, Federzoni and Little Monk are downstage left by bench.

Galileo enters, he is absolutely changed and almost unrecognisable. He waits some seconds by the door for somebody to greet him. Nobody does. He goes slowly, and because of his bad sight, uncertainly to the bench downstage R. He sits.

ANDREA *who has been watching Galileo:* I can't look at him. *He collapses. Federzoni, Little Monk help him to steps L.* Tell him to go away.

FEDERZONI Steady.

ANDREA *hysterically:* He saved his big gut.

GALILEO Get him some water.

Little Monk crosses to exit, as he passes Galileo refuses to look at him, exits R2.

Galileo sits listening to the voice of the Town-Crier in another street, as the Town-Crier finishes the Little Monk enters R2 carrying glass of water which he takes to Andrea. Andrea refuses it and rises.

ANDREA I can walk ... just help me a little.

Federzoni, Little Monk help him upstage, he stops, turns to Galileo.

4. FACED WITH THE ACCUSATION OF HIS FAVOURITE PUPIL, GALILEO BLAMES THE GENERAL STATE OF THINGS IN ITALY.

ANDREA "Unhappy is the land that breeds no hero."

Federzoni, Little Monk, followed by Andrea, exeunt L4.

GALILEO Incorrect: "Unhappy is the land that needs a hero."

Blackout.

13
1640 (?)

SINGERS
Sixteen thirty-three to sixteen forty-two.
Galileo Galilei is a prisoner of the
Inquisition until his death.
Exeunt R2. Curtain opens L to R. Curtain Boy exits R2.

A country house near Florence. A large room simply furnished. There is a huge table, a leather chair, a globe of the world on a stand. A portion of the adjoining anteroom is visible, and the front door which opens into it. An Official of the Inquisition sits on guard in the anteroom. In the large room Galileo is quietly experimenting with a bent wooden rail and a small ball of wood. He is still vigorous, but almost blind. Virginia comes from the kitchen. She is past forty.

PEASANT I was told to deliver this here.
VIRGINIA I didn't order a goose.
PEASANT I was told to say "From someone who was passing through." *Peasant exits.*
VIRGINIA Someone who was passing through sent you a goose.
GALILEO I'll eat the liver, have it cooked with an apple and an onion.
VIRGINIA *to Informer:* Tell him to cook the liver with some apple and a little onion.
Informer exits.
VIRGINIA You have no business to be doing that with those eyes of yours, father.
GALILEO You may read me some Horace.

1. IN ORDER TO RETAIN HIS MODEST COMFORT, GALILEO ADVISES THE AUTHORITIES HOW TO SUPPRESS THE STARVING WORKING MEN IN THE NEW INDUSTRIES BY REFERRING THEM TO THE BIBLE.

VIRGINIA We should go on with your weekly letter to the Archbishop. Monsignore Carpula to whom we owe so much was all smiles the other day because the Archbishop was so pleased you were collaborating.

GALILEO Where were we?

VIRGINIA *taking dictation:* On paragraph four.

GALILEO Read what you have.

VIRGINIA "The position of the church in the matter of the unrest at Genoa. I agree with the opinion of Cardinal Spoletti in the matter of the unrest among the Venetian rope-makers ..."

GALILEO Yes. *Dictates.* I agree with the opinion of Cardinal Spoletti in the matter of the unrest among the Venetian rope-makers that it is better to distribute good nourishing food in the name of charity than to pay them more for their bell-ropes. It being surely preferable to strengthen their faith than to encourage their acquisitiveness. St. Paul says: "Charity never faileth." – How is that?

VIRGINIA It's beautiful, father.

GALILEO It couldn't be taken as irony?

VIRGINIA No. The Archbishop will like that. It's so practical.

GALILEO I trust your judgment. Read it over slowly.

VIRGINIA "The position of the Curch in the matter of the unrest ..."

There is a knocking at the outside door. Virginia goes into the anteroom. The Official opens the door. It is Andrea.

ANDREA Good evening. I am sorry to call so late. I'm on my way to Holland. I was asked to look him up. May I go in?

VIRGINIA I don't know whether he will see you. You never came.

ANDREA Ask him.

Galileo recognises the voice. He sits motionless. Virginia comes in to Galileo.

GALILEO Is that Andrea?

VIRGINIA Yes. *Pause.* I will send him away.

GALILEO Show him in.

Virginia shows Andrea in. Virginia sits, Andrea remains standing.

ANDREA *cool:* Have you been keeping well, Mr. Galilei?

GALILEO Sit down. What are you doing these days? What are you working on? I heard it was something about hydraulics in Milan.

ANDREA Fabrizius in Amsterdam asked me to visit you and enquire about your health.

GALILEO I am very well.

ANDREA *formally:* I am glad I can report you are in good health.

GALILEO And you might inform Fabrizius that on account of the depth of my repentance, I live in comparative comfort.

2. ON A VISIT, ANDREA SARTI, HIS FAVOURITE PUPIL, TELLS GALILEO ABOUT THE DEVASTATING EFFECT OF GALILEO'S RECANTATION ON THE SCIENTIFIC WORLD.

ANDREA Yes, we understand that the Church is more than pleased with you. Your complete acceptance has made its effect. Not one single paper expounding a new thesis has made its appearance in Italy since your submission.

Pause.

GALILEO Unfortunately, there are countries not under the wing of the Church. Would you not say the erroneous condemned theories are still taught – there?

ANDREA *relentless:* Things are almost at a standstill.

GALILEO Are they? *Pause.* Nothing from Descartes in Paris?

ANDREA Yes. On the news of your recantation, he shelved his treatise on the nature of light.

GALILEO I sometimes worry about my assistants whom I led into error. Have they benefited by my example?

ANDREA In order to work I have to go to Holland.

GALILEO Yes.

ANDREA Federzoni is grinding lenses again, back in some shop.

GALILEO He can't read the books.

Pause.

ANDREA Fulganzio, our little monk, has abandoned research and is resting in peace in the Church.

VIRGINIA Monsignore Carpula is looking forward to my father's complete spiritual recovery.

GALILEO Virginia, leave the room.

Virginia rises uncertainly and goes out.

INFORMER I do not like that man.

VIRGINIA He is safe. He was his pupil so now he is his enemy.

She leaves with the Official.

3. GALILEO, AFTER A VIOLENT STRUGGLE WITHIN HIMSELF, HANDS ANDREA A COPY OF HIS "DISCORSI", HE HAS WRITTEN DEFYING THE INQUISITION.

GALILEO I have something for you, Sarti. As my superiors might put it, I suffer from relapses.
ANDREA I would rather not intrude.
GALILEO I have completed the "Discorsi".
ANDREA You completed what?
GALILEO My "Discorsi".
ANDREA Here!
GALILEO My superiors are most understanding. They know a great vice cannot be cured all at once. I am allowed pen and paper. Of course, they lock my pages away as I dictate them.
ANDREA The "Discorsi" in their hands! Amsterdam, London and Prague are starved for this book.
GALILEO Barberini called it the itch. He was not entirely immune. I wrote the "Discorsi" out during the nights. I suppose it is the height of folly to pass it on. You will find it in the globe – my foolish vanity has prevented me from destroying it up to now. If you are considering taking it, you will shoulder your full share of the risk. If you are searched at the Italian border, you will state that you bought the copy from someone who had access to the original in the hands of the Holy Office.
ANDREA The "Discorsi". *He turns the pages as if wanting to devour them.*
In the background the opening sentence:
"IT IS MY PURPOSE TO SET FORTH A VERY NEW SCIENCE DEALING WITH A VERY ANCIENT SUBJECT – MOTION."
Text disappears.
GALILEO I had to employ my time somehow.
ANDREA This will found a new physics.
GALILEO Yes.
ANDREA And we thought you had deserted. *In a low voice.* Mine has been the loudest voice against you.
GALILEO That would seem to have been proper. I taught you science and I denied the truth.
ANDREA This changes everything.
GALILEO Yes?

4. OVERWHELMED BY THE BOOK, ANDREA RECANTS HIS ACCUSATIONS, AND PRAISES GALILEO'S RECANTATION AS A WISE MOVE, SHOWING THE SCIENTISTS A NEW AND REALISTIC WAY OF DEALING WITH THE AUTHORITIES.

ANDREA You hid the truth from the enemy. In your dealings with the Inquisition, you simply made use of the common sense you brought to physics.

GALILEO Oh!

ANDREA We lost our heads. With the crowd at the street corners we said: "He will die, but he will never surrender!" You came back: "I surrendered but I am alive." We cried: "Your hands are stained!" You say: "Better stained than empty."

GALILEO "Better stained than empty." – New. Sounds realistic. Sounds like me. New science ... new ethics ...

ANDREA I, of all people, should have understood. I was twelve when you sold another man's telescope to the Venetian Senate, and saw you put it to immortal use. Your friends were baffled when you bowed to the Prince of Florence: science gained a wider audience. You always laughed at heroics. "People who suffer bore me", you said. "Misfortunes are due mainly to miscalculations." And "If there are obstacles the shortest line between two points may be the crooked line".

GALILEO I remember.

ANDREA So, when you stooped to recant in 33, I should have understood that you were again about your own business.

GALILEO My business being ...?

ANDREA To write the book that only you could write.

GALILEO There is no such thing as a scientific work that only one man can write!

ANDREA Had you burned at the stake in a blaze of glory, they would have won.

GALILEO They have won.

ANDREA Then why did you recant? Tell me that!

GALILEO I recanted because I was afraid of physical pain.

ANDREA It was not a plan?

GALILEO It was not.

ANDREA The fear of death is human. That is human.

GALILEO Even the Church will teach you that to be weak is not human. It is just bad.

ANDREA Science has only one commandment: contribution. And you have contributed more than any man in a hundred years.

GALILEO Have I? Contributed to whom? Welcome to my gutter, brother scientist and fellow-traitor. I sold out, you are a buyer. The first sight of the book! His mouth watered and the scoldings were drowned. Blessed be our bargaining, whitewashing, death-fearing community!

ANDREA Science is not concerned with our personal weakness.

GALILEO No? My dear Sarti, in spite of my present convictions I may still be able to give you a few pointers as to the concerns of your chosen profession.

5. GALILEO SHOWS HIS FORMER PUPIL HOW TO THINK REALLY SCIENTIFICALLY BY SUBMITTING HIS OWN CASE TO LOGIC; HE EXPLAINS SCIENCE WILL BE CRIPPLED WHEN WITHHELD FROM THE PEOPLE.

Virginia carrying platter enters R2 and comes to bottom of steps. In my spare time, I happen to have gone over this case. I have spare time. Even a man who sells wool, however good he is at buying wool cheap and selling it dear, must be concerned with the standing of the wool trade. The practice of science would seem to call for valour. She trades in knowledge, which is the product of doubt. And this new art of doubt enchanted the public. The plight of the multitude is old as the rocks, and is taught to be basic as the rocks. But now they had learned of doubt. They snatched the telescopes out of our hands and had them trained on their tormentors, prince, official, public moralist. The mechanism of the heavens was clearer, the mechanism of their courts was still murky. The battle to measure the heavens is won by doubt; by credulity the Roman housewife's battle for milk will always be lost. Word is passed down that this is no concern to the scientist who is told he will only release such of his findings as do not disturb the peace. Does not this commonly reduce itself to the peace of mind of the well-to-do? Threats and bribes fill the air. Can the scientist hold out on the numbers? For what reason do you labour? I take it the intent of science is to ease up human existence. If you give way to coercion, science can be crippled. Your new machines may simply suggest new drudgeries. You may in time discover all there is to be discovered, but if you yield to coercion your progress must be a progress away from the bulk of humanity. The gulf between you and humanity might even grow so wide that the sound of your cheering at some new achievement could be echoed by a universal howl of horror. As a scientist I had an almost unique opportunity. In my day astronomy emerged into the market-places. At that particular time, had one man put up a fight, it would have had wide repercussions. I have formed the opinion, Sarti, that I was never in real danger; for some years I was as strong as the authorities, and I surrendered my knowledge to the powers that be, to use it, abuse it, just as it suits their ends. I have betrayed my profession. Any man who does what I have done must not be tolerated in the ranks of science.

VIRGINIA *who has stood motionless:* You are accepted in the ranks of the faithful, father.

6. TURNING TO HIS SUPPER, GALILEO MENTIONS THE TERRIBLENESS OF TIMES OF CHANGE. WHEN ANDREA LEAVES, GALILEO DOES NOT ALLOW HIM TO SHAKE HIS HAND, SINCE IT IS THE HAND OF A TRAITOR TO SCIENCE.

GALILEO *sees her:* Correct. I have to eat now.

VIRGINIA We lock up at eight.

ANDREA I am glad I came. *He extends his hand.*

GALILEO You are teaching others now, huh? Can you afford to take such a hand as mine? – *He goes over to the table.* Somebody who was passing through today, sent me a goose. I still enjoy eating.

ANDREA And your opinion now is that the new age was an illusion?

GALILEO Well – this age of ours turned out to be a whore, spattered with blood. Maybe new ages look like blood-spattered whores. Take care of yourself.

ANDREA *unable to go:* With reference to your evaluation of the author in question, I do not know the answer. But I cannot think that your savage analysis is the last word.

GALILEO Good night. *Andrea exits. Eating.* How is the night?

VIRGINIA *at the window:* Bright. *She exits up right platform. Galileo continues eating.*

SINGERS

And, good folks, that was the end:
The Great Book over the border went.
But we hope you keep in mind
He and I were left behind.

GALILEO

May you now guard science's light
Kindle it and use it right
Lest it be a flame to fall
Downward to consume us all.
Act curtain.

[ANHANG]

[Deutsche Fassung einer 14. Szene zu »Galileo«]

14

1637. GALILEIS BUCH »DISCORSI« ÜBERSCHREITET DIE ITALIENISCHE GRENZE.

Vor einer kleinen italienischen Grenzstadt früh am Morgen. Andrea hockt auf einer seiner Kisten am Schlagbaum der Grenzstation und liest in Galileis Buch. Das Fenster eines kleinen Hauses links ist noch beleuchtet und aus ihm fällt ein großer grotesker Schatten auf die gegenüberliegende Hauswand. Vorübergehende Kinder sehen ihn und deuten auf das kleine Haus.

DIE KINDER *singen:*

Eins, zwei, drei, vier, fünf, sechs
Die alte Marina ist eine Hex.
Sie reitet auf einem Besenstiel
Und scheißet auf den Campanil.

DER GRENZWÄCHTER *zu Andrea:* Warum verlassen Sie Italien?

ANDREA Ich bin Gelehrter.

DER GRENZWÄCHTER *zu seinem Schreiber:* Schreib unter »Ausreisegrund«: Gelehrter. *Deutet auf die Kisten.* Hast du in den Büchern etwas über Religion oder Politik gefunden?

DER SCHREIBER Nein. Sie sind über Mathematik.

DER GRENZWÄCHTER Mathematika ist in Ordnung. *Da Andrea etwas erstaunt von seinem Buch aufblickt.* Entschuldigen Sie die Genauigkeit, mein Herr. Erst gestern haben wir einen mit Schriften erwischt, die von allergrößter Bedeutung waren. Politisch! Gedulden Sie sich einige Minuten, und Sie bekommen Ihren Stempel, Herr. *Mit dem Schreiber ab nach rechts. Inzwischen hat eine Beratung der Kinder stattgefunden. Andrea beobachtet verstohlen, wie, von den andern geschickt, ein Junge auf das kleine Haus links zuschleicht und den Milchkrug wegnimmt, der vor der Tür steht.*

ANDREA Was machst du mit der Milch?

DER JUNGE *ertappt stehenbleibend:* Die Marina ist eine Hexe.

Die andern Kinder rennen weg.

EINES DER ANDERN KINDER Lauf, Paolo!

ANDREA Und weil sie eine Hexe ist, soll sie keine Milch haben, ist es so?

DER JUNGE Ja, Herr.

ANDREA Und woher weißt du, daß sie eine Hexe ist?

DER JUNGE *auf die Hauswand rechts zeigend:* Sehen Sie selbst!

ANDREA Ich sehe.

DER JUNGE Und sie reitet nachts auf einem Besenstiel. Und sie hat dem Kutscher die Gäule verhext. Luigi hat selber durch das Loch im Stalldach, das der Schneesturm gerissen hat, hineingeschaut und gehört wie sie gehustet haben.

ANDREA So. Wie groß war das Loch im Stalldach?

DER JUNGE Weiß nicht.

ANDREA Ich frage, weil die Gäule vielleicht krank sind wegen der Kälte im Stall. Frag Luigi, wie groß das Loch ist, willst du?

DER JUNGE Meinen Sie, sie ist gar keine Hexe, Herr?

ANDREA Woher soll ich das wissen, Paolo? Ich habe es nicht untersucht. Was man nicht untersucht hat, kann man nicht wissen.

DER JUNGE Nein. Aber das da! *Zeigt auf den Schatten.* Sie braut was Giftiges.

ANDREA Untersuchen wir es. *Steht auf. Der Junge stellt den Krug nieder und folgt ihm zum Fenster. Andrea hebt ihn hoch, daß er hineinsehen kann.* Was siehst du?

DER JUNGE Sie kocht Hirse.

ANDREA Das wäre nichts Schlimmes, wie? Und jetzt schau auf ihren Schatten, Paolo.

DER JUNGE *blickt zurück und vergleicht:* Das Große ist der Löffel.

ANDREA Ah, ein Löffel! Ich dachte, ein Besenstiel. Aber, natürlich, ich habe die Sache nicht untersucht wie du, Paolo. *Er setzt ihn nieder.*

DER GRENZWÄCHTER *mit seinem Schreiber zurückkommend:* Hier ist Ihr Stempel. Glück auf die Reise!

Andrea geht, wieder in seinem Buch lesend, über die Grenze, nachdem der Schlagbaum sich geöffnet hat. Der Schreiber trägt ihm die Kisten nach.

Andrea, jenseits des Schlagbaums, wendet sich nocheinmal um

nach dem Jungen und deutet auf den Milchkrug. Der Junge trägt ihn grinsend zurück vor die Tür.
ANDREA Sag es den andern auch, Paolo!

[Amerikanische Fassung einer 14. Szene]

14
1637. GALILEO'S GREAT BOOK THE DISCORSI LEAVES ITALY.

The great book o'er the border went
And, good folk, that was the end.
But we hope you'll keep in mind
You and I were left behind.

Before a little Italian custom house early in the morning. Andrea sits upon one of his traveling trunks at the barrier and reads Galileo's book. The window of a small house is still lit, and a big grotesque shadow, like an old witch and her cauldron, falls upon the house wall beyond. Barefoot Children in rags see it and point to the little house.

CHILDREN *singing:*
One, two, three, four, five, six,
Old Marina is a witch.
At night, on a broomstick she sits
And on the church steeple she spits.

CUSTOMS OFFICER *to Andrea:* Why are you making this journey?
ANDREA I am a scholar.
CUSTOMS OFFICER *to his Clerk:* Put down under "reason for leaving the country": Scholar. *He points to the baggage.* Books! Anything dangerous in these books?
ANDREA What is dangerous?
CUSTOMS OFFICER Religion. Politics.
ANDREA These are nothing but mathematical formulas.
CUSTOMS OFFICER What's that?
ANDREA Figures.
CUSTOMS OFFICER Oh, figures. No harm in figures. Just wait a

minute, Sir, we will soon have your papers stamped. *He exits with Clerk.*

Meanwhile, a little council of war among the Children has taken place. Andrea quietly watches. One of the Boys, pushed forward by the others, creeps up to the little house from which the shadow comes, and takes the jug of milk on the doorstep.

ANDREA *quietly:* What are you doing with that milk?

BOY *stopping in mid-movement:* She is a witch.

The other Children run away behind the custom house. One of them shouts, "Run, Paolo!"

ANDREA Hmm! – And because she is a witch she mustn't have milk. Is that the idea?

BOY Yes.

ANDREA And how do you know she is a witch?

BOY *points to shadow on house wall:* Look!

ANDREA Oh! I see.

BOY And she rides on a broomstick at night – and she bewitches the coachman's horses. My cousin Luigi looked through the hole in the stable roof, that the snow storm made, and heard the horses coughing something terrible.

ANDREA Oh! – How big was the hole in the stable roof?

BOY Luigi didn't tell. Why?

ANDREA I was asking because maybe the horses got sick because it was cold in the stable. You had better ask Luigi how big that hole is.

BOY You are not going to say Old Marina isn't a witch, because you can't.

ANDREA No, I can't say she isn't a witch. I haven't looked into it. A man can't know about a thing he hasn't looked into, or can he?

BOY No! – but THAT! *He points to the shadow.* She is stirring hell-broth.

ANDREA Let's see. Do you want to take a look? I can lift you up.

BOY You lift me to the window, mister! *He takes a sling shot out of his pocket.* I can really bash her from there.

ANDREA Hadn't we better make sure she is a witch before we shoot? I'll hold that.

The Boy puts the milk jug down and follows him reluctantly to the window.

ANDREA *lifts the boy up so that he can look in:* What do you see?

BOY *slowly:* Just an old girl cooking porridge.

ANDREA Oh! Nothing to it then. Now look at her shadow, Paolo.

The Boy looks over his shoulder and back and compares the reality and the shadow.

BOY The big thing is a soup ladle.

ANDREA Ah! A ladle! You see, I would have taken it for a broomstick, but I haven't looked into the matter as you have, Paolo. Here is your sling.

CUSTOMS OFFICER *returning with the Clerk and handing Andrea his papers:* All present and correct. Good luck, Sir.

ANDREA *goes, reading Galileo's book. The Clerk starts to bring his baggage after him. The barrier rises. Andrea passes through, still reading the book. The Boy kicks over the milk jug.*

BOY *shouting after Andrea:* She is a witch! She is a witch!

ANDREA You saw with your own eyes: think it over!

The Boy joins the others.

CHILDREN *singing:*

One, two, three, four, five, six,
Old Marina is a witch.
At night, on a broomstick she sits
And on the Church steeple she spits.

The Customs Officers laugh. Andrea goes.

Leben des Galilei

Schauspiel

[Fassung 1955/56]

Mitarbeiter: Margarete Steffin

Personen

Galileo Galilei · Andrea Sarti · Frau Sarti, Galileis Haushälterin, Andreas Mutter · Ludovico Marsili, ein reicher junger Mann · Der Kurator der Universität Padua, Herr Priuli · Sagredo, Galileis Freund · Virginia, Galileis Tochter · Federzoni, ein Linsenschleifer, Galileis Mitarbeiter · Der Doge · Ratsherren · Cosmo de Medici, Großherzog von Florenz · Der Hofmarschall · Der Theologe · Der Philosoph · Der Mathematiker · Die ältere Hofdame · Die jüngere Hofdame · Großherzoglicher Lakai · Zwei Nonnen · Zwei Soldaten · Die alte Frau · Ein dicker Prälat · Zwei Gelehrte · Zwei Mönche · Zwei Astronomen · Ein sehr dünner Mönch · Der sehr alte Kardinal · Pater Christopher Clavius, Astronom · Der kleine Mönch · Der Kardinal Inquisitor · Kardinal Barberini, später Papst Urban VIII. · Kardinal Bellarmin · Zwei geistliche Sekretäre · Zwei junge Damen · Filippo Mucius, ein Gelehrter · Herr Gaffone, Rektor der Universität Pisa · Der Balladensänger · Seine Frau · Vanni, ein Eisengießer · Ein Beamter · Ein hoher Beamter · Ein Individuum · Ein Mönch · Ein Bauer · Ein Grenzwächter · Ein Schreiber · Männer, Frauen, Kinder

1

Galileo Galilei, Lehrer der Mathematik zu Padua, will das neue kopernikanische Weltsystem beweisen

In dem Jahr sechzehnhundertundneun
Schien das Licht des Wissens hell
Zu Padua aus einem kleinen Haus.
Galileo Galilei rechnete aus:
Die Sonn steht still, die Erd kommt von der Stell.

Das ärmliche Studierzimmer des Galilei in Padua. Es ist morgens. Ein Knabe, Andrea, der Sohn der Haushälterin, bringt ein Glas Milch und einen Wecken.

GALILEI *sich den Oberkörper waschend, prustend und fröhlich:* Stell die Milch auf den Tisch, aber klapp kein Buch zu.

ANDREA Mutter sagt, wir müssen den Milchmann bezahlen. Sonst macht er bald einen Kreis um unser Haus, Herr Galilei.

GALILEI Es heißt: er beschreibt einen Kreis, Andrea.

ANDREA Wie Sie wollen. Wenn wir nicht bezahlen, dann beschreibt er einen Kreis um uns, Herr Galilei.

GALILEI Während der Gerichtsvollzieher, Herr Cambione, schnurgerade auf uns zu kommt, indem er was für eine Strecke zwischen zwei Punkten wählt?

ANDREA *grinsend:* Die kürzeste.

GALILEI Gut. Ich habe was für dich. Sieh hinter den Sterntafeln nach.

Andrea fischt hinter den Sterntafeln ein großes hölzernes Modell des ptolemäischen Systems hervor.

ANDREA Was ist das?

GALILEI Das ist ein Astrolab; das Ding zeigt, wie sich die Gestirne um die Erde bewegen, nach Ansicht der Alten.

ANDREA Wie?

GALILEI Untersuchen wir es. Zuerst das erste: Beschreibung.

ANDREA In der Mitte ist ein kleiner Stein.

GALILEI Das ist die Erde.

ANDREA Drum herum sind, immer übereinander, Schalen.

GALILEI Wie viele?

ANDREA Acht.

GALILEI Das sind die kristallnen Sphären.

ANDREA Auf den Schalen sind Kugeln angemacht ...

GALILEI Die Gestirne.

ANDREA Da sind Bänder, auf die sind Wörter gemalt.

GALILEI Was für Wörter?

ANDREA Sternnamen.

GALILEI Als wie?

ANDREA Die unterste Kugel ist der Mond, steht drauf. Und darüber ist die Sonne.

GALILEI Und jetzt laß die Sonne laufen.

ANDREA *bewegt die Schalen:* Das ist schön. Aber wir sind so eingekapselt.

GALILEI *sich abtrocknend:* Ja, das fühlte ich auch, als ich das Ding zum ersten Mal sah. Einige fühlen das. *Er wirft Andrea das Handtuch zu, daß er ihm den Rücken abreibe.* Mauern und Schalen und Unbeweglichkeit! Durch zweitausend Jahre glaubte die Menschheit, daß die Sonne und alle Gestirne des Himmels sich um sie drehten. Der Papst, die Kardinäle, die Fürsten, die Gelehrten, Kapitäne, Kaufleute, Fischweiber und Schulkinder glaubten, unbeweglich in dieser kristallenen Kugel zu sitzen. Aber jetzt fahren wir heraus, Andrea, in großer Fahrt. Denn die alte Zeit ist herum, und es ist eine neue Zeit. Seit hundert Jahren ist es, als erwartete die Menschheit etwas.

Die Städte sind eng, und so sind die Köpfe. Aberglauben und Pest. Aber jetzt heißt es: da es so ist, bleibt es nicht so. Denn alles bewegt sich, mein Freund.

Ich denke gerne, daß es mit den Schiffen anfing. Seit Menschengedenken waren sie nur an den Küsten entlang gekrochen, aber plötzlich verließen sie die Küsten und liefen aus über alle Meere.

Auf unserm alten Kontinent ist ein Gerücht entstanden: es gibt neue Kontinente. Und seit unsere Schiffe zu ihnen fahren, spricht es sich auf den lachenden Kontinenten herum: das große gefürchtete Meer ist ein kleines Wasser. Und es ist eine große Lust aufgekommen, die Ursachen aller Dinge zu erforschen: warum der Stein fällt, den man losläßt, und wie er steigt, wenn man ihn hochwirft. Jeden Tag wird etwas gefunden. Selbst die Hundertjährigen lassen sich noch von den Jungen ins Ohr schreien, was Neues entdeckt wurde.

Da ist schon viel gefunden, aber da ist mehr, was noch gefunden werden kann. Und so gibt es wieder zu tun für neue Geschlechter.
In Siena, als junger Mensch, sah ich, wie ein paar Bauleute eine tausendjährige Gepflogenheit, Granitblöcke zu bewegen, durch eine neue und zweckmäßigere Anordnung der Seile ersetzten, nach einem Disput von fünf Minuten. Da und dann wußte ich: die alte Zeit ist herum, und es ist eine neue Zeit. Bald wird die Menschheit Bescheid wissen über ihre Wohnstätte, den Himmelskörper, auf dem sie haust. Was in den alten Büchern steht, das genügt ihr nicht mehr.
Denn wo der Glaube tausend Jahre gesessen hat, eben da sitzt jetzt der Zweifel. Alle Welt sagt: ja, das steht in den Büchern, aber laßt uns jetzt selbst sehn. Den gefeiertsten Wahrheiten wird auf die Schulter geklopft; was nie bezweifelt wurde, das wird jetzt bezweifelt.
Dadurch ist eine Zugluft entstanden, welche sogar den Fürsten und Prälaten die goldbestickten Röcke lüftet, so daß fette und dürre Beine darunter sichtbar werden, Beine wie unsere Beine. Die Himmel, hat es sich herausgestellt, sind leer. Darüber ist ein fröhliches Gelächter entstanden.
Aber das Wasser der Erde treibt die neuen Spinnrocken, und auf den Schiffswerften, in den Seil- und Segelhäusern regen sich fünfhundert Hände zugleich in einer neuen Anordnung.
Ich sage voraus, daß noch zu unsern Lebzeiten auf den Märkten von Astronomie gesprochen werden wird. Selbst die Söhne der Fischweiber werden in die Schulen laufen. Denn es wird diesen neuerungssüchtigen Menschen unserer Städte gefallen, daß eine neue Astronomie nun auch die Erde sich bewegen läßt. Es hat immer geheißen, die Gestirne sind an einem kristallenen Gewölbe angeheftet, daß sie nicht herunterfallen können. Jetzt haben wir Mut gefaßt und lassen sie im Freien schweben, ohne Halt, und sie sind in großer Fahrt, gleich unseren Schiffen, ohne Halt und in großer Fahrt.
Und die Erde rollt fröhlich um die Sonne, und die Fischweiber, Kaufleute, Fürsten und die Kardinäle und sogar der Papst rollen mit ihr.
Das Weltall aber hat über Nacht seinen Mittelpunkt verloren, und am Morgen hatte es deren unzählige. So daß jetzt jeder als

Mittelpunkt angesehen wird und keiner. Denn da ist viel Platz plötzlich.
Unsere Schiffe fahren weit hinaus, unsere Gestirne bewegen sich weit im Raum herum, selbst im Schachspiel die Türme gehen neuerdings weit über alle Felder.
Wie sagt der Dichter? »O früher Morgen des Beginnens! ...«

ANDREA
»O früher Morgen des Beginnens!
O Hauch des Windes, der
Von neuen Küsten kommt!«
Und Sie müssen Ihre Milch trinken, denn dann kommen sofort wieder Leute.

GALILEI Hast du, was ich dir gestern sagte, inzwischen begriffen?

ANDREA Was? Das mit dem Kippernikus seinem Drehen?

GALILEI Ja.

ANDREA Nein. Warum wollen Sie denn, daß ich es begreife? Es ist sehr schwer, und ich bin im Oktober erst elf.

GALILEI Ich will gerade, daß auch du es begreifst. Dazu, daß man es begreift, arbeite ich und kaufe die teuren Bücher, statt den Milchmann zu bezahlen.

ANDREA Aber ich sehe doch, daß die Sonne abends woanders hält als morgens. Da kann sie doch nicht stillstehn! Nie und nimmer.

GALILEI Du siehst! Was siehst du? Du siehst gar nichts. Du glotzt nur. Glotzen ist nicht sehen. *Er stellt den eisernen Waschschüsselständer in die Mitte des Zimmers.* Also das ist die Sonne. Setz dich. *Andrea setzt sich auf den einen Stuhl. Galilei steht hinter ihm.* Wo ist die Sonne, rechts oder links?

ANDREA Links.

GALILEI Und wie kommt sie nach rechts?

ANDREA Wenn Sie sie nach rechts tragen, natürlich.

GALILEI Nur so? *Er nimmt ihn mitsamt dem Stuhl auf und vollführt mit ihm eine halbe Drehung.* Wo ist jetzt die Sonne?

ANDREA Rechts.

GALILEI Und hat sie sich bewegt?

ANDREA Das nicht.

GALILEI Was hat sich bewegt?

ANDREA Ich.

GALILEI *brüllt:* Falsch! Dummkopf! Der Stuhl!

ANDREA Aber ich mit ihm!

GALILEI Natürlich. Der Stuhl ist die Erde. Du sitzt drauf.

FRAU SARTI *ist eingetreten, das Bett zu machen. Sie hat zugeschaut:* Was machen Sie eigentlich mit meinem Jungen, Herr Galilei?

GALILEI Ich lehre ihn sehen, Sarti.

FRAU SARTI Indem Sie ihn im Zimmer herumschleppen?

ANDREA Laß doch, Mutter. Das verstehst du nicht.

FRAU SARTI So? Aber du verstehst es, wie? Ein junger Herr, der Unterricht wünscht. Sehr gut angezogen und bringt einen Empfehlungsbrief. *Übergibt diesen.* Sie bringen meinen Andrea noch so weit, daß er behauptet, zwei mal zwei ist fünf. Er verwechselt schon alles, was Sie ihm sagen. Gestern abend bewies er mir schon, daß die Erde sich um die Sonne dreht. Er ist fest überzeugt, daß ein Herr namens Kippernikus das ausgerechnet hat.

ANDREA Hat es der Kippernikus nicht ausgerechnet, Herr Galilei? Sagen Sie es ihr selber!

FRAU SARTI Was, Sie sagen ihm wirklich einen solchen Unsinn? Daß er es in der Schule herumplappert und die geistlichen Herren zu mir kommen, weil er lauter unheiliges Zeug vorbringt. Sie sollten sich schämen, Herr Galilei.

GALILEI *frühstückend:* Auf Grund unserer Forschungen, Frau Sarti, haben, nach heftigem Disput, Andrea und ich Entdekkungen gemacht, die wir nicht länger der Welt gegenüber geheimhalten können. Eine neue Zeit ist angebrochen, ein großes Zeitalter, in dem zu leben eine Lust ist.

FRAU SARTI So. Hoffentlich können wir auch den Milchmann bezahlen in dieser neuen Zeit, Herr Galilei. *Auf den Empfehlungsbrief deutend.* Tun Sie mir den einzigen Gefallen und schicken Sie den nicht auch wieder weg. Ich denke an die Milchrechnung. *Ab.*

GALILEI *lachend:* Lassen Sie mich wenigstens meine Milch austrinken! – *Zu Andrea:* Einiges haben wir gestern also doch verstanden!

ANDREA Ich habe es ihr nur gesagt, damit sie sich wundert. Aber es stimmt nicht. Den Stuhl mit mir haben Sie nur seitwärts um sich selber gedreht und nicht so. *Macht eine Armbewegung vornüber.* Sonst wäre ich nämlich heruntergefallen, und das ist ein Fakt. Warum haben Sie den Stuhl nicht vorwärts gedreht? Weil dann bewiesen ist, daß ich von der Erde ebenfalls herunterfallen würde, wenn sie sich so drehen würde. Da haben Sie's.

GALILEI Ich hab dir doch bewiesen ...

ANDREA Aber heute nacht habe ich gefunden, daß ich da ja, wenn die Erde sich so drehen würde, mit dem Kopf die Nacht nach unten hängen würde. Und das ist ein Fakt.

GALILEI *nimmt einen Apfel vom Tisch:* Also das ist die Erde.

ANDREA Nehmen Sie nicht lauter solche Beispiele, Herr Galilei. Damit schaffen Sie's immer.

GALILEI *den Apfel zurücklegend:* Schön.

ANDREA Mit Beispielen kann man es immer schaffen, wenn man schlau ist. Nur, ich kann meine Mutter nicht in einem Stuhl herumschleppen wie Sie mich. Da sehen Sie, was das für ein schlechtes Beispiel ist. Und was ist, wenn der Apfel also die Erde ist? Dann ist gar nichts.

GALILEI *lacht:* Du willst es ja nicht wissen.

ANDREA Nehmen Sie ihn wieder. Wieso hänge ich nicht mit dem Kopf nach unten nachts?

GALILEI Also hier ist die Erde, und hier stehst du. *Er steckt einen Holzsplitter von einem Ofenscheit in den Apfel.* Und jetzt dreht sich die Erde.

ANDREA Und jetzt hänge ich mit dem Kopf nach unten.

GALILEI Wieso? Schau genau hin! Wo ist der Kopf?

ANDREA *zeigt am Apfel:* Da. Unten.

GALILEI Was? *Er dreht zurück.* Ist er etwa nicht an der gleichen Stelle? Sind die Füße nicht mehr unten? Stehst du etwa, wenn ich drehe, so? *Er nimmt den Splitter heraus und dreht ihn um.*

ANDREA Nein. Und warum merke ich nichts von der Drehung?

GALILEI Weil du sie mitmachst! Du und die Luft über dir und alles, was auf der Kugel ist.

ANDREA Und warum sieht es so aus, als ob die Sonne läuft?

GALILEI *dreht wieder den Apfel mit dem Splitter:* Also unter dir siehst du die Erde, die bleibt gleich, sie ist immer unten und bewegt sich für dich nicht. Aber jetzt schau über dich. Nun ist die Lampe über deinem Kopf, aber jetzt, was ist jetzt, wenn ich gedreht habe, über deinem Kopf, also oben?

ANDREA *macht die Drehung mit:* Der Ofen.

GALILEI Und wo ist die Lampe?

ANDREA Unten.

GALILEI Aha!

ANDREA Das ist fein, das wird sie wundern.

Ludovico Marsili, ein reicher junger Mann, tritt ein.

GALILEI Hier geht es zu wie in einem Taubenschlag.

LUDOVICO Guten Morgen, Herr. Mein Name ist Ludovico Marsili.

GALILEI *seinen Empfehlungsbrief studierend:* Sie waren in Holland?

LUDOVICO Wo ich viel von Ihnen hörte, Herr Galilei.

GALILEI Ihre Familie besitzt Güter in der Campagna?

LUDOVICO Die Mutter wünschte, daß ich mich ein wenig umsähe, was in der Welt sich zuträgt und so weiter.

GALILEI Und Sie hörten in Holland, daß in Italien zum Beispiel ich mich zutrage?

LUDOVICO Und da die Mutter wünscht, daß ich mich auch in den Wissenschaften umsehe ...

GALILEI Privatunterricht: 10 Skudi pro Monat.

LUDOVICO Sehr wohl, Herr.

GALILEI Was sind Ihre Interessen?

LUDOVICO Pferde.

GALILEI Aha.

LUDOVICO Ich habe keinen Kopf für die Wissenschaften, Herr Galilei.

GALILEI Aha. Unter diesen Umständen sind es 15 Skudi pro Monat.

LUDOVICO Sehr wohl, Herr Galilei.

GALILEI Ich werde Sie in der Frühe drannehmen müssen. Es wird auf deine Kosten gehen, Andrea. Du fällst natürlich dann aus. Du verstehst, du zahlst nichts.

ANDREA Ich geh schon. Kann ich den Apfel mithaben?

GALILEI Ja.

Andrea ab.

LUDOVICO Sie werden Geduld mit mir haben müssen. Hauptsächlich weil es in den Wissenschaften immer anders ist, als der gesunde Menschenverstand einem sagt. Nehmen Sie zum Beispiel dieses komische Rohr, das sie in Amsterdam verkaufen. Ich habe es genau untersucht. Eine Hülse aus grünem Leder und zwei Linsen, eine so *er deutet eine konkave Linse an*, eine so *er deutet eine konvexe Linse an.* Ich höre, eine vergrößert und eine verkleinert. Jeder vernünftige Mensch würde denken, sie gleichen einander aus. Falsch. Man sieht alles fünfmal so groß durch das Ding. Das ist Ihre Wissenschaft.

GALILEI Was sieht man fünfmal so groß?

LUDOVICO Kirchturmspitzen, Tauben; alles, was weit weg ist.

GALILEI Haben Sie solche Kirchturmspitzen selber vergrößert gesehen?

LUDOVICO Jawohl, Herr.

GALILEI Und das Rohr hatte zwei Linsen? *Er macht auf einem Blatt eine Skizze.* Sah es so aus? *Ludovico nickt.* Wie alt ist die Erfindung?

LUDOVICO Ich glaube, sie war nicht älter als ein paar Tage, als ich Holland verließ, jedenfalls nicht länger auf dem Markt.

GALILEI *beinahe freundlich:* Und warum muß es Physik sein? Warum nicht Pferdezucht?

Herein Frau Sarti, von Galilei unbemerkt.

LUDOVICO Die Mutter meint, ein wenig Wissenschaft ist nötig. Alle Welt nimmt ihren Wein heutzutage mit Wissenschaft, wissen Sie.

GALILEI Sie könnten ebensogut eine tote Sprache wählen oder Theologie. Das ist leichter. *Sieht Frau Sarti.* Gut, kommen Sie Dienstag morgen.

Ludovico geht.

GALILEI Schau mich nicht so an. Ich habe ihn genommen.

FRAU SARTI Weil du mich zur rechten Zeit gesehen hast. Der Kurator von der Universität ist draußen.

GALILEI Den bring herein, der ist wichtig. Das sind vielleicht 500 Skudi. Dann brauche ich keine Schüler.

Frau Sarti bringt den Kurator herein. Galilei hat sich vollends angezogen, dabei Ziffern auf einen Zettel kritzelnd.

GALILEI Guten Morgen, leihen Sie mir einen halben Skudo. *Gibt die Münze, die der Kurator aus dem Beutelchen fischt, der Sarti.* Sarti, schicken Sie Andrea zum Brillenmacher um zwei Linsen; hier sind die Maße.

Sarti ab mit dem Zettel.

DER KURATOR Ich komme betreffs Ihres Ansuchens um Erhöhung des Gehalts auf 1000 Skudi. Ich kann es bei der Universität leider nicht befürworten. Sie wissen, mathematische Kollegien bringen der Universität nun einmal keinen Zustrom. Mathematik ist eine brotlose Kunst, sozusagen. Nicht als ob die Republik sie nicht über alles schätzte. Sie ist nicht so nötig wie die Philosophie, noch so nützlich wie die Theologie, aber sie verschafft den Kennern doch so unendliche Genüsse!

GALILEI *über seinen Papieren:* Mein lieber Mann, ich kann nicht auskommen mit 500 Skudi.

DER KURATOR Aber, Herr Galilei, Sie lesen zweimal zwei Stunden in der Woche. Ihr außerordentlicher Ruf verschafft Ihnen sicher Schüler in beliebiger Menge, die zahlen können für Privatstunden. Haben Sie keine Privatschüler?

GALILEI Herr, ich habe zu viele! Ich lehre und lehre, und wann soll ich lernen? Mann Gottes, ich bin nicht so siebengescheit wie die Herren von der philosophischen Fakultät. Ich bin dumm. Ich verstehe rein gar nichts. Ich bin also gezwungen, die Löcher in meinem Wissen auszustopfen. Und wann soll ich das tun? Wann soll ich forschen? Herr, meine Wissenschaft ist noch wißbegierig! Über die größten Probleme haben wir heute noch nichts als Hypothesen. Aber wir verlangen Beweise von uns. Und wie soll ich da weiterkommen, wenn ich, um meinen Haushalt in Gang zu halten, gezwungen bin, jedem Wasserkopf, der es bezahlen kann, einzutrichtern, daß die Parallelen sich im Unendlichen schneiden?

DER KURATOR Vergessen Sie nicht ganz, daß die Republik vielleicht nicht so viel bezahlt, wie gewisse Fürsten bezahlen, daß sie aber die Freiheit der Forschung garantiert. Wir in Padua lassen sogar Protestanten als Hörer zu! Und wir verleihen ihnen den Doktorgrad. Herrn Cremonini haben wir nicht nur nicht an die Inquisition ausgeliefert, als man uns bewies, bewies, Herr Galilei, daß er irreligiöse Äußerungen tut, sondern wir haben ihm sogar eine Gehaltserhöhung bewilligt. Bis nach Holland weiß man, daß Venedig die Republik ist, in der die Inquisition nichts zu sagen hat. Und das ist einiges wert für Sie, der Sie Astronom sind, also in einem Fach tätig, wo seit geraumer Zeit die Lehre der Kirche nicht mehr mit dem schuldigen Respekt geachtet wird!

GALILEI Herrn Giordano Bruno haben Sie von hier nach Rom ausgeliefert. Weil er die Lehre des Kopernikus verbreitete.

DER KURATOR Nicht, weil er die Lehre des Herrn Kopernikus verbreitete, die übrigens falsch ist, sondern weil er kein Venezianer war und auch keine Anstellung hier hatte. Sie können den Verbrannten also aus dem Spiele lassen. Nebenbei, bei aller Freiheit ist es doch rätlich, einen solchen Namen, auf dem der ausdrückliche Fluch der Kirche ruht, nicht so sehr laut in alle Winde zu rufen, auch hier nicht, ja, nicht einmal hier.

GALILEI Euer Schutz der Gedankenfreiheit ist ein ganz gutes Geschäft, wie? Indem ihr darauf verweist, daß woanders die Inquisition herrscht und brennt, kriegt ihr hier billig gute Lehrkräfte. Den Schutz vor der Inquisition laßt ihr euch damit vergüten, daß ihr die schlechtesten Gehälter zahlt.

DER KURATOR Ungerecht! Ungerecht! Was würde es Ihnen schon nützen, beliebig viel freie Zeit zur Forschung zu haben, wenn jeder beliebige ungebildete Mönch der Inquisition Ihre Gedanken einfach verbieten könnte? Keine Rose ohne Dornen, keine Fürsten ohne Mönche, Herr Galilei!

GALILEI Und was nützt freie Forschung ohne freie Zeit zu forschen? Was geschieht mit den Ergebnissen? Vielleicht zeigen Sie den Herren von der Signoria einmal diese Untersuchungen über die Fallgesetze *er weist auf ein Bündel Manuskripte* und fragen sie, ob das nicht ein paar Skudi mehr wert ist!

DER KURATOR Es ist unendlich viel mehr wert, Herr Galilei.

GALILEI Nicht unendlich viel mehr wert, sondern 500 Skudi mehr, Herr.

DER KURATOR Skudi wert ist nur, was Skudi bringt. Wenn Sie Geld haben wollen, müssen Sie etwas anderes vorzeigen. Sie können für das Wissen, das Sie verkaufen, nur so viel verlangen, als es dem, der es Ihnen abkauft, einbringt. Die Philosophie zum Beispiel, die Herr Colombe in Florenz verkauft, bringt dem Fürsten mindestens 10000 Skudi im Jahr ein. Ihre Fallgesetze haben Staub aufgewirbelt, gewiß. Man klatscht Ihnen Beifall in Paris und Prag. Aber die Herren, die da klatschen, bezahlen der Universität Padua nicht, was Sie sie kosten. Ihr Unglück ist Ihr Fach, Herr Galilei.

GALILEI Ich verstehe: freier Handel, freie Forschung. Freier Handel mit der Forschung, wie?

DER KURATOR Aber Herr Galilei! Welch eine Auffassung! Erlauben Sie mir zu sagen, daß ich Ihre spaßhaften Bemerkungen nicht ganz verstehe. Der blühende Handel der Republik erscheint mir kaum als etwas Verächtliches. Noch viel weniger aber vermöchte ich als langjähriger Kurator der Universität in diesem, darf ich es sagen, frivolen Ton von der Forschung zu sprechen. *Während Galilei sehnsüchtige Blicke nach seinem Arbeitstisch schickt.* Bedenken Sie die Zustände ringsum! Die Sklaverei, unter deren Peitsche die Wissenschaften an gewissen Orten seufzen! Aus alten Lederfolianten hat man dort Peitschen geschnitten. Man muß dort nicht wissen, wie der Stein fällt, sondern was der Aristoteles darüber schreibt. Die Augen hat man nur zum Lesen. Wozu neue Fallgesetze, wenn nur die Gesetze des Fußfalls wichtig sind? Halten Sie dagegen die unendliche Freude, mit der unsere Republik Ihre Gedanken, sie mögen so kühn sein, wie sie wollen, aufnimmt! Hier können Sie forschen! Hier können Sie arbeiten! Niemand überwacht Sie, niemand unterdrückt Sie! Unsere Kaufleute, die wissen, was besseres Leinen im Kampf mit der Florentiner Konkurrenz bedeutet, hören mit Interesse Ihren Ruf »Bessere Physik!«, und wieviel verdankt die Physik dem Schrei nach besseren Webstühlen! Unsere hervorragendsten Bürger interessieren sich für Ihre Forschungen, besuchen Sie, lassen sich Ihre Entdeckungen vorführen, Leute, deren Zeit kostbar ist. Verachten Sie nicht den Handel, Herr Galilei. Niemand würde hier dulden, daß Ihre Arbeit auch nur im geringsten gestört wird, daß Unberufene Ihnen Schwierigkeiten bereiten. Geben Sie zu, Herr Galilei, daß Sie hier arbeiten können!

GALILEI *verzweifelt:* Ja.

DER KURATOR Und was das Materielle angeht: machen Sie doch mal wieder was so Hübsches wie Ihren famosen Proportionalzirkel, mit dem man *er zählt es an den Fingern ab* ohne alle mathematischen Kenntnisse Linien ausziehen, die Zinseszinsen eines Kapitals berechnen, Grundrisse von Liegenschaften in verkleinertem oder vergrößertem Maßstab reproduzieren und die Schwere von Kanonenkugeln bestimmen kann.

GALILEI Schnickschnack.

DER KURATOR Etwas, was die höchsten Herren entzückt und in Erstaunen gesetzt hat und was Bargeld getragen hat, nennen

Sie Schnickschnack. Ich höre, daß sogar der General Stefano Gritti mit diesem Instrument Wurzeln ausziehen kann!

GALILEI Wahrhaftig ein Wunderwerk. – Trotzdem, Priuli, Sie haben mich nachdenklich gemacht. Priuli, ich habe vielleicht etwas für Sie von der erwähnten Art. *Er nimmt das Blatt mit der Skizze auf.*

DER KURATOR Ja? Das wäre die Lösung. *Steht auf.* Herr Galilei, wir wissen, Sie sind ein großer Mann. Ein großer, aber unzufriedener Mann, wenn ich so sagen darf.

GALILEI Ja, ich bin unzufrieden, und das ist es, was ihr mir noch bezahlen würdet, wenn ihr Verstand hättet! Denn ich bin mit mir unzufrieden. Aber statt dessen sorgt ihr, daß ich es mit euch sein muß. Ich gebe es zu, es macht mir Spaß, ihr meine Herren Venezianer, in eurem berühmten Arsenal, den Werften und Artilleriezeughäusern meinen Mann zu stellen. Aber ihr laßt mir keine Zeit, den weiterführenden Spekulationen nachzugehen, welche sich mir dort für mein Wissensgebiet aufdrängen. Ihr verbindet dem Ochsen, der da drischt, das Maul. Ich bin 46 Jahre alt und habe nichts geleistet, was mich befriedigt.

DER KURATOR Da möchte ich Sie nicht länger stören.

GALILEI Danke.

Der Kurator ab.

Galilei bleibt einige Augenblicke allein und beginnt zu arbeiten. Dann kommt Andrea gelaufen.

GALILEI *im Arbeiten:* Warum hast du den Apfel nicht gegessen?

ANDREA Damit zeige ich ihr doch, daß sie sich dreht.

GALILEI Ich muß dir etwas sagen, Andrea, sprich nicht zu andern Leuten von unsern Ideen.

ANDREA Warum nicht?

GALILEI Die Obrigkeit hat es verboten.

ANDREA Aber es ist doch die Wahrheit.

GALILEI Aber sie verbietet es. – In diesem Fall kommt noch etwas dazu. Wir Physiker können immer noch nicht beweisen, was wir für richtig halten. Selbst die Lehre des großen Kopernikus ist noch nicht bewiesen. Sie ist nur eine Hypothese. Gib mir die Linsen.

ANDREA Der halbe Skudo hat nicht gereicht. Ich mußte meinen Rock dalassen. Pfand.

GALILEI Was wirst du ohne Rock im Winter machen?

Pause. Galilei ordnet die Linsen auf dem Blatt mit der Skizze an.

ANDREA Was ist eine Hypothese?

GALILEI Das ist, wenn man etwas als wahrscheinlich annimmt, aber keine Fakten hat. Daß die Felice dort unten, vor dem Korbmacherladen, die ihr Kind an der Brust hat, dem Kind Milch gibt und nicht etwa Milch von ihm empfängt, das ist so lange eine Hypothese, als man nicht hingehen und es sehen und beweisen kann. Den Gestirnen gegenüber sind wir wie Würmer mit trüben Augen, die nur ganz wenig sehen. Die alten Lehren, die tausend Jahre geglaubt wurden, sind ganz baufällig; an diesen riesigen Gebäuden ist weniger Holz als an den Stützen, die sie halten sollen. Viele Gesetze, die weniges erklären, während die neue Hypothese wenige Gesetze hat, die vieles erklären.

ANDREA Aber Sie haben mir alles bewiesen.

GALILEI Nur, daß es so sein kann. Du verstehst, die Hypothese ist sehr schön, und es spricht nichts dagegen.

ANDREA Ich möchte auch Physiker werden, Herr Galilei.

GALILEI Das glaube ich, angesichts der Unmenge von Fragen, die es auf unserm Gebiet zu klären gibt. *Er ist zum Fenster gegangen und hat durch die Linsen geschaut. Mäßig interessiert.* Schau einmal da durch, Andrea.

ANDREA Heilige Maria, alles kommt nah. Die Glocke auf dem Campanile ganz nah. Ich kann sogar die kupfernen Lettern lesen: Gracia dei.

GALILEI Das bringt uns 500 Skudi.

2

Galilei überreicht der Republik Venedig eine neue Erfindung

Groß ist nicht alles, was ein großer Mann tut
Und Galilei aß gern gut.
Nun hört, und seid nicht grimm darob
Die Wahrheit übers Teleskop.

Das Große Arsenal von Venedig am Hafen. Ratsherren, an ihrer Spitze der Doge. Seitwärts Galileis Freund Sagredo und die fünf-

zehnjährige Virginia Galilei mit einem Samtkissen, auf dem ein etwa 60 Zentimeter langes Fernrohr in karmesinrotem Lederfutteral liegt. Auf einem Podest Galilei. Hinter sich das Gestell für das Fernrohr, betreut von dem Linsenschleifer Federzoni.

GALILEI Eure Exzellenz, Hohe Signoria! Als Lehrer der Mathematik an Ihrer Universität in Padua und Direktor Ihres Großen Arsenals hier in Venedig habe ich es stets als meine Aufgabe betrachtet, nicht nur meinem hohen Lehrauftrag zu genügen, sondern auch durch nützliche Erfindungen der Republik Venedig außergewöhnliche Vorteile zu schaffen. Mit tiefer Freude und aller schuldigen Demut kann ich Ihnen heute ein vollkommen neues Instrument vorführen und überreichen, mein Fernrohr oder Teleskop, angefertigt in Ihrem weltberühmten Großen Arsenal nach den höchsten wissenschaftlichen und christlichen Grundsätzen, Frucht siebenzehnjähriger geduldiger Forschung Ihres ergebenen Dieners. *Galilei verläßt das Podest und stellt sich neben Sagredo. Händeklatschen. Galilei verbeugt sich.*

GALILEI *leise zu Sagredo:* Zeitverlust!

SAGREDO *leise:* Du wirst deinen Fleischer bezahlen können, Alter.

GALILEI Ja, es wird ihnen Geld einbringen. *Er verbeugt sich wieder.*

DER KURATOR *betritt das Podest:* Exzellenz, Hohe Signoria! Wieder einmal bedeckt sich ein Ruhmesblatt im großen Buch der Künste mit venezianischen Schriftzeichen. *Höflicher Beifall.* Ein Gelehrter von Weltruf übergibt Ihnen, und Ihnen allein, hier ein höchst verkaufbares Rohr, es herzustellen und auf den Markt zu werfen, wie immer Sie belieben. *Stärkerer Beifall.* Und ist es Ihnen beigefallen, daß wir vermittels dieses Instruments im Kriege die Schiffe des Feinds nach Zahl und Art volle zwei Stunden früher erkennen werden als er die unsern, so daß wir, seine Stärke wissend, uns zur Verfolgung, zum Kampf oder zur Flucht zu entscheiden vermögen? *Sehr starker Beifall.* Und nun, Exzellenz, Hohe Signoria, bittet Herr Galilei Sie, dieses Instrument seiner Erfindung, dieses Zeugnis seiner Intuition, aus der Hand seiner reizenden Tochter entgegenzunehmen.

Musik. Virginia tritt vor, verbeugt sich, übergibt das Fernrohr dem Kurator, der es Federzoni übergibt. Federzoni legt es auf das Gestell und stellt es ein. Doge und Ratsherren besteigen das Podium und schauen durch das Rohr.

GALILEI *leise:* Ich kann dir nicht versprechen, daß ich den Karneval hier durchstehen werde. Die meinen hier, sie kriegen einen einträglichen Schnickschnack, aber es ist viel mehr. Ich habe das Rohr gestern nacht auf den Mond gerichtet.

SAGREDO Was hast du gesehen?

GALILEI Er leuchtet nicht selbst.

SAGREDO Was?

RATSHERREN Ich kann die Befestigungen von Santa Rosita sehen, Herr Galilei. – Auf dem Boot dort essen sie zu Mittag. Bratfisch. Ich habe Appetit.

GALILEI Ich sage dir, die Astronomie ist seit tausend Jahren stehengeblieben, weil sie kein Fernrohr hatten.

RATSHERR Herr Galilei!

SAGREDO Man wendet sich an dich.

RATSHERR Mit dem Ding sieht man zu gut. Ich werde meinen Frauenzimmern sagen müssen, daß das Baden auf dem Dach nicht mehr geht.

GALILEI Weißt du, aus was die Milchstraße besteht?

SAGREDO Nein.

GALILEI Ich weiß es.

RATSHERR Für so ein Ding kann man seine 10 Skudi verlangen, Herr Galilei.

Galilei verbeugt sich.

VIRGINIA *bringt Ludovico zu ihrem Vater:* Ludovico will dir gratulieren, Vater.

LUDOVICO *verlegen:* Ich gratuliere, Herr.

GALILEI Ich habe es verbessert.

LUDOVICO Jawohl, Herr. Ich sah, Sie machten das Futteral rot. In Holland war es grün.

GALILEI *wendet sich zu Sagredo:* Ich frage mich sogar, ob ich mit dem Ding nicht eine gewisse Lehre nachweisen kann.

SAGREDO Nimm dich zusammen.

DER KURATOR Ihre 500 Skudi sind unter Dach, Galilei.

GALILEI *ohne ihn zu beachten:* Ich bin natürlich sehr mißtrauisch gegen jede vorschnelle Folgerung.

Der Doge, ein dicker bescheidener Mann, hat sich Galilei genähert und versucht mit unbeholfener Würde ihn anzureden.

DER KURATOR Herr Galilei, Seine Exzellenz, der Doge.

Der Doge schüttelt Galilei die Hand.

GALILEI Richtig, die 500! Sind Sie zufrieden, Exzellenz?

DOGE Unglücklicherweise brauchen wir in der Republik immer einen Vorwand für unsere Stadtväter, um unseren Gelehrten etwas zukommen lassen zu können.

DER KURATOR Andrerseits, wo bliebe sonst der Ansporn, Herr Galilei?

DOGE *lächelnd:* Wir brauchen den Vorwand.

Der Doge und der Kurator führen Galilei zu den Ratsherren, die ihn umringen. Virginia und Ludovico gehen langsam weg.

VIRGINIA Habe ich es richtig gemacht?

LUDOVICO Ich fand es richtig.

VIRGINIA Was hast du denn?

LUDOVICO Oh, nichts. Ein grünes Futteral wäre vielleicht ebensogut gewesen.

VIRGINIA Ich glaube, alle sind sehr zufrieden mit Vater.

LUDOVICO Und ich glaube, ich fange an, etwas von Wissenschaft zu verstehen.

3

10. JANUAR 1610: VERMITTELS DES FERNROHRS ENTDECKT GALILEI AM HIMMEL ERSCHEINUNGEN, WELCHE DAS KOPERNIKANISCHE SYSTEM BEWEISEN. VON SEINEM FREUND VOR DEN MÖGLICHEN FOLGEN SEINER FORSCHUNGEN GEWARNT, BEZEUGT GALILEI SEINEN GLAUBEN AN DIE MENSCHLICHE VERNUNFT.

Sechzehnhundertzehn, zehnter Januar:
Galileo Galilei sah, daß kein Himmel war.

Studierzimmer des Galilei in Padua. Nacht. Galilei und Sagredo, in dicke Mäntel gehüllt, am Fernrohr.

SAGREDO *durch das Fernrohr schauend, halblaut:* Der Sichelrand ist ganz unregelmäßig, zackig und rauh. Auf dem dunklen Teil, in der Nähe des leuchtenden Rands, sind leuchtende Punkte. Sie treten einer nach dem anderen hervor. Von diesen

Punkten aus ergießt sich das Licht, wachsend über immer weitere Flächen, wo es zusammenfließt mit dem größeren leuchtenden Teil.

GALILEI Wie erklärst du dir diese leuchtenden Punkte?

SAGREDO Es kann nicht sein.

GALILEI Doch. Es sind Berge.

SAGREDO Auf einem Stern?

GALILEI Riesenberge. Deren Spitzen die aufgehende Sonne vergoldet, während rings Nacht auf den Abhängen liegt. Du siehst das Licht von den höchsten Gipfeln in die Täler niedersteigen.

SAGREDO Aber das widerspricht aller Astronomie von zwei Jahrtausenden.

GALILEI So ist es. Was du siehst, hat noch kein Mensch gesehen, außer mir. Du bist der zweite.

SAGREDO Aber der Mond kann keine Erde sein mit Bergen und Tälern, so wenig die Erde ein Stern sein kann.

GALILEI Der Mond kann eine Erde sein mit Bergen und Tälern, und die Erde kann ein Stern sein. Ein gewöhnlicher Himmelskörper, einer unter Tausenden. Sieh noch einmal hinein. Siehst du den verdunkelten Teil des Mondes ganz dunkel?

SAGREDO Nein. Jetzt, wo ich darauf achtgebe, sehe ich ein schwaches, aschfarbenes Licht darauf ruhen.

GALILEI Was kann das für ein Licht sein?

SAGREDO ?

GALILEI Das ist von der Erde.

SAGREDO Das ist Unsinn. Wie soll die Erde leuchten, mit ihren Gebirgen und Wäldern und Gewässern, ein kalter Körper?

GALILEI So wie der Mond leuchtet. Weil die beiden Sterne angeleuchtet sind von der Sonne, darum leuchten sie. Was der Mond uns ist, das sind wir dem Mond. Und er sieht uns einmal als Sichel, einmal als Halbkreis, einmal voll und einmal nicht.

SAGREDO So wäre kein Unterschied zwischen Mond und Erde?

GALILEI Offenbar nein.

SAGREDO Vor noch nicht zehn Jahren ist ein Mensch in Rom verbrannt worden. Er hieß Giordano Bruno und hatte eben das behauptet.

GALILEI Gewiß. Und wir sehen es. Laß dein Auge am Rohr,

Sagredo. Was du siehst, ist, daß es keinen Unterschied zwischen Himmel und Erde gibt. Heute ist der 10. Januar 1610. Die Menschheit trägt in ihr Journal ein: Himmel abgeschafft.

SAGREDO Das ist furchtbar.

GALILEI Ich habe noch eine Sache entdeckt. Sie ist vielleicht noch erstaunlicher.

SARTI *herein:* Der Kurator.

Der Kurator stürzt herein.

DER KURATOR Entschuldigen Sie die späte Stunde. Ich wäre Ihnen verpflichtet, wenn ich mit Ihnen allein sprechen könnte.

GALILEI Herr Sagredo kann alles hören, was ich hören kann, Herr Priuli.

DER KURATOR Aber es wird Ihnen vielleicht doch nicht angenehm sein, wenn der Herr hört, was vorgefallen ist. Es ist leider etwas ganz und gar Unglaubliches.

GALILEI Herr Sagredo ist es gewohnt, in meiner Gegenwart Unglaublichem zu begegnen, wissen Sie.

DER KURATOR Ich fürchte, ich fürchte. *Auf das Fernrohr zeigend.* Da ist ja das famose Ding. Das Ding können Sie gradesogut wegwerfen. Es ist nichts damit, absolut nichts.

SAGREDO *der unruhig herumgegangen war:* Wieso?

DER KURATOR Wissen Sie, daß man diese Ihre Erfindung, die Sie als Frucht einer siebzehnjährigen Forschertätigkeit bezeichnet haben, an jeder Straßenecke Italiens für ein paar Skudi kaufen kann? Und zwar hergestellt in Holland? In diesem Augenblick lädt im Hafen ein holländischer Frachter 500 Fernrohre aus!

GALILEI Tatsächlich?

DER KURATOR Ich verstehe nicht Ihre Ruhe, Herr.

SAGREDO Was bekümmert Sie eigentlich? Lassen Sie sich erzählen, daß Herr Galilei vermittels dieses Instruments in eben diesen Tagen umwälzende Entdeckungen die Gestirnwelt betreffend gemacht hat.

GALILEI *lachend:* Sie können durchsehen, Priuli.

DER KURATOR So lassen Sie sich erzählen, daß mir die Entdekkung genügt, die ich als der Mann, der für diesen Schund Herrn Galilei eine Gehaltsverdoppelung verschafft hat, gemacht habe. Es ist ein reiner Zufall, daß die Herren von der Signoria, die im Glauben, in diesem Instrument der Republik etwas zu sichern, was nur hier hergestellt werden kann, nicht beim ersten Durchblicken an der nächsten Straßenecke, siebenmal vergrößert, einen gewöhnlichen Straßenhändler erblickt haben, der eben dieses Rohr für ein Butterbrot verkauft.

Galilei lacht schallend.

SAGREDO Lieber Herr Priuli, ich kann den Wert dieses Instruments für den Handel vielleicht nicht beurteilen, aber sein Wert für die Philosophie ist so unermeßlich, daß ...

DER KURATOR Für die Philosophie! Was hat Herr Galilei, der Mathematiker ist, mit der Philosophie zu schaffen? Herr Galilei, Sie haben seinerzeit der Stadt eine sehr anständige Wasserpumpe erfunden, und Ihre Berieselungsanlage funktioniert. Die Tuchweber loben Ihre Maschine ebenfalls, wie konnte ich da so was erwarten?

GALILEI Nicht so schnell, Priuli. Die Seewege sind immer noch lang, unsicher und teuer. Es fehlt uns eine Art zuverlässiger Uhr am Himmel. Ein Wegweiser für die Navigation. Nun habe ich Grund zu der Annahme, daß mit dem Fernrohr gewisse Gestirne, die sehr regelmäßige Bewegungen vollführen, deutlich wahrgenommen werden können. Neue Sternkarten könnten da der Schiffahrt Millionen von Skudi ersparen, Priuli.

DER KURATOR Lassen Sie's. Ich habe Ihnen schon zuviel zugehört. Zum Dank für meine Freundlichkeit haben Sie mich zum Gelächter der Stadt gemacht. Ich werde im Gedächtnis fortleben als der Kurator, der sich mit einem wertlosen Fernrohr hereinlegen ließ. Sie haben allen Grund zu lachen. Sie haben Ihre 500 Skudi. Ich aber kann Ihnen sagen, und es ist ein ehrlicher Mann, der Ihnen das sagt: mich ekelt diese Welt an! *Er geht, die Tür hinter sich zuschlagend.*

GALILEI In seinem Zorn wird er geradezu sympathisch. Hast du gehört: eine Welt, in der man nicht Geschäfte machen kann, ekelt ihn an!

SAGREDO Hast du gewußt von diesen holländischen Instrumenten?

GALILEI Natürlich, vom Hörensagen. Aber ich habe diesen Filzen von der Signoria ein doppelt so gutes konstruiert. Wie soll ich arbeiten, mit dem Gerichtsvollzieher in der Stube? Und

Virginia braucht wirklich bald eine Aussteuer, sie ist nicht intelligent. Und dann, ich kaufe gern Bücher, nicht nur über Physik, und ich esse gern anständig. Bei gutem Essen fällt mir am meisten ein. Ein verrottetes Zeitalter! Sie haben mir nicht so viel bezahlt wie einem Kutscher, der ihnen die Weinfässer fährt. Vier Klafter Brennholz für zwei Vorlesungen über Mathematik. Ich habe ihnen jetzt 500 Skudi herausgerissen, aber ich habe auch jetzt noch Schulden, einige sind zwanzig Jahre alt. Fünf Jahre Muße für Forschung, und ich hätte alles bewiesen! Ich werde dir noch etwas anderes zeigen.

SAGREDO *zögert, an das Fernrohr zu gehen:* Ich verspüre beinahe etwas wie Furcht, Galilei.

GALILEI Ich werde dir jetzt einen der milchweiß glänzenden Nebel der Milchstraße vorführen. Sage mir, aus was er besteht!

SAGREDO Das sind Sterne, unzählige.

GALILEI Allein im Sternbild des Orion sind es 500 Fixsterne. Das sind die vielen Welten, die zahllosen anderen, die entfernteren Gestirne, von denen der Verbrannte gesprochen hat. Er hat sie nicht gesehen, er hat sie erwartet!

SAGREDO Aber selbst wenn diese Erde ein Stern ist, so ist es noch ein weiter Weg zu den Behauptungen des Kopernikus, daß sie sich um die Sonne dreht. Da ist kein Gestirn am Himmel, um das ein andres sich dreht. Aber um die Erde dreht sich immer noch der Mond.

GALILEI Sagredo, ich frage mich. Seit vorgestern frage ich mich. Da ist der Jupiter. *Er stellt ihn ein.* Da sind nämlich vier kleinere Sterne nahe bei ihm, die man nur durch das Rohr sieht. Ich sah sie am Montag, nahm aber nicht besondere Notiz von ihrer Position. Gestern sah ich wieder nach. Ich hätte schwören können, alle vier hatten ihre Position geändert. Ich merkte sie mir an. Sie stehen wieder anders. Was ist das? Ich sah doch vier. *In Bewegung.* Sieh du durch!

SAGREDO Ich sehe drei.

GALILEI Wo ist der vierte? Da sind die Tabellen. Wir müssen ausrechnen, was für Bewegungen sie gemacht haben können.

Sie setzen sich erregt zur Arbeit. Es wird dunkel auf der Bühne, jedoch sieht man weiter am Rundhorizont den Jupiter und seine Begleitsterne. Wenn es wieder hell wird, sitzen sie immer noch, mit Wintermänteln an.

GALILEI Es ist bewiesen. Der vierte kann nur hinter den Jupiter gegangen sein, wo man ihn nicht sieht. Da hast du ein Gestirn, um das ein anderes sich dreht.

SAGREDO Aber die Kristallschale, an die der Jupiter angeheftet ist?

GALILEI Ja, wo ist sie jetzt? Wie kann der Jupiter angeheftet sein, wenn andere Sterne um ihn kreisen? Da ist keine Stütze im Himmel, da ist kein Halt im Weltall! Da ist eine andere Sonne!

SAGREDO Beruhige dich. Du denkst zu schnell.

GALILEI Was, schnell! Mensch, reg dich auf! Was du siehst, hat noch keiner gesehen. Sie hatten recht!

SAGREDO Wer? Die Kopernikaner?

GALILEI Und der andere! Die ganze Welt war gegen sie, und sie hatten recht. Das ist was für Andrea! *Er läuft außer sich zur Tür und ruft hinaus:* Frau Sarti! Frau Sarti!

SAGREDO Galilei, du sollst dich beruhigen!

GALILEI Sagredo, du sollst dich aufregen! Frau Sarti!

SAGREDO *dreht das Fernrohr weg:* Willst du aufhören, wie ein Narr herumzubrüllen?

GALILEI Willst du aufhören, wie ein Stockfisch dazustehen, wenn die Wahrheit entdeckt ist?

SAGREDO Ich stehe nicht wie ein Stockfisch, sondern ich zittere, es könnte die Wahrheit sein.

GALILEI Was?

SAGREDO Hast du allen Verstand verloren? Weißt du wirklich nicht mehr, in was für eine Sache du kommst, wenn das wahr ist, was du da siehst? Und du es auf allen Märkten herumschreist: daß die Erde ein Stern ist und nicht der Mittelpunkt des Universums.

GALILEI Ja, und daß nicht das ganze riesige Weltall mit allen Gestirnen sich um unsere winzige Erde dreht, wie jeder sich denken konnte!

SAGREDO Daß da also nur Gestirne sind! – Und wo ist dann Gott?

GALILEI Was meinst du damit?

SAGREDO Gott! Wo ist Gott?

GALILEI *zornig:* Dort nicht! Sowenig wie er hier auf der Erde zu finden ist, wenn dort Wesen sind und ihn hier suchen sollten!

SAGREDO Und wo ist also Gott?

GALILEI Bin ich Theologe? Ich bin Mathematiker.

SAGREDO Vor allem bist du ein Mensch. Und ich frage dich, wo ist Gott in deinem Weltsystem?

GALILEI In uns oder nirgends.

SAGREDO *schreiend:* Wie der Verbrannte gesagt hat?

GALILEI Wie der Verbrannte gesagt hat.

SAGREDO Darum ist er verbrannt worden! Vor noch nicht zehn Jahren!

GALILEI Weil er nichts beweisen konnte. Weil er es nur behauptet hat. Frau Sarti!

SAGREDO Galilei, ich habe dich immer als einen schlauen Mann gekannt. Siebzehn Jahre in Padua und drei Jahre in Pisa hast du Hunderte von Schülern geduldig das ptolemäische System gelehrt, das die Kirche verkündet und die Schrift bestätigt, auf der die Kirche beruht. Du hast es für falsch gehalten mit dem Kopernikus, aber du hast es gelehrt.

GALILEI Weil ich nichts beweisen konnte.

SAGREDO *ungläubig:* Und du glaubst, das macht einen Unterschied?

GALILEI Allen Unterschied! Sieh her, Sagredo! Ich glaube an den Menschen, und das heißt, ich glaube an seine Vernunft! Ohne diesen Glauben würde ich nicht die Kraft haben, am Morgen aus meinem Bett aufzustehen.

SAGREDO Dann will ich dir etwas sagen: ich glaube nicht an sie. Vierzig Jahre unter den Menschen haben mich ständig gelehrt, daß sie der Vernunft nicht zugänglich sind. Zeige ihnen einen roten Kometenschweif, jage ihnen eine dumpfe Angst ein, und sie werden aus ihren Häusern laufen und sich die Beine brechen. Aber sage ihnen einen vernünftigen Satz und beweise ihn mit sieben Gründen, und sie werden dich einfach auslachen.

GALILEI Das ist ganz falsch und eine Verleumdung. Ich begreife nicht, wie du, so etwas glaubend, die Wissenschaft lieben kannst. Nur die Toten lassen sich nicht mehr von Gründen bewegen!

SAGREDO Wie kannst du ihre erbärmliche Schlauheit mit Vernunft verwechseln!

GALILEI Ich rede nicht von ihrer Schlauheit. Ich weiß, sie nennen den Esel ein Pferd, wenn sie ihn verkaufen, und das Pferd einen Esel, wenn sie es einkaufen wollen. Das ist ihre Schlauheit. Die Alte, die am Abend vor der Reise dem Maulesel mit der harten Hand ein Extrabüschel Heu vorlegt, der Schiffer, der beim Einkauf der Vorräte des Sturmes und der Windstille gedenkt, das Kind, das die Mütze aufstülpt, wenn ihm bewiesen wurde, daß es regnen kann, sie alle sind meine Hoffnung, sie alle lassen Gründe gelten. Ja, ich glaube an die sanfte Gewalt der Vernunft über die Menschen. Sie können ihr auf die Dauer nicht widerstehen. Kein Mensch kann lange zusehen, wie ich *er läßt aus der Hand einen Stein auf den Boden fallen* einen Stein fallen lasse und dazu sage: er fällt nicht. Dazu ist kein Mensch imstande. Die Verführung, die von einem Beweis ausgeht, ist zu groß. Ihr erliegen die meisten, auf die Dauer alle. Das Denken gehört zu den größten Vergnügungen der menschlichen Rasse.

FRAU SARTI *tritt ein:* Brauchen Sie etwas, Herr Galilei?

GALILEI *der wieder an seinem Fernrohr ist und Notizen macht, sehr freundlich:* Ja, ich brauche den Andrea.

FRAU SARTI Andrea? Er liegt im Bett und schläft.

GALILEI Können Sie ihn nicht wecken?

FRAU SARTI Wozu brauchen Sie ihn denn?

GALILEI Ich will ihm etwas zeigen, was ihn freuen wird. Er soll etwas sehen, was noch kein Mensch gesehen hat, seit die Erde besteht, außer uns.

FRAU SARTI Etwa wieder etwas durch Ihr Rohr?

GALILEI Etwas durch mein Rohr, Frau Sarti.

FRAU SARTI Und darum soll ich ihn mitten in der Nacht aufwekken? Sind Sie denn bei Trost? Er braucht seinen Nachtschlaf. Ich denke nicht daran, ihn aufzuwecken.

GALILEI Bestimmt nicht?

FRAU SARTI Bestimmt nicht.

GALILEI Frau Sarti, vielleicht können dann Sie mir helfen. Sehen Sie, es ist eine Frage entstanden, über die wir uns nicht einig werden können, wahrscheinlich, weil wir zu viele Bücher gelesen haben. Es ist eine Frage über den Himmel, eine Frage die Gestirne betreffend. Sie lautet: ist es anzunehmen, daß das Große sich um das Kleine dreht, oder dreht wohl das Kleine sich um das Große?

FRAU SARTI *mißtrauisch:* Mit Ihnen kennt man sich nicht leicht aus, Herr Galilei. Ist das eine ernsthafte Frage, oder wollen Sie mich wieder einmal zum besten haben?

GALILEI Eine ernste Frage.

FRAU SARTI Dann können Sie schnell Antwort haben. Stelle ich Ihnen das Essen hin, oder stellen Sie es mir hin?

GALILEI Sie stellen es mir hin. Gestern war es angebrannt.

FRAU SARTI Und warum war es angebrannt? Weil ich Ihnen die Schuhe bringen mußte, mitten im Kochen. Habe ich Ihnen nicht die Schuhe gebracht?

GALILEI Vermutlich.

FRAU SARTI Sie sind es nämlich, der studiert hat und der bezahlen kann.

GALILEI Ich sehe. Ich sehe, da ist keine Schwierigkeit. Guten Morgen, Frau Sarti.

Frau Sarti belustigt ab.

GALILEI Und solche Leute sollen nicht die Wahrheit begreifen können? Sie schnappen danach!

Eine Frühmetteglocke hat begonnen zu bimmeln. Herein Virginia, im Mantel, ein Windlicht tragend.

VIRGINIA Guten Morgen, Vater.

GALILEI Warum bist du schon auf?

VIRGINIA Ich gehe mit Frau Sarti zur Frühmette. Ludovico kommt auch hin. Wie war die Nacht, Vater?

GALILEI Hell.

VIRGINIA Darf ich durchschauen?

GALILEI Warum? *Virginia weiß keine Antwort.* Es ist kein Spielzeug.

VIRGINIA Nein, Vater.

GALILEI Übrigens ist das Rohr eine Enttäuschung, das wirst du bald überall zu hören bekommen. Es wird für 3 Skudi auf der Gasse verkauft und ist in Holland schon erfunden gewesen.

VIRGINIA Hast du nichts Neues mehr am Himmel mit ihm gesehen?

GALILEI Nichts für dich. Nur ein paar kleine trübe Fleckchen an der linken Seite eines großen Sterns, ich werde irgendwie die Aufmerksamkeit auf sie lenken müssen. *Über seine Tochter zu Sagredo sprechend:* Vielleicht werde ich sie die »Mediceischen Gestirne« taufen, nach dem Großherzog von Florenz.

Wieder zu Virginia: Es wird dich interessieren, Virginia, daß wir vermutlich nach Florenz ziehen. Ich habe einen Brief dorthin geschrieben, ob der Großherzog mich als Hofmathematiker brauchen kann.

VIRGINIA *strahlend:* Am Hof?

SAGREDO Galilei!

GALILEI Mein Lieber, ich brauche Muße. Ich brauche Beweise. Und ich will die Fleischtöpfe. Und in diesem Amt werde ich nicht Privatschülern das ptolemäische System einpauken müssen, sondern die Zeit haben, Zeit, Zeit, Zeit, Zeit! meine Beweise auszuarbeiten, denn es genügt nicht, was ich jetzt habe. Das ist nichts, kümmerliches Stückwerk! Damit kann ich mich nicht vor die ganze Welt stellen. Da ist noch kein einziger Beweis, daß sich irgendein Himmelskörper um die Sonne dreht. Aber ich werde Beweise dafür bringen, Beweise für jedermann, von Frau Sarti bis hinauf zum Papst. Meine einzige Sorge ist, daß der Hof mich nicht nimmt.

VIRGINIA Sicher wird man dich nehmen, Vater, mit den neuen Sternen und allem.

GALILEI Geh in deine Messe.

Virginia ab.

GALILEI Ich schreibe selten Briefe an große Persönlichkeiten. *Er gibt Sagredo einen Brief.* Glaubst du, daß ich es so gut gemacht habe?

SAGREDO *liest laut das Ende des Briefes, den ihm Galilei gereicht hat:* »Sehne ich mich doch nach nichts so sehr, als Euch näher zu sein, der aufgehenden Sonne, welche dieses Zeitalter erhellen wird.« Der Großherzog von Florenz ist neun Jahre alt.

GALILEI So ist es. Ich sehe, du findest meinen Brief zu unterwürfig? Ich frage mich, ob er unterwürfig genug ist, nicht zu formell, als ob es mir doch an echter Ergebenheit fehlte. Einen zurückhaltenden Brief könnte jemand schreiben, der sich das Verdienst erworben hätte, den Aristoteles zu beweisen, nicht ich. Ein Mann wie ich kann nur auf dem Bauch kriechend in eine halbwegs würdige Stellung kommen. Und du weißt, ich verachte Leute, deren Gehirn nicht fähig ist, ihren Magen zu füllen.

Frau Sarti und Virginia gehen, an den Männern vorbei, zur Messe.

SAGREDO Geh nicht nach Florenz, Galilei.

GALILEI Warum nicht?

SAGREDO Weil die Mönche dort herrschen.

GALILEI Am Florentiner Hof sind Gelehrte von Ruf.

SAGREDO Lakaien.

GALILEI Ich werde sie bei den Köpfen nehmen und sie vor das Rohr schleifen. Auch die Mönche sind Menschen, Sagredo. Auch sie erliegen der Verführung der Beweise. Der Kopernikus, vergiß das nicht, hat verlangt, daß sie seinen Zahlen glauben, aber ich verlange nur, daß sie ihren Augen glauben. Wenn die Wahrheit zu schwach ist, sich zu verteidigen, muß sie zum Angriff übergehen. Ich werde sie bei den Köpfen nehmen und sie zwingen, durch dieses Rohr zu schauen.

SAGREDO Galilei, ich sehe dich auf einer furchtbaren Straße. Das ist eine Nacht des Unglücks, wo der Mensch die Wahrheit sieht. Und eine Stunde der Verblendung, wo er an die Vernunft des Menschengeschlechts glaubt. Von wem sagt man, daß er sehenden Auges geht? Von dem, der ins Verderben geht. Wie könnten die Mächtigen einen frei herumlaufen lassen, der die Wahrheit weiß, und sei es eine über die entferntesten Gestirne! Meinst du, der Papst hört deine Wahrheit, wenn du sagst, er irrt, und hört nicht, daß er irrt? Glaubst du, er wird einfach in sein Tagebuch einschreiben: 10. Januar 1610 – Himmel abgeschafft? Wie kannst du aus der Republik gehen wollen, die Wahrheit in der Tasche, in die Fallen der Fürsten und Mönche mit deinem Rohr in der Hand? So mißtrauisch in deiner Wissenschaft, bist du leichtgläubig wie ein Kind in allem, was dir ihr Betreiben zu erleichtern scheint. Du glaubst nicht an den Aristoteles, aber an den Großherzog von Florenz. Als ich dich vorhin am Rohr sah und du sahst diese neuen Sterne, da war es mir, als sähe ich dich auf brennenden Scheiten stehen, und als du sagtest, du glaubst an die Beweise, roch ich verbranntes Fleisch. Ich liebe die Wissenschaft, aber mehr dich, meinen Freund. Geh nicht nach Florenz, Galilei!

GALILEI Wenn sie mich nehmen, gehe ich.

Auf einem Vorhang erscheint die letzte Seite des Briefes:

Wenn ich den neuen Sternen, die ich entdeckt habe, den erha-

benen Namen des Mediceischen Geschlechts zuteile, so bin ich mir bewußt, daß den Göttern und Heroen die Erhebung in den Sternenhimmel zur Verherrlichung gereicht hat, daß aber in diesem Fall umgekehrt der erhabene Name der Medici den Sternen unsterbliches Gedächtnis sichern wird. Ich aber bringe mich Euch in Erinnerung als einen aus der Zahl der treuesten und ergebensten Diener, der sich zur höchsten Ehre anrechnet, als Euer Untertan geboren zu sein.
Sehne ich mich doch nach nichts so sehr, als Euch näher zu sein, der aufgehenden Sonne, welche dieses Zeitalter erhellen wird.

Galileo Galilei

4

GALILEI HAT DIE REPUBLIK VENEDIG MIT DEM FLORENTINER HOF VERTAUSCHT. SEINE ENTDECKUNGEN DURCH DAS FERNROHR STOSSEN IN DER DORTIGEN GELEHRTENWELT AUF UNGLAUBEN.

Das Alte sagt: So wie ich bin, bin ich seit je.
Das Neue sagt: Bist du nicht gut, dann geh.

Haus des Galilei in Florenz. Frau Sarti trifft in Galileis Studierzimmer Vorbereitungen zum Empfang von Gästen. Ihr Sohn Andrea sitzt und räumt Sternkarten auf.

FRAU SARTI Seit wir glücklich in diesem gepriesenen Florenz sind, hört das Buckeln und Speichellecken nicht mehr auf. Die ganze Stadt zieht an diesem Rohr vorbei, und ich kann dann den Fußboden aufwischen. Und nichts wird es helfen! Wenn was dran wäre an diesen Entdeckungen, würden das doch die geistlichen Herren am ehesten wissen. Ich war vier Jahre bei Monsignore Filippo im Dienst und habe seine Bibliothek nie ganz abstauben können. Lederbände bis zur Decke, und keine Gedichtchen! Und der gute Monsignore hatte zwei Pfund Geschwüre am Hintern vom vielen Sitzen über all der Wissenschaft, und ein solcher Mann soll nicht Bescheid wissen? Und die große Besichtigung heute wird eine Blamage, daß ich morgen wieder nicht dem Milchmann ins Gesicht schauen kann. Ich wußte, was ich sagte, als ich ihm riet, den Herren zuerst ein gutes Abendessen vorzusetzen, ein ordentliches Stück Lammfleisch, bevor sie über sein Rohr gehen. Aber nein! *Sie ahmt Galilei nach.* »Ich habe etwas anderes für sie.«

Es klopft unten.

FRAU SARTI *schaut in den Spion am Fenster:* Um Gottes willen, da ist schon der Großherzog. Und Galilei ist noch in der Universität! *Sie läuft die Treppe hinunter und läßt den Großherzog von Toscana, Cosmo de Medici, mit dem Hofmarschall und zwei Hofdamen ein.*

COSMO Ich will das Rohr sehen.

DER HOFMARSCHALL Vielleicht gedulden sich Eure Hoheit, bis Herr Galilei und die anderen Herren von der Universität gekommen sind. *Zu Frau Sarti:* Herr Galilei wollte die von ihm neu entdeckten und die Mediceischen genannten Sterne von den Herren Astronomen prüfen lassen.

COSMO Sie glauben nicht an das Rohr, gar nicht. Wo ist es denn?

FRAU SARTI Oben, im Arbeitszimmer.

Der Knabe nickt, zeigt die Treppe hinauf, und auf ein Nicken Frau Sartis läuft er hoch.

DER HOFMARSCHALL *ein sehr alter Mann:* Eure Hoheit! *Zu Frau Sarti:* Muß man da hinauf? Ich bin nur mitgekommen, weil der Erzieher erkrankt ist.

FRAU SARTI Dem jungen Herrn kann nichts passieren. Mein Junge ist droben.

COSMO *oben eintretend:* Guten Abend.

Die Knaben verbeugen sich zeremoniell voreinander. Pause. Dann wendet sich Andrea wieder seiner Arbeit zu.

ANDREA *sehr ähnlich seinem Lehrer:* Hier geht es zu wie in einem Taubenschlag.

COSMO Viele Besucher?

ANDREA Stolpern hier herum, gaffen und verstehen nicht die Bohne.

COSMO Verstehe. Ist das ...? *Zeigt auf das Rohr.*

ANDREA Ja, das ist es. Aber da heißt es: Finger weg.

COSMO Und was ist das? *Er deutet auf das Holzmodell des ptolemäischen Systems.*

ANDREA Das ist das ptolemäische.

COSMO Das zeigt, wie die Sonne sich dreht, nicht?

ANDREA Ja, das sagt man.

COSMO *sich auf einen Stuhl setzend, nimmt es auf den Schoß:* Mein Lehrer ist erkältet. Da konnte ich früher weg. Angenehm hier.

ANDREA *unruhig, geht schlendernd und unschlüssig, den fremden Jungen mißtrauisch anschauend, herum und fischt endlich, unfähig, der Versuchung länger zu widerstehen, ein zweites Holzmodell hinter Karten hervor, eine Darstellung des kopernikanischen Systems:* Aber in Wirklichkeit ist es natürlich so.

COSMO Was ist so?

ANDREA *auf Cosmos Modell zeigend:* So meint man, daß es ist, und so *auf seines deutend* ist es. Die Erde dreht sich um die Sonne, verstehen Sie?

COSMO Meinst du wirklich?

ANDREA Allerdings. Das ist bewiesen.

COSMO Tatsächlich? – Ich möchte wissen, warum sie mich zum Alten überhaupt nicht mehr hineinließen. Gestern war er noch bei der Abendtafel.

ANDREA Sie scheinen es nicht zu glauben, was?

COSMO Doch, natürlich.

ANDREA *plötzlich auf das Modell in Cosmos Schoß zeigend:* Gib das her, du verstehst ja nicht einmal das!

COSMO Du brauchst doch nicht zwei.

ANDREA Du sollst es hergeben. Das ist kein Spielzeug für Jungens.

COSMO Ich habe nichts dagegen, es dir zu geben, aber du müßtest ein wenig höflicher sein, weißt du.

ANDREA Du bist ein Dummkopf, und höflich hin oder her, raus damit, sonst setzt's was.

COSMO Laß die Finger weg, hörst du.

Sie beginnen zu raufen und kugeln sich bald auf dem Boden.

ANDREA Ich werde dir schon zeigen, wie man ein Modell behandelt. Ergib dich!

COSMO Jetzt ist es entzweigegangen. Du drehst mir die Hand um.

ANDREA Wir werden schon sehen, wer recht hat und wer nicht. Sag, sie dreht sich, sonst gibt's Kopfnüsse.

COSMO Niemals. Au, du Rotkopf! Ich werde dir Höflichkeit beibringen.

ANDREA Rotkopf? Bin ich ein Rotkopf?

Sie raufen schweigend weiter.

Unten treten Galilei und einige Professoren der Universität ein. Hinter ihnen Federzoni.

DER HOFMARSCHALL Meine Herren, eine leichte Erkrankung hielt den Erzieher Seiner Hoheit, Herrn Suri, ab, Seine Hoheit hierher zu begleiten.

DER THEOLOGE Hoffentlich nichts Schlimmes.

DER HOFMARSCHALL Ganz und gar nicht.

GALILEI *enttäuscht:* Seine Hoheit nicht hier?

DER HOFMARSCHALL Seine Hoheit ist oben. Bitte die Herren, sich nicht aufhalten zu wollen. Der Hof ist so überaus begierig, die Meinung der erlauchten Universität über das außerordentliche Instrument Herrn Galileis und die wunderbaren neuen Gestirne kennenzulernen.

Sie gehen nach oben.

Die Knaben liegen jetzt still. Sie haben unten Lärm gehört.

COSMO Sie sind da. Laß mich auf.

Sie stehen schnell auf.

DIE HERREN *im Hinaufgehen:* Nein, nein, es ist alles in schönster Ordnung. – Die Medizinische Fakultät erklärt es für ausgeschlossen, daß es sich bei den Erkrankungen in der Altstadt um Pestfälle handeln könnte. Die Miasmen müßten bei der jetzt herrschenden Temperatur erfrieren. – Das schlimmste in solchen Fällen ist immer Panik. – Nichts als die in dieser Jahreszeit üblichen Erkältungswellen. – Jeder Verdacht ist ausgeschlossen. – Alles in schönster Ordnung.

Begrüßung oben.

GALILEI Eure Hoheit, ich bin glücklich, in Eurer Gegenwart die Herren Eurer Universität mit den Neuerungen bekannt machen zu dürfen.

Cosmo verbeugt sich sehr formell nach allen Seiten, auch vor Andrea.

DER THEOLOGE *das zerbrochene ptolemäische Modell am Boden sehend:* Hier scheint etwas entzweigegangen.

Cosmo bückt sich rasch und übergibt Andrea höflich das Modell. Inzwischen räumt Galilei verstohlen das andere Modell beiseite.

GALILEI *am Fernrohr:* Wie Eure Hoheit zweifellos wissen, sind wir Astronomen seit einiger Zeit mit unseren Berechnungen in große Schwierigkeiten gekommen. Wir benützen dafür ein sehr altes System, das sich in Übereinstimmung mit der Philosophie, aber leider nicht mit den Fakten zu befinden scheint. Nach diesem alten System, dem ptolemäischen, werden die Bewegungen der Gestirne als äußerst verwickelt angenommen. Der Planet Venus zum Beispiel soll eine Bewegung von dieser Art vollführen. *Er zeichnet auf eine Tafel die epizyklische Bahn der Venus nach der ptolemäischen Annahme.* Aber selbst solche schwierigen Bewegungen annehmend, sind wir nicht in der Lage, die Stellung der Gestirne richtig vorauszuberechnen. Wir finden sie nicht an den Orten, wo sie eigentlich sein müßten. Dazu kommen solche Gestirnbewegungen, für welche das ptolemäische System überhaupt keine Erklärung hat. Bewegungen dieser Art scheinen mir einige von mir neu entdeckte kleine Sterne um den Planeten Jupiter zu vollführen. Ist es den Herren angenehm, mit einer Besichtigung der Jupitertrabanten zu beginnen, der Mediceischen Gestirne?

ANDREA *auf den Hocker vor dem Fernrohr zeigend:* Bitte, sich hier zu setzen.

DER PHILOSOPH Danke, mein Kind. Ich fürchte, das alles ist nicht ganz so einfach. Herr Galilei, bevor wir Ihr berühmtes Rohr applizieren, möchten wir um das Vergnügen eines Disputs bitten. Thema: Können solche Planeten existieren?

DER MATHEMATIKER Eines formalen Disputs.

GALILEI Ich dachte mir, Sie schauen einfach durch das Fernrohr und überzeugen sich?

ANDREA Hier, bitte.

DER MATHEMATIKER Gewiß, gewiß. – Es ist Ihnen natürlich bekannt, daß nach der Ansicht der Alten Sterne nicht möglich sind, die um einen anderen Mittelpunkt als die Erde kreisen, noch solche Sterne, die im Himmel keine Stütze haben?

GALILEI Ja.

DER PHILOSOPH Und, ganz absehend von der Möglichkeit solcher Sterne, die der Mathematiker *er verbeugt sich gegen den Mathematiker* zu bezweifeln scheint, möchte ich in aller Bescheidenheit als Philosoph die Frage aufwerfen: sind solche Sterne nötig? Aristotelis divini universum ...

GALILEI Sollten wir nicht in der Umgangssprache fortfahren? Mein Kollege, Herr Federzoni, versteht Latein nicht.

DER PHILOSOPH Ist es von Wichtigkeit, daß er uns versteht?

GALILEI Ja.

DER PHILOSOPH Entschuldigen Sie mich. Ich dachte, er ist Ihr Linsenschleifer.

ANDREA Herr Federzoni ist ein Linsenschleifer und ein Gelehrter.

DER PHILOSOPH Danke, mein Kind. Wenn Herr Federzoni darauf besteht ...

GALILEI Ich bestehe darauf.

DER PHILOSOPH Das Argument wird an Glanz verlieren, aber es ist Ihr Haus. – Das Weltbild des göttlichen Aristoteles mit seinen mystisch musizierenden Sphären und kristallenen Gewölben und den Kreisläufen seiner Himmelskörper und dem Schiefenwinkel der Sonnenbahn und den Geheimnissen der Satellitentafeln und dem Sternenreichtum des Katalogs der südlichen Halbkugel und der erleuchteten Konstruktion des celestialen Globus ist ein Gebäude von solcher Ordnung und Schönheit, daß wir wohl zögern sollten, diese Harmonie zu stören.

GALILEI Wie, wenn Eure Hoheit die sowohl unmöglichen als auch unnötigen Sterne nun durch dieses Fernrohr wahrnehmen würden?

DER MATHEMATIKER Man könnte versucht sein zu antworten, daß Ihr Rohr, etwas zeigend, was nicht sein kann, ein nicht sehr verläßliches Rohr sein müßte, nicht?

GALILEI Was meinen Sie damit?

DER MATHEMATIKER Es wäre doch viel förderlicher, Herr Galilei, wenn Sie uns die Gründe nennten, die Sie zu der Annahme bewegen, daß in der höchsten Sphäre des unveränderlichen Himmels Gestirne freischwebend in Bewegung sein können.

DER PHILOSOPH Gründe, Herr Galilei, Gründe!

GALILEI Die Gründe? Wenn ein Blick auf die Gestirne selber und meine Notierungen das Phänomen zeigen? Mein Herr, der Disput wird abgeschmackt.

DER MATHEMATIKER Wenn man sicher wäre, daß Sie sich nicht noch mehr erregten, könnte man sagen, daß, was in Ihrem Rohr ist und was am Himmel ist, zweierlei sein kann.

DER PHILOSOPH Das ist nicht höflicher auszudrücken.

FEDERZONI Sie denken, wir malten die Mediceischen Sterne auf die Linse!

GALILEI Sie werfen mir Betrug vor?

DER PHILOSOPH Aber wie könnten wir das? In Anwesenheit Seiner Hoheit!

DER MATHEMATIKER Ihr Instrument, mag man es nun Ihr Kind, mag man es Ihren Zögling nennen, ist sicher äußerst geschickt gemacht, kein Zweifel!

DER PHILOSOPH Und wir sind vollkommen überzeugt, Herr Galilei, daß weder Sie noch sonst jemand es wagen würde, Sterne mit dem erlauchten Namen des Herrscherhauses zu schmücken, deren Existenz nicht über allen Zweifel erhaben wäre.

Alle verbeugen sich tief vor dem Großherzog.

COSMO *sieht sich nach den Hofdamen um:* Ist etwas nicht in Ordnung mit meinen Sternen?

DIE ÄLTERE HOFDAME *zum Großherzog:* Es ist alles in Ordnung mit den Sternen Eurer Hoheit. Die Herren fragen sich nur, ob sie auch wirklich, wirklich da sind.

Pause.

DIE JÜNGERE HOFDAME Man soll ja jedes Rad am Großen Wagen sehen können durch das Instrument.

FEDERZONI Ja, und alles mögliche am Stier.

GALILEI Werden die Herren nun also durchschauen oder nicht?

DER PHILOSOPH Sicher, sicher.

DER MATHEMATIKER Sicher.

Pause. Plötzlich wendet sich Andrea um und geht steif ab durch den ganzen Raum. Seine Mutter fängt ihn auf.

FRAU SARTI Was ist los mit dir?

ANDREA Sie sind dumm. *Er reißt sich los und läuft weg.*

DER PHILOSOPH Bedauernswertes Kind.

DER HOFMARSCHALL Eure Hoheit, meine Herren, darf ich daran erinnern, daß der Staatsball in dreiviertel Stunden beginnt?

DER MATHEMATIKER Warum einen Eiertanz aufführen? Früher oder später wird Herr Galilei sich doch noch mit den Tatsachen befreunden müssen. Seine Jupiterplaneten würden die Sphärenschale durchstoßen. Es ist ganz einfach.

FEDERZONI Sie werden sich wundern: es gibt keine Sphärenschale.

DER PHILOSOPH Jedes Schulbuch wird Ihnen sagen, daß es sie gibt, mein guter Mann.

FEDERZONI Dann her mit neuen Schulbüchern.

DER PHILOSOPH Eure Hoheit, mein verehrter Kollege und ich stützen uns auf die Autorität keines Geringeren als des göttlichen Aristoteles selber.

GALILEI *fast unterwürfig:* Meine Herren, der Glaube an die Autorität des Aristoteles ist eine Sache, Fakten, die mit Händen zu greifen sind, eine andere. Sie sagen, nach dem Aristoteles gibt es dort oben Kristallschalen, und so können gewisse Bewegungen nicht stattfinden, weil die Gestirne die Schalen durchstoßen müßten. Aber wie, wenn Sie diese Bewegungen konstatieren könnten? Vielleicht sagt Ihnen das, daß es diese Kristallschalen gar nicht gibt? Meine Herren, ich ersuche Sie in aller Demut, Ihren Augen zu trauen.

DER MATHEMATIKER Lieber Galilei, ich pflege mitunter, so altmodisch es Ihnen erscheinen mag, den Aristoteles zu lesen und kann Sie dessen versichern, daß ich da meinen Augen traue.

GALILEI Ich bin es gewohnt, die Herren aller Fakultäten sämtlichen Fakten gegenüber die Augen schließen zu sehen und so zu tun, als sei nichts geschehen. Ich zeige meine Notierungen, und man lächelt, ich stelle mein Fernrohr zur Verfügung, daß man sich überzeugen kann, und man zitiert Aristoteles. Der Mann hatte kein Fernrohr!

DER MATHEMATIKER Allerdings nicht, allerdings nicht.

DER PHILOSOPH *groß:* Wenn hier Aristoteles in den Kot gezogen werden soll, eine Autorität, welche nicht nur die gesamte Wissenschaft der Antike, sondern auch die Hohen Kirchenväter selber anerkannten, so scheint jedenfalls mir eine Fortsetzung der Diskussion überflüssig. Unsachliche Diskussion lehne ich ab. Basta.

GALILEI Die Wahrheit ist das Kind der Zeit, nicht der Autorität. Unsere Unwissenheit ist unendlich, tragen wir einen Kubikmillimeter ab! Wozu jetzt noch so klug sein wollen, wenn wir endlich ein klein wenig weniger dumm sein können! Ich habe das unvorstellbare Glück gehabt, ein neues Instrument in die

Hand zu bekommen, mit dem man ein Zipfelchen des Universums etwas, nicht viel, näher besehen kann. Benützen Sie es.

DER PHILOSOPH Eure Hoheit, meine Damen und Herren, ich frage mich nur, wohin dies alles führen soll.

GALILEI Ich würde meinen, als Wissenschaftler haben wir uns nicht zu fragen, wohin die Wahrheit uns führen mag.

DER PHILOSOPH *wild:* Herr Galilei, die Wahrheit mag uns zu allem möglichen führen!

GALILEI Eure Hoheit. In diesen Nächten werden über ganz Italien Fernrohre auf den Himmel gerichtet. Die Monde des Jupiter verbilligen nicht die Milch. Aber sie wurden nie je gesehen, und es gibt sie doch. Daraus zieht der Mann auf der Straße den Schluß, daß es noch vieles geben könnte, wenn er nur seine Augen aufmachte! Ihr seid ihm eine Bestätigung schuldig! Es sind nicht die Bewegungen einiger entfernter Gestirne, die Italien aufhorchen machen, sondern die Kunde, daß für unerschütterlich angesehene Lehren ins Wanken gekommen sind, und jedermann weiß, daß es deren zu viele gibt. Meine Herren, lassen Sie uns nicht erschütterte Lehren verteidigen!

FEDERZONI Ihr als die Lehrer solltet das Erschüttern besorgen.

DER PHILOSOPH Ich wünschte, Ihr Mann offerierte nicht Ratschläge in einem wissenschaftlichen Disput.

GALILEI Eure Hoheit! Mein Werk in dem Großen Arsenal von Venedig brachte mich täglich zusammen mit Zeichnern, Bauleuten und Instrumentenmachern. Diese Leute haben mich manchen neuen Weg gelehrt. Unbelesen, verlassen sie sich auf das Zeugnis ihrer fünf Sinne, furchtlos zumeist, wohin dies Zeugnis sie führen wird ...

DER PHILOSOPH Oho!

GALILEI Sehr ähnlich unsern Seeleuten, die vor hundert Jahren unsere Küsten verließen, ohne zu wissen, was für andere Küsten sie erreichen würden, wenn überhaupt welche. Es scheint, daß man heute, um die hohe Neugierde zu finden, die den wahren Ruhm des alten Griechenland ausmachte, sich in die Schiffswerften begeben muß.

DER PHILOSOPH Nach allem, was wir hier gehört haben, zweifle ich nicht länger, daß Herr Galilei in den Schiffswerften Bewunderer finden wird.

DER HOFMARSCHALL Eure Hoheit, zu meiner Bestürzung stelle ich fest, daß sich die außerordentlich belehrende Unterhaltung ein wenig ausgedehnt hat. Seine Hoheit muß vor dem Hofball noch etwas ruhen.

Auf ein Zeichen verbeugt sich der Großherzog vor Galilei. Der Hof schickt sich schnell an zu gehen.

FRAU SARTI *stellt sich dem Großherzog in den Weg und bietet ihm einen Teller mit Bäckereien an:* Ein Kringel, Eure Hoheit?

Die ältere Hofdame führt den Großherzog hinaus.

GALILEI *hinterherlaufend:* Aber die Herren brauchten wirklich nur durch das Instrument zu schauen!

DER HOFMARSCHALL Ihre Hoheit wird nicht versäumen, über Ihre Behauptungen die Meinung unseres größten lebenden Astronomen einzuholen, des Herrn Pater Christopher Clavius, Hauptastronom am Päpstlichen Collegium in Rom.

5

UNEINGESCHÜCHTERT AUCH DURCH DIE PEST SETZT GALILEI SEINE FORSCHUNGEN FORT

a

Morgens früh. Galilei über seinen Aufzeichnungen am Fernrohr. Virginia herein mit einer Reisetasche.

GALILEI Virginia! Ist etwas passiert?

VIRGINIA Das Stift hat geschlossen, wir mußten sofort heim. In Arcetri gibt es fünf Pestfälle.

GALILEI *ruft:* Sarti!

VIRGINIA Die Marktgasse hier ist seit heut nacht auch schon abgeriegelt. In der Altstadt sollen zwei Tote sein und drei liegen sterbend im Spital.

GALILEI Sie haben wieder einmal alles bis zum letzten Augenblick verheimlicht.

FRAU SARTI *herein:* Was machst du hier?

VIRGINIA Die Pest.

FRAU SARTI Mein Gott! Ich packe. *Setzt sich.*

GALILEI Packen Sie nichts. Nehmen Sie Virginia und Andrea! Ich hole meine Aufzeichnungen. *Er läuft eilig zurück an seinen Tisch und klaubt in größter Hast Papiere zusammen.*

Frau Sarti zieht Andrea, der gelaufen kommt, einen Mantel an und holt etwas Bettzeug und Essen herbei. Herein ein großherzoglicher Lakai.

LAKAI Seine Hoheit hat der grassierenden Krankheit wegen die Stadt in Richtung auf Bologna verlassen. Er bestand jedoch darauf, daß Herrn Galilei die Möglichkeit geboten wird, sich ebenfalls in Sicherheit zu bringen. Die Kalesche ist in zwei Minuten vor der Tür.

FRAU SARTI *zu Virginia und Andrea:* Geht ihr sogleich hinaus. Hier, nehmt das mit.

ANDREA Aber warum? Wenn du mir nicht sagst, warum, gehe ich nicht.

FRAU SARTI Es ist die Pest, mein Kind.

VIRGINIA Wir warten auf Vater.

FRAU SARTI Herr Galilei, sind Sie fertig?

GALILEI *das Fernrohr in das Tischtuch packend:* Setzen Sie Virginia und Andrea in die Kalesche. Ich komme gleich.

VIRGINIA Nein, wir gehen nicht ohne dich. Du wirst nie fertig werden, wenn du erst deine Bücher einpackst.

FRAU SARTI Der Wagen ist da.

GALILEI Sei vernünftig, Virginia, wenn ihr euch nicht hineinsetzt, fährt der Kutscher weg. Die Pest, das ist keine Kleinigkeit.

VIRGINIA *protestierend, während Frau Sarti sie und Andrea hinausführt:* Helfen Sie ihm mit den Büchern, sonst kommt er nicht.

FRAU SARTI *ruft von der Haustür:* Herr Galilei! Der Kutscher weigert sich zu warten.

GALILEI Frau Sarti, ich glaube nicht, daß ich weg sollte. Da ist alles in Unordnung, wissen Sie, Aufzeichnungen von drei Monaten, die ich wegschmeißen kann, wenn ich sie nicht noch ein, zwei Nächte fortführe. Und diese Seuche ist ja überall.

FRAU SARTI Herr Galilei! Komm sofort mit! Du bist wahnsinnig.

GALILEI Sie müssen mit Virginia und Andrea fahren. Ich komme nach.

FRAU SARTI In einer Stunde kommt niemand mehr hier weg. Du mußt kommen! *Horcht.* Er fährt! Ich muß ihn aufhalten. *Ab. Galilei geht hin und her. Frau Sarti kehrt zurück, sehr bleich, ohne ihr Bündel.*

GALILEI Was stehen Sie herum? Die Kalesche mit den Kindern fährt Ihnen noch weg.

FRAU SARTI Sie sind weg. Virginia mußten sie festhalten. Man wird für die Kinder sorgen in Bologna. Aber wer soll Ihnen Ihr Essen hinstellen?

GALILEI Du bist wahnsinnig. Wegen dem Kochen in der Stadt zu bleiben! ... *Nimmt seine Aufzeichnungen in die Hand.* Glauben Sie von mir nicht, Frau Sarti, daß ich ein Narr bin. Ich kann diese Beobachtungen nicht im Stich lassen. Ich habe mächtige Feinde und muß Beweise für gewisse Behauptungen sammeln.

FRAU SARTI Sie brauchen sich nicht zu entschuldigen. Aber vernünftig ist es nicht.

b

Vor Galileis Haus in Florenz. Heraus tritt Galilei und blickt die Straße hinunter. Zwei Nonnen kommen vorüber.

GALILEI *spricht sie an:* Können Sie mir sagen, Schwestern, wo ich Milch zu kaufen bekomme? Heute früh ist die Milchfrau nicht gekommen, und meine Haushälterin ist weg.

DIE EINE NONNE Die Läden sind nur noch in der unteren Stadt offen.

DIE ANDERE NONNE Sind Sie hier herausgekommen? *Galilei nickt.* Das ist diese Gasse!

Die beiden Nonnen bekreuzigen sich, murmeln den Englischen Gruß und laufen weg. Ein Mann kommt vorbei.

GALILEI *spricht ihn an:* Sind Sie nicht der Bäcker, der uns das Weißbrot bringt? *Der Mann nickt.* Haben Sie meine Haushälterin gesehen? Sie muß gestern abend weggegangen sein. Seit heute früh ist sie nicht mehr im Haus.

Der Mann schüttelt den Kopf.

Ein Fenster gegenüber geht auf und eine Frau schaut heraus.

DIE FRAU *schreiend:* Laufen Sie! Bei denen da drüben ist die Pest!

Der Mann läuft erschrocken weg.

GALILEI Wissen Sie etwas über meine Haushälterin?

DIE FRAU Ihre Haushälterin ist oben an der Straße niedergebrochen. Sie muß es gewußt haben. Darum ist sie weg. Solche Rücksichtslosigkeit! *Sie schlägt das Fenster zu.*

Kinder kommen die Straße herunter. Sie sehen Galilei und rennen schreiend weg. Galilei wendet sich, da kommen zwei Soldaten gelaufen, ganz in Eisen.

DIE SOLDATEN Geh sofort ins Haus zurück! *Mit ihren langen Spießen schieben sie Galilei in sein Haus zurück. Hinter ihm verrammeln sie das Tor.*

GALILEI *am Fenster:* Könnt ihr mir sagen, was mit der Frau geschehen ist?

DIE SOLDATEN Sie werden auf den Anger geschafft.

DIE FRAU *erscheint wieder im Fenster:* Die ganze Gasse da hinten ist ja verseucht. Warum sperrt ihr nicht ab?

Die Soldaten ziehen einen Strick über die Straße.

DIE FRAU Aber so kann ja auch in unser Haus keiner mehr! Hier braucht ihr doch nicht abzusperren. Hier ist doch alles gesund. Halt! Halt! So hört doch! Mein Mann ist doch in der Stadt, er kann ja nicht mehr zu uns! Ihr Tiere, ihr Tiere! *Man hört von innen her ihr Schluchzen und Schreien.*

Die Soldaten gehen ab. An einem anderen Fenster erscheint eine alte Frau.

GALILEI Dort hinten muß es brennen.

DIE ALTE FRAU Sie löschen nicht mehr, wenn Pestverdacht ist. Jeder denkt nur noch an die Pest.

GALILEI Wie ihnen das gleich sieht! Das ist ihr ganzes Regierungssystem. Sie hauen uns ab wie den kranken Ast eines Feigenbaumes, der keine Frucht mehr bringen kann.

DIE ALTE FRAU Das dürfen Sie nicht sagen. Sie sind nur hilflos.

GALILEI Sind Sie allein im Haus?

DIE ALTE FRAU Ja. Mein Sohn hat mir einen Zettel geschickt. Er hat Gott sei Dank gestern abend schon erfahren, daß dort hinten wer gestorben ist, und ist nicht mehr heimgekommen. Es sind elf Fälle gewesen in der Nacht hier im Viertel.

GALILEI Ich mache mir Vorwürfe, daß ich meine Haushälterin nicht rechtzeitig weggeschickt habe. Ich hatte eine dringende Arbeit, aber sie hatte keinen Grund zu bleiben.

DIE ALTE FRAU Wir können ja auch nicht weg. Wer soll uns aufnehmen? Sie müssen sich keine Vorwürfe machen. Ich habe sie gesehen. Sie ging heute früh weg, gegen sieben Uhr. Sie war krank, denn als sie mich aus der Tür treten und die Brote hereinholen sah, machte sie einen Bogen um mich. Sie wollte wohl nicht, daß man Ihnen das Haus zuschließt. Aber sie bringen alles heraus.

Ein klapperndes Geräusch wird hörbar.

GALILEI Was ist das?

DIE ALTE FRAU Sie versuchen, mit Geräuschen die Wolken zu vertreiben, in denen die Pestkeime sind.

Galilei lacht schallend.

DIE ALTE FRAU Daß Sie noch lachen können!

Ein Mann kommt die Straße herunter und findet sie versperrt durch den Strick.

GALILEI Heda, Sie! Hier ist abgeriegelt, und im Haus ist nichts zu essen.

Der Mann ist schon weggelaufen.

GALILEI Aber ihr könnt einen doch nicht hier verhungern lassen! Heda! Heda!

DIE ALTE FRAU Vielleicht bringen sie was. Sonst kann ich Ihnen, aber erst nachts, einen Krug Milch vor die Tür stellen, wenn Sie sich nicht fürchten.

GALILEI Heda! Heda! Man muß uns doch hören!

Am Strick steht plötzlich Andrea. Er hat ein verweintes Gesicht.

GALILEI Andrea! Wie kommst du her?

ANDREA Ich war schon früh hier. Ich habe geklopft, aber Sie haben nicht aufgemacht. Die Leute haben mir gesagt, daß ...

GALILEI Bist du denn nicht weggefahren?

ANDREA Doch. Aber unterwegs konnte ich abspringen. Virginia ist weitergefahren. Kann ich nicht hinein?

DIE ALTE FRAU Nein, das kannst du nicht. Du mußt zu den Ursulinerinnen. Deine Mutter ist vielleicht auch dort.

ANDREA Ich war da. Aber man hat mich nicht zu ihr hineingelassen. Sie ist so krank.

GALILEI Bist du so weit hergelaufen? Das sind doch drei Tage, daß du wegfuhrst.

ANDREA So lang brauchte ich, seien Sie nicht böse. Sie haben mich einmal eingefangen.

GALILEI *hilflos:* Weine jetzt nicht mehr. Siehst du, ich habe allerhand gefunden in der Zwischenzeit. Soll ich dir erzählen? *Andrea nickt schluchzend.* Gib genau acht, sonst verstehst du nicht. Erinnerst du dich, daß ich dir den Planeten Venus gezeigt habe? Horch nicht auf das Geräusch, das ist nichts. Kannst du dich erinnern? Weißt du, was ich gesehen habe? Er ist wie der Mond! Ich habe ihn als halbe Kugel und ich habe ihn als Sichel gesehen. Was sagst du dazu? Ich kann dir alles zeigen mit einer kleinen Kugel und einem Licht. Es beweist, daß auch dieser Planet kein eigenes Licht hat. Und er dreht sich um die Sonne, in einem einfachen Kreis, ist das nicht wunderbar?

ANDREA *schluchzend:* Sicher, und das ist ein Fakt.

GALILEI *leise:* Ich habe sie nicht zurückgehalten.

Andrea schweigt.

GALILEI Aber natürlich, wenn ich nicht geblieben wäre, wäre das nicht geschehen.

ANDREA Müssen sie es Ihnen jetzt glauben?

GALILEI Ich habe jetzt alle Beweise zusammen. Weißt du, wenn das hier vorüber ist, gehe ich nach Rom und zeige es ihnen.

Die Straße herunter kommen zwei vermummte Männer mit langen Stangen und Kübeln. An den Stangen reichen sie Galilei und dann der alten Frau Brote in die Fenster.

DIE ALTE FRAU Und dort drüben ist eine Frau mit drei Kindern. Legt da auch was hin.

GALILEI Aber ich habe nichts zu trinken. Im Haus ist kein Wasser. *Die beiden zucken die Achseln.* Kommt ihr auch morgen?

DER EINE MANN *mit erstickter Stimme, da er ein Tuch vor dem Mund hat:* Wer weiß heut, was morgen ist?

GALILEI Könntet ihr, wenn ihr kommt, auch ein Büchlein heraufreichen, das ich für meine Arbeit brauche?

DER MANN *lacht dumpf:* Als ob es jetzt auf ein Buch ankäme. Sei froh, wenn du Brot bekommst.

GALILEI Aber der Junge dort, mein Schüler, wird da sein und es euch geben für mich. Es ist die Karte mit der Umlaufszeit des Merkur, Andrea, ich habe sie verlegt. Willst du sie beschaffen in der Schule?

Die Männer sind schon weitergegangen.

ANDREA Bestimmt. Ich hol sie, Herr Galilei. *Ab.*

Auch Galilei zieht sich zurück. Gegenüber aus dem Haus tritt die alte Frau und stellt einen Krug vor Galileis Tür.

6

1616: Das Collegium Romanum, Forschungsinstitut des Vatikans, bestätigt Galileis Entdeckungen.

Das hat die Welt nicht oft gesehn
Daß Lehrer selbst ans Lernen gehn.
Clavius, der Gottesknecht
Gab dem Galilei recht.

Saal des Collegium Romanum in Rom. Es ist Nacht. Hohe Geistliche, Mönche, Gelehrte in Gruppen. An der Seite allein Galilei. Es herrscht große Ausgelassenheit. Bevor die Szene beginnt, hört man gewaltiges Gelächter.

EIN DICKER PRÄLAT *hält sich den Bauch vor Lachen:* O Dummheit! O Dummheit! Ich möchte, daß mir einer einen Satz nennt, der nicht geglaubt wurde!

EIN GELEHRTER Zum Beispiel, daß Sie unüberwindliche Abneigung gegen Mahlzeiten verspüren, Monsignore!

DER DICKE PRÄLAT Wird geglaubt, wird geglaubt. Nur das Vernünftige wird nicht geglaubt. Daß es einen Teufel gibt, das wird bezweifelt. Aber daß die Erde sich dreht wie ein Schusser in der Gosse, das wird geglaubt. Sancta simplicitas!

EIN MÖNCH *spielt Komödie:* Mir schwindelt. Die Erde dreht sich zu schnell. Gestatten Sie, daß ich mich an Ihnen einhalte, Professor. *Er tut, als schwanke er, und hält sich an einem Gelehrten ein.*

DER GELEHRTE *mitmachend:* Ja, sie ist heute wieder ganz besoffen, die Alte. *Er hält sich an einem anderen ein.*

DER MÖNCH Halt, halt! Wir rutschen ab! Halt, sag ich!

EIN ZWEITER GELEHRTER Die Venus steht schon ganz schief. Ich sehe nur noch ihren halben Hintern, Hilfe!

Es bildet sich ein Klumpen von Mönchen, die unter Gelächter tun, als wehrten sie sich, von einem Schiff im Sturm abgeschüttelt zu werden.

EIN ZWEITER MÖNCH Wenn wir nur nicht auf den Mond geschmissen werden! Brüder, der soll scheußlich scharfe Bergspitzen haben!

DER ERSTE GELEHRTE Stemm dich mit dem Fuß dagegen.

DER ERSTE MÖNCH Und schaut nicht hinab. Ich leide unter Schwindel.

DER DICKE PRÄLAT *absichtlich laut in Galileis Richtung:* Unmöglich, Schwindel im Collegium Romanum!

Großes Gelächter.

Aus einer Tür hinten kommen zwei Astronomen des Collegiums. Stille tritt ein.

EIN MÖNCH Untersucht ihr immer noch? Das ist ein Skandal!

DER EINE ASTRONOM *zornig:* Wir nicht!

DER ZWEITE ASTRONOM Wohin soll das führen? Ich verstehe den Clavius nicht ... Wenn man alles für bare Münze nähme, was in den letzten fünfzig Jahren behauptet wurde! Im Jahre 1572 leuchtet in der höchsten Sphäre, der achten, der Sphäre der Fixsterne, ein neuer Stern auf, eher strahlender und größer als alle seine Nachbarsterne, und noch bevor anderthalb Jahre um waren, verschwindet er wieder und fällt der Vernichtung anheim. Soll man fragen: was ist also mit der ewigen Dauer und der Unveränderlichkeit des Himmels?

DER PHILOSOPH Wenn man es ihnen erlaubt, zertrümmern sie uns noch den ganzen Sternenhimmel.

DER ERSTE ASTRONOM Ja, wohin kommt man! Fünf Jahre später bestimmt der Däne Tycho Brahe die Bahn eines Kometen. Sie begann oberhalb des Mondes und durchbrach, eine nach der andern, alle Kugelschalen der Sphären, der materiellen Träger der bewegten Himmelskörper! Er trifft keinen Widerstand, er erfährt keine Ablenkung seines Lichts. Soll man also fragen: wo sind die Sphären?

DER PHILOSOPH Das ist doch ausgeschlossen! Wie kann Christopher Clavius, der größte Astronom Italiens und der Kirche, so etwas überhaupt untersuchen!

DER DICKE PRÄLAT Skandal!

DER ERSTE ASTRONOM Er untersucht aber! Er sitzt drinnen und glotzt durch dieses Teufelsrohr!

DER ZWEITE ASTRONOM Principiis obsta! Alles fing damit an, daß wir so vieles, die Länge des Sonnenjahres, die Daten der Sonnen- und Mondfinsternis, die Stellungen der Himmelskörper seit Jahr und Tag nach den Tafeln dieses Kopernikus berechnen, der ein Ketzer ist.

EIN MÖNCH Ich frage: was ist besser, eine Mondfinsternis drei Tage später als im Kalender steht zu erleben oder die ewige Seligkeit niemals?

EIN SEHR DÜNNER MÖNCH *kommt mit einer aufgeschlagenen Bibel nach vorn, fanatisch den Finger auf eine Stelle stoßend:* Was steht hier in der Schrift? »Sonne, steh still zu Gibeon und Mond im Tale Ajalon!« Wie kann die Sonne stillstehen, wenn sie sich überhaupt nicht dreht, wie diese Ketzer behaupten? Lügt die Schrift?

DER ZWEITE ASTRONOM Es gibt Erscheinungen, die uns Astronomen Schwierigkeiten bereiten, aber muß der Mensch alles verstehen?

Beide ab.

DER SEHR DÜNNE MÖNCH Die Heimat des Menschengeschlechts setzen sie einem Wandelstern gleich. Mensch, Tier, Pflanze und Erdreich verpacken sie auf einen Karren und treiben ihn im Kreis durch einen leeren Himmel. Erde und Himmel gibt es nicht mehr nach diesen. Die Erde nicht, weil sie ein Gestirn des Himmels ist, und den Himmel nicht, weil er aus Erden besteht. Da ist kein Unterschied mehr zwischen Oben und Unten, zwischen dem Ewigen und dem Vergänglichen. Daß wir vergehen, das wissen wir. Daß auch der Himmel vergeht, das sagen sie uns jetzt. Sonne, Mond und Sterne und wir leben auf der Erde, hat es geheißen und steht es geschrieben; aber jetzt ist auch die Erde ein Stern nach diesem da. Es gibt nur Sterne! Wir werden den Tag erleben, wo sie sagen: Es gibt auch nicht Mensch und Tier, der Mensch selber ist ein Tier, es gibt nur Tiere!

DER ERSTE GELEHRTE *zu Galilei:* Herr Galilei, Ihnen ist etwas hinabgefallen.

GALILEI *der seinen Stein während des Vorigen aus der Tasche gezogen, damit gespielt und ihn am Ende auf den Boden hat fallen lassen, indem er sich bückt, ihn aufzuheben:* Hinauf, Monsignore, es ist mir hinaufgefallen.

DER DICKE PRÄLAT *kehrt sich um:* Unverschämter Mensch.

Eintritt ein sehr alter Kardinal, von einem Mönch gestützt. Man macht ihm ehrerbietig Platz.

DER SEHR ALTE KARDINAL Sind sie immer noch drinnen? Können sie mit dieser Kleinigkeit wirklich nicht schneller fertig werden? Dieser Clavius sollte doch seine Astronomie verstehen! Ich höre, dieser Herr Galilei versetzt den Menschen aus dem Mittelpunkt des Weltalls irgendwohin an den Rand. Er ist folglich deutlich ein Feind des Menschengeschlechts! Als solcher muß er behandelt werden. Der Mensch ist die Krone der Schöpfung, das weiß jedes Kind, Gottes höchstes und geliebtestes Geschöpf. Wie könnte er es, ein solches Wunderwerk, eine solche Anstrengung, auf ein kleines, abseitiges und immerfort weglaufendes Gestirnlein setzen? Würde er so wohin seinen Sohn schicken? Wie kann es Leute geben, so pervers, daß sie diesen Sklaven ihrer Rechentafeln Glauben schenken! Welches Geschöpf Gottes wird sich so etwas gefallen lassen?

DER DICKE PRÄLAT *halblaut:* Der Herr ist anwesend.

DER SEHR ALTE KARDINAL *zu Galilei:* So, sind Sie das? Wissen Sie, ich sehe nicht mehr allzu gut, aber das sehe ich doch, daß Sie diesem Menschen, den wir seinerzeit verbrannt haben, – wie hieß er doch? – auffallend gleichen.

DER MÖNCH Eure Eminenz sollten sich nicht aufregen. Der Arzt …

DER SEHR ALTE KARDINAL *schüttelt ihn ab, zu Galilei:* Sie wollen die Erde erniedrigen, obwohl Sie auf ihr leben und alles von ihr empfangen. Sie beschmutzen Ihr eigenes Nest! Aber ich jedenfalls lasse es mir nicht gefallen. *Er stößt den Mönch zurück und beginnt stolz auf und ab zu schreiten.* Ich bin nicht irgendein Wesen auf irgendeinem Gestirnchen, das für kurze Zeit irgendwo kreist. Ich gehe auf einer festen Erde, in sicherem Schritt, sie ruht, sie ist der Mittelpunkt des Alls, ich bin im Mittelpunkt, und das Auge des Schöpfers ruht auf mir und auf mir allein. Um mich kreisen, fixiert an acht kristallenen Schalen, die Fixsterne und die gewaltige Sonne, die geschaffen ist, meine Umgebung zu beleuchten. Und auch mich, damit Gott mich sieht. So kommt sichtbar und unwiderleglich alles an auf mich, den Menschen, die Anstrengung Gottes, das Geschöpf in der Mitte, das Ebenbild Gottes, unvergänglich und … *Er sinkt zusammen.*

DER MÖNCH Eure Eminenz haben sich zuviel zugemutet!

In diesem Augenblick öffnet sich die Tür hinten, und an der Spitze seiner Astronomen kommt der große Clavius herein. Er durchschreitet schweigend und schnell, ohne zur Seite zu blikken, den Saal und spricht, schon am Ausgang, zu einem Mönch hin.

CLAVIUS Es stimmt. *Er geht ab, gefolgt von den Astronomen. Die Tür hinten bleibt offenstehen. Totenstille. Der sehr alte Kardinal kommt zu sich.*

DER SEHR ALTE KARDINAL Was ist? Die Entscheidung gefallen? *Niemand wagt es ihm zu sagen.*

DER MÖNCH Eure Eminenz müssen nach Hause gebracht werden.

Man hilft dem alten Mann hinaus. Alle verlassen verstört den Saal.

Ein kleiner Mönch aus der Untersuchungskommission des Clavius bleibt bei Galilei stehen.

DER KLEINE MÖNCH *verstohlen:* Herr Galilei, Pater Clavius sagte, bevor er wegging: Jetzt können die Theologen sehen, wie sie die Himmelskreise wieder einrenken! Sie haben gesiegt. *Ab.*

GALILEI *sucht ihn zurückzuhalten:* Sie hat gesiegt! Nicht ich, die Vernunft hat gesiegt!

Der kleine Mönch ist schon weg.

Auch Galilei geht. Unter der Tür begegnet er einem hochgewachsenen Geistlichen, dem Kardinal Inquisitor. Ein Astronom begleitet ihn. Galilei verbeugt sich. Bevor er hinausgeht, stellt er einem Türhüter flüsternd eine Frage.

TÜRHÜTER *zurückflüsternd:* Seine Eminenz, der Kardinal Inquisitor.

Der Astronom geleitet den Kardinal Inquisitor zum Fernrohr.

7
ABER DIE INQUISITION SETZT DIE KOPERNIKANISCHE LEHRE AUF DEN INDEX (5. MÄRZ 1616)

In Rom war Galilei Gast
In einem Kardinalspalast.
Man bot ihm Schmaus und bot ihm Wein
Und hatt' nur ein klein Wünschelein.

Haus des Kardinals Bellarmin in Rom. Ein Ball ist im Gang. Im Vestibül, wo zwei geistliche Sekretäre Schach spielen und Notizen über die Gäste machen, wird Galilei von einer kleinen Gruppe maskierter Damen und Herren mit Applaus empfan-

gen. Er kommt in Begleitung seiner Tochter Virginia und ihres Verlobten Ludovico Marsili.

VIRGINIA Ich tanze mit niemand sonst, Ludovico.

LUDOVICO Die Schulterspange ist lose.

GALILEI

»Dies leicht verschobene Busentuch, Thais
Ordne mir nicht. Manche Unordnung, tiefere
Zeigt es mir köstlich und
Andern auch. In des wimmelnden Saals
Kerzenlicht dürfen sie denken an
Dunklere Stellen des wartenden Parkes.«

VIRGINIA Fühl mein Herz.

GALILEI *legt ihr die Hand auf das Herz:* Es klopft.

VIRGINIA Ich möchte schön aussehen.

GALILEI Du mußt, sonst zweifeln sie sofort wieder, daß sie sich dreht.

LUDOVICO Sie dreht sich ja gar nicht. *Galilei lacht.* Rom spricht nur von Ihnen. Von heute abend ab, Herr, wird man von Ihrer Tochter sprechen.

GALILEI Es heißt, es sei leicht, im römischen Frühling schön auszusehen. Selbst ich muß einem beleibteren Adonis gleichen. *Zu den Sekretären:* Ich sollte den Herrn Kardinal hier erwarten. *Zu dem Paar:* Geht und vergnügt euch!

Bevor sie nach hinten zum Ball gehen, kommt Virginia noch einmal zurückgelaufen.

VIRGINIA Vater, der Friseur in der Via del Trionfo nahm mich zuerst dran und ließ vier Damen warten. Er kannte deinen Namen sofort. *Ab.*

GALILEI *zu den Schach spielenden Sekretären:* Wie könnt ihr noch immer das alte Schach spielen? Eng, eng. Jetzt spielt man doch so, daß die größeren Figuren über alle Felder gehen. Der Turm so *er zeigt es* – und der Läufer so – und die Dame so und so. Da hat man Raum und kann Pläne machen.

DER EINE SEKRETÄR Das entspricht nicht unsern kleinen Gehältern, wissen Sie. Wir können nur solche Sprünge machen. *Er zieht einen kleinen Zug.*

GALILEI Umgekehrt, mein Guter, umgekehrt! Wer auf großem Fuß lebt, dem bezahlen sie auch den größten Stiefel! Man muß mit der Zeit gehen, meine Herren. Nicht an den Küsten lang, einmal muß man ausfahren.

Der sehr alte Kardinal der vorigen Szene überquert die Bühne, geleitet von seinem Mönch. Er erblickt den Galilei, geht an ihm vorbei, wendet sich dann unsicher und grüßt ihn. Galilei setzt sich. Aus dem Ballsaal hört man, von Knaben gesungen, den Beginn des berühmten Gedichts Lorenzo de Medicis über die Vergänglichkeit:

»Ich, der ich Rosen aber sterben sah
Und ihre Blätter lagen welkend da
Entfärbt auf kaltem Boden, wußte gut:
Wie eitel ist der Jugend Übermut!«

GALILEI Rom. – Großes Fest?

SEKRETÄR Der erste Karneval nach den Pestjahren. Alle großen Familien Italiens sind heute abend hier vertreten. Die Orsinis, die Villanis, die Nuccolis, die Soldanieris, die Canes, die Lecchis, die Estensis, die Colombinis ...

ZWEITER SEKRETÄR *unterbricht:* Ihre Eminenzen, die Kardinäle Bellarmin und Barberini.

Herein Kardinal Bellarmin und Kardinal Barberini. Sie halten die Masken eines Lamms und einer Taube an Stöcken vors Gesicht.

BARBERINI *den Zeigefinger auf Galilei:* »Die Sonne geht auf und unter und kehret an ihren Ort zurück.« Das sagt Salomo, und was sagt Galilei?

GALILEI Als ich so klein war *er deutet es mit der Hand an*, Eure Eminenz, stand ich auf einem Schiff, und ich rief: Das Ufer bewegt sich fort. – Heute weiß ich, das Ufer stand fest, und das Schiff bewegte sich fort.

BARBERINI Schlau, schlau. Was man sieht, Bellarmin, nämlich daß der Gestirnhimmel sich dreht, braucht nicht zu stimmen, siehe Schiff und Ufer. Aber was stimmt, nämlich daß die Erde sich dreht, kann man nicht wahrnehmen! Schlau. Aber seine Jupitermonde sind harte Brocken für unsere Astronomen. Leider habe ich auch einmal etwas Astronomie gelesen, Bellarmin. Das hängt einem an wie die Krätze.

BELLARMIN Gehen wir mit der Zeit, Barberini. Wenn Sternkarten, die sich auf eine neue Hypothese stützen, unsern Seeleuten die Navigation erleichtern, mögen sie die Karten benutzen. Uns mißfallen nur Lehren, welche die Schrift falsch machen. *Er winkt grüßend nach dem Ballsaal zu.*

GALILEI Die Schrift. – »Wer aber das Korn zurückhält, dem wird das Volk fluchen.« Sprüche Salomonis.

BARBERINI »Der Weise verbirget sein Wissen.« Sprüche Salomonis.

GALILEI »Wo da Ochsen sind, da ist der Stall unrein. Aber viel Gewinn ist durch die Stärke des Ochsen.«

BARBERINI »Der seine Vernunft im Zaum hält, ist besser als der eine Stadt nimmt.«

GALILEI »Des Geist aber gebrochen ist, dem verdorren die Gebeine.« *Pause.* »Schreiet die Wahrheit nicht laut?«

BARBERINI »Kann man den Fuß setzen auf glühende Kohle, und der Fuß verbrennt nicht?« – Willkommen in Rom, Freund Galilei. Sie wissen von seinem Ursprung? Zwei Knäblein, so geht die Mär, empfingen Milch und Zuflucht von einer Wölfin. Von der Stunde an müssen alle Kinder der Wölfin für ihre Milch zahlen. Aber dafür sorgt die Wölfin für alle Arten von Genüssen, himmlische und irdische; von Gesprächen mit meinem gelehrten Freund Bellarmin bis zu drei oder vier Damen von internationalem Ruf, darf ich sie Ihnen zeigen? *Er führt Galilei hinter, ihm den Ballsaal zu zeigen.*

Galilei folgt widerstrebend.

BARBERINI Nein? Er besteht auf einer ernsten Unterhaltung. Gut. Sind Sie sicher, Freund Galilei, daß ihr Astronomen euch nicht nur einfach eure Astronomie bequemer machen wollt? *Er führt ihn wieder nach vorn.* Ihr denkt in Kreisen oder Ellipsen und in gleichmäßigen Schnelligkeiten, einfachen Bewegungen, die euren Gehirnen gemäß sind. Wie, wenn es Gott gefallen hätte, seine Gestirne so laufen zu lassen? *Er zeichnet mit dem Finger in der Luft eine äußerst verwickelte Bahn mit unregelmäßiger Geschwindigkeit.* Was würde dann aus euren Berechnungen?

GALILEI Eminenz, hätte Gott die Welt so konstruiert *er wiederholt Barberinis Bahn*, dann hätte er auch unsere Gehirne so konstruiert *er wiederholt dieselbe Bahn*, so daß sie eben diese Bahnen als die einfachsten erkennen würden. Ich glaube an die Vernunft.

BARBERINI Ich halte die Vernunft für unzulänglich. Er schweigt.

Er ist zu höflich, jetzt zu sagen, er hält meine für unzulänglich. *Lacht und geht zur Brüstung zurück.*

BELLARMIN Die Vernunft, mein Freund, reicht nicht sehr weit. Ringsum sehen wir nichts als Schiefheit, Verbrechen und Schwäche. Wo ist die Wahrheit?

GALILEI *zornig:* Ich glaube an die Vernunft.

BARBERINI *zu den Sekretären:* Ihr sollt nicht mitschreiben, das ist eine wissenschaftliche Unterhaltung unter Freunden.

BELLARMIN Bedenken Sie einen Augenblick, was es die Kirchenväter und so viele nach ihnen für Mühe und Nachdenken gekostet hat, in eine solche Welt (ist sie etwa nicht abscheulich?) etwas Sinn zu bringen. Bedenken Sie die Roheit derer, die ihre Bauern in der Campagna halbnackt über ihre Güter peitschen lassen, und die Dummheit dieser Armen, die ihnen dafür die Füße küssen.

GALILEI Schandbar! Auf meiner Fahrt hierher sah ich ...

BELLARMIN Wir haben die Verantwortung für den Sinn solcher Vorgänge (das Leben besteht daraus), die wir nicht begreifen können, einem höheren Wesen zugeschoben, davon gesprochen, daß mit derlei gewisse Absichten verfolgt werden, daß dies alles einem großen Plan zufolge geschieht. Nicht als ob dadurch absolute Beruhigung eingetreten wäre, aber jetzt beschuldigen Sie dieses höchste Wesen, es sei sich im unklaren darüber, wie die Welt der Gestirne sich bewegt, worüber Sie sich im klaren sind. Ist das weise?

GALILEI *zu einer Erklärung ausholend:* Ich bin ein gläubiger Sohn der Kirche ...

BARBERINI Es ist entsetzlich mit ihm. Er will in aller Unschuld Gott die dicksten Schnitzer in der Astronomie nachweisen! Wie, Gott hat nicht sorgfältig genug Astronomie studiert, bevor er die Heilige Schrift verfaßte? Lieber Freund!

BELLARMIN Ist es nicht auch für Sie wahrscheinlich, daß der Schöpfer über das von ihm Geschaffene besser Bescheid weiß als sein Geschöpf?

GALILEI Aber, meine Herren, schließlich kann der Mensch nicht nur die Bewegungen der Gestirne falsch auffassen, sondern auch die Bibel!

BELLARMIN Aber wie die Bibel aufzufassen ist, darüber haben schließlich die Theologen der Heiligen Kirche zu befinden, nicht?

Galilei schweigt.

BELLARMIN Sehen Sie: jetzt schweigen Sie. *Er macht den Sekretären ein Zeichen.* Herr Galilei, das Heilige Offizium hat heute nacht beschlossen, daß die Lehre des Kopernikus, nach der die Sonne Zentrum der Welt und unbeweglich, die Erde aber nicht Zentrum der Welt und beweglich ist, töricht, absurd und ketzerisch im Glauben ist. Ich habe den Auftrag, Sie zu ermahnen, diese Meinung aufzugeben. *Zum ersten Sekretär:* Wiederholen Sie das.

ERSTER SEKRETÄR Seine Eminenz, Kardinal Bellarmin, zu dem besagten Galileo Galilei: Das Heilige Offizium hat beschlossen, daß die Lehre des Kopernikus, nach der die Sonne Zentrum der Welt und unbeweglich, die Erde aber nicht Zentrum der Welt und beweglich ist, töricht, absurd und ketzerisch im Glauben ist. Ich habe den Auftrag, Sie zu ermahnen, diese Meinung aufzugeben.

GALILEI Was heißt das?

Aus dem Ballsaal hört man, von Knaben gesungen, eine weitere Strophe des Gedichts:

»Sprach ich: Die schöne Jahreszeit geht schnell vorbei:
Pflücke die Rose, noch ist es Mai.«

Barberini bedeutet dem Galilei zu schweigen, solange der Gesang währt. Sie lauschen.

GALILEI Aber die Tatsachen? Ich verstand, daß die Astronomen des Collegium Romanum meine Notierungen anerkannt haben.

BELLARMIN Mit den Ausdrücken der tiefsten Genugtuung, in der für Sie ehrendsten Weise.

GALILEI Aber die Jupitertrabanten, die Phasen der Venus ...

BELLARMIN Die Heilige Kongregation hat ihren Beschluß gefaßt, ohne diese Einzelheiten zur Kenntnis zu nehmen.

GALILEI Das heißt, daß jede weitere wissenschaftliche Forschung ...

BELLARMIN Durchaus gesichert ist, Herr Galilei. Und das gemäß der Anschauung der Kirche, daß wir nicht wissen können, aber forschen mögen. *Er begrüßt wieder einen Gast im Ballsaal.* Es steht Ihnen frei, in Form der mathematischen Hypothese auch diese Lehre zu behandeln. Die Wissenschaft ist die legitime und höchst geliebte Tochter der Kirche, Herr Galilei. Niemand von uns nimmt im Ernst an, daß Sie das Vertrauen zur Kirche untergraben wollen.

GALILEI *zornig:* Vertrauen wird dadurch erschöpft, daß es in Anspruch genommen wird.

BARBERINI Ja? *Er klopft ihm, schallend lachend, auf die Schulter. Dann sieht er ihn scharf an und sagt nicht unfreundlich:* Schütten Sie nicht das Kind mit dem Bade aus, Freund Galilei. Wir tun es auch nicht. Wir brauchen Sie, mehr als Sie uns.

BELLARMIN Ich brenne darauf, den größten Mathematiker Italiens dem Kommissar des Heiligen Offiziums vorzustellen, der Ihnen die allergrößte Wertschätzung entgegenbringt.

BARBERINI *den andern Arm Galileis fassend:* Worauf er sich wieder in ein Lamm verwandelt. Auch Sie wären besser als braver Doktor der Schulmeinung kostümiert hier erschienen, lieber Freund. Es ist meine Maske, die mir heute ein wenig Freiheit gestattet. In einem solchen Aufzug können Sie mich murmeln hören: Wenn es keinen Gott gäbe, müßte man ihn erfinden. Gut, nehmen wir wieder unsere Masken vor. Der arme Galilei hat keine.

Sie nehmen Galilei in die Mitte und führen ihn in den Ballsaal.

ERSTER SEKRETÄR Hast du den letzten Satz?

ZWEITER SEKRETÄR Bin dabei. *Sie schreiben eifrig.* Hast du das, wo er sagt, daß er an die Vernunft glaubt?

Herein der Kardinal Inquisitor.

DER INQUISITOR Die Unterredung hat stattgefunden?

ERSTER SEKRETÄR *mechanisch:* Zuerst kam Herr Galilei mit seiner Tochter. Sie hat sich heute verlobt mit Herrn ... *Der Inquisitor winkt ab.* Herr Galilei unterrichtete uns sodann von der neuen Art des Schachspielens, bei der die Figuren entgegen allen Spielregeln über alle Felder hinweg bewegt werden.

DER INQUISITOR *winkt ab:* Das Protokoll.

Ein Sekretär händigt ihm das Protokoll aus, und der Kardinal setzt sich, es zu durchfliegen. Zwei junge Damen in Masken überqueren die Bühne, sie knicksen vor dem Kardinal.

DIE EINE Wer ist das?

DIE ANDERE Der Kardinal Inquisitor.

Sie kichern und gehen ab. Herein Virginia, sich suchend umblickend.

DER INQUISITOR *aus seiner Ecke:* Nun, meine Tochter?

VIRGINIA *erschrickt ein wenig, da sie ihn nicht gesehen hat:* Oh, Eure Eminenz!

Der Inquisitor streckt ihr, ohne aufzusehen, die Rechte hin. Sie nähert sich und küßt kniend seinen Ring.

DER INQUISITOR Eine superbe Nacht! Gestatten Sie mir, Sie zu Ihrer Verlobung zu beglückwünschen. Ihr Bräutigam kommt aus einer vornehmen Familie. Sie bleiben uns in Rom?

VIRGINIA Zunächst nicht, Eure Eminenz. Es gibt so viel vorzubereiten für eine Heirat.

DER INQUISITOR So, Sie folgen also Ihrem Vater wieder nach Florenz. Ich freue mich darüber. Ich kann mir denken, daß Ihr Vater Sie braucht. Mathematik ist eine kalte Hausgefährtin, nicht? Ein Geschöpf aus Fleisch und Blut in solcher Umgebung macht da allen Unterschied. Man verliert sich so leicht in den Gestirnwelten, welche so sehr ausgedehnt sind, wenn man ein großer Mann ist.

VIRGINIA *atemlos:* Sie sind sehr gütig, Eminenz. Ich verstehe wirklich fast gar nichts von diesen Dingen.

DER INQUISITOR Nein? *Er lacht.* Im Haus des Fischers ißt man nicht Fisch, wie? Es wird Ihren Herrn Vater amüsieren, wenn er hört, daß Sie schließlich von mir gehört haben, was Sie über die Gestirnwelten wissen, mein Kind. *Im Protokoll blätternd.* Ich lese hier, daß unsere Neuerer, deren in der ganzen Welt anerkannter Führer Ihr Herr Vater ist, ein großer Mann, einer der größten, unsere gegenwärtigen Vorstellungen von der Bedeutung unserer lieben Erde für etwas übertrieben ansehen. Nun, von den Zeiten des Ptolemäus, eines Weisen des Altertums, bis zum heutigen Tag maß man für die ganze Schöpfung, also für die gesamte Kristallkugel, in deren Mitte die Erde ruht, etwa zwanzigtausend Erddurchmesser. Eine schöne Geräumigkeit, aber zu klein, weit zu klein für Neuerer. Nach diesen ist sie, wie wir hören, ganz unvorstellbar weit ausgedehnt, ist der Abstand der Erde von der Sonne, ein durchaus bedeutender Abstand, wie es uns immer geschienen hat, so verschwindend klein gegen den Abstand unserer armen Erde von den Fixsternen, die auf der alleräußersten Schale befestigt sind, daß man ihn bei den Berechnungen überhaupt nicht einzukalkulieren braucht! Da soll man noch sagen, daß die Neuerer nicht auf großem Fuße leben.

Virginia lacht. Auch der Inquisitor lacht.

DER INQUISITOR In der Tat, einige Herren des Heiligen Offiziums haben kürzlich an einem solchen Weltbild, gegen das unser bisheriges nur ein Bildchen ist, das man um einen so entzückenden Hals wie den gewisser junger Mädchen legen könnte, beinahe Anstoß genommen. Sie sind besorgt, auf so ungeheuren Strecken könnte ein Prälat und sogar ein Kardinal leicht verlorengehen. Selbst ein Papst könnte vom Allmächtigen da aus den Augen verloren werden. Ja, das ist lustig, aber ich bin doch froh, Sie auch weiterhin in der Nähe Ihres großen Vaters zu wissen, den wir alle so schätzen, liebes Kind. Ich frage mich, ob ich nicht Ihren Beichtvater kenne ...

VIRGINIA Pater Christophorus von Sankt Ursula.

DER INQUISITOR Ja, ich freue mich, daß Sie Ihren Herrn Vater also begleiten. Er wird Sie brauchen, Sie mögen es sich nicht vorstellen können, aber es wird so kommen. Sie sind noch so jung und wirklich, so sehr Fleisch und Blut, und Größe ist nicht immer leicht zu tragen für diejenigen, denen Gott sie verliehen hat, nicht immer. Niemand unter den Sterblichen ist ja so groß, daß er nicht in ein Gebet eingeschlossen werden könnte. Aber nun halte ich Sie auf, liebes Kind, und mache Ihren Verlobten eifersüchtig und vielleicht auch Ihren lieben Vater, weil ich Ihnen etwas über die Gestirne erzählt habe, was möglicherweise sogar veraltet ist. Gehen Sie schnell zum Tanzen, nur vergessen Sie nicht, Pater Christophorus von mir zu grüßen.

Virginia nach einer tiefen Verbeugung schnell ab.

8
Ein Gespräch

Galilei las den Spruch
Ein junger Mönch kam zu Besuch
War eines armen Bauern Kind
Wollt wissen, wie man Wissen find't.
Wollt es wissen, wollt es wissen.

Im Palast des florentinischen Gesandten in Rom hört Galilei den kleinen Mönch an, der ihm nach der Sitzung des Collegium Romanum den Ausspruch des päpstlichen Astronomen zugeflüstert hat.

GALILEI Reden Sie, reden Sie! Das Gewand, das Sie tragen, gibt Ihnen das Recht zu sagen, was immer Sie wollen.

DER KLEINE MÖNCH Ich habe Mathematik studiert, Herr Galilei.

GALILEI Das könnte helfen, wenn es Sie veranlaßte einzugestehen, daß zwei mal zwei hin und wieder vier ist!

DER KLEINE MÖNCH Herr Galilei, seit drei Nächten kann ich keinen Schlaf mehr finden. Ich wußte nicht, wie ich das Dekret, das ich gelesen habe, und die Trabanten des Jupiter, die ich gesehen habe, in Einklang bringen sollte. Ich beschloß, heute früh die Messe zu lesen und zu Ihnen zu gehen.

GALILEI Um mir mitzuteilen, daß der Jupiter keine Trabanten hat?

DER KLEINE MÖNCH Nein. Mir ist es gelungen, in die Weisheit des Dekrets einzudringen. Es hat mir die Gefahren aufgedeckt, die ein allzu hemmungsloses Forschen für die Menschheit in sich birgt, und ich habe beschlossen, der Astronomie zu entsagen. Jedoch ist mir noch daran gelegen, Ihnen die Beweggründe zu unterbreiten, die auch einen Astronomen dazu bringen können, von einem weiteren Ausbau der gewissen Lehre abzusehen.

GALILEI Ich darf sagen, daß mir solche Beweggründe bekannt sind.

DER KLEINE MÖNCH Ich verstehe Ihre Bitterkeit. Sie denken an die gewissen außerordentlichen Machtmittel der Kirche.

GALILEI Sagen Sie ruhig Folterinstrumente.

DER KLEINE MÖNCH Aber ich möchte andere Gründe nennen. Erlauben Sie, daß ich von mir rede. Ich bin als Sohn von Bauern in der Campagna aufgewachsen. Es sind einfache Leute. Sie wissen alles über den Ölbaum, aber sonst recht wenig. Die Phasen der Venus beobachtend, kann ich nun meine Eltern vor mir sehen, wie sie mit meiner Schwester am Herd sitzen und ihre Käsespeise essen. Ich sehe die Balken über ihnen, die der Rauch von Jahrhunderten geschwärzt hat, und ich sehe genau ihre alten abgearbeiteten Hände und den kleinen Löffel darin. Es geht ihnen nicht gut, aber selbst in ihrem Unglück liegt eine gewisse Ordnung verborgen. Da sind diese verschiedenen Kreisläufe, von dem des Bodenaufwischens über den der Jahreszeiten im Ölfeld zu dem der Steuerzahlung. Es ist regelmäßig, was auf sie herabstößt an Unfällen. Der Rücken meines Vaters wird zusammengedrückt nicht auf einmal, sondern mit jedem Frühjahr im Ölfeld mehr, so wie auch die Geburten, die meine Mutter immer geschlechtsloser gemacht haben, in ganz bestimmten Abständen erfolgten. Sie schöpfen die Kraft, ihre Körbe schweißtriefend den steinigen Pfad hinaufzuschleppen, Kinder zu gebären, ja, zu essen, aus dem Gefühl der Stetigkeit und Notwendigkeit, das der Anblick des Bodens, der jedes Jahr von neuem grünenden Bäume, der kleinen Kirche und das Anhören der sonntäglichen Bibeltexte ihnen verleihen können. Es ist ihnen versichert worden, daß das Auge der Gottheit auf ihnen liegt, forschend, ja beinahe angstvoll; daß das ganze Welttheater um sie aufgebaut ist, damit sie, die Agierenden, in ihren großen oder kleinen Rollen sich bewähren können. Was würden meine Leute sagen, wenn sie von mir erführen, daß sie sich auf einem kleinen Steinklumpen befinden, der sich unaufhörlich drehend im leeren Raum um ein anderes Gestirn bewegt, einer unter sehr vielen, ein ziemlich unbedeutender! Wozu ist jetzt noch solche Geduld, solches Einverständnis in ihr Elend nötig oder gut? Wozu ist die Heilige Schrift noch gut, die alles erklärt und als notwendig begründet hat, den Schweiß, die Geduld, den Hunger, die Unterwerfung, und die jetzt voll von Irrtümern befunden wird? Nein, ich sehe ihre Blicke scheu werden, ich sehe sie die Löffel auf die Herdplatte senken, ich sehe, wie sie sich verraten und betrogen fühlen. Es liegt also kein Auge auf uns, sagen sie. Wir müssen nach uns selber sehen, ungelehrt, alt und verbraucht, wie wir sind? Niemand hat uns eine Rolle zugedacht außer dieser irdischen, jämmerlichen auf einem winzigen Gestirn, das ganz unselbständig ist, um das sich nichts dreht? Kein Sinn liegt in unserm Elend, Hunger ist eben Nichtgegessenhaben, keine Kraftprobe; Anstrengung ist eben Sichbücken und Schleppen, kein Verdienst. Verstehen Sie da, daß ich aus dem Dekret der Heiligen Kongregation ein edles mütterliches Mitleid, eine große Seelengüte herauslese?

GALILEI Seelengüte! Wahrscheinlich meinen Sie nur, es ist nichts da, der Wein ist weggetrunken, ihre Lippen vertrocknen, mögen sie die Soutane küssen! Warum ist denn nichts da? Warum ist die Ordnung in diesem Land nur die Ordnung einer leeren Lade und die Notwendigkeit nur die, sich zu Tode zu arbeiten? Zwischen strotzenden Weinbergen, am Rand der Weizenfelder! Ihre Campagnabauern bezahlen die Kriege, die der Stellvertreter des milden Jesus in Spanien und Deutschland führt. Warum stellt er die Erde in den Mittelpunkt des Universums? Damit der Stuhl Petri im Mittelpunkt der Erde stehen kann! Um das letztere handelt es sich. Sie haben recht, es handelt sich nicht um die Planeten, sondern um die Campagnabauern. Und kommen Sie mir nicht mit der Schönheit von Phänomenen, die das Alter vergoldet hat! Wissen Sie, wie die Auster Margaritifera ihre Perle produziert? Indem sie in lebensgefährlicher Krankheit einen unerträglichen Fremdkörper, zum Beispiel ein Sandkorn, in eine Schleimkugel einschließt. Sie geht nahezu drauf bei dem Prozeß. Zum Teufel mit der Perle, ich ziehe die gesunde Auster vor. Tugenden sind nicht an Elend geknüpft, mein Lieber. Wären Ihre Leute wohlhabend und glücklich, könnten sie die Tugenden der Wohlhabenheit und des Glücks entwickeln. Jetzt stammen diese Tugenden Erschöpfter von erschöpften Äckern, und ich lehne sie ab. Herr, meine neuen Wasserpumpen können da mehr Wunder tun als ihre lächerliche übermenschliche Plakkerei. – »Seid fruchtbar und mehret euch«, denn die Äcker sind unfruchtbar, und die Kriege dezimieren euch. Soll ich Ihre Leute anlügen?

DER KLEINE MÖNCH *in großer Bewegung:* Es sind die allerhöchsten Beweggründe, die uns schweigen machen müssen, es ist der Seelenfrieden Unglücklicher!

GALILEI Wollen Sie eine Cellini-Uhr sehen, die Kardinal Bellarmins Kutscher heute morgen hier abgegeben hat? Mein Lieber, als Belohnung dafür, daß ich zum Beispiel Ihren guten Eltern den Seelenfrieden lasse, offeriert mir die Behörde den Wein, den sie keltern im Schweiße ihres Antlitzes, das bekanntlich nach Gottes Ebenbild geschaffen ist. Würde ich mich zum Schweigen bereit finden, wären es zweifellos recht niedrige Beweggründe: Wohlleben, keine Verfolgung et cetera.

DER KLEINE MÖNCH Herr Galilei, ich bin Priester.

GALILEI Sie sind auch Physiker. Und Sie sehen, die Venus hat Phasen. Da, sieh hinaus! *Er zeigt durch das Fenster.* Siehst du dort den kleinen Priap an der Quelle neben dem Lorbeer? Der Gott der Gärten, der Vögel und der Diebe, der bäurische obszöne Zweitausendjährige! Er hat weniger gelogen. Nichts davon, schön, ich bin ebenfalls ein Sohn der Kirche. Aber kennen Sie die achte Satire des Horaz? Ich lese ihn eben wieder in diesen Tagen, er verleiht einiges Gleichgewicht. *Er greift nach einem kleinen Buch.* Er läßt eben diesen Priap sprechen, eine kleine Statue, die in den Esquilinischen Gärten aufgestellt war. Folgendermaßen beginnt es:

»Ein Feigenklotz, ein wenig nützes Holz
War ich, als einst der Zimmermann, unschlüssig
Ob einen Priap machen oder einen Schemel
Sich für den Gott entschied ...«

Meinen Sie, Horaz hätte sich etwa den Schemel verbieten und einen Tisch in das Gedicht setzen lassen? Herr, mein Schönheitssinn wird verletzt, wenn die Venus in meinem Weltbild ohne Phasen ist! Wir können nicht Maschinerien für das Hochpumpen von Flußwasser erfinden, wenn wir die größte Maschinerie, die uns vor Augen liegt, die der Himmelskörper, nicht studieren sollen. Die Winkelsumme im Dreieck kann nicht nach den Bedürfnissen der Kurie abgeändert werden. Die Bahnen fliegender Körper kann ich nicht so berechnen, daß auch die Ritte der Hexen auf Besenstielen erklärt werden.

DER KLEINE MÖNCH Und Sie meinen nicht, daß die Wahrheit, wenn es Wahrheit ist, sich durchsetzt, auch ohne uns?

GALILEI Nein, nein, nein. Es setzt sich nur so viel Wahrheit durch, als wir durchsetzen; der Sieg der Vernunft kann nur der Sieg der Vernünftigen sein. Eure Campagnabauern schildert Ihr ja schon wie das Moos auf ihren Hütten! Wie kann jemand annehmen, daß die Winkelsumme im Dreieck i h r e n Bedürfnissen widersprechen könnte! Aber wenn sie nicht in Bewegung kommen und denken lernen, werden ihnen auch die schönsten Bewässerungsanlagen nichts nützen. Zum Teufel, ich sehe die göttliche Geduld Ihrer Leute, aber wo ist ihr göttlicher Zorn?

DER KLEINE MÖNCH Sie sind müde!

GALILEI *wirft ihm einen Packen Manuskripte hin:* Bist du ein Physiker, mein Sohn? Hier stehen die Gründe, warum das

Weltmeer sich in Ebbe und Flut bewegt. Aber du sollst es nicht lesen, hörst du? Ach, du liest schon? Du bist also ein Physiker?

Der kleine Mönch hat sich in die Papiere vertieft.

GALILEI Ein Apfel vom Baum der Erkenntnis! Er stopft ihn schon hinein. Er ist ewig verdammt, aber er muß ihn hineinstopfen, ein unglücklicher Fresser! Ich denke manchmal: ich ließe mich zehn Klafter unter der Erde in einen Kerker einsperren, zu dem kein Licht mehr dringt, wenn ich dafür erführe, was das ist: Licht. Und das Schlimmste: was ich weiß, muß ich weitersagen. Wie ein Liebender, wie ein Betrunkener, wie ein Verräter. Es ist ganz und gar ein Laster und führt ins Unglück. Wie lang werde ich es in den Ofen hineinschreien können – das ist die Frage.

DER KLEINE MÖNCH *zeigt auf eine Stelle in den Papieren:* Diesen Satz verstehe ich nicht.

GALILEI Ich erkläre ihn dir, ich erkläre ihn dir.

9

NACH ACHTJÄHRIGEM SCHWEIGEN WIRD GALILEI DURCH DIE THRONBESTEIGUNG EINES NEUEN PAPSTES, DER SELBST WISSENSCHAFTLER IST, ERMUTIGT, SEINE FORSCHUNGEN AUF DEM VERBOTENEN FELD WIEDER AUFZUNEHMEN. DIE SONNENFLECKEN.

Die Wahrheit im Sacke
Die Zung in der Backe
Schwieg er acht Jahre, dann war's ihm zu lang.
Wahrheit, geh deinen Gang.

Haus des Galilei in Florenz. Galileis Schüler, Federzoni, der kleine Mönch und Andrea Sarti, jetzt ein junger Mann, sind zu einer experimentellen Vorlesung versammelt. Galilei selber liest stehend in einem Buch. – Virginia und die Sarti nähen Brautwäsche.

VIRGINIA Aussteuernähen ist lustiges Nähen. Das ist für einen langen Gästetisch, Ludovico hat gern Gäste. Es muß nur ordentlich sein, seine Mutter sieht jeden Faden. Sie ist mit Vaters Büchern nicht einverstanden. So wenig wie Pater Christophorus.

FRAU SARTI Er hat seit Jahren kein Buch mehr geschrieben.

VIRGINIA Ich glaube, er hat eingesehen, daß er sich getäuscht hat. In Rom hat mir ein sehr hoher geistlicher Herr vieles aus der Astronomie erklärt. Die Entfernungen sind zu weit.

ANDREA *während er das Pensum des Tages auf die Tafel schreibt:* »Donnerstag nachmittag. Schwimmende Körper.« – Wieder Eis; Schaff mit Wasser; Waage; eiserne Nadel; Aristoteles. *Er holt die Gegenstände.*

Die andern lesen in Büchern nach.

Eintritt Filippo Mucius, ein Gelehrter in mittleren Jahren. Er zeigt ein etwas verstörtes Wesen.

MUCIUS Könnten Sie Herrn Galilei sagen, daß er mich empfangen muß? Er verdammt mich, ohne mich zu hören.

FRAU SARTI Aber er will Sie doch nicht empfangen.

MUCIUS Gott wird es Ihnen lohnen, wenn Sie ihn darum bitten. Ich muß ihn sprechen.

VIRGINIA *geht zur Treppe:* Vater!

GALILEI Was gibt es?

VIRGINIA Herr Mucius!

GALILEI *brüsk aufsehend, geht zur Treppe, seine Schüler hinter sich:* Was wünschen Sie?

MUCIUS Herr Galilei, ich bitte Sie um die Erlaubnis, Ihnen die Stellen in meinem Buch zu erklären, wo eine Verdammung der kopernikanischen Lehren von der Drehung der Erde vorzuliegen scheint. Ich habe ...

GALILEI Was wollen Sie da erklären? Sie befinden sich in Übereinstimmung mit dem Dekret der Heiligen Kongregation von 1616. Sie sind vollständig in Ihrem Recht. Sie haben zwar hier Mathematik studiert, aber das gibt uns kein Recht, von Ihnen zu hören, daß zwei mal zwei vier ist. Sie haben das volle Recht zu sagen, daß dieser Stein *er zieht einen kleinen Stein aus der Tasche und wirft ihn in den Flur hinab* soeben nach oben geflogen ist, ins Dach.

MUCIUS Herr Galilei, ich ...

GALILEI Sagen Sie nichts von Schwierigkeiten! Ich habe mich von der Pest nicht abhalten lassen, meine Notierungen fortzusetzen.

MUCIUS Herr Galilei, die Pest ist nicht das schlimmste.

GALILEI Ich sage Ihnen: Wer die Wahrheit nicht weiß, der ist bloß ein Dummkopf. Aber wer sie weiß und sie eine Lüge nennt, der ist ein Verbrecher! Gehen Sie hinaus aus meinem Haus!

MUCIUS *tonlos:* Sie haben recht. *Er geht hinaus.*

Galilei geht wieder in sein Studierzimmer.

FEDERZONI Das ist leider so. Er ist kein großer Mann und gälte wohl gar nichts, wenn er nicht Ihr Schüler gewesen wäre. Aber jetzt sagen sie natürlich: Er hat alles gehört, was Galilei zu lehren hatte, und er muß zugeben, es ist alles falsch.

FRAU SARTI Der Herr tut mir leid.

VIRGINIA Vater mochte ihn zu gern.

FRAU SARTI Ich wollte mit dir gern über deine Heirat sprechen, Virginia. Du bist noch ein so junges Ding, und eine Mutter hast du nicht, und dein Vater legt diese Eisstückchen aufs Wasser. Jedenfalls würde ich dir nicht raten, ihn irgend etwas in bezug auf deine Ehe zu fragen. Er würde eine Woche lang, und zwar beim Essen und wenn die jungen Leute dabei sind, die schrecklichsten Sachen sagen, da er nicht für einen halben Skudo Schamgefühl hat, nie hatte. Ich meine auch nicht solche Sachen, sondern einfach, wie die Zukunft sein wird. Ich kann auch nichts wissen, ich bin eine ungebildete Person. In eine so ernste Angelegenheit geht man aber nicht blind hinein. Ich meine wirklich, du solltest zu einem richtigen Astronomen an der Universität gehen, damit er dir das Horoskop stellt, dann weißt du, woran du bist. Warum lachst du?

VIRGINIA Weil ich dort war.

FRAU SARTI *sehr begierig:* Was sagte er?

VIRGINIA Drei Monate lang muß ich achtgeben, weil da die Sonne im Steinbock steht, aber dann bekomme ich einen äußerst günstigen Aszendenten, und die Wolken zerteilen sich. Wenn ich den Jupiter nicht aus den Augen lasse, kann ich jede Reise unternehmen, da ich ein Steinbock bin.

FRAU SARTI Und Ludovico?

VIRGINIA Er ist ein Löwe. *Nach einer kleinen Pause.* Er soll sinnlich sein.

Pause.

VIRGINIA Diesen Schritt kenne ich. Das ist der Rektor, Herr Gaffone.

Eintritt Herr Gaffone, der Rektor der Universität.

GAFFONE Ich bringe nur ein Buch, das Ihren Vater vielleicht interessiert. Bitte um des Himmels willen, Herrn Galilei nicht zu stören. Ich kann mir nicht helfen, ich habe immer den Eindruck, daß man jede Minute, die man diesem großen Mann stiehlt, Italien stiehlt. Ich lege das Buch fein säuberlich in Ihre Hände und gehe weg, auf Fußspitzen. *Er geht ab.*

Virginia gibt das Buch Federzoni.

GALILEI Worüber ist es?

FEDERZONI Ich weiß nicht. *Buchstabiert.* »De maculis in sole.«

ANDREA Über die Sonnenflecken. Wieder eines!

Federzoni händigt es ihm ärgerlich aus.

ANDREA Horch auf die Widmung! »Der größten lebenden Autorität in der Physik, Galileo Galilei.«

Galilei hat sich wieder in sein Buch vertieft.

ANDREA Ich habe den Traktat des Fabrizius aus Holland über die Flecken gelesen. Er glaubt, es sind Sternenschwärme, die zwischen Erde und Sonne vorüberziehen.

DER KLEINE MÖNCH Ist das nicht zweifelhaft, Herr Galilei?

Galilei antwortet nicht.

ANDREA In Paris und Prag glaubt man, es sind Dünste von der Sonne.

FEDERZONI Hm.

ANDREA Federzoni bezweifelt das.

FEDERZONI Laßt mich gefälligst draußen. Ich habe »Hm« gesagt, das ist alles. Ich bin der Linsenschleifer, ich schleife Linsen, und ihr schaut durch und beobachtet den Himmel, und was ihr seht, sind nicht Flecken, sondern »maculis«. Wie soll ich an irgend etwas zweifeln? Wie oft soll ich euch noch sagen, daß ich nicht die Bücher lesen kann, sie sind in Latein. *Im Zorn gestikuliert er mit der Waage. Eine Schale fällt zu Boden. Galilei geht hinüber und hebt sie schweigend vom Boden auf.*

DER KLEINE MÖNCH Da ist Glückseligkeit im Zweifeln; ich frage mich, warum.

ANDREA Ich bin seit zwei Wochen an jedem sonnigen Tag auf den Hausboden geklettert, unter das Schindeldach. Durch die feinen Risse der Schindeln fällt nur ein dünner Strahl. Da kann man das umgekehrte Sonnenbild auf einem Blatt Papier auffangen. Ich habe einen Flecken gesehen, groß wie eine Fliege, verwischt wie ein Wölkchen. Er wanderte. Warum untersuchen wir die Flecken nicht, Herr Galilei?

GALILEI Weil wir über schwimmende Körper arbeiten.

ANDREA Mutter hat Waschkörbe voll von Briefen. Ganz Europa fragt nach Ihrer Meinung. Ihr Ansehen ist so gewachsen, daß Sie nicht schweigen können.

GALILEI Rom hat mein Ansehen wachsen lassen, weil ich geschwiegen habe.

FEDERZONI Aber jetzt können Sie sich Ihr Schweigen nicht mehr leisten.

GALILEI Ich kann es mir auch nicht leisten, daß man mich über einem Holzfeuer röstet wie einen Schinken.

ANDREA Denken Sie denn, die Flecken haben mit dieser Sache zu tun?

Galilei antwortet nicht.

ANDREA Gut, halten wir uns an die Eisstückchen; das kann Ihnen nicht schaden.

GALILEI Richtig. – Unsere These, Andrea!

ANDREA Was das Schwimmen angeht, so nehmen wir an, daß es nicht auf die Form eines Körpers ankommt, sondern darauf, ob er leichter oder schwerer ist als das Wasser.

GALILEI Was sagt Aristoteles?

DER KLEINE MÖNCH »Discus latus platique ...«

GALILEI Übersetzen, übersetzen!

DER KLEINE MÖNCH »Eine breite und flache Eisscheibe vermag auf dem Wasser zu schwimmen, während eine eiserne Nadel untersinkt.«

GALILEI Warum sinkt nach dem Aristoteles das Eis nicht?

DER KLEINE MÖNCH Weil es breit und flach ist und so das Wasser nicht zu zerteilen vermag.

GALILEI Schön. *Er nimmt ein Eisstück entgegen und legt es in das Schaff.* Jetzt presse ich das Eis gewaltsam auf den Boden des Gefäßes. Ich entferne den Druck meiner Hände. Was geschieht?

DER KLEINE MÖNCH Es steigt wieder in die Höhe.

GALILEI Richtig. Anscheinend vermag es beim Emporsteigen das Wasser zu zerteilen. Fulganzio!

DER KLEINE MÖNCH Aber warum schwimmt es denn überhaupt? Eis ist schwerer als Wasser, da es verdichtetes Wasser ist.

GALILEI Wie, wenn es verdünntes Wasser wäre?

ANDREA Es muß leichter sein als Wasser, sonst schwämme es nicht.

GALILEI Aha.

ANDREA So wenig wie eine eiserne Nadel schwimmt. Alles, was leichter ist, als Wasser ist, schwimmt, und alles, was schwerer ist, sinkt. Was zu beweisen war.

GALILEI Andrea, du mußt lernen, vorsichtig zu denken. Gib mir die eiserne Nadel. Ein Blatt Papier. Ist Eisen schwerer als Wasser?

ANDREA Ja.

Galilei legt die Nadel auf ein Stück Papier und flößt sie auf das Wasser. Pause.

GALILEI Was geschieht?

FEDERZONI Die Nadel schwimmt! Heiliger Aristoteles, sie haben ihn niemals überprüft!

Sie lachen.

GALILEI Eine Hauptursache der Armut in den Wissenschaften ist meist eingebildeter Reichtum. Es ist nicht ihr Ziel, der unendlichen Weisheit eine Tür zu öffnen, sondern eine Grenze zu setzen dem unendlichen Irrtum. Macht eure Notizen.

VIRGINIA Was ist?

FRAU SARTI Jedesmal, wenn sie lachen, kriege ich einen kleinen Schreck. Worüber lachen sie? denke ich.

VIRGINIA Vater sagt: Die Theologen haben ihr Glockenläuten, und die Physiker haben ihr Lachen.

FRAU SARTI Aber ich bin froh, daß er wenigstens nicht mehr so oft durch sein Rohr schaut. Das war noch schlimmer.

VIRGINIA Jetzt legt er doch nur Eisstücke aufs Wasser, da kann nicht viel Schlimmes dabei herauskommen.

FRAU SARTI Ich weiß nicht.

Herein Ludovico Marsili in Reisekleidung, gefolgt von einem Bedienten, der Gepäckstücke trägt. Virginia läuft auf ihn zu und umarmt ihn.

VIRGINIA Warum hast du mir nicht geschrieben, daß du kommen willst?

LUDOVICO Ich war nur in der Nähe, unsere Weinberge bei Bucciole zu studieren, und konnte mich nicht weghalten.

GALILEI *wie kurzsichtig:* Wer ist das?

VIRGINIA Ludovico.

DER KLEINE MÖNCH Können Sie ihn nicht sehen?

GALILEI O ja, Ludovico. *Geht ihm entgegen.* Was machen die Pferde?

LUDOVICO Sie sind wohlauf, Herr.

GALILEI Sarti, wir feiern. Hol einen Krug von diesem sizilischen Wein, dem alten!

Sarti ab mit Andrea.

LUDOVICO *zu Virginia:* Du siehst blaß aus. Das Landleben wird dir bekommen. Die Mutter erwartet dich im September.

VIRGINIA Wart, ich zeig dir das Brautkleid! *Läuft hinaus.*

GALILEI Setz dich.

LUDOVICO Ich höre, Sie haben mehr als tausend Studenten in Ihren Vorlesungen an der Universität, Herr. An was arbeiten Sie im Augenblick?

GALILEI Tägliches Einerlei. Kommst du über Rom?

LUDOVICO Ja. – Bevor ich es vergesse, die Mutter beglückwünscht Sie zu Ihrem bewunderungswürdigen Takt angesichts der neuen Sonnenfleckenorgien der Holländer.

GALILEI *trocken:* Besten Dank.

Sarti und Andrea bringen Wein und Gläser. Man gruppiert sich um den Tisch.

LUDOVICO Rom hat wieder sein Tagesgespräch für den Februar. Christopher Clavius drückte die Befürchtung aus, der ganze Erde-um-die-Sonne-Zirkus möchte wieder von vorn anfangen durch diese Sonnenflecken.

ANDREA Keine Sorge.

GALILEI Sonstige Neuigkeiten aus der Heiligen Stadt, abgesehen von den Hoffnungen auf neue Sünden meinerseits?

LUDOVICO Ihr wißt natürlich, daß der Heilige Vater im Sterben liegt?

DER KLEINE MÖNCH Oh.

GALILEI Wer wird als Nachfolger genannt?

LUDOVICO Meistenteils Barberini.

GALILEI Barberini.

ANDREA Herr Galilei kennt Barberini.

DER KLEINE MÖNCH Kardinal Barberini ist Mathematiker.

FEDERZONI Ein Wissenschaftler auf dem Heiligen Stuhl!

Pause.

GALILEI So, sie brauchen jetzt Männer wie Barberini, die etwas Mathematik gelesen haben! Die Dinge kommen in Bewegung.

Federzoni, wir mögen noch eine Zeit erleben, wo wir uns nicht mehr wie Verbrecher umzublicken haben, wenn wir sagen: zwei mal zwei ist vier. *Zu Ludovico:* Der Wein schmeckt mir, Ludovico. Was sagst du zu ihm?

LUDOVICO Er ist gut.

GALILEI Ich kenne den Weinberg. Der Hang ist steil und steinig, die Traube fast blau. Ich liebe diesen Wein.

LUDOVICO Ja, Herr.

GALILEI Er hat kleine Schatten in sich. Und er ist beinahe süß, läßt es aber bei dem »beinahe« bewenden. – Andrea, räum das Zeug weg, Eis, Schaff und Nadel. – Ich schätze die Tröstungen des Fleisches. Ich habe keine Geduld mit den feigen Seelen, die dann von Schwächen sprechen. Ich sage: Genießen ist eine Leistung.

DER KLEINE MÖNCH Was beabsichtigen Sie?

FEDERZONI Wir beginnen wieder mit dem Erde-um-die-Sonne-Zirkus.

ANDREA *summend:*

Die Schrift sagt, sie steht still. Und die Doktoren
Beweisen, daß sie still steht, noch und noch.
Der Heilige Vater nimmt sie bei den Ohren
Und hält sie fest. Und sie bewegt sich doch.

Andrea, Federzoni und der kleine Mönch eilen zum Experimentiertisch und räumen ihn ab.

ANDREA Wir könnten herausfinden, daß die Sonne sich ebenfalls dreht. Wie würde dir das gefallen, Marsili?

LUDOVICO Woher die Erregung?

FRAU SARTI Sie wollen doch nicht wieder mit diesem Teufelszeug anfangen, Herr Galilei?

GALILEI Ich weiß jetzt, warum deine Mutter dich zu mir schickte. Barberini im Aufstieg! Das Wissen wird eine Leidenschaft sein und die Forschung eine Wollust. Clavius hat recht, diese Sonnenflecken interessieren mich. Schmeckt dir mein Wein, Ludovico?

LUDOVICO Ich sagte es Ihnen, Herr.

GALILEI Er schmeckt dir wirklich?

LUDOVICO *steif:* Er schmeckt mir.

GALILEI Würdest du so weit gehen, eines Mannes Wein oder Tochter anzunehmen, ohne zu verlangen, daß er seinen Beruf an den Nagel hängt? Was hat meine Astronomie mit meiner Tochter zu tun? Die Phasen der Venus ändern ihren Hintern nicht.

FRAU SARTI Seien Sie nicht so ordinär. Ich hole sofort Virginia.

LUDOVICO *hält sie zurück:* Die Ehen in Familien wie der meinen werden nicht nur nach geschlechtlichen Gesichtspunkten geschlossen.

GALILEI Hat man dich acht Jahre lang zurückgehalten, meine Tochter zu ehelichen, während ich eine Probezeit zu absolvieren hatte?

LUDOVICO Meine Frau wird auch im Kirchenstuhl unserer Dorfkirche Figur machen müssen.

GALILEI Du meinst, deine Bauern werden es von der Heiligkeit der Gutsherrin abhängig machen, ob sie Pachtzinsen zahlen oder nicht?

LUDOVICO In gewisser Weise.

GALILEI Andrea, Fulganzio, holt den Messingspiegel und den Schirm! Darauf werfen wir das Sonnenbild, unsrer Augen wegen; das ist deine Methode, Andrea.

Andrea und der kleine Mönch holen Spiegel und Schirm.

LUDOVICO Sie haben in Rom seinerzeit unterschrieben, daß Sie sich nicht mehr in diese Erde-um-die-Sonne-Sache einmischen würden, Herr.

GALILEI Ach das! Damals hatten wir einen rückschrittlichen Papst!

FRAU SARTI Hatten! Und Seine Heiligkeit ist noch nicht einmal gestorben!

GALILEI Nahezu, nahezu! – Legt ein Netz von Quadraten über den Schirm. Wir gehen methodisch vor. Und dann werden wir ihnen ihre Briefe beantworten können, wie, Andrea?

FRAU SARTI »Nahezu!« Fünfzigmal wiegt der Mann seine Eisstückchen ab, aber wenn es zu etwas kommt, was in seinen Kram paßt, glaubt er es blind!

Der Schirm wird aufgestellt.

LUDOVICO Sollte Seine Heiligkeit sterben, Herr Galilei, wird der nächste Papst, wer immer es sein wird und wie groß immer seine Liebe zu den Wissenschaften sein mag, doch auch beachten müssen, wie groß die Liebe ist, welche die vornehmsten Familien des Landes zu ihm fühlen.

DER KLEINE MÖNCH Gott machte die physische Welt, Ludovico; Gott machte das menschliche Gehirn; Gott wird die Physik erlauben.

FRAU SARTI Galileo, jetzt werde ich dir etwas sagen. Ich habe meinen Sohn in Sünde fallen sehen für diese »Experimente« und »Theorien« und »Observationen«, und ich habe nichts machen können. Du hast dich aufgeworfen gegen die Obrigkeiten, und sie haben dich schon einmal verwarnt. Die höchsten Kardinäle haben in dich hineingeredet wie in ein krankes Roß. Es hat eine Zeitlang geholfen, aber vor zwei Monaten, kurz nach Mariä Empfängnis habe ich dich wieder erwischt, wie du insgeheim mit diesen »Observationen« angefangen hast. Auf dem Dachboden! Ich habe nicht viel gesagt, aber ich wußte Bescheid. Ich bin gelaufen und habe eine Kerze gespendet für den heiligen Joseph. Es geht über meine Kräfte. Wenn ich allein mit dir bin, zeigst du Anzeichen von Verstand und sagst mir, du weißt, du mußt dich verhalten, weil es gefährlich ist, aber zwei Tage Experimente, und es ist so schlimm mit dir wie je. Wenn ich meine ewige Seligkeit einbüße, weil ich zu einem Ketzer halte, das ist meine Sache, aber du hast kein Recht, auf dem Glück deiner Tochter herumzutrampeln mit deinen großen Füßen!

GALILEI *mürrisch:* Bringt das Teleskop!

LUDOVICO Giuseppe, bring das Gepäck zurück in die Kutsche. *Der Bediente ab.*

FRAU SARTI Das übersteht sie nicht. Sie können ihr es selber sagen! *Läuft weg, noch den Krug in Händen.*

LUDOVICO Ich sehe, Sie haben Ihre Vorbereitungen getroffen. Herr Galilei, die Mutter und ich leben dreiviertel des Jahres auf dem Gut in der Campagna, und wir können Ihnen bezeugen, daß unsere Bauern sich durch Ihre Traktate über die Trabanten des Jupiter nicht beunruhigen. Ihre Feldarbeit ist zu schwer. Jedoch könnte es sie verstören, wenn sie erführen, daß frivole Angriffe auf die heiligen Doktrinen der Kirche nunmehr ungestraft blieben. Vergessen Sie nicht ganz, daß diese Bedauernswerten in ihrem vertierten Zustand alles durcheinanderbringen. Sie sind wirkliche Tiere, Sie können sich das kaum vorstellen. Auf das Gerücht, daß auf einem Apfelbaum eine Birne gesehen wurde, laufen sie von der Feldarbeit weg, um darüber zu schwatzen.

GALILEI *interessiert:* Ja?

LUDOVICO Tiere. Wenn sie aufs Gut kommen, sich über eine Kleinigkeit zu beschweren, ist die Mutter gezwungen, vor ihren Augen einen Hund auspeitschen zu lassen, das allein kann sie an Zucht und Ordnung und Höflichkeit erinnern. Sie, Herr Galilei, sehen gelegentlich von der Reisekutsche aus blühende Maisfelder, Sie essen geistesabwesend unsere Oliven und unsern Käse, und Sie haben keine Ahnung, welche Mühe es kostet, das zu ziehen, wieviel Aufsicht!

GALILEI Junger Mann, ich esse meine Oliven nicht geistesabwesend. *Grob.* Du hältst mich auf. *Ruft hinaus:* Habt ihr den Schirm?

ANDREA Ja. Kommen Sie?

GALILEI Ihr peitscht nicht nur Hunde, um sie in Zucht zu halten, wie, Marsili?

LUDOVICO Herr Galilei. Sie haben ein wunderbares Gehirn. Schade.

DER KLEINE MÖNCH *erstaunt:* Er droht Ihnen.

GALILEI Ja, ich könnte seine Bauern aufstören, neue Gedanken zu denken. Und seine Dienstleute und seine Verwalter.

FEDERZONI Wie? Keiner von ihnen liest Latein.

GALILEI Ich könnte in der Sprache des Volkes schreiben, für die vielen, anstatt in Latein für die wenigen. Für die neuen Gedanken brauchen wir Leute, die mit den Händen arbeiten. Wer sonst wünscht zu erfahren, was die Ursachen der Dinge sind? Die das Brot nur auf dem Tische sehen, wollen nicht wissen, wie es gebacken wurde; das Pack dankt lieber Gott als dem Bäcker. Aber die das Brot machen, werden verstehen, daß nichts sich bewegt, was nicht bewegt wird. Deine Schwester an der Olivenpresse, Fulganzio, wird sich nicht groß wundern, sondern vermutlich lachen, wenn sie hört, daß die Sonne kein goldenes Adelsschild ist, sondern ein Hebel: die Erde bewegt sich, weil die Sonne sie bewegt.

LUDOVICO Sie werden für immer der Sklave Ihrer Leidenschaften sein. Entschuldigen Sie mich bei Virginia; ich denke, es ist besser, ich sehe sie jetzt nicht.

GALILEI Die Mitgift steht zu Ihrer Verfügung, jederzeit.

LUDOVICO Guten Tag. *Er geht.*

ANDREA Und empfehlen Sie uns allen Marsilis!

FEDERZONI Die der Erde befehlen stillzustehen, damit ihre Schlösser nicht herunterpurzeln!

ANDREA Und den Cenzis und den Villanis!

FEDERZONI Den Cervillis!

ANDREA Den Lecchis!

FEDERZONI Den Pirleonis!

ANDREA Die dem Papst nur die Füße küssen wollen, wenn er damit das Volk niedertritt!

DER KLEINE MÖNCH *ebenfalls an den Apparaten:* Der neue Papst wird ein aufgeklärter Mann sein.

GALILEI So treten wir ein in die Beobachtung dieser Flecken an der Sonne, welche uns interessieren, auf eigene Gefahr, ohne zuviel auf den Schutz eines neuen Papstes zu zählen.

ANDREA *unterbrechend:* Aber mit voller Zuversicht, Herrn Fabrizius' Sternschatten und die Sonnendünste von Prag und Paris zu zerstreuen und zu beweisen die Rotation der Sonne.

GALILEI Um mit einiger Zuversicht die Rotation der Sonne zu beweisen. Meine Absicht ist nicht, zu beweisen, daß ich bisher recht gehabt habe, sondern: herauszufinden, ob. Ich sage: laßt alle Hoffnung fahren, ihr, die ihr in die Beobachtung eintretet. Vielleicht sind es Dünste, vielleicht sind es Flecken, aber bevor wir Flecken annehmen, welche uns gelegen kämen, wollen wir lieber annehmen, daß es Fischschwänze sind. Ja, wir werden alles, alles noch einmal in Frage stellen. Und wir werden nicht mit Siebenmeilenstiefeln vorwärtsgehen, sondern im Schneckentempo. Und was wir heute finden, werden wir morgen von der Tafel streichen und erst wieder anschreiben, wenn wir es noch einmal gefunden haben. Und was wir zu finden wünschen, das werden wir, gefunden, mit besonderem Mißtrauen ansehen. Also werden wir an die Beobachtung der Sonne herangehen mit dem unerbittlichen Entschluß, den Stillstand der Erde nachzuweisen! Und erst wenn wir gescheitert sind, vollständig und hoffnungslos geschlagen und unsere Wunden leckend, in traurigster Verfassung, werden wir zu fragen anfangen, ob wir nicht doch recht gehabt haben und die Erde sich dreht! *Mit einem Zwinkern.* Sollte uns aber dann jede andere Annahme als diese unter den Händen zerronnen sein, dann keine Gnade mehr mit denen, die nicht geforscht haben und doch reden. Nehmt das Tuch vom Rohr und richtet es auf die Sonne! *Er stellt den Messingspiegel ein.*

DER KLEINE MÖNCH Ich wußte, daß Sie schon mit der Arbeit begonnen hatten. Ich wußte es, als Sie Herrn Marsili nicht erkannten.

Sie beginnen schweigend die Untersuchung. Wenn das flammende Abbild der Sonne auf dem Schirm erscheint, kommt Virginia gelaufen, im Brautkleid.

VIRGINIA Du hast ihn weggeschickt, Vater! *Sie wird ohnmächtig.*

Andrea und der kleine Mönch eilen auf sie zu.

GALILEI Ich muß es wissen.

10

IM FOLGENDEN JAHRZEHNT FINDET GALILEIS LEHRE BEIM VOLK VERBREITUNG. PAMPHLETISTEN UND BALLADENSÄNGER GREIFEN ÜBERALL DIE NEUEN IDEEN AUF. WÄHREND DER FASTNACHT 1632 WÄHLEN VIELE STÄDTE ITALIENS ALS THEMA DER FASTNACHTSUMZÜGE DER GILDEN DIE ASTRONOMIE.

Ein halb verhungertes Schaustellerpaar mit einem fünfjährigen Mädchen und einem Säugling kommt auf einen Marktplatz, wo eine Menge, teilweise maskiert, auf den Fastnachtsumzug wartet. Beide schleppen Bündel, eine Trommel und andere Utensilien.

DER BALLADENSÄNGER *trommelnd:* Geehrte Einwohner, Damen und Herrn! Vor der großen Fastnachtsprozession der Gilden bringen wir das neueste Florentiner Lied, das man in ganz Oberitalien singt und das wir mit großen Kosten hier importiert haben. Es betitelt sich: Die erschröckliche Lehre und Meinung des Herrn Hofphysikers Galileo Galilei oder Ein Vorgeschmack der Zukunft. *Er singt:*

Als der Allmächtige sprach sein großes Werde
Rief er die Sonn, daß die auf sein Geheiß
Ihm eine Lampe trage um die Erde
Als kleine Magd in ordentlichem Kreis.
Denn sein Wunsch war, daß sich ein jeder kehr

Fortan um den, der besser ist als er.
Und es begann sich zu kehren
Um die Gewichtigen die Minderen
Um die Vorderen die Hinteren
Wie im Himmel, so auch auf Erden.
Und um den Papst zirkulieren die Kardinäle.
Und um die Kardinäle zirkulieren die Bischöfe.
Und um die Bischöfe zirkulieren die Sekretäre.
Und um die Sekretäre zirkulieren die Stadtschöffen.
Und um die Stadtschöffen zirkulieren die Handwerker.
Und um die Handwerker zirkulieren die Dienstleute.
Und um die Dienstleute zirkulieren die Hunde, die Hühner
und die Bettler.

Das, ihr guten Leute, ist die Große Ordnung, ordo ordinum, wie die Herren Theologen sagen, regula aeternis, die Regel der Regeln, aber was, ihr lieben Leute, geschah? *Er singt:*

Auf stund der Doktor Galilei
(Schmiß die Bibel weg, zückte sein Fernrohr, warf einen
Blick auf das Universum)
Und sprach zur Sonn: Bleib stehn!
Es soll jetzt die creatio dei
Mal andersrum sich drehn.
Jetzt soll sich mal die Herrin, he!
Um ihre Dienstmagd drehn.
Das ist doch allerhand? Ihr Leut, das ist kein Scherz!
Die Dienstleut werden sowieso tagtäglich dreister!
Denn eins ist wahr: Spaß ist doch rar. Und Hand aufs Herz:
Wer wär nicht auch mal gern sein eigner Herr und Meister?

Geehrte Einwohner, solche Lehren sind ganz unmöglich. *Er singt:*

Der Knecht würd faul, die Magd würd keß
Der Schlachterhund würd fett
Der Meßbub käm nicht mehr zur Meß
Der Lehrling blieb im Bett.
Nein, nein, nein! Mit der Bibel, Leut, treibt keinen Scherz!

Macht man den Strick uns ums Genick nicht dick, dann
reißt er!
Denn eins ist wahr: Spaß ist doch rar. Und Hand aufs Herz:
Wer wär nicht auch mal gern sein eigner Herr und Meister?

Ihr guten Leute, werft einen Blick in die Zukunft, wie der gelehrte Doktor Galileo Galilei sie voraussagt. *Er singt:*

Zwei Hausfraun stehn am Fischmarkt draus
Und wissen nicht aus noch ein:
Das Fischweib zieht ein' Brotkipf raus
Und frißt ihren Fisch allein!
Der Maurer hebt den Baugrund aus
Und holt des Bauherrn Stein
Und wenn er's dann gebaut, das Haus
Dann zieht er selber ein!
Ja, darf denn das sein? Nein, nein, nein, das ist kein Scherz!
Macht man den Strick uns ums Genick nicht dick, dann
reißt er!
Denn eins ist wahr: Spaß ist doch rar. Und Hand aufs Herz:
Wer wär nicht auch mal gern sein eigner Herr und Meister?
Der Pächter tritt jetzt in den Hintern
Den Pachtherrn ohne Scham
Die Pächtersfrau gibt ihren Kindern
Milch, die der Pfaff bekam.
Nein, nein, ihr Leut! Mit der Bibel, Leut, treibt
keinen Scherz!
Macht man den Strick uns ums Genick nicht dick, dann
reißt er!
Denn eins ist wahr: Spaß ist doch rar. Und Hand aufs Herz:
Wer wär nicht auch mal gern sein eigner Herr und Meister?

DAS WEIB DES SÄNGERS
Jüngst bin ich aus der Reih getanzt.
Da sagte ich zu meinem Mann:
Will sehen, ob nicht, was du kannst
Ein andrer Fixstern besser kann.

DER SÄNGER
Nein, nein, nein, nein, nein, nein! Schluß, Galilei, Schluß!

Nehmt einem tollen Hund den Maulkorb ab, dann beißt er.
Freilich, 's ist wahr: Spaß ist halt rar und muß ist muß:
Wer wär nicht auch mal gern sein eigner Herr und Meister?

BEIDE

Ihr, die auf Erden lebt in Ach und Weh
Auf, sammelt eure schwachen Lebensgeister
Und lernt vom guten Doktor Galuleh
Des Erdenglückes großes Abc.
Gehorsam war des Menschen Kreuz von je!
Wer wär nicht auch mal gern sein eigner Herr und Meister?

DER SÄNGER Geehrte Einwohner, seht Galileo Galileis phänomenale Entdeckung: Die Erde kreisend um die Sonne! *Er bearbeitet heftig die Trommel.*

Das Weib und das Kind treten vor. Das Weib hält ein rohes Abbild der Sonne, und das Kind, über dem Kopf einen Kürbis, Abbild der Erde, haltend, umkreist das Weib. Der Sänger deutet exaltiert auf das Kind, als vollführe es einen gefährlichen Salto mortale, wenn es auf einzelne Trommelschläge ruckartig Schritt für Schritt macht. Dann kommt Trommelschlag von hinten.

EINE TIEFE STIMME *ruft:* Die Prozession!

Herein zwei Männer in Lumpen, die ein Wägelchen ziehen. Auf einem lächerlichen Thron sitzt »Der Großherzog von Florenz« mit einer Pappendeckelkrone, gekleidet in Sackleinwand, der durch ein Teleskop späht. Über dem Thron ein Schild »Schaut aus nach Verdruß«. Dann marschieren vier maskierte Männer ein, die eine große Blache tragen. Sie halten an und schleudern eine Puppe in die Luft, die einen Kardinal darstellt. Ein Zwerg hat sich seitwärts aufgestellt mit einem Schild »Das neue Zeitalter«. In der Menge hebt sich ein Bettler an seinen Krücken hoch und stampft tanzend auf den Boden, bis er krachend niederfällt. Herein eine überlebensgroße Puppe, Galileo Galilei, die sich vor dem Publikum verbeugt. Vor ihr trägt ein Kind eine riesige Bibel, aufgeschlagen, mit ausgekreuzten Seiten.

DER BALLADENSÄNGER Galileo Galilei, der Bibelzertrümmerer!

Großes Gelächter der Menge.

11
1633: Die Inquisition beordert den weltbekannten Forscher nach Rom.

Die Tief ist heiß, die Höh'n sind kühl
Die Gass ist laut, der Hof ist still.

Vorzimmer und Treppe im Palast der Medici in Florenz. Galilei und seine Tochter warten, vom Großherzog vorgelassen zu werden.

VIRGINIA Es dauert lang.

GALILEI Ja.

VIRGINIA Da ist dieser Mensch wieder, der uns hierher folgte. *Sie weist auf ein Individuum, das vorbeigeht, ohne sie zu beachten.*

GALILEI *dessen Augen gelitten haben:* Ich kenne ihn nicht.

VIRGINIA Aber ich habe ihn öfter gesehen in den letzten Tagen. Er ist mir unheimlich.

GALILEI Unsinn. Wir sind in Florenz und nicht unter korsischen Räubern.

VIRGINIA Da kommt Rektor Gaffone.

GALILEI Den fürchte ich. Der Dummkopf wird mich wieder in ein stundenlanges Gespräch verwickeln.
Die Treppe herab kommt Herr Gaffone, der Rektor der Universität. Er erschrickt deutlich, als er Galilei sieht, und geht, den Kopf krampfhaft weggedreht, steif an den beiden vorüber, kaum nickend.

GALILEI Was ist in den gefahren? Meine Augen sind heute wieder schlecht. Hat er überhaupt gegrüßt?

VIRGINIA Kaum. – Was steht in deinem Buch? Ist es möglich, daß man es für ketzerisch hält?

GALILEI Du hängst zuviel in den Kirchen herum. Das Frühaufstehen und Indiemesselaufen verdirbt deinen Teint noch vollends. Du betest für mich, wie?

VIRGINIA Da ist Herr Vanni, der Eisengießer, für den du die Schmelzanlage entworfen hast. Vergiß nicht, dich für die Wachteln zu bedanken.
Die Treppe herab ist ein Mann gekommen.

VANNI Haben die Wachteln geschmeckt, die ich Ihnen schickte, Herr Galilei?

GALILEI Die Wachteln waren exzellent, Meister Vanni, nochmals besten Dank.

VANNI Oben war von Ihnen die Rede. Man macht Sie verantwortlich für die Pamphlete gegen die Bibel, die neuerdings überall verkauft werden.

GALILEI Von Pamphleten weiß ich nichts. Die Bibel und der Homer sind meine Lieblingslektüre.

VANNI Und auch wenn das nicht so wäre: ich möchte die Gelegenheit benützen, Ihnen zu versichern, daß wir von der Manufaktur auf Ihrer Seite sind. Ich bin nicht ein Mann, der viel von den Bewegungen der Sterne weiß, aber für mich sind Sie der Mann, der für die Freiheit kämpft, neue Dinge lehren zu dürfen. Nehmen Sie diesen mechanischen Kultivator aus Deutschland, den Sie mir beschrieben. Im letzten Jahr allein erschienen fünf Bände über Agrikultur in London. Wir wären hier schon dankbar für ein Buch über die holländischen Kanäle. Dieselben Kreise, die Ihnen Schwierigkeiten machen, erlauben den Ärzten von Bologna nicht, Leichen aufzuschneiden für Forschungszwecke.

GALILEI Ihre Stimme trägt, Vanni.

VANNI Das hoffe ich. Wissen Sie, daß sie in Amsterdam und London Geldmärkte haben? Gewerbeschulen ebenfalls. Regelmäßig erscheinende Zeitungen mit Nachrichten. Hier haben wir nicht einmal die Freiheit, Geld zu machen. Man ist gegen Eisengießereien, weil man der Ansicht ist, zu viele Arbeiter an einem Ort fördere die Unmoral! Ich stehe und falle mit Männern wie Sie, Herr Galilei. Wenn man je versuchen sollte, etwas gegen Sie zu machen, dann erinnern Sie sich bitte, daß Sie Freunde in allen Geschäftszweigen haben. Hinter Ihnen stehen die oberitalienischen Städte, Herr Galilei.

GALILEI Soviel mir bekannt ist, hat niemand die Absicht, gegen mich etwas zu machen.

VANNI Nein?

GALILEI Nein.

VANNI Meiner Meinung nach wären Sie in Venedig besser aufgehoben. Weniger Schwarzröcke. Von dort aus könnten Sie den Kampf aufnehmen. Ich habe eine Reisekutsche und Pferde, Herr Galilei.

GALILEI Ich kann mich nicht als Flüchtling sehen. Ich schätze meine Bequemlichkeit.

VANNI Sicher. Aber nach dem, was ich da oben hörte, handelt es sich um Eile. Ich habe den Eindruck, man würde Sie gerade jetzt lieber nicht in Florenz wissen.

GALILEI Unsinn. Der Großherzog ist mein Schüler, und außerdem würde der Papst selber jedem Versuch, mir aus irgendwas einen Strick zu drehen, ein geharnischtes Nein entgegensetzen.

VANNI Sie scheinen Ihre Freunde nicht von Ihren Feinden auseinanderzukennen, Herr Galilei.

GALILEI Ich kenne Macht von Ohnmacht auseinander. *Er geht brüsk weg.*

VANNI Schön. Ich wünsche Ihnen Glück. *Ab.*

GALILEI *zurück bei Virginia:* Jeder Nächstbeste mit irgendeiner Beschwerde hierzulande wählt mich als seinen Wortführer, besonders an Orten, wo es mir nicht gerade nützt. Ich habe ein Buch geschrieben über die Mechanik des Universums, das ist alles. Was daraus gemacht oder nicht gemacht wird, geht mich nichts an.

VIRGINIA *laut:* Wenn die Leute wüßten, wie du verurteilt hast, was letzte Fastnacht überall passierte!

GALILEI Ja. Gib einem Bär Honig, und du wirst deinen Arm einbüßen, wenn das Vieh Hunger hat!

VIRGINIA *leise:* Hat dich der Großherzog überhaupt für heute bestellt?

GALILEI Nein, aber ich habe mich ansagen lassen. Er will das Buch haben, er hat dafür bezahlt. Frag den Beamten und beschwer dich, daß man uns hier warten läßt.

VIRGINIA *von dem Individuum gefolgt, geht einen Beamten ansprechen:* Herr Mincio, ist Seine Hoheit verständigt, daß mein Vater ihn zu sprechen wünscht?

DER BEAMTE Wie soll ich das wissen?

VIRGINIA Das ist keine Antwort.

DER BEAMTE Nein?

VIRGINIA Sie haben höflich zu sein.

Der Beamte wendet ihr halb die Schulter zu und gähnt, das Individuum ansehend.

VIRGINIA *zurück:* Er sagt, der Großherzog ist noch beschäftigt.

GALILEI Ich hörte dich etwas von »höflich« sagen. Was war das?

VIRGINIA Ich dankte ihm für seine höfliche Auskunft, nichts sonst. Kannst du das Buch nicht hier zurücklassen? Du verlierst nur Zeit.

GALILEI Ich fange an, mich zu fragen, was diese Zeit wert ist. Möglich, daß ich der Einladung Sagredos nach Padua für ein paar Wochen doch folge. Meine Gesundheit ist nicht die beste.

VIRGINIA Du könntest nicht ohne deine Bücher leben.

GALILEI Etwas von dem sizilischen Wein könnte man in ein, zwei Kisten in der Kutsche mitnehmen.

VIRGINIA Du hast immer gesagt, er verträgt Transportation nicht. Und der Hof schuldet dir noch drei Monate Gehalt. Das schickt man dir nicht nach.

GALILEI Das ist wahr.

Der Kardinal Inquisitor kommt die Treppe herab.

VIRGINIA Der Kardinal Inquisitor.

Vorbeigehend verbeugt er sich tief vor Galilei.

VIRGINIA Was will der Kardinal Inquisitor in Florenz, Vater?

GALILEI Ich weiß nicht. Er benahm sich nicht ohne Respekt. Ich wußte, was ich tat, als ich nach Florenz ging und all die Jahre lang schwieg. Sie haben mich so hoch gelobt, daß sie mich jetzt nehmen müssen, wie ich bin.

DER BEAMTE *ruft aus:* Seine Hoheit, der Großherzog!

Cosmo de Medici kommt die Treppe herab. Galilei geht auf ihn zu. Cosmo hält ein wenig verlegen an.

GALILEI Ich wollte Eurer Hoheit meine Dialoge über die beiden größten Weltsysteme …

COSMO Aha, aha. Wie steht es mit Ihren Augen?

GALILEI Nicht zum besten, Eure Hoheit. Wenn Eure Hoheit gestatten, ich habe das Buch …

COSMO Der Zustand Ihrer Augen beunruhigt mich. Wirklich, er beunruhigt mich. Er zeigt mir, daß Sie Ihr vortreffliches Rohr vielleicht ein wenig zu eifrig benützen, nicht?

Er geht weiter, ohne das Buch entgegenzunehmen.

GALILEI Er hat das Buch nicht genommen, wie?

VIRGINIA Vater, ich fürchte mich.

GALILEI *gedämpft und fest:* Zeig keine Gefühle. Wir gehen von hier nicht nach Hause, sondern zum Glasschneider Volpi. Ich habe mit ihm verabredet, daß im anliegenden Hof der Weinschänke ein Wagen mit leeren Weinfässern immer bereitsteht, der mich aus der Stadt bringen kann.

VIRGINIA Du wußtest …

GALILEI Sieh dich nicht um.

Sie wollen weg.

EIN HOHER BEAMTER *kommt die Treppe herab:* Herr Galilei, ich habe den Auftrag, Ihnen mitzuteilen, daß der florentinische Hof nicht länger imstande ist, dem Wunsch der Heiligen Inquisition, Sie in Rom zu verhören, Widerstand entgegenzusetzen. Der Wagen der Heiligen Inquisition erwartet Sie, Herr Galilei.

12
Der Papst

Gemach des Vatikans. Papst Urban VIII. (vormals Kardinal Barberini) hat den Kardinal Inquisitor empfangen. Während der Audienz wird er angekleidet. Von außen das Geschlurfe vieler Füße.

DER PAPST *sehr laut:* Nein! Nein! Nein!

DER INQUISITOR So wollen Eure Heiligkeit Ihren sich nun versammelnden Doktoren aller Fakultäten, Vertreter aller Heiligen Orden und der gesamten Geistlichkeit, welche alle in kindlichem Glauben an das Wort Gottes, niedergelegt in der Schrift, gekommen sind, Eurer Heiligkeit Bestätigung ihres Glaubens zu vernehmen, mitteilen, daß die Schrift nicht länger für wahr gelten könne?

DER PAPST Ich lasse nicht die Rechentafel zerbrechen. Nein!

DER INQUISITOR Daß es die Rechentafel ist und nicht der Geist der Auflehnung und des Zweifels, das sagen diese Leute. Aber es ist nicht die Rechentafel. Sondern eine entsetzliche Unruhe ist in die Welt gekommen. Es ist die Unruhe ihres eigenen Gehirns, die diese auf die unbewegliche Erde übertragen. Sie schreien: die Zahlen zwingen uns! Aber woher kommen ihre Zahlen? Jedermann weiß, daß sie vom Zweifel kommen. Diese Menschen zweifeln an allem. Sollen wir die menschliche

Gesellschaft auf den Zweifel begründen und nicht mehr auf den Glauben? »Du bist mein Herr, aber ich zweifle, ob das gut ist.« »Das ist dein Haus und deine Frau, aber ich zweifle, ob sie nicht mein sein sollen.« Andererseits findet Eurer Heiligkeit Liebe zur Kunst, der wir so schöne Sammlungen verdanken, schimpfliche Auslegungen wie die auf den Häuserwänden Roms zu lesende: »Was die Barbaren Rom gelassen haben, rauben ihm die Barberinis.« Und im Auslande? Es hat Gott gefallen, den Heiligen Stuhl schweren Prüfungen zu unterwerfen. Eurer Heiligkeit spanische Politik wird von Menschen, denen die Einsicht mangelt, nicht verstanden, das Zerwürfnis mit dem Kaiser bedauert. Seit eineinhalb Jahrzehnten ist Deutschland eine Fleischbank, und man zerfleischt sich mit Bibelzitaten auf den Lippen. Und jetzt, wo unter der Pest, dem Krieg und der Reformation die Christenheit zu einigen Häuflein zusammenschmilzt, geht das Gerücht über Europa, daß Sie mit dem lutherischen Schweden in geheimem Bündnis stehen, um den katholischen Kaiser zu schwächen. Und da richten diese Würmer von Mathematikern ihre Rohre auf den Himmel und teilen der Welt mit, daß Eure Heiligkeit auch hier, in dem einzigen Raum, den man Ihnen noch nicht bestreitet, schlecht beschlagen sind. Man könnte sich fragen: welch ein Interesse plötzlich an einer so abliegenden Wissenschaft wie der Astronomie! Ist es nicht gleichgültig, wie diese Kugeln sich drehen? Aber niemand in ganz Italien, das bis auf die Pferdeknechte hinab durch das böse Beispiel dieses Florentiners von den Phasen der Venus schwatzt, denkt nicht zugleich an so vieles, was in den Schulen und an anderen Orten für unumstößlich erklärt wird und so sehr lästig ist. Was käme heraus, wenn diese alle, schwach im Fleisch und zu jedem Exzeß geneigt, nur noch an die eigene Vernunft glaubten, die dieser Wahnsinnige für die einzige Instanz erklärt! Sie möchten, erst einmal zweifelnd, ob die Sonne stillstand zu Gibeon, ihren schmutzigen Zweifel an den Kollekten üben! Seit sie über das Meer fahren – ich habe nichts dagegen –, setzen sie ihr Vertrauen auf eine Messingkugel, die sie den Kompaß nennen, nicht mehr auf Gott. Dieser Galilei hat schon als junger Mensch über die Maschinen geschrieben. Mit den Maschinen wollen sie Wunder tun. Was für welche? Gott brauchen sie jedenfalls nicht mehr, aber was sollen es für Wunder sein? Zum Beispiel soll es nicht mehr Oben und Unten geben. Sie brauchen es nicht mehr. Der Aristoteles, der für sie sonst ein toter Hund ist, hat gesagt – und das zitieren sie –: Wenn das Weberschifflein von selber webte und der Zitherschlägel von selber spielte, dann brauchten allerdings die Meister keine Gesellen und die Herren keine Knechte. Und so weit sind sie jetzt, denken sie. Dieser schlechte Mensch weiß, was er tut, wenn er seine astronomischen Arbeiten statt in Latein im Idiom der Fischweiber und Wollhändler verfaßt.

DER PAPST Das zeigt sehr schlechten Geschmack; das werde ich ihm sagen.

DER INQUISITOR Er verhetzt die einen und besticht die andern. Die oberitalienischen Seestädte fordern immer dringender für ihre Schiffe die Sternkarten des Herrn Galilei. Man wird ihnen nachgeben müssen, es sind materielle Interessen.

DER PAPST Aber diese Sternkarten beruhen auf seinen ketzerischen Behauptungen. Es handelt sich gerade um die Bewegungen dieser gewissen Gestirne, die nicht stattfinden können, wenn man seine Lehre ablehnt. Man kann nicht die Lehre verdammen und die Sternkarten nehmen.

DER INQUISITOR Warum nicht? Man kann nichts anderes.

DER PAPST Dieses Geschlurfe macht mich nervös. Entschuldigen Sie, wenn ich immer horche.

DER INQUISITOR Es wird Ihnen vielleicht mehr sagen, als ich es kann, Eure Heiligkeit. Sollen diese alle von hier weggehen, den Zweifel im Herzen?

DER PAPST Schließlich ist der Mann der größte Physiker dieser Zeit, das Licht Italiens, und nicht irgendein Wirrkopf. Er hat Freunde. Da ist Versailles. Da ist der Wiener Hof. Sie werden die Heilige Kirche eine Senkgrube verfaulter Vorurteile nennen. Hand weg von ihm!

DER INQUISITOR Man wird praktisch bei ihm nicht weit gehen müssen. Er ist ein Mann des Fleisches. Er würde sofort nachgeben.

DER PAPST Er kennt mehr Genüsse als irgendein Mann, den ich getroffen habe. Er denkt aus Sinnlichkeit. Zu einem alten Wein oder einem neuen Gedanken könnte er nicht nein sagen. Und ich will keine Verurteilung physikalischer Fakten, keine

Schlachtrufe wie »Hie Kirche! und Hie Vernunft!« Ich habe ihm sein Buch erlaubt, wenn es am Schluß die Meinung wiedergäbe, daß das letzte Wort nicht die Wissenschaft, sondern der Glaube hat. Er hat sich daran gehalten.

DER INQUISITOR Aber wie? In seinem Buch streiten ein dummer Mensch, der natürlich die Ansichten des Aristoteles vertritt, und ein kluger Mensch, der ebenso natürlich die des Herrn Galilei vertritt, und die Schlußbemerkung, Eure Heiligkeit, spricht wer?

DER PAPST Was ist das jetzt wieder? Wer äußert also unsere?

DER INQUISITOR Nicht der Kluge.

DER PAPST Das ist allerdings eine Unverschämtheit. Dieses Getrampel in den Korridoren ist unerträglich. Kommt denn die ganze Welt?

DER INQUISITOR Nicht die ganze, aber ihr bester Teil.

Pause. Der Papst ist jetzt in vollem Ornat.

DER PAPST Das Alleräußerste ist, daß man ihm die Instrumente zeigt.

DER INQUISITOR Das wird genügen, Eure Heiligkeit. Herr Galilei versteht sich auf Instrumente.

13
Galileo Galilei widerruft vor der Inquisition am 22. Juni 1633 seine Lehre von der Bewegung der Erde

Und es war ein Junitag, der schnell verstrich
Und der war wichtig für dich und mich.
Aus Finsternis trat die Vernunft herfür
Ein' ganzen Tag stand sie vor der Tür.

Im Palast des florentinischen Gesandten in Rom. Galileis Schüler warten auf Nachrichten. Der kleine Mönch und Federzoni spielen mit weiten Bewegungen das neue Schach. In einer Ecke kniet Virginia und betet den Englischen Gruß.

DER KLEINE MÖNCH Der Papst hat ihn nicht empfangen. Keine wissenschaftlichen Diskussionen mehr.

FEDERZONI Er war seine letzte Hoffnung. Es war wahr, was er ihm damals vor Jahren in Rom sagte, als er noch der Kardinal Barberini war: wir brauchen dich. Jetzt haben sie ihn.

ANDREA Sie werden ihn umbringen. Die »Discorsi« werden nicht zu Ende geschrieben.

FEDERZONI *sieht ihn verstohlen an:* Meinst du?

ANDREA Da er niemals widerruft.

Pause.

DER KLEINE MÖNCH Man verbeißt sich immer in einen ganz nebensächlichen Gedanken, wenn man nachts wach liegt. Heute nacht zum Beispiel dachte ich immerfort: er hätte nie aus der Republik Venedig weggehen dürfen.

ANDREA Da konnte er sein Buch nicht schreiben.

FEDERZONI Und in Florenz konnte er es nicht veröffentlichen.

Pause.

DER KLEINE MÖNCH Ich dachte auch, ob sie ihm wohl seinen kleinen Stein lassen, den er immer in der Tasche mit sich herumträgt. Seinen Beweisstein.

FEDERZONI Dahin, wo sie ihn hinführen, geht man ohne Taschen.

ANDREA *aufschreiend:* Das werden sie nicht wagen! Und selbst wenn sie es ihm antun, wird er nicht widerrufen. »Wer die Wahrheit nicht weiß, der ist bloß ein Dummkopf. Aber wer sie weiß und sie eine Lüge nennt, der ist ein Verbrecher.«

FEDERZONI Ich glaube es auch nicht, und ich möchte nicht mehr leben, wenn er es täte, aber sie haben die Gewalt.

ANDREA Man kann nicht alles mit Gewalt.

FEDERZONI Vielleicht nicht.

DER KLEINE MÖNCH *leise:* Er ist 23 Tage im Kerker gesessen. Gestern war das große Verhör. Und heute ist die Sitzung. *Da Andrea herhört, laut.* Als ich ihn damals, zwei Tage nach dem Dekret, hier besuchte, saßen wir dort drüben, und er zeigte mir den kleinen Priapgott bei der Sonnenuhr, im Garten, ihr könnt ihn sehen von hier, und er verglich sein Werk mit einem Gedicht des Horaz, in dem man auch nichts ändern kann. Er sprach von seinem Schönheitssinn, der ihn zwinge, die Wahrheit zu suchen. Und er erwähnte das Motto: hieme et aestate, et prope et procul, usque dum vivam et ultra. Und er meinte die Wahrheit.

ANDREA *zu dem kleinen Mönch:* Hast du ihm erzählt, wie er im Collegium Romanum stand, während sie sein Rohr prüften? Erzähl es! *Der kleine Mönch schüttelt den Kopf.* Er benahm sich ganz wie gewöhnlich. Er hatte seine Hände auf seinen Schinken, streckte den Bauch heraus und sagte: Ich bitte um Vernunft, meine Herren! *Er macht lachend Galilei nach.*

Pause.

ANDREA *über Virginia:* Sie betet, daß er widerrufen möge.

FEDERZONI Laß sie. Sie ist ganz verwirrt, seit sie mit ihr gesprochen haben. Sie haben ihren Beichtvater von Florenz hierherkommen lassen.

Das Individuum aus dem Palast des Großherzogs von Florenz tritt ein.

INDIVIDUUM Herr Galilei wird bald hier sein. Er mag ein Bett benötigen.

FEDERZONI Man hat ihn entlassen?

INDIVIDUUM Man erwartet, daß Herr Galilei um fünf Uhr in einer Sitzung der Inquisition widerrufen wird. Die große Glocke von Sankt Markus wird geläutet und der Wortlaut des Widerrufs öffentlich ausgerufen werden.

ANDREA Ich glaube es nicht.

INDIVIDUUM Wegen der Menschenansammlungen in den Gassen wird Herr Galilei an das Gartentor hier hinter dem Palast gebracht werden. *Ab.*

ANDREA *plötzlich laut:* Der Mond ist eine Erde und hat kein eigenes Licht. Und so hat die Venus kein eigenes Licht und ist wie die Erde und läuft um die Sonne. Und es drehen sich vier Monde um das Gestirn Jupiter, das sich in der Höhe der Fixsterne befindet und an keiner Schale befestigt ist. Und die Sonne ist das Zentrum der Welt und unbeweglich an ihrem Ort, und die Erde ist nicht Zentrum und nicht unbeweglich. Und er ist es, der es uns gezeigt hat.

DER KLEINE MÖNCH Und mit Gewalt kann man nicht ungesehen machen, was gesehen wurde.

Schweigen.

FEDERZONI *blickt auf die Sonnenuhr im Garten:* Fünf Uhr.

Virginia betet lauter.

ANDREA Ich kann nicht mehr warten, ihr! Sie köpfen die Wahrheit!

Er hält sich die Ohren zu, der kleine Mönch ebenfalls. Aber die Glocke wird nicht geläutet. Nach einer Pause, ausgefüllt durch das murmelnde Beten Virginias, schüttelt Federzoni verneinend den Kopf. Die anderen lassen die Hände sinken.

FEDERZONI *heiser:* Nichts. Es ist drei Minuten über fünf.

ANDREA Er widersteht.

DER KLEINE MÖNCH Er widerruft nicht!

FEDERZONI Nein. Oh, wir Glücklichen!

Sie umarmen sich. Sie sind überglücklich.

ANDREA Also: es geht nicht mit Gewalt! Sie kann nicht alles! Also: die Torheit wird besiegt, sie ist nicht unverletzlich! Also: der Mensch fürchtet den Tod nicht!

FEDERZONI Jetzt beginnt wirklich die Zeit des Wissens. Das ist ihre Geburtsstunde. Bedenkt, wenn er widerrufen hätte!

DER KLEINE MÖNCH Ich sagte es nicht, aber ich war voll Sorge. Ich Kleingläubiger!

ANDREA Ich aber wußte es.

FEDERZONI Als ob es am Morgen wieder Nacht würde, wäre es gewesen.

ANDREA Als ob der Berg gesagt hätte: ich bin ein Wasser.

DER KLEINE MÖNCH *kniet nieder, weinend:* Herr, ich danke dir!

ANDREA Aber es ist alles verändert heute! Der Mensch hebt den Kopf, der Gepeinigte, und sagt: ich kann leben. So viel ist gewonnen, wenn nur einer aufsteht und Nein sagt!

In diesem Augenblick beginnt die Glocke von Sankt Markus zu dröhnen. Alles steht erstarrt.

VIRGINIA *steht auf:* Die Glocke von Sankt Markus! Er ist nicht verdammt!

Von der Straße herauf hört man den Ansager den Widerruf Galileis verlesen.

STIMME DES ANSAGERS »Ich, Galileo Galilei, Lehrer der Mathematik und der Physik in Florenz, schwöre ab, was ich gelehrt habe, daß die Sonne das Zentrum der Welt ist und an ihrem Ort unbeweglich, und die Erde ist nicht Zentrum und nicht unbeweglich. Ich schwöre ab, verwünsche und verfluche mit redlichem Herzen und nicht erheucheltem Glauben alle diese Irrtümer und Ketzereien sowie überhaupt jeden anderen Irrtum und jede andere Meinung, welche der Heiligen Kirche entgegen ist.«

Es wird dunkel.

Wenn es wieder hell wird, dröhnt die Glocke noch, hört dann aber auf. Virginia ist hinausgegangen. Galileis Schüler sind noch da.

FEDERZONI Er hat dich nie für deine Arbeit richtig bezahlt. Du hast weder eine Hose kaufen noch selber publizieren können. Das hast du gelitten, weil »für die Wissenschaft gearbeitet wurde«!

ANDREA *laut:* Unglücklich das Land, das keine Helden hat!

Eingetreten ist Galilei, völlig, beinahe bis zur Unkenntlichkeit verändert durch den Prozeß. Er hat den Satz Andreas gehört. Einige Augenblicke wartet er an der Tür auf eine Begrüßung. Da keine erfolgt, denn die Schüler weichen vor ihm zurück, geht er, langsam und seines schlechten Augenlichts wegen unsicher, nach vorn, wo er einen Schemel findet und sich niedersetzt.

ANDREA Ich kann ihn nicht ansehen. Er soll weg.

FEDERZONI Beruhige dich.

ANDREA *schreit Galilei an:* Weinschlauch! Schneckenfresser! Hast du deine geliebte Haut gerettet? *Setzt sich.* Mir ist schlecht.

GALILEI *ruhig:* Gebt ihm ein Glas Wasser!

Der kleine Mönch holt Andrea von draußen ein Glas Wasser. Die andern beschäftigen sich nicht mit Galilei, der horchend auf seinem Schemel sitzt. Von weitem hört man wieder die Stimme des Ansagers.

ANDREA Ich kann schon wieder gehen, wenn ihr mir ein wenig helft.

Sie führen ihn zur Tür. In diesem Augenblick beginnt Galilei zu sprechen.

GALILEI Nein. Unglücklich das Land, das Helden nötig hat.

Verlesung vor dem Vorhang:

Ist es nicht klar, daß ein Pferd, welches drei oder vier Ellen hoch herabfällt, sich die Beine brechen kann, während ein Hund keinen Schaden erlitte, desgleichen eine Katze selbst von acht oder zehn Ellen Höhe, ja eine Grille von einer Turmspitze und eine Ameise, wenn sie vom Mond herabfiele? Und wie kleinere Tiere verhältnismäßig kräftiger und stärker sind als die großen, so halten sich die kleinen Pflanzen besser: eine zweihundert Ellen hohe Eiche könnte ihre Äste in voller Proportion mit einer kleinen Eiche nicht halten, und die Natur kann ein Pferd nicht so groß wie zwanzig Pferde werden lassen noch einen Riesen von zehnfacher Größe, außer durch Veränderungen der Proportionen aller Glieder, besonders der Knochen, die weit über das Maß einer proportionellen Größe verstärkt werden müssen. – Die gemeine Annahme, daß große und kleine Maschinen gleich ausdauernd seien, ist offenbar irrig.

Galilei, »Discorsi«

14

1633-1642. Galileo Galilei lebt in einem Landhaus in der Nähe von Florenz, bis zu seinem Tod ein Gefangener der Inquisition. Die »Discorsi«.

Sechzehnhundertdreiunddreißig bis
sechzehnhundertzweiundvierzig
Galileo Galilei ist ein Gefangener der Kirche
bis zu seinem Tode.

Ein großer Raum mit Tisch, Lederstuhl und Globus. Galilei, nun alt und halbblind, experimentiert sorgfältig mit einem kleinen Holzball auf einer gekrümmten Holzschiene, im Vorraum sitzt ein Mönch auf Wache. Es wird ans Tor geklopft. Der Mönch öffnet, und ein Bauer tritt ein, zwei gerupfte Gänse tragend. Virginia kommt aus der Küche. Sie ist jetzt etwa vierzig Jahre alt.

DER BAUER Ich soll die abgeben.

VIRGINIA Von wem? Ich habe keine Gänse bestellt.

DER BAUER Ich soll sagen: von jemand auf der Durchreise. *Ab.*

Virginia betrachtet die Gänse erstaunt. Der Mönch nimmt sie ihr aus der Hand und untersucht sie mißtrauisch. Dann gibt er sie ihr beruhigt zurück, und sie trägt sie an den Hälsen zu Galilei in den großen Raum.

VIRGINIA Jemand auf der Durchreise hat ein Geschenk abgeben lassen.

GALILEI Was ist es?

VIRGINIA Kannst du es nicht sehen?

GALILEI Nein. *Er geht hin.* Gänse. Ist ein Name dabei?

VIRGINIA Nein.

GALILEI *nimmt ihr eine Gans aus der Hand:* Schwer. Ich könnte noch etwas davon essen.

VIRGINIA Du kannst doch nicht schon wieder hungrig sein. Du hast eben zu Abend gegessen. Und was ist wieder mit deinen Augen los? Die müßtest du sehen vom Tisch aus.

GALILEI Du stehst im Schatten.

VIRGINIA Ich stehe nicht im Schatten. *Sie trägt die Gänse hinaus.*

GALILEI Gib Thymian zu und Äpfel.

VIRGINIA *zu dem Mönch:* Wir müssen nach dem Augendoktor schicken. Vater konnte die Gänse vom Tisch aus nicht sehen.

DER MÖNCH Ich brauche erst die Erlaubnis vom Monsignore Carpula. – Hat er wieder selber geschrieben?

VIRGINIA Nein. Er hat sein Buch mir diktiert, das wissen Sie ja. Sie haben die Seiten 131 und 132, und das waren die letzten.

DER MÖNCH Er ist ein alter Fuchs.

VIRGINIA Er tut nichts gegen die Vorschriften. Seine Reue ist echt. Ich passe auf ihn auf. *Sie gibt ihm die Gänse.* Sagen Sie in der Küche, sie sollen die Leber rösten, mit einem Apfel und einer Zwiebel. *Sie geht in den großen Raum zurück.* Und jetzt denken wir an unsere Augen und hören schnell auf mit dem Ball und diktieren ein Stückchen weiter an unserem wöchentlichen Brief an den Erzbischof.

GALILEI Ich fühle mich nicht wohl genug. Lies mir etwas Horaz.

VIRGINIA Erst vorige Woche sagte mir Monsignore Carpula, dem wir so viel verdanken – erst neulich wieder das Gemüse –, daß der Erzbischof ihn jedesmal fragt, wie dir die Fragen und Zitate gefallen, die er dir schickt. *Sie hat sich zum Diktat niedergesetzt.*

GALILEI Wie weit war ich?

VIRGINIA Abschnitt vier: Anlangend die Stellungnahme der Heiligen Kirche zu den Unruhen im Arsenal von Venedig stimme ich überein mit der Haltung Kardinal Spolettis gegenüber den aufrührerischen Seilern …

GALILEI Ja. *Diktiert:* … stimme ich überein mit der Haltung Kardinal Spolettis gegenüber den aufrührerischen Seilern, nämlich, daß es besser ist, an sie Suppen zu verteilen im Namen der christlichen Nächstenliebe, als ihnen mehr für ihre Schiffs- und Glockenseile zu zahlen. Sintemalen es weiser erscheint, an Stelle ihrer Habgier ihren Glauben zu stärken. Der Apostel Paulus sagt: Wohltätigkeit versaget niemals. – Wie ist das?

VIRGINIA Es ist wunderbar, Vater.

GALILEI Du meinst nicht, daß eine Ironie hineingelesen werden könnte?

VIRGINIA Nein, der Erzbischof wird selig sein. Er ist so praktisch.

GALILEI Ich verlasse mich auf dein Urteil. Was kommt als nächstes?

VIRGINIA Ein wunderschöner Spruch: »Wenn ich schwach bin, da bin ich stark.«

GALILEI Keine Auslegung.

VIRGINIA Aber warum nicht?

GALILEI Was kommt als nächstes?

VIRGINIA »Auf daß ihr begreifen möget, daß Christus liebhaben viel besser ist denn alles Wissen.« Paulus an die Epheser III, 19.

GALILEI Besonders danke ich Eurer Eminenz für das herrliche Zitat aus den Epheser-Briefen. Angeregt dadurch, fand ich in unserer unnachahmbaren Imitatio noch folgendes. *Zitiert auswendig:* »Er, zu dem das ewige Wort spricht, ist frei von vielem Gefrage.« Darf ich bei dieser Gelegenheit in eigener Sache sprechen? Noch immer wird mir vorgeworfen, daß ich einmal über die Himmelskörper ein Buch in der Sprache des Marktes verfaßt habe. Es war damit nicht meine Absicht, vorzuschlagen oder gutzuheißen, daß Bücher über so viel wichtigere Gegenstände, wie zum Beispiel Theologie, in dem Jargon der Teigwarenverkäufer verfaßt würden. Das Argument für den lateinischen Gottesdienst, daß durch die Universalität dieser Sprache alle Völker die heilige Messe in gleicher Weise hören, scheint mir wenig glücklich, da von den niemals verlegenen Spöttern eingewendet werden könnte, keines der Völker verstünde so den Text. Ich verzichte gern auf billige Verständlichkeit heiliger Dinge. Das Latein der Kanzel, das die ewige Wahrheit der Kirche gegen die Neugier der Unwissenden schützt, erweckt Vertrauen, wenn gesprochen von den priesterlichen Söhnen der unteren Klassen mit den Betonungen des ortsansässigen Dialekts. – Nein, streich das aus.

VIRGINIA Das Ganze?

GALILEI Alles nach den Teigwarenverkäufern.

Es wird am Tor geklopft. Virginia geht in den Vorraum. Der Mönch öffnet. Es ist Andrea Sarti. Er ist jetzt ein Mann in den mittleren Jahren.

ANDREA Guten Abend. Ich bin im Begriff, Italien zu verlassen, um in Holland wissenschaftlich zu arbeiten, und bin gebeten worden, ihn auf der Durchreise aufzusuchen, damit ich über ihn berichten kann.

VIRGINIA Ich weiß nicht, ob er dich sehen will. Du bist nie gekommen.

ANDREA Frag ihn.

Galilei hat die Stimme erkannt. Er sitzt unbeweglich. Virginia geht hinein zu ihm.

GALILEI Ist es Andrea?

VIRGINIA Ja. Soll ich ihn wegschicken?

GALILEI *nach einer Pause:* Führ ihn herein.

Virginia führt Andrea herein.

VIRGINIA *zum Mönch:* Er ist harmlos. Er war sein Schüler. So ist er jetzt sein Feind.

GALILEI Laß mich allein mit ihm, Virginia.

VIRGINIA Ich will hören, was er erzählt. *Sie setzt sich.*

ANDREA *kühl:* Wie geht es Ihnen?

GALILEI Tritt näher. Was machst du? Erzähl von deiner Arbeit. Ich höre, es ist über Hydraulik.

ANDREA Fabrizius in Amsterdam hat mir aufgetragen, mich nach Ihrem Befinden zu erkundigen.

Pause.

GALILEI Ich befinde mich wohl. Man schenkt mir große Aufmerksamkeit.

ANDREA Es freut mich, berichten zu können, daß Sie sich wohl befinden.

GALILEI Fabrizius wird erfreut sein, es zu hören. Und du kannst ihn informieren, daß ich in angemessenem Komfort lebe. Durch die Tiefe meiner Reue habe ich mir die Gunst meiner Oberen so weit erhalten können, daß mir in bescheidenem Umfang wissenschaftliche Studien unter geistlicher Kontrolle gestattet werden konnten.

ANDREA Jawohl. Auch wir hörten, daß die Kirche mit Ihnen zufrieden ist. Ihre völlige Unterwerfung hat gewirkt. Es wird versichert, die Oberen hätten mit Genugtuung festgestellt, daß in Italien kein Werk mit neuen Behauptungen mehr veröffentlicht wurde, seit Sie sich unterwarfen.

GALILEI *horchend:* Leider gibt es Länder, die sich der Obhut der Kirche entziehen. Ich fürchte, daß die verurteilten Lehren dort weitergefördert werden.

ANDREA Auch dort trat infolge Ihres Widerrufs ein für die Kirche erfreulicher Rückschlag ein.

GALILEI Wirklich? *Pause.* Nichts von Descartes? Nichts aus Paris?

ANDREA Doch. Auf die Nachricht von Ihrem Widerruf stopfte er seinen Traktat über die Natur des Lichts in die Lade.

Lange Pause.

GALILEI Ich bin in Sorge einiger wissenschaftlicher Freunde wegen, die ich auf die Bahn des Irrtums geleitet habe. Sind sie durch meinen Widerruf belehrt worden?

ANDREA Um wissenschaftlich arbeiten zu können, habe ich vor, nach Holland zu gehen. Man gestattet nicht dem Ochsen, was Jupiter sich nicht gestattet.

GALILEI Ich verstehe.

ANDREA Federzoni schleift wieder Linsen, in irgendeinem Mailänder Laden.

GALILEI *lacht:* Er kann nicht Latein.

Pause.

ANDREA Fulganzio, unser kleiner Mönch, hat die Forschung aufgegeben und ist in den Schoß der Kirche zurückgekehrt.

GALILEI Ja.

Pause.

GALILEI Meine Oberen sehen m e i n e r seelischen Wiedergesundung entgegen. Ich mache bessere Fortschritte, als zu erwarten war.

ANDREA So.

VIRGINIA Der Herr sei gelobt.

GALILEI *barsch:* Sieh nach den Gänsen, Virginia.

Virginia geht zornig hinaus. Im Vorbeigehen wird sie vom Mönch angesprochen.

DER MÖNCH Der Mensch mißfällt mir.

VIRGINIA Er ist harmlos. Sie hören doch. *Im Weggehen.* Wir haben frischen Ziegenkäse bekommen.

Der Mönch folgt ihr hinaus.

ANDREA Ich werde die Nacht durch fahren, um die Grenze morgen früh überschreiten zu können. Kann ich gehen?

GALILEI Ich weiß nicht, warum du gekommen bist, Sarti. Um mich aufzustören? Ich lebe vorsichtig und ich denke vorsichtig, seit ich hier bin. Ich habe ohnedies meine Rückfälle.

ANDREA Ich möchte Sie lieber nicht aufregen, Herr Galilei.

GALILEI Barberini nannte es die Krätze. Er war selber nicht gänzlich frei davon. Ich habe wieder geschrieben.

ANDREA So?

GALILEI Ich schrieb die »Discorsi« fertig.

ANDREA Was? Die »Gespräche, betreffend zwei neue Wissenszweige: Mechanik und Fallgesetze«? Hier?

GALILEI Oh, man gibt mir Papier und Feder. Meine Oberen sind keine Dummköpfe. Sie wissen, daß eingewurzelte Laster nicht von heute auf morgen abgebrochen werden können. Sie schützen mich vor mißlichen Folgen, indem sie Seite für Seite wegschließen.

ANDREA O Gott!

GALILEI Sagtest du etwas?

ANDREA Man läßt Sie Wasser pflügen! Man gibt Ihnen Papier und Feder, damit Sie sich beruhigen! Wie konnten Sie überhaupt schreiben mit diesem Ziel vor Augen?

GALILEI Oh, ich bin ein Sklave meiner Gewohnheiten.

ANDREA Die »Discorsi« in der Hand der Mönche! Und Amsterdam und London und Prag hungern danach!

GALILEI Ich kann Fabrizius jammern hören, pochend auf sein Pfund Fleisch, selber in Sicherheit sitzend in Amsterdam.

ANDREA Zwei neue Wissenszweige so gut wie verloren!

GALILEI Es wird ihn und einige andre ohne Zweifel erheben zu hören, daß ich die letzten kümmerlichen Reste meiner Bequemlichkeit aufs Spiel gesetzt habe, eine Abschrift zu machen, hinter meinem Rücken sozusagen, aufbrauchend die letzte Unze Licht der helleren Nächte von sechs Monaten.

ANDREA Sie haben eine Abschrift?

GALILEI Meine Eitelkeit hat mich bisher davon zurückgehalten, sie zu vernichten.

ANDREA Wo ist sie?

GALILEI »Wenn dich dein Auge ärgert, reiß es aus.« Wer immer das schrieb, wußte mehr über Komfort als ich. Ich nehme an, es ist die Höhe der Torheit, sie auszuhändigen. Da ich es nicht fertiggebracht habe, mich von wissenschaftlichen Arbeiten fernzuhalten, könnt ihr sie ebensogut haben. Die Abschrift liegt im Globus. Solltest du erwägen, sie nach Holland mitzunehmen, würdest du natürlich die gesamte Verantwortung zu schultern haben. Du hättest sie in diesem Fall von jemandem gekauft, der Zutritt zum Original im Heiligen Offizium hat.

Andrea ist zum Globus gegangen. Er holt die Abschrift heraus.

ANDREA Die »Discorsi«!

Er blättert in dem Manuskript.

ANDREA *liest:* »Mein Vorsatz ist es, eine sehr neue Wissenschaft aufzustellen, handelnd von einem sehr alten Gegenstand, der Bewegung. Ich habe durch Experimente einige ihrer Eigenschaften entdeckt, die wissenswert sind.«

GALILEI Etwas mußte ich anfangen mit meiner Zeit.

ANDREA Das wird eine neue Physik begründen.

GALILEI Stopf es untern Rock.

ANDREA Und wir dachten, Sie wären übergelaufen! Meine Stimme war die lauteste gegen Sie!

GALILEI Das gehörte sich. Ich lehrte dich Wissenschaft, und ich verneinte die Wahrheit.

ANDREA Dies ändert alles. Alles.

GALILEI Ja?

ANDREA Sie versteckten die Wahrheit. Vor dem Feind. Auch auf dem Felde der Ethik waren Sie uns um Jahrhunderte voraus.

GALILEI Erläutere das, Andrea.

ANDREA Mit dem Mann auf der Straße sagten wir: Er wird sterben, aber er wird nie widerrufen. – Sie kamen zurück: Ich habe widerrufen, aber ich werde leben. – Ihre Hände sind befleckt, sagten wir. – Sie sagen: Besser befleckt als leer.

GALILEI Besser befleckt als leer. Klingt realistisch. Klingt nach mir. Neue Wissenschaft, neue Ethik.

ANDREA Ich vor allen andern hätte es wissen müssen! Ich war elf, als Sie eines andern Mannes Fernrohr an den Senat von Venedig verkauften. Und ich sah Sie von diesem Instrument unsterblichen Gebrauch machen. Ihre Freunde schüttelten die Köpfe, als Sie sich vor dem Kind in Florenz beugten: die Wissenschaft gewann Publikum. Sie lachten immer schon über die Helden. »Leute, welche leiden, langweilen mich«, sagten Sie. »Unglück stammt von mangelhaften Berechnungen.« Und: »Angesichts von Hindernissen mag die kürzeste Linie zwischen zwei Punkten die krumme sein.«

GALILEI Ich entsinne mich.

ANDREA Als es Ihnen dann 33 gefiel, einen volkstümlichen Punkt Ihrer Lehren zu widerrufen, hätte ich wissen müssen, daß Sie sich lediglich aus einer hoffnungslosen politischen Schlägerei zurückzogen, um das eigentliche Geschäft der Wissenschaft weiter zu betreiben.

GALILEI Welches besteht in ...

ANDREA ... dem Studium der Eigenschaften der Bewegung, Mutter der Maschinen, die allein die Erde so bewohnbar machen werden, daß der Himmel abgetragen werden kann.

GALILEI Aha.

ANDREA Sie gewannen die Muße, ein wissenschaftliches Werk zu schreiben, das nur Sie schreiben konnten. Hätten Sie in einer Gloriole von Feuer auf dem Scheiterhaufen geendet, wären die andern die Sieger gewesen.

GALILEI Sie sind die Sieger. Und es gibt kein wissenschaftliches Werk, das nur ein Mann schreiben kann.

ANDREA Warum dann haben Sie widerrufen?

GALILEI Ich habe widerrufen, weil ich den körperlichen Schmerz fürchtete.

ANDREA Nein!

GALILEI Man zeigte mir die Instrumente.

ANDREA So war es kein Plan?

GALILEI Es war keiner.

Pause.

ANDREA *laut:* Die Wissenschaft kennt nur ein Gebot: den wissenschaftlichen Beitrag.

GALILEI Und den habe ich geliefert. Willkommen in der Gosse, Bruder in der Wissenschaft und Vetter im Verrat! Ißt du Fisch? Ich habe Fisch. Was stinkt, ist nicht mein Fisch, sondern ich. Ich verkaufe aus, du bist ein Käufer. O unwiderstehlicher Anblick des Buches, der geheiligten Ware! Das Wasser läuft im Mund zusammen und die Flüche ersaufen. Die Große Babylonische, das mörderische Vieh, die Scharlachene, öffnet die Schenkel, und alles ist anders! Geheiliget sei unsre schachernde, weißwaschende, todfürchtende Gemeinschaft!

ANDREA Todesfurcht ist menschlich! Menschliche Schwächen gehen die Wissenschaft nichts an.

GALILEI Nein?! – Mein lieber Sarti, auch in meinem gegenwärtigen Zustand fühle ich mich noch fähig, Ihnen ein paar Hinweise darüber zu geben, was die Wissenschaft alles angeht, der Sie sich verschrieben haben.

Eine kleine Pause.

GALILEI *akademisch die Hände über dem Bauch gefaltet:* In meinen freien Stunden, deren ich viele habe, bin ich meinen Fall durchgegangen und habe darüber nachgedacht, wie die Welt der Wissenschaft, zu der ich mich selber nicht mehr zähle, ihn zu beurteilen haben wird. Selbst ein Wollhändler muß, außer billig einkaufen und teuer verkaufen, auch noch darum besorgt sein, daß der Handel mit Wolle unbehindert vor sich gehen kann. Der Verfolg der Wissenschaft scheint mir diesbezüglich besondere Tapferkeit zu erheischen. Sie handelt mit Wissen, gewonnen durch Zweifel. Wissen verschaffend über alles für alle, trachtet sie, Zweifler zu machen aus allen. Nun wird der Großteil der Bevölkerung von ihren Fürsten, Grundbesitzern und Geistlichen in einem perlmutternen Dunst von Aberglauben und alten Wörtern gehalten, welcher die Machinationen dieser Leute verdeckt. Das Elend der Vielen ist alt wie das Gebirge und wird von Kanzel und Katheder herab für unzerstörbar erklärt wie das Gebirge. Unsere neue Kunst des Zweifelns entzückte das große Publikum. Es riß uns das Teleskop aus der Hand und richtete es auf seine Peiniger. Diese selbstischen und gewalttätigen Männer, die sich die Früchte der Wissenschaft gierig zunutze gemacht haben, fühlten zugleich das kalte Auge der Wissenschaft auf ein tausendjähriges, aber künstliches Elend gerichtet, das deutlich beseitigt werden konnte, indem sie beseitigt wurden. Sie überschütteten uns mit Drohungen und Bestechungen, unwiderstehlich für schwache Seelen. Aber können wir uns der Menge verweigern und doch Wissenschaftler bleiben? Die Bewegungen der Himmelskörper sind übersichtlicher geworden; immer noch unberechenbar sind den Völkern die Bewegungen ihrer Herrscher. Der Kampf um die Meßbarkeit des Himmels ist gewonnen durch Zweifel; durch Gläubigkeit muß der Kampf der römischen Hausfrau um Milch immer aufs neue verlorengehen. Die Wissenschaft, Sarti, hat mit beiden Kämpfen zu tun. Eine Menschheit, stolpernd in diesem tausendjährigen Perlmutterdunst von Aberglauben und alten Wörtern, zu unwissend, ihre eigenen Kräfte voll zu entfalten, wird nicht fähig sein, die Kräfte der Natur zu entfalten, die ihr enthüllt. Wofür arbeitet ihr? Ich halte dafür, daß das einzige Ziel der Wissenschaft darin besteht, die Mühseligkeit der menschlichen Existenz zu erleichtern. Wenn Wissenschaftler, eingeschüchtert durch selbstsüchtige Machthaber, sich damit begnügen, Wissen um des Wissens willen aufzuhäufen, kann die Wissenschaft zum Krüppel gemacht werden, und eure neuen Maschinen mögen nur neue Drangsale bedeuten. Ihr mögt mit der Zeit alles entdecken, was es zu entdecken gibt, und euer Fortschritt wird doch nur ein Fortschreiten von der Menschheit weg sein. Die Kluft zwischen euch und ihr kann eines Tages so groß werden, daß euer Jubelschrei über irgendeine neue Errungenschaft von einem universalen Entsetzensschrei beantwortet werden könnte. – Ich hatte als Wissenschaftler eine einzigartige Möglichkeit. In meiner Zeit erreichte die Astronomie die Marktplätze. Unter diesen ganz besonderen Umständen hätte die Standhaftigkeit eines Mannes große Erschütterungen hervorrufen können. Hätte ich widerstanden, hätten die Naturwissenschaftler etwas wie den hippokratischen Eid der Ärzte entwickeln können, das Gelöbnis, ihr Wissen einzig zum Wohle der Menschheit anzuwenden! Wie es nun steht, ist das Höchste, was man erhoffen kann, ein Geschlecht erfinderischer Zwerge, die für alles gemietet werden können. Ich habe zudem die Überzeugung gewonnen, Sarti, daß ich niemals in wirklicher Gefahr schwebte. Einige Jahre lang war ich ebenso stark wie die Obrigkeit. Und ich überlieferte mein Wissen den Machthabern, es zu gebrauchen, es nicht zu gebrauchen, es zu mißbrauchen, ganz wie es ihren Zwekken diente. *Virginia ist mit einer Schüssel hereingekommen und bleibt stehen.* Ich habe meinen Beruf verraten. Ein

Mensch, der das tut, was ich getan habe, kann in den Reihen der Wissenschaft nicht geduldet werden.

VIRGINIA Du bist aufgenommen in den Reihen der Gläubigen.

Sie geht weiter und stellt die Schüssel auf den Tisch.

GALILEI Richtig. – Ich muß jetzt essen.

Andrea hält ihm die Hand hin. Galilei sieht die Hand, ohne sie zu nehmen.

GALILEI Du lehrst jetzt selber. Kannst du es dir leisten, eine Hand wie die meine zu nehmen? *Er geht zum Tisch.* Jemand, der hier durch kam, hat mir Gänse geschickt. Ich esse immer noch gern.

ANDREA So sind Sie nicht mehr der Meinung, daß ein neues Zeitalter angebrochen ist?

GALILEI Doch. – Gib acht auf dich, wenn du durch Deutschland kommst, die Wahrheit unter dem Rock.

ANDREA *außerstande, zu gehen:* Hinsichtlich Ihrer Einschätzung des Verfassers, von dem wir sprachen, weiß ich Ihnen keine Antwort. Aber ich kann mir nicht denken, daß Ihre mörderische Analyse das letzte Wort sein wird.

GALILEI Besten Dank, Herr. *Er fängt an zu essen.*

VIRGINIA *Andrea hinausgeleitend:* Wir haben Besucher aus der Vergangenheit nicht gern. Sie regen ihn auf.

Andrea geht. Virginia kommt zurück.

GALILEI Hast du eine Ahnung, wer die Gänse geschickt haben kann?

VIRGINIA Nicht Andrea.

GALILEI Vielleicht nicht. Wie ist die Nacht?

VIRGINIA *am Fenster:* Hell.

15

1637. GALILEIS BUCH »DISCORSI« ÜBERSCHREITET DIE ITALIENISCHE GRENZE.

Liebe Leut, gedenkt des Ends
Das Wissen flüchtete über die Grenz.
Wir, die wissensdurstig sind
Er und ich, wir blieben dahint'.
Hütet nun ihr der Wissenschaften Licht
Nutzt es und mißbraucht es nicht
Daß es nicht, ein Feuerfall
Einst verzehre noch uns all
Ja, uns all.

Kleine italienische Grenzstadt früh am Morgen. Am Schlagbaum der Grenzwache spielen Kinder. Andrea wartet neben einem Kutscher die Prüfung seiner Papiere durch die Grenzwächter ab. Er sitzt auf einer kleinen Kiste und liest in Galileis Manuskript. Jenseits des Schlagbaumes steht die Reisekutsche.

DIE KINDER *singen:*
Maria saß auf einem Stein
Sie hatt' ein rosa Hemdelein
Das Hemdelein war verschissen.
Doch als der kalte Winter kam
Das Hemdelein sie übernahm
Verschissen ist nicht zerrissen.

DER GRENZWÄCHTER Warum verlassen Sie Italien?

ANDREA Ich bin Gelehrter.

DER GRENZWÄCHTER *zum Schreiber:* Schreib unter »Grund der Ausreise«: Gelehrter. Ihr Gepäck muß ich durchschauen. *Er tut es.*

DER ERSTE JUNGE *zu Andrea:* Hier sollten Sie nicht sitzen. *Er zeigt auf die Hütte, vor der Andrea sitzt.* Da wohnt eine Hexe drin.

DER ZWEITE JUNGE Die alte Marina ist gar keine Hexe.

DER ERSTE JUNGE Soll ich dir die Hand ausrenken?

DER DRITTE JUNGE Sie ist doch eine. Sie fliegt nachts durch die Luft.

DER ERSTE JUNGE Und warum kriegt sie nirgends in der Stadt auch nur einen Topf Milch, wenn sie keine Hexe ist?

DER ZWEITE JUNGE Wie soll sie denn durch die Luft fliegen? Das kann niemand. *Zu Andrea:* Kann man das?

DER ERSTE JUNGE *über den zweiten:* Das ist Giuseppe. Er weiß rein gar nichts, weil er nicht in die Schule geht, weil er keine ganze Hose hat.

DER GRENZWÄCHTER Was ist das für ein Buch?

ANDREA *ohne aufzusehen:* Das ist von dem großen Philosophen Aristoteles.

DER GRENZWÄCHTER *mißtrauisch:* Was ist das für einer?

ANDREA Er ist schon tot.

Die Jungen gehen, um den lesenden Andrea zu verspotten, so herum, als läsen auch sie in Büchern beim Gehen.

DER GRENZWÄCHTER *zum Schreiber:* Sieh nach, ob etwas über die Religion drin steht.

DER SCHREIBER *blättert:* Ich kann nichts finden.

DER GRENZWÄCHTER Die ganze Sucherei hat ja auch wenig Zweck. So offen würde uns ja keiner hinlegen, was er zu verbergen hätte. *Zu Andrea:* Sie müssen unterschreiben, daß wir alles untersucht haben.

Andrea steht zögernd auf und geht, immerfort lesend, mit den Grenzwächtern ins Haus.

DER DRITTE JUNGE *zum Schreiber, auf die Kiste zeigend:* Da ist noch was, sehen Sie?

DER SCHREIBER War das vorhin noch nicht da?

DER DRITTE JUNGE Das hat der Teufel hier hingestellt. Es ist eine Kiste.

DER ZWEITE JUNGE Nein, die gehört dem Fremden.

DER DRITTE JUNGE Ich gingc nicht hin. Sie hat dem Kutscher Passi die Gäule verhext. Ich habe selber durch das Loch im Dach, das der Schneesturm gerissen hat, hineingeschaut und gehört, wie sie gehustet haben.

DER SCHREIBER *der schon beinahe an der Kiste war, zögert und kehrt zurück:* Teufelszeug, wie? Nun, wir können nicht alles kontrollieren. Wo kämen wir da hin?

Zurück kommt Andrea mit einem Krug Milch. Er setzt sich wieder auf die Kiste und liest weiter.

DER GRENZWÄCHTER *hinter ihm drein mit Papieren:* Mach die Kisten wieder zu. Haben wir alles?

DER SCHREIBER Alles.

DER ZWEITE JUNGE *zu Andrea:* Sie sind ja Gelehrter. Sagen Sie selber: Kann man durch die Luft fliegen?

ANDREA Wart einen Augenblick.

DER GRENZWÄCHTER Sie können passieren.

Das Gepäck ist vom Kutscher aufgenommen worden. Andrea nimmt die Kiste und will gehen.

DER GRENZWÄCHTER Halt! Was ist das für eine Kiste?

ANDREA *wieder sein Buch vornehmend:* Es sind Bücher.

DER ERSTE JUNGE Das ist die von der Hexe.

DER GRENZWÄCHTER Unsinn. Wie soll die eine Kiste bezaubern können?

DER DRITTE JUNGE Wenn ihr doch der Teufel hilft!

DER GRENZWÄCHTER *lacht:* Das gilt hier nicht. *Zum Schreiber:* Mach auf.

Die Kiste wird geöffnet.

DER GRENZWÄCHTER *unlustig:* Wie viele sind das?

ANDREA Vierunddreißig.

DER GRENZWÄCHTER *zum Schreiber:* Wie lang brauchst du damit?

DER SCHREIBER *der angefangen hat, oberflächlich in der Kiste zu wühlen:* Alles schon gedruckt. Aus Ihrem Frühstück wird dann jedenfalls nichts, und wann soll ich zum Kutscher Passi hinüberlaufen, um den rückständigen Wegzoll einzukassieren bei der Auktionierung seines Hauses, wenn ich all die Bücher durchblättern soll?

DER GRENZWÄCHTER Ja, das Geld müssen wir haben. *Er stößt mit dem Fuß nach den Büchern.* Na, was kann schon viel drinstehen! *Zum Kutscher:* Ab!

Andrea geht mit dem Kutscher, der die Kiste trägt, über die Grenze. Drüben steckt er das Manuskript Galileis in die Reisetasche.

DER DRITTE JUNGE *deutet auf den Krug, den Andrea hat stehenlassen:* Da!

DER ERSTE JUNGE Und die Kiste ist weg! Seht ihr, daß es der Teufel war?

ANDREA *sich umwendend:* Nein, ich war es. Du mußt lernen, die Augen aufzumachen. Die Milch ist bezahlt und der Krug. Die Alte soll ihn haben. Ja, und ich habe dir noch nicht auf deine Frage geantwortet, Giuseppe. Auf einem Stock kann man nicht durch die Luft fliegen. Er müßte zumindest eine Maschine dran haben. Aber eine solche Maschine gibt es noch nicht. Vielleicht wird es sie nie geben, da der Mensch zu schwer ist. Aber natürlich, man kann es nicht wissen. Wir wissen bei weitem nicht genug, Giuseppe. Wir stehen wirklich erst am Beginn.

Dansen

Personen

Dansen · Der Fremde

I

Auf der Bühne stehen drei Häuserfronten. Eine mit einem Tabakladen, darauf steht »Tabaktrafik Österreicher«. Eine mit einem Schuhladen, darauf steht »Schuhgeschäft Tschek«. Eine ohne Laden, aber im Fenster ist ein Schild »Frischer Schinken«. Neben der letzteren ist ein großes Tor, darauf steht »Svenssons Eisenlager«. Neben dem Tor sitzt der kleine Herr Dansen, vor sich eine Tonne, unterm Arm ein Schwein.

DANSEN *zum Publikum:* Ich bin ein kleiner, geachteter Mann, wohlsituiert und in unabhängiger Lebensstellung. Mit meinen Nachbarn lebe ich in allerbestem Einvernehmen. Jede Differenz zwischen uns wird in friedlichster Weise aus der Welt geschafft durch einen Verband, in dem wir alle fest sitzen. Wir regeln alles mit Verträgen. Soweit steht alles zum besten. Ich habe meine Freiheit und meine Geschäftsverbindungen, ich habe meine Freunde und meine Kunden, ich habe meine Prinzipien und meine Schweinezucht. *Er beginnt, sein Schwein in der Tonne zu bürsten.* So, und jetzt halten wir schön still, mein Kleines, und waschen die rosigen Ohren, damit wir hübsch sauber aussehen, wenn Kunden kommen, gesund, freundlich und appetitlich. Und wenn wir brav sind und hübsch fressen, dann werden wir auch was Ordentliches im Leben und der Kunde sagt: das ist aber ein g u t e s Ferkelchen! Denn was willst du? Was wünschst du dir in deinem kleinen Herzen? Du wünschst dir: verkauft zu werden. Oh, du bist klug. Wenn du auch nur im geringsten fühlst, daß ich einmal nicht an dich denke, daß ich einen Augenblick deinen Herzenswunsch vergesse, gleich quiekst du laut und erinnerst mich. Da braucht nur einer vorbeizugehen, der ein bißchen danach aussieht, als habe er noch nicht gegessen, und sofort quiekst du. Und so kann ich mich selber denn ganz ruhig …
Das Schwein quiekt.

DANSEN *blickt sich erfreut um:* Was denn? Was denn? Kommt da jemand? Ein Kunde in der Nähe?
Dem Tabakladen nähert sich schleichend und sich scheu umblickend ein bewaffneter Mann, den Hut tief ins Gesicht gezogen. Er bleibt stehen vor der geschlossenen Ladentür und zieht

einen Bund Dietriche aus der Hosentasche. Diese probiert er einen nach dem andern aus, dazwischen mitunter Dansen, dessen Haare sich zu sträuben beginnen, zulächelnd. Am Ende verliert der Einbrecher die Geduld und steigt zum Fenster hinein, eine große Pistole in der Hand. Sofort kommen aus dem Haus schreckliche Geräusche: Ein fallender Stuhl. Laute Hilfeschreie. Dansen steht entsetzt auf. Das Schwein unterm Arm rennt er kopflos herum. Dann stürzt er zum Telefon.

DANSEN Svensson, Svensson! Was soll ich nur machen? Aus dem Tabakladen vis-à-vis wird um Hilfe gerufen. Ein fremder Kerl ist da vor meinen Augen eingebrochen. – Was, du hörst die Schreie bis zu dir hinüber? – Natürlich kann ich nicht hinein, ich habe gar kein Recht, in ein fremdes Haus einzudringen. Aber was mache ich, wenn er herauskommt? Ich zittere am ganzen Leib vor Empörung. – Darauf kannst du dich verlassen, daß ich ihm meine ungeschminkte Meinung sagen werde. Du kennst doch meine Devise, nein, nicht Devisen, Devise, ich meine: *Nachdem er sich vorsichtig umgesehen hat, singt er gedämpft ins Telefon.*

In allen den Ländern und Reichen
Wo immer ein Dansen erscheint
Er ficht mit offener Stirne
Für das, was er ehrlich meint.

Kurz, ich werde ihm meinen Abscheu ins Gesicht schleudern. Ich zittere, wie erwähnt, vor Empörung.

Die Hilferufe sind verstummt. Jetzt kommt ein Schrei, ein Pistolenschuß und ein schwerer Fall.

DANSEN Ich breche ab. Ich muß mich hinsetzen. Ich glaube, ich habe graue Haare bekommen. *Düster setzt er sich, sein Schwein unterm Arm, wieder vor sein Haus.*

Aus dem Tabakladen tritt der Fremde, streicht hastig mit Kreide den Namen »Österreicher« durch und schreibt »Ostmärker & Co.« darüber. Dann tritt er auf Dansen zu.

DER FREMDE Warum sind Sie denn so bleich?

DANSEN Das will ich Ihnen sagen, lieber Mann, ich bin bleich vor innerer Erregung.

DER FREMDE Da sollten Sie sich ein Beispiel an Ihrem hübschen kleinen Schwein nehmen. Das ist rosig und bleibt rosig.

DANSEN Ein Schwein ist auch kein Mensch. Ich bin menschlich aufgewühlt und Sie wissen auch warum.

DER FREMDE Das ist aber ein gutes Ferkelchen!

DANSEN *anklagend auf den Tabakladen zeigend:* Was – war – da – drin?

DER FREMDE Wollen Sie das wirklich wissen?

DANSEN Allerdings will ich das wissen! Was mit meinen Mitmenschen passiert ...

Das Schwein quiekt zum zweiten Mal.

DANSEN Was denn? Was denn?

DER FREMDE Nicht wahr, Sie wollen es nicht wissen!

DANSEN *zum Schwein:* Aber der Mann ... *Er deutet hinüber.*

DER FREMDE Kannten Sie den Mann?

DANSEN Ich? Nein, ja, entschuldigen Sie, ich bin jetzt ganz verwirrt. *Vorwurfsvoll.* Wir waren im gleichen Verband.

DER FREMDE Und was machtet ihr da? Schweine verkaufen, wie?

DANSEN *mürrisch:* Karten spielen. Das Nichteinmischspiel.

DER FREMDE Kann ich mir nicht leisten. Zu teuer.

DANSEN Es ist nur einmal die Woche. Samstags. *Er deutet hinüber:* Er kommt auch.

DER FREMDE *zögernd:* Ich glaube nicht, daß er noch einmal kommt.

DANSEN *aufgebracht:* Wollen Sie ihm das verbieten? Das wäre doch unerhört. Wirklich. Österreicher ist ein freier Mann.

DER FREMDE Dem verbietet niemand mehr was. *Er lacht unlustig.*

DANSEN *entsetzt:* Was wollen Sie damit sagen?

DER FREMDE Wollen Sie das wirklich wissen?

DANSEN Ich? Ja, nein. Ich weiß ja nicht mehr, wo mir der Kopf steht. Da stehen Sie vor mir und reden, als ob ... Und vorhin habe ich eigenen Auges mitangesehen ... Selbstverständlich will ich das wissen! Unbe...

Das Schwein unter seinem Arm quiekt zum dritten Mal, und so angstvoll, als würde es entsetzlich mißhandelt.

DANSEN *beendigt tonlos:* ... dingt.

Er ist jetzt sehr unsicher und wagt dem Fremden, der sein Schwein streichelt, nicht mehr ins Auge zu schauen.

DANSEN Ich verstehe die Welt nicht mehr. Ich bin ein friedliebender Mann, verabscheue jede Gewalt und halte mich an

Verträge. Ich habe Geschäftsverbindungen und meine Freiheit, ein paar Kunden und ein paar Freunde, meine Schweinezucht und meine ... *Wie geistesabwesend.* Wollen Sie ein Schwein kaufen?

DER FREMDE *verdutzt:* Wie bitte?

DANSEN Ein Schwein? Ein paar Schweine? Ich könnte sie Ihnen billig ablassen. Ich habe so viele. Zu viele. Sie wachsen mir über den Kopf.

DER FREMDE Geben Sie eines her.

DANSEN *intensiv:* Sind Sie sicher, daß Sie nicht zwei wollen?

DER FREMDE Eines.

DANSEN Aber was mache ich dann mit den übrigen? Sie wachsen wie Schwämme. Jeden Abend ersäufe ich ein halbes Dutzend in der Jauchgrube und jeden Morgen ist ein neues Dutzend da. *Läßt den Fremden einen Blick in den Stall werfen.* Sehen Sie, es sind schon wieder vierzehn.

DER FREMDE E i n e s.

DANSEN Sehen Sie sie genau an. Sind sie nicht gesund, freundlich und appetitlich? Läuft Ihnen da nicht das Wasser im Mund zusammen?

DER FREMDE *dem das Wasser im Mund zusammenläuft, mühsam:* Sie sind Luxus.

DANSEN Wie können Sie so was behaupten, wo sie doch ganz und gar eßbar sind. Sogar die Ohren. Sogar die Zehen. Gebackene Schweinezehen.

DER FREMDE Luxus.

DANSEN *bekümmert zu seinem Schwein:* Du ein Luxus! *Desillusioniert zum Fremden:* Dann nehmen wir also nur zwei.

DER FREMDE *laut:* Eines. Ich gebe kein Geld aus für Luxus.

DANSEN Aber Eisen kaufen Sie doch auch. Von meinem Freund Svensson kaufen Sie doch Eisen, so viel er liefern kann.

DER FREMDE Eisen ist kein Luxus. Eisen ist lebensnotwendig.

DANSEN *gibt ihm das Schwein, seine Hände zittern:* Ich bin mit den Nerven ganz herunter. Das furchtbare Erlebnis vorhin... *Er wischt sich mit einem kleinen roten Tuch den Schweiß im Nacken ab.*

DER FREMDE Was haben Sie denn da für ein rotes Tuch?

DANSEN Das da?

DER FREMDE *barsch:* Ja, das da. *Er legt das Schwein auf die Tonne zurück.*

DANSEN *eifrig:* Das ist kein rotes Tuch. Sehen Sie, da ist ein weißes Kreuz drin. *Er zeigt es.*

DER FREMDE Geht in Ordnung. *Er schmeißt ihm Geld hin.*

DANSEN Ich packe es Ihnen ein.

DER FREMDE Hier ist Papier. Sonst berechnen Sie mir auch noch die Verpackung. *Er reicht ihm einen großen Bogen Papier, den er aus der Tasche gezogen hat.*

DANSEN *den Bogen glatt streichend:* Aber das ist doch ein Vertrag!

DER FREMDE Was für einer?

DANSEN Ich glaube, mit Herrn Österreicher. Hier steht Freundschaftsvertrag. Brauchen Sie denn den nicht mehr?

DER FREMDE Nein. Was soll mir ein Freundschaftsvertrag mit einem toten Mann nützen? *Er nimmt ihm das Papier weg und zerreißt es.*

DANSEN *wird fast ohnmächtig:* Nehmen Sie mir schnell das Schwein ab, mir wird übel.

Der Fremde nimmt ihm das Schwein aus der Hand. Dansen legt sich sein Sacktuch über den Kopf.

DER FREMDE *sieht ärgerlich das Kreuz:* Tun Sie das Kreuz weg! *Dansen steckt das Sacktuch wieder ein.*

DER FREMDE Ich nehme das Schwein ohne Verpackung. Vielleicht schneide ich mir schon auf dem Weg was ab.

Er nimmt es unter den Arm. Aber bevor er geht, betrachtet er den Schuhladen.

DER FREMDE Ein hübsches Anwesen, dieses Schuhgeschäft da.

DANSEN Ja, sehr schön.

DER FREMDE Eine Menge Raum. Ihr Haus ist auch nicht übel.

DANSEN *geistesabwesend:* Nicht wahr.

DER FREMDE *es träumerisch betrachtend:* Also auf Wiedersehen! *Ab.*

DANSEN *sich die Stirn wischend, entnervt:* Auf Wiedersehen! – Jetzt habe ich ihm ein Schwein verkauft in meiner Empörung. Diesen netten friedlichen Österreicher hat er einfach ... Verdammter Rohling! *Sich scheu umschauend, geht er in die Ecke zwischen seinem Haus und dem Schuppen und schimpft dort hinein.* Barbarei! Unmenschlichkeit! Unerträgliche Gemeinheit! Und wie er Verträge behandelt!

2

Dansen sitzt vor seinem Haus, ein Schwein auf dem Schoß.

DANSEN Ich bin ein geachteter, aber kleiner Mann. Ich fühle, daß nicht mehr alles zum besten geht. Die furchtbaren Vorgänge der letzten Zeit haben mich doch recht mitgenommen. Verträge sind wunderbar, aber wenn sie nicht heilig gehalten werden ... Mit meinen beiden Freunden weiter oben habe ich deshalb sogar schon mit dem Gedanken einer Bewaffnung gespielt. Wir sind nicht ganz wehrlos. Es gibt nicht viele Eisenlieferanten wie meinen Freund Svensson. Wir haben da gleich in dem Schuppen hier *er deutet auf Svenssons Schuppen* einen hübschen Haufen Eisen liegen. Wenn wir daraus Waffen schmiedeten ... Es wäre ja purer Wahnsinn, den Kopf in den Sand zu stecken. Andererseits können sich diese furchtbaren Vorgänge gar nicht wiederholen. Zweimal kann dieser Dingsda so etwas ja nicht machen.

Dem Schuhladen nähert sich schleichend und sich scheu umblickend der Fremde, die Mütze tief ins Gesicht gezogen. Er bleibt vor der geschlossenen Ladentür stehen und zieht einen Bund Dietriche aus der Hosentasche. Diese probiert er einen nach dem andern aus, dazwischen mitunter Dansen, dessen Haare sich zu sträuben beginnen, kopfschüttelnd zulächelnd. Am Ende verliert der Fremde die Geduld und steigt zum Fenster hinein, eine große Pistole in der Hand. Sofort kommen aus dem Haus schreckliche Geräusche: Ein fallender Stuhl. Laute Hilfeschreie.

DANSEN Zum zweiten Mal! Es ist furchtbar. Und dabei hatte die arme Frau einen Garantievertrag von ihm. Seine Gier ist ja krankhaft. Was er sieht, das muß er haben. Und da steht mein Haus! Er hat schon gesagt, es ist nicht übel. Ich muß sofort die allerenergischsten Schritte unternehmen. Ich darf ihm unter keinen Umständen auffallen. Ich muß mich ihm aus den Augen schaffen. Aber wie das machen, daß er mich nicht sieht? Die Tonne! *Das Schwein unterm Arm, stülpt er sich die Tonne über, in der er für gewöhnlich seine Schweine wäscht.*

Aus dem Schuhladen tritt der Fremde. Hastig streicht er mit

Kreide den Namen Tschek aus und schreibt hin »Bemm & Mährer G.m.b.H.«

In diesem Augenblick hört man aus der Tonne Dansens Schwein quieken.

DANSENS STIMME Was denn? Was denn? Kommt da jemand? Ein Kunde in der Nähe? *Er guckt vorsichtig heraus, sieht den Fremden schreiben und duckt sich schnell wieder unter seine Tonne.*

Der Fremde tritt nach vorn, zieht einen Bogen aus der Tasche und zerreißt ihn. Die Fetzen fliegen auf den Boden.

DER FREMDE Nanu, wo ist denn heute der Kerl mit der Schweinezucht? Wahrscheinlich ist er schon wieder einen heben gegangen. Das ist eine gute Gelegenheit, Svenssons Lagerschuppen für Roheisen ein wenig zu beriechen. *Sich umblickend, schlendert er zum Tor und probiert, sich mit dem Rücken vor das Tor stellend, die Türklinke. Die Tür ist aber geschlossen.*

Plötzlich läutet Dansens Telefon. Dansen sitzt zunächst unbeweglich. Da es weiterläutet, ist er gezwungen, sich zum Telefon zu begeben, mit äußerster Vorsicht erhebt er sich und geht, die Tonne über sich gestülpt, auf das Telefon zu. Der Fremde sieht die wandelnde Tonne mit Erstaunen.

DER FREMDE *prompt:* Kolossal auffällig!

Da Dansen ihn unter seiner Tonne nicht sieht, würde er ihn anrempeln, wenn der Fremde ihm nicht grinsend aus dem Weg träte. Angelangt am Telefon, das auf einer niedrigen Schmalzkiste vor dem Haus steht, läßt Dansen sich einfach über der Kiste nieder.

DANSEN *leise ins Telefon, aber die Muschel dröhnt ein wenig unter der Tonne:* Bist du das, Svensson? – Ach, du weißt schon das neueste Furchtbare. – Nein, Mensch, noch nicht bei mir. Warum meinst du denn immer, das ist bei mir? Das ist ja unheimlich. Natürlich müssen wir jetzt etwas zusammen unternehmen. Wir müssen die allerenergischsten Maßnahmen erwägen. – Nein, nicht wagen, ich sagte erwägen! – Uns gemeinsam bewaffnen? Ausgeschlossen! – Einig sein: ja, aber nicht bewaffnen. – Worin einig? Daß wir uns nicht bewaffnen! Das würde ihm doch nur auffallen, und ich habe alles getan, ihm nicht aufzufallen. – Ich sage doch auch, wir müssen einig sein. Die Einigkeit muß sogar eisern sein und sich gegen niemanden richten. *Sehr energisch.* Gegen niemand. Dann kann es nicht auffallen. – Was mich betrifft, kannst du sicher sein, Svensson. – Ich verstehe vollkommen, daß du keine Minute mehr sicher sein könntest, was deinen Schuppen betrifft, wenn ich auch nur ein Tüpfelchen meiner Selbständigkeit aufgeben würde. Ich werde mich aus allem unerbittlich heraushalten. Und nur noch meine Schweine verkaufen und basta. – Wo ich den Schlüssel zu deinem Lagerraum habe? Natürlich wo ich ihn immer habe, an einem Strick um den Hals unterm Hemd. – Klar, daß ich da aufpasse. – Der Einbruch neulich, bei dem dein Brief an mich gestohlen wurde? Ja, aber das war doch Einbruch, dagegen kann man doch nichts machen. – Natürlich gebe ich deinen Schlüssel nicht aus der Hand, niemals! – Wegnehmen lassen? Wofür hältst du mich! – Unter Druck? Auf mich ist niemals ein Druck ausgeübt worden, ich habe dazu nie Veranlassung gegeben. – Ich werde beobachtet? Lächerlich. Ich werde überhaupt nicht beobachtet, das müßte ich doch merken. – Du bestehst auf energischen Maßnahmen? Ich bin absolut dafür. Ich schlage vor, wir schließen einen Vertrag. Bevor die Sonne sinkt, müssen wir unbedingt einen Vertrag haben. – Ja, gegen alle, die Verträge nicht mehr halten. Höre, ich habe eine glänzende Idee, wir beschließen, einem notorischen Friedensstörer und Unruhestifter einfach kein Eisen mehr zu verkaufen und es dafür den anständigen Elementen anzubieten. – Wieso nicht glänzend? – Du meinst, die Großen verhandeln schon über wirksame Maßnahmen?

Der Fremde, der sich ruhig niedergesetzt und zugehört hat, klopft an der Tonne an.

DANSEN *in seiner Tonne, beunruhigt:* Einen Augenblick! Ich muß unterbrechen. – Nein, nur einen Kunden bedienen. Wir setzen unsere Verhandlungen dann gleich fort.

Der Fremde zieht ihn am Hintern aus der Tonne.

DER FREMDE Da bin ich ja grade im richtigen Augenblick gekommen. Wie sind Sie denn in die Tonne gefallen? Wenn ich nicht gekommen wäre, wären Sie mir noch erstickt.

Dansen sitzt mürrisch auf dem Boden und schweigt.

DER FREMDE Warum sind Sie denn so schweigsam? Haben Sie Sorgen? Wissen Sie, Dansen, ich habe mir mitunter schon gedacht, wir zweie müßten miteinander in nähere Beziehungen treten. Es ist wirklich hübsch, bei Ihnen zu sitzen. Das Haus ist klein, aber nicht übel. Wie wäre es mit einem Freundschaftsbund?

DANSEN *mit gesträubtem Haar:* Freundschaftsbund ...

DER FREMDE Freundschaftsbund. *Er streichelt Dansens Schwein.* Das ist ein gutes Ferkelchen! Bist du ein gutes Ferkelchen? Ja, du bist ein gutes Ferkelchen. Ich schlage vor: wir schließen einen Vertrag. Daß wir zweie Freunde sind.

Er zieht einen Bleistiftstumpen aus der Westentasche, steht auf und liest einen der Fetzen vom Boden auf. Auf die Rückseite des Fetzens schmiert er ein paar Wörter.

DER FREMDE Sie unterschreiben mir nur, daß Sie mich auf keinen Fall überfallen, wenn ich mir bei Ihnen ein Schwein hole oder sonstwas. Und ich unterschreibe Ihnen, daß Sie mich jederzeit um meinen Schutz anrufen können. Na wie ist das?

DANSEN Wenn Sie es mir nicht übelnehmen: so etwas möchte ich nicht übers Knie brechen.

DER FREMDE Nein?

Dansens Schwein quiekt zum zweiten Mal.

DANSEN *abseits zu seinem Schwein:* Du bist still! *Zum Fremden:* Ich müßte unbedingt erst mit meinem Freund Svensson telefonieren.

DER FREMDE Ach, Sie wollen nicht? *Dansen schweigt.* Und dabei habe ich gehört, Sie wollten unbedingt den Vertrag haben, bevor die Sonne sinkt. *Zu Dansens Schwein, es streichelnd:* Du bist ein kluges Schwein. Wir verstehen uns. Zwischen uns gäbe es keine Meinungsverschiedenheiten. Aber es soll anscheinend nicht sein. Ich will mich unter keinen Umständen aufdrängen. Wenn man meine Freundschaftsangebote mit Füßen tritt, gehe ich. *Er steht beleidigt auf.*

Das Schwein quiekt zum dritten Mal.

DANSEN *wischt sich mit seinem roten Sacktuch den Schweiß ab:* Sie! *Der Fremde dreht sich um.* Ich bin vielleicht etwas zu kurz angebunden gewesen. Ich bin durch die Ereignisse in der letzten Zeit so verwirrt. Sie wollten ein Schwein kaufen?

DER FREMDE Warum nicht?

DANSEN *heiser:* Dann geben Sie mir den Vertrag. *Er unterzeichnet.* Aber brauchen Sie denn kein Duplikat?

DER FREMDE Nicht nötig. *Er nimmt das Schwein unter den Arm.* Schicken Sie mir die Rechnung zu Neujahr. *Im Abgehen:* Und vergessen Sie gefälligst nicht, daß Sie jetzt mit mir befreundet sind und Ihren Verkehr danach einzurichten haben. Auf Wiedersehen!

DANSEN *verwundert:* Jetzt habe ich mit ihm Freundschaft geschlossen!

Er geht zögernd mit dem Vertrag zum Telefon.

DANSEN Hallo, Svensson, hier Dansen! Ich möchte dir mitteilen, daß ich dem Wort sogleich die Tat habe folgen lassen und schon einen Vertrag abgeschlossen habe. – Mit wem? Mit dem Dingsda. – Der hält keinen Vertrag? Aber ich habe seine eigenhändige Unterschrift. Wart, wie heißt es doch gleich ... ich habe es noch nicht durchgelesen ... also: er darf mich nicht überfallen und ich darf niemand helfen, den er überfällt. – Wenn er da dich überfällt? Ausgeschlossen. Auf die Dauer kann er so was doch nicht machen! Dein Lagerhaus ist jetzt bombensicher. – Auf wen du dich jetzt verlassen kannst? Auf mich! Auf mich kannst du dich verlassen. Und ich kann mich auf ihn verlassen.

3

Dansen steht vor seinem Haus und telefoniert immer noch.

DANSEN Ich verstehe nicht, wie du glauben kannst, daß unsere Einigkeit in Gefahr ist, jetzt, wo ich dir drei Tage und drei Nächte lang ununterbrochen versichert habe, daß sie nicht in Gefahr ist. – Also das kann ich dir sagen: wenn er diesen Vertrag nicht halten würde, wäre ich der erste, der jede ersparte Öre aus den Schweineverkäufen von fünf Jahren dransetzen würde, daß wir uns mit deinem Eisen bis an die Zähne bewaffnen. Ist das ein Wort? – Im Augenblick wäre es Wahnsinn. Es liegt ja gar kein Anlaß vor. – Was ist mit dem Himmel? *Er blickt sich um.* Ja, du, er ist wirklich rot.

Der Himmel hat sich während des Gesprächs etwas gerötet. Dumpfer Donner von fern.

DANSEN Ja, das ist ein komischer Donner. Ich glaube, wir müssen das Gespräch abbrechen. Ich muß nach meinen Schweinen sehen. – Natürlich auch nach deinem Schuppen. Besonders deinetwegen freut es mich jetzt wirklich, daß ich den Vertrag mit ihm habe. – Jetzt wirst du sehen, was das für ein Schachzug von mir war. Wetten, daß der Dingsda jetzt schon bereut, daß er sich mir gegenüber so festgelegt hat? – Jedenfalls müssen wir in ständiger Verbindung blei... Hallo! Bist du noch da, Svensson? *Er rüttelt am Telefon, bekommt aber keine Verbindung mehr.* Zum Teufel, gerade jetzt muß die Leitung gestört sein! *Er geht zur Tonne und fischt seinen Vertrag heraus. Dann löst er die Leine, mit der er das Schwein an die Tonne gebunden hatte.* Ja, was täte ich jetzt ohne dieses Papier. Ich bin verdammt müde. Die Schweine waren heute so unruhig, daß ich sie an die Leine nehmen mußte, und das Telefonieren hat mich auch angestrengt. Und dabei muß ich heute nacht unbedingt vor dem Schuppen Wache halten, das bin ich meinem Freund Svensson schuldig. *Die Vertragsrolle wie ein Gewehr geschultert, patrouilliert er vor dem Schuppen auf und ab, mitunter die Hand über den Augen, ausspähend. Sein Gang wird aber schnell schleppend.* Wenn ich auch nur einen Augenblick in meiner Wachsamkeit erlahme, sind die Folgen für mich und meine beiden Freunde weiter oben unabsehbar. *Er setzt sich, das Schwein jetzt auf dem Schoß, mit dem Rücken zur Schuppenwand. Gähnt.* Es ist unglaublich, daß er jetzt auch noch mit dem Pferdehändler Poll anbindet. *Ins Dösen geratend, fährt er plötzlich auf, greift nach dem großen Schuppenschlüssel, den er, um den Hals gehängt, unterm Hemd trägt und zieht ihn heraus.* Den Schlüssel habe ich jedenfalls. *Er steckt ihn zurück.* Ich verstehe nicht, daß der Poll nicht einfach auch ... mit ihm ... einen ... Vertrag gemacht ... *Er schläft ein.*

Es wird dunkel. Nur noch der gerötete Horizont bleibt sichtbar. Langsam senkt sich ein Schild von oben herab, das die Inschrift »Dansens Traum« trägt. Dann erfüllt ein rosa Licht die Bühne und man sieht Dansen und den Fremden einander gegenüber stehen. Dansen hat sein Schwein an der Leine und seinen Vertrag geschultert. Der Fremde, immer noch in Zivilkleidung, ist bis an die Zähne bewaffnet. Er hat einen Stahlhelm auf, Handgranaten umgeschnallt und eine Maschinenpistole schußfertig unter dem Arm.

DER FREMDE Ich bin überfallen worden, Sie. Ich stattete einen kleinen unschuldigen Besuch ab im Haus eines gewissen Poll, um dort einen Freund von mir zu treffen. Während ich im Haus war, wurde ich von Nachbarn eingekreist und im tiefsten Frieden überfallen. Sie müssen mir helfen.

DANSEN Aber ...

DER FREMDE Quasseln Sie nicht so viel. Ich habe keine Minute Zeit. Ich habe nicht genug Eisen zu Hause. Ich muß sofort den Schlüssel zum Lagerhaus meines Freundes Svensson haben.

DANSEN Aber den darf ich doch nicht aus der Hand geben.

DER FREMDE Mir dürfen Sie ihn geben. Der Schuppen braucht unbedingt Schutz, er ist bis zum Dach voll Eisen, und Sie sind doch nicht in der Lage, ihn zu verteidigen. Geben Sie mir den Schlüssel! Schnell!

DANSEN Aber der Schlüssel ist mir zu treuen Händen übergeben. Ich muß doch mindestens zuerst mit meinem Freund Svensson telefonieren ...

DER FREMDE Ihre treuen Hände sind meine treuen Hände. Keine Flausen jetzt. Hände hoch! *Er droht mit der Maschinenpistole.*

Dansen bringt plötzlich seine Vertragsrolle in Anschlag auf den Fremden und steht unbeweglich in dieser herausfordernden Haltung.

DER FREMDE *seinen Augen nicht trauend:* Sind Sie vom tollen Hund gebissen? Was haben Sie denn da?

DANSEN Den Vertrag!

DER FREMDE *verächtlich:* Verträge! Wer sagt denn, daß ich Verträge halten muß!

DANSEN Vielleicht müssen Sie das im allgemeinen nicht. Aber den mit mir müssen Sie halten.

DER FREMDE *läßt die Pistole sinken:* Das ist furchtbar! Ich muß das Eisen haben. Ich habe alle gegen mich.

DANSEN Tut mir leid.

DER FREMDE Aber ich bin verloren, wenn ich es nicht kriege. Ich werde zu Mus zerstampft, hören Sie, zu Mus!

DANSEN Das hätten Sie früher bedenken sollen, lieber Freund.

DER FREMDE Meine ganze Existenz steht auf dem Spiel! Ich muß da hinein, muß, muß, muß!

DANSEN *hält das Papier hoch:* Leider unmöglich.

DER FREMDE Alle Ihre Schweine kaufe ich Ihnen ab, Dansen, wenn Sie mir da entgegenkommen!

DANSEN Ich kann nicht, mein Lieber.

Dansens Schwein quiekt. Ein ferner Gong wird zugleich angeschlagen.

DANSEN Du schweigst! Wenn es sich um die Freiheit handelt. *Zum Fremden:* Tut uns leid.

DER FREMDE *wirft sich auf die Knie, schluchzend:* Bitte, den Schlüssel! Seien Sie nicht hart! Meine Familie, meine Frau, meine Kinder, meine Mutter, meine Großmutter! Meine Tanten!

DANSEN Nichts zu machen. Mit dem größten Bedauern, aber nichts zu machen. Vertrag ist Vertrag.

DER FREMDE *gebrochen, steht mühsam auf:* Mir bleibt nur noch übrig, mich aufzuhängen. Dieser Vertrag kostet mich, einen Ihrer besten Kunden, das Leben. *Er wendet sich vernichtet zum Gehen.*

Das Schwein quiekt zum zweiten Mal. Wieder ferner Gong.

DANSEN Ruhe! Das ist entsetzlich mit dir. Du hast nicht für eine Öre Moral. *Zum Fremden:* Und Sie, kommen Sie mir nicht noch einmal mit solchen unsittlichen Forderungen, verstehen Sie! Mit mir ist das nicht zu machen, meine Geduld könnte auch einmal reißen! *Er singt, den Vertrag in der Faust, während der Fremde hinauswankt, die dritte Strophe des Liedes »Kong Kristian stand am hohen Mast«:*

Niels Juel, er winkte dem Orkan
»Jetzt ist es Zeit!«
Er hißte hoch die rote Fahn
Und griff den Feind mit Machten an.
Da schrie der laut auf im Orkan
»Jetzt ist es Zeit!«
»Flieht!«, schrie er, »flieht mit Gut und Blut!
Wer kann bestehn vor Dansens Wut
Im Streit!«

Beim letzten Vers hört er jedoch entsetzt, wie das Schwein zum dritten Mal quiekt.

Der Fremde dreht sich plötzlich um und nimmt eine triumphierende Haltung ein. Es wird dunkel. Ein neues Schild senkt sich von oben herab. Es trägt die Inschrift »Und Dansens Erwachen«.

Die Bühne wird wieder hell. Das Schwein hat immer weitergequiekt. Neben dem an die Schuppenwand gelehnten schlafenden Dansen steht der Fremde, bis an die Zähne bewaffnet, und stößt Dansen mit dem Fuß an. Dieser erwacht mit einem Ruck.

DER FREMDE Den Schlüssel her!

DANSEN Aber den darf ich nicht hergeben!

DER FREMDE Dann bist du vertragsbrüchig, du Hund. Was, mit mir einen Freundschaftsvertrag abschließen und dann mir keine Freundschaftsdienste erweisen wollen? *Er stößt ihn mit dem Stiefel.* Mir den Schlüssel hinterziehen wollen, ohne den ich nicht zum Eisen komme? Jetzt hast du es klar bewiesen, daß du mein Feind bist, einer der schlimmsten. *Er entreißt ihm den Vertrag und zerfetzt ihn.* Und jetzt zum letzten Mal: den Schlüssel her!

Dansen greift nach dem Schlüssel und zieht ihn, den Blick starr auf den Fremden gerichtet, heraus. Der Fremde entreißt ihn ihm und schließt das Tor auf.

DANSEN *verwundert:* Jetzt habe ich ihm Svenssons Schlüssel gegeben in meiner Vertragstreue!

DER FREMDE *wendet sich unter dem Tor noch einmal zu Dansen zurück, nimmt ihm das Schwein an der Leine weg und sagt drohend:* Und die andern Schweine lieferst du unaufgefordert ab, und daß ich keine Rechnung zu sehen bekomme! *Und er geht mit dem Schwein Dansens in Svenssons Schuppen.*

[ANHANG]

[Dialog]

1

Zwei Skandinavier sitzen beim Frühstück.

DER OPTIMIST Du bist ein unverbesserlicher Pessimist.
DER PESSIMIST Und du bist ein unverbesserlicher Optimist.
DER OPTIMIST Wenn du nur nicht immer gerade wenn ich beim Essen sitze, mit deinen Prophezeiungen daherkommen würdest!
DER PESSIMIST Wann sonst soll ich damit daherkommen? Du sitzt doch immer beim Essen!
DER OPTIMIST Aber wenn ich dir zuhöre, dann vergeht mir der Appetit.
DER PESSIMIST Mir vergeht er, wenn ich dich sehe.
Der Optimist grunzt ärgerlich.
DER PESSIMIST Es kann ja nicht gut ausgehen. Bedenk doch, was vorgefallen ist!
DER OPTIMIST Was ist denn vorgefallen?
DER PESSIMIST Soll ich es dir wiederholen in einer kleinen Fabel? Ja?
DER OPTIMIST Bitte sehr.

2

DER PESSIMIST Ist es so oder ist es nicht so?
DER OPTIMIST Reichlich pessimistisch gesehen! Und sehr unfreundlich, was die Darstellung des Dansen angeht! Seine unbestreitbare Freiheitsliebe überhaupt nicht erwähnt! und so weiter.
DER PESSIMIST Mein lieber Freund! Geschmeichelt habe ich dem Dansen! Jetzt kommt überhaupt erst sein Glanzstück!
DER OPTIMIST So! Das klingt ja vielversprechend!
DER PESSIMIST Ich brauche nur weiterzuerzählen.

3

DER OPTIMIST Und?

DER PESSIMIST Was, und?

DER OPTIMIST Und was ist an diesem Vertrag auszusetzen? Vielleicht läßt du jetzt einmal mich weitererzählen! Ich werde dir schildern, wie sich dieser Vertrag auswirken wird! Du wirst staunen!

DER PESSIMIST Ach so, du willst die Fabel zu Ende erzählen?

DER OPTIMIST Das will ich. Gib nur acht!

Was kostet das Eisen?

Personen

Der Tabakhändler · Svendson · Der Kunde · Die Schuhhändlerin · Der Herr · Die Dame

Vorspruch

Liebe Freunde, folgende kleine Parabel
Ließ kürzlich ein Englishman vom Stapel.
Er geriet in einem Pub beim Old Vic
Mit zwei schwedischen Studenten in ein Gespräch über
Politik.
Trotz unzähligen Gläsern Ale und vielen
Brandys war keine Einigung zu erzielen
Und so schrieb ihnen der Englishman am nächsten Tage
Seine Meinung über die politische Lage
In einem kurzen Gleichnis nieder:
Wir geben es hier im folgenden wieder.
Es spielt in einem Eisenladen.
Wer der Händler ist, werdet ihr wohl erraten.
Den Tabakhändler und das Weib mit den Schuhn
Erkennt ja auch ein halbblindes Huhn.
Den Kunden, der sich das Eisen aufpackt
Erkennt ihr spätestens im letzten Akt.
Und den Sinn der Parabel begreift jedermann
Der ein wenig Verstand hat. Und jetzt fangen wir an.

I

Ein Eisenladen, bestehend aus einem Holztisch und einer Holztür. Auf dem Holztisch liegen Eisenstäbe, die der Eisenhändler mit einem Tuch poliert. Auf einer Malerstaffelei ein riesiger Kalender mit der Jahreszahl 1938.
Herein, Zigarrenkisten unterm Arm, ein Tabakhändler.

DER TABAKHÄNDLER Guten Morgen, Herr Svendson. Tabak gefällig? Schöne Zigarren, dreißig Öre das Stück, echte Austrillos!

SVENDSON Guten Morgen, Herr Österreicher. Lassen Sie mal sehen! Gut riecht das Kraut wieder. Sie wissen, wie leidenschaftlich gern ich Ihre Zigarren rauche. Leider geht mein Eisengeschäft nicht ganz wie ich möchte. Da heißt's ein wenig weniger rauchen. Nein, ich kann heute nichts nehmen. Ich bin nicht in der Lage. Nichts für ungut, Herr Österreicher. Das nächste Mal vielleicht.

DER TABAKHÄNDLER Das ist für mich eine kleine Enttäuschung. Aber ich verstehe natürlich. *Er packt wieder ein.*

SVENDSON Angenehme Tour gehabt, Herr Österreicher?

DER TABAKHÄNDLER Nicht ganz angenehm, Herr Svendson. Ihr Laden ist ja leider etwas abgelegen.

SVENDSON Was, mein Laden abgelegen? Das höre ich zum ersten Mal.

DER TABAKHÄNDLER Ja, bisher ist es mir auch nie so vorgekommen. Wir wohnen ja alle ein wenig auseinander. Aber heut bin ich da einem Mann begegnet auf dem Weg zu Ihnen, der hat einen ganz merkwürdigen Eindruck auf mich gemacht.

SVENDSON Nanu. Sind Sie angerempelt worden?

DER TABAKHÄNDLER Das nicht, eher im Gegenteil. Der Mann hat mich angeredet wie einen alten Bekannten. Er nannte mich sogleich beim Vornamen und erklärte mir, wir seien Verwandte. Wußte ich bisher gar nicht, sage ich. Was, sagt er, das weißt du nicht, und sieht mich an wie einen schlechten Pfennig. Und dann erklärt er mir haargenau, wie verwandt wir sind, und je länger er redete, desto verwandter waren wir.

SVENDSON Nun, ist das so schlimm?

DER TABAKHÄNDLER Nein, aber er sagte, er wolle nächstens einmal mich besuchen kommen.

SVENDSON Sie sagen das ja so, als habe es wie eine Drohung geklungen?

DER TABAKHÄNDLER Wissen Sie, die Worte waren ganz gewöhnlich, er sagte, er habe vielleicht e i n e n Fehler und das sei, daß er einen ganz kolossalen Familiensinn habe. Wenn er entdecke, daß er mit jemand irgendwie verwandt sei, so könne er ohne ihn überhaupt nicht mehr leben.

SVENDSON Das sind doch keine häßlichen Worte.

DER TABAKHÄNDLER Nein, aber er brüllte so, als er sie sagte.

SVENDSON Und das hat Sie erschreckt?

DER TABAKHÄNDLER Offen gestanden, sehr.

SVENDSON Sie zittern ja, Mann. Am ganzen Körper.

DER TABAKHÄNDLER Weil ich an ihn denke.

SVENDSON Nerven. Sie müßten hier heroben, in dieser guten Luft, leben.

DER TABAKHÄNDLER Vielleicht. Das einzig Gute ist, daß er anscheinend unbewaffnet ist. Sonst könnte ich wirklich besorgt werden. Nun, jeder hat sein Päckchen zu tragen, da kann ihm keiner helfen.

SVENDSON Nein.

DER TABAKHÄNDLER Merkwürdig hat es mich auch berührt, daß er mir, bevor er mich weitergehen ließ, den Vorschlag machte, wir sollten einen Pakt abschließen, daß er niemals über mich und ich niemals über ihn etwas Nachteiliges sagen sollte.

SVENDSON Aber das klingt doch wirklich ganz fair. Das ist doch absolute Gegenseitigkeit.

DER TABAKHÄNDLER Ja, meinen Sie?

Pause.

DER TABAKHÄNDLER Ich sollte vielleicht irgendeine Waffe haben.

SVENDSON Sicher. Das schadet nie.

DER TABAKHÄNDLER Leider kosten Waffen.

SVENDSON So ist es.

DER TABAKHÄNDLER Ja, also auf Wiedersehen, Herr Svendson.

SVENDSON Auf Wiedersehen, Herr Österreicher.

Der Tabakhändler geht ab.

Svendson steht auf und macht zu einer langweiligen Musik mit seinen Eisenstäben schwedische Gymnastik.

Herein ein Kunde, ein Mann in schlecht passendem Anzug.

DER KUNDE *mit heiserer Stimme:* Was kostet das Eisen?

SVENDSON Eine Krone die Stange.

DER KUNDE Teuer.

SVENDSON Ich muß auch leben.

DER KUNDE So.

SVENDSON Ihr Gesicht kommt mir so bekannt vor.

DER KUNDE Sie kannten meinen Bruder. Er war oft hier.

SVENDSON Wie geht es ihm?

DER KUNDE Gestorben. Er hat mir das Geschäft vererbt.

SVENDSON Das höre ich mit Bedauern.

DER KUNDE *drohend:* Wirklich?

SVENDSON Ich meine natürlich nicht, daß Sie das Geschäft jetzt haben, sondern daß er gestorben ist.

DER KUNDE Sie scheinen ja mit ihm sehr befreundet gewesen zu sein.

SVENDSON Nicht so sehr. Er war eben ein guter Kunde.

DER KUNDE Und jetzt bin ich Ihr Kunde.

SVENDSON Ich stehe zu Diensten. Sie wünschen wohl auch zwei Stangen wie Ihr Bruder?

DER KUNDE Vier.

SVENDSON Das macht dann vier Kronen.

DER KUNDE *fischt aus der Tasche ein paar Geldscheine. Zögernd:* Sie sind ein wenig befleckt. Es sind Kaffeeflecken draufgekommen. Stört Sie das?

SVENDSON *die Scheine prüfend:* Aber das ist kein Kaffee.

DER KUNDE Was ist es dann?

SVENDSON Es ist rötlich.

DER KUNDE Dann muß es Blut sein. *Pause.* Ich habe mich in den Finger geschnitten. *Pause.* Wollen Sie das Geld haben oder nicht?

SVENDSON Ich glaube nicht, daß ich Schwierigkeiten haben werde, es wieder loszuwerden.

DER KUNDE Nein. Gar keine.

SVENDSON Dann ist das in Ordnung. *Er steckt die Scheine in die Ladenkasse, während der Kunde seine Stangen unter die Arme nimmt. In leichterem Ton:* Da fällt mir eben etwas ein. Vorhin sprach hier ein Tabakhändler vor, den ich seit langem kenne. Er beschwerte sich, daß er unterwegs zu mir von einem Fremden angehalten und belästigt worden sei. Haben Sie jemanden getroffen, der Sie belästigt hat?

DER KUNDE Nein. Mich hat kein Mensch belästigt. Es hat mich auch kein Mensch angesprochen, was mich übrigens ziemlich gewundert hat. Ihr Bekannter scheint ein Lügner schlimmster Sorte zu sein.

SVENDSON *peinlich berührt:* So etwas dürfen Sie doch nicht sagen.

DER KUNDE Die Welt ist voll von Lügnern, Räubern und Mördern.

SVENDSON Das ist wirklich nicht meine Meinung. Mein Bekannter schien ehrlich in Sorge. Ich fragte mich sogar, ob ich ihm nicht einen Eisenstab abtreten sollte, damit er sich gegebenenfalls verteidigen könnte.

DER KUNDE So etwas würde ich Ihnen nicht anraten. Es würde in der Gegend zweifellos böses Blut erregen, wenn Sie alle Leute gratis bewaffnen würden. Ich sage Ihnen doch, das sind lauter Räuber und Mörder. Und Lügner. Es ist am besten für Sie, glauben Sie mir, wenn Sie jeden Anschein vermeiden, als mischten Sie sich in Streitigkeiten ein, anstatt einfach friedlich Ihr Eisen zu verkaufen. Ich sage das als Mann des Friedens. Nur keine Waffen in die Hände solcher Leute geben! Es sind lauter Hungerleider, und wenn ein hungriger Bursche Waffen in den Händen hat …

SVENDSON Ich verstehe.

DER KUNDE Sind wir übrigens nicht verwandt?

SVENDSON *erstaunt:* Wir? Wieso?

DER KUNDE Nun, ich dachte. Über unsere Urgroßväter oder so.

SVENDSON Ich glaube, das ist ein Irrtum.

DER KUNDE Nanu. Ja, dann gehe ich. Das ist gut, Ihr Eisen. Ich muß es haben. So teuer es ist. Was soll ich machen, wenn ich es haben muß. Meinen Sie nicht, es wird billiger?

SVENDSON Das glaube ich kaum.

Der Kunde wendet sich zur Tür. Ein Knurren wird hörbar.

SVENDSON Sagten Sie etwas?

DER KUNDE Ich? Nein. Das ist nur mein Magen, der da knurrt. Ich habe eine Zeitlang zu fett gegessen. Ich faste jetzt.

SVENDSON *lacht:* Ach so! Nun, auf Wiedersehn!

Der Kunde geht ab.

SVENDSON *telefoniert:* Bist du das, Dansen? Du, bei mir ist der Neue gewesen. – So, er ist auch bei dir gewesen. Er hat gekauft bei mir. – So, bei dir hat er auch gekauft. Nun, solang er bezahlt, ist er mir gut genug. – Natürlich ist er dir auch gut genug, solang er bezahlt.

Es wird dunkel.

2

Der Kalender im Eisenladen zeigt die Jahreszahl 1939. Herein, Schuhschachteln unter den Armen, eine Schuhhändlerin.

DIE SCHUHHÄNDLERIN Guten Morgen, Herr Svendson. Schuhe gefällig? *Sie packt große gelbe Schuhe aus.* Schöne, haltbare Halbschuhe, elf Kronen das Stück, echt tschechisches Fabrikat!

SVENDSON Guten Tag, Frau Tschek. Sie wissen, wie ich mich über Ihre Besuche freue. Mein Geschäft geht ja nicht ganz so gut, wie es gehen könnte, so daß ich im Augenblick nicht neue Schuhe kaufen möchte, aber ich bestelle bestimmt nur bei Ihnen. Aber Sie sehen ein wenig echauffiert aus, Frau Tschek?

DIE SCHUHHÄNDLERIN *sich ab und zu scheu umsehend:* Da können Sie sich doch nicht wundern. Haben Sie denn nicht die furchtbare Geschichte mit dem Tabakhändler gehört?

SVENDSON Welche Geschichte?

DIE SCHUHHÄNDLERIN Da ist doch auf offener Straße ein Tabakhändler, ein gewisser Österreicher, überfallen worden. Ermordet und beraubt.

SVENDSON Was Sie nicht sagen! Das ist ja furchtbar.

DIE SCHUHHÄNDLERIN Die Leute ringsum reden von nichts anderem. Sie wollen jetzt eine Polizei bilden. Jeder soll beitreten. Sie müssen auch, Herr Svendson.

SVENDSON *unangenehm berührt:* Ich? Aber das ist ganz unmöglich. Ich eigne mich nicht für Polizeidienst, Frau Tschek, absolut nicht. Ich bin viel zu friedlich. Und mein Eisengeschäft läßt mir auch gar nicht die Zeit dazu. Ich will friedlich mein Eisen verkaufen und punktum.

DIE SCHUHHÄNDLERIN Der Mann, der den Tabakhändler überfallen hat, muß gut bewaffnet gewesen sein. Ich will auch eine Waffe haben, ich bin wirklich geängstigt. Schicken Sie mir eine Eisenstange zu, Herr Svendson.

SVENDSON Gern. Mit dem allergrößten Vergnügen, Frau Tschek. Eine Eisenstange, das macht eine Krone.

DIE SCHUHHÄNDLERIN *untersucht ihr Portemonnaie:* Na, da muß doch eine Krone sein.

SVENDSON Ihre Hände zittern ja, Frau Tschek.

DIE SCHUHHÄNDLERIN Da ist sie. *Sie hat die Krone herausgefischt.* Auf dem Weg zu Ihnen hat mich ein Mann angesprochen und mir seinen Schutz angetragen. Das hat mich vollends ganz verschreckt.

SVENDSON Warum das?

DIE SCHUHHÄNDLERIN Ja, wissen Sie, unter den Leuten, die ich kenne, habe ich keinen einzigen Feind. Nur den Mann kannte ich nicht. Und er wollte in mein Haus kommen, um mich zu beschützen, wie er sagte. Das ist doch unheimlich. Sagen Sie: fühlen Sie sich denn nicht bedroht?

SVENDSON Ich? Nein. Mit mir müssen sich ja alle gut stellen, weil sie alle mein Eisen brauchen in so unsicheren Zeiten, wissen Sie. Selbst wenn sie sich alle in die Haare geraten, müssen sie auf mich Rücksicht nehmen. Weil sie mein Eisen brauchen.

DIE SCHUHHÄNDLERIN Ja, Sie sind fein heraußen. Auf Wiedersehen, Herr Svendson. *Sie geht.*

SVENDSON *ruft ihr nach:* Auf Wiedersehen, Frau Tschek! Ich schicke die Stange! *Er steht auf und macht zu einer langweiligen Musik wieder schwedische Gymnastik.*

Herein der Kunde. Er trägt etwas unter dem Mantel versteckt.

DER KUNDE Was kostet das Eisen?

SVENDSON Eine Krone die Stange.

DER KUNDE Immer noch nicht billiger. Geben Sie her.

SVENDSON Wieder vier Stangen?

DER KUNDE Nein, acht.

SVENDSON Das macht acht Kronen.

DER KUNDE *langsam:* Ich möchte Ihnen einen Vorschlag machen, angesichts der Tatsache, daß wir immerhin ein wenig verwandt sind.

SVENDSON Nicht daß ich wüßte, lieber ...

DER KUNDE Wenn Sie es auch noch nicht wissen, ganz recht. Ich möchte Ihnen vorschlagen, nunmehr zu einem neuen Verfahren überzugehen, einem Austauschverfahren: Ware gegen Ware. Ich bin überzeugt, Sie rauchen Zigarren. Nun, hier sind Zigarren. *Er zieht eine Schachtel mit großen Zigarren hervor.* Ich kann sie Ihnen äußerst billig ablassen, da sie mich nichts gekostet haben. Ich habe sie von einem Verwandten geerbt. Und ich rauche nicht.

SVENDSON Sie rauchen nicht. Sie essen nicht. Sie rauchen nicht. Und das sind Austrillos.

DER KUNDE Das Stück zu zehn Öre. Das sind zehn Kronen für die Schachtel mit hundert Stück. Aber ich lasse sie Ihnen, unter Vettern, für acht Kronen, also für das Eisen. Einverstanden?

SVENDSON Ich habe den Tabakhändler gekannt. Wie ist er denn gestorben?

DER KUNDE Ganz friedlich, Mann, ganz friedlich. Still und friedlich. Ein Mann des Friedens. Er hat mich plötzlich zu sich gerufen. Und dann hat ihn ein Höherer zu sich gerufen. Es ging alles ganz schnell. Er sagte nur noch: Bruder, laß den Tabak nicht trocken werden, und verschied. Den Kranz, den er mir zum Willkomm vor die Tür gehängt hatte, legte ich ihm auf das Grab. *Er wischt sich eine Träne aus dem Aug. Dabei fällt ihm ein Revolver aus dem Ärmel. Er steckt ihn hastig wieder ein.* Er ist aus einer schlimmen Welt abberufen worden. Einer Welt, in der jeder jedem mißtraut. Einer Welt der Überfälle, der Unsicherheit der Straßen. Ich trage in letzter Zeit selber immer eine Waffe mit mir. Ungeladen, lediglich zum Abschrecken. Wie ist es mit den Zigarren?

SVENDSON Ich kann mir keine Zigarren leisten. Wenn ich etwas kaufen könnte, würde ich mir Schuhe kaufen.

DER KUNDE Ich habe keine Schuhe. Ich habe Zigarren. Und ich brauche das Eisen.

SVENDSON Wozu brauchen Sie denn das viele Eisen?

DER KUNDE Oh, Eisen kann man immer brauchen. *Sein Magen stößt wieder ein hohles Knurren aus.*

SVENDSON Sie sollten sich vielleicht lieber etwas zum Essen kaufen.

DER KUNDE Das kommt noch, das kommt noch. Ich muß jetzt weg, ich sehe, es sieht regnerisch aus, und ich habe einen Anzug an aus selbsterfundener Wolle, der keinen Regen verträgt. Vielleicht kann ich Ihnen für Ihr Eisen einen Ballen von diesem ausgezeichneten Stoff anbieten?

SVENDSON Gut, ich nehme Ihre Austrillos. Mein Laden geht nicht so gut, wie ich möchte. *Er nimmt die Schachteln.*

DER KUNDE *lacht höhnisch und lädt sich seine acht Eisenstäbe auf:* Auf Wiedersehen, Herr Svendson.

SVENDSON *telefoniert, genußvoll eine Austrillo rauchend:* Bist du das, Dansen? Was sagst du zu den letzten Ereignissen? – Ja, das sage ich auch. Ich sage gar nichts. – Aha, du machst dich auch nicht bemerkbar? Ja, ich mache mich auch nicht bemerkbar. – So, du verkaufst ihm auch noch? Ja, ich verkaufe ihm auch noch. – So, du bist auch nicht beunruhigt? Ja, ich bin auch nicht beunruhigt.

Es wird dunkel.

3

Im Eisenladen der Kalender zeigt Februar 1939. Svendson sitzt, eine Austrillo rauchend. Herein eine Dame und ein Herr.

DER HERR Lieber Herr Svendson, Frau Gall und ich wollten mit Ihnen eine kleine Beratung abhalten, wenn Sie die Zeit erübrigen können.

SVENDSON Herr Britt, Sie können überzeugt sein, daß ich meinem größten Kunden jederzeit zur Verfügung stehe.

Der Herr und die Dame setzen sich.

DER HERR Es handelt sich um den entsetzlichen Überfall auf Frau Tschek.

SVENDSON Ein Überfall auf Frau Tschek?

DER HERR Gestern nacht ist unsere Nachbarin Frau Tschek von einem schwerbewaffneten Mann, dem Dingsda, überfallen, umgebracht und beraubt worden.

SVENDSON Was? Frau Tschek umgebracht? Wie konnte das passieren?

DER HERR Ja wie? Auch wir sind ganz außer uns und können es noch gar nicht begreifen. Frau Gall war besonders nahe befreundet mit ihr. Gestern abend kam plötzlich ein Geschrei um Hilfe aus ihrem Haus. Frau Gall kam sogleich zu mir gelaufen, und wir berieten stundenlang, was für sie geschehen könnte. Dann begaben wir uns zum Haus der Unglücklichen und fanden sie tatsächlich in heftigem Disput mit diesem Dingsda. Er verlangte irgendwas, was angeblich einem seiner Verwandten gehörte, und wir rieten ihr, es ihm abzulassen, wenn er ihr dafür versprechen würde, sie künftig in Ruhe zu lassen. Sie war einverstanden und er versprach es. Aber später in der Nacht scheint er plötzlich zurückgekommen zu sein und die Arme einfach ermordet zu haben.

DIE DAME Wir wären natürlich niemals weggegangen, wenn wir seinem Versprechen nicht vertraut hätten.

DER HERR Es handelt sich jetzt darum, sämtliche Nachbarn in einem Verein zusammenzuschließen, der dafür sorgen kann, daß so etwas nicht wieder vorkommt. Auch Sie fragen wir hiemit, ob Sie einem solchen Verein zur Aufrechterhaltung der Ordnung beitreten und Ihren Namen in die Liste der Ordner eintragen wollen. *Er reicht ihm eine Liste.*

SVENDSON *nimmt sie zögernd entgegen, unruhig:* Ja, aber ich bin doch nur ein kleiner Eisenladen. Ich kann mich doch nicht in den Streit der großen Firmen einmischen. Ein Beitritt von mir zu einem solchen Verein könnte einige meiner Kunden doch reizen.

DIE DAME Ach, Sie wollen auf jeden Fall Ihr Eisen verkaufen, an wen immer?

SVENDSON Keineswegs! Wie können Sie so etwas sagen! Ich habe ebensogut ein Gewissen wie Sie, denke ich. Ich bin nur kein kriegerisches Gemüt, wissen Sie. An mein Geschäft denke ich da gar nicht. Reden wir doch ein wenig gemütlicher. *Zu dem Herrn:* Rauchen Sie?

DER HERR *betrachtet die Zigarren:* Austrillos!

DIE DAME Ich wäre den Herren dankbar, wenn Sie nicht rauchten.

SVENDSON *irritiert, steckt die Kiste und seine Zigarre weg:* Entschuldigen Sie.

DER HERR Sie sprachen von Ihrem Gewissen, Herr Svendson.

SVENDSON Tatsächlich? Ja, natürlich. Ich kann Ihnen sagen, mir ist jede Gewalttätigkeit tief zuwider. Ich schlafe seit den jüngsten Vorkommnissen keine Nacht mehr. In der Tat rauche ich nur wegen meiner Nervosität jetzt soviel, Madame.

DIE DAME Sie stehen also dem Gedanken eines Vereins gegen Gewaltanwendung nicht grundsätzlich fern?

SVENDSON Fern oder nicht fern: jedenfalls sind meine Beweggründe nur die allerideellsten.

DER HERR Wir sind natürlich von Ihrem rein idealen Standpunkt überzeugt, sicher verkaufen Sie Ihr Eisen an den Dingsda nicht etwa, weil Sie mit seinem Benehmen sympathisieren!

SVENDSON Keineswegs. Ich verurteile es.

DER HERR Und Sie fühlen sich auch nicht etwa verwandt mit ihm, wie er behaupten soll?

SVENDSON Absolut nicht.

DER HERR Sie verkaufen lediglich, weil bezahlt wird und solange bezahlt wird.

SVENDSON So ist es.

DER HERR Und Sie meinen, der Dingsda würde nicht mehr Ihr Eisen brauchen, wenn Sie in unserm Friedensbund wären, der Ihnen und allen andern Sicherheit garantiert?

SVENDSON Er braucht natürlich mein Eisen. Ich weiß wirklich nicht, was er daraus verfertigt ...

DIE DAME *liebenswürdig:* Maschinengewehre!

SVENDSON *darüber hinweghuschend:* Wie gesagt, ich weiß das nicht, aber er würde es wohl auch dann kaufen müssen. Nur wie gesagt, er könnte doch gereizt sein, wissen Sie, und ich bin nun einmal friedlich veranlagt. Offen gestanden erwarte ich ihn eben jetzt, und es wäre mir lieber, wenn er Sie nicht in meinem Laden treffen würde. Er ist nämlich ungemein feinfühlig und enorm leicht gekränkt. Tun Sie mir also den Gefallen und ...

Herein der Kunde, ein Paket unterm Arm.

DER KUNDE Was kostet das Eisen?

SVENDSON Eine Krone die Stange.

DER KUNDE Ach, da ist ja eine ganze Gesellschaft versammelt. Freunde von Ihnen, Svendson?

SVENDSON Hm. Ja. Nein. Gewissermaßen. Ein Geschäftsbesuch.

DER HERR Wir unterhielten uns über die Ermordung der Frau Tschek durch Sie, Herr.

DER KUNDE Durch mich?

DIE DAME Ja.

DER KUNDE Lüge! Hetze! Verleumdung!

DER HERR Was, Sie bestreiten die Ermordung der Frau Tschek?

DER KUNDE Und ob ich die bestreite! Frau Tschek, die mir durch nahe Verwandte, die bei ihr logierten, empfohlen wurde, hat mich gebeten, ihren Schutz zu übernehmen. Auf flehentliche

Bitten meiner Verwandten habe ich nachgegeben und gestern Frau Tscheks Schutz übernommen. Es war ihre letzte große Freude auf dieser Erde. Kurz darauf verschied sie friedlich in meinen Armen an Altersschwäche. Das ist die Wahrheit, und aus dieser Begebenheit machen Sie und andere Leute dann eine Ermordung! Dabei waren Sie es selber, die mir Frau Tschek übergeben haben! Sie haben sie im Stich gelassen, und Sie werden alle Ihre Freunde im Stich lassen. Lieber Svendson, das sollte Ihnen zu denken geben!

DIE DAME Sie haben also die Frau Tschek nur gepflegt?

DER KUNDE Warum sollte ich ihr etwas angetan haben? *Sein Magen knurrt.*

DER HERR Und Sie wollen wirklich leugnen, daß Sie jedermann, der in Reichweite von Ihnen wohnt, bedrohen?

DER KUNDE Und wie ich das leugne! Ich bin hierhergekommen, um sechszehn Stäbe Eisen zu kaufen, Herr Svendson. Aber ich sehe, es herrscht hier eine mir feindselige Atmosphäre. Selbstverständlich kann Ihnen nicht zugemutet werden, jemandem Eisen zu verkaufen, der Ihnen gegenüber drohend auftritt. Ich frage Sie also, bedenken Sie Ihre Antwort wohl: fühlen Sie sich von mir bedroht?

SVENDSON Ich? Wieso fragen Sie das? Wie viele Stangen wünschten Sie? Ach, sechzehn? Ob ich mich von Ihnen bedroht fühle? Ich glaube kaum, daß mir das zugemutet werden kann. Wollen Sie wirklich darauf eine Antwort?

DER HERR, DIE DAME UND DER KUNDE Ja.

SVENDSON *packt die Eisenstäbe zusammen:* Dann sage ich Ihnen: nein. Ich fühle mich nicht bedroht.

Der Herr und die Dame gehen empört weg.

DER KUNDE *während Svendson mit der Liste der Ordner die Eisenstäbe für ihn abwischt:* Bravo. Das ist wenigstens noch Mut. Wir haben doch etwas Verwandtes, Svendson. Wenn Sie es auch leugnen. Man leugnet ja viel. Nebenbei: könnten nicht wir beide, die den Frieden so unbedingt lieben, einen kleinen Pakt abschließen, nach dem Sie auf alle Leute mit Eisenstangen und so weiter losgehen können außer auf mich und ich auf alle außer auf Sie?

SVENDSON *mit erstickter Stimme:* Das möchte ich nicht gern. Mein größter Kunde …

DER KUNDE Aber ich muß mehr Eisen haben, Svendson. Man plant Schlimmes gegen mich. Man will mich überfallen. Alle wollen mich überfallen. Weil sie nicht mit ansehen können, wie es mir gut geht. *Sein Magen knurrt wieder.* Ich soll die Person um die Ecke gebracht haben! Lüge! Lüge! Lüge! Und wissen Sie, was ich bei ihr danach gefunden habe? Eine Eisenstange! Sie wollte auf mich los! Sie tun ja so recht, sich aus all diesen ekelhaften Streitigkeiten herauszuhalten. Sie sind Eisenhändler und nicht Politiker, Svendson. Sie verkaufen Ihr Eisen, wo es bezahlt wird. Und ich kaufe es bei Ihnen, weil Sie mir gefallen und weil ich sehe, daß Sie von Ihrem Geschäft leben. Weil Sie nicht gegen mich sind und sich nicht von meinen Feinden aufhetzen lassen, darum kaufe ich Ihr Eisen. Warum sollte ich es sonst kaufen? Mit mir müssen Sie sich nicht verfeinden! Sie wünschten neulich Schuhe? Hier habe ich Ihnen Schuhe mitgebracht. *Er packt große gelbe Halbschuhe aus.* Genau was Sie brauchen, Svendson. Ich kann sie Ihnen billig berechnen. Wissen Sie, was sie mich gekostet haben?

SVENDSON *schwach:* Was?

DER KUNDE Nichts. Sehen Sie, und das kommt Ihnen zugute, Svendson. Ja, wir werden noch die besten Freunde, besonders wenn wir uns noch völlig über den Eisenpreis geeinigt haben. Aber das werden wir noch. Helfen Sie mir doch mit den Stangen, Svendson.

Svendson hilft ihm die Stangen aufpacken. Er nimmt je sechs unter jeden Arm und die übrigen auf den Buckel und kriecht schwerbeladen hinaus.

SVENDSON Auf Wiedersehen!

DER KUNDE *wendet sich mühsam unter der Tür. Lächelnd:* Bald.

4

Im Eisenladen auf dem Kalender steht 19??.

Svendson spaziert herum, eine Austrillo rauchend und in den Stiefeln der Frau Tschek. Plötzlich setzt Kanonendonner ein. Svendson, in großer Unruhe, versucht vergebens zu telefonieren. Da ist kein Anschluß mehr. Er dreht das Radio an. Da ist kein Radio mehr. Er schaut aus dem Fenster. Da ist Feuerschein.

SVENDSON Krieg! *Er läuft hastig zu seiner Preistafel, löscht mit dem Schwamm die Ziffer 3 aus und schreibt in fliegender Eile eine 4 hin.*

Herein der Kunde, allerhand unterm Mantel, kalkweiß.

SVENDSON *horchend:* Wissen Sie, woher der Kanonendonner kommt?

DER KUNDE Der kommt von meinem knurrenden Magen. Wissen Sie, ich gehe jetzt Essen holen. Aber dazu brauche ich mehr Eisen. *Er wirft den Mantel zurück und zeigt zwei Maschinenpistolen im Anschlag.*

SVENDSON Hilfe! Hilfe!

DER KUNDE Was kostet das Eisen?

SVENDSON *gebrochen:* Nichts.

[ANHANG]

[Szenenvariante]

Diele mit Rundtafel bei Norsen. Am Fenster steht Norsen und betrachtet einen Brand. Herein verstört Svendson. Ferner Donner.

NORSEN Bist du das wirklich, Svendson?

SVENDSON Frag nicht so dumm. Natürlich. Wer ist der Kerl, der vor deiner Tür herumlungert?

NORSEN Was für ein Kerl?

SVENDSON Ein kleiner Kerl, der vor deiner Tür stand, als ich kam, und weglief, als er mich sah.

NORSEN Ich habe keine Ahnung. Aber es ist mir sehr unangenehm, daß du gesehen worden bist, als du in meine Tür kamst.

SVENDSON Ein schöner Empfang, das! Unter alten Freunden!

NORSEN Still!

Sie horchen. Es klopft.

NORSEN Herein.

Eintritt Dansen, verstört.

SVENDSON Dansen! Bist du vor der Tür gestanden?

DANSEN Ja. Ich habe dich erst erkannt, als ich deinen Rücken sah.

NORSEN Wieso kommst du hierher in einer solchen Zeit?

DANSEN Bist du denn nicht verständigt?

NORSEN Keineswegs! Und auch nicht einverstanden! Was soll denn der Dingsda sagen, wenn er hört, daß wir hier die Köpfe zusammenstecken!

SVENDSON Aber e r hat doch haben wollen, daß wir zu dir kommen! Er hat mir deswegen geschrieben!

DANSEN Mir auch.

NORSEN Das ist aber unheimlich.

SVENDSON Das ist es.

DANSEN Ungeheuer unheimlich.

NORSEN Wozu braucht er euch denn Briefe zu schreiben, wenn er doch bei euch täglich aus- und eingeht?

SVENDSON Verstehe ich auch nicht. Er behandelt mich furchtbar. Schleppt alles Eisen fort und zahlt mit Papierstückchen.

DANSEN Meine Schweine zahlt er auch nicht.

NORSEN Ich dachte, du kriegst keine Futterkuchen mehr, wenn er deinen Laden führt!

DANSEN Das dachte ich auch. Ich meinte, er wird ihn mich darum allein weiterführen lassen. Aber er holt sich die Futterkuchen irgendwo und schickt sie mir.

NORSEN Wir hätten einen Verband machen sollen, rechtzeitig.

SVENDSON Wir waren zu schwach.

NORSEN Unsinn. Wir hatten eine Waffe in der Hand. Wir konnten sagen, daß er kein Pfund Eisen, kein Pfund Fleisch und kein Pfund Hering mehr bekam, wenn er einen von uns angriffe. Und wir konnten unsere Waffen zusammenlegen. Er hat schon zu viel Feinde, als daß er auch noch uns als Feinde brauchen konnte.

SVENDSON Können wir das nicht jetzt noch machen?

DANSEN Unmöglich, er ist doch schon herinnen bei jedem von uns.

NORSEN Bevor er da war, konntest du damit drohen, dein Eisen zu ersäufen. Jetzt kannst du das nicht mehr.

SVENDSON *zu Dansen:* Hättest du nicht den Schlüssel zu meinem Lagerhaus ausgeliefert!

DANSEN Wärst du rechtzeitig gekommen, als er ihn abholte! Er kam mit Maschinenpistolen, die aus deinem Eisen gemacht waren!

SVENDSON Wie konntest du an einen Vertrag mit ihm glauben!

DANSEN Und du, daß er dein Eisen auch am Schluß noch bezahlen würde!

NORSEN Schreit nicht so laut. Er kann jeden Augenblick kommen!

SVENDSON Aber ein Verband wäre doch das Richtige gewesen.

DANSEN Damit ist es für immer aus.

NORSEN Still!

Schwere Tritte. Die Tür wird aufgestoßen. Herein der Kunde, mit dem Stahlhelm auf.

DER KUNDE *an den Tisch tretend:* Setzt euch. Ich habe keine Minute Zeit zu verschwenden.

Sie setzen sich um die Tafel. Der Kunde präsidiert.

DER KUNDE Vielleicht könnt ihr euch schon denken, warum ich euch herkommen ließ? Nein? Ein stupides Pack seid ihr! Euch muß man alles sagen. Von selbst kommt ihr auf nichts. Ich brauche ein grünes Tuch für den Tisch.

NORSEN Genügt ein Segel?

DER KUNDE Ja, aber paß gefälligst auf, daß du es nicht zerreißt, ich brauche alle deine Segel. *Norsen breitet ein Segel über den Tisch.* Also kurz heraus: Ich wünsche – und ich pflege meine Wünsche erfüllt zu sehen –, daß hier endlich eine Einigung zwischen euch erfolgt und ein Verband gegründet wird.

SVENDSON Was?

DER KUNDE Ruhe! Ein Verband. Ich habe euren Schutz übernommen. Meint ihr, ich habe die Schutzleute dutzendweise? Ich kann euch einen geben und nicht mehr. Dazu brauche ich den Verband. Sonst kommt weder das Eisen, noch der Hering, noch das Schweinefleisch pünktlich in meine Wohnung. Die Schlamperei und eigenbrötlerische Wirtschaft hier muß aufhören.

NORSEN Aber ...

DER KUNDE Ruhe, sage ich. Aufstehen! Haltung annehmen! Einander die Hände reichen! Wird's bald? Einig Volk von Brüdern und so weiter. *Die drei stehen auf, reichen sich die Hände.* Historischer Augenblick! Hiemit ist die Union gegründet. Die Warenablieferung findet in Zukunft gemeinsam statt. Ihr seid also hiemit geeinigt. Was längst hätte geschehen sollen.

Kommentar

LEBEN DES GALILEI

Textgrundlage

Fassung 1938/39: *Leben des Galilei. Schauspiel*, Typoskript aus dem Nachlaß. – Anhang: Frühes Szenenfragment – Szene zum Stückplan *Leben des Galilei (Fassung für Arbeiter)* – Variante zur 5. Szene *Leben des Galilei* – Episode aus der 13. Szene der ersten Niederschrift; Typoskripte aus dem Nachlaß.

Fassung 1947: *Galileo*, Typoskript aus dem Nachlaß. – Anhang: Deutsche Fassung einer 14. Szene zu *Galileo*, Typoskript aus dem Nachlaß – Amerikanische Fassung einer 14. Szene, in: *From the Modern Repertoire*, Band 2, hg. v. Eric Bentley, University of Denver Press 1952.

Fassung 1955/56: *Leben des Galilei. Schauspiel*, in: *Stücke*, Band 8, Berlin/DDR: Aufbau-Verlag 1957.

Übersicht

Fassung 1938/39 (Dänische Fassung):

Frühjahr 1938: Beginn der Arbeit an einem Stück *Leben des Galilei.*
November 1938: Ausarbeitung der ersten Niederschrift *Die Erde bewegt sich*, beendet am 23. November 1938.
November 1938 bis Februar 1939: Weiterarbeit am Text. Abschluß der ersten Fassung *Leben des Galilei.*
September 1939: Arbeit an einer Bühnenfassung.
9. September 1943: Uraufführung im Schauspielhaus Zürich unter dem Titel *Galileo Galilei.*
1948: Bühnenmanuskript (hektographiert) mit dem Titel *Galileo Galilei. Leben des Galilei* im Suhrkamp Verlag Berlin-Zehlendorf.

Fassung 1947 (*Galileo*; amerikanische Fassung):

April 1944: Überlegungen zu einer Neufassung des Stückes.
Dezember 1944: Beginn der Zusammenarbeit mit Charles Laughton an der amerikanischen Bearbeitung von *Leben des Galilei.*
Spätsommer 1945: Nach mehrmaliger Unterbrechung der gemeinsamen Arbeit von Februar bis Juli 1945 Fertigstellung des ersten zusammenhängenden englischen Stücktextes unter dem Titel *Galileo.*
September 1945: Beginn der erneuten Bearbeitung mit Charles Laughton.

Juli 1947: Fertigstellung des Textes in Zusammenhang mit der Inszenierung des Stückes.
30. Juli 1947: Uraufführung des *Galileo* am Coronet Theatre in Beverly Hills. Im Oktober 1947 Übernahme der Inszenierung nach New York, Premiere am 7. Dezember 1947.
1948: Veröffentlichung einer Variante des englischen Uraufführungstextes als Bühnenmanuskript (hektographiert) im Theaterverlag Reiss, Basel.
1952: Druck einer weiteren Variante des Stückes, hg. v. Eric Bentley in Band 2 der Reihe *From the Modern Repertoire*, University of Denver Press.

Fassung 1955/56 (Berliner Fassung):

Ende 1947: Beginn der Arbeit an der dritten Fassung.
1953: Auftrag an Elisabeth Hauptmann und Benno Besson zur Einrichtung eines Bühnentextes.
1955: Druck in *Versuche*, Heft 14, Suhrkamp Verlag Frankfurt a.M. und Aufbau-Verlag Berlin/DDR.
16. April 1955: Uraufführung von *Leben des Galilei* in den Kammerspielen in Köln unter dem Titel *Galileo Galilei*.
Dezember 1955 bis März 1956: Weiterarbeit am Text in Verbindung mit den Proben am Berliner Ensemble.
15. Januar 1957: Postume Premiere von *Leben des Galilei* am Berliner Ensemble.
1957: Postumer Druck in *Stücke*, Band 8, Suhrkamp Verlag Frankfurt a.M. und Aufbau-Verlag Berlin/DDR.

Entstehung

Fassung 1938/39 (Dänische Fassung):

Erste Überlegungen zu einem Galilei-Stück stellt Brecht Anfang der dreißiger Jahre an. In einem Gespräch mit dem sowjetischen Schriftsteller Sergej Tretjakow, wahrscheinlich 1932 in Moskau, das dieser zwei Jahre später in einem dort erscheinenden Artikel schildert, erwähnt Brecht den Plan, ein Panoptikumtheater in Berlin zu gründen, in dem er interessante Gerichtsverfahren von der Antike bis zur Gegenwart auf die Bühne bringen will. Nach Aussagen von Elisabeth Hauptmann soll er dabei auch an den Prozeß Galileis aus dem Jahr 1633 gedacht haben.

1933, als sich der Tag der Verurteilung Galileis durch die römische Inquisition zum 300. Male jährt, greift Georgi Dimitroff, Hauptangeklagter und eigener Verteidiger im Reichstagsbrandprozeß, den historischen Fall als Parallele zum aktuellen Geschehen auf. In seinem Schlußplädoyer wendet er sich mit dem (Galilei zugeschriebenen) Ausspruch »Und sie bewegt sich doch!« anklagend an seine Richter, denen es wie den einstigen Inquisitoren nicht gelingen werde, den Sieg der Wahrheit aufzuhalten. Brecht, der den Prozeß aufmerksam verfolgt, bringt in seinem zu dieser Zeit entstandenen Gedicht *Dimitroff* die kämpferische Haltung und geistige Überlegenheit des bulgarischen Arbeiterführers mit den großen Gestalten der Renaissance in Verbindung, für die Friedrich Engels das Wort von den »Riesen an Denkkraft« geprägt hat. »Was für ein Schüler, was für ein Riese von Schüler!« heißt es in diesem Gedicht.

Im November 1937 setzt sich Brecht in seiner *Rede über die Widerstandskraft der Vernunft* mit der Situation der Wissenschaftler im faschistischen Deutschland auseinander. In einer Passage dieser Rede, in der er über jene Art von Vernunft schreibt, die im Interesse der Herrschenden benötigt wird, spielt er indirekt auf Galilei an: »Der Physiker muß imstande sein, für den Krieg optische Apparate zu konstruieren, die eine sehr weite Sicht gewähren, zugleich muß er imstande sein, Vorgänge für ihn gefährlichster Art in seiner nächsten Nähe, sagen wir an seiner Universität, *nicht* zu sehen.«

Im Frühjahr 1938 entsteht für *Furcht und Elend des III. Reiches* die Szene *Physiker 1935*. Auch hier geht es um die Haltung der Wissenschaftler im faschistischen Deutschland. Zwei Vertreter der nach der nationalsozialistischen Rassengesetzgebung »entjudeten« »deutschen Physik« betreiben ihre bisherigen Forschungen weiter, indem sie das Verbotene illegal und mit List tun: »der Physiker *benützt* eben Einstein (laut über die jüdische Physik schimpfend)« (Brief an Slatan Dudow, April 1938).

Brechts Überlegungen stehen mit jener Strategie für antifaschistischen Widerstand in Deutschland in Einklang, die Georgi Dimitroff auf dem VII. Weltkongreß der Kommunistischen Internationale im August 1935 in Moskau als Taktik des Trojanischen Pferdes beschrieben hat. In seiner 1934/35 zur Verbreitung in Deutschland verfaßten Schrift *Fünf Schwierigkeiten beim Schreiben der Wahrheit* empfiehlt Brecht den Schriftstellern, ihre »Propaganda für das Denken« in scheinbar harmlose Geschichten zu kleiden: »Die Vorkämpfer der Wahrheit können sich Kampfplätze auswählen, die verhältnismäßig unbeobachtet sind. Alles kommt darauf an, daß ein richtiges Denken gelehrt wird, ein Denken, das alle Dinge und Vorgänge nach ihrer vergänglichen und veränderbaren Seite fragt. Die Herrschenden haben eine große Abneigung gegen starke Veränderungen. Sie möchten, daß alles so bleibt, am liebsten tausend Jahre. Am besten, der Mond bliebe stehen, und die Sonne liefe nicht weiter!« Für die Arbeit am *Galilei* greift Brecht auf diese seine Vorschläge zurück. Die scheinbar unverfänglichen gesellschaftlichen Vorgänge im 17. Jahrhundert, die zur Verurteilung Galileis geführt haben, behandelt er als Präzedenzfall, an dem kämpferisches Verhalten unter einer Diktatur demonstriert werden kann.

Erste Gliederungsskizzen, Fabel- und Szenenentwürfe entstehen wahrscheinlich zwischen Frühjahr und Herbst 1938. Unter dem Titel *Leben des Galilei* stellt Brecht einen Szenenplan auf, der auf ein Drama im Charakter der Lehrstücke hindeutet, das den historischen Stoff thesenhaft organisiert. Ins Zentrum der 14 Szenen rücken der Kampf um Wahrheit und Vernunft und die Bedeutung der Wissenschaft für den gesellschaftlichen Fortschritt. Brecht nimmt den Gedanken der Renaissance vom Beginn eines neuen Zeitalters (»Begrüßung der neuen Zeit«) auf und stellt ihn der Situation im faschistischen Deutschland gegenüber (»Die neue Zeit, eine Vettel«). Er zieht Parallelen zum antifaschistischen Widerstandskampf (»Lob der Standhaftigkeit«), in den er die »Hoffnung auf die Arbeitenden« einschließt.

Ein weiterer, ebenfalls auf 14 Szenen konzipierter Stückplan trägt den Titel *Leben des Galilei (Fassung für Arbeiter).* Der Lehrstück-Aspekt tritt hier hinter eine stärkere Orientierung auf die Biographie des Wissenschaftlers Galilei zurück. Der Plan deutet auf ein Drama hin, das das Verhältnis von Wissenschaft und Gesellschaft exemplarisch an einem historischen Fall behandelt.

In drei Szenen, die Brecht wahrscheinlich ebenfalls im Zeitraum zwischen Frühjahr und Herbst 1938 ausgeführt hat und die in der vorliegenden Ausgabe im Anhang zur Fassung *Leben des Galilei* von 1938/39 wiedergegeben sind, geht es um den Stellenwert der Wissenschaft für den gesellschaftlichen Fortschritt. Die erste (ein frühes Szenenfragment) zeigt Galilei im Arsenal von Venedig im Disput mit Handwerkern. In der zweiten geht es um die ideologischen Belange der Kirche; der Inquisitor erteilt den Auftrag, Galileis Entdeckungen und Erkenntnisse zu widerlegen. In der dritten bekunden der Doge von Venedig und Kardinal Bellarmin ihr gemeinsames ökonomisches Interesse an Galileis Forschungen.

Die zweite dieser Szenen ist als fünfte im Stückplan *Leben des Galilei (Fassung für Arbeiter)* vorgesehen, an den Brecht im Herbst 1938 bei der ersten Niederschrift des Dramentextes inhaltlich anknüpft. Für den Szenenablauf des Stückes greift er allerdings auf jenen Plan zurück, den er für ein Drama im Lehrstückcharakter entworfen hat. Dieser enthält als fünfte eine Szene »Pest«, die er dann bei der ersten Niederschrift ausführt, ebenso wie die in der *Fassung für Arbeiter* nicht enthaltenen Szenen der Übergabe des Fernrohrs an die Signoria von Venedig und des »Zwiegesprächs« zwischen Galilei und dem kleinen Mönch. Am 17. November 1938 schreibt Margarete Steffin in einem Brief an Walter Benjamin: »Brecht fing vor zehn Tagen an, den Galilei, der ihm ja schon länger im Kopf spukte, herunterzudramatisieren, er hat jetzt von vierzehn Szenen bereits neun fertig [...].« Der letzte Anstoß für die Ausarbeitung des Stückes kommt von dem deutschamerikanischen Schriftsteller Ferdinand Reyher, den Brecht in den zwanziger Jahren in Berlin kennengelernt hat. Reyher hält sich im Anschluß an eine Deutschlandreise vom 28. Oktober bis 4. November 1938 in Kopenhagen auf, wo Brecht mehrmals mit ihm zusammentrifft. Er erzählt Reyher von seinen Plänen für ein Stück über Galilei, und dieser schlägt ihm vor, das Exposé zu einem Film zu schreiben, für den sich in den USA möglicherweise ein Produzent finden ließe. Brecht geht sofort an die Arbeit; statt des Exposés entsteht jedoch der Theatertext. »Ich schicke Ihnen also anstatt eines Filmexposés«, schreibt er einige Wochen später an Ferdinand Reyher, »zunächst einmal das Stück. [...] Sie können aus der *Galilei*-Sache sehen, in welcher Isolierung man heute auf diesem abwirtschaftenden Kontinent sitzt. Ihr kameradschaftliches Interesse in Kopenhagen genügte, mich sofort zu einer doch immerhin ganz umfangreichen Arbeit zu ermuntern.« (Brief an Ferdinand Reyher, 2. Dezember 1938.)

Die erste Niederschrift liegt am 23. November 1938 vor. Brecht trägt an diesem Tag in sein *Journal* ein: »*Das Leben des Galilei* abgeschlossen. Brauchte dazu drei Wochen. Die einzigen Schwierigkeiten bereitete die letzte Szene.« Auf dem Deckblatt des Typoskripts steht der Titel *Die Erde bewegt sich*. Die unterschiedliche Benennung des Stükkes weist auf Veränderungen hin, die während der Niederschrift gegenüber den vorausgegangenen Plänen entstanden sind, bei denen Brecht das Moment des Widerstands am Beispiel seiner Galilei-Figur deutlich herausgestellt hat.

Als er an die Ausarbeitung des Stückes geht, ist es den Faschisten in Deutschland gelungen, ihre Macht zu stabilisieren. Die technische Intelligenz, die durch das *Galilei*-Stück besonders angesprochen wird, hat sich nahezu vollständig in Hitlers Aufrüstungsprogramm integrieren lassen. Mit dem Münchner Abkommen vom September 1938 haben England und Frankreich Hitlers Annexionsplänen politischen Vorschub geleistet. »Deutet nicht alles darauf hin, daß es Nacht wird, und nichts, daß eine neue Zeit beginnt?« schreibt Brecht in diesen Wochen. »Soll man also nicht eine Haltung einnehmen, die sich für Leute schickt, die der Nacht entgegengehen?« Und er schlußfolgert: »Die glücklichen Zeiten kommen nicht, wie der Morgen nach durchschlafener Nacht kommt.« (*Galilei Vorwort.*) Aus dem Galilei der ersten Entwürfe, der gezielt alle seine Möglichkeiten im Kampf um Wahrheit und Vernunft ausschöpft, wird, ohne das Moment des Widerstands aufzugeben, eine differenziertere Figur. Sie besteht ihre Kämpfe nicht mehr in überlegener Taktik. Galilei ist am Ende geschlagen, aber er ist nicht besiegt. Der Barbarei des Faschismus entgegengesetzt, zeigt das Stück »den Anbruch einer neuen Zeit und versucht, einige Vorurteile über den Anbruch einer neuen Zeit zu revidieren« (*»Leben des Galilei« ist keine Tragödie*).

Sofort nach der ersten Niederschrift geht Brecht mit Margarete Steffin – die er 1940 gegenüber Piscator dann auch als Mitarbeiterin am *Galilei* nennt (Brief an Erwin Piscator, 27. Mai 1940) – an die weitere Ausformung des Textes. Alle nun folgenden Typoskripte tragen den Titel *Leben des Galilei*. Dieser Arbeitsprozeß währt bis zum Februar 1939. In den ersten beiden Korrekturstufen sind zwei Szenen ausgespart: das Gespräch zwischen Galilei und dem kleinen Mönch und die Schlußszene (Schmuggel der *Discorsi* über die italienische Grenze). Durchschriften von den Typoskripten der ersten und zweiten Korrekturstufe gehen bereits Freunden, Übersetzern und Verlegern zu. So z.B. an Desmond I. Vesey in London, den Übersetzer der *Dreigroschenoper*, der auf der Grundlage der zweiten Korrekturstufe *Leben des Galilei* ins Englische überträgt. Die Übersetzung – *Galileo (The Stargazer)*. A Play in Four Acts by Bertolt Brecht. Translated by Desmond I. Vesey [Galilei (Der Sterngucker). Drama in vier Akten] – liegt wahrscheinlich Ende 1939 oder Anfang 1940 vor.

Es handelt sich bei diesen Korrekturstufen um in sich geschlossene Typoskripte, die auch mit einem Personenverzeichnis versehen sind, von Brecht aber sofort zur Weiterarbeit benutzt werden. Er nimmt dramaturgische Veränderungen an einzelnen Szenen vor und erweitert den Handlungsspielraum verschiedener Figuren. Im Vergleich zur ersten Niederschrift ist Galilei nicht mehr nur Mathematiker und Astronom, sondern nun vor allem auch Physiker. Gegenüber der 13. Szene der ersten Niederschrift (Galilei als Gefangener der Inquisition), die in beiden Korrekturstufen die Schlußszene ist, tauscht Brecht eine Episode aus, in der Virginia ihrem Vater Sätze der Deckeninschriften aus der Bibliothek Michel de Montaignes vorliest, des »Franzosen, der nicht an das Denken glaubt« (vgl. 114,17). (Sie wird 1957 als »Episode aus einer früheren Fassung« in Heft 15 der *Versuche* gedruckt und ist in der vorliegenden Ausgabe im Anhang wiedergegeben.) Statt der Montaigne-Episode fügt Brecht einen Vorgang ein, in dem Galilei mit Virginia an den Korrekturen seiner *Discorsi* arbeitet, seinem physikalischen Hauptwerk, das in der Gefangenschaft entsteht.

Über diese und andere Änderungen, die Brecht teils handschriftlich, teils durch maschinenschriftliche Ergänzungen an beiden Typoskripten wie an der ersten Niederschrift vornimmt, entsteht bis Ende Februar 1939 das Typoskript der ersten Fassung *Leben des Galilei*. Es geht von der zweiten Korrekturstufe aus und enthält wieder die beiden dort ausgelassenen Szenen. Margarete Steffin schreibt es auf Wachsmatrizen, die Brecht noch einmal korrigiert, indem er einige Sätze und Worte wieder tilgt. Im März 1939 fertigen Steffin und Helene Weigel eine große Zahl von Abzügen an, die sofort verschickt werden.

Zu den Empfängern gehören in den USA neben Ferdinand Reyher und Hanns Eisler z.B. Albert Einstein, Karl Korsch, Erwin Piscator, Elisabeth Hauptmann, die Schauspieler Fritz Kortner und Alexander Granach, der Bühnenbildner und Regisseur Mordecai Gorelik, der

Schriftsteller Curt Riess vom Generalsekretariat des deutschamerikanischen Schriftstellerverbandes und der Journalist Rolf Nürnberg aus dem Kreis des in die USA emigrierten Frankfurter Instituts für Sozialforschung. In Frankreich sind es Pierre Abraham, der Übersetzer von *Furcht und Elend des III. Reiches*, Ernst Josef Aufricht, Slatan Dudow, Lion Feuchtwanger, der Rechtsanwalt Martin Domke und Walter Benjamin. In Schweden geht es an die Schauspielerin Naima Wifstrand, die *Die Gewehre der Frau Carrar* übersetzt und in der schwedischen Aufführung 1938 die Hauptrolle gespielt hat. In der Schweiz erhalten das Stück Gustav Hartung vom Stadttheater Basel und Heinrich Gretler vom Zürcher Schauspielhaus. Ein Exemplar geht in die Sowjetunion, wo das Stück am 18. August 1939 in der Moskauer Zeitschrift *Sowjetski Iskustwo* von M. Helfand ausführlich rezensiert wird, in »einer glänzenden russischen Kritik«, wie Margarete Steffin kurz darauf an Rasmussen schreibt (Margarete Steffin an Knud Rasmussen, Ende August/ Anfang September 1939).

Über die gewohnte Praxis hinaus, Freunde und Theaterleute bereits vor der Publikation anhand von Manuskripten mit einem neuen Werk bekannt zu machen, weist Brechts Entschluß, diesmal zu einer Art Selbstvertrieb zu greifen, auf die wachsenden Schwierigkeiten hin, ausländische Verlage für die Veröffentlichung oder Theater für die Aufführung seiner Stücke zu interessieren. Im Fall von *Leben des Galilei* kommt hinzu, daß der von Wieland Herzfelde schon zum Druck vorbereitete Band 3 der *Gesammelten Werke* im Malik-Verlag, Prag, der das Stück enthalten sollte, nicht mehr erscheinen kann.

In Dänemark bietet Brecht den *Galilei* bereits Anfang Januar 1939 der Theateragentur Carl Strakosch in Kopenhagen an. Schon während der Entstehung des Stückes hat der dänische Journalist Knud Rasmussen, der nach der faschistischen Okkupation Dänemarks den Namen Fredrik Martner annimmt, in engem Kontakt mit Brecht und Steffin die Arbeit an der Übersetzung begonnen. Eine erste Fassung liegt Ende Februar 1939 vor. Am 6. Januar 1939 sieht sich Brecht, der Rasmussens Übertragung ins Dänische auch in den folgenden Monaten unterstützt, in einem Interview des Kopenhagener Boulevardblattes *B. T.* auf die Frage, ob das Stück eine aktuelle Beziehung zu Deutschland und Italien habe, zu der politischen Schutzbehauptung veranlaßt, das von ihm gerade erarbeitete Stück *Leben des Galilei* »sei eine streng historische Arbeit«, die im 17. Jahrhundert spiele, »wo es noch keinen Nazismus oder Faschismus gab«. Es sei auch nicht für ein Theater in Kopenhagen vorgesehen, sondern ausschließlich für New York geschrieben.

Das Interview kommt zustande, nachdem die liberale dänische Zeitung *Fyns Venstreblad*, gestützt auf private Informationen Knud Rasmussens, am 4. Januar 1939 das neue Werk des »landesflüchtigen deutschen Dramatikers« in einem groß aufgemachten Artikel angekündigt hat: »In dem Stück wird von der Bedrängnis eines Wissenschaftlers unter der Inquisitionsperiode erzählt, und wenn man Brecht kennt, wird man verstehen können, daß er sicher – mit Galilei als Hauptperson – gegenwärtige Verhältnisse berühren will.« Über diese Veröffentlichung schreibt Margarete Steffin wenige Tage später: »Es ist doch sehr schade, daß der Mann Namen und alles vom neuen Stück nannte. Denn Brecht ist fest überzeugt, daß keine Kopenhagener Bühne ein Stück mit seinem Namen annehmen wird, und hatte gehofft, es *anonym* unterbringen zu können.« (Margarete Steffin an Knud Rasmussen, Januar 1939.) Daß Brecht dann von Schweden aus, wo das Stück von dem Theaterverleger Arvid Englind zum Vertrieb angenommen wird, weiter nach Druck- und Aufführungsmöglichkeiten in Dänemark sucht, belegt ebenfalls der Briefwechsel zwischen Steffin und Rasmussen. »Brecht ist natürlich mehr als gern damit einverstanden, daß Sie den *Galilei* einem Verlag anbieten«, schreibt Steffin im Juni/Juli 1939 an Rasmussen, und im November 1939 teilt sie ihm mit: »Was eine Radio-Bearbeitung des *Galilei* betrifft, so würde sich Brecht natürlich sehr freuen, wenn Sie sie anbringen könnten.« Keines der Vorhaben aber läßt sich realisieren.

Im September 1939 geht Brecht in Schweden an die Erarbeitung einer Bühnenfassung von *Leben des Galilei*, bei der er umfangreiche Kürzungen des Textes vornimmt und die Pestszene gegen das Gespräch zwischen dem Dogen von Venedig und Kardinal Bellarmin austauscht (vgl. 113,6-114,10). Das Manuskript, ein eingestrichenes Exemplar des hektographierten Typoskripts der dänischen Fassung, ist nicht erhalten, bis auf einige Texte für neue Szenenabschnitte, die offensichtlich in größerer Zahl abgeschrieben worden sind, um sie für weitere Exemplare zur Verfügung zu haben.

Auf Vermittlung des in der Sowjetunion lebenden Schriftstellers Gregor Gog erwägt der Staatsverlag in Kiew 1940 einen Druck von *Leben des Galilei* mit Zeichnungen des Grafikers und Malers Hans Tombrock. Brecht berät Tombrock bei der Herstellung der Zeichnungen. Sie sind erhalten. Das Projekt wird nicht realisiert, auch nicht 1953, als der Hamburger Verleger Ernst Tessloff die Idee nochmals aufgreift.

Am 9. September 1943 findet im Schauspielhaus Zürich die Uraufführung von *Leben des Galilei* unter dem Titel *Galileo Galilei* statt. Das hier von der Schauspiel A.G. Zürich hergestellte maschinenschriftliche Textbuch, das, von einigen Auslassungen und Änderungen bei den Personenbezeichnungen abgesehen, dem hektographierten Typoskript der im März 1939 verschickten ersten Fassung entspricht, gelangt nicht an eine breitere Öffentlichkeit. Eine Abschrift dieses Textbuches erhält jedoch 1946 Herbert Jhering, der sich als Dramaturg des Deutschen Theaters in Berlin sofort für die Inszenierung des *Galilei* einsetzt und das Stück in seinem 1947 im Aufbau-Verlag erscheinenden Buch *Berliner Dramaturgie* zum ersten Mal in Deutschland bekanntmacht. Ein Jahr später, 1948, bringt dann die Theaterabteilung des Suhrkamp Verlages in Berlin-Zehlendorf das Stück als unverkäufliches hektographiertes Bühnenmanuskript mit dem Titel *Galileo Galilei* heraus. Der Text enthält aber zahlreiche Fehler und Ungenauigkeiten, und außerdem hat Brecht das Stück ohnehin nicht für die Bühne freigegeben.

Weitere Publikationen kommen nicht zustande, bis auf den Druck einzelner Szenen in Zeitschriften. Im Januar 1947 wird in Nr. 6 der in New York erscheinenden deutschsprachigen Zeitung *Austro American Tribune* das Gespräch zwischen Galilei und dem kleinen Mönch veröffentlicht. 1951 macht die Berliner Zeitschrift *Aufbau* (Heft 11, S. 971 bis 981) ihre Leser mit der ersten Szene bekannt.

Die Fassung *Leben des Galilei* von 1938/39 wird in der vorliegenden Ausgabe zum ersten Mal vollständig nach dem hektographierten Typoskript gedruckt.

Der relativ schnellen Niederschrift des Stückes von Anfang November 1938 bis Ende Februar 1939 waren ausgedehnte Literaturstudien vorangegangen. Über den Zeitraum dieser Studien liegen keine Angaben vor, wohl aber über die Vielzahl der Werke, die Brecht für die Arbeit am *Galilei* benutzt hat. So beruft er sich in der Anmerkung über die *Darstellung der Kirche*, die er als weltliche Obrigkeit anlegt, auf den »Gelehrten Emil Wohlwill«. Aus dessen Biographie *Galilei und sein Kampf für die copernicanische Lehre* (Band 1: Hamburg/Leipzig 1909; Band 2: Leipzig 1926) bezieht er die historischen Fakten für den Aufbau der Fabel. Zu seiner Lektüre gehört weiterhin das Buch *Galilei und seine Zeit* von Leonardo Olschki (Halle 1927), in dem u.a. die Verbindung von Naturwissenschaft und Ästhetik im Werk Galileis behandelt und Galilei als bedeutender Schriftsteller gewürdigt wird.

Brecht, der seine Galilei-Figur mit den Zügen eines Forschers ausstattet, der »gute Wörter auswählt und sie abschmeckt wie Gewürze« und »auf sinnliche Weise *arbeitet*« (*Das Sinnliche in Galilei*), greift dazu auch auf das erste und zweite Buch der *Satiren* von Horaz zurück (Horaz, *Satiren und Episteln*, Band 1, hg. v. Heinrich Conrad, Berlin o.J.). Der Anfang der achten Satire des ersten Buches geht direkt in den Text ein. Hinzu kommen die Werke zweier Zeitgenossen Galileis: Michel de Montaignes und Francis Bacons. Aus dem Band 8 der historisch-kritischen Ausgabe *Michel de Montaignes Gesammelte Schriften*, hg. v. Otto Flake und Wilhelm Weigand (München/Leipzig 1911) übernimmt Brecht ebenso Textpassagen wie aus dem *Neuen Organon* von Francis Bacon, dem »Erzvater der experimentellen Naturwissenschaften« (*Galilei – Vorwort*), das er in folgender Ausgabe benutzt: *Franz Baco's Neues Organon*, hg. v. J.H. von Kirchmann, Berlin 1870.

Für die Darstellung physikalischer und astronomischer Probleme zieht Brecht *Das Weltbild der Physik und ein Versuch seiner philosophischen Deutung* von A.S. Eddington (Braunschweig 1931) heran. Er besitzt dieses Buch (englischer Originaltitel: *The Nature of the Physical World*) seit dessen Erscheinen. In Dänemark kommen hinzu: die 1930 in Cambridge erschienene englische Originalausgabe *The Mysterious Universe* (*Die Wunderwelt der Sterne*) von James Jeans, die er auch für die Arbeit am *Tui*-Projekt heranzieht, und eine Schrift des französischen Astronomen Henri Mineur, bei der es sich wahrscheinlich um die 1934 in Paris erschienene Abhandlung *Histoire de l'astronomie stellaire jusqu'à l'époque contemporaine* (Geschichte der Stellarastronomie bis zur Gegenwart) handelt.

Das einzige Werk Galileis, das Brecht nachweislich gelesen und für die Ausarbeitung des Stückes unmittelbar benutzt hat, sind dessen *Discorsi e dimostrazioni matematiche, intorno à due nuove scienze attenenti alla mecanica ed i movimenti locali* (1638), die Brecht in der deutschen Ausgabe *Unterredungen und mathematische Demonstrationen über zwei neue Wissenszweige, die Mechanik und die Fallgesetze betreffend* (2 Bände, hg. v. Arthur von Oettingen, Leipzig 1904 und 1907) benutzt. Als er Anfang 1939 mit der Arbeit am *Messingkauf* beginnt, »angestiftet zu dieser Form von Galileis *Dialogen*« (*Journale*, 12. Februar 1939), bezieht er sich mit der Bemerkung in den *Journalen* wahrscheinlich auch auf dieses, in Dialogform gehaltene Werk Galileis und nicht auf dessen *Dialogo sopra i due massimi sistemi del mondo, tolemaico e copernicano* von 1632 (*Dialog über die beiden hauptsächlichsten Weltsysteme, das ptolemäische und das kopernikanische*), der im Stück, nur der Biographie Galileis folgend, Erwähnung findet.

Über astronomische und physikalische Probleme, die mit dem Stück zusammenhängen, berät sich Brecht vor der Arbeit am *Galilei* mit Christian Møller, einem Assistenten des dänischen Physikers und Nobelpreisträgers Niels Bohr. Møllers Informationen sind ihm vor allem »bei der Rekonstruktion des ptolemäischen Weltbilds« (*Ungeschminktes Bild einer neuen Zeit*) von Nutzen.

Über Kontakte zum Bohr-Institut in Kopenhagen erhält Brecht wahrscheinlich auch Hinweise auf Experimente zur Atomkernspaltung, die zu dieser Zeit in verschiedenen Ländern durchgeführt werden. Mitte Dezember 1938 gelingt den beiden deutschen Chemikern Otto Hahn und Fritz Straßmann zum ersten Mal die Spaltung eines Uran-Atoms, mit der die Möglichkeit zur Freisetzung ungeheurer Energiemengen geschaffen ist. Wann Brecht von dieser Entdeckung erfahren hat, die über Hahns langjährige Mitarbeiterin Lise Meitner an das Bohr-Institut gelangt ist, läßt sich nicht nachweisen. Er selbst erwähnt in einer Passage seines im Mai 1939 in Schweden gehaltenen Vortrags *Über experimentelles Theater* (mit der Bemerkung: »Vor kurzem erlebte ich vor dem Radioapparat eine wahrhaft historische Szene: das Institut des großen Physikers Niels Bohr wurde interviewt [...]«) ein am 27. Februar 1939 vom dänischen Rundfunk ausgestrahltes Interview, in dem Mitarbeiter des Bohr-Institutes über die neue Entwicklung der Atomphysik diskutiert haben. Vorstellungen über die technische Verwertbarkeit der Kernspaltung oder gar Hinweise auf ihre Anwendung für Vernichtungszwecke haben in dieser Sendung nicht zur Debatte gestanden. Über die Entdeckung ist als eine in die Zukunft reichende wissenschaftliche Sensation diskutiert worden, deren Möglichkeiten zum gegenwärtigen Zeitpunkt noch gar nicht ausgeschöpft werden könnten. Ganz in diesem Sinne, der auch dem Tenor der dänischen Presse in den Berichten über ähnliche Experimente in Dänemark entspricht, fügt Brecht dem Typoskript der ersten Niederschrift eine Textpassage hinzu, die auch in die erste Abschrift Margarete Steffins nachträglich eingeht. In dem Zusatz wertet er dieses wissenschaftliche Ereignis positiv und nutzt es für die Bekräftigung seiner Überzeugung vom Anbruch eines neuen Zeitalters, trotz faschistischer Diktatur: »Während an einigen Orten die größten Entdeckungen gemacht werden, welche die Glücksgüter der Menschen unermeßlich vermehren müssen, liegen sehr große Teile dieser Welt ganz im Dunkel. Die Finsternis hat dort sogar noch zugenommen! Nimm dich in acht, wenn du durch Deutschland fährst und die Wahrheit unter dem Rock trägst!« (Vgl. 106,11-16.)

Fassung 1947 (*Galileo*; amerikanische Fassung):

Nach seiner Übersiedelung in die USA im Juli 1941 trifft Brecht im Oktober mit dem Physiker und Philosophen Hans Reichenbach zusammen. Dieser macht ihm »Komplimente über den physikalischen Teil des *Galilei* und das Historische daran« (*Journale*, 26. Oktober 1941). Im Dezember erzählt Brecht dem Schauspieler Oskar Homolka von *Leben des Galilei*, der großes Interesse an dieser Rolle zeigt. Doch obwohl mit Desmond I. Veseys englischer Übersetzung ein sehr genauer und anspruchsvoller Text vorliegt, denkt Brecht nicht an eine Aufführung. Nach dem ersten Gespräch mit Homolka notiert er am 27. Dezember 1941 im *Journal*, »es ist, als erinnerte ich mich an ein seltsames versunkenes Theater alter Zeiten in untergegangenen Kontinenten. – Hier handelt es sich lediglich«, schreibt er auf das amerikanische Theater bezogen, »um den Verkauf von Abendunterhaltung. [...] Die Idee, daß auf dem Theater die Angelegenheiten eines Volkes behandelt werden könnten, ist ganz aus der Luft gegriffen«. Die Eintragung vom 23. April 1942 macht noch deutlicher, daß Brecht dem Stück zu dieser Zeit kaum Wirkungsmöglichkeiten zubilligt: »Homolka spricht wieder davon, den Galilei zu spielen. Ich frage ihn nach einem aktuelleren historischen Stoff – er liest viel.«

Die Situation ändert sich im April 1944, als der amerikanische Produzent und Regisseur Jed Harris sein Interesse anmeldet, *Leben des Galilei* aufzuführen. Brecht nimmt sich das Stück vor und sieht es aus dem Abstand der vergangenen fünf Jahre seit Fertigstellung der ersten Fassung durch. »So prüfte ich die Moral noch einmal nach, die mich immer leise beunruhigt hat; gerade weil ich hier der Geschichte zu folgen versuchte und keine moralischen Interessen hatte, ergibt sich eine Moral, und ich bin nicht glücklich damit.« (*Journale*, 6. April 1944.) In der anschließenden Analyse formuliert er seine Überlegungen für eine Neufassung des Stückes. Vor allem setzt er sich mit der Bewertung von Galileis Widerruf auseinander, einer Frage, die bereits 1938 in dem Gespräch mit Christian Møller in Dänemark eine Rolle gespielt hat. Møller verteidigte Galileis Haltung mit dem Argument, dieser habe nur widerrufen, um sein Lebenswerk als Physiker vollenden zu können. Brecht hat sich schon damals gegen solch eine vereinfachende Sicht gewehrt und auf die Schädigung des gesellschaftlichen Fortschritts durch Galileis falsche Entscheidung hingewiesen. In der ersten Fassung versuchte er dann auch, die zwischen Verrat und kluger Taktik liegende Vielschichtigkeit des Widerrufs deutlich zu machen.

Jetzt, 1944, untersucht er noch einmal die Motive und unterschiedlichen gesellschaftlichen Interessen an Galileis wissenschaftlichen Entdeckungen, die für die kirchliche Obrigkeit, für das Volk und für Galilei selbst in Betracht gezogen werden müssen: »G[alilei] gab den eigentlichen Fortschritt preis, als er widerrief, er ließ das Volk im Stich, die Astronomie wurde wieder ein Fach, Domäne der Gelehrten, unpolitisch, isoliert. Die Kirche trennte diese ›Probleme‹ des Himmels von denen der Erde, festigte ihre Herrschaft und erkannte danach die neuen Lösungen bereitwillig an.« (*Journale*, 6. April 1944.) Einige Monate später beginnt die Arbeit an der zweiten Fassung, für die die Begegnung mit dem englischen Schauspieler Charles Laughton ausschlaggebend wird.

Brecht trifft mit Laughton zum ersten Mal im März 1944 in Santa Monica zusammen. Laughton ist zu Beginn des zweiten Weltkriegs von England nach den USA übergesiedelt, wo er schon längere Zeit in Hollywood Filme dreht. Im August macht Brecht ihn mit *Leben des Galilei* bekannt. Laughton liest das Stück in einer fast wörtlichen Übertragung ins Englische, die vermutlich Elisabeth Hauptmann für Brechts weitere Arbeit am Stück angefertigt hat. Ein Manuskript dieser Übersetzung befindet sich im Nachlaß Ferdinand Reyhers. Über die genaue Entstehungszeit liegen keine Angaben vor.

Laughton ist von dem Stück sehr angetan. Er beauftragt zwei junge Autoren, Brainerd Duffield und Emerson Crocker, auf seine Kosten einen spielbaren englischen Text herzustellen. Als Grundlage für diese Übertragung hat wahrscheinlich die Bühnenfassung von 1939 gedient. Auf Anweisung Brechts wird die 9. Szene mit der Ballade des Bänkelsängers noch ausgelassen. Statt der Pestszene ist analog zur schwedischen Bühnenfassung das Gespräch zwischen dem Dogen von Venedig und Kardinal Bellarmin übersetzt. Die Szene Galilei/Kleiner Mönch ist nicht enthalten, und auch der übrige Text ist gegenüber der Fassung von 1938/39 vielfach verändert. Ende November 1944 liegt die Übersetzung fertig und vervielfältigt vor: *Galileo*. A Play by Bertolt Brecht. Translated by Brainerd Duffield and Emerson Crocker. Brecht soll sich nach Aussagen Laughtons zunächst außerordentlich lobend über diese Arbeit geäußert haben – »Du weißt, Brecht ist hingerissen«, telegraphiert Laughton am 25. November 1944 an Duffield –, aber kurze Zeit später ist Brecht schon nicht mehr so überzeugt. Er denkt weder an eine Veröffentlichung dieser Übersetzung, noch sieht er in ihr die Vorlage für eine Aufführung. Sie bleibt für ihn Material, mit dem er weiterarbeitet.

Im Dezember 1944 beginnt auf der Grundlage des Textes der Fassung von 1938/39 die gemeinsame Arbeit mit Charles Laughton. Brecht beschreibt den einzigartigen Vorgang dieser Zusammenarbeit in dem 1947 begonnenen Aufsatz *Aufbau einer Rolle. Laughtons Galilei.* Da Laughton kein Deutsch versteht, spielt Brecht ihm jede Szene bruchstückweise teils mit englischen, teils mit deutschen Worten vor, bis dieser, das von Brecht Gezeigte nachspielend, eine Textvariante gefunden hat, die dem Gestus des jeweiligen Szenenabschnitts entspricht. »Das Resultat schrieb er [Laughton] Satz für Satz handschriftlich nieder. Einige Sätze, viele, trug er tagelang mit sich herum, sie immerfort ändernd. Die Methode des Vor- und Nachspielens hatte einen unschätzbaren Vorzug darin, daß psychologische Diskussionen nahezu gänzlich vermieden wurden.« Theaterspielen wurde zur »Methode der Übersetzung« (*Aufbau einer Rolle. Laughtons Galilei*). Brecht und Laughton ziehen zahlreiche Synonymwörterbücher zu Rate und zum Auffinden besonderer Sprachformen Werke von Äsop, Molière, Shakespeare sowie die Bibel.

Die Zusammenarbeit dient der Vorbereitung einer Aufführung. »Unmöglich, ihn zur Übersetzung von Partien zu verführen, auf die der Stückeschreiber für die geplante Aufführung verzichtete, die er aber für das Buch retten wollte! Das Wichtige war der Theaterabend, der Text hatte ihn lediglich zu ermöglichen« (*Aufbau einer Rolle. Laughtons Galilei*). Für Brecht aber hat diese Art des gemeinsamen Herangehens den großen Vorzug, mit dem Stück noch einmal von Grund auf experimentieren und dabei neue inhaltliche Gesichtspunkte erproben zu können.

Die englischsprachige Fassung entsteht nicht im Sinne einer Übersetzung. Es handelt sich um den in der Literatur und Theatergeschichte einmaligen Fall, daß der Autor in einer ihm fremden Sprache mit seinem Hauptdarsteller auf der Grundlage einer vorhandenen Fabel und eines bereits geschriebenen Stückes einen neuen Text erarbeitet. Fabel und Szenen entstehen in diesem Prozeß noch einmal neu. Das Besondere an dieser Zusammenarbeit ist, daß es nicht darum geht, einen gemeinsam hergestellten Text auf seine Spielbarkeit zu prüfen, sondern daß das gemeinsam Geprüfte als Text fixiert wird. Zwischen Brecht und Laughton werden nicht einfach Wörter getauscht, sondern über erspielte Situationen in den einzelnen Szenenabschnitten, über Handlung und im Hinblick auf den im Publikum zu bewirkenden Denkvorgang entsteht die neue Sprachform. Das Ergebnis ist eine insofern ungewöhnliche englische Bühnensprache, als sie die Griffigkeit und Präzision des Einfachen beibehält, die die Fassung von 1938/39 besitzt, und eine eigene ausgeprägte Charakteristik gewinnt, ohne sich von der englischen Alltagssprache auffallend zu entfernen. Sie enthält sich alles Überflüssigen, ist poetisch, schlicht, kraftvoll, jedermann zugänglich, auf Aktion und auf geistige Auseinandersetzung bezogen. Das Ergebnis der Zusammenarbeit von Brecht und Laughton ist keine übersetzte Dichtung, sondern Dichtung in einer anderen Sprache für die Bühne und so ein selbständiges Werk des Theaters.

Leben des Physikers Galilei, wie Brecht das Stück am Beginn der gemeinsamen Arbeit mit Laughton auch nennt, entsteht in diesem Prozeß über eine Reihe von Varianten, in denen es gegenüber der Fassung von 1938/39 entscheidende inhaltliche Veränderungen erfährt. Die neue »Bühnenversion« (*Journale*, 10. Dezember 1944) erfordert unter den Bedingungen des amerikanischen Theaters eine starke Reduzierung der Spieldauer. Schon aus diesem Grund wird das Stück um mehrere Szenen gekürzt und im gesamten Ablauf verknappt. Außerdem geht Brecht bereits mit einer neuen konzeptionellen Sicht an diese Arbeit, die Galileis Verrat und Versagen entschieden betont. Die neue Fassung zielt unter dem Eindruck der Kriegsereignisse weniger auf die Bedeutung der Wissenschaft für den gesellschaftlichen Fortschritt ab, wie die erste, sondern mehr auf die individuelle Verantwortung des Wissenschaftlers für die gesellschaftlichen Folgen seiner Entdeckungen. Brecht verweist auf den entscheidenden »Unterschied zwischen dem ›reinen Fortschritt einer Wissenschaft‹ und ihrem sozial revolutionären Fortschritt (G[alilei] beraubt die Astronomie des jungen Bürgertums ihrer sozial revolutionären Bedeutung, macht sie zu einem ›Fach‹, sterilisiert sie). Auch zeigt sich, zumindest als Fakt, wie die herrschende Klasse sich der Totalität ihrer Ideologie bewußt ist: sie weiß, die Kette, mit der sie die Unterdrückten fesselt, ist nicht stärker als ihr schwächstes Glied.« (*Journale*, 30. Juli 1945.)

Für die Individualisierung der Galilei-Figur fließen darüber hinaus Brechts eigene Erfahrungen als Emigrant in die Gestaltung ein: Das Problem eines Entdeckers und Begründers neuer Ideen, dessen Werk nur von eingeweihten Freunden hochgeschätzt wird; die Situation eines Mannes, der als politischer Kopf in die Rolle eines von der Obrigkeit Geduldeten schlüpfen muß und kaum öffentliche Wirkung erreichen kann; der Umstand, ein Höchstmaß an Selbstdisziplin aufbringen zu müssen, um weiterarbeiten zu können, wenn gleichzeitig der Zugang zu jenen versperrt ist, für die die Arbeit bestimmt ist. In der knappen Sprache des englischen Textes erhält die Galilei-Figur so ein reiches, widerspruchsvolles Profil.

Zunächst währt Brechts und Laughtons Zusammenarbeit bis Mitte Februar 1945, wo sie durch Filmverpflichtungen Laughtons unterbrochen werden muß. Am 14. Mai notiert Brecht dann: »Mit *Laughton* zurück am *Galilei*. Wir addieren einiges wirklich Gute, so in der Sonnenfleckenszene die Kontroverse mit Ludovico.« (*Journale*, 14. Mai 1945.) Die Arbeit ist bis Ende Mai, als Brecht nach New York abreist, um an den Proben zur Aufführung der amerikanischen Bühnenbearbeitung von *Furcht und Elend des III. Reiches* teilzunehmen, bereits weit gediehen. Im September 1945 liegt dann der erste zusammenhängende Stücktext vor.

Schon in der ersten Zeit ihrer gemeinsamen Arbeit trifft Brecht die entscheidenden Veränderungen im Szenen- und im Figurenaufbau, für die Laughton zahlreiche Vorschläge einbringt, »etwa die Ersetzung Doppones, des Schülers in der ersten Szene, durch Ludovico, oder der Hexenschatten in der letzten Szene« (*Journale*, 10. Dezember 1945). Brecht plant damals noch eine 14. Szene, die er nach Laughtons Idee von den »Hexenschatten« zunächst in deutsch schreibt und dann mit ihm übersetzt. Der deutsche und ein englischer Text dieser Szene sind in der vorliegenden Ausgabe im Anhang zu *Galileo* gedruckt (vgl. 182 bis 186).

Als im Spätsommer 1945 der erste gemeinsame englischsprachige Stücktext vorliegt, hat sich Brechts Grundeinstellung zu seiner bisherigen *Galilei*-Überarbeitung bereits verändert. Mit dem Abwurf der Atombomben im August 1945 auf Hiroshima und Nagasaki ist eine Situation eingetreten, die das Stück in einen neuen, politisch aktuellen Zusammenhang rückt: »Von heute auf morgen las sich die Biographie des Begründers der neuen Physik anders. Der infernalische Effekt der Großen Bombe stellte den Konflikt des Galilei mit der Obrigkeit seiner Zeit in ein neues, schärferes Licht.« (*Ungeschminktes Bild einer neuen Zeit.*)

Im September 1945 beginnt die neuerliche gemeinsame Arbeit am Text. Zwar hält Brecht Laughton für einen »politisch gedankenlosen Schauspieler« (*Journale*, 30. Juli 1945), doch dieser erweist sich auch jetzt als konstruktiver Partner. »Getrieben von seinem theatralischen Instinkt, arbeitet *Laughton* im *Galilei* auch die politischen Elemente ruhelos heraus.« (*Journale*, 10. Oktober 1945.) Zur Mitarbeit zieht Brecht Hans Reichenbach heran und den Physikstudenten Morton Wurtele, einen Freund seines Sohnes Stefan. Laughton, an dem Brecht vor allem den Standpunkt »eines realistischen Künstlers unserer Zeit« (*Aufbau einer Rolle. Laughtons Galilei*) schätzt, nimmt die neuen Vorschläge an und »ist vollkommen bereit, seine Figur vor die Wölfe zu werfen. Er hat eine Art von Luzifer im Kopf, bei dem die Selbstverachtung in einen leeren Stolz übergegangen ist – Stolz auf die *Größe* seines Verbrechens usw. [...] Erhalten bleibt nur das exzellente Gehirn, das leer funktioniert, unhaltbar durch den Besitzer, der sich sinken lassen möchte.« (*Journale*, 10. Oktober 1945.)

Am 1. Dezember 1945 findet in Brechts Haus in Santa Monica eine Lesung des neuen Textes statt, mit jenen Veränderungen – vor allem in der 13. Szene –, durch die Galileis Verrat nun zum »Verbrechen«, zur

»›Erbsünde‹ der modernen Naturwissenschaften« geworden ist, wie Brecht 1946/47 in dem Aufsatz *Anmerkungen zum »Leben des Galilei«. Preis oder Verdammung des Galilei?* schreibt. In einem *Vorwort* in Versen, das er an diesem Tag in sein *Journal* einträgt, greift er den Sündenfall der Wissenschaft auf. Der Prolog endet mit den Zeilen:

Wir hoffen, Sie leihen Ihr geneigtes Ohr
Wenn nicht uns, so doch unserm Thema, bevor
Infolge der nicht gelernten Lektion
Auftritt die Atombombe in Person.
(*Journale*, 1. Dezember 1945.)

In *Preis oder Verdammung des Galilei?* stellt Brecht die neue Sicht auf die Galilei-Figur noch einmal vor: »Die Atombombe ist sowohl als technisches als auch soziales Phänomen das klassische Endprodukt seiner wissenschaftlichen Leistung und seines sozialen Versagens.« Brecht tilgt aus diesen Überlegungen heraus in der letzten Szene alle Momente einer Rechtfertigung von Galileis Widerruf. Die Selbstanalyse Galileis wird zur Selbstanklage, zur vernichtenden Abrechnung. »Die Atombombe hat tatsächlich die Beziehungen zwischen Gesellschaft und Wissenschaft zu einem Leben-und-Tod-Problem gemacht.« (*Journale*, 20. September 1945.) Ins Zentrum des Stückes rückt die Warnung vor der tödlichen Konsequenz einer Trennung von Wissenschaft und Politik.

Anlaß dazu gibt nicht zuletzt der von Brecht hochgeschätzte Albert Einstein. Am 28. Oktober 1945 notiert Brecht im *Journal*, Einstein sei nach dem Abwurf der Atombombe mit der Forderung aufgetreten, sie »dürfe nicht andern Mächten ausgeliefert werden, besonders nicht Rußland«. Und Brecht schlußfolgert aus solcher Haltung: »Das brillante Fachgehirn, eingesetzt in einen schlechten Violinspieler und ewigen Gymnasiasten mit einer Schwäche für Generalisierungen über Politik.« Denn diese Forderung Einsteins hieße nichts anderes, als »die neue Kraft als Monopol der Militärs« zu behandeln (*Journale*, 28. Oktober 1945).

Am 7. Januar 1946 unterzeichnen Brecht und Laughton einen Vertrag über das gemeinsam erarbeitete Stück. Als Titel wird im Vertrag festgelegt: »*Galileo* by Bertolt Brecht. English Version by Charles Laughton«. Der Vertrag kommt zustande, nachdem Laughton Orson Welles für eine Inszenierung interessieren konnte, die zunächst für den Sommer und dann für Herbst 1946 geplant wird. Zur gleichen Zeit laufen auch die Vorbereitungen für eine mehrbändige amerikanische Ausgabe von Werken Brechts bei Reynal and Hitchcock in New York. Als Herausgeber beauftragt Brecht Eric Bentley. Dieser will für die Buchausgabe zunächst die Übersetzung von Desmond I. Vesey verwenden und beruft sich dabei auf Brecht: »Als ich Brecht im vergangenen Sommer sprach, sagte er, daß er Laughtons Übersetzung für die Bühne verwenden will, aber Veseys Version wahrscheinlich besser für den Druck sei. [...] Es ist eine sehr sorgfältige und sehr vernünftige Übersetzung.«

(Eric Bentley an Elisabeth Hauptmann, 21. April 1946.) Brecht hat sich inzwischen jedoch für den Druck des mit Laughton erarbeiteten *Galileo* entschieden.

Im Mai 1946 sieht Brecht das Manuskript mit Ferdinand Reyher durch. Sie arbeiten gemeinsam an der letzten Szene (Schmuggel der *Discorsi* über die italienische Grenze), die in dem mit Laughton erarbeiteten Text nicht mehr enthalten ist. Weiterhin geht es um die Ballade des Bänkelsängers, die noch Schwierigkeiten bei der Übersetzung bzw. Neufassung bereitet. Und Reyher bemüht sich, Laughtons Englisch zurückzunehmen und einen dem amerikanischen Sprachgebrauch näherkommenden Text herzustellen. Er führt einen großen Teil dieser Arbeiten selbständig aus. Die amerikanische Ausgabe von Werken Brechts, die mit Stücken beginnen soll, kommt nicht zustande, weil keine der vorgesehenen Übersetzungen, ausgenommen der *Galileo*, Brecht zufriedenstellen kann.

Ende Mai nimmt Brecht Abstand von einer Inszenierung des *Galileo* durch Orson Welles. Er und Laughton gehen das Stück auf der Grundlage der von Reyher hergestellten Bearbeitung erneut durch und verwerfen viele Vorschläge und Änderungen Reyhers. Als dieser die neue Überarbeitung erhält, schreibt er an Brecht: »Über unsere Bemühungen brauchen wir gar nicht zu sprechen, da praktisch nichts davon übrig ist.« (Ferdinand Reyher an Brecht, 15. August 1946.)

Im Sommer 1946 führen Brecht und Laughton zahlreiche Verhandlungen mit Regisseuren und Produzenten für eine Aufführung des *Galileo* in New York. Abgesehen von den Schwierigkeiten, Geldgeber für dieses Vorhaben zu finden, scheitern die Vorschläge zumeist auch daran, daß Brechts Forderungen darauf hinauslaufen, das Stück selbst zu inszenieren. In dieser Verhandlungszeit geht die Arbeit am Text weiter (im Herbst 1946 dann in New York zeitweilig zusammen mit Laughton *und* Reyher). Ab Sommer 1946 entstehen auch die Eingangsverse zu den einzelnen Szenen. Hanns Eisler, der bereits seit 1945 an der Bühnenmusik zu *Galileo* arbeitet, schließt die Vertonung dieser Verse im Juni 1947 ab. Der englische Text stammt größtenteils von Brecht selbst, was sich anhand zahlreicher Entwürfe belegen läßt. Allerdings zieht Brecht im Verlauf der folgenden Monate viele Helfer heran, mit denen er seine eigenen Versionen immer wieder diskutiert. Allen voran ist es Albert Brush, der dann im Programmheft der Uraufführung als Übersetzer der Gesangstexte genannt wird. Beteiligt sind weiter: Eric Bentley, Ferdinand Reyher, Abe Burrows, Naomi Replansky, Joseph Losey, George Tabori und Brechts Tochter Barbara. In ähnlicher Weise experimentiert Brecht mit der Ballade des Bänkelsängers, die ebenfalls von Eisler 1947 vertont wird.

Laughton, der Anfang 1947 wieder einen Film zu drehen beginnt, arbeitet ab Mitte April 1947 erneut mit Brecht am Stück. Daneben beschäftigen sich Brecht, Laughton und Joseph Losey seit Herbst 1946 mit der Vorbereitung einer Inszenierung, für die jedoch noch kein Produzent gefunden ist. Brecht denkt zunächst an eine experimentelle Aufführung, bei der Joseph Losey Regie führen soll. Er hat den amerikanischen Regisseur schon 1935 in der Sowjetunion kennengelernt und ist ihm dann ein Jahr später wieder begegnet, als er während der Inszenierung der *Mutter* in New York weilte. Losey ist von *Galileo* nicht nur begeistert, sondern sieht in der gemeinsamen Tätigkeit mit Brecht die größte Herausforderung in seiner bisherigen beruflichen Laufbahn: »Die Arbeit mit Brecht hat mich für jedwedes andere Theater verdorben.« (Joseph Losey an Hella Wuolijoki, 7. Januar 1947.) Für das eigentliche Ziel, die Broadway-Inszenierung, erwägt Brecht zu diesem Zeitpunkt noch Regisseure wie Elia Kazan und Harold Clurman.

Mitte Februar 1947 wendet sich Brecht an Henry Schnitzler vom Institut für Theaterwissenschaft an der Universität von Kalifornien in Berkeley, der dort 1945 bei der Uraufführung der amerikanischen Bühnenbearbeitung von *Furcht und Elend des III. Reiches* Regie geführt hat und gerade ein neues Projekt vorbereitet: die Aufführung der *Lukullus*-Oper, für die der Komponist Roger Sessions (Musikprofessor an dieser Universität) nach Brechts Hörspieltext von 1939 eben die Musik geschaffen hat. Brecht hofft, den *Galileo* in gemeinsamer Regie mit Losey zunächst hier ausprobieren zu können. »Da das Stück 14 Szenen hat und eine Menge Rollen besetzt haben muß, wird es ziemlich teuer kommen am Broadway. Wir dachten nun daran, zu untersuchen, ob wir zunächst eine experimentelle Aufführung an einer Universität veranstalten könnten, und zwar noch dieses Frühjahr. Laughton würde hinkommen und den Galileo spielen [...]« (Brief an Henry Schnitzler, Februar 1947.) Aber weder an dieser noch an anderen Universitäten ergibt sich eine solch kurzfristige Aufführungsmöglichkeit. Für ihr Zustandekommen sorgt schließlich Joseph Losey, der in T. Edward Hambleton einen Produzenten findet. Die Uraufführung findet unter Loseys und Brechts Regie am 30. Juli 1947 in dem kleinen, 260 Plätze fassenden Coronet Theatre in Beverly Hills statt.

Kurz vor Beginn der Probenarbeit engagiert Laughton, angeregt durch Brechts Erzählungen über seine frühere Zusammenarbeit mit Caspar Neher, den Zeichner John Hubley, der einige Zeit in den Walt-Disney-Studios gearbeitet hat, um für die Probenarbeit in Beverly Hills Szenenskizzen anfertigen zu lassen. »Sie fielen etwas boshaft aus; L[aughton] verwendete sie, aber vorsichtig« (*Aufbau einer Rolle. Laughtons Galilei*).

Die Proben beginnen am 24. Juni 1947; mit ihnen geht eine nochmalige Revision des Textes einher. Noch während des Inszenierungsprozesses in Beverly Hills verhandelt T. Edward Hambleton, mit dem Brecht im April einen Vertrag über die Produktionsrechte für *Galileo* in Amerika geschlossen hat, über eine Aufführungsmöglichkeit in New York. Die positive Entscheidung fällt am 28. August. Ausgehend von der Inszenierung in Beverly Hills, wird ein Typoskript hergestellt, das den genauen Text der Erstaufführung wiedergibt und detaillierte Regieanweisungen zu dieser Aufführung enthält. Ruth Berlau stellt im Auftrag Brechts von der gesamten Probenarbeit Fotos her. Auf diese Weise wird Brechts eigene Inszenierung als Modell dokumentiert, auf dessen Grundlage dann auch unter Loseys Leitung die Neueinstudierung in New York erfolgt, von der Ruth Berlau wiederum zahlreiche Fotos anfertigt und darüber hinaus einen Schmalfilm in Zeitraffer.

Das Typoskript des Aufführungstextes ist das einzige, das das Ergebnis der dreieinhalbjährigen Zusammenarbeit mit Laughton an der amerikanischen Fassung *Galileo* vollständig verbürgt. Es wird in der vorliegenden Ausgabe zum ersten Mal veröffentlicht.

Eine Variante dieses Erstaufführungstextes wird wahrscheinlich 1947 oder 1948 von T. Edward Hambleton, eine weitere 1948 vom Theaterverlag Reiss in Basel als Bühnenmanuskript herausgebracht. Eine dritte Variante druckt 1952 Eric Bentley in der University of Denver Press zusammen mit Stücken anderer Autoren in dem von ihm herausgegebenen Sammelband *From the Modern Repertoire*, in dem auch die meisten der Zeichnungen von John Hubley enthalten sind. 1950 ist Bentley, wie Brecht am 3. Oktober dieses Jahres im *Journal* vermerkt, als Assistent an Brechts Inszenierung von *Mutter Courage und ihre Kinder* in München beteiligt gewesen. Wahrscheinlich sind bei der Gelegenheit Absprachen zwischen Brecht und Bentley zu diesem Text des *Galileo* getroffen worden, der als einziger die 14. Szene, Schmuggel der *Discorsi* über die italienische Grenze, enthält.

Fassung 1955/56 (Berliner Fassung):

Zwischen 1945 und 1946 erhält Brecht mehrere Anfragen aus Europa, in denen um die Aufführungsgenehmigung für sein *Galilei*-Stück nachgesucht wird. Brecht reagiert auf diese Bitten abschlägig. Er schreibt an Peter Suhrkamp: »Was den *Galilei* betrifft, kann die einzige Fassung, die vorliegen kann, nämlich die in der Schweiz gespielte«, gemeint ist die dänische Fassung *Leben des Galilei*, »unter keinen Umständen aufgeführt werden, da ich eben für Charles Laughton eine völlige Umarbeitung beendet habe, die in deutscher Sprache noch nicht vervielfältigt ist.« (Brief an Peter Suhrkamp, Ende 1945/Anfang 1946.) Der *Galileo*, auf den Brecht hier Bezug nimmt, ist zu diesem Zeitpunkt noch gar nicht abgeschlossen, und es wird auch an keiner deutschen Übersetzung vorliegender Texte gearbeitet. Brecht will mit dieser Auskunft jedoch das Interesse an seinem Stück wachhalten und ist andererseits bestrebt, mit der bevorstehenden Inszenierung in den USA jenes Modell zu schaffen, das seiner Theaterkonzeption und seiner Vorstellung von der Umsetzung dieses Werkes gerecht wird. Anfang 1947 teilt Joseph Losey über *Galileo* mit: »Brecht will ihn im nächsten Jahr in Berlin machen.« (Joseph Losey an Hella Wuolijoki, 7. Januar 1947.) Brecht trägt sich von Anfang an mit dem Gedanken, das Stück nach seiner Rückkehr so bald als möglich selbst zu inszenieren.

Am 31. Oktober 1947 verläßt er Amerika und begibt sich zunächst in die Schweiz. Von dort schreibt er an Ruth Berlau in New York: »Ich habe jetzt ernstlich angefangen, den *Galilei* zu übersetzen« (Brief an Ruth Berlau, Ende 1947/Anfang 1948), und einige Zeit darauf berichtet er, »und auch den *Galilei* habe ich halb zurückübersetzt« (Brief an Ruth Berlau, Ende 1947/Anfang 1948). Brecht greift für das, was er »Übersetzung« nennt, auf das Typoskript der Fassung von 1938/39 zurück. Aus der hektographierten Vorlage löst er die ihm noch verwertbar erscheinenden Texte heraus und fügt sie mit seinen »Übersetzungen«, die z.T. tatsächlich wörtliche Übertragungen aus der amerikanischen Fassung sind, in der Mehrzahl aber bereits wieder veränderte Texte, zu einem neuen Manuskript zusammen. Die Szenenabfolge entspricht dem *Galileo* von 1947, ebenso das Figurenensemble, aber die einzelnen Vorgänge sind durch den Rückgriff auf den dänischen *Galilei* wieder reicher ausgestaltet. Brecht knüpft für diese Neufassung des Textes auch an Laughtons Darstellung in der amerikanischen Aufführung an und überträgt die dortigen Intentionen der Galilei-Figur nun in den dramatischen Text.

Im Oktober 1948 kehrt Brecht aus der Schweiz nach Berlin zurück und bemüht sich, einen Laughton ebenbürtigen Hauptdarsteller zu finden, um den *Galilei* hier zu inszenieren. Die Arbeit an der dritten Fassung, die wieder den Titel *Leben des Galilei* trägt, wird von ihm in der folgenden Zeit so weit vorangetrieben, daß er konkrete Angebote machen kann. Im Februar 1950 trägt er Fritz Kortner, der am Berliner Hebbel-Theater inszeniert, die Rolle an, aber die Zusammenarbeit kommt nicht zustande. Gleichzeitig bittet er Ferdinand Reyher in New York, dort bei Oskar Homolka anzufragen, »ob er in Berlin spielen würde« (Brief an Ferdinand Reyher, Februar 1950). Mitte 1950 lädt er Caspar Neher ein, zur Vorbereitung der Inszenierung nach Berlin zu kommen. Er setzt Neher, der die Bühnenausstattung machen soll, davon in Kenntnis, daß sie am 10. Oktober 1950 mit den Proben beginnen könnten, und nennt Leonard Steckel als Hauptdarsteller. Steckel, der 1949 in Brechts Inszenierung von *Herr Puntila und sein Knecht Matti* am Berliner Ensemble den Puntila gespielt hat, steht wahrscheinlich aus diesem Grund auf der »schwarzen Liste« der Amerikaner; seine Übersiedelung aus der Schweiz in die BRD wird hintertrieben. Er nimmt von Brechts Angebot Abstand. Für die nächste Spielzeit 1951/52 verhandelt Brecht erneut erfolglos mit Kortner und Steckel.

1953 beauftragt Brecht Elisabeth Hauptmann und Benno Besson, auf der Grundlage seiner bisherigen Bearbeitung sowie des Materials zur dänischen und amerikanischen Fassung einen Bühnentext herzustellen.

Wegen ihrer detaillierten Kenntnisse der Aufführungen in Beverly Hills und New York wird auch Ruth Berlau zu dieser Arbeit herangezogen. Brecht, der von Anfang an Einfluß auf die Bemühungen seiner Mitarbeiter nimmt, um das *Galilei*-Projekt voranzutreiben, beschäftigt sich zur gleichen Zeit mit *Turandot oder Der Kongreß der Weißwäscher*. »Besonders als ich das *Leben des Galilei* geschrieben hatte, in dem ich den heraufdämmernden Morgen der Vernunft geschildert hatte, bekam ich Lust«, erklärt er in den *Bemerkungen zu »Turandot«* (bezogen auf die Entwürfe zu diesem Stück von 1940), »ihren Abend zu schildern, den Abend eben jener Art von Vernunft, die gegen Ende des sechzehnten Jahrhunderts das kapitalistische Zeitalter eröffnet hatte«. Unter diesem Gesichtspunkt ist jetzt, 1953, das sowohl in *Turandot* wie in *Galilei* behandelte Problem der Verantwortung des Wissenschaftlers und der Intellektuellen überhaupt, dem sich Brecht dann zwei Jahre später auch in dem Stückprojekt *Leben des Einstein* zuwendet, auf neue Weise aktuell.

Im September 1949 bestätigt die Sowjetunion, daß ihr ein Atomwaffentest gelungen ist. Statt des von ihr vorgeschlagenen Abkommens über ein bedingungsloses Verbot der Anwendung von Kernwaffen beginnen die USA mit der Herstellung der Wasserstoffbombe, die von ihnen 1952 erstmals erprobt wird und über die dann ein Jahr später auch die Sowjetunion verfügt. Als angebliche Atomspione für die Sowjetunion werden 1953 in den USA trotz weltweiter Proteste Ethel und Julius Rosenberg unter dem Vorwurf des Landesverrates hingerichtet. 1954 beginnt in den USA die Untersuchung gegen Robert Oppenheimer, den »Vater der Atombombe«, der sich nach Hiroshima und Nagasaki gegen eine weitere Atomrüstung ausgesprochen hat und von seinem Posten als Leiter der amerikanischen Atomkommission zurückgetreten ist. Er gilt nun in den USA als »Sicherheitsrisiko«. Oppenheimer legt eine Verteidigungsschrift vor, in der er seine Beweggründe erläutert und gleichzeitig seine Neutralität in Fragen der amerikanischen Rüstungspolitik bekundet. Der Fall erregt weltweites Interesse, und Brecht notiert im *Journal*, nachdem er den Oppenheimer-Text kennengelernt hat: »Seine Schrift liest sich wie die eines Mannes, der von einem Kannibalenstamm angeklagt wird, er habe sich geweigert, Fleisch zu besorgen. Und der jetzt, sich zu entschuldigen, vorbringt, er sei während der Menschenjagd beim Holzsammeln für den Kochkessel gewesen! Was für eine Finsternis!« (*Journale*, 8. Juli 1954.)

All das geschieht vor dem Hintergrund des Krieges der USA in Korea und der drohenden Gefahr eines dritten Weltkrieges. Brecht, der im Weltfriedensrat und in zahlreichen Organisationen der DDR aktiv für die Erhaltung des Friedens eintritt, drängt nun auch auf die Veröffentlichung der im Zusammenwirken mit Hauptmann und Besson entstehenden neuen, dritten Fassung von *Leben des Galilei*.

Schon im Jahre 1948 hat er an Peter Suhrkamp geschrieben, daß er sich vorgenommen habe, »die Reihe der *Versuche* einfach fortzusetzen, möglichst ähnlich in der Form der ersten Hefte« (Brief an Peter Suhrkamp, September 1948). Die Erfahrungen mit dieser Publikationsweise seiner Stücke sollen für die Arbeiten aus dem Exil nutzbar gemacht werden. Bereits in diesem Brief wird von ihm vorgeschlagen, in eines der ersten Hefte den *Galilei* aufzunehmen. Jetzt, 1953, schickt er Suhrkamp einen Plan, in dem er ankündigt: »Heft 15: [...] wenn fertig, *Galilei*« (Brief an Peter Suhrkamp, 17. September 1953). Das mit Hauptmann und Besson vorbereitete Manuskript wird 1955 in Heft 14 der *Versuche* im Suhrkamp Verlag Frankfurt a.M. und im Aufbau-Verlag Berlin/DDR gedruckt. Im gleichen Jahr gibt Brecht das Stück für die Erstaufführung in Köln frei, wo am 16. April 1955 die Premiere stattfindet.

Der neue *Galilei* rückt das Problem der Verantwortung des Wissenschaftlers noch näher an die Gegenwart heran, als dies in der amerikanischen Fassung geschah, und ist angesichts der Remilitarisierung in der Bundesrepublik von besonderem zeitgeschichtlichen Belang. Ausgenommen die Verwandlung zur 11. Szene, hat das Stück wieder den gleichen Umfang wie in der dänischen Fassung; Pest- und Schlußszene stehen aber hier in einem veränderten Kontext. Der Verrat wird von einem Mann geübt, der, als es noch allein um seine Forschung ging, den Tod nicht fürchtete. Auf der Höhe seiner Karriere fällt er aber um so tiefer, als er bei der Größe seiner jetzt gesellschaftlichen Verantwortung den Preis des Lebens nicht mehr zu zahlen bereit ist. Alle Veränderungen zur Profilierung der Figuren laufen auf eine Verschärfung der gesellschaftlichen Widersprüche hinaus. Mit Galileis großer Selbstanklage in der vorletzten Szene werden Assoziationen zum Verhalten Robert Oppenheimers möglich. Brecht läßt aber nicht, wie in der amerikanischen Fassung, das Stück mit Galileis vollständiger Verurteilung abbrechen, sondern fügt die Schlußszene als Hinweis auf eine vorhandene Perspektive wieder ein.

Nach Erscheinen des Stückes in den *Versuchen* arbeitet Brecht zunächst noch an den Eingangsversen zu den einzelnen Szenen, die in diesem Druck nicht enthalten sind. Nochmalige Änderungen nimmt er dann während seiner Inszenierungsarbeit am Berliner Ensemble vor. Die Bühnenproben, mit Ernst Busch in der Titelrolle, beginnen im Dezember 1955. Gleichzeitig wird der Druck für Band 8 der *Stücke* vorbereitet, bei dem eine Reihe von Veränderungen, die Brecht aus der Inszenierungsarbeit gewinnt, berücksichtigt werden.

Im März 1956 muß er wegen seiner Erkrankung die *Galilei*-Proben am Berliner Ensemble abbrechen. Über die ersten Korrekturfahnen hat sich Elisabeth Hauptmann, die die Ausgabe der *Stücke* betreut, mit Brecht vor dessen Tod noch verständigen können. Der Druck der Berliner Fassung von 1955/56, Textgrundlage in der vorliegenden Ausgabe, erscheint 1957 bereits postum.

Parallel zur Arbeit an der Inszenierung wird die Veröffentlichung des

Modellbuches *Aufbau einer Rolle. Galilei* im Berliner Henschelverlag vorbereitet, das zum Zeitpunkt der Premiere erscheinen soll. Brecht gibt dafür Anfang 1956 einen Stücktext in Druck, der noch weitgehend dem in Heft 14 der *Versuche* entspricht. Außer ersten Änderungen, die aus den Proben resultieren, enthält er auch die Eingangsverse zu den einzelnen Szenen; an ihrer Vertonung arbeitet Eisler erneut im Frühjahr 1956. Zu der Zeit wird ebenfalls Brechts Beschreibung *Aufbau einer Rolle. Laughtons Galilei* gedruckt (zusammen mit den Fotos der Aufführungen in Beverly Hills und New York). Die zweite Beschreibung *Aufbau einer Rolle. Buschs Galilei* will Brecht noch nachliefern. »Man wird sehen, wie zwei bedeutende Schauspieler dieselbe Rolle ganz individuell aufbauen.« (Brief an Bruno Henschel, 17. Mai 1956.) Das Modellbuch erscheint postum 1958. Die Arbeit Ernst Buschs wird durch Szenenfotos dokumentiert, für die Hanns Eisler als Herausgeber die erläuternden Texte geschrieben hat.

Ausgehend von seinen *Galilei*-Stücken, hat sich Brecht zweimal mit dem Gedanken getragen, dieses Thema zu variieren. Während der Arbeit an der amerikanischen Fassung *Galileo* äußert er sich über den Plan, ein Prometheus-Stück zu schreiben. »Prometheus erfindet das Feuer und übergibt es verbrecherischerweise den Göttern. Sie fangen und fesseln ihn, damit er nicht den Menschen sein Feuer ausliefern kann. Von diesem Feuer erfährt er lange nichts, dann sieht er rote Feuersbrünste am Horizont: die Götter haben es benutzt, die Menschen zu brandschatzen. Die Götter nur als Chor auftretend.« (*Journale*, 2. Oktober 1945.)

Während der Arbeit an der Berliner Fassung *Leben des Galilei* beginnt Brecht mit *Leben des Einstein*, zu dem der Tod des Physikers am 18. April 1955 den letzten Anstoß gibt. Im Zentrum des Stückprojekts steht die Verantwortung des Wissenschaftlers im Atomzeitalter, jene aus dem Fall Oppenheimer resultierende Fragestellung, die Brecht im *Galilei* nur angedeutet hat. Von diesem Projekt sind nur Vorarbeiten überliefert.

Text/Fassungen

Fassung 1938/39 (Dänische Fassung):

Zu Lebzeiten Brechts kommt es nur zu einer unpräzisen und von ihm nicht autorisierten Veröffentlichung der dänischen Fassung 1948 im Suhrkamp Verlag Berlin-Zehlendorf. Der Text hat gegenüber dem Typoskript der ersten Fassung zahlreiche Abschreibefehler, dazu Ungenauigkeiten in der Szenenzählung, falsche Personenbezeichnungen, und er läßt ganze Sätze aus.

Textgrundlage für die vorliegende Ausgabe ist das hektographierte

Typoskript, das im Februar 1939 von Brecht fertiggestellt wird und im März 1939 vervielfältigt vorliegt.

Die erste Niederschrift unter dem Titel *Die Erde bewegt sich* ist als Typoskript überliefert, das Brecht aus verschiedenen Textstufen zusammengeklebt und mit zahlreichen Ergänzungen und handschriftlichen Änderungen versehen hat. Es besteht aus 14 Szenen und zwei Verwandlungen, eine zur 7. (Gespräch Galilei/Kleiner Mönch) und eine zur 11. (Galilei wartet auf eine Audienz beim Papst). Die 14. Szene (Schmuggel der *Discorsi* über die italienische Grenze) ist dem Typoskript erst später hinzugefügt worden, zumindest ist sie noch nicht am 23. November 1938 vorhanden, als Brecht die erste Niederschrift abschließt. Das Datum hat er handschriftlich auf der Rückseite des letzten Blattes der 13. Szene vermerkt, die er am gleichen Tag als jene »letzte Szene« (*Journale*, 23. November 1938) bezeichnet, die ihm noch Schwierigkeiten bereitet. Während alle übrigen Szenen im Typoskript fortlaufend angeordnet sind, hat Brecht am Ende der dreizehnten ein Bild des Titelblattes der Erstausgabe von Galileis *Dialog* eingeklebt, und die 14. Szene beginnt auf einer neuen Seite. Sie hat als einzige bereits eine Szenenüberschrift.

Auch an den übrigen Szenen hat Brecht Textänderungen vorgenommen, die erst nach dem 23. November erfolgt sind. In der ersten Abschrift Margarete Steffins (zugleich das Typoskript der ersten Korrekturstufe), die den Titel *Leben des Galilei* trägt und in der das Stück zum ersten Mal Übersetzern, Theaterleuten und einigen Freunden zugeht, finden sich mehrere Zusätze, die dem Typoskript *Die Erde bewegt sich* ebenfalls erst nachträglich angefügt worden sind. Zum Teil gehören sie aber in dort neu zusammengeklebten Seiten schon wieder zum Bestandteil eines durchgehenden Textes, was deutlich macht, daß Brecht am Typoskript *Die Erde bewegt sich* auch noch nach der ersten Abschrift Steffins weitergearbeitet hat. Es ist nicht in jedem Fall eindeutig nachzuweisen, welche Änderungen Brecht im Zeitraum bis zum 23. November 1938 vorgenommen hat und welche danach erfolgt sind. Das Typoskript *Die Erde bewegt sich*, das später von Helene Weigel in einen Ledereinband gebunden wird, enthält bereits die wesentlichen Korrekturen für das hektographierte Typoskript vom März 1939.

Auffällige Besonderheiten der ersten Niederschrift bestehen in folgendem: Als Figurenbezeichnung steht für Galilei noch Galileo. Im Manuskript gibt es keine Szenenüberschriften, ausgenommen die 14. Szene, die dann auch nahezu unverändert in das hektographierte Typoskript von 1939 übernommen wird. Die Verwandlung zur 7. Szene (Gespräch Galilei/Kleiner Mönch), die ebenfalls erst wieder im hektographierten Typoskript enthalten ist, hat hier noch einen anderen Duktus. Die Frage des kleinen Mönchs: »Und Sie meinen nicht, daß die Wahrheit – wenn es Wahrheit ist – sich durchsetzt, auch ohne uns?« (vgl. 67,7f.), und Galileis Antwort darauf sind noch nicht vorhanden.

Brecht leitet die Szene auch anders ein. Galilei stellt seine Überlegenheit aus und verspottet die Inquisition, an deren Verbot er sich nicht halten wird:

GALILEI Sehen Sie dort unten diesen Menschen, der sich hinter dem Oleanderbusch herumdrückt und ab und zu heraufstarrt? Seit der Herr Kardinal Inquisitor durch mein Rohr geschaut hat, fehlt es mir nie an Begleitung. Man interessiert sich sehr für Verbrecher in Rom. Ich werde ihm eines meiner Rohre schenken, damit er mich besser beobachten kann.

DER KLEINE MÖNCH Wollen Sie mir glauben, daß ich mit diesem Menschen und auch denen, die ihn geschickt haben, nichts zu tun habe? Ich bin Mathematiker.

GALILEI Und ich bin ein Verbrecher.

DER KLEINE MÖNCH Ja, in bestimmter Weise. Erlauben Sie mir, daß ich Ihnen das erkläre.

Im weiteren folgen die langen Ausführungen des kleinen Mönchs. Von der Szene hat Margarete Steffin ebenfalls eine erste Abschrift angefertigt, die aber aus dem Gesamttext herausgenommen worden ist. Brecht führt an diesem Typoskript dann jene Korrekturen aus, mit denen die Szene in die hektographierte Fassung aufgenommen wird.

Die erste Abschrift Margarete Steffins vom Typoskript *Die Erde bewegt sich* weist gegenüber diesem nur strukturelle Veränderungen auf. Sie besteht aus 12 Szenen, das Gespräch Galilei/Kleiner Mönch und die Schlußszene sind nicht enthalten, und die Pestszene ist nicht mehr selbständig vorhanden, sondern gehört als Verwandlung zur 4. Szene. Die Montaigne-Episode steht noch innerhalb der 13. Szene; die dazu in der ersten Niederschrift angefügte Variante ist wie dort als Anhang vorhanden. Neben dem Titel *Leben des Galilei* steht auch schon die Bezeichnung *Schauspiel.* Das Typoskript hat außerdem ein Personenverzeichnis und eine Aufstellung der Schauplätze.

In dem nachfolgenden Typoskript, das die zweite Korrekturstufe darstellt und das der englischen Übersetzung von Desmond I. Vesey zugrunde gelegen hat, nimmt Brecht dann all jene Veränderungen vor, die einer schlüssigeren dramaturgischen Verknüpfung einzelner Vorgänge dienen, der individuellen Anreicherung von Figuren, der stärkeren Poetisierung in der Behandlung physikalischer Fakten und der weiteren sprachlichen Ausformung des Textes. Das Typoskript hat 13 Szenen: die Pestszene ist wieder zur selbständigen fünften geworden; es enthält ebenfalls ein Personenverzeichnis und eine Aufstellung der Schauplätze. Als einziges trägt es ein Motto auf dem Titelblatt, das Brecht dann nicht weiter verwendet: »›Wie bedeutungsvoll ist es doch, daß wir uns nicht mehr als besonders begünstigte Wesen betrachten, lebend in der Mitte des Universums, umgeben von einer minder glücklich gestellten Gesellschaft, die angewiesen ist, draußen am Rand des Abgrunds zu hausen; daß wir durch die Entwicklung der Astronomie und Geographie längst erkannt haben, daß wir alle uns zurechtfinden müssen auf einem kleinen, kugelförmigen Klumpen im Sonnensystem, das seinerseits wieder nur einen kleinen Teil noch weit größerer Systeme ausmacht.‹ *Niels Bohr*«

Das Zitat ist, von Brecht leicht bearbeitet, einem Vortrag Niels Bohrs entnommen, den dieser am 4. August 1938 gehalten und den die dänische Zeitschrift *Tilskueren* im Januar 1939 veröffentlicht hat.

Die Arbeit an der Bühnenfassung im September 1939 in Schweden, von der nur einige Bruchstücke existieren, ist durch einen Brief von Kurt Reiss belegt: »Besten Dank für Ihr Schreiben vom 10. März a.c. Selbstverständlich habe ich für die neue Bühnenfassung von *Das Leben des Galilei* sehr großes Interesse und bitte Sie freundlichst um Zusendung des Manuskriptes.« (Kurt Reiss an Brecht, 18. März 1940.) Über den Umfang der Änderungen geben einige Briefe Margarete Steffins an Knud Rasmussen Anhaltspunkte. Am 23. September 1939 teilt sie Rasmussen mit, daß Brecht und sie *Leben des Galilei* um 15 ½ Seiten gekürzt haben. Im Hinblick auf die Einrichtung der dänischen Übersetzung nach diesem Bühnenmanuskript schreibt sie an Rasmussen: »Ja, die Kürzungen *müssen* für die Bühnenausgabe sein (nicht für die Buchausgabe! Da bleibt die alte große Fassung.)«; gemeint ist das hektographierte Typoskript vom März 1939. Weiter heißt es dort: »5. Szene: Ein Gespräch in Venedig. / Der Kleine Mönch: es ist auch eine meiner Lieblingsfiguren, aber ich fürchte, man kann ihm nicht mehr geben.« (Margarete Steffin an Knud Rasmussen, Oktober 1939.) In einem weiteren Brief, den Steffin am gleichen Tag an Rasmussen schreibt, steht auch der Hinweis, daß in der ersten Szene das Experiment mit dem Apfel gestrichen worden ist. Bei der von Steffin angesprochenen 5. Szene (*Ein Gespräch in Venedig*) handelt es sich um jene Variante, die im Anhang zur dänischen Fassung in der vorliegenden Ausgabe gedruckt ist (vgl. 113,6-114,10) und die dann auch in der englischen Übersetzung von Duffield und Crocker 1944 enthalten ist.

Aus den überlieferten Bruchstücken der Bühnenfassung ist zu ersehen, daß es sich bei den Kürzungen zum Teil um Textstreichungen und um Umstellungen von Passagen innerhalb der Szenen handelt, wie in der achten, wo der auf die Ankunft Ludovicos folgende Text gekürzt wird; zum Teil sind es aber auch größere Eingriffe: Brecht verknappt längere Passagen und bringt dabei gleichzeitig neue Gedanken ein. So sagt Galilei im Disput mit dem Kurator (3. Szene):

> [GALILEI] Beruhigen Sie sich, Priuli. Die Sache hat eine praktische Seite. Vielleicht haben Sie gehört, daß die Astronomie nichts anderes tut, als neue, zuverlässige geographische Längenbestimmungen für die Schiffahrt auszuarbeiten. Dies, mein Lieber, ist die

Nacht, in der die Astronomie die erste Möglichkeit sieht, den Schiffen eine Uhr am Himmel zu schenken, mit der sie die neuen Kontinente auf dem kürzesten Weg erreichen können. Das bedeutet eine Ersparnis von Millionen von Skudi!

DER KURATOR Ich glaube Ihnen nichts mehr. *Er stöhnt.*

Ähnlich geht diese Passage dann auch in die amerikanische und in die Berliner Fassung ein (vgl. 130,30-34 und 207,16-23).

Zu den weiteren Änderungen in der 3. Szene gehört eine größere Straffung des Schlusses. Galilei teilt Sagredo mit, daß er bereits einen Brief an den Großherzog von Florenz geschrieben habe, und wahrscheinlich werden durch den neuen Text auch Sagredos lange Ansprache (vgl. 33,5-28) sowie größere Teile der Unterhaltung Galileis mit Virginia ersetzt:

SAGREDO Galileo, du weißt, daß du mich hilflos machst, wenn du so redest. Ich liebe deine Art. Ich bin froh, daß wir in der Republik sind und nicht in Florenz oder Rom. Aber selbst in der Republik ist die alleräußerste Vorsicht nötig in solchen Dingen, Galileo.

GALILEI *unruhig:* Republik oder nicht Republik. Wahrheit ist Wahrheit. *Nach einem kleinen Zögern bestimmt.* Ich werde die neuen Sterne die Mediceischen nennen.

SAGREDO Warum die Mediceischen?

GALILEI Ich will dir ein Geständnis machen. Ich habe dem Großherzog von Florenz geschrieben und ihn um das Amt des Hofmathematikers gebeten.

SAGREDO Was? Gerade jetzt?

GALILEI Natürlich gerade jetzt. Gerade jetzt brauche ich ein Amt, das mir Zeit für meine Arbeit läßt.

SAGREDO Eine Arbeit, die dir den ganzen Klerus auf den Hals bringt! Das kann nicht dein Ernst sein.

In der Bühnenfassung ist die Pestszene nicht vorhanden, und entsprechend ändert Brecht auch die vorausgehende 4. Szene. Sie beginnt nach Frau Sartis Einleitung sofort mit der Vorführung des Fernrohrs, an der jetzt auch noch zwei Damen des Hofes als neue Figuren beteiligt sind:

GALILEI *zu Cosmo:* Eure Hoheit, ich bin glücklich, in Ihrer Gegenwart die Herren mit den Neuerungen bekannt machen zu dürfen.

EINE ÄLTLICHE DAME *hinter ihm die Treppe hinaufgehend:* Wie stolz Seine Hoheit ist, seinen neuen Hofmathematiker, das Wundertier, das zweitausend Skudi im Jahr kostet, präsentieren zu können!

DER PHILOSOPH *oben angelangt:* Aha, da ist ja das berühmte Rohr!

EINE JÜNGERE DAME Mit dem sollen Sie ja jedes Rad des Großen Wagens sehen können!

DER HOFMARSCHALL Und alles Mögliche am Löwen!

Gelächter.

GALILEI *mitlachend:* Ich hoffe, Sie nicht zu enttäuschen!

Statt des in die Pestszene einführenden Textes im hektographierten

Typoskript der dänischen Fassung schreibt Brecht einen neuen Schluß zur 4. Szene. Er beginnt nach der Passage, in der Galilei die Gelehrten der Universität dazu auffordert, ihrer Vernunft zu trauen und auch dem letzten Roßknecht damit ein Beispiel zu geben (vgl. 43,19-30):

DER PHILOSOPH *mit Würde:* Meiner bescheidenen Meinung nach sind wir Ihrem Roßknecht, der Ihr eigentliches Publikum zu sein scheint, nicht sehr viel schuldig.

DER MATHEMATIKER Die Sache scheint wirklich etwas für den Mann auf der Straße zu sein, wie?

DER THEOLOGE Wir können über die Verbilligung der Milch kaum ein Urteil abgeben, Eure Hoheit.

DIE ÄLTLICHE DAME *murmelnd:* Eines ist sicher: wer recht hat, brüllt nicht.

DER HOFMARSCHALL Eure Hoheit, zu meiner Bestürzung sehe ich, daß sich die außerordentlich belehrende Unterhaltung ein wenig ausgedehnt hat. Darf ich Eure Hoheit daran erinnern, daß der Hofball schon in dreiviertel Stunden beginnt?

COSMO *zu Galilei:* Ich hätte gern einmal durch Ihr Rohr geschaut.

DER HOFMARSCHALL Dafür hat Herr Galilei es gebaut, Eure Hoheit. Er wird es Eurer Hoheit gelegentlich gern vorführen.

Cosmo verbeugt sich vor Galilei und geht, gefolgt von den Damen, geleitet vom Hofmarschall. Galilei begleitet ihn betroffen.

GALILEI *im Hinuntergehen:* Aber die Leute brauchten wirklich nur durchzusehen!

DER HOFMARSCHALL Gewiß, Herr Galilei.

DIE ÄLTLICHE DAME Wirklich eine Enttäuschung! Der arme Großherzog! Er ist ganz beteppert. Zweitausend Skudi!

Die Arbeit an der Bühnenfassung steht mit Überlegungen in Zusammenhang, die Brecht Anfang 1939 anstellt, als er den *Messingkauf* beginnt und seine theoretischen Überlegungen auf das Stück ausdehnt: »*Leben des Galilei* ist technisch ein großer Rückschritt, wie *Frau Carrars Gewehre* allzu opportunistisch. Man müßte das Stück vollständig neu schreiben, wenn man diese ›Brise, die von neuen Küsten kommt‹, diese rosige Morgenröte der Wissenschaft, haben will. Alles mehr direkt, ohne die Interieurs, die ›Atmosphäre‹, die Einfühlung. Und alles auf planetarische Demonstrationen gestellt. Die Einteilung könnte bleiben, die Charakteristik des Galilei ebenfalls. Aber die Arbeit, eine lustige Arbeit, könnte nur in einem Praktikum gemacht werden, im Kontakt mit einer Bühne.« (*Journale*, 25. Februar 1939.)

Zur Textgestaltung der ersten Fassung von 1938/39 in der vorliegenden Ausgabe:

8,1 *Personen]* Das Personenverzeichnis ist nachträglich eingefügt worden.

10,26 *die halten sollen]* Zwischen »die« und »halten« befindet sich in der Textgrundlage eine Leerstelle, die auf ein fehlendes Pronomen hindeutet. In der amerikanischen Fassung von 1947 und in der Berliner von 1955/56 heißt es: »die sie halten sollen«.

38,13 *Du Rohling.]* In der amerikanischen Fassung von 1947 und der Berliner von 1955/56 steht an dieser Stelle: »Du Rotkopf«.

73,15 *Gaffone]* In der Textgrundlage: »Doppone«.

76,10 *Fabrizius]* In der Textgrundlage: »Fabricius«. Der Name tritt in zwei Schreibweisen auf; es wurde vereinheitlicht.

111,34 *von einer ... Diskussion zurück.]* Am Ende dieses Satzes hat Brecht mit Kreuz einen Einschub vermerkt, für den er möglicherweise den Text 112,26-113,3 vorgesehen hat, der in der Textgrundlage zusammen mit anderen Bemerkungen zum Stück auf einem gesonderten Blatt steht.

113,8 *Venedig]* In der Textgrundlage: »Rom«. Margarete Steffin bestätigt diesen Fehler in einem Brief an Knud Rasmussen Ende September/Anfang November 1939.

113,31 *die geographischen Längen]* In der Textgrundlage, einem eigenhändigen Typoskript Brechts, ist an der Stelle ein Teil des Blattes abgerissen. Die Konjektur »geographische[n Längen]« erfolgt nach einer Abschrift dieser Szene durch Margarete Steffin.

115,25 *14.]* Die Ziffer ist ergänzt nach der von Brecht benutzten Vorlage: *Michel de Montaignes Gesammelte Schriften*, hg. v. Otto Flake und Wilhelm Weigand, Band 8, München/Leipzig 1911, S. 265.

Fassung 1947 (*Galileo*; amerikanische Fassung):

Der Text des *Galileo*, der dem Druck in der vorliegenden Ausgabe zugrunde liegt, ist das Typoskript, das im Sommer 1947 während der Probenarbeit zur Erstaufführung am Coronet Theatre in Beverly Hills entstanden ist. Es enthält außer dem Titel: »*Galileo* / by / Bertolt Brecht«, dem Motto und der Bemerkung: »English Adaptation / by / Charles Laughton«, die fortlaufende Erläuterung »as produced by Joseph Losey with Charles Laughton at the Coronet Theatre, Hollywood, 1947, and at the Maxine Elliott Theatre, New York, 1947«. Die Regieanweisungen sind wie in keinem anderen Typoskript davor oder danach durch genaue Hinweise über Auftritte, Abgänge und Bewegungen auf der Bühne erweitert. Die Zwischentitel innerhalb der einzelnen Szenen sind den jeweiligen Texten zugeordnet, wo sie als Projektionen oder Spruchbänder auf der Bühne erscheinen sollen, eine Entscheidung, die Brecht, der der eigentliche Regisseur war, während der Proben selbst getroffen hat. Die Reihenfolge des Auftretens der Personen im Stück stimmt mit jener im Programmheft gegebenen Aufstellung überein. Dies und der Vergleich des Textes mit den von Ruth Berlau angefertigten Fotoserien und dem Film der Aufführung in New York belegen, daß es sich bei diesem Typoskript um den von Brecht durch die eigene Inszenierung autorisierten Text der zweiten Fassung handelt.

Die wesentlichen Unterschiede zwischen der Fassung von 1938/39 und der amerikanischen von 1947 bestehen in folgendem: In der amerikanischen Fassung sind den Szenen 1 bis 3, 5 bis 8, 10 und 12 jeweils Verse vorangestellt, und das Stück wird durch Verse beschlossen, die im Juni 1947, also unmittelbar vor oder während der Proben, von Hanns Eisler vertont wurden. In der New Yorker Aufführung wird die Musik Hanns Eislers dann noch ergänzt und verändert.

Im Ablauf der Szenen ist die amerikanische Fassung erheblich gekürzt, und die einzelnen Szenen werden zudem durch die Projektionstitel untergliedert. Von der 4. Szene (Galileis Haus in Florenz) ist der letzte Teil über die Pest weggelassen, und die gesamte fünfte, die Pestszene, entfällt. Die folgenden erhalten in der amerikanischen Fassung die Zählung 5 und 6; das Gespräch Galilei/Kleiner Mönch, in der dänischen Fassung die Verwandlung zur 7. Szene, wird in der amerikanischen die 7. Szene. Gestrichen sind in der amerikanischen Fassung die Verwandlung zur 11. Szene, in der Galilei auf eine Audienz beim Papst wartet, und die 14. Szene der dänischen Fassung.

Im Figurenensemble werden Veränderungen vorgenommen, die das Geschehen sozial klarer und schärfer prägen. Der Ältere Gelehrte wird zu dem am Nutzen der Wissenschaft interessierten Handwerker Federzoni. Ludovico Sitti heißt in der amerikanischen Fassung Ludovico Marsili und ist als Feudalherr angelegt, der die möglichen sozialen Folgen der Entdeckungen Galileis für den Grundbesitz ahnt und fürchtet. Neu ist die Figur des Eisengießers Matti, der die Belange des jungen Bürgertums zum Ausdruck bringt. Gegenüber der 13. Szene der dänischen Fassung entfallen in der amerikanischen der Hafner und der Arzt.

Weitere Veränderungen bestehen in folgendem: Galileo wird als Lehrer der Physik eingeführt, nicht der Mathematik wie in der ersten Fassung von 1938/39. In der 1. Szene wird die lange programmatische Deklamation Galileis verkürzt und konkretisiert, z.B. mit dem Verweis auf die Bauleute von Siena. Das Experiment mit dem Apfel und der Dialog über die Hypothese entfallen. Im Ablauf der Szene gibt es größere Umstellungen. Galileo erfährt vor der Begegnung mit Priuli von der Erfindung des Fernrohrs.

In der dänischen Fassung stellt der Kurator in der 2. Szene das Teleskop vor; in der amerikanischen Fassung präsentiert Galilei, assistiert von Virginia, das Fernrohr selbst; der eingeblendete Projektionstitel betont den Betrug.

Die 4. Szene ist in der amerikanischen Fassung um mehr als die Hälfte kürzer. Sie ist auf den Disput, der im Interesse Federzonis und auf Verlangen Galileis in der Volkssprache geführt wird, zwischen scholastischem und neu entstehendem Weltbild konzentriert.

Größere Veränderungen kennzeichnen auch die Szene im Palast des

Kardinal Bellarmin (7. der dänischen, 6. der amerikanischen Fassung). Das Gespräch mit den Schreibern über das Schachspielen und Galileis Unterhaltung mit Bellarmin und Barberini über die Erdrotation und die Entfernung der Fixsterne sind weggelassen. Dafür ist das Duell mit den Bibelzitaten zwischen Galilei und Barberini hinzugekommen, und eine neue Erfindung sind auch Galileis Gedicht am Beginn der Szene und das Lied im Hintergrund.

Der Dialog Galilei/Kleiner Mönch ist größtenteils neu formuliert, der Zusammenhang zwischen Galileis Verhalten, der Obrigkeit und dem Argument der Duldsamkeit für die armen Bauern wird schärfer akzentuiert. Die achte Satire von Horaz ist nicht enthalten.

Die 8. Szene ist strenger in Unterszenen gegliedert wie z.B. das Gespräch zwischen Frau Sarti und Virginia, das nun nicht mehr unterbrochen wird. Gestrichen sind das Bacon-Zitat (vgl. 68,14-16), der Auftritt von Mucius, Andreas Erzählung von Jessica sowie die Keunos-Parabel. Galilei rechtfertigt sein Schweigen mit der Angst, verbrannt zu werden. Federzoni wird als gelehrter Handwerker profiliert. Ludovico geht es nicht mehr nur um den guten Ruf der Familie, in der amerikanischen Fassung wird seine Haltung als Interesse des Gutsbesitzers motiviert, und er wird von Galilei aus dem Haus gewiesen.

Die 9. Szene wird zur Karnevalsszene, mit der die aufrührerische Wirkung, die von Galileis Lehren auf das Volk übergeht, zur politischen Aktion wird. Die Prozession zeigt andere Bilder, als in der dänischen Fassung mit dem Hinweis auf Brueghel vorgeschlagen wurde, und gipfelt in dem Ausruf: »Galileo, the Bible killer!« (Galileo, der Bibel-Mörder!; vgl. 163,39.)

Die 10. Szene, gegenüber der dänischen Fassung auf nur ganz wenige Figuren begrenzt (auch der Auftritt Cosmos ist ausgespart), verdeutlicht vor allem die sozialen Gegensätze, zwischen denen sich Galilei befindet. Die Abweisung des Buches nimmt der Lordkämmerer vor, Galilei ist im Grunde schon erledigt und sein Vertrauen auf die Freundschaft des Papstes ein Trugschluß. Dagegen steht die Figur des Eisengießers Matti, der Galilei zur Flucht verhelfen will und ihm die Unterstützung der oberitalienischen Seestädte zusagt.

Die 11. Szene trägt durch die neu eingeführte Investitur des Papstes ebenfalls zur Zuspitzung des Konflikts bei und gipfelt in der Aufforderung, Galilei die Instrumente zu zeigen, d.h. ihn in der ersten Stufe der Folter zu verhören.

Die 12. Szene, kürzer als in der dänischen Fassung, stellt die beiden Sätze Andreas und Galileis »Unglücklich das Land [...]« (vgl. 93,14 und 33) zusammen an den Schluß.

Die 13. Szene ist in ihrer inhaltlichen Struktur völlig neu, sie betont Galileis Versagen in allen seinen Handlungen. Statt der Korrekturen an den *Discorsi* diktiert Galilei Virginia den wöchentlichen Brief an den Erzbischof. Neu sind auch Galileis Gedanken über die Schrecken, die

Zeiten der Veränderung mit sich bringen. Die Selbstanalyse stellt die Folgen des Verrats als Verkrüppelung der Wissenschaft heraus. Die Warnung an Andrea mit dem Bezug auf Hitler-Deutschland ist nicht mehr enthalten.

Das erste englische Manuskript, das wahrscheinlich auf die Bühnenfassung von 1939 zurückgeht, ist die Übersetzung von 1944 durch Brainerd Duffield und Emerson Crocker. In dieser Übertragung erfährt, gegenüber der dänischen Fassung, z.B. die Keunos-Parabel eine entscheidende Veränderung: »It's the only way to get along. I didn't know enough about diplomacy when I was in Rome, but now I have all the tricks at my finger-tips. And the first one is to keep quiet, and the second is to squeeze yourself into a little corner where they won't notice you, and stay there. It's quite a trick squeezing into corners when you're as *big* a man as I am.« (Das ist der einzige Weg, vorwärtszukommen. Die Diplomatie habe ich nicht genug verstanden, als ich in Rom war, aber jetzt habe ich alle Tricks bei der Hand. Und der erste ist, sich still zu verhalten, und der zweite ist, sich in eine kleine Ecke zu verkriechen, wo sie dich nicht bemerken, und dort zu bleiben. Das ist schon ein Trick, sich in Ecken zu verkriechen, wenn man so *groß* [*dick*] wie ich ist.) Brechts Vorlage für diese Übersetzung ist nicht erhalten.

Brecht und Laughton haben sowohl diese wie auch die schon 1939/40 von Desmond I. Vesey angefertigte Übertragung für ihre gemeinsame Arbeit benutzt, wobei die meisten der Übernahmen aus der Übersetzung von Duffield und Crocker stammen. Es handelt sich in der Regel um besondere, poetisch ergiebigere Wendungen, die vom allgemeinen Sprachgebrauch abweichen. Ein Beispiel für die Übernahme von längeren Passagen sind die vier Schlußverse, die Andrea in der dänischen Fassung in der 8. Szene spricht: »Die Schrift sagt [...]« (vgl. 79,18-21). Duffield/Crocker machen daraus vier Langverse, deren erste beide so lauten: »The Bible says ›The Earth stands still‹ and everywhere one hears: / ›The Earth stands still‹. To prove it so, they grab it by the ears.« (Die Bibel sagt: »Die Erde steht still«, und überall hört man: / »Die Erde steht still.« Zum Beweis nehmen sie sie bei den Ohren.) Brecht und Laughton machen daraus vier Kurzverse, von denen einer wörtlich und zwei fast wörtlich von Duffield/Crocker übernommen sind (vgl. 156,13-16).

Ein Typoskript, das aus einer frühen Phase der Zusammenarbeit von Brecht und Laughton stammt, trägt auf der ersten Seite einen Text über die Nazis (offensichtlich nicht von Brecht), der an einer Stelle den Vermerk »falsch« trägt. Die Nähe dieses Typoskripts zur dänischen Fassung wird auch über eine Vielzahl von Einzelheiten deutlich: Galileo nennt Andrea noch »Redhead« (Rotkopf), später nicht mehr; als Personenbezeichnungen erscheinen noch Curator (später Priuli) und Gaffone (später Rector); der Ältere Gelehrte heißt hier (und nur hier) Mr. Schreiner; der Kleine Mönch stammt noch aus der Campagna (später Fucino); das Duell mit den Bibelzitaten existiert noch nicht; in der 10. Szene tritt noch Cosmo (»Prince«) auf. Andreas und Galileis Sätze »Unglücklich das Land [...]« (»Unhappy is the land [...]«) in der 12. Szene sind noch getrennt. Vorhanden ist bereits Galileis Gedicht am Beginn der 6. Szene, das dann mit geringen Änderungen auch in die Textgrundlage eingeht. Andreas Verse stehen noch wie in der dänischen Fassung am Ende der 8. Szene.

Die 13. Szene trägt bereits wesentliche Merkmale der zweiten Fassung. Galilei führt schon hier eine harte Selbstabrechnung, heißt Andrea in der Gosse willkommen und nennt das neue Zeitalter eine blutige Hure. Der Text der 9. Szene zeigt durchgehend andere Formulierungen als die Manuskripte der späteren Überarbeitungen und weicht auch von den vorausgegangenen ab. Die zu dieser Szene gehörende Ballade ist eine eigenständige einmalige Variante (mit einigen orthographischen Eigentümlichkeiten):

THE BALLAD-SINGER Ladies and gentlemen, I have much pleasure in presenting to you, at enormous expense, the latest ballad from Florence – entitled, »The Horrible Revelations of Mr. Galileo Galilei, Favorite Mathematician to His Royal Highness, Prince Cosmo de Medici.« *He sings:*

I hear that Mr. Galilei
Has most perlitely told the sun
It needn't turn about the earth,
Its duty as a lamp is done.

O dear, o dear. What have we here?
The sun about itself prefers
To turn – than round astronomers!

Since from its duties as a lamp
This Galilei's released the sun,
The altar boy deserts the priest,
Apprentices from masters run.

O well, o well. It's natur-all
That everyone should turn around
Himself, and to no law be bound.

During the preceding verses we have heard a carnival procession approaching. The first car enters. The ballad stops. A giant book of the works of Aristotle on a float is dragged in. A man awkwardly concealed inside the book, turns over the pages. They are all crossed out. The spectators laugh. The float goes.

THE BALLAD-SINGER

While customers right in his shop
Were waiting to be fed,
The butcher took a juicy steak
And ate it on a crust of bread.

O dear, o dear. What have we here?
Still if for once he eats a steak
It won't give him a belly ache.

THE WOMAN

I recently stepped out myself
And when my husband asked me why
Sez I to him, »Now do you think
You're the only planet in the sky?«

THE BALLAD-SINGER

O dear, o dear. What have we here?
To tell the truth I was surprised
My wife was always satisfied.

The princes have to shine their shoes,
The king now has to bake his bread,
While soldiers saunter in the streets
Without a captain at their head.

O well, o well. It's natur-all
That working folk like me and you
Should have a turn at resting, too.

Second car enters. The singing stops. The float bears a revolving globe which has an aristocrat's castle on top. It keeps slipping off. A lady and gentleman aristocrat keep trying to push it back into place. The spectators laugh. The float goes.

THE BALLAD-SINGER

A lot of lovely cardinals
Were gathered at the Vatican,
The Pope came out, but not a word
Of greeting came from any man.

O dear, o dear. What have we here?
If each one kisses his own toe
The fault is Mr. Galile-o-s.

Für den Zeitraum von Ende 1946 bis zum Beginn der letzten Überarbeitung im April 1947 sind drei Typoskripte aufschlußreich, die Brecht z. T. noch bis in die Probenarbeit benutzt. Sie gehen alle von einem einheitlichen Text aus, einem Original und zwei Durchschlägen. An diesen drei Typoskripten hat Brecht jeweils zu unterschiedlichen Zeiten weitergearbeitet. Sie sind mit dem Text der in der vorliegenden Ausgabe gedruckten zweiten Fassung fast identisch, aber alle drei weichen, abgesehen von den handschriftlichen Korrekturen Brechts, darin voneinander ab, daß einzelne Seiten oder ganze Szenen überarbeitet und neu eingefügt sind. In den Eingangsversen zu den einzelnen Szenen und in der Szenenfolge stimmen sie mit der Textgrundlage überein, die Regieanweisungen sind aber mit genauen Bühnenanweisungen durchsetzt, bzw. es sind auf die konkrete Bühne bezogene Anweisungen für Szenenwechsel hinzugefügt worden.

Eines der Typoskripte enthält eine Übersichtstabelle über die Proben in der Woche vom 21. bis 25. Juli 1947, in der vermerkt ist, wie die Aufführungsdauer der einzelnen Szenen immer weiter verkürzt wurde. In diesem Typoskript sind auch die Projektionstitel vorhanden, allerdings noch nicht an der jeweiligen Stelle im Text, sondern, auf einem Blatt zusammengefaßt, jeder Szene beigefügt. Unter dem Titel *Galileo* steht die Bezeichnung »(book)«, ferner gehören zu dem Typoskript eine Szenenübersicht, die wie das Inhaltsverzeichnis eines Buches geschrieben ist, ein Foto der New Yorker Aufführung, ein Galilei-Porträt sowie mehrere Skizzen von Hubley.

Unter den zahlreichen unvollständigen Typoskripten und Bruchstükken mehrerer Überarbeitungen findet sich auch eins, dessen Titelblatt darauf hindeutet, daß es sich um einen Teil des von T. Edward Hambleton herausgegebenen Textes der amerikanischen Fassung handelt. Beide sind aber nicht in allem identisch.

Im Jahre 1948 stellt der Theaterverlag Reiss in Basel ein Bühnenmanuskript der amerikanischen Fassung her, das noch im gleichen Jahr an Jacob Geis von der Neuen Deutschen Filmgesellschaft in München, an das Syndikat in Prag und an die italienische Vertretung von Reiss gesandt wird. Die von H. Schneider (München) vervielfältigte Kopie dieses Bühnenmanuskripts, mit dem Rechtsvermerk des Verlages Reiss, ist mit der Textgrundlage in der vorliegenden Ausgabe nahezu identisch. Die Regieanweisungen sind gestrafft, doch nicht gänzlich von bühnentechnischen Details befreit, und im Text sind eine Reihe von Vorgängen nicht enthalten, z.B. tritt in der 13. Szene der Bauer nicht auf, und Galilei erhält auch keine Gänse als Geschenk. In einer Reihe anderer Abweichungen im Text gleicht dieses Manuskript jenen drei aus der Überarbeitung von Ende 1946 bis zum Text vom April 1947.

Im Jahre 1952 erscheint in der University of Denver Press ein Text des *Galileo*, hg. v. Eric Bentley, im zweiten Band der Reihe *From the Modern Repertoire* (Aus dem modernen Repertoire). Der Titel lautet: »*Galileo* / by / Bertolt Brecht / Translated by Charles Laughton.« Die Titelseite enthält das Motto und den Vermerk: »Copyright, 1952, by Bertolt Brecht«. Obwohl Bentley in den Anmerkungen versichert, dies sei der

1947 bei der Aufführung in Beverly Hills und New York verwendete Text, trifft das nicht zu. Es ist eine Überarbeitung, die dem Text der Erstaufführung vorausliegt. Möglicherweise ist sie aus Teilen verschiedener Varianten und Überarbeitungsstufen zusammengestellt. Bentley konnte sich auf Befragen von James K. Lyon 1985 nicht mehr erinnern, welches Typoskript er benutzt hat und wann er es von wem erhielt.

Dieser bisher im englischen Sprachraum als authentisch angesehene Text der Fassung *Galileo* von 1947 unterscheidet sich von dem in der vorliegenden Ausgabe gedruckten wie folgt: Der Text in *From the Modern Repertoire* ist nicht nur länger, sondern weist auch in den Personenbezeichnungen den Stand der frühen Überarbeitungsstufen um 1945 auf. Auffällig sind eine ganze Reihe unenglischer bzw. unamerikanischer Formulierungen, wie in der 4. Szene: »It is too soon before His Highness' supper« (Bentleys Ausgabe, S. 441) oder in der 12. Szene: »Five o'clock is one minute.« (S. 466.) Abweichungen von der Textgrundlage gibt es in der 1. und 2. Szene im Dialog über das Teleskop. Matti tritt in diesem Druck bereits in der 2. Szene auf. Auffällig viele Textunterschiede gibt es in der 4. Szene. Am Ende der fünften wird ein Brief der Genueser Handels- und Schiffahrtskammer über den Nutzen der neuen astronomischen Karten Galileos zitiert, zu dem auch ein deutscher Text von Brecht existiert. Das in der 6. Szene im Hintergrund ertönende Lied fehlt, und in der 8. Szene ist in dem kleinen Gedicht Andreas die Schlußzeile »Und sie bewegt sich doch« (vgl. 79,21) noch nicht gestrichen. Nur in Bentleys Ausgabe gibt es in der 9. Szene die vier Eingangsverse:

On April Fool's Day, thirty two,
Of science there was much ado.
People had learned from Galilei:
They used his teaching in their way. (S. 457.)

(Der Fehler Fool's statt Fools' taucht auch an einigen Stellen der Textgrundlage auf.) Nicht vorhanden ist die Duchess-Strophe (vgl. 162,32 bis 35), und die Prozession wird in der Regieanweisung anders beschrieben.

In der Ausgabe von Bentley ist auch die 14. Szene enthalten. Ihr liegt jener deutsche Text zugrunde, den Brecht am Anfang der Zusammenarbeit mit Laughton in den USA geschrieben und mit diesem, später dann mit Reyher, für die geplante Buchausgabe übersetzt hat. Gegenüber dem Rohzustand der Übersetzung, in dem diese Szene in dem Typoskript aus der ersten Zeit der Arbeit von Brecht und Laughton vorliegt (für eine Aufführung war sie seit Ende 1945 schon nicht mehr vorgesehen), entspricht der bei Bentley gedruckte Text eher der von Brecht im Mai 1946 vorgenommenen Überarbeitung mit Reyher, die im Hinblick auf die Veröffentlichung geschah. Die Szene wird deshalb im Anhang der vorliegenden Ausgabe englisch in dieser Form gedruckt (vgl. 184 bis 186).

Zur Textgestaltung der zweiten Fassung von 1947 in der vorliegenden Ausgabe:

Da die (höchstwahrscheinlich in einem Schreibbüro hergestellte) Textgrundlage Unsicherheiten in Rechtschreibung und Zeichensetzung aufweist und in mehreren Fällen unterschiedliche Schreibungen enthält, wurde nach dem heutigen Gebrauch berichtigt und vereinheitlicht; das betrifft die Groß- und Kleinschreibung (science, doubt u.a. immer klein; Namen, Titel und Anreden groß), die Zusammensetzungen (z.B. today und to-day immer today; market-place u.a.), die Zeichensetzung (z.B. Anführungszeichen doppelt, zweiten Grades einfach). Wo britisch-englischer und US-amerikanischer Gebrauch nebeneinanderstehen, wurde nach Majorität vereinheitlicht (z.B. towards und toward immer toward).

118,4 *Persons]* Das Personenverzeichnis ist nachträglich eingefügt worden.

122,11 *Mrs. Sarti]* In der Textgrundlage: »Sarti«. Auch an anderen Stellen des Textes, wo sowohl als Sprechername wie auch in den Regieanweisungen »Sarti« steht, wurde einheitlich »Mrs. Sarti« gesetzt.

128,39 *Blackout.]* In der Textgrundlage nicht vorhanden. Die Ergänzung ist ebenfalls 141,23 und 147,18 erfolgt.

135,7 *contrary to]* In der Textgrundlage folgt als zusätzliche Parenthese »(against)«. Sie wurde gestrichen.

150,35 *Act curtain]* In der Textgrundlage nicht enthalten. Die Anweisung wurde analog zum Stückende hier zu Beginn der Pause eingefügt.

159,32 *Fabrizius']* In der Textgrundlage: »Fabricius'«. Es wurde gemäß der Schreibweise des Namens in der dänischen und der Berliner Fassung hier und an allen anderen Stellen des Textes vereinheitlicht.

160,29 Der Kopf der 9. Szene enthält in der Textgrundlage eine zusätzliche Überschrift, die sich mit der folgenden Regieanweisung überschneidet; sie lautet: »All Fools' Day, 1632. The Chamber of Commerce in the Township of Rapallo has Chosen Astronomy as the Theme for This Year's Carnival Procession.«

163,36f. *2. At carnivals and fairs ...]* In der Textgrundlage ist der Projektionstitel eine Seite zu früh angegeben.

167,15 *2. The prince ...]* In der Textgrundlage steht der Projektionstitel am Ende der Szene.

167,26 Nach der Szenenüberschrift folgt in der Textgrundlage die Regieanweisung »Enter Singers R2« und die Sprecherbezeichnung »Singers«. Beides wurde gestrichen.

182,7 *überschreitet]* In der Textgrundlage: »überschreiten«.

Fassung 1955/56 (Berliner Fassung):

Der postume Erstdruck der Berliner Fassung im Band 8 der *Stücke* liegt 1957 vor, einmal im Suhrkamp Verlag Frankfurt a.M. und einmal im Aufbau-Verlag Berlin/DDR. Textgrundlage in der vorliegenden Ausgabe ist die nochmals revidierte Veröffentlichung im Band 8 der *Stücke* des Aufbau-Verlages.

Das Typoskript der von Brecht Ende 1947 in der Schweiz begonnenen »Übersetzung« des *Galileo* hat 13 Szenen. In ihm ist dokumentiert, wie Brecht Texte aus der dänischen Fassung mit Rückübersetzungen aus der amerikanischen und neuen Texten für die dritte Fassung des Stückes zusammenfügt. Die Passagen aus der dänischen Fassung sind einem Exemplar des hektographierten Typoskripts entnommen und in den fortlaufenden Text eingeklebt. Die Szenenüberschriften stammen zu einem großen Teil aus der dänischen Fassung, und Brecht übernimmt sie dann auch von hier in die Textgrundlage. Die 1. und 5. Szene, für die Brecht weitgehend auf die dänische Fassung zurückgreift, werden später kaum noch verändert; die 4. und 6. Szene folgen in ihrer Verknappung hingegen der amerikanischen Fassung. Alle übrigen Szenen baut Brecht in jener Grundstruktur auf, wie sie dann auch in der Textgrundlage vorhanden ist.

Das Typoskript der »Übersetzung« hat er wahrscheinlich in verschiedenen Zeitabschnitten erarbeitet. Sein Bericht an Ruth Berlau aus der Schweiz, daß er das Stück halb zurückübersetzt habe (Brief an Ruth Berlau, Ende 1947/Anfang 1948), bezieht sich möglicherweise auf die Szenen 1-8. Das Typoskript ist ab der neunten auf anderem Papier geschrieben. Datierungen über den Abschluß der »Übersetzung« liegen nicht vor. Die 9. Szene enthält eine erste Neufassung der Ballade, die Brecht später noch mehrfach überarbeitet und verändert:

DER BALLADENSÄNGER *trommelnd:* Geehrte Einwohner, Damen und Herren! Vor der großen Fastnachtsprozession der Gilden, bringen wir euch das neueste Florentiner Lied, das man in ganz Oberitalien singt und das wir mit großen Kosten hier importiert haben. Es betitelt sich: Die erschröckliche Lehre und Meinung des Herrn Hofphysikers Galileo Galilei, oder Ein Vorgeschmack der Zukunft. *Er singt.*

Als Gott der Herr aussprach sein großes Werde
Rief er die Sonn, daß sie auf sein Geheiß
Ein Licht austrug um seine teure Erde
Als mächtige Magd in majestätischem Kreis.
Denn sein Wunsch war, daß sich ein jeder kehr
Fortan um den, der besser ist als er.
  Um den Papst zirkulieren die Kardinäle.
  Um die Kardinäle zirkulieren die Bischöfe.

Um die Bischöfe zirkulieren die Sekretäre.
Um die Sekretäre zirkulieren die Stadtschöffen.
Um die Stadtschöffen zirkulieren die Handwerker.
Um die Handwerker zirkulieren die Dienstleute.
Um die Dienstleute zirkulieren die Hunde, die Hühner und die Bettler.

Das, ihr guten Leute, ist die Große Ordnung, ordo ordinum, wie die Herren Theologen sagen, regula aeternis, die Regel der Regeln, aber was, ihr lieben Leute, geschah? *Er singt.*

Aufstund der Doktor Galilei
Und sprach zur Sonn: Bleib stehn!
Es soll jetzt die creatio dei
Mal andersrum sich drehn.
Ist das nicht allerhand? Leute, das ist kein Scherz!
Das heißt doch rufen alle ungebärdigen Geister!
Denn eines ist wahr: Spaß ist rar, und Hand aufs Herz:
Wer wär nicht gern einmal sein eigner Herr und Meister?

Sein eigner Herr sein! Meine Fresse!
Wenn das gestattet wär! Ich wett
Der Meßbub käm nicht mehr zur Messe
Der Lehrling blieb daheim im Bett.
Nein, das wär allerhand. Leute, das wär kein Scherz!
Das hieße rufen alle ungebärdigen Geister!
Denn eines ist wahr: Spaß ist rar. Und, Hand aufs Herz:
Wer wär nicht gern einmal sein eigner Herr und Meister?

Ihr guten Leute, werft nun einen Blick in die Zukunft, wie der gelehrte Doktor Galileo Galilei sie voraussagt! *Er singt.*

Zwei Hausfraun stehn am Fischmarkt drauß
Sie stehn erstarrt zu Stein:
Das Fischweib zog ein' Brotkipf raus
Und frißt ihren Fisch allein!
Der Maurer hebt den Baugrund aus
Und holt des Bauherrn Stein
Und wenn er's dann gebaut, das Haus
Dann zieht er selber ein!
Ja, darf denn das sein? Nein, nein, nein, das ist kein Scherz!
Das heißt doch rufen alle unzufriedenen Geister!
Das brächt uns alle zu Falle, denn Hand aufs Herz:
Wer wär nicht gern einmal sein eigner Herr und Meister?

Der Pächter tritt nun in den Hintern
Den Pachtherrn ohne jede Scham
Die Pächtersfrau gibt ihren Kindern
Die Milch, die stets der Pfaff bekam.

Ja, darf denn das sein? Nein, nein, nein, das ist kein Scherz!
Macht man den Strick uns ums Genick nicht dick, dann reißt er.
Doch eines ist wahr: Spaß ist rar. Und, Hand aufs Herz:
Wer wär nicht gern einmal sein eigner Herr und Meister?

DAS WEIB DES SÄNGERS
Jüngst bin ich aus der Reih getanzt.
Ich sagte meinem Mann:
Will sehen, ob nicht, was du kannst
Auch ein andrer Fixstern kann.
DER SÄNGER
Nein, nein, nein, nein, nein, nein! Schluß, Galilei, Schluß!
Nehmt einem tollen Hund den Maulkorb ab, dann beißt er.
Freilich, das ist wahr, Spaß ist rar und muß ist muß:
Wer wär nicht gern einmal sein eigner Herr und Meister?
BEIDE
Ihr, die auf Erden lebt in Ach und Weh
Auf, sammelt eure schwachen Lebensgeister
Und lernt vom guten Doktor Galuleh
Des Erdenglückes großes A B C.

Längere Zeit hat Brecht offensichtlich mit der 13. Szene experimentiert, insbesondere mit dem Text der großen Selbstanklage Galileis. Im Nachlaß ist neben der »Übersetzung« noch ein weiteres Typoskript dieser Szene vorhanden, das vor Beginn der Rede Galileis abbricht und von dem Teile dann in die fertige Szene eingegangen sind. In den Text der Rede fügt Brecht schließlich als Ergänzung eine Passage über einen hippokratischen Eid der Wissenschaftler ein, zu der auch Entwürfe eines englischen Textes vorhanden sind. Es ist deshalb wahrscheinlich, daß Brecht auch für die amerikanische Fassung an eine Erweiterung der 13. Szene in dieser Richtung gedacht hat.

Aus der amerikanischen Fassung übernimmt Brecht in das Typoskript der »Übersetzung« alles, was dort hinsichtlich einer stärkeren sozialen Profilierung der Figuren erarbeitet wurde: Die Vereinigung Doppones und Ludovicos zu einer Figur, für die Brecht während der Arbeit an der dritten Fassung auch den Namen Ludovico Capetti erwägt; Federzoni, den Linsenschleifer Galileis; Matti, den Eisengießer, der dann später Vanni genannt wird. Ebenso gehen viele dramaturgische und konzeptionelle Erfindungen des amerikanischen *Galileo* in den Text ein. Aus der 2. Szene: Galilei präsentiert sein Fernrohr selbst; aus der 6. Szene: das Duell mit den Bibelzitaten; aus der 11. Szene: die Investitur des Papstes.

Ergebnis der 1953 beginnenden Zusammenarbeit von Brecht, Elisabeth Hauptmann und Benno Besson am *Galilei* ist das Typoskript, das 1955 dem Druck in Heft 14 der *Versuche* als Grundlage dient. Die gemeinsame Arbeit basiert auf dem Typoskript der »Übersetzung«. Aus der dänischen und aus der amerikanischen Fassung werden weitere Texte einbezogen. Dabei geht es vor allem darum, diese bereits vorhandenen Texte dramaturgisch so einzusetzen, daß die von Brecht beabsichtigte differenzierte Darstellung der gesellschaftlichen Widersprüche im Stück einprägsamer vorgeführt werden kann. Das geschieht über die Verdeutlichung der sozialen Stellung und Beziehung der Figuren zueinander.

Die Pest- und die Schlußszene (Schmuggel der »Discorsi« über die italienische Grenze) werden in dieser Arbeitsphase wieder aufgenommen. Die Pestszene taucht zusammen mit dem Schluß der 4. Szene in einem Typoskript aus diesem Arbeitsprozeß zunächst nur als Anhang auf; in der Vorlage für den Druck in Heft 14 der *Versuche* wird sie als Szene 5a und 5b in den Text eingefügt. Der Druck in den *Versuchen* hat 15 Szenen, die gleiche Struktur, die Brecht dann auch für die Textgrundlage übernimmt. Nach dieser Veröffentlichung schreibt er noch die deutsche Version der Eingangsverse zu den einzelnen Szenen und zum Lied von Lorenzo de Medici. Größere Veränderungen erfährt im Vergleich zur »Übersetzung« die Ballade der Karnevalszene, die aus den *Versuchen* dann nur noch mit kleinen Korrekturen in die Textgrundlage übernommen wird.

Die Textgrundlage knüpft unmittelbar an den Druck in den *Versuchen* an. Ein großer Teil der Veränderungen, die alle auf Brechts eigene Regiearbeit bei der Inszenierung des Stückes am Berliner Ensemble zurückgehen, sind in seinem Regiebuch verzeichnet, einem Exemplar des im Aufbau-Verlag erschienenen Hefts 14 der *Versuche*. Darüber hinaus haben einige Mitarbeiterinnen Brechts Textänderungen auf den Proben notiert, die dann für die Herstellung des Druckmanuskripts für Band 8 der *Stücke* von Brecht und Elisabeth Hauptmann geprüft und ausgewählt worden sind. Es handelt sich dabei um einzelne Formulierungen, kleinere Umstellungen innerhalb von Szenen, mit denen aus dem Druck in den *Versuchen* insgesamt ein einfacherer und plastischerer Text entsteht, vor allem bei den naturwissenschaftlichen Bezügen des Stückes. In ihrer Gesamtstruktur entspricht die Textgrundlage wieder weitgehend der Fassung von 1938/39; inhaltlich knüpft sie an die dänische und die amerikanische Fassung an. Die folgende Übersicht zeigt den unterschiedlichen Szenenaufbau der drei Fassungen (s. S. 372).

Die postumen Erstdrucke der Berliner Fassung im Suhrkamp Verlag und im Aufbau-Verlag weichen an manchen Stellen des Textes voneinander ab. Elisabeth Hauptmann, die nach Brechts Tod die gemeinsam begonnene Arbeit für beide Verlage als Herausgeberin zu Ende führt, konnte für die Suhrkamp-Ausgabe des Bandes 8 der *Stücke* noch nicht alle Änderungen berücksichtigen, die Brecht während der Probenarbeit am Text vorgenommen hat. Die Revision der Notizen und der Proben-

	Dänische Fassung (1938/39)	Amerikanische Fassung (1947)	Berliner Fassung (1955/56)
Studierzimmer in Padua	1. Szene	1. Szene	1. Szene
Überreichung des Fernrohrs an die Signoria von Venedig	2. Szene	2. Szene	2. Szene
Galilei/Sagredo Beobachtungen mit dem Fernrohr	3. Szene	3. Szene	3. Szene
Prüfung der Mediceischen Sterne in Galileis Haus in Florenz	4. Szene	4. Szene	4. Szene
Pest: Abreise der Kinder		—	Szene 5a
Pest	5. Szene	—	Szene 5b
Prüfung der Entdeckungen Galileis im Collegium Romanum	6. Szene	5. Szene	6. Szene
Belehrung Galileis im Haus Bellarmins	7. Szene	6. Szene	7. Szene
Gespräch Galilei/Kleiner Mönch	Verwandlung	7. Szene	8. Szene
Die Sonnenflecken	8. Szene	8. Szene	9. Szene
Karneval	9. Szene	9. Szene	10. Szene
Galilei wird nach Rom beordert	10. Szene	10. Szene	11. Szene
Papst/Inquisitor	11. Szene	11. Szene	12. Szene
Galilei wartet auf eine Audienz beim Papst	Verwandlung	—	—
Widerruf	12. Szene	12. Szene	13. Szene
Gefangener der Inquisition	13. Szene	13. Szene	14. Szene
Die »Discorsi« überschreiten die Grenze	14. Szene	—	15. Szene

notate zog sich etwas länger hin. Die noch ausstehenden Textkorrekturen wurden erst im Band 8 des Aufbau-Verlages realisiert. Dieser Druck bildet deshalb die Textgrundlage in der vorliegenden Ausgabe.

Wirkung

Fassung 1938/39 (Dänische Fassung):

Am 9. September 1943 hat *Leben des Galilei* im Schauspielhaus Zürich seine Uraufführung. Es ist die einzige Inszenierung der dänischen Fassung zu Lebzeiten Brechts. Sieben Monate vor dieser Premiere hatte im gleichen Theater bereits *Der gute Mensch von Sezuan* Erfolg, was für den Entschluß, unmittelbar darauf ein weiteres Stück von Brecht auf den Spielplan zu setzen, ausschlaggebend gewesen ist. Regie führt, wie beim *Guten Menschen von Sezuan*, Leonard Steckel, der zugleich die Hauptrolle übernimmt. Das Bühnenbild entwirft Teo Otto. In der Inszenierung ist nahezu das gesamte Ensemble beschäftigt. Von den aus Deutschland und Österreich emigrierten Künstlern spielen Wolfgang Heinz den Kurator und Wolfgang Langhoff den Hafner, Karl Paryla den »Jungen Mönch« (wie die Figur des Kleinen Mönchs im Programmheft der Inszenierung genannt wird), Mathilde Danegger Frau Sarti. Das Stück wird ohne die Schlußszene gespielt und ganz auf die Hauptfigur konzentriert, die in Leonard Steckels Interpretation vor allem die philosophische Dimension des Kampfes um die Wahrheit herausstellt. Die Vielschichtigkeit des Galilei, seine Genußsucht im Materiellen wie im Denken, seine Fähigkeit als Lehrer, komplizierte astronomische und physikalische Probleme auf einfachste Weise erläutern zu können, all das tritt in der Gestaltung Steckels in den Hintergrund. Auch als Regisseur inszeniert Steckel weniger ein historisches als ein philosophisches Drama und arbeitet, wie die Rezensionen belegen, dabei vor allem die aktuellen Bezugspunkte für die Auseinandersetzung mit dem Faschismus heraus. In Zürich wird das Stück unter dem Titel *Galileo Galilei* aufgeführt.

Die Inszenierung wird ein großer Erfolg für das Schauspielhaus und findet viel Resonanz bei den Zuschauern. »Das Publikum – ja, manchmal erlebt man in Zürich große Überraschungen! – applaudierte nach jedem Bild, wollte sich vor der ersten großen Pause kaum beruhigen lassen und fand zum Schluß kein Ende mehr und zwang alle Mann wieder und wieder vor den Vorhang.« (*Tages-Anzeiger für Stadt und Kanton Zürich*, 11. September 1943.)

Über die Darstellungsweise Steckels, dem dieser Beifall in allererster Linie gegolten hat, äußert sich Bernhard Diebold in der in Zürich erscheinenden Zeitung *Die Tat* vom 11. September 1943. Steckel »brachte das oft raffinierte Frage- und Antwortspiel der Brechtschen Sätze zur vollen verstandesmäßigen Prägnanz, überzeugte mit oft fast salopp redender Selbstverständlichkeit des Tonfalls; ließ aber nicht auch das Geheimnis aus sich reden, das in der Voraussetzung allen Denkens und Findens eines Genies träumt und zum Schauen drängt. Manche Szene bleibt daher nüchtern.« Wie sehr sich auch Steckels Inszenierung von Brechts Vorstellungen für die Darbietung seines Stückes unterschieden haben mag, diese Fähigkeit, der Verführung zum Genialen, Erhabenen und Tragischen nicht zu erliegen, war ausschlaggebend für die positive Resonanz. Brecht-Kenner in Zürich waren erstaunt über die andere Art dieses Galilei-Stückes. Sie hatten nach ihren bisherigen Erfahrungen mit Brecht eher Szenen mit stark antithetischem Charakter, ein Stück mit Songs und demonstrativen Ansprachen an das Publikum erwartet als diese dramatische Biographie, die das Stück im gewohnten Ablauf einer durchgehenden Handlung beließ. *Leben des Galilei* kam einer Dramatik, mit der die Züricher ansonsten umgingen, näher als andere Stücke Brechts.

Auffällig an den Reaktionen war vor allem, daß die Kritik auch der politischen Tendenz von Stück und Inszenierung zustimmte. Allerdings fand die Aufführung in einer Zeit statt, als das allgemeine politische Klima in der Schweiz solch eine Reaktion auf antifaschistische deutsche Dramatik ermöglichte. Der Fortgang des Krieges hatte die vorsichtige Reserviertheit der neutralen Schweizer, die lange um ihre eigene Sicherheit fürchteten, in den Hintergrund treten lassen. Insofern nutzte die Kritik diese Aufführung, um eine antifaschistische Tendenz des Theaters in der Schweiz mit befördern zu helfen. »Die Gestalt des bedeutendsten italienischen Naturforschers, der zu den Begründern der modernen Naturwissenschaft zählt, steht heute nicht in der geschichtlichen Distanz des als finster verschrienen Inquisitions-Zeitalters vor uns. Sondern sie wirkt in unserer verfinsterten Epoche beängstigend zeitnah. Der Kampf des freien, wagemutigen Denkens gegen eine unheimliche Übermacht hat in Brechts Schauspiel eine Geltung gewonnen, die nicht im historischen Fresco befangen bleibt.« (*Der Bund*, Bern, 11. September 1943.)

Fassung 1947 (*Galileo*; amerikanische Fassung):

Die als Weltpremiere für den 24. Juli angekündigte Uraufführung der amerikanischen Fassung *Galileo* findet schließlich am 30. Juli 1947 im Coronet Theatre in Beverly Hills statt. Es ist die zweite Produktion der Pelican Productions, eines kleinen Ensembles, das sich erst kurz zuvor zusammengefunden hat, um in der Filmstadt Hollywood künstlerisch anspruchsvolles modernes Theater zu präsentieren. Als Regisseur wird im Programmheft Joseph Losey genannt, im wesentlichen aber ist es Brecht, der hier inszeniert. Die Mehrzahl der Darsteller, außer Laughton, sind junge Schauspieler. Sie kommen zum Teil eben erst von Schauspielschulen oder haben noch wenig gearbeitet und werden gerade deshalb von Brecht und Laughton für diese Inszenierung ausgewählt, die zugleich auch ein großes Experiment von Brechts epischem Theater auf einer amerikanischen Bühne ist. Brecht selbst betrachtet die Inszenierung als Vorstufe für sein eigentliches Ziel, den *Galileo* an den Broadway zu bringen. In der gedruckten Vorankündigung für die am 24. Juli im Coronet Theatre geplante Premiere steht zu lesen, daß der Produzent T. Edward Hambleton nach dem 17. August, so lange soll die Aufführung in Beverly Hills laufen, eine Inszenierung des Stückes am Broadway vorgesehen hat. Bühnen- und Kostümbildner ist Robert Davison, aber auch hier sind es Brecht und Laughton, die selbst einen Großteil der Vorarbeiten geleistet haben. An den Entwürfen und der Kostümgestaltung ist Helene Weigel beteiligt.

Die Premiere hat schon durch die außergewöhnliche Prominenz unter dem Premierenpublikum einen besonderen Stellenwert in der Öffentlichkeit von Hollywood. Der Einladung sind u. a. Charles Chaplin, Charles Boyer, Ingrid Bergman und Anthony Quinn, Filmregisseure wie Lewis Milestone und der Architekt Frank Lloyd Wright gefolgt. Die Exklusivität des Publikums hält auch in den folgenden 17 Aufführungen an. Die Aufmerksamkeit gilt weniger Brecht und seinem Stück als in erster Linie Charles Laughton, der in Amerika als Filmschauspieler bekannt ist und den man nun auf der Bühne sehen will.

Die Kritik nach der Premiere stellt demzufolge zunächst die Leistung Laughtons in den Vordergrund. Unter der Überschrift *Neues Erlebnis* schreibt der Rezensent der *Los Angeles Times*, Edwin Schallert, am 31. Juli 1947: »Es kann ohne weiteres gesagt werden, daß Laughton mit einem Theaterunternehmen zu identifizieren ist, das ebenso fesselnd wirkt wie seine Filmdarstellungen, die sich über eine lange Zeitspanne erstrecken, und in diesem Fall ist das Ausmaß seines Erfolges sorgfältig erarbeitet.« Gleichzeitig finden auch Brecht und seine Art, Theater zu machen, besonderen Widerhall. »*Galileo* wird das Interesse denkender Theaterbesucher wecken und die Vorstellungskraft derer in seinen Bann ziehen, die das Drama auf eine technisch freiere Bahn gestellt sehen wollen. Bühnenbilder der herkömmlichen Art wurden ignoriert, und es werden zahlreiche verschiedenartige Kunstgriffe angewendet, um diese ungewöhnlich imponierende Bühnenerzählung so reizvoll zu machen. Von diesem Standpunkt aus gesehen, ist das Stück zweifellos ein reiches neues Erlebnis.« Schallert, der damit rechnet, daß diese Inszenierungsweise viel Für und Wider erregen wird, verteidigt sie von vornherein als »revolutionär« und gesteht Stück und Inszenierung »Pioniercharakter« zu. »Man kann sagen, obwohl das Stück sehr schwer ist, ist es selten langweilig, und Laughton ist ohne Zweifel die Hauptkraft, die es interessant macht.«

Die Inszenierung hat Erfolg; bis zur letzten Aufführung am 17. August sehen sie immerhin 4500 Zuschauer, unter denen viele jedoch auch Verwunderung, Ratlosigkeit und Langeweile artikulieren. Zugleich mehren sich die Stimmen, denen das ganze Unternehmen politisch suspekt ist. Dem Stück und seinem Autor werden Kirchenfeindlichkeit, Geschichtsverfälschung und Propaganda vorgeworfen. Die in New York erscheinende *Variety* schlägt vor, die Pelican Productions solle sich künftig »Provocative Productions« nennen (*Variety*, 6. August 1947). Auch Laughton, dem die Premierenkritik nahezu uneingeschränkte Anerkennung zuteil werden ließ, wird jetzt, in den ersten Wochen nach der Aufführung, scharf kritisiert. Am 25. August, nachdem die Inszenierung schon gar nicht mehr auf dem Spielplan steht, erscheint in der *Los Angeles Times* ein Artikel, der das ganze Unternehmen als einen »Monolog« ausschließlich für Laughton bezeichnet, als ein Stück, das »dilettantisch und unlesbar« sei, was sich nicht nur gegen Brecht, sondern auch gegen Laughton als Mitautor richtet.

Erstaunlich an den Reaktionen auf *Galileo* sind nicht die negativen Urteile, sondern daß sich einige Kritiker ernsthaft mit Brechts Konzeption auseinanderzusetzen beginnen. Mehrfach akzentuieren die Rezensenten, wie z.B. Virginia Wright, die aktuelle Bedeutung des Stückes: »Die inhärente Kritik an den Mächtigen, die den wissenschaftlichen Fortschritt hemmen, ist heute besonders wichtig, da Atomwissenschaftler zusehen müssen, wie ihre Entdeckungen von der Obrigkeit mißbraucht werden. Die Parallele wird um so deutlicher gezogen, weil das Stück es vermeidet, die historische Ausstattung zu betonen.« (*Daily News*, Los Angeles, 31. Juli 1947.) Obwohl Hiroshima nicht genannt wird, sind sich einige Kritiker dieser Aktualität des Stückes durchaus bewußt. So schreibt auch Edwin Schallert am 31. Juli 1947 in der *Los Angeles Times*: »Gleichzeitig kann man von dem Stück sagen, es zieht über Zeitalter hinweg Parallelen zu dem Zurückhalten jenes Wissens, das den Sturz akzeptierter Systeme anzukündigen scheinen könnte. [...] Sehr richtig weist das Stück in einem *Epilog* darauf hin: Was wird die Wissenschaft mit der Macht tun, die sie in Zukunft besitzen wird?«

Als die Inszenierung einige Monate später in das Maxine Elliott Theatre in New York übernommen wird, hat kurz darauf ein zweites Galilei-Stück Premiere, das wie Brechts *Galileo* ebenfalls auf einer New Yorker Experimentierbühne gezeigt wird: *Lamp at Midnight* (Licht um Mitternacht) von Barrie Stavis. *Galileo* hat am 7. Dezember 1947 Premiere. Außer Laughton, der wieder den Galilei spielt, sind unter der Regie von Joseph Losey die Rollen mit neuen Darstellern, ebenfalls Schauspielschülern und jungen Absolventen, besetzt. Laughton nimmt einige Veränderungen in seiner Rollengestaltung vor, und am Anfang des Stückes wird der von Brecht 1945 geschriebene Prolog (vgl. *Journale*, 1. Dezember 1945), zu dem auch englische Versionen existieren, vor dem Vorhang gesprochen.

In der Auseinandersetzung um das Stück gibt es das gleiche Für und

Wider wie nach der Premiere in Beverly Hills, aber *Galileo* wird hier vor allem auch an *Lamp at Midnight* gemessen, das als psychologisches Charakterstück den Erwartungen des amerikanischen Publikums weit mehr entspricht. Einige Wochen vor der Premiere meldet sich John F. Matthews, Dozent am City College in New York, zu Wort, der dort junge Autoren im Schreiben von Stücken unterrichtet. Er stellt kategorisch *Galileo* als »schlechtes Stück« dem »guten Stück« von Stavis gegenüber und führt in einem offenen Brief an die American National Theatre and Academy (ANTA) Beschwerde darüber, daß diese Organisation einer ihrer Experimentierbühnen gestattet habe, aus nur kommerziellen Gründen auf Laughton zu reflektieren (*The New York Times*, 2. November 1947). Eric Bentley antwortet Matthews am 9. November 1947, ebenfalls in der *New York Times*, daß Matthews den *Galileo* eben bisher nicht gesehen, sondern nur im Manuskript gelesen habe, sonst hätte er auch Laughton verstanden, denn der »wählte« das Stück »aus Bewunderung« für das Werk und weil es »eine wichtige Stellungnahme über die Wissenschaft und die gesellschaftliche Moral« ist. Laughton selbst äußert sich dazu am 11. Dezember 1947 in einem Interview in der *New York Post*: »Das Stück stellt eine Besichtigung des neuen Menschen dar, der für uns alle so wichtig geworden ist, des Physikers.« Über seinen Anteil am *Galileo* bemerkt er: »Ich half Brecht bei der englischen Adaption dieses Werkes.«

Neben prinzipieller Ablehnung bei einigen Rezensenten überwiegt nach der Premiere in New York doch der Versuch, sich mit dieser Art von Theater auseinanderzusetzen. Howard Barnes nennt *Galileo* in seiner Kritik vom 8. Dezember in der *New York Herald Tribune* in einem Atemzug eine »dramatische Biographie« und ein »Ideendrama«. Deutlich ist das Bemühen zu verspüren, einen Zugang zu Brechts epischem Theater zu finden. Unter der Überschrift *»Galileo« schlägt neue Töne an* setzt sich William Hawkins mit Brechts Theaterauffassung auseinander und unterstreicht deren andersartige Qualität, mit der man in Amerika noch nicht vertraut ist (*New York World-Telegram*, 8. Dezember 1947).

Wie schon die Presse von Los Angeles nach der Premiere in Beverly Hills sehen auch Kritiker der New Yorker Zeitungen die politische Brisanz des Stückes. Am 1. September 1947 hatte die Illustrierte *Vogue* die Wiederholung der Inszenierung von Beverly Hills für New York angekündigt und auf eine antikirchliche Tendenz des Stückes aufmerksam gemacht. Dieses Urteil dominierte nach der Premiere nicht. Der Rezensent der Zeitung *Legitimate* (New York) kommt am 10. Dezember 1947 sogar zu folgender Meinung: »Galileis Entdeckung, daß die Erde sich um die Sonne dreht, der Impuls, den die Theorie dem unabhängigen Denken gab, und der Konflikt, den er unvermeidlich mit der etablierten Obrigkeit (der Kirche) heraufbeschwor, sind im Lichte gegenwärtiger Ereignisse unausweichlich von Belang.«

Die Inszenierung erlebt insgesamt sechs Aufführungen. Die Wirkungschancen, die *Galileo* bei jenen Zuschauern hätte erreichen können, denen Brecht mit seinem Theater am nächsten stand, kommt am 10. Dezember 1947 in der kommunistischen Zeitung *Daily Worker* (New York) zum Ausdruck. Lee Newton, der eine ausführliche Charakterisierung von Brechts epischem Theater vornimmt und anhand der Aufführung einige seiner Techniken und seine Wirkungsart beschreibt, beginnt die Rezension: »Solange der Ausschuß zur Untersuchung unamerikanischer Tätigkeit [HUAC], die Legion des Anstands, Eric Johnston und andere, die den menschlichen Geist auf ihre zwerghafte Moralität zusammenschrumpfen wollen, die Welt noch nicht völlig beherrschen, so lange werden die Geschichte Galileis, sein Forschen nach Wahrheit und die Anstrengungen der katholischen Kirche, die Wahrheit zu unterdrücken, die Menschheit erregen und inspirieren.«

Brecht hat an der Inszenierung nicht mehr mitgearbeitet und sie auch nicht mehr gesehen. Nach seinem Verhör vor dem Untersuchungsausschuß hat er am 31. Oktober, zu Beginn der Proben am *Galileo* in New York, die USA für immer verlassen. Von den Kritiken, die ihm nach Europa nachgeschickt werden, gewinnt er trotz der vielen positiven Stimmen den Eindruck: »Die *New Yorker Presse* beschwert sich übellaunig über die Zumutung, über den *Galilei* nachzudenken, da sie ihr auch gar nicht entsprechen kann. Das Bürgertum ist überhaupt nicht mehr zu diesem allgemeinen, unspezialisierten Denken bereit, das Stücke verlangen, die sich mit ihm beschäftigen.« (*Journale*, 22. Dezember 1947.)

Nach Beverly Hills und New York folgt noch eine Inszenierung des *Galileo* 1953 in Toronto.

Fassung 1955/56 (Berliner Fassung):

Als Brecht im Dezember 1955 mit den Bühnenproben zu *Leben des Galilei* im Berliner Ensemble beginnt, liegt die Uraufführung dieses neuen *Galilei*-Stückes schon acht Monate zurück. Unter dem Titel *Galileo Galilei* hat es am 16. April 1955 in den Kammerspielen der Stadt Köln Premiere. Der Inszenierung liegt jener Text zugrunde, der einige Wochen nach der Uraufführung in Heft 14 der *Versuche* erscheint. Damit stehen für Köln die Eingangsverse zu den einzelnen Szenen noch nicht zur Verfügung. Brecht hat dem Regisseur Friedrich Siems, der sich schon länger um den *Galilei* bemüht und der ihm von Herbert Jhering für die erste Inszenierung des Stückes in der Bundesrepublik empfohlen wird, *Leben des Galilei* auf diesem Stand der Arbeit am Text überlassen. Der Bühnenbildner Max Fritzsche hält sich weitgehend an das Modell der *Galileo*-Aufführung 1947 in Beverly Hills und New York. Den Galilei spielt Kaspar Brüninghaus.

Die Inszenierung wird ein beachtlicher Erfolg und vom Premierenpublikum mit »wahren Beifallsstürmen« bedacht (*Freies Volk*, Düsseldorf, 19. April 1955). Allerdings ist sie von eher konventioneller Art, was einige Kritiker veranlaßt, von neuen Brechtschen Intentionen zu sprechen, wie Werner Tamms, der in der *Westdeutschen Allgemeinen* (Essen) am 18. April 1955 ausführt: »Der Lehrauftrag des Theaters, Brechts dramatisches Kernprinzip, hat eine Form gefunden, die den Zuschauer unaufdringlich und dennoch suggestiv in die Aktion einbezieht.«

Die positive Reaktion der Presse bleibt weitgehend auf das Interesse an dem historischen Stoff begrenzt. So schreibt Johannes Jacobi in der *Zeit*: »Durch Brechts ›epische‹ Technik [...] wird dem Zuschauer eine aufwühlende Erkenntnis vermittelt: die Sprengkraft des Geistes und dessen Fähigkeit, mit einem neuen Gedanken buchstäblich die Welt aus den Angeln zu heben. Dies in der ganzen Breite des intellektuellen, gesellschaftlichen und persönlichen Lebens gezeigt, für jedermann begreifbar dargestellt zu haben, ist Brechts bewundernswerte Tat.« (*Die Zeit*, Hamburg, 21. April 1955.) Der aktuelle Bezugspunkt des Stückes zur »Atombombendrohung«, die »die ganze Menschheit bewegt« und von »Brecht auf der Bühne zur Entscheidung« gestellt ist (*Freies Volk*, Düsseldorf, 19. April 1955), wird außerhalb der kommunistischen Presse kaum in Betracht gezogen, obgleich die Aufführung in einer politisch hochbrisanten Zeit stattfindet. Seit den Pariser Verträgen von Oktober 1954 stehen die verstärkte Wiederbewaffnung und der Beitritt der Bundesrepublik zur NATO im Blickpunkt der Öffentlichkeit. Die Ratifizierung der Verträge erfolgt am 27. Februar 1955, ungeachtet der Massenproteste von Vertretern der Kirchen bis zu den Oppositionsparteien und Gewerkschaften.

Was für die Mehrzahl der Rezensenten als aktuelles Problem zur Debatte steht, ist die Person Brechts selbst, über dessen Werk nach dem 17. Juni 1953 in der BRD ein Boykott verhängt wurde, der nach dieser *Galilei*-Inszenierung aber nur noch schwer zu rechtfertigen ist. »Ein Werk, das packt und erregt auch als theatralisches Gebilde«, das, »je weiter die Szenen fortschreiten, dramatisch geballte Stoßkraft« gewinnt, resümiert der Kritiker der *Frankfurter Rundschau* und unterstreicht andererseits: »Faktum ist, daß Brecht eine dramatische Potenz verkörpert, die im deutschen Sprachraum gegenwärtig nichts ihresgleichen hat. Inwieweit er, eine politisch schillernde Figur, vertrauenswürdig ist, steht auf einem anderen Blatt [...] Die Wiederkehr Brechts auf unsere Bühnen läßt sich nur dadurch rechtfertigen, daß zwischen Werk und Autor genau unterschieden wird. [...] Wenn wir uns klar sind, auf was und wen wir uns einlassen, braucht die Lage nicht prekär zu sein.« (*Frankfurter Rundschau*, 20. April 1955.) Der Kölner Aufführung wird dann auch zugestanden, daß sie auf ihre Weise mit dem Stück umgegangen sei; der »Kobra Brecht« war der »kommunistische Giftzahn« ausgebrochen. Die Rezensentin Brigitte Jeremias bezieht sich hierbei auf die »Quintessenz des Stückes«, die bei Brecht laute: »Wie die Himmelsordnung, so müßte auch die Ordnung auf Erden auf den Kopf gestellt werden, dann erst stimmte sie«; die Kölner Aufführung habe aber unter der Devise gestanden, an der gegebenen Ordnung festzuhalten: »Aus einem revolutionären war ein restauratives Drama geworden.« (*Der Mittag*, Düsseldorf, 18. April 1955.)

Der in allen Rezensionen bescheinigte Erfolg der Inszenierung, die das »Come-back des ›SED-Dramatikers‹ auf die bundesrepublikanischen Bühnen« (*Deutsche Woche*, München, 4. Mai 1955) durchgesetzt hat, wird so und in noch vielfältig anderer Weise aus- und umgedeutet. In der Essener Ausgabe der *Welt* behauptet der Kritiker Friedrich Luft: das Stück »ist heute in Ostdeutschland, wo der Dichter nunmehr domiziliert, [...] nicht aufführbar; der pfiffige und auf seine verschlagene Weise aufrührerische Text müßte dort wie ein Fanal wirken. [...] So kam Köln, zu einer wirklich adäquaten Aufführung dieses großen Stükkes kaum gerüstet, in den Genuß des wichtigsten Dramas, das Brecht neben der *Courage* überhaupt geschrieben hat.« (*Die Welt*, Essen, 20. April 1955.)

Im Mai 1956 wird *Leben des Galilei* am Nürnberger Lessingtheater inszeniert, und zwar zum ersten Mal mit der deutschen Fassung der Eingangsverse zu den einzelnen Szenen in der Vertonung Eislers. Regie führt wiederum Friedrich Siems. Der Bühnenbildner ist dort Frank Schultes, den Galilei spielt Helmut Hinzelmann. Im Juni 1956 hat *Leben des Galilei* in der Wiener Scala Premiere, in der Regie von Wolfgang Heinz. Das Bühnenbild stammt von Erika Thomasberger; den Galilei spielt Karl Paryla.

Am 15. Januar 1957 hat im Berliner Ensemble die von Brecht begonnene und nach seinem Tod von Erich Engel zu Ende geführte Inszenierung *Leben des Galilei* Premiere. Brecht, der die Bühnenproben vom 13. Dezember 1955 bis zum 27. März 1956 geleitet und an allen Szenen gearbeitet hat, entschied sich nach langem Suchen für die Besetzung der Hauptrolle mit Ernst Busch. Das Bühnenbild wurde von Gustav Hoffmann nach Entwürfen von Caspar Neher ausgeführt. Das Stück wird ohne die Pest- und die Schlußszene gespielt, die von Hanns Eisler vertonten Eingangsverse vor jeder Szene werden von fünf Sängerknaben aus dem Thomanerchor gesungen. Sie beschließen auch die Aufführung, mit den Versen, die am Beginn der 15. Szene stehen.

Die Inszenierung wird zu einem theatralischen Ereignis von internationaler Resonanz, das nicht nur über viele Jahre den Spielplan des Berliner Ensembles bestimmt, sondern in zahlreichen Gastspielen im In- und Ausland den Ruhm des Berliner Ensembles mitbegründet. Im März 1957 erklärt der Intendant des Deutschen Theaters, Wolfgang Langhoff, während einer Tagung in der Akademie der Künste der DDR, das Theaterjahr 1957 werde in die Geschichte als das eingehen, in dem

Brechts *Galilei* zum ersten Mal in der DDR aufgeführt worden ist (*National-Zeitung*, Berlin/DDR, 30. März 1957).

In den Rezensionen nach der Premiere stehen vor allem zwei Leistungen im Zentrum: das große dichterische Werk Brechts und die Darstellung des Galilei durch Ernst Busch. »Das *Leben des Galileo Galilei*«, schreibt Christoph Funke im *Morgen* (Berlin/DDR), »ist nicht nur Lehrstück um Aufgabe und Verantwortung der Wissenschaft, nicht nur ein eindringlicher Appell an das Gewissen der Wissenschaftler. Bertolt Brechts Stück ist ein Meisterwerk deutscher Prosa und in der kristallenen Klarheit seiner philosophischen Weisheit ein einzigartiges Werk deutscher Dramatik.« Und bezogen auf die aktuelle Aussage des Stükkes formuliert Funke: »Glück und Verderben der Menschheit birgt die atomare Wissenschaft gleichermaßen in sich. Nur aus dieser Perspektive erhalten Größe und Schwäche Galileis ihren historischen Sinn. [...] Galilei erfüllte seinen wissenschaftlichen Auftrag und versagte aus menschlicher Schwäche, er blieb der ›reinen‹ Wissenschaft treu und übte Verrat an der Menschheit. Das ist die unmißverständliche Aussage der Brechtschen Szenenfolge über das Leben des Galilei.« (*Der Morgen*, Berlin/DDR, 18. Januar 1957.) In den Kritiken aus der Bundesrepublik werden die Verantwortung der Wissenschaftler, der Bezug auf Hiroshima ebenso hervorgehoben, bis hin zu den in den USA tätigen deutschen Wissenschaftlern der Rüstungsindustrie der Gegenwart »im goldenen Käfig hinter Stacheldraht«, auf die diese Inszenierung in ihrer »bedrängenden Analogie« (*Westdeutsche Allgemeine*, Essen, 18. Januar 1957) hindeute.

Die große Leistung Ernst Buschs, die in allen Kritiken gewürdigt wird, erhält dabei die unterschiedlichsten Attribute: »Für das Listige und Kraftstrotzende, für das Empörerische und Volksnahe dieser Gestalt brachte er in Gestus und Tonfall den echten Ausdruck mit. Das himmelanstürmende Genie des von seiner Mission besessenen Geistesmenschen und Forschers trat dagegen sehr zurück.« (*Neuer Weg*, Halle, 11. Februar 1957.) Ein »proletarischer Galilei« wird Busch in der *Westdeutschen Allgemeinen* (Essen) vom 18. Januar genannt. In der *Berliner Zeitung* vom 17. Januar schreibt Arnolt Bronnen: »Das war der Wissenschaftler, wie ihn Brecht sah, wie wir ihn uns alle ersehnen: volksnah, immer den sozialen Zweck seiner Arbeit im Auge, forschend, ›die Mühseligkeit der menschlichen Existenz zu erleichtern‹. Was man ihm, außer einigen unpräzisen Stellen des Textes, nicht ganz glaubte: den Verrat. Den Widerruf. Das Weichwerden.« Ähnliche Urteile finden sich in mehreren Kritiken, und hier hatte die Inszenierung Engels nicht das vollständig einlösen können, was Brecht während der eigenen Probenarbeit immer wieder als Problem sah, »aus dem Helden den Verbrecher herauszuholen« (Tonbandmitschnitt der Probe, 21. März 1956).

»Gewisse Züge von Eigensucht und prinzipienlosem Opportunismus, die der Brechtsche Galilei von Beginn an zeigt, dürften also nicht durch ironisches Überspielen zugedeckt, sondern müßten im Gegenteil kritisch akzentuiert werden«, schreibt Henryk Keisch am 29. Januar 1957 im *Neuen Deutschland* (Berlin/DDR). Die Gefahr lag nahe, wie Fritz Erpenbeck in seiner ausführlichen Besprechung, die schon den Titel *Verurteilung oder Mitleid?* trägt, 1957 bemerkte, daß Galileis Schicksal nur Mitgefühl erregt: »Und diesen Mann soll ich hassen? Verurteilen? Mögen mich noch so viele Kommentare dazu auffordern – ich kann es nicht! Während des Sehens, während der Vorstellung nicht. Das Lesen ist eine andere Sache.« (*Theater der Zeit*, Berlin/DDR, 1957, Heft 3, S. 9.)

An den Erfolg der Inszenierung im Theater am Schiffbauerdamm knüpften eine Reihe von Kritikern der BRD eine Art Nachruf auf Brecht, in dem sie von der Behauptung ausgingen, Brecht habe, listig wie Galilei, hier ein Vermächtnis hinterlassen, mit dem er vor allem Kritik an der DDR üben wollte. Zu den Wortführern dieser Meinung gehörte Friedrich Luft, der nach der Kölner Aufführung prognostiziert hatte, das Stück dürfe in der DDR nicht gespielt werden. Seine Begeisterung über den künstlerischen Wert der Inszenierung, die er »zu den besichtenswertesten des heutigen Welttheaters überhaupt« zählt, ist für ihn politisch nur aufrechtzuerhalten unter dem Blickwinkel: »dieses kluge und mit revolutionärer Weisheit durchsetzte Stück gerade an diesem Ort zu betrachten, ist gespenstisch, ist fast so etwas wie eine politische Reinigung Brechts postum« (*Die Welt*, Essen, 17. Januar 1957).

Zeilenkommentar

Fassung 1938/39 (Dänische Fassung):

9,2 *Galilei ... Padua]* Galileo Galilei ist von 1592 bis 1610 Professor für Mathematik an der Universität in Padua.

9,3 *das neue kopernikanische Weltsystem]* Bezeichnung für das heliozentrische Weltbild (Bewegung der Planeten einschließlich der Erde um die Sonne). Sein Begründer ist Nikolaus Kopernikus, der zur Erklärung neuer empirischer Erkenntnisse in der naturwissenschaftlichen Forschung seiner Zeit den Grundgedanken der naturgesetzlichen Einheit von Erde und Kosmos (kopernikanisches Weltbild) in die Wissenschaft eingeführt und damit der neuzeitlichen Naturwissenschaft den Weg bereitet hat. Kopernikus' Hauptwerk *De revolutionibus orbium coelestium Libri VI* (*Über die Kreisbewegungen der Weltkörper*, sechs Bücher) ist 1543 erschienen.

9,23 *des ptolemäischen Systems]* Bezeichnung für das geozentrische Weltbild (Bewegung der Himmelskörper um die Erde), wie es von dem ägyptischen Astronomen Claudius Ptolemäus im 2. Jahrhundert systematisch dargestellt worden ist. Ptolemäus' Hauptwerk *Almagest* (*Großes astronomisches System*), das unter diesem Titel in einer 827 angefertigten arabischen Übersetzung überliefert ist, behielt als wissenschaftliche Errungenschaft über Jahrhunderte hinweg theoretische und praktische Bedeutung. Da es auch mit den Aussagen der Bibel in Übereinstimmung gebracht werden konnte, galt es noch zu Galileis Zeit als unumstößliche Lehrmeinung.

9,30 *die kristallenen Sphären]* Sphäre: (griech.) Kugel, Kugelschale. Bezieht sich auf die im 4. Jahrhundert v.d.Z. von Aristoteles begründete Sphärentheorie. Danach sollen die Himmelskörper fest mit kristallenen Schalen verbunden sein, die als materielle Träger der Gestirne diese in Kreisbahnen um die Erde führen.

10,5f. *dieser kristallenen Kugel]* Ebenfalls auf die aristotelische Sphärentheorie bezogen. Der Begriff beschreibt die Vorstellung von der Undurchdringlichkeit des Weltalls, das als große Kugel aus ineinanderliegenden Kristallschalen gedacht ist, in deren Mittelpunkt die Erde ruht.

10,13f. *seit unsere Schiffe zu ihnen fahren]* Mit Christoph Columbus' Reise nach Amerika (1492) und Vasco da Gamas Seefahrt um Afrika bis nach Indien (1498) wird eine neue Phase geographischer Entdeckungen eingeleitet und der für die astronomische Forschung wichtige Nachweis über die bisherige Hypothese von der Kugelgestalt der Erde erbracht.

10,14f. *spricht es sich auf den lachenden Kontinenten herum ...]* In *Der Flug der Lindberghs* hat Brecht diese Passage bereits verwendet. Dort heißt es (8. Szene): »Und auf den lachenden Kontinenten / Spricht es sich herum: das große gefürchtete Meer / Sei ein kleines Wasser.« Vgl. weiterhin das Gedicht *Über den Einzug der Menschheit in die großen Städte zu Beginn des dritten Jahrtausends* aus dem *Joe Fleischhaker*-Fragment.

10,32f. *Denn wo der Glaube ... sitzt jetzt der Zweifel.]* Gestützt auf die naturwissenschaftlichen Erkenntnisse seiner Zeit bemühte sich René Descartes, Grundsätze der entstehenden Naturwissenschaften zu formulieren. Ausgangspunkt seines Denkens ist der universelle methodische Zweifel an allem, was nur auf der Grundlage des Glaubens angenommen wird. Brecht übernimmt für viele Argumentationen Galileis in diesem Stück Erkenntnisse der Philosophie Descartes'. Mit *Leben des Galilei* entsteht auch gleichzeitig das Gedicht *Lob des Zweifels*.

10,38 *Prälaten]* Prälat: Bezeichnung für einen höheren Geistlichen in der römisch-katholischen Kirche.

11,18f. *selbst im Schachspiel die Türme ...]* Gemeint sind die Neuerungen in den Regeln des europäischen Schachspiels seit dem 15. Jahrhundert, die im 16. Jahrhundert mit der Einführung der Rochade (Möglichkeit des Stellungswechsels von König und Turm auf der Grundlinie) ihren Abschluß gefunden haben. Gegenüber dem alten arabischen

Schach behielten ansonsten die Türme ihre frühere Gangart bei. Die das Schachspiel grundsätzlich verändernden Neuerungen betreffen hingegen die Gangart der Läufer und vor allem die Entwicklung der Dame zur stärksten Spielfigur. Die neuen Regeln kommen Ende des 16. Jahrhunderts über Spanien nach Italien.

11,20 *So daß der Dichter sagt: O früher Morgen ...]* Die Wendung »So daß der Dichter sagt:« übernimmt Brecht hier von Francis Bacon aus dessen erstmals 1620 veröffentlichtem *Novum Organum* (*Neues Organon*), wie überhaupt der Duktus dieser Ansprache Galileis, einschließlich vieler Formulierungen, von dort entlehnt ist (vgl. *Franz Baco's Neues Organon*, hg. v. J.H. v. Kirchmann, Berlin 1870, S. 177 bis 180). (Im folgenden nur noch als *Neues Organon* angegeben.) Bei Bacon heißt es an dieser Stelle: »Denn die Wohltaten der Erfinder fallen dem ganzen menschlichen Geschlechte zu [...]. Die Erfindungen gleichen neuen Schöpfungen und sind Nachahmungen der göttlichen Werke, wie der Dichter singt:« (S. 178). Bei Bacon folgt an dieser Stelle ein Auszug aus einem Gedicht von Lukrez. Brechts »O früher Morgen des Beginnens!« kehrt dann in dem zum Kapitel *Leichtigkeit* des *Messingkauf* gehörenden Gedicht als Vers wieder: »O Lust des Beginnens! O früher Morgen!«

11,36 *Glotzen ist nicht sehen.]* Galilei wendet sich hier gegen den zu seiner Zeit noch gültigen Grundsatz der Erkenntnis »per visibilia ad invisibilia« (durch das Sichtbare zum Unsichtbaren). Wie Descartes, Bacon und andere Wissenschaftler seiner Zeit setzt auch Galilei mit seinen Forschungen das scholastische Prinzip, vom bloßen Augenschein der Dinge zu ihren Zusammenhängen und Ursachen zu gelangen, außer Kraft. Theoretisch behandelt diese Frage vor allem auch Bacon (vgl. *Neues Organon*), indem er in seiner Lehre von den Trugbildern die Grenzen der bloßen Sinneserkenntnis nachweist. Er polemisiert darin unmittelbar gegen die Erkenntnislehre der Scholastik, die von der Vorstellung ausgeht, in der Anschauung der Dinge jene Gedanken wiederzufinden, die Gott in sie gelegt habe (göttliche Offenbarung).

12,36 *in dem zu leben eine Lust ist]* Anspielung auf Ulrich von Huttens Ausspruch »O saeculum! O literae! Iuvat vivere!« (O Jahrhundert, o Wissenschaften! Es ist eine Lust zu leben!), den er in einem Brief vom 25. Oktober 1518 an den Nürnberger Humanisten Willibald Pirckheimer niedergeschrieben hat.

14,22f. *sind wir wie Würmer mit trüben Augen]* Brecht läßt Galilei in biblischer Ausdrucksweise sprechen. Vgl. Hiob 25,6 u. ö.: »der Mensch, eine Made, und das Menschenkind, ein Wurm«, und Psalmen 6,8 u.ö.: »Mein Auge ist trübe«.

15,1 *Kurator]* Vermögensverwalter. Brecht gestaltet diese Figur in Anlehnung an den Prokurator (Titel des höchsten Staatsbeamten der Republik Venedig) Antonio Priuli.

15,2 *Skudi]* Eigentlich: Scudi. Alte italienische Münzen (Singular: Scudo).

15,11 *die Republik]* Gemeint ist die Republik Venedig, die im 7. Jahrhundert entsteht und bis 1797 existiert. Gegenüber den italienischen Fürstentümern, deren Herzöge in Erbfolge regieren, wird Venedig von mehreren adligen Familien beherrscht, die aus ihrem Kreis die Vertreter der Regierung (Signoria) stellen und gemäß der venezianischen Verfassung das jeweilige Staatsoberhaupt wählen, den Dogen. Im 17. Jahrhundert verkörpern die beiden Republiken Venedig und Genua die fortschrittlichsten, vom Einfluß der römischen Kirche relativ unabhängigen Staatsformen in Italien.

15,23 *siebengescheit]* Der Ausdruck ist von den »Sieben Weisen« des Altertums hergeleitet, bedeutenden Männern in Politik, Philosophie und Naturwissenschaft, zu denen u.a. Thales und Solon gezählt werden.

15,24 *der philosophischen Fakultät]* Zu Galileis Zeit werden die philosophischen Fakultäten an den Universitäten noch als Artistenfakultäten bezeichnet, Fakultäten der sogenannten Freien Künste. Der Begriff »Freie« geht auf die Antike zurück und meint Tätigkeiten, die die Freien im Gegensatz zu den Sklaven ausübten. Zu den Freien Künsten (artes liberales) gehören Grammatik, Arithmetik, Geometrie, Musik, Astronomie, Dialektik und Rhetorik, zuweilen auch Medizin. Um zu anderen Studienrichtungen, beispielsweise der Rechtswissenschaft, zugelassen zu werden, muß man zunächst die Artistenfakultät durchlaufen. In der Universitätshierarchie gilt sie deshalb zu dieser Zeit auch als untere Fakultät, im Gegensatz zu den oberen, Rechtswissenschaft und Theologie.

15,37 *sogar Protestanten]* Die Universität Padua gilt im 17. Jahrhundert als eine der fortschrittlichsten in Europa. Unter dem Schutz der Republik Venedig genießt sie relative Unabhängigkeit vom Einfluß der römischen Kirchenführung auf Forschung und Lehre. Deshalb können hier auch Protestanten (Angehörige der lutherischen, kalvinistischen oder reformierten Kirche) aus anderen europäischen Ländern studieren, solange sie ihren Glauben nicht öffentlich praktizieren.

15,38 *Cremonini]* Als Professor für Philosophie und Mathematik an der Universität Padua steht Caesar Cremonini einem Gremium vor, das u.a. die Gründung einer zweiten, der römischen Kirche direkt unterstellten Universität in der Republik Venedig verhindert hat. Cremonini ist darüber hinaus wegen seiner wissenschaftlichen Arbeiten mehrmals bei der Inquisition denunziert worden. Den vom Kurator geschilderten Vorgang hat Brecht von Emil Wohlwill, *Galilei und sein Kampf für die copernicanische Lehre*, Band 1, Hamburg/Leipzig 1909, S. 124, übernommen. (Im folgenden nur noch als Wohlwill angegeben.)

15,39 *Inquisition]* Bezeichnung der seit dem 13. Jahrhundert allein dem Papst unterstellten Gerichtsbarkeit der katholischen Kirche, die mit strafrechtlicher Gewalt über die Einhaltung der Glaubenslehre wacht. 1542 unter Papst Paul III. in ihren Befugnissen und in ihrem Organisationsnetz erweitert, bekämpfte die Inquisition vor allem Anhänger der Reformation, Andersgläubige und Kritiker der katholischen Kirche und ihrer Lehren. Während in den italienischen Fürstentümern die römische Inquisition ihre Macht nahezu unumschränkt ausüben kann, untersteht sie in Venedig der Oberaufsicht der Republik.

16,8f. *Herrn Giordano Bruno … ausgeliefert.]* Von der katholischen Kirche wegen seiner auf den Erkenntnissen von Kopernikus beruhenden Lehre von der Einheit Gottes mit der Natur verfolgt, flieht der italienische Philosoph 1576 ins Ausland. Bei seiner Rückkehr nach Venedig wird er 1592 verhaftet und sechs Jahre eingekerkert, bis ihn die Republik Venedig an die römische Inquisition ausliefert. Nach einem zwei Jahre dauernden Prozeß wird Bruno am 17. Februar 1600 in Rom öffentlich verbrannt. In der Kalendergeschichte *Der Mantel des Ketzers*, die Brecht in unmittelbarem Zusammenhang mit der Arbeit am *Galilei* schreibt, geht er auf die Umstände der Verhaftung Brunos ein.

16,36 *in eurem berühmten Arsenal]* Das große Zeughaus von Venedig galt seit dem 13. Jahrhundert als führende technische Produktionsstätte in Europa. Seine Manufakturen, größtenteils für Kriegszwecke, und seine Werft sind zur Zeit Galileis Orte bürgerlicher ökonomischer Entwicklung und befördern ein praxisorientiertes wissenschaftlich-technisches Denken.

17,1f. *Ihr verbindet … Maul.]* Vgl. 5 Mose 25,4: »Du sollst dem Ochsen, der da drischt, nicht das Maul verbinden.«

17,12 *Untersuchungen über die Fallgesetze]* Galileis Beschäftigung mit Fallgesetzen und Schwerkraft reichen in die Jahre 1590/91 zurück. Seine theoretischen Studien und Aufzeichnungen, an denen er während seiner Tätigkeit in Padua intensiv weiterarbeitet, hat er aber zu dieser Zeit nicht veröffentlicht.

17,22 *Herr Colombe]* Der Florentiner Mathematiker und Philosoph Ludovico delle Colombe bekämpft vom Standpunkt der Scholastik Galilei bereits vor dessen astronomischen Entdeckungen als einen antiaristotelischen Denker und fordert ihn zu zahlreichen öffentlichen Polemiken und Verteidigungsschriften heraus.

17,25 *in Paris und Prag]* Brecht deutet hiermit die Übereinstimmung in den naturwissenschaftlichen Auffassungen von Galilei und Descartes (Paris) an und den persönlichen Kontakt zwischen Galilei und Johannes Kepler, der ab 1600 in Prag lebt.

17,27 *Ihr Unglück ist Ihr Fach]* Gemeint ist die Mathematik, der als ein der Philosophie zugeordneter Zweig der Wissenschaft keine größere Bedeutung in der Wissenschaftshierarchie beigemessen wird (vgl. zu 15,24).

18,2f. *was der Aristoteles darüber schreibt]* In ihrer Universalität, die sich auf alle Gebiete des gesellschaftlichen Seins und Denkens der

Menschen erstreckt, erlangt die aristotelische Philosophie seit dem Mittelalter den Rang einer unantastbaren Autorität. Wobei die Ergebnisse des aristotelischen Denkens, das sich im Prinzip darauf gründet, von den konkreten Erscheinungen der Natur und des Lebens auszugehen, von der Scholastik zum Dogma erklärt werden; d. h. die von Aristoteles auf nahezu allen Gebieten geleisteten Untersuchungen und seine daraus gezogenen Schlußfolgerungen werden als unumstößliche Wahrheiten behandelt. Aristoteles führt den freien Fall auf die von ihm angenommene Entelechie zurück (eine jedem Körper innewohnende Kraft, die u. a. seine Bewegung bewirkt). Galilei untersucht als experimentierender Naturwissenschaftler die Erscheinungen nach den hier wirkenden Naturgesetzen. Die Auseinandersetzungen zwischen scholastischer und neuerer Naturwissenschaft sind deshalb weniger ein Streit um naturwissenschaftliche Fakten als ein Kampf zwischen unterschiedlichen Denkrichtungen.

18,14f. *Ihre Entdeckungen]* Zu den praktischen Ergebnissen aus Galileis Forschungen gehören eine Reihe von ihm entwickelter Geräte und Instrumente, z. B. eine hydrostatische Waage zur Bestimmung spezifischer Gewichte, ein Thermometer, eine Wasserpumpe, eine Berieselungsanlage.

18,22f. *Militärzirkel]* 1597 entwickelt Galilei ein mathematisches Hilfsgerät, das die Bezeichnung »geometrisch-militärischer Zirkel« trägt. Das Konstruktionsprinzip ist dem des Storchschnabels vergleichbar. Die Erfindung, auch Proportions- oder Proportionalzirkel genannt, gilt als Vorläufer des Rechenschiebers. Galilei entwickelt das Gerät zur Vereinfachung geometrischer Berechnungen im Militärwesen.

19,29 *was fällt schneller]* Aristoteles ist von der Annahme ausgegangen, daß schwere Körper schneller fallen als leichte, d. h. daß ihre Fallgeschwindigkeit von ihrem Gewicht abhänge. Die Behauptung wird von Galilei theoretisch und experimentell widerlegt.

19,36 *Teleskop]* Das erste Linsenfernrohr wird 1608 von dem holländischen Linsenschleifer Hans Lippershey gebaut. Ein Jahr später erfährt Galilei von dieser Erfindung. Das von ihm nachkonstruierte und zunächst als eigene Erfindung ausgegebene Instrument erreicht bereits eine zwanzigfache Vergrößerung und ist somit erstmals für astronomische Beobachtungen einsetzbar.

21,29 *Signoria]* (Ital.) Herrschaft. Hier Bezeichnung für die Vertreter der Regierung der Republik Venedig (vgl. zu 15,11).

21,29 *24. August 1609]* Dieses Datum trägt ein Brief Galileis an das Staatsoberhaupt von Venedig. In ihm offeriert er der Regierung sein Fernrohr als Geschenk. Zum Dank wird ihm am 25. August die Paduaner Professur auf Lebenszeit verliehen und sein Gehalt auf 1000 Scudi verdoppelt. Die Vorführung des Instruments findet vor Vertretern der Signoria am 21. August 1609 auf dem Glockenturm der Kirche von San Marco in Venedig statt.

21,31 *Sagredo]* Vorbild für diese Figur ist der venezianische Ratsherr Giovanni Francesco Sagredo, ein enger Freund und Vertrauter Galileis.

21,32 *den Dogen]* Doge: (ital. von lat. dux: Führer, Herzog) Bezeichnung für das Staatsoberhaupt der Republik Venedig (vgl. zu 15,11). In Venedig wie in Genua steht der Doge im Rang eines regierenden Fürsten.

21,39-22,1 *auf den Mond gerichtet]* Galilei beginnt seine astronomischen Beobachtungen im Oktober 1609 mit der Untersuchung des Mondes. Er entdeckt dessen erdähnliche Oberflächenstruktur, was Rückschlüsse auf die Planetennatur der Erde zuließ.

22,3f. *von eigenem Licht keine Spur]* Zur Erklärung der Mondphasen existierten verschiedene Theorien über die Beschaffenheit des Mondes. Eine schon im Altertum vertretene und bis in die Zeit Galileis reichende geht davon aus, daß der Mond eine spiegelnde Kugel sei, deren eine Hälfte selbst leuchte. Eine weitere Anschauung besagt, der Mond habe eine so geringe Dichte, daß das Licht der Sonne ihn nur ungleichmäßig durchdringe.

22,15-24 *»Als Lehrer ... lehre.«]* Brecht zitiert hier aus einem Brief Galileis vom 24. August 1609 an den Dogen von Venedig, so wie er bei Wohlwill, Band 1, S. 230, wiedergegeben ist. Auch für die nachfolgenden Textpassagen des Kurators: 22,39-23,7 »Unschätzbaren Vorteil ... entschließen.«; 23,11-16 »Ebenso ... unterscheiden.«; 23,22-33 »Indem ... verbringt.«, vgl. Wohlwill, Band 1, S. 230f.

24,28 *9. Januar 1610]* Das Datum entspricht dem historisch belegten Zeitraum der Jupiter-Beobachtungen Galileis. Er entdeckt vier der größten Jupitermonde: am 7. Januar drei und am 13. Januar 1610 den vierten. Der Nachweis der Existenz dieser Monde und ihrer Bewegung um den Planeten ist ein erster Beweis gegen die aristotelische Behauptung, daß die Planeten fest mit undurchdringlichen Kristallschalen verbunden seien.

24,37-25,3 *Der Sichelrand ... leuchtenden Teil.]* Die Beschreibung entspricht weitgehend dem Text bei Wohlwill, Band 1, S. 256f.

25,37f. *Vor noch nicht zehn Jahren ... verbrannt worden.]* Gemeint ist die Vollstreckung des Inquisitionsurteils an Giordano Bruno.

26,3 *6. Januar 1610]* Für dieses von der Szenenüberschrift abweichende Datum existiert kein historischer Beleg aus den Forschungen Galileis über den Mond. Allerdings gibt Galilei in einem Brief vom 7. Januar 1610 einen ersten ausführlichen Bericht von seinen Mondbeobachtungen (vgl. Wohlwill, Band 1, S. 252).

27,13f. *Wasserpumpe ... Berieselungsanlage]* Galilei erprobt seine 1593 konstruierte »Maschine zum Heben von Wasser« 1604 in Padua erstmals für die Bewässerung eines Gartens der Stadt.

27,32f. *Filzen]* Filze: umgangssprachlich für: Geizhälse.

28,1 *Klafter]* Altes, vor allem in Österreich gebräuchliches Längenmaß, das von der Spannweite zwischen den ausgestreckten Armen eines erwachsenen Mannes abgeleitet ist.

28,11 f. *Nebel der Milchstraße]* Mit dem Fernrohr Galileis können zum ersten Mal auch Sterne sichtbar gemacht werden, die dem bloßen Auge verborgen bleiben. So kann Galilei nachweisen, daß die Milchstraße kein Nebel ist, wie von Aristoteles gedeutet, sondern eine Anhäufung zahlloser Sterne. Letzteres hat in der Astronomie des Altertums auch schon Demokrit angenommen.

28,14 *Orion]* Auch die sogenannten Nebel im Sternbild des Orion können von Galilei als Sterne ausgemacht werden. Er weist hier allein 500 und weitere 40 zuvor nie gesehene Sterne im Bereich der Plejaden nach.

28,15 *die vielen Welten]* Über Kopernikus hinausgehend, vertritt Giordano Bruno die Ansicht, daß es neben dem Sonnensystem, das die Erde einschließt, noch zahlreiche andere geben müsse. Er schließt als Philosoph auf die Unendlichkeit des Weltalls und bezeichnet die bis dahin nicht vorstellbaren anderen Sonnensysteme als »neue Welten«. Seine Schrift, in der er diese Theorie vertritt, *Del'infinito, universo et mondi* (*Vom Unendlichen, dem All und den Welten*), entsteht 1584 in London.

28,37 *Höhe]* In der Astronomie mathematische Berechnungsgröße zur Vermessung der Lage von Gestirnen gegenüber der Erde. Dabei wird die Annahme einer scheinbaren Himmelskugel zugrunde gelegt, die sich als Halbkugel über eine ebenso gedachte Kreisebene erhebt, die die Erde im Beobachterstandpunkt berührt (mathematischer Horizont). Als Höhe wird jener Winkel bezeichnet, der sich zwischen mathematischem Horizont und der Geraden ergibt, in der der Beobachter das jeweilige Gestirn anpeilt.

29,2 *eine andere Sonne]* Hier auf den Planeten Jupiter bezogen. Die Bezeichnung Sonne ist in der Begrifflichkeit des kopernikanischen Systems verwendet: ein anderer Stern, wie die Sonne, als Mittelpunkt für ihn umlaufende Himmelskörper.

29,32 *Wo ist Gott?]* In ähnlichem Zusammenhang behandelt Brecht die Widerlegung der Existenz Gottes in *Der Flug der Lindberghs* (8. Szene): »Zehntausend Jahre lang entstand / Wo die Wasser dunkel wurden am Himmel / Zwischen Licht und Dämmerung unhinderbar / Gott. [...] Baut Straßen durch das Gebirge, dann verschwindet er / Flüsse vertreiben ihn aus der Wüste. Das Licht / Zeigt Leere und / Verscheucht ihn sofort.«

30,1 *In uns oder nirgends!]* Die Feststellung schließt Giordano Brunos Auffassung ein, der das Universum mit Gott gleichsetzt und die Natur als Selbstentfaltung Gottes ansieht.

30,9 *drei Jahre in Pisa]* Galilei lehrte von 1589 bis 1592 Mathematik an der Universität Pisa.

32,21 f. *die Mediceischen Sterne]* Galilei, der aus Florenz, der

Hauptstadt des Fürstentums Toskana stammt, benennt die von ihm entdeckten Jupitermonde nach dem Geschlecht der dort regierenden Fürsten, de Medici.

32,36 *Weil die Mönche dort herrschen!]* Gemeint ist die Macht der Inquisition in den italienischen Fürstentümern (vgl. zu 15,39).

33,9f. *sehenden Auges ... ins Verderben geht]* Vgl. Hiob 21,20: »Seine Augen mögen sein Verderben sehen«.

34,3 *Virginia]* Den Namen entlehnt Brecht von einer der unehelichen Töchter Galileis, Virginia Gamba, die 1616 Nonne geworden ist.

35,1-7 *»Wenn ich ... sichern wird.]* Brecht übernimmt diesen Text von Wohlwill, Band 1, S. 272. Es handelt sich dabei um eine Widmung, die Galilei seinem 1610 erschienenen *Sidereus Nuncius* (*Nachricht von den Sternen*) vorangestellt hat, einer Schrift, in der Galilei Mitteilung über seine Himmelsbeobachtungen gibt.

35,17f. *der aufgehenden Sonne]* Anspielung auf das Sonnensymbol absolutistischer Herrscher.

36,21 *Cosmo de Medici]* Brecht gestaltet die Figur in Anlehnung an Cosimo de Medici, der 1609 mit neunzehn Jahren Großherzog von Toskana wird und den Galilei noch als Prinzen unterrichtet hat. 1610 tritt Galilei als »Erster Mathematiker und Philosoph« in die Dienste des florentinischen Hofes.

38,37 *Miasmen]* Miasma: Pest- oder Gifthauch. Nach der Vorstellung im 17. Jahrhundert Bodenausdünstungen, die die Pest übertragen.

39,24f. *epizyklische Bahn]* Ein auf Hipparch zurückgehendes mathematisches Prinzip, das vor allem im ptolemäischen System Anwendung gefunden hat. Es ermöglicht, die scheinbare Bewegung der Planeten, d.h. ihren von der Erde auszumachenden recht- und rückläufigen Lauf, der mit der ptolemäischen Annahme einer gleichmäßigen Kreisbewegung der Planeten um die Erde nicht in Übereinstimmung zu bringen ist, mathematisch zu berechnen. Das Prinzip kann geometrisch als aus Hauptkreis und Nebenkreis (griech. Epizykel) zusammengesetzte Bewegung dargestellt werden.

40,39-41,1 *Jupiter ... an die Sphäre der Fixsterne geheftet]* Weder im aristotelischen noch im ptolemäischen System gehört der Jupiter zu den Fixsternen. Ihm ist als Planet eine eigene Sphäre zugeordnet.

41,10f. *ein nicht sehr verläßliches Rohr]* Gegen Galilei wird mehrfach der Vorwurf erhoben, seine Entdeckungen seien Betrug. Christoph Clavius (vgl. zu 52,6) nennt Galileis Fernrohr anfangs ein Glas, »das die Sterne erzeuge und in dem man sie dann sehen könne« (vgl. Wohlwill, Band 1, S. 283).

41,24 *Die Gründe, Herr Galilei!]* Die Gründe für ein Phänomen werden in der scholastischen Wissenschaft nicht aus den zu beobachtenden Tatsachen bezogen (wie bei Galilei), sondern an den bisher feststehenden »Wahrheiten« auf ihre Wahrscheinlichkeit oder Unwahrscheinlichkeit hin überprüft. Gegen diese Denkweise der meisten Gelehrten seiner Zeit wendet sich Galilei schon 1610 in einem Brief an Johannes Kepler: »so haben sie die Augen gegen das Licht der Wahrheit verstopft. Es ist etwas Großes darum, doch gibt es mir keinen Anlaß, mich zu wundern; denn diese Art von Menschen glaubt, die Philosophie sei ein Buch wie die Aeneide und die Odyssee, das Wahre aber sei nicht in der Welt oder in der Natur zu suchen, sondern in der Vergleichung der Texte (das sind ihre eigenen Worte).« (Vgl. Wohlwill, Band 1, S. 335.)

42,36 *Der Mann hatte kein Fernrohr!]* In seinem 1632 in Florenz herausgegebenen Werk *Dialogo sopra i due massimi sistemi del mondo, tolemaico e copernicano* (*Dialog über die beiden hauptsächlichsten Weltsysteme, das ptolemäische und das kopernikanische*), im folgenden nur noch *Dialog* genannt, legt Galilei dar, daß man Aristoteles sehr unrecht tut, indem man seine Worte zur Autorität erhebt, denn er wäre den neuen Ansichten sicher selbst beigetreten, wenn er ein Fernrohr gehabt hätte.

43,5f. *Die Wahrheit ist ... Autorität]* Sprichwörtliche Redewendung, die sich bis auf den lateinischen Grammatiker Aulus Gellius zurückführen läßt. Brecht übernimmt den Ausspruch hier von Francis Bacon, wie überhaupt die Argumentation Galileis in diesem Streit mit den Gelehrten zahlreiche Anregungen aus dem *Neuen Organon* aufweist. Der Satz lautet bei Bacon: »Die Wahrheit heißt mit Recht die Tochter der Zeit und nicht der Autoren.« (Vgl. *Neues Organon*, S. 135.) Brecht hat in seinem Exemplar dieser Ausgabe Kirchmanns das Wort »Autoren« handschriftlich in »Autorität« geändert.

47,30f. *den Englischen Gruß]* Katholisches Gebet nach Lukas 1,28 und 1,42: Gruß des Engels Gabriel an Maria; lat. Ave Maria.

49,32f. *Ursulinerinnen]* Name für die 1535 von Angela Merici gestiftete Genossenschaft von Frauen, die sich der Kranken- und Armenpflege und dem Unterricht von Mädchen widmet; benannt nach der heiligen Ursula. Später entstehen aus dieser Vereinigung auch einige Klöster.

50,4 *Venus]* 1610 entdeckt Galilei, daß sich die Venus wie der Mond der Erde in zunehmender und abnehmender Gestalt zeigt. Damit ist ein weiterer Nachweis für das heliozentrische Weltbild erbracht.

50,34 *Merkur]* Galilei stellt nach seinen Venusbeobachtungen die gleichen Untersuchungen bei dem der Erde am nächsten liegenden Planeten Merkur an. Dessen Phasen können allerdings erst 1639 mit einem weiterentwickelten Fernrohr nachgewiesen werden.

51,2 *1616]* Die Bestätigung der Entdeckungen Galileis durch das Collegium Romanum erfolgt 1611.

51,2 *Collegium Romanum]* (Lat.) die führende Lehr- und Forschungsanstalt der katholischen Kirche in Rom, die im wesentlichen von Wissenschaftlern aus dem Orden der Jesuiten geleitet wird. Das Collegium Romanum galt in allen Fragen der Wissenschaft als höchste Instanz der Kirche.

51,15 *Monsignore]* (Ital.) Hochwürden. Titel der Prälaten (vgl. zu 10,38).

51,18f. *Schusser]* Mundartlich für: kleines Spielkügelchen, Murmel.

52,6 *Clavius]* Der aus Deutschland stammende Jesuitenpater Christoph Clavius leitet die Überprüfung der Entdeckungen Galileis im Collegium Romanum.

52,8 *der höchsten Sphäre]* Nach dem ptolemäischen System ist das Weltall in acht Sphären aufgeteilt. Die ersten sieben Sphären werden, in symmetrischer Folge von der Erde ausgehend, als die Träger von Mond, Merkur, Venus, Sonne, Mars, Jupiter und Saturn bestimmt. Die äußerste achte Sphäre ist als Träger der Unveränderlichen, der Fixsterne gedacht.

52,9 *ein neuer Stern]* Gemeint ist der von David Fabrizius 1572 entdeckte Stern, nach dessen Auftauchen unter den Astronomen Europas ein Streit über die kopernikanische Lehre entbrennt. Die Herkunft eines solchen veränderlichen Sterns, einer sogenannten Nova (nach dem lat. novum: Neuigkeit) kann im 17. Jahrhundert noch nicht erklärt werden. Als Novae bezeichnet man weit von der Erde entfernte Sterne, die nur dann mit bloßem Auge wahrzunehmen sind, wenn sich infolge explosionsartiger Prozesse in der Materie dieser Sterne ihre Helligkeit auf das Fünf- bis Einhunderttausendfache erhöht. Nach Ablauf der Explosion nehmen sie in kürzeren oder längeren Zeiträumen allmählich wieder ihre Ausgangshelligkeit an und verschwinden so aus dem Gesichtskreis der Erdbeobachtung.

52,17 *bestimmt ... die Bahn eines Kometen]* Der dänische Astronom Tycho Brahe widerlegte anhand seiner Beobachtungen und Berechnungen der Bewegung eines 1577 erschienenen Kometen die aristotelische Ansicht über die Kometen wie auch die Sphärentheorie. Nach Aristoteles sind Kometen Meteore innerhalb der Erdatmosphäre, die aus dichteren Dünsten bestehen und sich an der die Atmosphäre umschließenden Sphäre des Feuers entzünden. Nach Brahes Berechnungen reicht die Bahn dieses Kometen über die angenommene Fixsternsphäre hinaus, was eindeutig gegen deren Undurchdringlichkeit und damit Existenz spricht.

52,32 *den Tafeln dieses Kopernikus]* Gegenüber dem Handbuch der Astronomie von Ptolemäus und den dortigen Berechnungsgrundlagen für Stellung und Lauf der Gestirne lassen die von Kopernikus geschaffenen Tafeln und Tabellen genauere Standortbestimmungen zu. Allerdings nimmt Kopernikus für die Bahnen der Gestirne noch exzentrische Kreisbahnen um die Sonne an, so daß er auf das komplizierte und aufwendige Epizykelsystem (vgl. zu 39,24f.) weiterhin angewiesen ist.

52,39-53,1 *»Sonne, stehe still ... Ajalon!«]* Josua 10,12. In der Diskussion um das heliozentrische Weltbild spielt diese Stelle eine zentrale Rolle, und zwar unter dem Argument, daß sich die Sonne notwendig bewegen müsse, wenn Gott sie zum Anhalten zwinge. Da die Bibel wörtlich genommen wird, kann Galilei trotz aller Beweisführung nach Ansicht der Theologen und scholastischen Wissenschaftler nicht recht haben.

53,21 *es gibt nur Tiere]* Anspielung auf die Entwicklungslehre von Charles Darwin.

54,3 *seinen Sohn schicken]* Hinweis auf die Lebens- und Passionsgeschichte Jesu, der einst als Erlöser der Welt auch wiederkehren soll.

54,4 *ihrer Rechentafeln Glauben schenken]* Anspielung auf die Kopernikaner, die über die Mathematik dem Widerspruch zwischen altem astronomischem System und neuen empirischen Daten beizukommen suchen. Gegenüber Kopernikus, der die Astronomie vor allem als geometrische Wissenschaft betrieben hat, um einen sicheren Grund für die astronomischen Berechnungen der Mathematiker zu schaffen, denkt Galilei bereits in physikalischen Zusammenhängen, ohne dabei das Schwergewicht der Mathematik außer acht zu lassen.

54,9 *den wir seinerzeit hier verbrannt haben]* Gemeint ist Giordano Bruno.

54,11 *Eminenz]* (Lat.) Hoheit. Ehrentitel bzw. Anrede der Kardinäle.

54,27 *Ebenbild Gottes]* Vgl. 1 Mose 1,27: »Und Gott schuf den Menschen zu seinem Bilde«.

55,14 *Kardinal Inquisitor]* Oberster Gerichtsherr der Inquisition (vgl. zu 15,39).

55,26 *Index]* (Lat.) Verzeichnis. Hier ist der Index librorum prohibitorum (Verzeichnis der verbotenen Bücher) in der katholischen Kirche gemeint. Er wird 1559 von Papst Paul IV. zur Bekämpfung reformatorischer und naturwissenschaftlicher Schriften erlassen.

55,26 *19. Februar 1616]* Galilei befindet sich zu dieser Zeit in Rom, um erste Anschuldigungen der Ketzerei zu entkräften, die nach Denunziationen bei der Inquisition (vgl. zu 68,9f.) gegen ihn erhoben werden. Galilei bleibt unangetastet, aber der Papst beauftragt am 19. Februar 1616 die führenden Theologen der Inquisition mit der Prüfung der kopernikanischen Lehre. Untersucht werden jedoch nicht Kopernikus' Schriften, sondern das Inquisitionsgericht fällt sein Urteil anhand zweier Sätze, die ihm als Fazit der kopernikanischen Lehre von Kirchenvertretern zur Beurteilung unterbreitet werden. Das Inquisitionsgericht entscheidet, daß diese Sätze falsch und im Sinne der Kirche verwerflich seien, was das Verbot der Schriften von Kopernikus zur Folge hat.

55,28 *Im Haus des Kardinals Bellarmin]* Am 26. Februar 1616 lädt Kardinal Roberto Bellarmin Galilei im Auftrag des Papstes in seinen Palast ein, um ihm mitzuteilen, daß es ihm nicht gestattet sei, die kopernikanische Lehre anders als in hypothetischer Betrachtung weiter zu verfolgen. Bellarmin, Angehöriger des Jesuitenordens, ist einer der führenden Theologen der damaligen Zeit und berühmt als Verfasser glänzender Streitschriften zu Religionsfragen, die in viele Sprachen übersetzt werden. Seit 1592 steht er dem Collegium Romanum (vgl. zweite Anmerkung zu 51,2) als Rektor vor. Er genießt als Wissenschaftler große Autorität und wird deshalb vom Papst beauftragt, Galilei von der Entscheidung in Kenntnis zu setzen. Im Prozeß gegen Galilei erklärt Bellarmin, daß es den Wissenschaftlern zwar freistehe, mit Hilfe ihrer Fernrohre verschiedene Theorien aufzustellen, die Probleme des Seins würde jedoch auch in Zukunft die Kirche erklären.

56,15f. *das alte Schach]* Vgl. zu 11,18f.

56,39-57,1 *der Heiligen Kongregation]* Kongregation ist die Bezeichnung für wichtige Gemeinschaften und Behörden der römischen Kurie (vgl. zu 67,4). Hier ist die Gemeinschaft der Kardinäle (Kardinalkongregation unter Vorsitz des Papstes) gemeint.

57,3 *Bramarbasse]* Der Begriff Bramarbas geht zurück auf ein Gedicht von Philander von der Linde: *Cartell* [Duellforderung] *des Bramarbas an Don Quixote* (1771). Von dort übernimmt ihn Johann Christoph Gottsched als Bezeichnung für einen großsprecherischen Soldaten und Maulhelden.

57,7 *Epizirkel]* Eigentlich: Epizykel (vgl. zu 39,24f.).

57,9 *Fuchsmaske]* In der christlichen Tiersymbolik steht der Fuchs für die Eigenschaften des Teufels: Der Fuchs stellt sich tot, um die Vögel anzulocken; sinngemäß ergreift der Teufel die sündigen Menschen, um sie zu verschlingen.

57,9f. *Kardinal Barberini]* Mit Kardinal Carlo Maffeo Barberini (ab 1623 Papst Urban VIII.) ist Galilei seit 1611 persönlich bekannt. Barberini ist ein in der Kirche anerkannter Wissenschaftler und zugleich Dichter, von dem auch Gedichtbände veröffentlicht werden. Er bringt Galilei große Wertschätzung entgegen, neben Huldigungsbriefen an ihn verfaßt er auch ein Gedicht auf Galilei. Nach seiner Wahl zum Papst betreibt er jedoch Galileis Verurteilung durch die Inquisition.

57,10 *Esel]* Der Esel steht in der christlichen Tiersymbolik für die Laster Dummheit, Trägheit und Geiz, aber auch für die Tugend Enthaltsamkeit.

57,17f. *Sie geht auf und unter ...]* Vgl. Prediger 1,5: »Die Sonne geht auf und geht unter und läuft an ihren Ort, daß sie dort wieder aufgehe.«

57,20f. *Als es sich ... bewegt sich fort.]* Die Argumentation mit Schiff und Ufer gebraucht Kardinal Bellarmin 1616 in einem Disput über die wahre Stellung der Erde, den er mit einem Freund Galileis führt. Brecht übernimmt sie von Wohlwill, Band 1, S. 563.

59,1 *Chrysantheme]* Wahrscheinlich Anspielung auf eine üppige Frau.

59,5 *in Kreisen oder Ellipsen]* Mit Kreisen ist die kopernikanische Annahme (Kreisbewegung der Planeten um die Sonne) gemeint. Kepler geht als erster von elliptischen Bahnen aus und formuliert diese Erkenntnis, die zu seiner Entdeckung der Gesetze der Planetenbewegung gehört, 1609 in seinem Buch *Astronomia nova* (*Neue Astronomie*). Galilei folgt den Keplerschen Überlegungen in seinen Schriften nicht.

59,9f. *Er zeichnet ... Geschwindigkeit.]* Brecht übernimmt für diesen Vorgang wahrscheinlich eine Anregung Einsteins, über die er sich 1942 im *Journal* äußert: »Unser System von Gründen ist begrenzt durch eine Art von Reproduzierbarkeit, die Einstein einmal so ausdrückte: Er machte mit seinem Finger einige sehr unregelmäßige und rhythmisch unstabile Bewegungen und sagte: Wenn die Gestirne sich z. B. so bewegten, gäbe es keine Astronomie. (Obwohl sie zweifellos ihre guten Gründe hätten.)« (*Journale*, 17. März 1942.)

59,13f. *Er hätte ... konstruiert]* Dieser von Brecht formulierte Satz deutet auf den Ausgangspunkt der Philosophie Descartes' hin: die Einheit der Welt, in der der Mensch steht und von der er ausgeht. Aber auch Galilei selbst äußert sich im *Dialog* zu dieser Fragestellung, wenn er schreibt, es treffe sicher nicht zu, daß die Natur zuerst das Gehirn des Menschen geschaffen habe und erst dann die Dinge, um sie der Fassungsgabe des menschlichen Verstandes zuzuordnen. Sondern es sei sicher gerade umgekehrt, die Natur habe die Dinge nach ihrer Weise geschaffen und dann die menschliche Vernunft mit Fähigkeiten ausgestattet, sie zu begreifen.

59,27 *Campagna]* Landwirtschafts- und Weinbaugebiet in der Umgebung Roms.

60,1f. *Ich bin ein gläubiger Sohn der Kirche]* Galilei ist und bleibt zeit seines Lebens ein überzeugter Katholik. In seiner wissenschaftlichen Arbeit sieht er sich nicht in Gegnerschaft zur Kirche (da er die Natur grundsätzlich als Werk Gottes ansieht), sondern zur herrschenden Schulmeinung. Brecht hat diese Haltung Galileis im Stück streng beachtet. »Es entspricht der historischen Wahrheit, wenn der Galilei des Stückes sich niemals direkt gegen die Kirche wendet. Es gibt keinen Satz Galileis in dieser Richtung.« (*Darstellung der Kirche.*)

60,19f. *das Heilige Offizium]* Officium: (lat.) Amt, Behörde. Gemeint ist hier die Kardinalskongregation (oberste Gerichtsbehörde) der Inquisition an der römischen Kurie (seit 1542; vgl. zu 15,39).

60,21-23 *nach der die Sonne ... im Glauben ist]* Brecht zitiert aus dem Gutachten der Inquisition über die kopernikanische Lehre, wie bei Wohlwill, Band 1, S. 623, wiedergegeben.

61,3 *höchst geliebte Tochter der Kirche]* Die Formulierung entspricht dem theologischen Prinzip der mittelalterlichen Scholastik, nach dem die Wissenschaft Magd der Kirche ist. Als erster hat es Petrus Damiani formuliert.

61,6f. *Vertrauen wird dadurch erschöpft ...]* Brecht verwendet den Satz in ähnlichem Wortlaut noch mehrfach. So trägt ein Gedicht die Überschrift *Vertrauen wird dadurch erschöpft, daß es verlangt wird*;

vgl. auch im *Buch der Wendungen (Me-ti)* den Abschnitt *Über die Erschöpfung des Vertrauens*, wo Brecht Me-ti sagen läßt: »Das Vertrauen der Völker wird erschöpft, indem es beansprucht wird.«

61,13 *Kommissar des Heiligen Offiziums]* Oberster Untersuchungsrichter der Inquisition.

61,16f. *Dekret des Heiligen Offiziums]* Zum Zeitpunkt der Belehrung Galileis durch Bellarmin ist das Dekret der Inquisition (vgl. zu 64,9) noch nicht erlassen. Galilei wird zunächst auf der Grundlage des theologischen Gutachtens (vgl. zweite Anmerkung zu 55,26) ermahnt.

61,24f. *wenn es keinen Gott gäbe ...]* Geflügeltes Wort, das auf Voltaires *Epître à l'auteur du livre des trois imposteurs* (*Epistel an den Verfasser des Buches von den drei Betrügern*) von 1769 zurückgeht.

61,25 *Distelfresser]* Hier bezogen auf die Eselsmaske Barberinis (der Esel als Distelfresser), mit dem Hinweis auf die Tugend Enthaltsamkeit (vgl. zu 57,10). Distelfresser ist aber auch ein Spottname für Mönche, hergeleitet von den Jesuiten, die aus einer Distelart, dem Gänsefuß, den sogenannten Jesuitentee bereiteten.

62,28 *welche so sehr ausgedehnt sind]* Bei der weiteren Ausarbeitung der kopernikanischen Lehre verlieren die bisherigen Auffassungen über die Entfernung der Gestirne voneinander immer mehr an Gültigkeit. Die an Bruno anknüpfende und auch von Galilei vertretene Anschauung von der Existenz vieler anderer Welten (Sonnensysteme) rückt die Fixsterne in eine unvorstellbare Weite, bei der sie in keiner Beziehung mehr zu den erdnahen Planeten stehen. Galilei schlägt für mathematische Berechnungen unseres Sonnensystems vor, die Fixsterne nur noch als Punkt anzusehen, d.h. als zu vernachlässigende Rechengröße. In der damaligen Vorstellung eines auf die Erde und damit auf den Menschen bezogenen Weltganzen werden diese neuen Erkenntnisse als ungeheuerliche, weil für den Menschen unnütze Herausforderung angesehen.

64,9 *Dekret der Indexkongregation]* Auf der Grundlage des Gutachtens der Inquisition über die kopernikanische Lehre (vgl. zweite Anmerkung zu 55,26) erläßt die Indexkongregation (Versammlung jener Vertreter der Inquisition, die für die Überprüfung von Schriften und Büchern verantwortlich sind) am 3. März 1616 eine amtliche Verfügung, nach der fortan Kenntnisnahme, Besitz und Verbreitung der wissenschaftlichen Werke von Kopernikus unter Strafe gestellt werden und nur noch die rein hypothetische Behandlung der Lehre gestattet ist. Das Dekret wird am 5. März 1616 veröffentlicht.

65,18 *Welttheater]* Der bis in die Antike zurückreichende Begriff ist in Europa vor allem über das theatrum mundi (lat. die Welt als Theater) des Mittelalters und des Barock lebendig geblieben. Es handelt sich um eine Theaterform, in der die Vorstellung lebendig ist, daß die Welt ein von Gott gelenktes Theater sei, in dem jeder Mensch seine Rolle spielt. Seine Entsprechung in der Dramatik hat das theatrum mundi vor allem im *Spiel vom Antichrist* (um 1100) und in Calderon de la Barcas um 1645 entstandenem Stück *El gran teatro del mundo* (*Das große Welttheater*) gefunden.

66,9f. *Stellvertreter des milden Jesus]* Gemeint ist der Papst, nach dem katholischen Glauben der Stellvertreter Christi auf Erden.

66,10 *in Spanien und Deutschland]* Für die gegen Mitte des 16. Jahrhunderts beginnende Gegenreformation ist das katholische Spanien einer der wichtigsten Verbündeten Roms. Die jeweiligen Päpste unterstützten deshalb Spanien in seinen zahlreichen Kriegen, z.B. gegen Frankreich und die Niederlande. Für Deutschland greift Brecht hier auf den Dreißigjährigen Krieg (1618-1648) voraus, in dem es u.a. auch um die Macht der römischen Kirche geht.

66,12 *Stuhl Petri]* Der Thron des Papstes. Im übertragenen Sinn die päpstliche Regierung. Die Bezeichnung geht auf den Apostel Petrus zurück, der in Rom tätig gewesen ist und in dem die katholische Kirche ihren Gründer sieht.

66,21 *Priap]* (Griech. Priapos.) Aus Kleinasien stammender Fruchtbarkeitsgott. Von den Römern wurden aus Feigenholz geschnitzte Standbilder des Gottes als Vogelscheuchen in Gärten und Weinbergen aufgestellt.

66,28 *den Esquilinischen Gärten]* Gemeint sind die kunstvollen Gärten um den Palast des römischen Ritters Maeceneas auf dem Esquilinischen Berg, einem der sieben Hügel Roms.

66,30-33 *»Ein Feigenklotz ...«]* Brecht übernimmt diese Anfangsverse der 8. Satire des 1. Buches von Horaz mit nur geringen Änderungen nach der von Heinrich Conrad überarbeiteten Übersetzung Christoph Martin Wielands (vgl. Horaz, *Satiren und Episteln*, hg. v. Heinrich Conrad, Band 1: *Satiren*, Berlin o.J., S. 178).

67,3 *Die Winkelsumme im Dreieck]* In ähnlichem Zusammenhang benutzt Brecht dieses Argument schon 1937 in der *Rede über die Widerstandskraft der Vernunft*, wo es heißt: »Der englische Philosoph Hobbes sagt schon im 17. Jahrhundert: ›Wenn der Satz, daß die Winkel eines Dreiecks zusammen gleich zwei rechte sind, den Interessen der Geschäftsleute widersprechen würde, so würden die Geschäftsleute sofort alle Lehrbücher der Geometrie verbrennen lassen.‹«

67,4 *Kurie]* Gemeint ist die römische Kurie (lat. Curia Romana), die im engeren kirchenrechtlichen Sinn die Gesamtheit der höchsten katholisch-kirchlichen Behörden umfaßt (Kongregationen, Gerichtshöfe, Ämter) sowie die jeweiligen Amtsträger. Sie unterstützt den Papst in der Ausübung seines Amtes. Im weiteren Sinn ist die Kurie die gesamte unmittelbare Umgebung des Papstes.

67,18 *bis hierher und nicht weiter]* Vgl. Hiob 38,11: »›Bis hierher sollst du kommen und nicht weiter [...]!‹«

67,20 *hier stehen die Gründe]* Kurz vor Erlaß des Dekrets gegen die kopernikanische Lehre beschäftigt sich Galilei eingehend mit der Erforschung der Ursachen von Ebbe und Flut, die er aus der Bewegung der Erde erklärt, d.h. er bezieht in den öffentlichen Diskussionen, Briefen und Aufzeichnungen zu diesem Problem eindeutig kopernikanische Positionen.

67,24 *Ein Apfel vom Baum der Erkenntnis!]* Anspielung auf die Vertreibung Adams und Evas aus dem Paradies, weil sie vom Baum der Erkenntnis (vgl. 1 Mose 2,16-17) gegessen haben.

67,26-29 *Ich denke manchmal ... Licht.]* Die Äußerung Galileis ist in einem Bericht über eine Debatte zwischen Galilei und anderen Gelehrten über die Natur des Lichtes bei Wohlwill, Band 1, S. 400, wiedergegeben: »ich würde mich gern in einen dunklen Kerker werfen lassen und dort bei Wasser und Brot meine Tage verbringen, wenn ich nur nach Ablauf dieser Zeit, dem Lichte wiedergegeben, klar erkannt und begriffen hätte, was es ist.«

68,2 *Inthronisation]* Feierliche Einführung des Papstes in sein Amt. Brecht zieht in dieser Szene historische Vorgänge zusammen, die mehr als zehn Jahre auseinander liegen. Barberini wird 1623 zum Papst gewählt. Die hier behandelten Forschungen Galileis fallen in die Jahre 1610-1613.

68,4 *Sonnenflecken]* Sie entstehen, wenn Wirbel tiefere Schichten der Sonnenmaterie an deren Oberfläche tragen. Diese Materie ist von geringerer Leuchtkraft, weil ihre Temperatur um mehrere tausend Grad niedriger liegt als die der Sonnenoberfläche, und erscheint deshalb als dunkler Fleck. Galilei hat gleichzeitig mit anderen Wissenschaftlern das schon im Altertum bekannte Phänomen 1610 wiederentdeckt und an ihm in seiner 1613 erschienenen Schrift *Istoria e dimostrazioni intorno alle macchie solari* (*Geschichte und Deutung der Sonnenflecken*) die Achsrotation der Sonne nachgewiesen, ein Problem, das zu dieser Zeit viele Forscher beschäftigt und über das heftige Kontroversen geführt werden.

68,9f. *über das Schwimmen von Körpern]* Im Ergebnis eines längeren wissenschaftlichen Streites zwischen Galilei, einigen Universitätsprofessoren und Mitgliedern des toskanischen Herrscherhauses entsteht auf Veranlassung des Herzogs von Florenz 1611 Galileis antiaristotelischer *Discorso intro alle cose che stanno i sù l'aqua, ò che in quella si muouons* (*Diskurs über die Körper, die auf dem Wasser schwimmen oder in demselben sich bewegen*). Am Anfang dieser Schrift geht Galilei auch auf astronomische Probleme ein und argumentiert im Sinne der kopernikanischen Lehre, was ihm erste Denunziationen bei der Inquisition einträgt, nachdem das Werk 1612 erschienen ist (vgl. zweite Anmerkung zu 55,26).

68,14-22 *Es ist nicht das Ziel ... als Regel.]* Für den ganzen Abschnitt der Rede Galileis hat Brecht teils wörtlich, teils sinngemäß verschiedene Textstellen aus dem *Neuen Organon* von Francis Bacon und aus dessen *Vorrede* zur *Instauratio magna* (Große Erneuerung der Wis-

senschaften) verwendet, die als Gesamtwerk unvollendet bleibt und zu der das *Neue Organon* als zweiter Teil gehört. Die *Vorrede* ist in der Ausgabe J.H. von Kirchmann (vgl. zu 11,20) ebenfalls enthalten. Aus der *Vorrede* sind folgende Zitate übernommen:
68,14-16 »Es ist nicht das Ziel [...] Irrtum.« Bei Bacon: »Auch möge man sich beruhigen und meine *Erneuerung der Wissenschaften* nicht für etwas Unendliches und Übermenschliches halten; vielmehr ist sie in Wahrheit nur das Ende und die rechte Grenze des unendlichen Irrtums.« (S. 48.)
68,16f. »Eine Hauptursache der Armut [...] Reichtum.« Bei Bacon: »Aber eingebildeter Reichtum ist eine Hauptursache der Armut [...].« (S. 36f.)
68,17-19 »Die Philosophie [...] enthalten.« Bei Bacon: »Endlich suche man die Wissenschaft nicht hochmütig in den Zellen des menschlichen Geistes, sondern bescheiden in einer größeren Welt. So wie das Leere meist wüst und unbestimmt ist, so ist das Feste beschränkt und im Kleinen enthalten.« (S. 49.)
Aus dem *Neuen Organon* übernimmt Brecht:
68,19-22 »Die Natur besiegen wir nur [...] Regel.« Bei Bacon: »Die Natur wird nur durch Gehorsam besiegt« (S. 83); der weitere Text ist wörtlich zitiert (vgl. S. 83f.). Es handelt sich hier um eine immer wiederkehrende zentrale Maxime Bacons im *Neuen Organon*, die den neuen Prinzipien der Naturforschung entspricht. Brecht greift in diesem Zusammenhang auch auf Bacon zurück, wenn er in der Kunst zwischen dem aristotelischen und dem wissenschaftlichen Typus unterscheidet.

68,25f. *das Kalte und ... das Längliche]* Anspielung auf die mit der Lehre von den vier Elementen (Erde, Wasser, Luft, Feuer) verknüpfte Vorstellung bei Aristoteles, daß den Dingen jeweils eine bestimmte Substanz innewohne, die Träger ihrer Eigenschaften sei und den Grund für ihre Veränderungen bilde. Die Kategorie der Substanz dient Aristoteles auch zur Erklärung physikalischer Vorgänge in der Natur. Auf die Irrtümer, die aus der kritiklosen Anwendung dieser Substanzvorstellungen entstehen, weist Brecht anhand der in dieser Szene beschriebenen Experimente hin.

68,31 *Papazzoni]* Flaminio Papazzoni ist einer der Gelehrten, mit denen Galilei am florentinischen Hof die Dispute über die schwimmenden Körper führt. Die von Andrea referierten Argumente Papazzonis und Galileis (vgl. 68,31-69,9) übernimmt Brecht von Wohlwill, Band 1, S. 404. Papazzoni vertritt in diesem Streit zwei physikalische Grundanschauungen des Aristoteles, die so im Band 4 der Schrift *De coelo* (*Über den Himmel*) stehen: 1. daß Eis als verdichtetes Wasser eine größere Schwere habe; 2. daß für die Frage, ob ein Körper auf dem Wasser schwimmt, seine Form ausschlaggebend sei. Ganz im Sinne des scholastischen Denkens kommt Papazzoni deshalb mit Aristoteles zu dem

Schluß, Eis könne notwendig nur in der Form einer flachen Scheibe auf dem Wasser schwimmen.

69,12f. *ob er leichter oder schwerer ist als das Wasser]* Es geht hier um eine der antiaristotelischen Beweisführungen Galileis, die er als Experiment und als theoretische Schlußfolgerung in den *Discorsi* (vgl. zu 94,4) beschreibt.

69,14-16 *woher kommt es ... untersinkt?]* Galilei führt beide Behauptungen des Aristoteles in seinen Experimenten am florentinischen Hof ad absurdum. Spektakulär gestaltet sich vor allem das Experiment mit der Nadel, die bei Galilei auf dem Wasser schwimmt, ganz entgegen der von Aristoteles in seiner Schrift *Über den Himmel* aufgestellten Behauptung, daß eine Nadel wegen ihrer zu geringen Fläche und auch wegen ihrer Form (nach Aristoteles sinken lange und runde Gegenstände) eben nicht auf dem Wasser schwimmen könne. Galileis Gegenbeweis veranlaßt die am Disput beteiligten Gelehrten zu vielerlei Mutmaßungen darüber, ob man den Aristoteles bisher nur falsch verstanden habe. Die widersinnigste Auslegung ist die, Aristoteles sei nicht davon ausgegangen, die Nadel der Länge nach auf das Wasser zu legen, sondern vertikal, mit der Spitze nach unten aufzusetzen. Dieses extreme Beispiel scholastischer Wortklauberei nimmt Galilei später auch in die *Discorsi* auf. Für die im Stück aufgeworfene Frage kommt Galileis Feststellung in Betracht, daß Körper dann schwimmen, wenn ihr spezifisches Gewicht dem der von ihnen verdrängten Wassermenge entspricht. Galileis Forschungen über schwimmende Körper fußen auf den Erkenntnissen von Archimedes.

70,27 *Dekret]* Vgl. zu 64,9.

71,19f. *zu einem richtigen Astronomen ... Horoskop]* Die zur Zeit Galileis noch nicht von der Astronomie abgegrenzte Astrologie deutet im Horoskop aus der Konstellation der Sterne bei der Geburt eines Menschen dessen Charakter und Schicksal. Horoskope hat man sich von angesehenen Gelehrten stellen lassen.

71,26 *Aszendenten]* Aszendent: In der Astrologie verwendeter Begriff, der jeweils für das Tierkreiszeichen steht, das bei Annahme einer scheinbar täglichen Bewegung der Himmelskugel um die Erde zum Zeitpunkt, für den das Horoskop gestellt wird, gerade über dem Horizont des Beobachtungsortes erscheint.

71,34 *das Buch dieses Fabrizius]* 1611 ist in Wittenberg Johann Fabrizius' Buch *Narratio de maculis in sole observatis et apparente earum cum sole conversione* (Mitteilung über die Flecken, die auf der Sonne zu beobachten sind und zugleich mit dem Umlauf der Sonne sichtbar werden) erschienen. Fabrizius beschreibt darin seine von Kepler angeregten Forschungen und diskutiert die Frage, ob Sonnenflecken durch Wolken oder Planeten verursacht werden. Er selbst geht von Planeten aus, schließt aber gleichzeitig aus der Bewegung der Flecken auf der Sonne auf deren Rotation.

72,1 *In den Briefen des Apelles an Welser]* Unter dem Pseudonym Apelles veröffentlicht der Jesuit Christoph Scheiner 1612 eine Schrift über die Sonnenflecken, die aus drei an den Augsburger Verleger August Welser gerichteten Briefen besteht. Scheiner deutet dort die Flekken als von planetarischen Körpern verursachte Erscheinungen, als Sternenschwärme. Welser schickt Galilei diese Briefe zu und eröffnet damit eine heftige Kontroverse zwischen Galilei und Scheiner, die schließlich mit Galileis eigener Schrift über die Sonnenflecken (vgl. zu 68,4) öffentlichen Charakter annimmt.

72,5-9 *unter das Schindeldach ... Wölkchen]* Brecht übernimmt den Text von Wohlwill, Band 1, S. 441. Es handelt sich um eine Darlegung der Beobachtungsmethode und erste Beschreibung des Gesehenen von Johannes Kepler im Jahre 1607.

72,25 *Keunos]* Die Herkunft des Namens bei Brecht ist ungeklärt. Denkbar wäre, daß er von griech. Kynikos: hündisch, schamlos, herrührt. Mit Sicherheit aber steht er in Beziehung zur Figur des Keuner in Brechts *Geschichten vom Herrn Keuner*. In einer dieser Geschichten, *Maßnahmen gegen die Gewalt*, erzählt Brecht, wie ein Herr Egge in der Zeit der Illegalität von einem Agenten heimgesucht wird. Der Text dieser Geschichte ist mit der im Stück erzählten Parabel nahezu identisch.

73,7 *Ich habe es nicht verstanden in Rom]* Bezieht sich auf die Reise Galileis 1615/16 nach Rom, bei der er sich der Zustimmung der Kirche für seine Forschungen versichern will. Sein Anliegen wird durch den Urteilsspruch der Inquisition über die kopernikanische Lehre zunichte gemacht. (Vgl. zweite Anmerkung zu 55,26.)

73,8 *Wupp]* Von umgangssprachlich wuppdich! für: geschwind!

75,26 *der Heilige Vater]* Gemeint ist Papst Gregor XV.

76,7 *deine Methode]* Es handelt sich um die Keplersche Methode (vgl. zu 72,5-9).

76,18f. *Er hat mir damals recht gegeben]* Historisch belegt ist, daß Kardinal Barberini, als er im September 1611 auf einer Reise nach Bologna in Florenz Station macht, dort im Haus des Großherzogs an den Debatten über die schwimmenden Körper teilnimmt und Galilei gegen die Angriffe seiner Gegner verteidigt.

76,22f. *eine echte Wiedergeburt der ... Wissenschaften]* Anspielung auf den Begriff Renaissance (wörtlich: Wiedergeburt).

76,29f. *ein Netz von Meridianen ...]* Galilei projiziert das Sonnenbild direkt auf ein Meßblatt und gewinnt so sehr genaue Zeichnungen über Ausdehnung, Lage und Bewegung der Sonnenflecken. Die Beschreibung dieser Methode übernimmt Brecht von Wohlwill, Band 1, S. 460. Entwickelt hat sie Castelli, ein Schüler Galileis.

78,5f. *laßt alle Hoffnung fahren]* Das geflügelte Wort geht auf Dantes nach 1307 entstandene *Divina Commedia* (*Die Göttliche Komödie*) zurück, wo es im dritten Gesang des ersten Teiles, *Inferno* (*Hölle*), heißt: »Laßt, die ihr eingeht, alle Hoffnung fahren!«

78,37 *Buch über die Weltsysteme]* Gemeint ist Galileis *Dialog* (vgl. zu 42,36).

78,39 *nicht in lateinisch]* Galilei hat bereits seinen Diskurs über die schwimmenden Körper (vgl. zu 68,9f.) und seine Schrift über die Sonnenflecken (vgl. zu 68,4) in italienischer Sprache verfaßt. Die Begründung, die er dafür gibt, geht auf einen Brief von 1612 zurück, den Wohlwill, Band 1, S. 465f., zitiert und den Brecht für die nachfolgende Textpassage verwendet. In dem Brief Galileis heißt es: »Was mich dazu veranlaßt, ist, daß ich sehe, wie nach der üblichen Weise, sich ohne Neigung für die Studien zu entscheiden, sich viele dem Beruf des Arztes, des Philosophen usw. zuwenden, ohne dafür im geringsten befähigt zu sein, wie dagegen andere, die sich dafür eignen würden, sich entweder den häuslichen Sorgen oder andern der Wissenschaft fernstehenden Beschäftigungen hingeben, weil sie bei aller natürlichen Begabung nicht lateinische Werke lesen können und sich darum einreden, diese Bücher enthalten nichts als erhabene Lehren der Logik und Metaphysik, die über ihre Fassungskraft hinausgehen; ich aber will: sie sollen sehen, daß die Natur, die ihnen nicht minder als den Philosophen die Augen gegeben, um ihre Werke zu sehen, ihnen auch den Verstand verliehen hat, sie begreifen und fassen zu können.«

79,12f. *goldenes Adelsschild]* Poetisches Bild für die Sonne.

79,18 *Die Schrift sagt, sie steht still]* Vgl. zu 52,39-53,1.

79,35 *des Herrn Hofphysikers]* Vgl. zu 36,21.

80,11 *Mesner]* Landschaftlich für: Kirchen- und Meßdiener.

80,27 *Brotkipf]* Kipf: (süddt.) länglich geformtes Brot.

81,18 *Peterskirche]* Hauptkirche der päpstlichen Palastanlage (Vatikan) in Rom. Der Name geht auf den Apostel Petrus zurück, der hier begraben liegen soll.

81,27 *Hosiannah]* (Hebr.) Hilf doch! Im kirchlichen Gebet als Bittruf gebräuchlich; Willkommensgruß beim Einzug Jesu in Jerusalem; vgl. Matthäus 21,9 u.ö.

82,2 *Brueghels »Streit des ...«]* Gemeint ist das 1559 entstandene Gemälde dieses Titels von Pieter Brueghel d. Ä.

82,14 *1633]* Am 1. Oktober 1632 wird Galilei aufgefordert, vor dem Inquisitionsgericht in Rom zu erscheinen. Seine Gegner unter den Wissenschaftlern haben die Veröffentlichung des *Dialogs*, ein Jahr zuvor, zum Anlaß genommen, ihn erneut bei der Inquisition zu denunzieren. Am 12. April 1633 beginnt der Prozeß gegen Galilei.

82,19 *ein Buch unter dem Arm]* Gemeint ist der *Dialog*.

84,25 *Imprimatur]* Druckerlaubnis. Galilei ist 1630 nach Rom gereist, um die Druckgenehmigung für den *Dialog* zu erwirken. Der Papst selbst nimmt sich der Sache an und befürwortet die Veröffentlichung unter der Bedingung, aus dem Buch müsse deutlich hervorgehen, daß Galilei die kopernikanische Lehre nur hypothetisch behandele, was in einem Vorwort und noch einmal am Ende des Buches deutlich zum

Ausdruck kommen müsse. Von der Zensurbehörde wird die offizielle Zulassung immer wieder hintertrieben, bis, durch die Behandlung der Sache durch den Papst ermutigt, schließlich der Zensor von Florenz die Erlaubnis erteilt.

86,1 *auf den Zweifel begründen]* Vgl. auch Brechts Gedicht *Lob des Zweifels.*

86,2-4 *»Du bist mein Herr ... sein soll.«]* Der Zweifel richtet sich hier gegen einige der christlichen Gebote; vgl. 2 Mose 20,2 und 17.

86,5-14 *Eurer Heiligkeit ... zu schwächen.]* Einen Teil der Formulierungen über die Politik des Papstes zur Zeit Galileis übernimmt Brecht aus dem Buch von Leonardo Olschki, *Galilei und seine Zeit*, Halle 1927, S. 395 f.

86,6 *spanische Politik]* Im Ergebnis zahlreicher Eroberungskriege gehörten weite Gebiete Italiens zur spanischen Krone. Als 1599 mit dem Aufstand Campanellas in Kalabrien die italienische Unabhängigkeitsbewegung gegen Spanien beginnt, steht der Papst auf der Seite der Spanier (vgl. zu 66,10).

86,7 *Zerwürfnis mit dem Kaiser]* Gemeint ist der habsburgische Kaiser Ferdinand II., der ebenfalls ein Verbündeter Roms in der Politik der Gegenreformation ist. Zum Zerwürfnis kommt es auf Grund der Auseinandersetzungen um das italienische Herzogtum Mantua, das 1627 keinen Erbfolger mehr hat. Der Papst will einen französischen Herzog einsetzen und sich über dessen Ehe mit einer Nachfolgerin aus der mantuaischen Adelslinie seinen Einfluß auf dieses Herzogtum sichern. Ferdinand II. bemächtigt sich Mantuas durch Einsetzen eines Verwalters.

86,8 f. *Deutschland eine Fleischbank]* Gemeint sind die Verwüstungen in Deutschland im Dreißigjährigen Krieg.

86,10 *Pest]* 1632 ist ganz Mittelitalien von dieser Seuche heimgesucht. Sie ist zu dieser Zeit noch kaum einzudämmen, erfaßt meist große Gebiete eines Landes, die dann für Monate, mitunter Jahre, unter Quarantäne stehen. Die Gleichrangigkeit, mit der hier Pest und Krieg genannt werden, entspricht dem Ausmaß der sozialen Folgen dieser Seuche in der damaligen Zeit.

86,13 *in geheimem Bündnis]* Durch die Siege Wallensteins im Dreißigjährigen Krieg sieht die römische Kirche ihre eigenen europäischen Machtinteressen von denen der habsburgischen Monarchie unter Ferdinand II. bedroht. Nach dem Eintritt Schwedens in den Krieg kam es deshalb über den französischen Kardinal Richelieu zu Verbindungen des Papstes zum schwedischen König Gustav II. Adolf, um dessen Vordringen für die eigenen Absichten zu nutzen. (Schweden stand in Religionsfragen auf der Seite der Reformation.)

86,26 *schwach im Fleisch]* Vgl. Matthäus 26,41: »Der Geist ist willig; aber das Fleisch ist schwach.«

86,29 *ob die Sonne still stand zu Gibeon]* Vgl. zu 52,39-53,1.

86,30 *Kollekten]* Hier: Spenden der Gläubigen für ihre Kirche.

86,32 *Kompaß]* Der Magnetkompaß ist zur Zeit Galileis schon lange bekannt. Seine Erfindung reicht in Europa bis ins 11. Jahrhundert zurück. Wahrscheinlich hat es ihn aber auch schon früher im alten Orient gegeben.

86,33 f. *über die Maschinen]* Galilei verfaßt 1593 eine Schrift über den Nutzen der Maschinen *Le Meccaniche* (Über die Mechanik), die wahrscheinlich universitätsintern als Leitfaden für die Studenten publiziert wird.

86,39-87,3 *Wenn das Weberschifflein ... Knechte.]* Das Zitat stammt aus Aristoteles' Schrift *Politica* (*Politik*). Brecht übernimmt es in der Übersetzung von Eugen Rolfes, wo es heißt: »wenn so auch das Weberschiff von selber webte und der Zitherschlägel von selber spielte, dann brauchten allerdings die Meister keine Gesellen und die Herren keine Knechte« (Aristoteles, *Politik*, hg. v. Eugen Rolfes, Leipzig 1922, S. 7). Brecht hat diese Ausgabe besessen, das Zitat ist von ihm angestrichen.

87,1 *Zitherschläger]* In diesem Zusammenhang ist das aus Elfenbein, Schildpatt oder Holz gefertigte Stäbchen gemeint, mit dem die griechische Kithara (Vorläuferin der heutigen Zither) gespielt wird.

87,5 *statt in Latein]* Auch Galileis *Dialog* ist in italienischer Sprache geschrieben (vgl. zu 78,39).

87,5 *Idiom]* Mundart; hier: die Sprache des Volkes, Italienisch, gegenüber dem klassischen Latein als offizieller Kirchen- und Wissenschaftssprache.

87,24 *In seinem Buch streiten]* Der *Dialog* ist als Gespräch zwischen drei Personen angelegt: Salvati, Sagredo und Simplicio. Mit Salvati, der die Meinung Galileis vertritt, und Sagredo, der als kluger Fragesteller den Dialog befördern hilft, hat Galilei seinem Schüler Filippo Salvati und seinem Freund Giovanni Francesco Sagredo ein Denkmal gesetzt. Den Namen Simplicio, nach Galileis eigenen Angaben für einen Gelehrten gewählt, der ein strenger Anhänger des Aristoteles ist, benutzt Galilei wegen seines Doppelsinns. Einerseits entspricht der Name dem des griechischen Philosophen Simplicius, der die zu Galileis Zeit noch viel benutzten Kommentare zum Werk von Aristoteles verfaßt hat (Galilei ist deshalb vor Vorwürfen im Prinzip geschützt), andererseits heißt Simplicius in der wörtlichen Übersetzung »der Einfältige« oder »der Dumme«, was auch der Anlage dieser Figur in den Dialogen entspricht. Simplicio steht stellvertretend für die scholastischen Wissenschaftler.

87,28 *Schlußbemerkung]* Die Auflage des Papstes für die Vorrede des *Dialogs* (vgl. zu 84,25), dessen ursprünglicher Titel *Dialog über Ebbe und Flut* ebenfalls geändert werden sollte, wird Galilei in einem Brief des päpstlichen Palastmeisters an den Inquisitor von Florenz am 21. Mai 1631 mitgeteilt. Der Palastmeister gibt die Anordnung des Papstes wie folgt wieder: »Es soll auch darauf hingewiesen werden, daß der alleinige Zweck dieser Arbeit sei, zu beweisen, daß man alle Gründe wisse, die für diese Ansicht sich anführen lassen [gemeint ist die kopernikanische Lehre], und daß nicht, weil man sie *nicht* weiß, in Rom dieses Urteil [das Verbot der Lehre durch die Inquisition] erlassen worden ist.« (Vgl. Wohlwill, Band 2, S. 137.) Der jetzige Titel des *Dialogs* ist in diesem Zusammenhang vom Papst sogar empfohlen worden. Für die Schlußbemerkung fordert er, Galilei solle dort noch einmal auf die Vorrede zurückkommen und die vom Papst namhaft gemachten Gründe von der göttlichen Allmacht hinzufügen, die dazu angetan seien, den Verstand zu beruhigen, wenn sich jemand den Argumenten der neuen kopernikanischen Lehre nach allem in diesem Buch Dargelegten nicht mehr entziehen könnte. Galilei hält sich an das Gebot und läßt Simplicio am Ende des Dialogs fragen: »Kann Gott vermöge seiner unendlichen Macht und Weisheit dem Elemente des Wassers die abwechselnde Bewegung, die wir an ihm beobachten, nicht auf andere Weise mitteilen, als indem er das Meeresbecken bewegt?« (Vgl. Galileo Galilei, *Dialog über die beiden hauptsächlichsten Weltsysteme, das ptolemäische und das kopernikanische*, hg. v. Emil Strauß, Leipzig 1891, S. 485.) Und Galilei läßt darauf Salvati antworten, daß dies eine wahrhaft himmlische Lehre sei, die es wohl gestatte, den Bau des Weltalls zu erkunden, nicht aber, ihn wirklich zu durchschauen. Diese Entgegnung auf das vom Papst geforderte Argument wird Galilei als direkter Angriff auf das Oberhaupt der katholischen Kirche ausgelegt. Der Umschwung von einstiger Freundschaft zu Gegnerschaft bei Urban VIII. hat hierin eine seiner Ursachen.

88,22f. *halb blind]* Ein Augenleiden, an dem Galilei schon frühzeitig leidet, führt im Winter 1637/38 zu seiner völligen Erblindung.

89,3 *Sintflut]* 1 Mose 6,17.

89,4 *Schnürlregen]* (Österr.) anhaltender Regen.

89,28f. *am 22. Juni 1633]* An diesem Tag wird Galilei im Palast der Inquisition in Rom dazu verurteilt, der kopernikanischen Lehre abzuschwören. Der Spruch der Kardinäle verbietet auch den *Dialog*; die katholische Kirche hat ihn erst 1835 von ihrem Index gestrichen. Bis zu Galileis offizieller Rehabilitierung vergehen indessen fast 350 Jahre; 1979 hat der Papst in Rom Galilei für zu Unrecht verfolgt erklärt und das bis dahin nach der katholischen Rechtsauffassung immer noch gültige Urteil aufgehoben.

90,10f. *nicht veröffentlichen]* Der *Dialog* wird wenige Wochen nach seinem Erscheinen von der Inquisition eingezogen.

90,25 *zum großen Verhör]* Am 21. Juni 1633 findet das letzte von insgesamt vier öffentlichen Verhören vor dem Inquisitionstribunal statt. In diesem Verhör wird Galilei die Folter angedroht, falls er nicht bereit sei, die kopernikanische Lehre abzulehnen.

90,28 *Dekret]* Vgl. zu 64,9.

90,33f. *hieme et aestate ... ultra.]* (Lat.) im Winter und im Sommer, in der Nähe und in der Ferne, ohne Unterbrechung, solange ich lebe und darüber hinaus. Mit den Anfangsbuchstaben von »et prope et procul«: epep, unterzeichnet Brecht zahlreiche Briefe an Ruth Berlau.

91,18-20 *Und die Sonne ... unbeweglich.]* Bezieht sich auf die beiden Sätze, die der Inquisition zur Beurteilung der kopernikanischen Lehre vorgelegt werden (vgl. zweite Anmerkung zu 55,26, vgl. zu 60,21-23). Sie werden fortan als Standardformulierungen in Urteilssprüchen gegen Anhänger der kopernikanischen Lehre verwendet und sind auch in dem Galilei von der Inquisition vorgelegten Widerruftext enthalten, vgl. zu 93,1-9.

91,31 *Sankt Markus]* Hier: eine Kirche in Rom; ital. San Marco.

92,18 *was gesehen ist ... ungesehen machen!]* Abwandlung des geflügelten Wortes: »Was geschehen ist, kann man nicht ungeschehen machen«, das auf die Komödie *Aulularia* (*Der Goldtopf*) von Plautus zurückgeht.

92,25 *Ich Kleingläubiger!]* Vgl. Matthäus 6,30: »o ihr Kleingläubigen«.

93,1-9 *»Ich, Galileo ... entgegen ist.«]* Bezieht sich auf den Text des Widerrufs, mit dem Galilei am 22. Juni 1633 den feierlichen Schwur vor der Inquisition leisten muß, daß er die kopernikanische Lehre für unwahr hält. Der zweite Satz der hier zitierten Schwurformel stimmt mit dem bei Wohlwill, Band 2, Leipzig 1926, S. 181, teilweise wiedergegebenen Text überein. Im Nachlaß befindet sich ein von Brecht geschriebenes Blatt mit dem vollständigen, aber gegenüber dem Wortlaut des Originals veränderten Widerruftext. Als Vorlage hat er die Übersetzung von Karl von Gebler in dessen Buch *Galileo Galilei und die Römische Curie* (Stuttgart 1876) benutzt. Bei Gebler ist auch der Originaltext aus den Galilei-Akten im Archiv des Vatikans abgedruckt. Der authentische Text lautet in Geblers Übersetzung (S. 301-303):

»Ich, Galileo Galilei, Sohn des weiland Vincenzo Galilei aus Florenz, 70 Jahre alt, persönlich vor Gericht gestellt und knieend vor Euren Eminenzen, den hochwürdigsten Herrn Kardinälen, General-Inquisitoren gegen Ketzerei in der ganzen christlichen Welt, die heiligen Evangelien vor Augen habend und sie mit den Händen berührend: ich schwöre, daß ich immer geglaubt habe, gegenwärtig glaube und mit dem Beistand Gottes in Zukunft glauben werde, alles das, was die heilige katholische Apostolische Römische Kirche festhält, bestimmt und lehrt. Aber, weil mir das heilige Officium von Rechts wegen durch Befehl aufgetragen hatte, daß ich jene falsche Meinung vollständig aufgeben solle, laut welcher die Sonne das Zentrum der Welt und unbeweglich, die Erde aber nicht Zentrum sei und sich bewege, und daß ich die genannte falsche Lehre weder festhalten noch verteidigen oder in irgend einer Weise (quovis modo) schriftlich oder mündlich lehren dürfe; und weil ich, nachdem mir bedeutet worden war, die genannte Lehre stehe mit der heiligen Schrift in Widerspruch, ein Buch schrieb und es drucken ließ,

in welchem ich diese schon verdammte Lehre erörtere und Gründe von großem Gewichte zu ihren Gunsten vorbringe, ohne irgend eine abschließende Lösung hinzuzufügen: so bin ich demnach als der Häresie [Ketzerei] schwer verdächtig erachtet worden, das heißt: festgehalten und geglaubt zu haben, daß die Sonne das Zentrum der Welt und unbeweglich, und die Erde nicht Zentrum sei und sich bewege.
Da ich nun Eueren Eminenzen und jedem katholischen Christen diesen starken, mit Recht gegen mich gefaßten, Verdacht benehmen möchte, so schwöre ich ab, verwünsche und verfluche ich mit aufrichtigem Herzen und nicht erheucheltem Glauben die genannten Irrtümer und Ketzereien, sowie überhaupt jeden anderen Irrtum und jede der genannten heiligen Kirche feindliche Sekte; auch schwöre ich fürderhin, weder mündlich noch schriftlich etwas zu sagen oder zu behaupten, wegen dessen ein ähnlicher Verdacht gegen mich entstehen könnte; sondern, wenn ich einen Ketzer oder der Ketzerei Verdächtigen antreffen sollte, werde ich ihn diesem heiligen Officium oder dem Inquisitor und dem Bischof des Ortes, wo ich mich befinde, anzeigen. Außerdem schwöre und verspreche ich, alle Bußen zu erfüllen und vollständig zu verrichten, welche mir dieses heilige Gericht auferlegt hat oder noch auferlegen wird. Sollte es mir begegnen, daß ich irgend einem dieser meiner Versprechen, Proteste und Eidschwüre (was Gott verhüten möge) zuwider handle, so unterwerfe ich mich allen Bußen und Strafen, welche durch die heiligen Kanones [auf Beschlüsse der Kirchenführung zurückgehende Lehrformulierungen] und andere allgemeine und besondere Konstitutionen [kirchliche Anordnungen] gegen derartige Übeltäter bestimmt und verhängt sind: so wahr mir Gott helfe und die heiligen Evangelien, die ich mit meinen Händen berühre.
Ich, obgenannter Galileo Galilei, habe abgeschworen, geschworen, versprochen und mich zu Vorstehendem verpflichtet und zur Beglaubigung dessen eigenhändig die vorliegende Urkunde meiner Abschwörung unterschrieben und sie Wort für Wort gesprochen zu Rom im Kloster Minerva am heutigen Tage, den 22. Juni 1633.
Ich Galileo Galilei habe wie oben mit eigener Hand abgeschworen.«

94,4 *seine Hauptwerke]* Gemeint sind der *Dialog* und Galileis physikalisches Grundlagenwerk *Discorsi e dimostrazioni matematiche intorno à due nuove scienze attenenti alla mecanica ed i movimenti locali (Unterredungen und mathematische Demonstrationen über zwei neue Wissenszweige, die Mechanik und die Fallgesetze betreffend)*, im folgenden nur noch *Discorsi* genannt. Die *Discorsi* entstehen nach Galileis Verurteilung und werden 1638 im Verlag Elzevir in Leyden (Holland) zum ersten Mal gedruckt. Sie sind wie der *Dialog* als Gespräch zwischen Salvati, Sagredo und Simplicio angelegt, die allerdings zwischendurch von größeren mathematischen und physikalischen Darstellungen unterbrochen werden, und sie sind z.T. in italienischer, z.T. in lateinischer Sprache geschrieben.

94,7 *Landhaus in der Nähe von Florenz]* Galilei lebt nach seinem Prozeß, unter strenger Aufsicht der Inquisition, bis zu seinem Tod in seinem Landhaus in Arcetri, einem kleinen Dorf in der Nähe von Florenz.

94,27 *Hafner]* (Oberdt.) Töpfer.

94,39-95,1 *Seine »Unterredungen ...« diktiert er mir.]* Gemeint sind die *Discorsi*. Auf Fürsprache des Großherzogs von Toskana gestattet die Inquisition dem inzwischen fast erblindeten Galilei im Mai 1637, Helfer für die Weiterarbeit an diesem Werk heranzuziehen. Zu ihnen gehören Vicenzo Viviani, einer der ersten Biographen Galileis, und Evangelista Torricelli, der nach Galileis Tod dessen Forschungen mit wegweisenden Arbeiten zur Dynamik der Flüssigkeiten fortsetzt.

95,5f. *nach Holland geschmuggelt]* 1633 hat Galilei veranlaßt, daß der *Dialog* zu einem Freund nach Paris gebracht wird. Dieser übergibt das Buch dem Mathematiker Matthias Bernegger in Straßburg, der dort für die lateinische Übersetzung sorgt. Um Galilei zu schützen, erscheint der *Dialog* 1635 im Verlag Elzevir in Leyden mit der Vorbemerkung, die Veröffentlichung erfolge ohne Wissen und gegen den Willen des Autors.

95,7 *ein Brief nach Straßburg]* Gemeint ist Galileis Korrespondenz mit Matthias Bernegger.

95,8 *ein Manuskript angemeldet]* Gemeint sind die *Discorsi*, von denen die ersten zwei Kapitel bereits im September 1639 dem holländischen Verleger Elzevir übergeben werden.

96,33 *meinen Rapport]* Auf Befehl des Papstes läßt der Inquisitor von Florenz im Februar 1638 ein Gutachten über Galileis Gesundheitszustand anfertigen. Galilei hat darum gebeten, nach Florenz übersiedeln zu dürfen, um bessere medizinische Betreuung zu finden. Das Gutachten bescheinigt Galileis völlige Erblindung und seinen auch sonst beklagenswerten körperlichen Zustand. Mit der strengen Vermahnung, sich in Florenz keinesfalls öffentlich zu betätigen, darf Galilei für kurze Zeit dorthin zurückkehren.

97,31-98,10 *»Nach einiger Überlegung ... offenbar irrig.«]* Brecht übernimmt den Text aus der Übersetzung der *Discorsi* durch Arthur von Oettingen (vgl. Galileo Galilei, *Unterredungen und mathematische Demonstrationen über zwei neue Wissenszweige, die Mechanik und die Fallgesetze betreffend*, hg. v. Arthur von Oettingen, [Band 1], Ostwald's Klassiker der exakten Wissenschaften, Nr. 11, Leipzig 1907, S. 5f.).

98,12f. *Ich frage mich ... wirklich verstanden wird.]* Das von Galilei im ersten Kapitel (*Erster Tag*) der *Discorsi* erörterte Problem der Proportion der Körper sowie alle weiteren theoretischen Darlegungen dieses Grundlagenwerkes, das den Beginn der modernen Physik einleitet, haben nicht nur für Erscheinungen auf der Erde Gültigkeit, sondern ebenso für Aufbau und Bewegungsabläufe der Gestirne im Weltall. Galileis Frage richtet sich deshalb hier auf die kopernikanische Lehre.

100,10 *die gewichtigsten aller Argumente]* Anspielung auf die Androhung der Folter und der Todesstrafe durch die Inquisition.

100,15-17 *wie der Dichter berichtet ...]* Bezieht sich auf den ersten Teil, *Inferno* (*Hölle*), der *Göttlichen Komödie* von Dante (vgl. zu 78,5f.). Mit jenen Bewohnern der Hölle, die die Gaben des Intellekts verspielt haben, sind die Ketzer gemeint (vgl. *Hölle*, 9. und 10. Gesang).

100,36 *Autorität des Archimedes]* Als junger Professor in Pisa (vgl. zu 30,9) beschäftigte sich Galilei intensiv mit mathematischen und physikalischen Schriften des Archimedes, die ihn in seinem antiaristotelischen Herangehen an Probleme der Physik besonders beeinflussen, so auch in der Abhandlung über die schwimmenden Körper (vgl. zu 68,9f.).

102,22f. *muß die Wissenschaft ... geachtet werden]* Für Galileis Selbstanklage in dieser Szene greift Brecht indirekt zahlreiche Argumentationen und Gedanken Bacons aus dessen *Neuem Organon* auf, so die Frage der Ethik der Wissenschaftler gegenüber ihrem Beruf, wie überhaupt den Zusammenhang von Wissenschaft und gesellschaftlichem Leben. In seinem Exemplar der Kirchmannschen Übersetzung des *Neuen Organons* hat Brecht u.a. folgende Stelle angestrichen, die dem Duktus und Inhalt des von Galilei vorgebrachten Arguments entspricht: »Man wird auch, wenn nicht als Einwand, doch als Zweifel hinstellen, ob ich hier bloß von der Naturphilosophie spreche, oder auch von den übrigen Wissenschaften, und ob auch die Logik, die Ethik, die Politik auf dem von mir verlangten Wege vollendet werden solle. / Allerdings soll das von mir Gesagte für alles gelten. So wie schon die gewöhnliche Logik, welche durch den Syllogismus regiert, nicht bloß auf die Natur-Wissenschaft, sondern auf alle sich erstreckt, so umfaßt auch die meinige, welche durch die Induktion vorschreitet, sie alle.« (*Neues Organon*, S. 175; vgl. zu 11,20.)

106,11-13 *Während ... vermehren müssen]* Brecht nimmt hier Bezug auf die Entdeckung der Kernspaltung des Urans durch Otto Hahn und Fritz Straßmann im Jahre 1938. Der Satz hat seine Entsprechung in einer Äußerung Albert Einsteins anläßlich der Weltausstellung 1933 in den USA, den Brecht in folgendem Wortlaut in seine Rede *Über experimentelles Theater* aufnimmt: »›Unsere Zeit ist reich an erfinderischen Geistern, deren Erfindungen unser Leben beträchtlich erleichtern könnten.‹«

110,4 *Frühes Szenenfragment]* Vgl. S. 334.

110,12-32 *Die unerschöpfliche Tätigkeit ... brechen.]* Der Text entspricht z.T. im Wortlaut den Ausführungen Salvatis und Sagredos am Beginn des ersten Kapitels der *Discorsi*: *Erster Tag. Discurse zwischen den Herren Salvati, Sagredo und Simplicio.* (Galilei, *Unterredungen*,

S. 3-5; vgl. zu 97,31-98,10.) Der erste Satz Galileis, 110,12-15 »Die unerschöpfliche Tätigkeit [...] Mechanik.«, stimmt im Wortlaut mit dem Beginn der *Discorsi* überein (vgl. *Unterredungen*, S. 3).

111,10f. *Szene zum Stückplan »Leben des Galilei (Fassung für Arbeiter)«]* Vgl. S. 334.

111,28f. *des päpstlichen Collegs]* Gemeint ist das Collegium Romanum (vgl. zweite Anmerkung zu 51,2).

111,35 *In Anbetracht meines Alters]* Christoph Clavius, der 1611 die Begutachtung der astronomischen Entdeckungen Galileis geleitet und diese bestätigt hat (vgl. zu 52,6), stirbt 1612.

112,31 *jene geographischen Längenbestimmungen]* In Zusammenhang mit der Entdeckung der Jupitermonde entwickelt Galilei 1612 eine Methode, die es gestattet, anhand der rasch wechselnden Stellung dieser vier Trabanten zu zuverlässigen Meßwerten für den Standort der Schiffe auf See zu kommen.

113,6 *Variante zur 5. Szene »Leben des Galilei«]* Vgl. S. 334.

113,32f. *eine Art zuverlässiger Uhr am Himmel]* Bezieht sich auf den Jupiter und seine Monde (vgl. zu 112,31).

114,13 *Episode aus der 13. Szene der ersten Niederschrift]* Vgl. S. 336.

114,17 *von dem Franzosen, der ... glaubt]* Gemeint ist Michel de Montaigne, dessen antitheologischer Skeptizismus mit einer Relativierung menschlichen Denkens einhergeht.

114,19f. *54. Inschrift ... Schwanken.]* Brecht übernimmt diesen und die nachfolgenden Texte z.T. im Wortlaut aus: *Michel de Montaignes Gesammelte Schriften*, hg. v. Otto Flake und Wilhelm Weigand, Band 8, München/Leipzig 1911, S. 261-271, wo *Die Inschriften an der Decke der Montaigneschen Bibliothek* (54 Inschriften an den Balken der Holzdecke im Bibliothekszimmer Montaignes) als Anhang wiedergegeben sind.

114,26 *52.]* Brecht übernimmt den Text im Wortlaut.

114,28 *13.]* Bei Montaigne: »Dies ist tunlich und nicht tunlich (kann sein und nicht sein).« Der Ausspruch geht zurück auf Sextus Empiricus, *Pyrrhoniae hypotyposes* (*Pyrrhoneische Grundzüge*), aus dem 2. Jahrhundert, ebenso der folgende fünfte.

114,30f. *5.]* Bei Montaigne: »Ebensowenig ist es so, noch so, als vielmehr auf keine Weise von beiden.«

114,33f. *21.]* Bei Montaigne: »Wenn sich jemand einbildet, etwas zu wissen, hat er schon nicht die Einsicht, wie man wissen soll.« (Vgl. 1 Korinther 8,2: »Wenn sich jemand dünken läßt, er wisse etwas, der weiß noch nicht, wie man erkennen soll.«) Seine Version dieser Inschrift hat Brecht in dem von ihm benutzten Exemplar der Montaigne-Ausgabe am Rand der Seite notiert.

114,37-39 *10.]* Bei Montaigne nur statt »Erde«: »Erd« und »ihrem«: »dem«. Der Ausspruch stammt von Lukrez aus dessen *De rerum natura* (*Von der Natur der Dinge*) aus dem 1. Jahrhundert v.d.Z.

115,2f. *2.]* Bei Montaigne: »Solche unselige Mühe hat Gott den Menschenkindern gegeben, daß sie sich darin müssen quälen.« (Vgl. Prediger 1,13: »[...] damit quälen sollen.«)
115,5 *15.]* Bei Montaigne: »Der Mensch ist wie ein tönernes Geschirr.«
115,7 *20.]* Bei Montaigne: »Sei (nicht allzu gerecht und nicht) allzu weise, daß du dich nicht verderbest.« (Vgl. Prediger 7,16: »Sei nicht allzu gerecht und nicht allzu weise, damit du dich nicht zugrunde richtest.«)
115,9f. *42.]* Brecht übernimmt den Text im Wortlaut. Der Satz stammt aus den von Flavius Arrianus im 2. Jahrhundert niedergelegten Aufzeichnungen über die Vorträge seines Lehrers Epiktet: *Enchiridion* (*Epiktets Lehrvorträge*).
115,15f. *19.]* Bei Montaigne: »Mensch bin ich, und nichts Menschliches acht ich mir fremd.« Der zum geflügelten Wort gewordene Ausspruch geht zurück auf die 163 v.d.Z. entstandene Komödie *Heautontimorumenos* (*Der Selbstquäler*) von Terenz.
115,18-20 *37.]* Bei Montaigne: »Gott hat den Menschen gleich einem Schatten geschaffen, wer soll diesen richten, wenn die Sonne untergegangen?« (Vgl. Prediger 6,12: »Denn wer weiß, was dem Menschen nützlich ist im Leben, in seinen kurzen eitlen Tagen, die er verbringt wie ein Schatten? Oder wer will dem Menschen sagen, was nach ihm kommen wird unter der Sonne?«)
115,22f. *17.]* Bei Montaigne unter »17a«. Den Text übernimmt Brecht im Wortlaut, er geht zurück auf ein Epigramm Martials (1. Jahrhundert).
115,25 *14.]* Brecht übernimmt den Text im Wortlaut. Der Ausspruch geht auf Platon und dessen Dialog *Kratylos* zurück. Der Dialog ist nach dem griechischen Philosophen Kratylos benannt.

Fassung 1947 (*Galileo*; amerikanische Fassung):

117 *Galileo]* Im Englischen wird Galileo Galilei meist nur mit dem Namen (Vornamen) und nicht mit dem Vatersnamen (Familiennamen) genannt; so wird hier entsprechend bei Stücktitel und Sprechername verfahren.

117 *»It is my opinion ... therein.«]* Brecht greift diesen Satz 1948 im *Kleinen Organon für das Theater* wieder auf, wo es im Artikel 69 heißt: »Dies drückt Galilei aus, wenn er sagt: ›Es ist meine Ansicht, daß die Erde sehr nobel und bewundernswert ist, angesichts so vieler und verschiedener Änderungen und Generationen, welche unaufhörlich auf ihr vorkommen.‹« Der Satz ist Galileis *Dialog* entnommen und wird dort im ersten Kapitel (*Erster Tag*) in Zusammenhang mit der Erörterung des Sonnenfleckenphänomens von Sagredo vorgetragen. Er lautet in der dt.

Ausgabe des *Dialogs*: »Ich für mein Teil halte die Erde für höchst vornehm und bewundernswert gerade wegen der vielen verschiedenartigen Wandelungen, Veränderungen, Erzeugungen usw., die ohne Unterlaß auf ihr sich abspielen.« (Galilei, *Dialog*, S. 62; vgl. zu 87,28.)

119,2 *Galileo Galilei]* Vgl. zu 9,2.

119,11 *Exeunt R 2.]* Auftritte, Abgänge und Positionen der Darsteller für die Erstaufführung des *Galileo* am Coronet Theatre in Beverly Hills sind in den Regieanweisungen genau angegeben. Dabei bedeutet R (right) rechts und L (left) links, von der Bühne aus gesehen. Die Numerierung rechnet von der Rampe aus. Ferner bedeuten C (centre) Mitte, downstage vorn, upstage hinten, act curtain Vorhang, curtain Zwischenvorhang, vgl. Skizze:

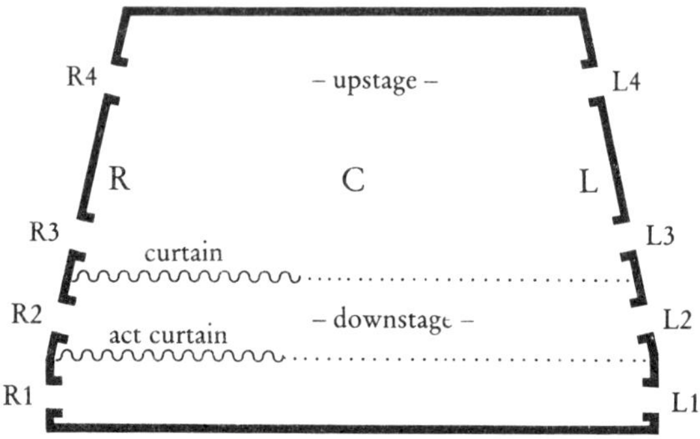

119,37 *astrolabe]* Vgl. zu 189,32.

120,1 *metal rings]* Die folgende Beschreibung entspricht dem geozentrischen Weltbild (vgl. zu 9,23).

120,11 *crystal balls]* Vgl. zu 10,5f.

120,35 *they left the coasts]* Vgl. zu 10,13f.

121,1 *In Siena]* Vgl. zu 191,4.

121,6 *a millennium of doubt]* Vgl. zu 10,32f.

121,8 *won't wash any more]* Amerikanischer Slang für: stimmen nicht mehr, halten keiner Prüfung mehr stand. In diesem Sinne ist wash inzwischen umgangssprachlich geworden.

121,13f. *What does the poet say?]* Vgl. zu 11,20.

121,21 *You are off again]* Hier sinngemäß: Sie verlieren sich wieder, Sie haben wieder Ihren Kopf verloren.

121,30f. *Gawking is not seeing.]* Vgl. zu 11,36.

122,28 *we are like the worms]* Vgl. zu 14,22f.

122,34 *In straitened circumstances]* In beschränkten Umständen. Das Wort straitened ist hier ein wenig altertümlich.

123,6 *Campagna]* Vgl. zu 59,27.

123,6 *scudi]* Vgl. zu 15,2.

123,15 *a tube affair]* Wörtlich: ein Röhrending. Gemeint ist das in Holland erfundene Teleskop (vgl. zu 19,36).

123,17f. *one lense bulged and the other was like that]* Vgl. zu 196,2f.

124,8 *Priuli, the treasurer]* Vgl. zu 15,1.

124,30f. *my findings on the paths of falling bodies]* Gemeint sind Galileis Untersuchungen über die Fallgesetze (vgl. zu 17,12).

124,37 *go to Florence]* Anspielung auf Galileis toskanische Herkunft und die unumschränkte Macht der römischen Kirche in diesem italienischen Fürstentum (Hauptstadt Florenz).

124,37f. *the Duke de Medici]* Bezieht sich auf Cosimo de Medici (vgl. zu 36,21).

124,39 *Inquisition]* Vgl. zu 15,39.

124,40-125,1 *let's not make a mountain out of a molehill]* Die sprichwörtliche Wendung (wörtlich: einen Maulwurfshügel nicht zum Berg machen) ist im Englischen seit 1548/49 bei Nicholas Udall belegt; sie entspricht der deutschen Wendung, aus einer Mücke keinen Elefanten zu machen (letztere, überkommen aus dem Griechischen und dem Lateinischen, ist deutsch über Hans Jakob Christoffel von Grimmelshausens 1669 erstmals erschienenen *Simplicissimus* gebräuchlich geworden).

125,1f. *the Republic of Venice]* Vgl. zu 15,11.

125,4 *something useful]* Vgl. zu 18,14f.

125,5 *that chart]* Vgl. zu 18,22f.

125,39 *rake in]* Idiomatische Wendung: zusammenharken, zusammenscharren, einbringen.

126,10 *August 24, 1609.]* Vgl. zweite Anmerkung zu 21,29.

126,22 *The Great Arsenal of Venice]* Vgl. zu 16,36.

126,23f. *Sagredo]* Vgl. zu 21,31.

126,24 *Virginia]* Vgl. zu 34,3.

126,33 *Gentlemen of the Arsenal of Venice]* In dieser Rede und im folgenden Dialog verwendet Brecht Passagen aus Galileis Brief vom 24. August 1609 (vgl. zu 202,6-11).

127,12f. *one more feather in the cap]* Wörtlich: noch eine Feder am Hut; sinngemäß: etwas, worauf man stolz sein kann. Im Englischen ist diese sprichwörtliche Redewendung seit 1596 bei Thomas Nashe belegt.

127,38 *gadget]* Kleine technische Errungenschaft; umgangssprachlich auch: Kinkerlitzchen.

127,38 *I turned it on the moon]* Vgl. zu 21,39-22,1.

128,5f. *it doesn't give off its own light]* Vgl. zu 22,3f.

128,15 *Milky Way]* Vgl. zu 28,11f.

129,2 *January 10, 1610]* Vgl. zu 24,28 und zu 26,3.

129,13-16 *The edge of ... crescent.]* Der Text geht auf Wohlwill zurück (vgl. zu 24,37-25,3).

131,17f. *the theory that the earth revolves around the sun]* Vgl. zu 9,3.

132,22 *Where is God?]* Vgl. zu 29,32.

132,33 *Giordano Bruno]* Vgl. zu 16,8f.

133,15 *the Medicean planets]* Vgl. zu 32,21f.

133,29f. *whose sole desire is to bask in Your Highness' presence]* Vgl. zu 35,17f.

133,31 *The Duke of Florence is a boy of nine.]* Vgl. zu 36,21.

133,35 *land a job]* Umgangssprachlich für: einen Job »an Land ziehen«, bekommen.

134,8 *The monks are in power there.]* Vgl. zu 32,36.

135,6 *are passing up]* Im amerikanischen Gebrauch: verzichten auf, zurückweisen.

135,13 *Of a formal discussion.]* Gemeint ist die formale Fragestellung nach den Gründen für Galileis Entdeckungen (vgl. zu 41,24).

135,23 *Quaedam miracula universi ...]* (Lat.) Gewissermaßen Wunder des Universums. Auf geheimnisvolle Weise wohlklingende Himmelssphären.

135,33 *Oh mystically musical spheres]* Vgl. zu 220,14.

135,36f. *the divine classics]* Der Philosoph meint mit den (wörtlich) »göttlichen Klassikern« offenbar die Philosophen, auf die sich die Lehre von der Harmonie des geozentrischen Universums stützen kann, etwa die griechischen Philosophen Pythagoras und Aristoteles. Zur Zeit Galileis wird der Begriff Klassiker jedoch nur für jene Dichter und Schriftsteller benutzt, deren Sprache als rein und vorbildlich gilt und die deshalb in den Schulen (in Klassen) gelehrt wird.

136,7f. *that what one sees in the eyeglass ...]* Vgl. zu 41,10f.

137,5 *the authority of Aristotle]* Vgl. zu 18,2f.

137,6 *Aristotle had no telescope.]* Vgl. zu 42,36.

137,8 *»Truth is the daughter of Time ...«]* Das englische Sprichwort existiert auch im Deutschen (vgl. zu 43,5f.).

138,21f. *Christopher Clavius]* Vgl. zu 224,14f.

138,22 *the Papal College in Rome]* Vgl. zweite Anmerkung zu 51,2.

139,1 *Collegium Romanum]* Vgl. zweite Anmerkung zu 51,2.

139,11f. *Sancta Simplicitas!]* Vgl. zu 230,23.

139,34f. *»Sun, stand thou still ...«]* Josua 10,12; vgl. zu 52,39-53,1.

140,17f. *Would he have sent his Son to such a place?]* Vgl. zu 54,3.

140,25 *the man we burned in his time]* Anspielung auf Giordano Bruno.

140,27 *Your Eminence]* Vgl. zu 54,11.

141,1 *»in the image of God ...«]* Vgl. Genesis 1,27; vgl. zu 54,27.

141,27 *February 19, 1616]* Vgl. zweite Anmerkung zu 55,26.

142,26 *Cardinal Bellarmin's house]* Vgl. zu 55,28.

142,31-34 *As I beheld the roses dawn and die ...]* Vgl. zu 236,9-12.

143,17 *Cardinal Barberini]* Vgl. zu 57,9f.

143,18 *a dove ... a lamb]* Vgl. zu 236,21.

143,31f. *»The sun riseth ...«]* Ecclesiates 1,5; vgl. zu 57,17f.

143,36 *»The shore is moving away,«]* Vgl. zu 57,20f.

144,8f. *»He that withholdeth ...«]* Proverbs 11,26; vgl. zu 237,3f.

144,10 *»A prudent man concealeth knowledge.«]* Proverbs 12,23; vgl. zu 237,5.

144,12f. *»Where no oxen are ...«]* Proverbs 14,4; vgl. zu 237,7f.

144,14f. *»He that rules his spirit ...«]* Proverbs 16,32; vgl. zu 237,9f.

144,16 *»But a broken spirit dryeth up the bones.«]* Proverbs 17,22; vgl. zu 237,11f.

144,17 *»Does not wisdom cry?«]* Proverbs 8,1; vgl. zu 237,12.

144,18f. *»Can one walk on hot coals ...«]* Proverbs 6,28; vgl. zu 237,13f.

144,20f. *Two small boys]* Vgl. zu 237,15.

144,29f. *circles and ellipses]* Vgl. zu 59,5.

144,33 *he illustrates an irregular motion]* Vgl. zu 59,9f.

144,35-37 *would have endowed us ... like that.]* Vgl. zu 59,13f.

145,2f. *Butter would not melt in his mouth.]* Englische sprichwörtliche Redewendung, zuerst bei John Palsgrave 1530 belegt, für jemanden, der zurückhaltend (oder spröde, zimperlich) ist.

145,16 *the Holy Office]* Vgl. zu 60,19f.

145,16-18 *the theory ... is foolish, absurd and a heresy]* Der Text geht zurück auf Wohlwill (vgl. zu 60,21-23).

145,39-146,1 *beloved daughter of the Church]* Vgl. zu 61,3.

146,11 *Cardinal Inquisitor]* Vgl. zu 55,14.

146,39 *The new universe has grown so vast]* Vgl. zu 62,28.

147,32f. *Galileo sits chair, Little Monk bench]* Die Regieanweisungen sind oft in stichwortartiger Verkürzung formuliert unter Weglassung der bestimmten und unbestimmten Artikel. In diesem Fall, wo außerdem die Präposition fehlt, wird eine grammatisch falsche Konstruktion in Kauf genommen.

148,10 *the decree]* Gemeint ist das von Bellarmin in der vorausgegangenen Szene angesprochene Verbot (vgl. 145,16-18), die kopernikanische Lehre zu verbreiten (vgl. zweite Anmerkung zu 55,26 und zu 64,9).

149,24f. *Be fruitful and multiply]* Genesis 1,22; vgl. zu 245,22.

149,29 *Cellini watch]* Vgl. zu 245,28.

149,38f. *new machinery ... to domesticate the river water]* Anspielung auf eine Erfindung Galileis (vgl. zu 27,13f.).

150,17f. *Here is writ ... flows.]* Vgl. zu 67,20.

150,20 *An apple of the tree of knowledge]* Vgl. zu 67,24.

150,23-25 *I think I would let them ... »light«]* Vgl. zu 67,26-29.

151,2 *1623.]* Die Jahreszahl bezieht sich auf die Wahl Barberinis zum Papst (Urban VIII.). Die Forschungen Galileis fallen in einen anderen Zeitraum (vgl. zu 68,2).

151,20-22 *Floating bodies ... Aristotle.]* Vgl. zu 68,9f. und zu 248,7f.

151,39-152,1 *a real astronomer ... your horoscope]* Vgl. zu 71,19f.

152,6 *ascendant]* Vgl. zu 71,26.

152,28 *»De maculis in sole.«]* Vgl. zu 250,9.

152,29 *sun-spots]* Vgl. zu 68,4.

152,32 *Fabrizius' paper]* Vgl. zu 71,34.

152,33 *the spots are clusters of planets]* Vgl. zu 250,16f.

152,37 *Paris and Prague think ...]* Vgl. zu 250,20f.

153,29f. *lighter than water float ...]* Vgl. zu 69,12f.

153,34-36 *»A broad and flat disc of ice ...«]* Vgl. zu 251,27f.

154,2 *Fulganzio]* Vgl. zu 255,17.

154,6 *Q. e. d.]* Abkürzung für: Quod erat demonstrandum: (lat.) Was zu beweisen war.

154,40 *above table]* Hier: hinter dem Tisch; vgl. zu 147,32f.

155,14f. *the latest rumblings from science]* Gemeint ist die Sonnenfleckendiskussion (vgl. zu 253,17).

155,25 *The Pope]* Vgl. zu 75,26.

156,13 *»The Bible proves the earth stands still«]* Vgl. zu 52,39-53,1.

157,22f. *God made the physical world ... physics.]* Vgl. zu 256,1-3.

157,29 *to try with you]* Germanizismus für: es mit Ihnen zu versuchen.

157,31 *Epiphany]* Das christliche Epiphaniasfest, begangen am 6. Januar zur Erinnerung an die »Erscheinung« (Geburtsfest; griech. epiphaneia) des Jesuskindes zur Anbetung durch die drei Weisen (»Drei Könige«) aus dem Morgenlande (ursprünglich ist der 6. Januar das Geburtsfest Jesu). Vgl. Matthäus 2,1-12.

157,33 *Saint Joseph]* Vgl. zu 256,15.

159,6 *I might write in plain language.]* Vgl. zu 78,39.

159,33 *vapours]* Hier sind Sonnendünste gemeint (vgl. zu 250,20f.).

159,34 *the rotation of the sun]* Vgl. zu 258,17f.

159,37f. *»Abandon hope ...«]* Vgl. zu 78,5f.

160,34 *1632]* Vgl. zu 259,18.

160,39-161,1 *Peter Brueghel, the Elder]* Vgl. zu 82,2.

161,11 *Genesis Book One]* Vgl. 1 Mose 1,6-17.

163,12 *Who bids you turn the other cheek]* Vgl. Lukas 6,29: »Und wer dich schlägt auf eine Backe, dem biete die andere auch dar«.

163,29 *extras]* Begriff aus dem amerikanischen Filmbetrieb für Komparsen, Statisten.

164,27f. *robbers in the mountains of Corsica]* Vgl. zu 263,20f.

165,20 *mechanical cultivator]* Vgl. zu 264,15.

165,23 *to cut up corpses for research]* Vgl. zu 264,20f.

165,25f. *money markets]* Vgl. erste Anmerkung zu 264,24.

165,26 *Schools for business]* Vgl. zweite Anmerkung zu 264,24.

165,27 *Regular papers with news.]* Vgl. zu 264,25.

166,4 *monkey business]* Amerikanischer Slang (heute schon umgangssprachlich) für Unsinn, Gaunerei.

166,13 *a book about the mechanics of the firmament]* Gemeint ist Galileis Hauptwerk zur Astronomie, der *Dialog*.

166,37 *How are your eyes today?]* Vgl. zu 88,22f.

167,28 *The Pope Urban VIII]* Vgl. zu 57,9f.

168,23 *Can society stand ... on faith?]* Vgl. zu 86,1.

168,24-26 *»Thou art my master ...« »This is my neighbour's house ...«]* Vgl. zu 86,2-4.

168,26 *After the plague]* Vgl. zu 86,10.

168,34 *compass]* Vgl. zu 86,32.

169,2 *not writing his books in Latin]* Vgl. zu 78,39 und erste Anmerkung zu 87,5.

169,3 *jargon]* Vgl. zweite Anmerkung zu 87,5.

169,15f. *Versailles ... the Viennese court]* Vgl. zu 269,30.

169,32 *he may be shown the instruments]* Vgl. zu 270,17f.

170,2 *June 22, 1633]* Vgl. zu 89,28f.

170,17 *Ave Maria]* (Lat.) Gegrüßet seist du, Maria. Katholisches Gebet nach der Ankündigung der Geburt Jesu durch den Engel Gabriel (vgl. zu 47,30f.).

170,22 *The »Discorsi«]* Vgl. zu 94,4.

171,6 *on her head or her heels]* Die im Anlaut gleichklingenden Wörter head (Kopf) und heels (Fersen) werden im Englischen gemeinsam in mehreren sprichwörtlichen Redewendungen benutzt; hier in dem Sinne: Sie weiß nicht ein noch aus.

171,15f. *St. Marcus]* Vgl. zu 91,31.

171,19 *Virginia starts to pray silently.]* Diese Regieanweisung widerspricht jener zu Beginn der Szene, daß Virginia von Anfang an das Ave Maria betet.

171,27f. *the sun is ... the centre]* Vgl. zu 91,18-20.

172,23 *Oh, ye of little faith.]* Vgl. zu 92,25.

172,28 *»Gloria in excelsis Deo«]* (Lat.) Ehre sei Gott in der Höhe. Lobgesang der Engel bei der Geburt Christi (vgl. Lukas 2,14). Das Gloria wird Teil der christlichen Liturgie.

173,1-5 *I, Galileo Galilei ...]* Diese Bekanntmachung ist dem Wortlaut des Widerrufs entnommen, den Galilei am 22. Juni 1633 leisten muß (vgl. zu 93,1-9).

174,10 *A country house near Florence.]* Vgl. zu 94,7.

174,31 *Horace]* In der dänischen Fassung *Leben des Galilei* ist der römische Dichter Quintus Horatius Flaccus ein von Galilei besonders bevorzugter Schriftsteller.

175,14f. *»Charity never faileth.«]* Vgl. zu 277,2.

175,38 *hydraulics]* Vgl. zu 278,25.

176,21-23 *Descartes ... the nature of light]* Vgl. zu 279,10-13.

177,21 *If you are considering taking it]* Vgl. zu 95,8.

177,28f. *»It is my purpose ...«]* Vgl. zu 281,14-17.

178,15 *New science ... new ethics]* Vgl. zu 102,22f.

179,21 *platter]* (Amerik.) Schüssel, Holzteller.
180,1f. *I take it the intent of science ...]* Vgl. zu 284,10-12.
180,9 *a universal howl of horror]* Anspielung auf den Abwurf der Atombombe über Hiroshima und Nagasaki durch die USA im August 1945. (Vgl. zu 284,21-23.)
180,37f. *blood-spattered whores]* Vgl. zu 283,1f.
182,4 *Deutsche Fassung einer 14. Szene zu »Galileo«]* Vgl. S. 345.
184,6 *Amerikanische Fassung einer 14. Szene]* Vgl. S. 345 und 366.
185,35 *bash her]* Umgangssprachlich für: sie treffen; ihr eins verpassen.

Fassung 1955/56 (Berliner Fassung):

189,2 *Galilei ... Padua]* Vgl. zu 9,2.
189,3 *das neue kopernikanische Weltsystem]* Vgl. zu 9,3.
189,30 *des ptolemäischen Systems]* Vgl. zu 9,23.
189,32 *Astrolab]* Astronomisches Instrument zur Vermessung der Stellung der Gestirne. Das Gerät ist von den Arabern erfunden und zum ersten Mal bei Ptolemäus beschrieben worden.
189,41 *die kristallnen Sphären]* Vgl. zu 9,30.
190,19f. *dieser kristallenen Kugel]* Vgl. zu 10,5f.
190,32f. *seit unsere Schiffe zu ihnen fahren]* Vgl. zu 10,13f.
190,33f. *spricht es sich ... kleines Wasser]* Vgl. zu 10,14f.
191,4 *In Siena]* Von 1585 bis 1589 wirkt Galilei als Privatgelehrter in Florenz und Siena.
191,12f. *Denn wo der Glaube ... sitzt jetzt der Zweifel.]* Vgl. zu 10,32f.
191,18 *Prälaten]* Vgl. zu 10,38.
192,4f. *selbst im Schachspiel die Türme ...]* Vgl. zu 11,18f.
192,6 *Wie sagt der Dichter? »O früher Morgen ...«]* Vgl. zu 11,20.
192,26 *Glotzen ist nicht sehen.]* Vgl. zu 11,36.
193,28 *in dem zu leben eine Lust ist]* Vgl. zu 12,36.
195,13 *Campagna]* Vgl. zu 59,27.
195,20 *Skudi]* Vgl. zu 15,2.
195,39 *dieses komische Rohr]* Gemeint ist das in Holland erfundene Teleskop (vgl. zu 19,36).
196,2f. *eine konkave Linse ... eine konvexe Linse]* Gemeint sind eine bikonvexe (lat. doppelseitig erhabene) und eine bikonkave (lat. doppelseitig hohl geschliffene) Linse.
196,24 *tote Sprache]* Bezeichnung für die alten Kultursprachen Griechisch und Latein.
196,30 *Kurator]* Vgl. zu 15,1.
197,6 *die Republik]* Vgl. zu 15,11.
197,16 *siebengescheit]* Vgl. zu 15,23.

197,17 *der philosophischen Fakultät]* Vgl. zu 15,24.
197,30 *sogar Protestanten]* Vgl. zu 15,37.
197,31 *Cremonini]* Vgl. zu 15,38.
197,32 *Inquisition]* Vgl. zu 15,39.
198,1f. *Herrn Giordano Bruno ... ausgeliefert.]* Vgl. zu 16,8f.
198,23 *Signoria]* Vgl. erste Anmerkung zu 21,29.
198,23f. *Untersuchungen über die Fallgesetze]* Vgl. zu 17,12.
198,33 *Herr Colombe]* Vgl. zu 17,22.
198,36 *in Paris und Prag]* Vgl. zu 17,25.
198,38 *Ihr Unglück ist Ihr Fach]* Vgl. zu 17,27.
199,12 *was der Aristoteles darüber schreibt]* Vgl. zu 18,2f.
199,23f. *Ihre Entdeckungen]* Vgl. zu 18,14f.
199,31f. *Proportionalzirkel]* Vgl. zu 18,22f.
200,14 *in eurem berühmten Arsenal]* Vgl. zu 16,36.
200,18f. *Ihr verbindet dem Ochsen ... Maul.]* Vgl. zu 17,1f.
201,10f. *sind wir wie Würmer mit trüben Augen]* Vgl. zu 14,22f.
201,26 *Campanile]* Vgl. zu 21,12.
201,27 *Gracia dei.]* (Lat.) eigentlich: Dei gratia; um der Gnade Gottes willen.
201,40 *Doge]* Vgl. zu 21,32.
201,40 *Sagredo]* Vgl. zu 21,31.
202,1 *Virginia]* Vgl. zu 34,3.
202,6 *Signoria]* Vgl. erste Anmerkung zu 21,29.
202,6-11 *Als Lehrer ... zu schaffen.]* Den Text übernimmt Brecht von Wohlwill (vgl. zu 22,15-24); ebenso die folgende Passage: 202,16f. »Frucht ... Forschung« und sinngemäß 202,31-35 »Und ist es ... vermögen?«
203,8 *auf den Mond gerichtet]* Vgl. zu 21,39-22,1.
203,10 *Er leuchtet nicht selbst.]* Vgl. zu 22,3f.
203,22 *Milchstraße]* Vgl. zu 28,11f.
204,24 *10. Januar 1610]* Vgl. zu 24,28.
204,36-205,3 *Der Sichelrand ... leuchtenden Teil.]* Vgl. zu 24,37-25,3.
207,12f. *Wasserpumpe ... Berieselungsanlage]* Vgl. zu 27,13f.
207,19f. *gewisse Gestirne]* Gemeint sind die Monde des Jupiter. Auf sie bezieht sich auch der Begriff von einer zuverlässigen Uhr am Himmel.
207,37f. *Filzen]* Vgl. zu 27,32f.
208,6 *Klafter]* Vgl. zu 28,1.
208,13f. *Nebel der Milchstraße]* Vgl. zu 28,11f.
208,16 *Orion]* Vgl. zu 28,14
208,17 *die vielen Welten]* Vgl. zu 28,15.
209,8f. *eine andere Sonne]* Vgl. zu 29,2.
209,37 *Wo ist Gott?]* Vgl. zu 29,32.
210,5 *In uns oder nirgends.]* Vgl. zu 30,1.

210,13 *drei Jahre in Pisa]* Vgl. zu 30,9.

212,38f. *die »Mediceischen Gestirne«]* Vgl. zu 32,21f.

213,27 *der aufgehenden Sonne]* Vgl. zu 35,17f.

213,28 *Der Großherzog ... ist neun Jahre alt.]* Gemeint ist Cosimo de Medici (vgl. zu 36,21), der hier und in der dänischen Fassung des Stückes als Kind auftritt.

214,3 *Weil die Mönche dort herrschen.]* Vgl. zu 32,36.

214,18f. *sehenden Auges ... ins Verderben geht]* Vgl. zu 33,9f.

214,39-215,5 *Wenn ich ... sichern wird.]* Vgl. zu 35,1-7.

215,10 *der aufgehenden Sonne]* Vgl. zu 35,17f.

216,10 *Cosmo de Medici]* Vgl. zu 36,21.

218,25 *Miasmen]* Vgl. zu 38,37.

219,9f. *epizyklische Bahn]* Vgl. zu 39,24f.

219,39 *Aristotelis divini universum]* (Lat.) das Weltbild des göttlichen Aristoteles.

220,14 *seinen mystisch musizierenden Sphären]* Gemeint ist die von Aristoteles im 2. Buch seines Werkes *De coelo* (*Über den Himmel*) beschriebene unhörbare Harmonie der »singenden« Himmelssphären. Dem liegt die Vorstellung zugrunde, daß bei der Bewegung der Kristallschalen des Himmelsgewölbes singende Geräusche entstünden, die sogenannte Sphärenmusik.

220,16 *Schiefenwinkel der Sonnenbahn]* Die Bahn, die die Sonne im Verlauf eines Jahres am Himmel beschreibt, wird geometrisch auf einer durch den Erdmittelpunkt gehenden Ebene dargestellt, die gegen den Äquator geneigt ist und mit ihm einen Winkel bildet, der als Schiefenwinkel bezeichnet wird.

220,17 *Satellitentafeln]* Gemeint sind eine Art schon im Altertum verwendeter Zeittabellen, auf denen, nach Tagen, Wochen oder Monaten aufgeschlüsselt, die Stellung der Planeten gegenüber der Erde aufgezeichnet ist.

220,17f. *des Katalogs der ... Halbkugel]* Ebenfalls seit dem Altertum existierende Sternkarten, auf denen anhand von Sternbildern die Lage der Fixsterne über der südlichen oder nördlichen Halbkugel der Erde verzeichnet ist.

220,18f. *celestialen Globus]* (Lat.) der Himmelskugel.

220,33 *Gründe, Herr Galilei, Gründe!]* Vgl. zu 41,24.

220,38f. *was in Ihrem Rohr ... sein kann]* Vgl. zu 41,10f.

222,7f. *die Autorität ... des göttlichen Aristoteles]* Vgl. zu 18,2f.

222,26f. *Der Mann hatte kein Fernrohr!]* Vgl. zu 42,36.

222,35 *Die Wahrheit ist das Kind der Zeit ...]* Vgl. zu 43,5f.

224,14f. *Christopher Clavius]* Die hier beschriebene Stellung von Christoph Clavius (vgl. zu 52,6) stimmt mit den historischen Fakten überein. Der Auftrag zur Überprüfung der Entdeckungen Galileis geht allerdings nicht vom florentinischen Hof aus, sondern vom Rektor des Collegium Romanum, Kardinal Bellarmin.

224,15 *am Päpstlichen Collegium]* Gemeint ist das Collegium Romanum (vgl. zweite Anmerkung zu 51,2).

224,26f. *In Arcetri]* Galileis Tochter Virginia Gamba lebte als Nonne in dem Kloster von Arcetri, einem kleinen Dorf nahe bei Florenz.

226,26f. *den Englischen Gruß]* Vgl. zu 47,30f.

228,28f. *Ursulinerinnen]* Vgl. zu 49,32f.

228,39 *Venus]* Vgl. zu 50,4.

229,32 *Merkur]* Vgl. zu 50,34.

230,2 *1616]* Vgl. erste Anmerkung zu 51,2.

230,2 *Collegium Romanum]* Vgl. zweite Anmerkung zu 51,2.

230,19 *Monsignore]* Vgl. zu 51,15.

230,22 *Schusser]* Vgl. zu 51,18f.

230,23 *Sancta simplicitas!]* (Lat.) Heilige Einfalt!

231,9 *Clavius]* Vgl. zu 52,6.

231,11 *in der höchsten Sphäre]* Vgl. zu 52,8.

231,12 *ein neuer Stern]* Vgl. zu 52,9.

231,20 *bestimmt ... die Bahn eines Kometen]* Vgl. zu 52,17.

231,32 *Principiis obsta!]* (Lat.) Wehre den Anfängen! Zum geflügelten Wort gewordener Ausruf aus dem 4. Kapitel des Buches *Remedia amoris* (*Heilmittel gegen die Liebe*) des römischen Dichters Ovid, das in den Jahren 2 bis 8 entstanden ist.

231,35 *den Tafeln dieses Kopernikus]* Vgl. zu 52,32.

232,3f. *»Sonne, steh still ... Ajalon!«]* Vgl. zu 52,39-53,1.

232,10 *Beide ab.]* Die Regieanweisung bezieht sich auf den ersten und zweiten Astronomen.

232,24f. *es gibt nur Tiere]* Vgl. zu 53,21.

233,7 *seinen Sohn schicken]* Vgl. zu 54,3.

233,8f. *ihrer Rechentafeln Glauben schenken]* Vgl. zu 54,4.

233,14 *den wir seinerzeit verbrannt haben]* Vgl. zu 54,9.

233,16 *Eminenz]* Vgl. zu 54,11.

233,32 *Ebenbild Gottes]* Vgl. zu 54,27.

234,20 *Kardinal Inquisitor]* Vgl. zu 55,14.

234,30 *Index]* Vgl. erste Anmerkung zu 55,26.

234,30 *5. März 1616]* Das Datum bezieht sich auf die Veröffentlichung des Dekrets der kopernikanischen Lehre (vgl. zu 61,16f.).

234,37 *Haus des Kardinals Bellarmin]* Vgl. zu 55,28.

235,7 *Thais]* Berühmte Hetäre aus Athen im Gefolge Alexanders des Großen von Makedonien. Im Nachlaß Brechts befinden sich mehrere Entwürfe zu diesem Gedicht.

235,31 *das alte Schach]* Vgl. zu 11,18f.

236,7 *Lorenzo de Medicis]* Gemeint ist der Großherzog von Toskana, Lorenzo de Medici, der von 1469 bis zu seinem Tod 1492 regierte. Er gehört zu seiner Zeit zu den bedeutendsten Dichtern Italiens und trägt den Beinamen il Magnifico (der Prächtige).

236,9-12 *»Ich, der ich Rosen aber sterben sah ...«]* Es handelt sich um eines der Schäfergedichte Lorenzo de Medicis, das auch als »Rosenlied« bezeichnet wird. Es gehört zur Sammlung *Corinto* von Lorenzo de Medici. Brecht hat den Text wahrscheinlich aus einer englischen Übersetzung ins Deutsche übertragen. In der deutschen Übersetzung von Carl Stange (Lorenzo il Magnifico, *Dichtungen*, hg. v. Carl Stange, Band 1, Bremen 1940, S. 8) lautet die Strophe des Gedichts:

Und als ich so zur Erde niedergleiten
Die Blüten sah, so welk und bleich zu sehen,
Kam's in den Sinn mir: wie's in kurzen Zeiten
Auch um der Jugend Blühen ist geschehen.

236,14 *nach den Pestjahren]* Bezieht sich auf die 5. Szene. Die große Pestepedemie zu Galileis Zeit in Italien herrscht 1632 (vgl. zu 86,10).

236,19 *Barberini]* Vgl. zu 57,9f.

236,21 *eines Lamms und einer Taube]* In der christlichen Tiersymbolik steht die Taube für den Heiligen Geist, neben Gottvater und Gottsohn (Jesus) die dritte Form der göttlichen Dreifaltigkeit. Das Lamm ist das Symbol für den Gottsohn (Opferlamm Gottes).

236,23f. *»Die Sonne geht auf und unter ...«]* Vgl. zu 57,17f.

236,27f. *Das Ufer bewegt sich fort.]* Vgl. zu 57,20f.

237,3f. *»Wer aber das Korn zurückhält ...«]* Vgl. Sprüche 11,26: »Wer Korn zurückhält, dem fluchen die Leute [...].«

237,5 *»Der Weise verbirget sein Wissen.«]* Vgl. Sprüche 12,23: »Ein verständiger Mann trägt seine Klugheit nicht zur Schau [...].«

237,7f. *»Wo da Ochsen sind ...«]* Vgl. Sprüche 14,4: »Wo keine Rinder sind, da ist die Krippe leer; aber die Kraft des Ochsen bringt reichen Ertrag.«

237,9f. *»Der seine Vernunft im Zaum hält ...«]* Vgl. Sprüche 16,32: »Ein Geduldiger ist besser als ein Starker, und wer sich selbst beherrscht, besser als einer, der Städte gewinnt.«

237,11f. *»Des Geist aber gebrochen ist ...«]* Vgl. Sprüche 17,22: »[...] ein betrübtes Gemüt läßt das Gebein verdorren.«

237,12 *»Schreiet die Wahrheit nicht laut?«]* Vgl. Sprüche 8,1: »Ruft nicht die Weisheit, und läßt nicht die Klugheit sich hören?«

237,13f. *»Kann man den Fuß setzen ...«]* Vgl. Sprüche 6,28: »Oder könnte jemand auf Kohlen gehen, ohne daß seine Füße verbrannt würden?«

237,15 *Zwei Knäblein]* Gemeint sind Romulus und Remus, nach der römischen Sage die Gründer Roms.

237,27f. *in Kreisen oder Ellipsen]* Vgl. zu 59,5.

237,30-32 *Er zeichnet ... Geschwindigkeit.]* Vgl. zu 59,9f.

237,35f. *dann hätte er auch unsere Gehirne so konstruiert]* Vgl. zu 59,13f.

238,26f. *Ich bin ein gläubiger Sohn der Kirche]* Vgl. zu 60,1f.

239,3 *das Heilige Offizium]* Vgl. zu 60,19f.

239,4-7 *nach der die Sonne ... im Glauben ist]* Vgl. zu 60,21-23.

239,20f. *»Sprach ich ...«]* Vgl. zu 236,9-12.

239,39 *höchst geliebte Tochter der Kirche]* Vgl. zu 61,3.

240,3f. *Vertrauen wird dadurch erschöpft ...]* Vgl. zu 61,6f.

240,10 *Kommissar des Heiligen Offiziums]* Vgl. zu 61,13.

240,17f. *Wenn es keinen Gott gäbe ...]* Vgl. zu 61,24f.

241,32f. *ganz unvorstellbar weit ausgedehnt]* Vgl. zu 62,28.

243,6 *daß zwei mal zwei hin und wieder vier ist]* Brecht knüpft hier an seinen Aufsatz *Rede über die Widerstandskraft der Vernunft* von 1937 an, wo er den Satz in Zusammenhang mit seiner Kritik am Faschismus gebraucht: »Der Stumpfsinn kann, mit geeigneten Mitteln, in großem Umfang organisiert werden. Der Mensch vermag unter Umständen ebensogut zu lernen, daß zwei mal zwei fünf, als daß es vier ist.«

243,15 *des Dekrets]* Vgl. zweite Anmerkung zu 55,26, vgl. zu 64,9.

243,26 *Folterinstrumente]* Die Inquisitionsgerichte verfahren bei ihren Vernehmungen von vermeintlichen Ketzern nach festgelegten Regeln, d.h. die Verhöre, die mit dem Ziel geführt werden, Geständnisse zu erpressen, nehmen stufenweise an Schwere zu. Als die beiden letzten Stufen gelten die Vernehmung im Angesicht der Folterinstrumente und schließlich die Folter selbst.

244,13 *Welttheater]* Vgl. zu 65,18.

244,34 *der Heiligen Kongregation]* Vgl. zu 56,39-57,1.

245,4 *Stellvertreter des milden Jesus]* Vgl. zu 66,9f.

245,4f. *in Spanien und Deutschland]* Vgl. zu 66,10.

245,6 *Stuhl Petri]* Vgl. zu 66,12.

245,11 *Auster Margaritifera]* (Lat.) Gattungsname für eine Perlmuschel.

245,22 *»Seid fruchtbar und mehret euch«]* 1 Mose 1,22 u.ö.

245,28 *Cellini-Uhr]* Eine von dem florentinischen Goldschmied und Bildhauer Benvenuto Cellini angefertigte Uhr. Cellinis Kunstwerke waren in ganz Europa berühmt und gesucht.

246,1 *Priap]* Vgl. zu 66,21.

246,8 *den Esquilinischen Gärten]* Vgl. zu 66,28.

246,10-13 *»Ein Feigenklotz ...«]* Vgl. zu 66,30-33.

246,20 *Die Winkelsumme im Dreieck]* Vgl. zu 67,3.

246,21 *Kurie]* Vgl. zu 67,4.

246,39 *Hier stehen die Gründe]* Vgl. zu 67,20.

247,5 *Ein Apfel vom Baum der Erkenntnis!]* Vgl. zu 67,24.

247,7-10 *Ich denke ... was das ist: Licht.]* Vgl. zu 67,26-29.

247,21 *Thronbesteigung eines neuen Papstes]* Vgl. zu 68,2.

247,23 *Sonnenflecken]* Vgl. zu 68,4.

248,6 *Schwimmende Körper]* Vgl. zu 68,9f.

248,7 *Schaff]* (Süddt., österr.) offenes Gefäß.

248,7f. *eiserne Nadel; Aristoteles]* Die Vorbereitungen dienen der

Überprüfung von physikalischen Grundsätzen des Aristoteles (vgl. zu 68,31 und zu 69,14-16).

248,27 *Dekret]* Vgl. zu 64,9.

249,23 f. *zu einem richtigen Astronomen ... Horoskop]* Vgl. zu 71,19 f.

249,30 *Aszendenten]* Vgl. zu 71,26.

250,9 *»De maculis in sole.«]* (Lat.) Über die Sonnenflecken.

250,15 *den Traktat des Fabrizius]* Vgl. zu 71,34.

250,16 f. *Sternenschwärme, die ... vorüberziehen]* In den Auseinandersetzungen der Wissenschaftler um die Sonnenflecken vertritt diese Ansicht nicht Fabrizius, sondern Christoph Scheiner (vgl. zu 72,1).

250,20 f. *In Paris und Prag glaubt man ...]* Mit Descartes, auf den Brechts Hinweis auf Paris anspielt, steht Galilei nicht in Verbindung, dagegen aber mit Johannes Kepler in Prag, der sich als einer der ersten dem Problem der Sonnenflecken unter der Fragestellung nach der Rotation der Sonne genähert hat. Seine Ansichten über »Dünste«, die von der Sonne ausgehen, stehen nicht in Zusammenhang mit einer Sonnenfleckentheorie, sondern beziehen sich auf die Vorstellung: von der Sonne ausgehende Ausströmungen, die in weite Fernen dringen und mit der Sonne rotieren, führen auch die Planeten in Bahnen um die Sonne. Die tatsächlichen Ursachen können erst mit Newtons Gravitationsgesetz beschrieben werden.

250,35-39 *unter das Schindeldach ... Wölkchen]* Vgl. zu 72,5-9.

251,19 *ob er leichter oder schwerer ist als das Wasser]* Vgl. zu 69,12 f.

251,23-25 *»Eine breite und flache Eisscheibe ...«]* Vgl. zu 69,14-16.

251,27 f. *das Wasser nicht zu zerteilen vermag]* Bezieht sich auf die Behauptung von Aristoteles, daß für das Schwimmen von Körpern ihre Form ausschlaggebend sei. Das genannte Argument ist Aristoteles' physikalische Erklärung für diese Behauptung.

251,37 f. *verdichtetes Wasser ... verdünntes Wasser]* Gegenüber Aristoteles, der Eis als verdichtetem Wasser eine größere Schwere zuspricht, geht Galilei davon aus, daß Eis verdünntes Wasser sei, also leichter. Bei seinem Versuch, den er am florentinischen Hof vorführt, widerlegt er die aristotelische Annahme durch das einfache Experiment mit Eisstücken statt einer Scheibe.

252,15-18 *Eine Hauptursache ... Irrtum.]* Vgl. zu 68,14-22, dort den Nachweis zu 68,14-16.

253,17 *Sonnenfleckenorgien]* Anspielung auf die Vielzahl von Spekulationen, theoretischen Debatten und Veröffentlichungen zum Problem der Sonnenflecken in den Jahren 1611-1613, die deshalb die Mißbilligung der Kirche finden, weil es in diesen Auseinandersetzungen um das Problem der Rotation der Sonne geht und damit um Nachweise für die kopernikanische Lehre.

253,28 *der Heilige Vater]* Vgl. zu 75,26.

255,17 *Fulganzio]* Brecht übernimmt den Namen von einem

268,17 *in geheimem Bündnis]* Vgl. zu 86,13.

268,18 *den katholischen Kaiser]* Gemeint ist Ferdinand II. Vgl. zu 86,7.

268,30 *schwach im Fleisch]* Vgl. zu 86,26.

268,33 *ob die Sonne stillstand zu Gibeon]* Vgl. zu 86,29.

268,34 *Kollekten]* Vgl. zu 86,30.

268,36 *Kompaß]* Vgl. zu 86,32.

268,38 *über die Maschinen]* Vgl. zu 86,33f.

269,4-7 *Wenn das Weberschifflein ... Knechte.]* Vgl. zu 86,39 bis 87,3.

269,5 *Zitherschlägel]* Vgl. zu 87,1.

269,9 *statt in Latein]* Vgl. erste Anmerkung zu 87,5.

269,10 *Idiom]* Vgl. zweite Anmerkung zu 87,5.

269,30 *Versailles ... Wiener Hof]* Für Galilei setzt sich nach dessen Verurteilung der Gesandte Frankreichs in Rom, Graf Noailles, ein, dem Galilei seine *Discorsi* widmet. Ähnliche Beziehungen bestehen zum Kaiser in Wien (Galilei will ursprünglich ihm die *Discorsi* widmen, nimmt aber Abstand davon, weil am Wiener Hof der Einfluß der Jesuiten groß ist). Darüber hinaus steht Galilei in Kontakt mit dem polnischen König.

270,2 *sein Buch erlaubt]* Vgl. zu 84,25.

270,5 *In seinem Buch streiten]* Vgl. zu 87,24.

270,8 *Schlußbemerkung]* Vgl. zu 87,28.

270,17f. *die Instrumente zeigt]* Am 16. Juni 1633 ordnet der Papst an, Galilei die Folter anzudrohen, um ihn zum Widerruf zu zwingen.

270,23f. *am 22. Juni 1633]* Vgl. zu 89,28f.

271,11 *nicht veröffentlichen]* Vgl. zu 90,10f.

271,26 *23 Tage im Kerker]* Während des Prozesses steht Galilei unter Arrest im Haus des florentinischen Gesandten in Rom.

271,27 *das große Verhör]* Vgl. zu 90,25.

271,29 *Dekret]* Vgl. zu 64,9.

271,34f. *hieme et aestate ... ultra.]* Vgl. zu 90,33f.

272,16 *Sankt Markus]* Vgl. zu 91,31.

272,26-28 *Und die Sonne ... unbeweglich.]* Vgl. zu 91,18-20.

272,30f. *kann man nicht ungesehen machen ...]* Vgl. zu 92,18.

273,12 *Ich Kleingläubiger!]* Vgl. zu 92,25.

273,27-35 *»Ich, Galileo ... entgegen ist.«]* Vgl. zu 93,1-9.

274,31-275,7 *Ist es nicht klar ...]* Der Text ist mit geringfügigen Veränderungen übernommen aus: Galilei, *Unterredungen*, S. 5f. (vgl. zu 97,31-98,10).

275,11f. *Landhaus in der Nähe von Florenz]* Vgl. zu 94,7.

276,39 *Sintemalen]* Nicht mehr gebräuchliche Ausdrucksweise für: zumal, da.

277,2 *Wohltätigkeit versaget niemals.]* Vgl. 2 Korinther 1,15: »daß ihr abermals eine Wohltat empfindet«.

277,11f. *»Wenn ich schwach bin, da bin ich stark.«]* Vgl. 1 Korinther 4,10: »wir schwach, ihr aber stark«.

277,17f. *Paulus an die Epheser III,19.]* In der Bibel heißt es dort: »auch erkenne die Liebe Christi, die doch alle Erkenntnis übertrifft, damit ihr erfüllt werdet mit aller Gottesfülle«.

277,21 *Imitatio]* Gemeint ist das seit 1415 verbreitete Erbauungsbuch *De imitatio Christi* (*Von der Nachfolge Christi*), das nach der Bibel am meisten verbreitete Buch der christlichen Religion. Sein Verfasser ist Thomas von Kempen. Dem nachfolgenden Zitat Brechts kommt unter vielen Möglichkeiten am nächsten: »Dem das ewige Wort zu Herzen redet, der macht sich von vielerlei Meinungen los.« (Vgl. Thomas von Kempen, *Das Buch von der Nachfolge Christi*, übersetzt von Michael Sailer, hg. v. Franz Keller, Freiburg i.Br. 1926, S. 12.)

278,25 *Hydraulik]* Bezeichnung für die Anwendung der Hydrodynamik (Gesetze der ruhenden und bewegten Flüssigkeiten) in der Technik.

279,10-13 *Descartes ... Traktat ...]* Nach der Verurteilung Galileis sieht sich René Descartes gezwungen, sein fertiggestelltes Werk *Le monde ou traité de la lumière* (*Die Welt oder Traktat über das Licht*) nicht zu veröffentlichen; es erscheint 1664, vierzehn Jahre nach seinem Tod.

279,19f. *Man gestattet nicht dem Ochsen ...]* Lat. Sprichwort: »Quod licet Iovi, non licet bovi« (Was Jupiter erlaubt ist, ist nicht jedem Ochsen erlaubt).

280,27f. *pochend auf sein Pfund Fleisch]* Anspielung auf Shakespeares *Kaufmann von Venedig* (IV,1), wo Shylock darauf besteht, Antonios Pfand (ein Pfund von dessen Fleisch) zu erhalten.

280,39 *»Wenn dich dein Auge ärgert ...«]* Vgl. Matthäus 5,29: »Wenn dir aber dein rechtes Auge Ärgernis schafft, so reiß es aus und wirf's von dir.«

281,14-17 *»Mein Vorsatz ist es ...«]* Brecht übernimmt den Text sinngemäß aus Galileis *Discorsi*. Er steht am Beginn des 3. Kapitels (*Dritter Tag. Über die örtliche Bewegung.*): »Über einen sehr alten Gegenstand bringen wir eine ganz neue Wissenschaft. Nichts ist älter in der Natur als die *Bewegung*, und über dieselbe gibt es weder wenig noch geringe Schriften der Philosophen. Dennoch habe ich deren Eigentümlichkeiten in großer Menge und darunter sehr wissenswerte, bisher aber nicht erkannte und noch nicht bewiesene, in Erfahrung gebracht.« (Galilei, *Unterredungen*, [Band 2], Ostwald's Klassiker der exakten Wissenschaften, Nr. 24, Leipzig 1904, S. 3; vgl. zu 97,31-98,10.)

281,36 *Neue Wissenschaft, neue Ethik.]* Vgl. zu 102,22f.

283,1f. *Die Große Babylonische]* Der biblische Topos der großen Hure Babylon, die trunken ist vom Blut der Heiligen und der Zeugen Christi (daher auch die Bezeichnung Scharlachene), steht für das Böse, das von einem neuen Zeitalter abgelöst wird. Vgl. Offenbarung 17 und 18.

283,24f. *in einem perlmutternen Dunst]* Perlmutter oder Perlmutterglanz, hergeleitet von dem eigentümlichen milden Glanz auf der Innenseite der Schalen der Perlmuschel. Er entsteht durch vielfache Spiegelung zahlreicher übereinander liegender Lamellen und gibt nur ein verschwommenes Bild der Schalenflächen wieder.

284,10-12 *Ich halte dafür ... zu erleichtern.]* Brecht übernimmt den Satz sinngemäß von Bacon aus dessen *Neuem Organon*, wo er (übersetzt) lautet: »Das wahre und rechte Ziel der Wissenschaften ist aber, das menschliche Leben mit neuen Erfindungen und Mitteln zu bereichern.« (*Neues Organon*, S. 131, vgl. zu 11,20).

284,21-23 *euer Jubelschrei ... könnte.]* Vgl. zu 180,9. In Brechts Aufsatz *Über experimentelles Theater* (1939) gibt es einen Vorläufer zu diesem Satz, der zwar schon mit dem Wissen um die Entdeckung der Kernspaltung niedergeschrieben wird, aber noch nicht die Vorahnung der Atombombe beinhaltet. Brecht formuliert ihn in folgendem Zusammenhang: »Die Kenntnis der Natur der Dinge, so sehr und so ingeniös vertieft und erweitert, ist ohne die Kenntnis der Natur des Menschen, der menschlichen Gesellschaft in ihrer Gesamtheit nicht imstande, die Beherrschung der Natur zu einer Quelle des Glücks für die Menschheit zu machen. Weit eher wird sie zu einer Quelle des Unglücks. So kommt es, daß die großen Erfindungen und Entdeckungen nur eine immer schrecklichere Bedrohung der Menschheit geworden sind, so daß heute beinahe jede neue Erfindung nur mit einem Triumphschrei empfangen wird, der in einen Angstschrei übergeht.«

284,28 *den hippokratischen Eid]* Moralisch-ethische Grundlage für den Arztberuf, auf die die Ärzte vereidigt wurden; nach dem griechischen Arzt Hippokrates.

Textgrundlage

Dansen, Typoskript aus dem Nachlaß.
Anhang: Dialog, Typoskript aus dem Nachlaß.

Übersicht

Frühjahr 1939: Niederschrift des Textes.
1966: Postumer Druck in *Stücke*, Band 13, Suhrkamp Verlag Frankfurt a. M.
14. Oktober 1967: Postume Uraufführung unter dem Titel *Dansen I* in den Kammerspielen in Köln.

Entstehung

Der Einakter entsteht im Frühjahr 1939. Mit der ersten Niederschrift hat Brecht wahrscheinlich noch in Dänemark begonnen, das er am 23. April 1939 verläßt. Die Aktivitäten der deutschen Außenpolitik, von Brecht sorgfältig verfolgt, lassen eine Ausdehnung der Aggressionspläne Hitler-Deutschlands auf die skandinavischen Länder, besonders auf Dänemark, befürchten. Mit *Dansen* geht Brecht auf diese Problematik unmittelbar ein. Über Ruth Berlau unterhält Brecht Kontakte zum dänischen Arbeitertheater. Den Einakter hat er vermutlich für Agitationszwecke einer dieser Theatergruppen geschrieben.

Aktueller Anlaß zu diesem Stück sind deutsche Vertragsangebote an die skandinavischen Länder zum Abschluß von Gewaltverzichtsabkommen mit Deutschland. Über den Wert solcher Abkommen bemerkt Brecht in der *Deutschen Kriegsfibel*: »Die Regierungen / Schreiben Nichtangriffspakte. / Kleiner Mann / Schreibe dein Testament.« Dänemark geht als einziger skandinavischer Staat auf das Angebot ein. Die übrigen deklarieren ihre offizielle Ablehnung am 9. Mai 1939 in Stockholm auf einer Konferenz der Außenminister.

Brecht beginnt die erste Niederschrift des Einakters, nachdem Hitler-Deutschland am 16. März 1939 die Annektierung der Tschechoslowakei vollzogen hat. Das Schicksal der tschechoslowakischen Republik und die Annexion Österreichs im März des Jahres 1938 sind als warnende Beispiele für die Unglaubwürdigkeit deutscher Garantieversprechen und Verträge einbezogen. Mit *Dansen* greift Brecht erneut ein Thema auf, das ihn schon in *Die Gewehre der Frau Carrar* beschäftigt hat. Wie dort rücken die Aufforderung zur antifaschistischen Aktion und der Appell »Du kannst nicht neutral bleiben« ins Zentrum des Stückes. Der Einakter wendet sich gegen die Politik der »strikten Neutralität«, mit der die skandinavischen Länder ihre gemeinsame Haltung gegen den Aggressor Hitler-Deutschland im Juli 1938 auf einer politischen Konferenz in Oslo bekräftigt haben.

Die erste Niederschrift des Einakters geht von einem Fabelentwurf aus, der den Titel *Die Wandlung im Geist des Dansen* trägt. Brecht behandelt das Problem der Neutralität hier noch vorwiegend unter dem Widerspruch zwischen Dansens (Dänemarks) ökonomischen Interessen und seiner politischen Moral. Am Typoskript der ersten Niederschrift nimmt Brecht Änderungen und Ergänzungen vor, die die Fabel verändern und die Brecht auch in einem zweiten Fabelentwurf konzipiert hat. In den Vordergrund der Handlung rücken jetzt der Pakt mit dem Fremden (Deutschland) und der Verrat an Svensson (Schweden). Auf der Grundlage der überarbeiteten ersten Niederschrift entsteht als zweites Typoskript die Fassung des Einakters *Dansen*. 1945 läßt Brecht das Typoskript in den USA zusammen mit anderen Stücken auf Schmalfilm kopieren und versieht die Titelseite mit der Jahreszahl 1939.

Der Beginn der dritten Szene in der ersten Niederschrift deutet unmittelbar auf die Manöver deutscher Truppen an der dänischen Grenze Anfang April 1939 hin, über die Brecht an Henry Peter Matthis schreibt: »Die Zeitungen brachten ein Dementi Berlins über Truppenzusammenziehungen an der dänischen Grenze usw. [...] ich bin sicher, Sie haben eine Vorstellung von der Peinlichkeit, auf einem dieser Inselchen zu sitzen im Augenblick, wo die Schlächterei anzufangen scheint.« (Brief an Henry Peter Matthis, 11. April 1939.) Analog dazu sagt Dansen in der ersten Niederschrift, wo am Beginn der dritten Szene diese aktuelle Bedrohung akzentuiert wird (»Nacht. Dumpfer Donner. Der Horizont ist rot. Dansen geht, ein Schwein unterm Arm, vor dem Schuppen auf und ab.«): »Heute muß ich unbedingt Wache halten. In den Zeitungen stehen ja furchtbare Dinge.« Die Überarbeitung des Textes und die Anfertigung des zweiten Typoskripts nimmt Brecht wahrscheinlich erst in Schweden vor, während oder nach der Entstehung eines weiteren Einakters: *Was kostet das Eisen?*

Zu *Dansen* existieren noch ein dritter Fabelentwurf und einige Szenenvarianten, in denen es um die Frage eines Bündnisses und die gemeinsame Bewaffnung der skandinavischen Länder geht. Das Material deutet darauf hin, daß Brecht an eine nochmalige Überarbeitung des Einakters gedacht hat. Die in *Dansen* nur angedeutete Idee einer Vereinigung der skandinavischen Staaten zum Schutz vor dem Aggressor führt Brecht in *Was kostet das Eisen?* weiter aus.

Im Nachlaß befindet sich ein Blatt mit drei Dialogszenen zwischen einem Optimisten und einem Pessimisten, die Brecht vermutlich nachträglich als Einführung in die drei Szenen von *Dansen* geschrieben hat. Die beiden Figuren gehen zurück auf eine Dialogserie im schwedischen

Rundfunk, die zwischen 1938 und 1942 mit den beiden Komikern Ludde Gentzel und Eric Abrahamsson unter dem Titel *Optimisten och pessimisten* regelmäßig gesendet wurde. Darüber hinaus weist die Szene in Aufbau und Diktion Analogien zu Brechts *Flüchtlingsgesprächen* auf, die 1940/41 in Finnland entstehen und in denen Brecht auf die in *Dansen* geschilderte politische Situation Dänemarks zurückkommt: »Sie leben mehr oder weniger vom Schweineverkauf und so haben sie sich mit den Deutschen gut stellen müssen, denn die haben Schweine gebraucht, aber sie haben über sich selber gute Witze gemacht, daß man beim Schweineverkauf leise treten muß, weil's sonst dem Schwein schadet.«

Der Einakter bleibt zu Lebzeiten Brechts ungedruckt. Er wird zum ersten Mal 1966 in Band 13 der *Stücke* im Suhrkamp Verlag Frankfurt a.M. veröffentlicht. Die Uraufführung findet am 14. Oktober 1967 in den Kammerspielen in Köln statt, wo *Dansen* zusammen mit *Was kostet das Eisen?* unter dem gemeinsamen Titel *Dansen I und II* inszeniert wird.

Text/Fassungen

In den drei Szenen der ersten Niederschrift wie auch in den Ergänzungen und Änderungen an diesem Typoskript verwendet Brecht die Figurenbezeichnung Svendson. Die Schreibweise Svensson taucht erst im zweiten Typoskript auf. Die erste Niederschrift folgt der Fabel *Die Wandlung im Geist des Dansen*, deren Fazit lautet: »So sieht man die Schwierigkeit, zugleich Schweine zu verkaufen und Moral zu haben.« Am Beginn der ersten Szene wird Dansen hier als Arbeitsloser vorgestellt, der für freie Wohnung eine Pförtnerstelle im Eisenlager seines Freundes versieht. Er räsoniert über seine wirtschaftliche Lage, stellt aber zugleich seine patriotische Haltung aus; sein Schwein unterm Arm, singt er die ersten Verse der dänischen Landeshymne, die bei Brecht lauten: »Das ist ein lieblich Land / Das liegt mit hohen Buchen / Am salzigen Ostseestrand.« Im weiteren Verlauf der Handlung, immer das Ziel verfolgend, ein Schwein zu verkaufen, opfert Dansen seinen Patriotismus dem Geschäft.

Über die Änderungen und Ergänzungen, die Brecht am Typoskript der ersten Niederschrift vornimmt, wird die Bedrohung Dansens durch den Fremden schärfer akzentuiert. In Dansens Telefongesprächen tritt die Frage nach der Einigkeit der skandinavischen Länder mehr in den Vordergrund. Weiterhin fügt Brecht den szenischen Vorgang vom dreimal quiekenden Schwein ein, in Anlehnung an die biblische Petrus-Geschichte vom dreimaligen Verrat an Jesus. Die Änderungen gehen von dem zweiten Fabelentwurf aus, in dem es am Ende heißt: »Wenn das Schwein dreimal quiekt, wirst du mich dann nicht verraten, Dansen?«

Die im Nachlaß befindlichen Szenenvarianten beziehen sich auf den Beginn und auf den Schluß des Einakters. Hier spricht Dansen schon am Anfang der ersten Szene von der Möglichkeit, mit seinen »beiden Freunden weiter oben« (Schweden und Norwegen) ein »paar gute Waffen zu schmieden«, um im »Notfall« gerüstet zu sein, und er verkündet den Plan, »Friedensstörern« einfach kein Eisen mehr zu liefern. In der Variante zur Schlußszene werfen sich Dansen und Svendson (wie er hier heißt) gegenseitig ihren wirtschaftlichen Egoismus vor und debattieren darüber, ob ihnen »der große Verband« (die Idee einer skandinavischen Union, die Brecht im dritten Fabelentwurf aufgreift) Gewähr dafür bietet, ihre vom Fremden eroberten Geschäfte zurückzuerlangen. Für die Textgrundlage haben diese Varianten keine Verwendung gefunden.

Das zweite Typoskript, die Textgrundlage, geht von dem überarbeiteten Manuskript der ersten Niederschrift aus, ist aber das Resultat weiterer Arbeit am Text. Neu sind der Stückbeginn, Dansens Hinweis auf das vertraglich geregelte Zusammenleben mit seinen Nachbarn, und der Anfang der dritten Szene, Dansens verbale Stellungnahme zur Frage der eigenen Bewaffnung. Insgesamt tragen die Änderungen einer Straffung des Handlungsablaufs Rechnung.

Da der Einakter erst 1966 postum gedruckt wurde, ist die Textgrundlage für die vorliegende Ausgabe das Typoskript von 1939.

Zur Textgestaltung in der vorliegenden Ausgabe:

292,1 *Personen]* Das Personenverzeichnis ist nachträglich eingefügt worden.

293,1 *1]* Die Szenenziffer wurde ergänzt.

Wirkung

Dansen ist zu Lebzeiten Brechts nicht aufgeführt worden. Nach der Erstveröffentlichung des Einakters im Jahre 1966 kommt es zwischen dem 14. und 18. Oktober 1967 zu vier verschiedenen Inszenierungen, in Köln, Paderborn, Göttingen und Berlin/West. Alle vier stellen *Dansen* und *Was kostet das Eisen?* zusammen unter dem Titel *Dansen I und II* vor. Die Uraufführung ist die Premiere in den Kölner Kammerspielen am 14. Oktober 1967. Sie findet im Rahmen eines Brecht-Abends statt, bei dem zuvor Szenen aus *Furcht und Elend des III. Reiches* gezeigt werden. Regisseur des Einakters ist Hans Gaugler, der Darsteller der Titelrolle in Brechts *Hofmeister*-Inszenierung 1950 am Berliner Ensemble, Bühnenbildner Manfred Noky.

Die Resonanz auf die Aufführung ist reserviert und ablehnend, was z.T. auch daran liegt, daß Gaugler auf jegliche Überhöhung in die Groteske verzichtet hat und so dem Parabelstück seinen Agitationscharakter nimmt. Insgesamt aber deckt sich die Kritik mit jener Meinung, die

Hans Daiber vom *Handelsblatt* nach der Kölner Premiere äußert: »Der allgemeine Abfall von *Furcht und Elend* zu *Dansen* zeigt, daß man niemandem einen Gefallen tut, wenn man sich mit Resten abgibt« (*Handelsblatt*, Düsseldorf, 18. Oktober 1967). In einem Resümee setzt sich einige Wochen später André Müller noch einmal mit der Aufführung von *Dansen* und *Was kostet das Eisen?* auseinander und weist vor allem hin auf Brechts Anmerkung über die chaplineske Spielweise in der Art eines Radaustückes, die Brecht »Knockaboutstil« nennt: »Da beide Einakter sehr wirkungsvoll sind«, schreibt Müller, »und auch heute noch mehr hergeben als nur eine nachträgliche Geschichtsbetrachtung, sollten andere Theater die Einakter so auf die Bühne bringen, wie Brecht es vorgeschlagen hat. Es lohnt sich sehr.« (*Deutsche Volkszeitung*, Frankfurt a.M., 19. Januar 1968.)

In Dänemark wird *Dansen* am 15. November 1968 zum ersten Mal aufgeführt. Die Premiere findet unter dem Titel *Dansen und Svensson* im Komödienhaus in Kopenhagen statt unter der Regie von Avi Sagild.

Zeilenkommentar

293,4 *Tabaktrafik]* (Österr.) kleiner Laden für Tabakwaren u.a.

293,15 *durch einen Verband]* Auf welche Vereinigung Brecht hier anspielt, ist nicht eindeutig zu klären. In Betracht kommen sowohl der Völkerbund als auch die Handelskonvention zwischen den skandinavischen Ländern, Belgien, den Niederlanden und Luxemburg, die nach ihrem Gründungsort Oslo auch als Konvention der Oslostaaten bezeichnet wird.

294,33f. *»Ostmärker & Co.«]* Anspielung auf die Annexion Österreichs, das durch ein Gesetz vom 13. März 1938 an Deutschland angegliedert wird. Der ehemalige Staat wird nur noch unter der offiziellen Bezeichnung »Ostmark« geführt.

295,17 *Nichteinmischspiel]* Gemeint ist wahrscheinlich die Politik des sogenannten Nichteinmischausschusses, dem 29 Staaten angehören und der wenige Wochen nach Beginn des Spanienkrieges (1936-1939) gebildet wird. Er tritt zum ersten Mal am 9. September 1936 in London zusammen. Deutschland gehört ihm bis 1937 an. Aber auch nachdem es seine Mitgliedschaft aufgekündigt hat, sprechen sich die übrigen Mitgliedstaaten weiterhin gegen wirtschaftliche Sanktionen und Vorschläge eines Bündnisses gegen Hitler-Deutschland aus.

295,33 *Das Schwein ... quiekt zum dritten Mal]* Anspielung auf die Verleugnung Jesu durch Petrus. Vgl. Matthäus 26,34 u.ö.: »Jesus sprach zu ihm: Wahrlich ich sage dir: In dieser Nacht, ehe der Hahn kräht, wirst du mich dreimal verleugnen.«

296,32 *Eisen ist lebensnotwendig.]* 1935 drosselt Deutschland in

Zusammenhang mit der Einführung der allgemeinen Wehrpflicht und der beschleunigten Aufrüstung seine Lebensmittel- und Luxusgüterimporte zugunsten der Einfuhr rüstungswichtiger Rohstoffe drastisch. Rudolf Heß, seit 1933 Reichsminister, verkündet schon im Dezember 1934, Kanonen seien wichtiger als Butter. Den Ausspruch hat Brecht mehrfach auch in seinen Gedichten aufgegriffen.

297,1f. *da ist ein weißes Kreuz drin]* Anspielung auf die dänische Staatsflagge, ein rotes Tuch mit weißen, sich kreuzenden Linien.

297,8f. *Aber das ist doch ein Vertrag!]* In einem Abkommen vom 11. Juli 1936 hatte Hitler-Deutschland die Souveränität Österreichs anerkannt und sich zur Nichteinmischung in dessen innere Angelegenheiten verpflichtet.

297,20 *Tun Sie das Kreuz weg!]* Doppelte Anspielung auf die dänische Staatsflagge und die Furcht des Teufels vor dem Kreuz. Brecht geht allerdings nicht von einer bloßen Verteufelung des deutschen Faschismus aus. In seinem Aufsatz *Die Kommunisten und die deutschen Religionskämpfe* schreibt er: »Der Nationalsozialismus bekämpft das Christentum und ersetzt das Christentum durch sein Neuheidentum, gerade weil er eine Religion braucht, die seine rückständigen Ziele besser fördert. Er braucht eine kriegerische Religion, eine Religion der heldischen Aufopferung des einzelnen, eine rein deutsche, das heißt gegen andere Völker gerichtete Religion.«

298,9 *Mit meinen beiden Freunden weiter oben]* Gemeint sind Schweden und Norwegen.

298,18 *Dingsda]* Eine ähnlich polemische Formulierung für Hitler-Deutschland verwendet Brecht in den *Flüchtlingsgesprächen*, wenn er vom »Wieheißterdochgleich« spricht.

298,30 *Garantievertrag]* Anspielung auf das Münchner Abkommen vom 29. September 1938, in dem Deutschland über die Abtretung des Sudetengebietes hinaus keine weiteren Gebietsforderungen an die Tschechoslowakei erhebt. Ein Garantievertrag zwischen Deutschland und der Tschechoslowakei bestand nicht.

299,1f. *»Bemm & Mährer G.m.b.H.«]* Anspielung auf die Besetzung der Tschechoslowakei und die Umwandlung ihres Staatsgebietes in das sogenannte »Protektorat Böhmen und Mähren« durch Deutschland am 16. März 1939.

300,20 *wir schließen einen Vertrag]* Gemeint ist die Idee einer skandinavischen Union zur Abwehr einer Aggression Hitler-Deutschlands. Sie steht in Zusammenhang mit der Einheitsfrontpolitik der dänischen kommunistischen Partei, die 1935 in einem »Plan des arbeitenden Volkes« formuliert wird.

300,26 *die Großen verhandeln schon]* Am 18. März 1939 halten Vertreter der europäischen Westmächte Beratungen über Hitlers Annexion der Tschechoslowakei ab, in deren Ergebnis von den einzelnen Ländern Protestnoten formuliert werden. Diese Noten werden aber von den deutschen Botschaften in diesen Ländern nicht einmal entgegengenommen.

301,3 f. *Freundschaftsbund]* Gemeint ist das Angebot Deutschlands für ein Gewaltverzichtsabkommen mit Dänemark. Das Abkommen wird am 31. Mai 1939 in Berlin von beiden Staaten unterzeichnet und vom dänischen Parlament am 1. Juni ratifiziert. (Am 9. April 1940 besetzt Deutschland Dänemark.)

303,24 *Pferdehändler Poll]* Gemeint ist Polen. (Es wird im September 1939 von Deutschland besetzt.)

303,29 *mit ihm ... einen ... Vertrag gemacht]* Der seit dem 26. Januar 1934 bestehende Nichtangriffspakt zwischen Deutschland und Polen wird am 28. April 1939 von Deutschland gekündigt. Seit Oktober 1938 finden aber ständige Verhandlungen zwischen Deutschland und Polen statt, bei denen es um den Anschluß Danzigs an Deutschland und den Bau einer exterritorialen Auto- und Eisenbahnstrecke durch polnisches Gebiet geht. Weiterhin fordert Deutschland im Sinne einer Interessengemeinschaft Polen auf, dem Antikominternpakt beizutreten. Polen lehnt die Forderungen Deutschlands am 26. März 1939 ab.

304,1 f. *einen kleinen unschuldigen Besuch]* Brecht zieht hier mehrere Vorgänge zusammen, die Besetzung des Memelgebietes in Litauen durch Deutschland am 23. März 1939 und Polens Forderungen an Litauen für das Gebiet um Vilnius. Hinzu kommt die Aufkündigung des deutsch-polnischen Nichtangriffspaktes durch Deutschland (vgl. zu 303,29).

304,4 *von Nachbarn eingekreist]* Anspielung auf das englisch-französische Garantieversprechen an Polen vom 31. März 1939, in dem sich England und Frankreich verpflichteten, Polen bei Gefährdung seiner Selbständigkeit durch Hitler-Deutschland Schutz und Unterstützung zu gewähren.

305,26 *»Kong Kristian stand am hohen Mast«]* Gemeint ist die dänische Königshymne. Sie wird an Staatsfeiertagen und zu anderen offiziellen Anlässen gespielt, bei denen Vertreter des Königshauses anwesend sind. Bei den nachfolgenden Versen der Hymne handelt es sich um die zweite Strophe.

307,4 *Dialog]* Vgl. S. 431 f.

WAS KOSTET DAS EISEN?

Textgrundlage

Was kostet das Eisen?, Typoskript aus dem Nachlaß.
Anhang: Szenenvariante, Typoskript aus dem Nachlaß.

Übersicht

Frühsommer 1939: Niederschrift des Textes.
August 1939: Uraufführung in dänisch-schwedischer Sprache unter dem Titel *Vad kostar järnet?* durch schwedische Arbeiterschauspieler in Tollare bei Stockholm.
1966: Postumer Druck in *Stücke*, Band 13, Suhrkamp Verlag Frankfurt a. M.

Entstehung

Der Einakter entsteht im Frühsommer 1939 in Schweden. Brecht hat erst kurz zuvor Dänemark verlassen. Die Aufenthaltsbewilligung für Schweden wird u. a. durch eine offizielle Einladung des Reichsverbandes der schwedischen Amateurtheater (Amatörteaterns Riksförbund) ermöglicht, die auf eine Tätigkeit als Instrukteur dieser Organisation lautet. »Natürlich bin ich sehr gern bereit«, schreibt Brecht an Henry Peter Matthis, der den Kontakt vermittelt hat, »eine Serie von Vorträgen über die Themen *Volkstheater*, *Laientheater* und *experimentelles Theater* zu halten, besonders wenn die Möglichkeit besteht oder entstehen könnte, solche Vorträge oder Diskussionen mit praktischen Kursen zu verknüpfen.« (Brief an Henry Peter Matthis, März 1939.)

Ruth Berlau erinnert sich, daß Brecht den Einakter geschrieben hat, nachdem sie mit Mitgliedern eines sozialdemokratischen Arbeitertheaters in Schweden den Versuch unternommen hatte, ein Agitpropstück für diese Gruppe zu entwickeln. »Immer wenn ich Brecht in Stockholm besuchte, sprachen wir über die Lage in Schweden. Schweden war zwar neutral, lieferte aber Eisenerz nach Deutschland und unterstützte damit die Rüstungsindustrie der Nazis. [. . .] Um zu zeigen, wie sich eine Unterstützung der Nazis auswirken wird, schrieben wir das Stück *Was kostet das Eisen?*.« (*Brechts Lai-Tu. Erinnerungen und Notate von Ruth Berlau*, hg. v. Hans Bunge, Darmstadt und Neuwied 1985, S. 118.)

Das Stück steht in unmittelbarem Zusammenhang mit dem Einakter *Dansen*. Die Fabel geht von den gleichen politischen Ereignissen aus:

der Annektierung Österreichs 1938 und der Tschechoslowakei 1939 durch Hitler-Deutschland. Auch im Zentrum von *Was kostet das Eisen?* steht Brechts Kritik an der Neutralitätspolitik der skandinavischen Länder. Aus *Dansen* übernimmt Brecht zwei Figuren: Svendson (Schweden) und den Kunden (Deutschland). In *Was kostet das Eisen?* wird Dansen (Dänemark) zum Telefonpartner Svendsons, in Umkehrung dieses Figurenpaares aus dem Einakter *Dansen*. Die dort verhandelte Idee eines skandinavischen Bündnisses wird in *Was kostet das Eisen?* zur Vorstellung einer Allianz der europäischen Staaten gegen Hitler-Deutschland ausgebaut. Aktueller Bezugspunkt ist die Intensivierung der deutsch-schwedischen Handelsbeziehungen. Während Deutschland nach dem Vierjahresplan vom September 1936 den Handel mit allen westeuropäischen Ländern zugunsten seiner Rüstungsindustrie drastisch verringert, nimmt Schweden als Erzlieferant eine bevorzugte Stellung ein und wird zum wichtigsten Handelspartner Deutschlands. Schweden, das sich wie alle westeuropäischen Staaten gegen Sanktionen ausspricht, unterstützt mit seinen Erzlieferungen unmittelbar die deutschen Kriegsvorbereitungen.

Die erste Niederschrift des Textes liegt am 2. Juni 1939 vor. Das Datum »2. VI. 1939 beendigt« ist handschriftlich auf der Rückseite des letzten Blattes vermerkt. Der Stücktitel in diesem Typoskript lautet *Kleine Geschäfte mit Eisen*. Brecht nimmt an diesem Manuskript zahlreiche Korrekturen und Ergänzungen vor, ohne jedoch die Fabel und das Grundgerüst der Handlung zu verändern. Auf der Grundlage dieser Niederschrift entsteht wenig später ein Typoskript mit dem veränderten Stücktitel *Was kostet das Eisen?*, als Verfassername ist dort John Ken angegeben.

Brecht gibt das Stück unter diesem Pseudonym (nach der Erinnerung der an der Aufführung beteiligten schwedischen Arbeiterspieler hieß es dann John Kent) zur Inszenierung frei. Ihm ist in Schweden nicht nur jede politische Betätigung untersagt, er wird von den schwedischen Behörden auch besonders überwacht. Für die Spielweise des Einakters gibt Brecht folgende Erläuterung: »Das kleine Stück muß im Knockaboutstil gespielt werden. Der Eisenhändler muß eine Perücke mit Haaren haben, die sich sträuben können; die Schuhe müssen sehr groß sein, auch die Zigarren. Als Rahmen der Dekoration werden am besten Zitate aus den Reden nordischer Staatsmänner dienen.« (*Anmerkungen.*)

Die Uraufführung findet im August 1939 während eines Schulungskurses für Amateurtheater in Tollare bei Stockholm statt, Regie führt Ruth Berlau, gelegentlich unterstützt von Brecht. Gespielt wird nach Ruth Berlaus Übersetzung ins Dänische in einer auf den Proben entstehenden dänisch-schwedischen Sprachmischung, der Titel lautet im Schwedischen *Vad kostar järnet?*

In Zusammenhang mit *Was kostet das Eisen?* schreibt Brecht noch eine Szenenvariante, in der als Figuren Dansen, Svendson und Norsen

(Norwegen) auftreten, die der Kunde zu einer Versammlung bestellt hat und denen er ein Bündnis aufzwingt, das einer Annexion dieser Länder gleichkommt. Brecht hat sie möglicherweise als Schlußszene für eine gemeinsame Aufführung der beiden Einakter *Dansen* und *Was kostet das Eisen?* konzipiert. Sie wird im Anhang der vorliegenden Ausgabe wiedergegeben.

Text/Fassungen

Im Typoskript der ersten Niederschrift *Kleine Geschäfte mit Eisen* ist der Vorspruch des Stückes noch nicht enthalten. Brecht fügt ihn erst später auf einem gesonderten Blatt hinzu. Die Figur Svendson, wie sie in der Textgrundlage, dem zweiten Typoskript *Was kostet das Eisen?*, heißt, wird hier noch Svendsen genannt. Unter den zahlreichen Ergänzungen und Korrekturen, die Brecht am Typoskript der ersten Niederschrift vornimmt, ist eine von größerem Gewicht. In der dritten Szene verstärkt Brecht die Kritik an der Praxis der schwedischen Neutralitätspolitik, indem er eine Passage einfügt, in der der Kunde Svendsen einen Pakt anbietet, sich gegen den Vorwurf der Ermordung der Schuhhändlerin mit dem Argument verteidigt, sie habe ihn bedroht, und Svendsen für sein kluges Verhalten lobt, sich aus all diesen Streitigkeiten herauszuhalten. Die Passage wird so auch in die Textgrundlage übernommen (vgl. 322,33-323,15). Vor dieser Ergänzung heißt es in der ersten Niederschrift nur: »Man leugnet ja viel. Sie wünschten neulich Schuhe?«

Vom überarbeiteten Typoskript der ersten Niederschrift läßt Brecht eine Abschrift anfertigen, die den Titel *Was kostet das Eisen?* trägt. Er verwendet hier die Figurenbezeichnung Svendson. An diesem Typoskript, der Textgrundlage, nimmt Brecht noch einmal eine Reihe von Änderungen vor. Mit dem Satz: »Vielleicht kann ich Ihnen für Ihr Eisen einen Ballen von diesem ausgezeichneten Stoff anbieten?« (vgl. 318,34f.), wird die ironische Bezugnahme auf die wirtschaftliche Situation in Deutschland verstärkt. In der vierten Szene ist der Satz: »Svendson spaziert herum, eine Austrillo rauchend und in den Stiefeln der Frau Tschek« (vgl. 323,35f.) eingefügt, und mit dem veränderten Szenenanfang, Svendsons Ausruf »Krieg!«, dem er als erste Reaktion eine Erhöhung seines Eisenpreises folgen läßt (vgl. 324,1-3), spitzt Brecht die Kritik an Schwedens Politik weiter zu.

Handschriftliche Korrekturen enthält auch die nachträglich geschriebene Szenenvariante, so die Paraphrase auf den Rütlischwur aus Schillers *Wilhelm Tell*: »Einander die Hände reichen! Wird's bald? Einig Volk von Brüdern und so weiter.« (Vgl. 327,19f.) Die Nähe der Variante zu *Was kostet das Eisen?* belegen die Figurenbezeichnung »Der Kunde« und der Name Svendson. Im Einakter *Dansen* heißt es dagegen immer »Der Fremde« und »Svensson«, die Schreibweise »Svendson« taucht dort lediglich in der ersten Niederschrift auf.

Da der Einakter erst 1966 postum gedruckt wurde, ist die Textgrundlage für die vorliegende Ausgabe das Typoskript von 1939.

Zur Textgestaltung in der vorliegenden Ausgabe:

309,1 *Was kostet das Eisen?]* In der Textgrundlage steht über dem Stücktitel der Autorenname »John Ken:«.

310,1 *Personen]* Das Personenverzeichnis ist nachträglich eingefügt worden.

311,33f. *Austrillos]* In der Textgrundlage: »Austrillas«. Brecht verwendet im Text die Schreibweise »Austrillo«, »Austrilla« und »Ostrilla«; es wurde auf Austrillo vereinheitlicht.

Wirkung

Die Arbeit an der Inszenierung beginnt kurz nach der Fertigstellung des Stückes. Beteiligt sind Mitglieder des Reichsverbandes der schwedischen Amateurtheater, die aus verschiedenen Gruppen kommen und sich für diese Aufgabe zusammengefunden haben. Brecht hat wahrscheinlich seinen Vortrag *Über experimentelles Theater*, den er am 4. Mai 1939 vor Mitgliedern der Stockholmer Studentenbühne gehalten hat, noch einmal vor Mitgliedern des Reichsverbandes der schwedischen Amateurtheater wiederholt und dort seine Auffassung über Ausstattung und Spielweise dargelegt. Regie führt Ruth Berlau, einige Proben werden aber auch von Brecht, Martin Andersen Nexö und Hans Tombrock besucht, der bei einem Lieferanten von Faschingsmasken Pappmachéköpfe für die Inszenierung besorgt. Geprobt wird meistenteils im Stockholmer Vorort Spånga. Die Aufführung findet in der Zeit vom 14. bis 26. August 1939 während eines Kurses für Laienspielinstrukteure an der Volkshochschule in Tollare bei Stockholm statt. Über diese interne Aufführung hinaus, die eine geteilte Resonanz hatte, da einige Kursusteilnehmer über die politische Kritik eines Ausländers an Schweden verärgert waren, ist keine weitere Vorstellung belegt. Über *Was kostet das Eisen?* existieren keine Pressekritiken. Probenarbeit und die Aufführung in Tollare sind von Ossian Eklund bezeugt, der im Vorstand des Reichsverbandes der schwedischen Amateurtheater gearbeitet und in der Aufführung den Kunden gespielt hat, und von Arne Lydén, dem Leiter des Schulungskurses in Tollare.

Die deutsche Erstaufführung des Einakters findet unter dem Titel *Dansen II* am 14. Oktober 1967 in den Kölner Kammerspielen statt, die *Was kostet das Eisen?* und *Dansen* als zusammengehörige Stücke darbieten. Regie: Hans Gaugler (vgl. S. 433).

Zeilenkommentar

311,5 *Pub]* (Engl.) Abkürzung für Public house: englische Schenke.

311,5 *Old Vic]* (Engl.) Name eines traditionsreichen Londoner Theaters.

311,8 *Ale]* (Engl.) Bezeichnung für ein helles obergäriges Bier.

313,8 *einen Pakt abschließen]* Anspielung auf das deutsch-österreichische Abkommen vom 11. Juli 1936, in dem Hitler-Deutschland die Souveränität Österreichs anerkennt und sich zur Nichteinmischung in dessen innere Angelegenheiten verpflichtet.

313,23 *schwedische Gymnastik]* Bezeichnung für die von dem Schweden Pehr Henrik Ling Anfang des 19. Jahrhunderts begründete Heilgymnastik, die nach genau vorgeschriebenen Bewegungen abläuft.

313,26 *Krone]* Schwedische Währung; kleine Münze: Öre.

313,31 *Sie kannten meinen Bruder.]* Anspielung auf die Weimarer Republik, deren Regierungen ausgedehnte Handelsbeziehungen mit Schweden unterhielten.

315,5f. *Mann des Friedens]* Von Hitler in seinen Reden wiederholt gebrauchte Selbstbezeichnung, wenn er sich über außenpolitische Fragen äußert. Er gab sich stets den Anschein, von den anderen Ländern zu Handlungen gezwungen zu werden, die er als »Mann des Friedens« gar nicht beabsichtigte.

315,10 *Sind wir übrigens nicht verwandt?]* Anspielung auf die Rassentheorie der deutschen Faschisten, nach der die sogenannte nordische Rasse in ihrer direkten Abstammung von den Germanen die bevorzugte Stellung einnimmt. Die Skandinavier sind nach dieser Theorie die natürlichen Blutsverwandten der Deutschen. Die Theorie haben nicht erst die Nationalsozialisten entwickelt, sie übernahmen sie aber und bauten sie zu einer Staatsdoktrin aus.

315,22 *Ich faste jetzt.]* Anspielung auf die nach dem Vierjahresplan vom 4. September 1936 (nach dem die ganze wirtschaftliche Kraft Deutschlands auf die Rüstung konzentriert wird) in Deutschland eingetretene rapide Verschlechterung der Versorgung der Bevölkerung. Hitler hat, um das Devisenaufkommen auf die Rüstung konzentrieren zu können, die hundertprozentige Selbstversorgung bei allen lebensnotwendigen Gütern angeordnet. So ist z. B. Butter schon seit Herbst 1936 in Deutschland rationiert.

316,20f. *Ermordet und beraubt.]* Gemeint ist die Annektierung Österreichs durch Deutschland im März 1938.

316,24 *eine Polizei bilden]* Am 17. März 1938, vier Tage nach dem Einmarsch der deutschen Truppen in Österreich, schlägt die Sowjetunion den europäischen Ländern kollektive Abwehrmaßnahmen gegen weitere Aggressionen Deutschlands vor.

316,28 *Ich bin viel zu friedlich.]* Anspielung auf die Neutralitätsdoktrin der skandinavischen Länder, die als gemeinsame Politik im Juli 1938 auf einer politischen Konferenz in Oslo beschlossen wird.

316,32f. *Ich will auch eine Waffe haben]* Nach einer Zusammenkunft mit Hitler am 15. September 1938 übermittelt der englische Premierminister Chamberlain der Tschechoslowakei die deutsche Forderung, das Sudetengebiet sofort unter den militärischen Schutz der deutschen Armee zu stellen und in weiteren vorwiegend von Bürgern deutscher Nationalität besiedelten Gebieten Volksabstimmungen über den Anschluß dieser Gebiete an Deutschland durchführen zu lassen. Die tschechoslowakische Regierung lehnte diese Forderungen ab und ordnete als Gegenreaktion die allgemeine Mobilmachung an.

318,10f. *Er hat mich plötzlich zu sich gerufen.]* Der österreichische Faschistenführer Seyß-Inquart, der nach dem von Hitler erzwungenen Rücktritt des österreichischen Kabinetts am 11. März 1938 die Regierungsgewalt übernimmt, befiehlt noch am gleichen Tag, den deutschen Truppen bei ihrem Einmarsch in Österreich keinen Widerstand entgegenzusetzen.

318,13f. *Den Kranz ... zum Willkomm vor die Tür gehängt]* Anspielung auf den Empfang der deutschen Truppen bei ihrem Einmarsch am 12. März 1938 in Österreich, der auf Grund der Propaganda der österreichischen Faschisten in vielen Teilen des Landes überaus begeistert ausfiel.

318,33 *aus selbsterfundener Wolle]* Nach den Festlegungen des Vierjahresplanes für die deutsche Wirtschaft (vgl. zu 315,22) ist auch der Import von Wolle und Baumwolle für den Bevölkerungsbedarf gedrosselt worden. Als Ersatz werden Zellstoffe für Bekleidungszwecke entwickelt und produziert.

319,17 *Frau Gall]* Gemeint ist Frankreich. Der Name ist hergeleitet von Gallien.

319,18 *eine kleine Beratung abhalten]* Anspielung auf die Beratung der europäischen Westmächte am 18. März 1939 über die Annexion der Tschechoslowakei durch Hitler-Deutschland, die jedoch bis auf Protestnoten ohne Ergebnis bleibt.

319,20 *Herr Britt]* Gemeint ist Großbritannien.

319,23f. *Überfall auf Frau Tschek]* Bezieht sich auf den Einmarsch der deutschen Truppen am 15. März 1939 in die Tschechoslowakei.

319,32f. *besonders nahe befreundet]* Zwischen Frankreich und der Tschechoslowakei besteht seit dem 25. Januar 1924 ein Bündnisvertrag.

319,38f. *was angeblich einem seiner Verwandten gehörte]* Gemeint ist das Sudetengebiet der Tschechoslowakei, in dem vorwiegend Bürger deutscher Nationalität leben. Der erste Schritt zur Annektierung der Tschechoslowakei war die Übergabe dieses Gebietes an Deutschland.

319,39 *wir rieten ihr, es ihm abzulassen]* Anspielung auf das Münchner Abkommen vom 29. September 1938, in dem England, Frankreich und Italien die deutsche Forderung nach Abtretung des tschechischen

Sudetengebietes an Deutschland befürworten. Die Tschechoslowakei ist bei dieser Konferenz in München nicht vertreten. Als Termin der Übergabe des Sudetengebietes wurde der 10. Oktober 1938 festgelegt. Der Einmarsch der deutschen Truppen erfolgte am 1. Oktober 1938.

320,10f. *Verein zur Aufrechterhaltung der Ordnung]* Gemeint sind wahrscheinlich die nach dem 19. März 1939 beginnenden Verhandlungen zwischen der Sowjetunion, England und Frankreich, bei denen es auf Initiative der Sowjetunion um die Beratung von Abwehrmaßnahmen gegen Hitler-Deutschland geht.

321,38 *nahe Verwandte, die bei ihr logierten]* Gemeint ist die sudetendeutsche Bevölkerung deutscher Nationalität (vgl. zu 319,38f.).

322,6 *Dabei waren Sie es selber]* Vgl. zu 319,39.

322,34f. *einen kleinen Pakt abschließen]* Anspielung auf das im Frühjahr 1939 von Deutschland an Schweden ergangene Angebot zum Abschluß eines Gewaltverzichtsabkommens. Schweden lehnt den Vorschlag auf einer Konferenz der skandinavischen Außenminister am 9. Mai 1939 in Stockholm ab.

325,4 *Szenenvariante]* Vgl. S. 438f.

325,6 *Norsen]* Gemeint ist Norwegen.

326,1 *Meine Schweine zahlt er auch nicht.]* Brecht greift diesen Zusammenhang noch einmal in den *Flüchtlingsgesprächen* auf: »Die Dänen haben für ihre Schweine jetzt nur noch Papierzettel bekommen, so daß ihr Humor jedenfalls auf eine schwere Probe gestellt sein wird, denn es ist was anderes, ob man an einen Schweine verkauft, den man verachtet, oder ob man von einem, den man verachtet, nur für ein Schwein nicht bezahlt wird.«

327,19f. *Einig Volk von Brüdern]* Anspielung auf den Rütlischwur aus Schillers *Wilhelm Tell* (II,2).

Inhalt

Zu dieser Ausgabe

Die Große kommentierte Berliner und Frankfurter Ausgabe der Werke Bertolt Brechts ist eine Gemeinschaftsausgabe des Aufbau-Verlags Berlin und Weimar und des Suhrkamp Verlags Frankfurt am Main; sie erscheint gleichzeitig in beiden Verlagen. Die Edition basiert auf den zu Lebzeiten Brechts publizierten Texten und auf dem Nachlaß im Bertolt-Brecht-Archiv der Akademie der Künste der DDR.

Innerhalb der Gruppierungen nach Gattungen sind die Werke in der Chronologie ihrer Entstehung angeordnet. Bei Stücken und Romanen werden aber die Fragmente gesondert behandelt; innerhalb der Gedichte und der Prosa wird zwischen Sammlungen und Einzeltexten unterschieden; bei den Schriften sind die Texte zu Stücken und die Theatermodelle jeweils in einem gesonderten Band versammelt.

Die Ausgabe enthält grundsätzlich die autorisierten und wirksam gewordenen Erstdrucke oder geht bei postum erschienenen Werken auf die Texte aus dem Nachlaß zurück. Ohne die Normen einer historisch-kritischen Ausgabe anzustreben, dokumentiert sie gegebenenfalls durch Varianten und Druck mehrerer Fassungen Hauptstufen der weiteren Umformung eines Werkes. Diese erscheinen jeweils im Anschluß an die frühe Fassung.

Sämtliche Texte sind anhand der Drucke und des Materials im Nachlaß überprüft worden. Die Orthographie ist unter Erhaltung des Lautstandes modernisiert. Auch die Interpunktion ist, bei Bewahrung einiger charakteristischer Eigentümlichkeiten Brechts, den heute gültigen Regeln angeglichen. Alle Zusätze der Herausgeber, z. B. bei Titeln, stehen in eckigen Klammern.

Der Kommentar beschreibt jeweils knapp Quellen, Entstehungs- und Textgeschichte sowie die Wirkung bis zu Brechts Tod. Der Zeilenkommentar beschränkt sich auf Sacherläuterungen. Allgemeine Angaben zu den erwähnten Personen bietet das kommentierte Gesamtregister.

Ein ausführlicher Editionsbericht erscheint in Band 30.

Der vorliegende Band wurde von Bärbel Schrader (Akademie der Wissenschaften der DDR) bearbeitet, die Fassung *Galileo* von Günther Klotz (Akademie der Wissenschaften der DDR).

Bertolt Brecht Werke

Band 1
Stücke 1: Die Bibel · Baal (1919) · Baal (1922) · Lebenslauf des Mannes Baal · Trommeln in der Nacht · Die Hochzeit · Der Bettler oder Der tote Hund · Er treibt einen Teufel aus · Lux in tenebris · Der Fischzug · Prärie · Im Dickicht · Im Dickicht der Städte

Band 2
Stücke 2: Leben Eduards des Zweiten von England · Mann ist Mann (1926) · Mann ist Mann (1938) · Die Dreigroschenoper · Mahagonny · Aufstieg und Fall der Stadt Mahagonny

Band 3
Stücke 3: Der Flug der Lindberghs · Das Badener Lehrstück vom Einverständnis · Der Jasager · Der Jasager. Der Neinsager · Die Maßnahme (1930) · Die Maßnahme (1931) · Die heilige Johanna der Schlachthöfe · Die Ausnahme und die Regel · Die Mutter (1933) · Die Mutter (1938)

Band 4
Stücke 4: Die Spitzköpfe und die Rundköpfe · Die Rundköpfe und die Spitzköpfe · Die sieben Todsünden der Kleinbürger · Die Horatier und die Kuriatier · Die Gewehre der Frau Carrar · Furcht und Elend des III. Reiches

Band 5
Stücke 5: Leben des Galilei (1938/39) · Galileo · Leben des Galilei (1955/56) · Dansen · Was kostet das Eisen?

Band 6
Stücke 6: Mutter Courage und ihre Kinder · Das Verhör des Lukullus · Die Verurteilung des Lukullus · Der gute Mensch von Sezuan · Herr Puntila und sein Knecht Matti

Band 7
Stücke 7: Der Aufstieg des Arturo Ui · Die Gesichte der Simone Machard · Schweyk im zweiten Weltkrieg · The Duchess of Malfi

Band 8
Stücke 8: Der kaukasische Kreidekreis · Die Antigone des Sophokles · Die Tage der Kommune · Der Hofmeister von J. M. R. Lenz · Biberpelz und Roter Hahn von Gerhart Hauptmann

Band 9
Stücke 9: Coriolanus · Anna Seghers' Der Prozeß der Jeanne d'Arc zu Rouen 1431 · Turandot oder Der Kongreß der Weißwäscher · Don Juan von Molière · Pauken und Trompeten

Band 10
Stücke 10: Stück-Fragmente. Darunter: Hans im Glück · Galgei · Hannibal · Dan Drew · Joe Fleischhacker · Untergang des Egoisten Johann Fatzer · Der Brotladen · Der böse Baal der asoziale · Das wirkliche Leben des Jakob Gehherda · Leben des Konfutse · Der Wagen des Ares · Büsching

Band 11
Gedichte 1: Sammlungen 1918-1938: Lieder zur Klampfe von Bert Brecht und seinen Freunden. 1918 · Psalmen · Bertolt Brechts Hauspostille · Die Augsburger Sonette · Die Songs der Dreigroschenoper · Aus dem Lesebuch für Städtebewohner · Geschichten aus der Revolution · Sonette (1933/34) · Englische Sonette · Lieder Gedichte Chöre · Chinesische Gedichte · Studien

Band 12
Gedichte 2: Sammlungen 1938-1956: Svendborger Gedichte · Steffinsche Sammlung · Hollywoodelegien · Gedichte im Exil · Kriegsfibel · Deutsche Satiren (Zweiter Teil) · Kinderlieder. Neue Kinderlieder · Buckower Elegien · Gedichte aus dem Messingkauf. – Gedichtverzeichnis zu den Sammlungen (Band 11-12)

Band 13
Gedichte 3: Gedichte, Gedicht-Fragmente, Gedichte aus Stücken. 1912-1926

Band 14
Gedichte 4: Gedichte, Gedicht-Fragmente, Gedichte aus Stücken. 1926-1945

Band 15
Gedichte 5: Gedichte, Gedicht-Fragmente, Gedichte aus Stükken. 1945-1956. – Gesamtverzeichnis zu den Gedichten (Band 11-15)

Band 16
Prosa 1: Dreigroschenroman

Band 17
Prosa 2: Roman-Fragmente: Das Buch Gasgarott · Die Rothaut · Flucht Karls des Kühnen nach der Schlacht bei Murten · Das Renommee · Tatsachenreihe · Der Tuiroman · Die Geschäfte des Herrn Julius Caesar

Band 18
Prosa 3: Geschichten (Sammlungen) und Dialoge: Geschichten vom Herrn Keuner · Buch der Wendungen (Me-ti) · Kalendergeschichten · Flüchtlingsgespräche · Mies und Meck

Band 19
Prosa 4: Geschichten, Filmgeschichten. 1918-1941

Band 20
Prosa 5: Geschichten, Filmgeschichten. 1941-1956

Band 21
Schriften 1: 1914-1933

Band 22
Schriften 2: 1933-1941

Band 23
Schriften 3: 1941-1956

Band 24
Schriften 4: Texte zu Stücken

Band 25
Schriften 5: Theatermodelle (Aufbau einer Rolle. Laughtons Galilei · Antigonemodell 1948 · Couragemodell 1949) · »Katzgraben«-Notate. – Register zu den Schriften (Band 21-25)

Band 26
Journale 1: 1920-1941: Tagebücher 1920-1922 · Autobiographische Schriften 1920-1941 · Journale 1938-1941

Band 27
Journale 2: 1941-1956: Journale 1941-1956 · Autobiographische Schriften 1941-1956. – Register zu den Journalen (Band 26-27)

Band 28
Briefe 1: 1919-1941

Band 29
Briefe 2: 1941-1956. – Register zu den Briefen (Band 28-29)

Band 30
Registerband: Editionsbericht · Gesamtinhalt der Bände 1-29 · Brecht-Titelregister · Personenregister (kommentiert)

Einbandgestaltung: Heinz Hellmis
Satz in Linotype Garamond-Antiqua: Memminger Zeitung,
D-8940 Memmingen
Druck und Binden: Offizin Andersen Nexö,
Graphischer Großbetrieb,
Leipzig III/18/38
Printed in the German Democratic Republic
Lizenznummer 301.120/73/87
Bestellnummer 613 579 5 GG / 613 623 7 Hldr.
02480 GG / 04800 Hldr.

Brecht, Werke, Berliner u. Frankfurter Ausg.
ISBN 3-351-00601-2
Bd. 5
ISBN 3-351-00406-0 GG
ISBN 3-351-00874-0 Hldr.